〔日〕遍照金剛 撰　盧盛江 校考

文鏡秘府論彙校彙考（修訂本） 下册

（附）文筆眼心抄

中華書局

文鏡秘府論　南〔一〕①

金剛峰寺禪念沙門遍照金剛　撰

論文意②

或曰〔二〕③：夫文字起於皇道④，古人畫一之後方有也〔三〕⑤。先君傳之⑥，不言而天下自理，不教而天下自然⑦，此謂皇道。道合氣性⑧，性合天理⑨，於是萬物稟焉，蒼生理焉。堯行之，舜則之⑩，淳樸之教，人不知有君也。後人知識漸下，聖人知之，所以畫八卦〔四〕，垂淺教⑪，令後人依焉。是知一生名，名生教，然後名教生焉⑫。以名教爲宗，則文章起於皇道〔五〕，興乎《國風》耳⑬。

自古文章〔六〕，起於無作⑭，興於自然〔七〕，感激而成〔八〕，都無飾練，發言以當，應物便是〔九〕⑮。古詩云：「日出而作，日入而息，鑿井而飲，耕田而食〔一〇〕⑯。」當句皆了也。其次，《尚書》歌曰：「元首明哉〔一一〕，股肱良哉〔一二〕，庶事康哉〔一三〕⑰。」亦句句便了。自此之後，則有《毛詩》⑱，假物成焉⑲。夫子演《易》⑳，極思於《繫辭》〔一四〕㉑，言句簡易㉒，體是詩骨㉓。夫子傳於游、夏〔一五〕，游、夏傳於荀卿、孟軻㉔，方有四言五言㉕，效古而作。荀、孟傳於司馬遷㉖，遷傳於賈誼㉗。誼謫居長沙，遂不得志，風土既殊，遷逐怨上，屬物比興，少於《風》、《雅》，復有騷人之作〔一六〕，皆有怨刺，失於本宗㉘。乃知司馬遷爲北宗，賈生爲南宗，從此分焉㉙。漢魏有曹植、劉楨，皆氣高出於天縱，不傍經史〔一七〕，卓然爲文㉚。從此之後，遞相祖述〔一八〕㉛，經綸百代〔一九〕㉜，識人虛薄㉝，屬文於花草㉞，失其古焉。中有鮑照、謝康樂〔二〇〕，縱逸相繼，成敗兼行㉟。至晉、宋、齊、梁，皆悉頽毀㊱。

【校記】

〔一〕原封面右上角有「真十五」，左上角「□鏡秘府論　南」。高丙本封面（原實爲高乙本南卷封面）有「文鏡秘府論卷第□」，「第」字後之字可辨認爲「五」字，此字用一斜筆劃掉，右旁補一「四」字，旁補之「四」字較正文字體拙次，墨跡顯新，封面紙質與高乙本無異。

維寶箋本卷首作「文鏡秘府論箋卷第十/金剛峰寺密禪沙門　維寶　編輯/文鏡秘府論　南/金剛峰寺禪念沙門遍照金剛　撰」。

〔二〕「或曰」，原右旁注「王氏論文云」，六寺本左旁注「王子論」。

〔三〕「畫」，醍甲、仁甲、六寺、義演本作「書」，六寺本右旁注「畫亻」。

〔四〕「晝」，醍甲、仁甲、六寺、義演本作「書」。

〔五〕「章」，原作「筆」，三寶本同，原右旁注「章」，三寶本眉注「章亻」，據高甲、高丙、醍甲、仁甲、六寺、義演、松本、江戶刊本、維寶箋本改。

〔六〕「章」，原作「筆」，旁注「章」字，據三寶、高甲、醍甲、六寺等本改。

〔七〕「興於自然」至「發言以當應」，義演本在「元首」後、「明哉」前。

〔八〕「而」，原左旁注「一本」。

〔九〕「是」，《校勘記》：「『應物便是』之『是』字爲『足』字之誤。」

〔一〇〕「耕」，原作「科」，據三寶、高甲、醍甲等本改。

〔一一〕「元首」，三寶本左旁注「王也」。

〔一二〕「股肱」，三寶本左旁注「臣也」。

〔一三〕「庶事」，三寶、天海本左旁注「民也」。

〔一四〕「辭」，原作「詞」，各本同，從江戶刊本、維寶箋本作「辭」。

〔一五〕「夏」，醍甲本右旁注「國名也」。盛江案：此當非空海之注，且此爲誤注，此處之「夏」非爲國名。

〔一六〕「之」，三寶本無。

〔一七〕「不傍經史」，《校勘記》：「《四聲論》引作『作傍經史』，『作』爲『非』之誤。」

〔一八〕「祖述」，原右旁注「視律反作也」。

〔一九〕「綸」，松本本作「論」。

〔二〇〕「照」，原作「昭」，高甲、醍甲、仁甲、六寺、義演、松本、江戶刊本、維寶箋本同，三寶本眉注「昭亻」，「昭」通「照」，從三寶本作「照」。

【考釋】

①南卷維寶箋作「卷第十」，在東卷之後，西卷之前，其卷次與江户刊本同，即「天、地、東、南、西、北」，可證此數本屬同一系統。此當爲主觀編次。據《文鏡秘府論》天卷序、《眼心抄》内容之順序、醍醐寺甲本天卷保留之弘治三年（一五五七）九月題記及高山寺乙本丙本封面保留之卷次痕跡，原卷次當爲「天、地、東、西、南、北」。

②《研究篇》下：「南卷的本體，是前半即《論文意》，後半即《論體》以下，似歸納爲餘論。」「《論文意》引兩種原典，王昌齡《詩格》和皎然《詩議》。」《探源》：「大約標題是空海綜合兩書意義自己附加上去的。」《譯注》：「《論文意》，南卷全體的總題。南卷雖然收録了各種各樣的文章論，但是總體上，具有一定長度的論文大概都是按照它原來的形狀原原本本地引用過來的。這一點和北卷是一致的。」

③或曰：以下至「思之者德之深也」，出王昌齡《詩格》。《研究篇》下：「《論文意》前半是王昌齡説，從開頭的『或曰』初稿本作『王氏論文曰』這一事實可以證實，現存《詩格》和《詩中密旨》多與『論文意』的内容符合，更可以確認這一點。」「（《詩格》）叙述並不齊整，這可能繼承了原典《詩格》的形態。《詩格》是把昌齡遺言隨便歸攏起來，似没有作太多的整理。若要將其内容分類，則可分爲：A詩的起源和本質，B表現的構造，C創作態度。」《校注》：「本卷《論文意》，除《論體》及《定位》等篇外，皆王昌齡《詩格》與釋

皎然《詩議》之文。然今本王昌齡《詩格》及《詩中密旨》與此篇所載，大有出入，則今本《詩格》及《詩中密旨》，非復唐代之舊也。」

④ 皇道：《校注》引漢班固《西都賦》：「博我以皇道，弘我以漢京。」（《文選》卷一）李周翰注：「皇道，皇王之道。」盛江案：此處論文字之起源，所謂皇道，本不當指皇王之道，而當指自然之大道，如魏何晏《景福殿賦》「沈浮翺翔，樂我皇道」（《文選》卷一一），李周翰注「皇，大也……魚鳥沈浮翺翔，自得天性，樂我大道」，晉張協《七命》「皇道焕炳，帝載緝熙」（《文選》卷三五），吕向注「皇，大……言大道熙明」等，所言即自然大道之意，然下言「不言而天下自理，不教而天下自然」云云，則又以自然之道與皇王之治道混爲一談，而皇王之治道並非文字之起源，蓋古人於概念運用並不嚴密，此處仍當指自然之道。

⑤ 畫一：《説文·一部》：「惟初太始，道始於一，造分天地，化成萬物。」《文心雕龍·原道》：「人文之元，肇自太極。幽贊神明，《易》象惟先，庖犧畫其始，仲尼翼其終。」本書天卷序：「一爲名始，文則教源。」

⑥ 先君：《詩·邶風·燕燕》：「先君之思，以勖寡人。」《尚書序》：「先君孔子，生於周末。」《後漢書·孔融傳》：「先君孔子與君先人李老君同德比義，而相師友，則融與君累世通家。」

⑦ 「不言」二句：《老子》二章：「是以聖人處無爲之事，行不言之教。」五十七章：「故聖人云：『我無爲，而民自化，我好静，而民自正，我無事，而民自富，我無欲，而民自樸。』」《易·繫辭上》：「默而成之，不言而信，存乎德行。」《易·繫辭下》：「黄帝、堯、舜垂衣裳而天下治，蓋取諸乾坤。」

關於文字起源，《書斷》：「古文者，黄帝倉頡之所造也。……《孝經援神契》云『奎主文章，蒼頡放象』是也。夫文字者，總而爲言，包意以名事也；分而爲義，則文者祖父，字者子孫。得之自然，備其文理，象形之屬，則爲之文；因而滋蔓，母子相生，形聲會意之屬，則爲之字——字者，言孳乳浸多也。題於竹帛謂之書。書者，如也，舒也，紀也。」（《太平御覽》卷七四九）

⑧氣性：《論衡·無形》：「人以氣爲壽，形隨氣而動。氣性不均，則於體不同。」

⑨天理：《莊子·天運》：「夫至樂者，先應之以人事，順之以天理。」

⑩「堯行」二句：《論語·泰伯》：「大哉堯之爲君也！巍巍乎，唯天爲大，唯堯則之。蕩蕩乎，民無能名焉。」何晏集解引包咸注：「蕩蕩，廣遠之稱，言其布德廣遠，民無能識其名焉。」又《衛靈公》：「無爲而治者其舜也與？夫何爲哉？恭己正南面而已矣。」

⑪「所以」二句：《易·繫辭下》：「古者包犧氏之王天下也，仰則觀象於天，俯則觀法於地，觀鳥獸之文與地之宜，近取諸身，遠取諸物，於是始作八卦，以通神明之德，以類萬物之情。」淺教：淺俗之教。

⑫「是知」三句：《老子》四十二章：「道生一，一生二，二生三，三生萬物。」本書天卷序：「然則一爲名始，文則教源，以名教爲宗，則文章爲紀綱之要也。」

盛江案：名教一詞有數種含義，有名聲教化義，如《管子·山至數》：「昔者周人有天下，諸侯賓服，名教通於天下。」亦指正名定分爲基本内容之禮教，如《後漢紀·獻帝紀》：「夫君臣父子，名教之本也。」魏嵇康《釋私論》：「越名教而任自然。」（《嵇康集校注》卷六）然由此段論述觀之，所謂「名」當指文字。

「名」指文字，古有其例，如《儀禮・聘禮》：「百名以上書於策，不及百名書於方。」鄭玄注：「名，書文也，今謂之字。」《管子・君臣上》：「書同名，車同軌。」《日本國見在書目》載田游嚴撰「《名教》一卷」而在「小學家」，此所謂「名」亦當指文字，所謂「名教」，則謂有文字內容文明之教，與尋常正名分之名教有別。

⑬「則文」二句：《校注》：「此云『文章……興乎《國風》』，蓋指詩歌而言。」《文心雕龍・明詩》：「興發皇世，風流《二南》。」

⑭無作：《莊子・齊物論》：「夫大塊噫氣，其名爲風。是唯無作，作則萬竅怒呺。」此處與自然相對，當指無爲、無所造作之意。

⑮「興於」五句：《禮記・樂記》：「夫民有血氣心知之性，而無哀樂喜怒之常，應感起物而動，然後心術形焉。」《説苑・修文》：「感激憔悴之音作而民思憂。」

⑯「日出」四句：《帝王世紀》：「帝堯陶唐氏……天下大和，百姓無事，有八十老人擊壤于道，觀者歎曰：『大哉！帝之德也！』老人曰：『吾日出而作，日入而息，鑿井而飲，耕田而食，帝何力於我哉！』」（《太平御覽》卷八〇）《莊子・讓王》：「日出而作，日入而息，逍遥於天地之間而心意自得。」王力《漢語詩律學》以爲「日出而作」數句，「風格似乎也在戰國以後，不過，它也不會太晚，因爲它用的韻是古韻之部字，以『息』、『食』、『哉』爲韻，這種古韻決不是漢以後的人所能僞造的。依我們的猜想，它也許是戰國極亂，仰慕唐虞盛世的人所假託的」。

吟窗本王昌齡《詩中密旨》「詩有二格」：「詩意高謂之格高，意下謂之格下。古詩：『耕田而食，鑿井而飲。』此高格也。」

⑰「元首」三句：爲皋陶歌，見《書·益稷》。吟窗本王昌齡《詩中密旨》：「句有三例。一句見意，『股肱良哉』是也。」

⑱《毛詩》：即今本《詩經》，相傳爲漢初學者毛亨和毛萇所傳，據稱其學出於孔子弟子子夏。《漢書·藝文志》：「《毛詩》二十九卷。」「《毛詩故訓傳》三十卷。」又云：「又有毛公之學，自謂子夏所傳，而河間獻王好之，未得立。」又《漢書·儒林傳》：「毛公，趙人也，治《詩》，爲河間獻王博士。」

⑲假物：《公孫龍子·跡府》：「假物取譬，以『守白』辯，謂白馬爲非馬也。」（《公孫龍子懸解》，中華書局一九九二年）《譯注》：「假物成焉，指《詩經》的詩，如《關雎》、《葛覃》、《卷耳》，假託自然事物，歌詠情思。」

⑳夫子：此指孔子。《論語·學而》：「子禽問於子貢曰：『夫子至於是邦也，必聞其政，求之與？抑與之與？』」演《易》：《史記·太史公自序》：「昔西伯拘羑里，演《周易》。」此指孔子序《易》。《史記·孔子世家》：「孔子晚而喜《易》，序《彖》、《繫》、《象》、《説卦》、《文言》。」張守節正義：「夫子作《十翼》，謂《上彖》、《下彖》、《上象》、《下象》、《上繫》、《下繫》、《文言》、《序卦》、《説卦》、《雜卦》也。」

㉑極思：漢揚雄《劇秦美新》：「敢竭肝膽，寫腹心，作《劇秦美新》一篇，雖未究萬分之一，亦臣之極思也。」（《文選》卷四八）

㉒言句簡易：《易·繫辭上》：「乾以易知，坤以簡能，易則易知，簡則易從……易簡而天下之理

得矣。」

㉓ 體是詩骨：《譯注》：「《文言傳》和《繫辭傳》，有時也有和詩一樣押脚韻的地方，如《繫辭上》『君子之道，或出或處，或默或語，二人同心，其利斷金，同心之言，其臭如蘭』等便是。」

㉔ 「夫子」二句：游、夏：孔子弟子子游（言偃）和子夏（卜商）。《論語・先進》：「文學：子游，子夏。」《漢書・藝文志》：「又有毛公之學，自謂子夏所傳。」《隋書・經籍志》：「孔子爲《彖》、《象》、《繫辭》、《文言》、《序卦》、《説卦》、《雜卦》，而子夏爲之傳。」三國吴陸璣《毛詩草木鳥獸蟲魚疏》下：「孔子删《詩》授卜商，商爲之《序》，以授魯人曾申，申授魏人李克，克授魯人孟仲子，仲子授根牟子，根牟子授趙人荀卿，荀卿授魯國毛亨，亨作《詁訓傳》以授趙國毛萇。時人謂亨爲大毛公，萇爲小毛公，以其所傳，故名其《詩》曰《毛詩》。」（《叢書集成初編》）《史記・儒林列傳》：「天下並爭於戰國，儒術既絀焉，然齊魯之閒，學者獨不廢也。於威、宣之際，孟子、荀卿之列，咸遵夫子之業而潤色之，以學顯於當世。」

㉕ 方有四言五言：《校注》：「荀況《禮》、《智》、《蠶》等賦，並見四言五言。」

盛江案：梁蕭統《文選序》：「自炎漢中葉，厥塗漸異，退傅（盛江案：謂韋孟）有『在鄒』之作，降將（盛江案：謂李陵）著『河梁』之篇，四言五言，區以別矣。」梁鍾嶸《詩品序》：「逮漢李陵，始著五言之目矣。」《文心雕龍・明詩》：「漢初四言，韋孟首唱。……至成帝品録……而辭人遺翰，莫見五言，所以李陵、班婕妤，見疑於後代也。」並不言四言五言始自荀況，是四言自《詩經》已有，五言則始自東漢。《譯注》：「孟子、荀子時代四言詩五言詩已經成立的論旨，從事實來講，不能説是正確的。《詩經》

以四言詩爲基調，雖夾雜着極少的五言，但在六朝時期，把五言詩的成立看作在李陵之後的觀點更爲有力。梁蕭統《文選序》説『退傅有在鄒之作，降將著河梁之篇，四言五言，區以别矣』，是其代表性的看法。現在則一般認爲五言詩詩型的確立在後漢以後。」

㉖司馬遷（前一四五或前一三五—？）：漢史學家、思想家、文學家，《漢書》卷六二有傳。

㉗賈誼（前二〇〇—前一六八）：漢政治家、思想家、文學家，《史記》卷八四有傳。《校勘記》：「司馬遷生於賈誼之後，『遷傳於賈誼』不合理。『遷』當爲『屈原』之訛。與下『復有騷人之作』相照應。」盛江案：此所言司馬遷、賈誼傳《詩》事，未見其他史載。賈誼去世時司馬遷尚未出生，言司馬遷傳於賈誼顯然不合理，然下言「乃知司馬遷爲北宗」，此處之「司馬遷」未必爲「屈原」之訛，因屈原非北宗。蓋王昌齡之旨本在論文意，於文學之歷史變遷傳承本無意深究，故難免訛誤，不足爲憑。

㉘「誼謫居」九句：謂賈誼作《鵩鳥賦》，《史記·屈原賈生列傳》：「（賈誼謫長沙之）三年，有鴞飛入賈生舍，止於坐隅。楚人命鴞曰『服』。賈生既以謫居長沙，長沙卑濕，自以爲壽不得長，傷悼之，乃爲賦以自廣。」騷人：指《離騷》作者屈原。班固《離騷序》：「（屈原）責數楚王，怨惡椒蘭，愁神苦思，强非其人。……多稱崑崙冥婚宓妃虚無之語，皆非法度之政，經義所載。」王逸《楚辭章句序》：「論者以爲露才揚己，怨刺其上，强非其人。」

㉙「乃知」三句：文學分南北宗之説，《校注》引賈島《二南密旨》「論南北二宗例古今正體」：「宗者，總也，言宗則始南北二宗也。南宗一句含理，北宗二句顯意。南宗例，如《毛詩》云：『林有樸樕，野有死

鹿。』即今人爲對，字字的確，上下各司其意。如鮑照《白頭吟》：『申黜褒女進，班去趙姬昇。』如錢起詩：『竹憐新雨後，山愛夕陽時。』此皆宗南宗之體也。北宗例，如《毛詩》云：『我心匪石，不可轉也。』此體今人宗爲十字句，對或不對。如左太沖詩：『吾希段干木，偃息藩魏君。』如盧綸詩：『誰知樵子徑，得到葛洪家。』此皆宗北宗之體也。詩人須宗於宗，或一聯合於宗，即終篇之意皆然。」謂：「此亦於文學分南北宗之説也。」

饒宗頤《中國古代文學之比較研究》：「六朝以來，南北對峙，風氣既殊，互爲軒輊。《北史·儒林傳》已論南北學風之異。清許宗彦《記南北學》謂：『經學自東晉以後，分爲南北；自唐以後，則有南學而無北學。』（《鑒止水齋集》卷一四）唐神清《北山録》第四《論文學分南北》謂：『宋風尚華，魏風尚淳，淳則寡不足道，華則多遊於藝。觀乎北則枝葉生于德教，南則枝葉生於辭行。』同書第三《論佛學分南北宗》云：『後諸學者，以文殊爲法性，以慈氏爲法相……自伐其美，致使西極（印度）東華（中國），人到於今，有南北兩宗之異也。故南宗焉以空、假、中爲三觀，北宗焉以遍計、依他、圓成爲三性也。而華嚴以體性、德相業用範圍法界，得其門統於南北，其猶指諸掌矣。』此中唐佛教折衷之論也（神清於元和中終於梓州慧義寺，見《宋高僧傳》六）。然自禪宗崛起，能、秀分途，能不度（大庾）嶺，『天下散傳其道，謂秀宗爲北，能宗爲南，南北二宗，名從此起』（語見贊寧撰《神秀傳》）。薦福弘辯禪師答唐宣宗禪宗何有南北之名，云：『開導發悟有頓漸之異，故云南頓北漸，非禪師本有南北之稱也。』（《禪林類聚》一）此乃與神清所揭西極東華共同之南北宗，大異其趣。然禪門南北宗之影響獨鉅，人多接受此説，而浸忘舊義矣。

空海大師於貞元二十年十二月至長安，留唐三載。歸國著《文鏡秘府論》。自云：『閲諸家格式，勘彼同異。』故王昌齡《詩格》、杼山《詩議》，皆在甄採之列。其書南卷《論文意》篇，曾借南北宗一詞以論文云：『（略）』以司馬遷屬之北宗，賈誼屬之南宗，漢土舊無此説，誼原籍洛陽，以南謫楚土，遂以隸南宗。篇中『遷傳於賈誼』一語，年代明有舛錯，各本似皆如此，未喻其故。《論文意》上半取自王昌齡，下半取自皎然，衆所共悉，若其《眼心抄》，起自『凡作詩之體，意是格，聲是律』句，共四十四條，比《文鏡》條例更爲清晰。昌齡《詩格》存於《吟窗雜録》者已非完帙，又有《詩中密旨》，俱無此段文字。故知以司馬遷爲北宗，賈誼爲南宗，必非出自轉引，諒爲空師自撰，揣其意，似以騷人怨刺者爲南宗，風雅不失其本者爲北宗。詩論之區分南北宗，見於題賈島作之《二南密旨》，撮録如次：『論南北二宗：宗者，總也，言宗則始南北二宗也。南宗一句含理，北宗二句顯意。南宗例，如《毛詩》：「林有樸樕，野有死鹿。」如錢起詩：「竹憐新雨後，山愛夕陽時。」北宗例，如《毛詩》云：「我心匪石，不可轉也。」如左太沖詩：「吾希段干木，偃息藩魏君。」』觀其例句，似以虚而尚比興者爲南宗，實而用賦體者爲北宗。又釋虚中著《流類手鑑》云：『詩有二宗，第四句見題是南宗，第八句見題是北宗。』（《吟窗雜録》卷一二）似以見題先者爲南宗，見題後者爲北宗，前者頓而後者漸，意頗曖昧，未知然否。詞家亦有借南北宗立論者，清張其錦爲《梅邊吹笛譜序》云：『南宋詞有兩派：一爲白石，以清空爲主，高、史輔之，前則有夢窗、竹山、西麓、虚齋、蒲江，後則有玉田、聖與、公謹、商隱，掃除野狐，獨標正諦，猶禪之南宗也。一派爲稼軒，以豪邁爲宗，繼之者，龍洲、放翁、後村，猶禪之北宗也。』所見頗新，以清空屬南宗，豪放爲北宗；惟合白石與夢窗爲一派，似有可商，未爲確論。董其昌論畫揭南北宗，亦假禪立説，最爲膾炙人口。他若張作楠之《梅簃隨筆》，辨道家有南北二宗（見《越縵堂讀書記》），剽襲陳説，不免於牽强。論文説詩，假南北宗以立義者，代有其人，其實與釋氏原旨無關，祇是借喻而已。唐人假南北宗擬以頓漸，記有僧問越州石佛曉通禪師：『如何是頓教？』師曰：『月落寒潭。』曰：『如何是漸教？』曰：『雲生碧漢。』（《五燈會元》卷一六）以景色比方，亦饒詩意。取南北宗以喻詩，陳義不過如是已耳。」（《中國文學報》（日本京都大學）第三十二册，一九八〇年）

《譯注》：「大概王昌齡是考慮把賈誼作爲以詩賦爲中心的南方文學的始祖，把司馬遷作爲在散文方面很優秀的北方文學的始祖。」《譯注》附解説：「香港的饒宗頤教授曾以南卷所引王昌齡《詩格》第一章的『司馬遷爲北宗，賈生爲南宗云云』一節皆不見於《吟窗雜録》本的《詩格》、《詩中密旨》爲根據，推論此非王昌齡原文，而爲空海自撰。另外，此章亦不爲《眼心抄》的《凡例》所用，所以初一看，給人的印象是饒氏之説似乎正確。然而，實際上就在緊挨着饒氏以爲有問題之處的前面所引的《擊壤歌》四句與《皋陶歌》三句，皆原封不動的被《眼心抄》（二十七體）的第十一『一句見意體』再録。因爲空海絶不可能從自作文中引句進《眼心抄》裏立論。所以歸納而言，《詩格》第一章，包括饒氏以爲有問題之處，仍然歸爲王昌齡（或借其名的僞作者）之作纔妥當。」

李鋭清《滄浪詩話的詩歌理論研究》：「禪宗的分派，排七代的做法，對中國詩派的形成，也有影響。禪宗的立宗分派，始於神會和尚（六祖門人）。禪宗自五祖以後，神秀、慧能分爲南北二宗。先是北宗勢力很大，神秀並被武則天尊爲國師。直至神會和尚挺身北上，爲六祖慧能争正統，辯别南頓北漸的異同，至此纔奠定了南宗的地位。這影響文學的分南北派。王昌齡《詩格》説：『……乃知司馬遷爲北宗，賈生爲南宗，從此分焉。』」（香港中文大學出版社）

盛江案：文分南北，各有所宗，王昌齡之前多有其説。西卷《文二十八種病》「第四鶴膝」引劉善經説，劉氏論述温子昇、邢邵、魏收及謝朓、任昉、王融、劉孝綽諸人作品之後，稱：「諸公等，並鴻才麗藻，南北辭宗。」此或爲文分南北最早之説。後《隋書·文學傳序》云：「江左宫商發越，貴於清綺；河朔詞義貞剛，重乎氣質。氣質則理勝其詞，清綺則文過其意，理深者便於時用，文華者宜於詠歌。此其南北詞人得失之大較也。」又饒宗頤所引《北史·儒林傳序》：「大抵南北所爲章句，好尚互有不同。江左，《周易》則王輔嗣，《尚書》則孔安國，《左傳》則杜元凱。河洛，《左傳》則服子慎，《尚書》、《周易》則鄭康成。《詩》則並主於毛公，《禮》則同遵於鄭氏。南人約簡，得其英華；北學深蕪，窮其枝葉。考其終始，要其會歸，其立身成名，殊方同致矣。」唐盧照鄰《南陽公集序》：「北方重濁，獨盧黄門往往高飛；南國輕清，惟庾中丞時時不墜。」（《全唐文》卷一六六）盧照鄰《樂府詩序》：「言古興者，多以西漢爲宗。」（同上）文學南北分宗立派之説，顯有禪宗影響，但究其原因非止一端。慧能（六三八—七一三）於弘忍死後二年，即唐儀鳳二年（六七七），始公開參加佛教活動，正式落髮爲僧，弘揚頓悟法門，與神秀於北方倡行之漸悟相對，至此始有南頓北漸宗派之分。此之前，隋劉善經已提出「南北辭宗」之説（見上引）。蓋文分南北宗説之提出，固受禪宗影響，而先當基於南北文風不同之事實，南北文風之不同，自先秦時代即然，又因六朝以來南北政治對峙而風氣彌殊。以立「宗」論文，中國亦早已有之。漢班固《離騷序》稱《離騷》「然其文弘博麗雅，爲辭賦宗」，《漢書·叙傳》稱「司馬相如蔚爲辭宗，賦頌之首」，《文心雕龍·風骨》稱「相如賦仙，氣號凌雲，蔚爲辭宗」，均爲例子。中國古代立「宗」論文思想，或與自荀子、揚雄至劉勰之宗經傳統有關，自孔子至漢儒，學術尚師承，早已分宗立派，此於文學立「宗」論文影響尤深。又，饒宗頤謂此處以司馬遷爲北宗，賈誼爲南宗，「諒爲空師自撰」，饒説顯誤。

㉚「漢魏」四句：曹植、劉楨：均見天卷《四聲論》考釋。梁鍾嶸《詩品》上評曹植已見前注。評劉楨：「其源出於《古詩》，仗氣愛奇，動多振絶，貞骨凌霜，高風跨俗。」《文心雕龍·才略》：「劉楨情高以會采。」唐皎然《詩式》：「(劉楨)不由作意，氣格自高。」天縱：《論語·子罕》：「固天縱之將聖，又多能也。」

㉛遞相祖述：《禮記·中庸》：「仲尼祖述堯、舜，憲章文、武。」梁沈約《宋書·謝靈運傳論》：「王褒、劉向、揚、班、崔、蔡之徒，異軌同奔，遞相師祖。」隋李諤《上高祖革文華書》：「損本逐末，流徧華壤，遞相師祖，久而愈扇。」(《隋書·李諤傳》)唐杜甫《戲爲六絶句》：「未及前賢更勿疑，遞相祖述復先誰。」(《杜詩詳注》卷一一)

㉜經綸：《易·屯卦·象傳》：「雲雷屯，君子以經綸。」《禮記·中庸》：「唯天下至誠，爲能經綸天下之大經。」百代：謂歲月長久，《論衡·須頌》：「《恢國》之篇，極論漢德非常實然，乃在百代之上。」

㉝虚薄：晉干寶《晉紀總論》：「風俗淫僻，耻尚失所，學者以莊老爲宗而黜六經，談者以虚薄爲辯而賤名儉。」(《文選》卷四九)

㉞屬文於花草：唐白居易《與元九書》：「至於梁陳間，率不過嘲風雪，弄花草而已。」（《全唐文》卷六七五）

㉟「中有」三句：鮑照：已見地卷考釋。謝康樂：即謝靈運，已見天卷考釋。鍾嶸《詩品》上評謝靈運：「其源出於陳思，雜有景陽之體，故尚巧似，而逸蕩過之。」《譯注》：「『縱逸』，既是二人的長處，同時又可看作是缺點。」

㊱此段批評南朝文風。此類批評，隋及初唐多見，如隋李諤《上高祖革文華書》：「降及後代，風教漸落。魏之三祖，更尚文詞，忽君人之大道，好雕蟲之小藝。下之從上，有同影響，競騁文華，遂成風俗。江左齊、梁，其弊彌甚，貴賤賢愚，唯務吟詠。」（《隋書・李諤傳》）唐陳子昂《與東方左史虬修竹篇序》：「僕嘗暇時觀齊梁間詩，彩麗競繁，而興寄都絶。」（《全唐詩》卷八三）

《研究篇》下：「前面一段理論和《文心雕龍》有密切的關係。」

【附録】

來雄《聾鼓指歸序注》：

《秘府論》曰：先君不言而天下自理，不教而天下自然，此謂皇道。

《秘府論》曰：有騷人之作，皆失本宗。

（《定本弘法大師全集》卷七）

凡作詩之體①，意是格，聲是律②，意高則格高〔一〕，聲辨則律清〔二〕，格律全，然後始有調③。用意於古人之上，則天地之境，洞焉可觀。古文格高，一句見意，則「股肱良哉」是也〔三〕。其次兩句見意，則「關關雎鳩〔四〕，在河之洲」是也④。其次古詩，四句見意，則「青青陵上柏，磊磊澗中石〔五〕。人生天地間，忽如遠行客」是也⑤。又劉公幹詩云：「青青陵上松，飂飂谷中風。風弦一何盛，松枝一何勁。」此詩從首至尾，唯論一事，以此不如古人也〔六〕⑥。

【校記】

〔一〕「意高」，醍甲本右下注「時」。

〔二〕「聲辨」，醍甲本右下注「時」。

〔三〕「股肱良哉」，原眉注「尚書」，醍甲本左旁注「左右大臣也」。

〔四〕「關關雎鳩」，原眉注「毛詩雎七余反鳩鳥也」。

〔五〕「磊磊澗中石」，原眉注「文選磊力罪反又作礧」。

〔六〕「如」，醍甲、仁甲、義演本作「知」。

【考釋】

① 凡作詩之體：維寶箋：「作文之用心，有五十五則，此一則也，論古今之體也。」

②「意是」二句：聲是律：《書·舜典》：「詩言志，歌永言，聲依永，律和聲。」

中澤希男《王昌齡詩格考》：「格是體格，詩的内容，指作者意興的具體表現。」《譯注》：「這裏所用的『格』、『律』，各自包含兩重意思。第一，如同有『格律』這個詞一樣，二字指詩歌創作上的規則。再進一步，『格』還指如同『風格』、『格調』這些詞所意味的詩所表現出來的旨趣，因此與『意』相連結。另外，『律』也指六律六吕即所謂十二律，與詩的音律有關聯，因此和『聲』有密不可分的關係。」

齊益壽《皎然〈詩式〉論用事初探》：「一首詩能興象多端而詞歸一旨，王昌齡便以爲『格高』。如此，作爲品詩等第的判準之一的『格』字，便應當指由各個不同的興象所交織融合而成的整體意境纔是。整體的意境自然與表現於詩中的『情』、『意』密切攸關，同時也跟作者呈現於詩中的修辭練字相關。是以『情』、『意』、『格』衹是就認知的着重點之不同所作的區分，事實上三者是難以截然分開的。」

盛江案：王昌齡所論之「意」含義甚豐。主要指詩中内容題中主旨及體現出之思想境界，又指構思之意，感興之意，及詩中豐厚之内在意藴，詩歌意藴構成之藝術氛圍。

③「意高」四句：聲辨：中澤希男《王昌齡詩格考》：「所謂『聲辨』，是説輕重清濁巧妙的組合，每一個音都不沈濁。」

吟窗本王昌齡《詩中密旨》：「詩有二格：詩意高謂之格高，意下謂之格下。古詩：『耕田而食，鑿井而飲。』此高格也。沈休文詩：『平生少年日，分手易前期。』此下格也。」本書天卷《調聲》：「格，意也。意高爲之格高，意下爲之下格。」可與參看。

《研究篇》下：「一般説『格』，是指詩的構造，屬於形式性或者形態性的階段，但昌齡所説的可以認爲進一步包含樣式性的意思。而且格高就是意高的表現，就是説，格高不是靠講究技巧就能得到，作者自身提高意，自然而然格就會浸潤而出。這個『意』主要意味着表現的意象（或者具有構成志向的未表現的姿態），但産生意的是對於詩的思想準備，進一步説，是作爲人的心的態度。把這樣的意作爲體，而把格作爲它的表現，是基於把詩作爲『感激而成，都無飾練』的根本理念，但是在整體上無視飾練。因此，和『格』一起要提出『律』。」「韻律的雕琢並非要否定，但也不是不加批判的肯定。這是追求『格律全』所表示的。就是説，不承認遊離於格的韻律美，律和格互相融合的時候，纔開始得到真正的律。但是，格衹能是意的表現，因此，律和意融合的時候，律和格的融合就成爲可能。換言之，意普及於格和律的每一處，格和律的細微之處，都活生生地感覺到作者之意，這個時候，就完成了真實的表現。昌齡把這叫作『格律全，然後始有調』。這個『調』，和香川景樹所謂『しらべ』似乎大體相同。不掩飾真實感情，把它自然的表現出來是歌，人的真情透過語感和音感的律動而流露於歌中，把它表現出來，香樹就把它叫作『しらべ』，昌齡的『調』和這幾乎没有什麽不同。因而，不會有離開意的調。」

盛江案：王昌齡同時之殷璠《河嶽英靈集》，及後來中唐皎然、宋嚴羽，明之高棅、胡應麟、李東陽、李夢陽、王世貞，清之沈德潛等，均以「格調」論詩，其内涵雖時有變化，然究其源，當可追溯至王昌齡「格調」説。王昌齡所謂「格」，乃指品格，作品之審美層次、藝術境界之概念。所謂「格高」，即審美層次高，藝術境界高。詩歌創作立意高古闊大，高邁超逸，而非力弱氣沉，且言簡意豐，不事雕飾，不相映帶，直置自然。同時聲韻有序，諧調流暢，是謂格高律清。於此基礎之上，寓感情於音律之中，情調與音調，感情節奏與音律節奏和諧統一，於整體風貌基礎上形成境界高遠之詩美，是之謂「格律全」，是之謂「調」。此一思想，與其文分南北宗之説密切相關，反映王昌齡創作追求，亦反映盛唐審美理想，殷璠《河嶽英靈集》多用格高調逸評盛唐詩人，可以爲證。

④「古文」六句：股肱良哉：見於《書・益稷》，已見前文考釋。關關雎鳩：詩見《詩・周南・關雎》。王昌齡《詩中密旨》「句有三例」：「一句見意：股肱良哉是也。兩句見意：『關關雎鳩，在河之洲。』」可與參看。

⑤「青青陵上柏」四句，爲《古詩十九首》其三（《文選》卷二九）首四句，王昌齡《詩中密旨》「句有三例」：「四句見意：『青青陵上柏，磊磊澗中石。』『人生天地間，猶如遠行客。』」可與參看。《研究篇》下：「這雖然不是論述句的音數律，但至少是説，把意多作爲格高，言多意少作爲格低，這樣評價它不應該是過分。和後來各家所説祇單純論形式相比，提出意是根基，把意直接成爲句看作是正確的表現，這是很重要的見解。」

⑥「青青陵上松」四句：出漢劉楨《贈從弟三首》其二，全詩爲：「亭亭山上松，瑟瑟谷中風。風聲一何盛，松枝一何勁。冰霜正慘悽，終歲常端正。豈不羅凝寒，松柏有本性。」（《文選》卷二三）維寶箋：「此詩起句伸松，次句言風，意在松，故云一事也。」

吟窗本王昌齡《詩格》「常用體十四」：「立節體三。王仲宣《詠史》：『生爲百夫雄，死爲壯士規。』劉公幹詩：『風聲一何盛，松竹一何勁。』」可與參看。

《研究篇》下：「據此（盛江案：指本段論述），格之『高』，產生於意的簡切的表現，言外有豐富的餘韻。『股肱良哉』祇此一句就可以説有很深的依賴感，比起連接很多的句子，更能引起豐富的感興。像《詩經》時代需要兩句，接着，『言盡』的傾向進展到需用四句表達一個意思，但是，格還要低到把全部的話説盡。到曹魏的劉楨之流，費了很多句子，意還祇停滯在一處。因此不合於古人。——這就是昌齡的論旨，主要在於尊重『意』。用穠密的色彩覆蓋整個畫面的是『格低』，在什麽也不描寫的空白處餘情洋溢的是『格高』。六朝時代崇尚『形似』即把什麽都寫盡的思潮。昌齡之論是對這一弊端的衝擊。就是説，『至晉宋齊梁，皆悉頹毀』，與其説是從理論上批評其浮華淫靡，不如説警戒描寫過多之餘而消失了餘情。」昌齡説和明代格調説有相通之處，「格調説的先聲甚至存在於中唐。事實上，和六朝尊重聲韻不同，重視格調是唐代的特色。但是，昌齡一方面説要提高格調，一方面又認識到格高在於味外之味的餘情之韻，這又和神韻説有相通之處。還有，昌齡的『意』不止於表現的意象，也包含採取表現態度之前的心，即人的情思。他説『感激而成』，那感激的心就是『意』。這又看出和性靈説的相通之處。總之，昌齡詩論兼有這三派，而後世這三派各自强調其一方面，其結果是互成水火」。

詩本志也①，在心爲志，發言爲詩，情動於中，而形於言，然後書之於紙也②。高手作勢③，一句更別起意，其次兩句起意。意如湧煙，從地昇天〔一〕，向後漸高漸高〔二〕，不可階上也④。下手下句弱於上句⑤，不看向背⑥，不立意宗⑦，皆不堪也⑧。

【校記】

〔一〕「從地昇天」至「作文興若不」七百七十八字醍甲本無，與仁和寺本比較，當脱四頁。

〔二〕「向」，《眼心抄》作「而」。「漸高漸高」，原作「漸々高々」，各本同。此爲日本抄本疊詞抄寫之例，今改。下同。

【考釋】

① 詩本志也：維寶箋：「二論作勢高下。」

② 《毛詩序》：「詩者，志之所之也。」（《毛詩正義》）

③ 高手：梁鍾嶸《詩品》上評張協：「風流調達，實曠代之高手。」維寶箋：「高手，巧詩者也。」《校注》：「高手，本書習用語，本卷下文云：『凡高手，言物及意，皆不相倚傍。』又云：『如此之例，皆爲高手。』又云：『凡作文，必須看古人及當時高手用意處，有新奇調學之。』」

盛江案：關於「勢」，皎然《詩式》「池塘生春草」「明月照積雪」亦論及，云：「夫詩人作用，勢有通塞，意有盤礴。勢有通塞者，謂一篇之中，後勢特起，前勢似斷，如驚鴻背飛，卻顧儔侣。」本書地卷編入王昌齡《十七勢》，可參彼處考釋。又如後所謂「一句更別起意」，即前文所謂「一句見意」，一句見意，是爲高手，是爲格高。「兩句起意」是兩句始將詩意表達清楚，即上文所言「兩句見意」，地卷《十七勢》之「第三直樹一句第二句入作勢」亦論兩句問題，然意爲第一句景物烘托，第二句點題入意，與此有所不同。

④「意如」四句：維寶箋：「湧煙者，《冰川詩式》曰：『詩要突兀高遠，如狂風捲浪，勢欲滔天。』」盛江案：此處「湧煙」云云，非指詩之突兀高遠，而是説明作勢立意，最忌遊離，須盡早作勢明意，最好一句見意，其次亦需兩句見意，不要三句四句唯論一事，甚至下筆千言，不知所云，因爲詩意有如湧煙，極易散漫，從地昇天，越往後越難把握。不可階上：典出《論語・子張》「夫子之不可及也，猶天之不可階而升也」，然含義略有不同。昌齡之意，非指詩意之高遠不可企及，而是謂詩需及時作勢立意。又，《譯注》：「『向後』爲俗語的表現，與『以後』之意相近。」

⑤下手：維寶箋：「下手，拙詩者也。」

⑥向背：指切合與不切合，面對與背對，迎合與背棄。《尉繚子・天官》：「刑以伐之，德以守之，非所謂天官時日陰陽向背也。」（上海古籍出版社一九九〇年）魏李康《運命論》：「凡希世苟合之士，蘧蒢戚施之人……以窺看爲精神，以向背爲變通，勢之所集，從之如歸市，勢之所去，棄之如脱遺。」（《文選》卷五三）此指對文章意旨之切合與背離。

⑦立意宗：吟窗本王昌齡《詩格》「詩有三宗旨」：「立意一。立六義之意，風雅比興賦頌。」梁蕭統《文選序》：「老莊之作，管孟之流，蓋以立意爲宗，不以能文爲本。」

⑧《研究篇》下：「『一句更別起意』，可能是指直樹一句第二句入作勢，『兩句起意』，可能是指直樹

兩句第三句入作勢，可是越往後意越高，直到無法企及，包含這樣高遠境界的就是高手的作品。與此相反，下手之作，則下句意弱於上句，不辨句勢的配合，没有好好的把握中心意旨。下句不要劣於上句，二條爲世《和歌用意條條》也能看到。……爲世之説是説，如果和歌全體都用力，就會顯得拘謹而缺乏遊刃餘地，因此，上句不是那麽要緊，而下句則最好要加强總體，因此這是從和歌風體的平衡推論出來的見解。昌齡並非没有這樣的意思，但焦點勿寧説在於意的表現。他理想的是，意充實於詞句，以至溢於言外的表現，因此必須把意貫徹到最後。中途如果有所削弱，則後面就容易出現辭句華麗但詩意淡薄的狀態。這是需要警戒的。高手之作，則是從大地昇起的煙氣直達遥遠的蒼天。但是，在實際創作中，詩意削弱，多數在下句。因此要很好地把詩意滲透到下句。昌齡如何重視詩意，從這一點可以看出。」

盛江案：此處之「意」指詩歌意藴所構成之藝術氛圍。意藴豐厚，氛圍濃烈，高遠莫測，故曰「意如湧煙」，故曰「從地昇天，向後漸高漸高，不可階上」。與詩之統一氛圍意藴一致，是爲「向」，游離詩旨，與詩之總體意藴氛圍相背，是爲「背」。不確立詩之總體意藴藝術氛圍，是爲「不立意宗」。

【附録】

《作文大體》：《秘府論》云：詩本志也，在心爲志，發言爲詩，情動於中，而形於言。然後書之於紙也。（觀智院本，轉據《考文篇》）

凡文章皆不難，又不辛苦①。如《文選》詩云「朝入譙郡界」②，「左右望我軍」③。皆如此例，不難不辛苦也〔一〕④。

【校記】

〔一〕「也」，松本本無。

【考釋】

①「凡文章」二句：維寶箋：「三伸不辛苦。」本書天卷《調聲》：「作語不得辛苦，須整理其道格。」

② 朝入譙郡界：出漢王粲《從軍詩五首》其五，全詩爲：「悠悠涉荒路，靡靡我心愁。四望無煙火，但見林與丘。城郭生榛棘，蹊徑無所由。雚（萑）蒲竟廣澤，葭葦夾長流。日夕涼風發，翩翩漂吾舟。寒蟬在樹鳴，鸛鵠摩天遊。客子多悲傷，淚下不可收。朝入譙郡界，曠然消人憂。鷄鳴達四境，黍稷盈原疇。館宅充廛里，女士滿莊馗。自非聖賢國，誰能享斯休。詩人美樂土，雖客猶願留。」（《文選》卷二七）

③ 左右望我軍：出漢王粲《從軍詩五首》其四，全詩爲：「朝發鄴都橋，暮濟白馬津。逍遥河堤上，左右望我軍。連舫踰萬艘，帶甲千萬人。率彼東南路，將定一舉勛。籌策運帷幄，一由我聖君。恨我無時謀，譬諸具官臣。鞠躬中堅内，微畫無所陳。許歷爲完士，一言獨敗秦。我有素餐責，誠愧伐檀人。雖無鉛刀用，庶幾奮薄身。」（同上）

《譯注》：「這兩句本來出自不同的詩，但這裏似看作是一聯。」

④吟窗本王昌齡《詩格》「詩有六式」：「不難二。王仲宣詩：『朝入譙郡界，曠然銷人憂。』此謂絶斧斤之痕也。不辛苦三。王仲宣詩：『逍遥河堤上，左右望我軍。』此謂宛而成章也。」「常用體十四」：「曲存體二。王仲宣詩：『朝入譙郡界，曠然銷人憂。』此乃直叙其事而美之也。」可與參看。

《校勘記》：「這一條與王昌齡《詩格》『詩有六式』（引文略）同原。傳本《詩格》也許不是原文，而有省略。但和《秘府論》的引文相比，意思更通，也許《秘府論》把『不難』和『不辛苦』二條合作一條。」

《校注》：「《顏氏家訓·文章》篇：『何遜實清巧，多形似之言，揚都論者，恨其每病苦辛，饒貧寒氣。』苦辛義與此同，《文心雕龍·神思》篇：『秉心養術，無務苦慮，含章司契，不必勞神。』亦不辛苦之義也。」

盛江案：王昌齡《詩格》「詩有六式」論不難不辛苦其特點爲「絶斧斤之跡」，「宛而成章」，所引二詩例與本處《論文意》所引同，均爲不加雕琢直叙之句。《顏氏家訓·文章》篇論何遜，蓋批評何遜詩内容常病苦辛，饒貧寒氣，不及劉孝綽之雍容，引《文心雕龍·神思》篇論秉心養術，蓋言無務思慮之辛苦，均與王昌齡所言詩句表現上絶斧斤之跡的「不難不辛苦」意思有别。

夫作文章①，但多立意②，令左穿右穴③，苦心竭智，必須忘身，不可拘束。思若不來，即須放情卻寬之④，令境生。然後以境照之〔一〕⑤，思則便來，來即作文。如其境思不來，不可作也⑥。

【校記】

〔一〕「照」，原作「昭」，據三寶、高甲、六寺、維寶箋本、義演等本改。

【考釋】

① 夫作文章：維寶箋：「四明求境作否。」

本書天卷《調聲》：「最要立文，多用其意，須令左穿右穴，不可拘檢。」吟窗本王昌齡《詩格》「詩有六貴例」：「穿穴三。古詩：『古墓犂爲田，松柏摧爲薪。』」晉陸機《文賦》：「每自屬文，尤見其情。恒患意不稱物，文不逮意。」「其會意也尚巧，其遣言也貴妍。」（《文選》卷一七）可與本節參看。

② 但多立意：中澤希男《王昌齡詩格考》：「『但多』是連言，『但』是『祇』之意（《正韻》：祇，但也）。」盛江案：詩之内涵須盡可能豐富，意藴盡可能多，故曰「多立意」。

③ 左穿右穴：維寶箋：「左穿，梁橋《詩原》曰：『詩不可鑿空强作，待境而生，自工竭智，盡識智也。』」盛江案：左穿右穴，意謂想像縱横馳騁，思路要開闊。深深發掘探究事物新奇之義。

④ 「思若」二句：《南齊書·文學傳論》：「若夫委自天機，參之史傳，應思悱來，勿先構聚。言尚易了，文憎過意，吐石含金，滋潤婉切。」又，《文心雕龍·養氣》也有論述（詳下注），均可與此參看。

⑤ 然後以境照之：中國古代傳統哲學尤以道家哲學早已提出「境」，如《淮南子·修務訓》「觀始卒之端，見無外之境」，其境乃指内心拓開之廣遠精神境界。佛教即指作爲六根（眼、耳、鼻、舌、身、意）對

象之六境（色、聲、香、味、觸、法），《成唯識論》卷一：「外境隨情而施設，故非有如識，内識必依因緣生，故非無如境。」「境依内識而假立，故唯世俗有；識是假境所依事，故亦勝義有。」（《成唯識論校釋》，中華書局一九九八年）

孫昌武《佛教與中國文學》：「中國詩論中最早論述境界問題的是詩僧皎然。」（上海人民出版社一九八八年）陳良運《「境界」溯源新得》：「王昌齡所著《詩格》、日本留學僧人遍照金剛所著《文鏡秘府論》中記録王昌齡涉及詩境的一些言論，確實爲詩歌理論中最先出現的『境界』説。」（陳良運《詩學·詩觀·詩美》，江西高校出版社一九九一年）

吟窗本王昌齡《詩格》：「詩有三境：一曰物境，二曰情境，三曰意境。物境一。欲爲山水詩，則張泉石雲峰之境，極麗絶秀者，神之於心，處身於境，視境於心，瑩然掌中，然後用思，了然境象，故得形似。情境二。娱樂愁怨，皆張於意而處於身，然後弛思，深得其情。意境三。亦張之於意而思之於心，則得其真矣。」「詩有三格：一曰生思，二曰感思，三曰取思。生思一。久用精思，未契意象，力疲智竭，放安神思，心偶照境，率然而生。感思二。尋味前言，吟諷古制，感而生思。取思三。搜求於象，心入於境，神會於物，因心而得。」

關於「境」，與王昌齡同時尚有殷璠《河岳英靈集》評王維詩，「一句一字，皆出常境」，後來唐皎然《詩式》提出「取境之時，須至難至險，始見奇句」，「夫詩人之説（盛江案：當爲「鋭」或「詩」字之訛）思初發，取境偏高，則一首舉體便高，取境偏逸，則一首舉體便逸」，「情，緣境不盡曰情」，《詩議》提出「夫境象非一，虚實難明」，唐劉禹錫《董氏武陵集序》提出「境生於象外」（《全唐文》卷六〇五），中晚唐論詩境已成風氣。

⑥此段論及創作想像時心物交融之特點，此意《文心雕龍》亦有論述，如《物色》：「是以詩人感物，聯類不窮，流連萬象之際，沉吟視聽之區。寫氣圖貌，既隨物以宛轉；屬采附聲，亦與心而徘徊。」「山沓水匝，樹雜雲合，目既往還，心亦吐納。」《神思》：「神用象通，情變所孕。物以貌求，心以理應。」

夫置意作詩〔一〕，即須凝心①，目擊其物②，便以心擊之〔二〕，深穿其境。如登高山絶頂，下臨萬象，如在掌中。以此見象，心中了見，當此即用③。如無有不似④，仍以律調之定⑤，然後書之於紙。會其題目⑥，山林、日月、風景爲真⑦，以歌詠之。猶如水中見日月〔三〕⑧，文章是景⑨，物色是本⑩，照之須了見其象也⑪。

【校記】

〔一〕「夫」，《眼心抄》作「凡」。

〔二〕「擊」，仁甲、義演本作「繫」。

〔三〕「猶如」上《眼心抄》、高甲本有「是」字。

【考釋】

①凝心：《莊子·達生》：「用志不分，乃凝於神。」

②目擊：《莊子·田子方》：「目擊而道存矣，亦不可以容聲矣。」

③「以此」三句：《文心雕龍·神思》：「神思方運，萬塗競萌，規矩虛位，刻鏤無形。登山則情滿於山，觀海則意溢於海，我才之多少，將與風雲而並驅矣。」可與此參看。維寶箋：「《冰川詩式》曰：『先須隆静此心，如秋高月明，獨立華岳之巔，俯視萬象，景皆入奇峭中。』」

④如無有不似：即所謂「形似」。關於「形似」，六朝文論多有論及，已見前注，參地卷《十體》「形似體」。又，《顔氏家訓·文章》：「何遜詩實爲清巧，多形似之言。」

⑤律調：王昌齡常用語，意爲以某種規則規範約束之，調暢之。參天卷《調聲》考釋。

⑥會其題目：本書天卷《調聲》：「且須識一切題目義。」

⑦風景：《譯注》：「『風景』，六朝直到盛唐用作風光之意。」

⑧猶如水中見日月：《五燈會元》卷八祥禪師：「（僧問）應物現形如水中月，如何是月。師提起拂子。」又《大智度論》卷六《初品中十喻釋論》：「諸法如炎，如水中月者，月實在虛空中，影顯於水……復次如小兒見水中月，歡喜欲取，大人見之，則笑，無智人亦如是。……復次譬如静水中見月影，攪水則不見。」（《中華大藏經》第二五册）

⑨文章是景：景：即影。謂文章猶水中之日月，乃外物映照之結果。

⑩物色是本：物色：自然景色。劉宋顔延之《秋胡詩》：「日暮行采歸，物色桑榆時。」（《文選》卷二一）劉宋鮑照《秋日詩》：「物色延暮思，霜露逼朝榮。」（《藝文類聚》卷三）《文心雕龍》有《物色》篇，已見前注。《文選》卷一三有「物色」類賦，李善注：「四時所觀之物色而爲之賦，又云，有物有文曰色。風雖無正色，然亦有聲。」

⑪《研究篇》下：「徹見於山林日月的是真象，表現於詩中就像映於水鏡中一樣。詩中日月之所以光輝燦然，是因爲把存在於真的日月中之光和屬自己的東西隔開了。那麽，把握這一真象的途徑是什麽呢？把詩的山林作爲映入水中的山林的時候，由於這一映像和真的山林完全一樣，因此，就要求水自身完全處於澄静之境。稍微有一點波動，水中的山林就會變形。現在，如果把水理解爲心，那麽，就和昌齡提示的『安神凈慮』有着鮮明的照應。爲要把握景物，必須安神凈慮，這時，心裏一點模糊紊亂也不能有，必須静如真的止水一樣。但是，和這樣單純消極的静澄不同，昌齡説要『以心擊之，深穿其境』。把心凝集於對象，完全融合一體，戛然以心擊之。這種傾入全身心的驚人的感合，和水的静寂澄徹好像是互相矛盾的，但事實上並非如此。其中消息，能勢博士在《把握與表現》一文中有詳盡論述：『在想要掌握的意識中，不是首先大體上了解事物，而是超越想要掌握的意識之後，然後抓住事物。這雖然是非常不合理的説法，但是我確信這是正確的真理。想要把握的意識越是强烈，事物和自身就越是分裂。這時把握的東西衹是事物的表面。但是，所謂忘我對物之時，事物的核心有時會在意想不到之際，突然一閃停留在自己這裏。落想也好，天啓也好，靈感也好，用這些言辭所表示的，都是在忘我的境界中來

到的東西。但是，這時值得注意的是，忘我也好，超意識也好，並不是漫然等待而來的東西。這是要反覆盡自己全力於詩句的創作，不論什麽時候都要盡力奮進，一次又一次的緊張努力而來到的「無」的境界。這是打開充實極限的「無」。』安神浄慮由心擊深穿而生。動即是静。一邊説，『作文乘興而作，若似煩即止』，一邊説『但多立意，令左穿右穴苦心竭智』，這一理論，也祇能是啓示這種妙機的禪宗公案。『切入關鍵』的感合的驚人之處，就是藏匿無限静寂的深淵中發光的東西。」

夫文章興作〔一〕，先動氣，氣生乎心①，心發乎言，聞於耳，見於目②，録於紙。意須出萬人之境，望古人於格下〔二〕③，攢天海於方寸④。詩人用心⑤，當於此也。

【校記】

〔一〕「夫」，原無，據三寶、高甲、六寺本補。《眼心抄》「夫」作「凡」。

〔二〕「格」，高甲、高丙、仁甲、天海本作「挌」。豹軒藏本鈴木虎雄注：「格，疑當作『脚』。」《考文篇》：「『格下』爲『脚下』之假借。『格』爲『脚』之音訛。」《校注》：「上文云：『意是格。』即此格字之義，作『脚』者疑出臆改。」

【考釋】

①「先動」二句：《譯注》以爲此處之「氣」指宇宙的基本原素。盛江案：「氣」指天地之元氣，自然之

節氣，古已有之，如《禮記·樂記》所言「地氣上齊，天氣下降，陰陽相摩，天地相蕩，鼓之以雷霆，奮之以風雨，動之以四時，煖之以日月，而百化興焉」。昌齡此處，前既言「以此見象，心中了見」，「山林、日月、風景爲真」，下亦言「聞於耳，見於目」。「聞於耳，見於目」者當即爲上文所言自然節候物色之象。蓋指物色之象心中了見，而歌詠之，録之於紙。如此，則與鍾嶸《詩品序》所言「氣之動物，物之感人，故摇蕩性情，形諸舞詠」，《禮記·樂記》所言「凡音之起，由人心生也，人心之動，物使之然也，感於物而動，故形於聲」，意相近也。然細案王昌齡此處所論，祇言「先動氣」，「氣生乎心」，並未言「氣之動物，物之感人」，並未言及自然物候之動心感人。又，「動氣」語出《孟子·公孫丑上》「志壹則動氣，氣壹則動志」；「心發乎言」與《文心雕龍·才略》所言「膏潤於筆，氣形於言」，《體性》所言「夫情動而言形，理發而文見」，「氣以實志，志以定言」意思相近；而昌齡所言「氣生乎心」，「生乎心」者當爲作家之志意情性。故而昌齡之本意，或者既吸收自然物候感人動心之意，以説明創作過程中心物交融之特點，又慮及作家氣質志氣情性之作用。

② 「聞於」二句：《文心雕龍·神思》：「物沿耳目，而辭令管其樞機。」

③ 格下：本書天卷《調聲》：「意高爲之格高，意下爲之下格。」

④ 攢天海於方寸：即晉陸機《文賦》「觀古今於須臾，撫四海於一瞬」，《文心雕龍·神思》「故寂然凝慮，思接千載，悄焉動容，視通萬里」之意。方寸：指心。《列子·仲尼》：「嘻，吾見子之心矣，方寸之地虚矣。」《抱朴子·嘉遁》：「方寸之心，制之在我，不可放之於流遁也。」《文心雕龍·論説》：「詞深人天，

致遠方寸。」

⑤用心：陸機《文賦》：「余每觀才士之所作，竊有以得其用心。」（《文選》卷一七）李善注：「用心，言士用心於文。」《文心雕龍·序志》：「夫文心者，言爲文之用心也。」

夫詩〔一〕，入頭即論其意①，意盡則肚寬，肚寬則詩得容預〔二〕②。物色亂下③，至尾則卻收前意，節節仍須有分付〔三〕④。

【校記】

〔一〕「夫」，《眼心抄》作「凡」。

〔二〕「肚寬肚寬」，原作「肚々寬々」，各本同，原左旁朱筆注「古都古二反腹肚」。「預」，仁甲、義演、江户刊本、維寶箋本作「顔」，六寺本眉注「顔」。《考文篇》：「『容預』作『容顔』，恐非。『預』即『與』假借。」《校勘記》、《譯注》從之。

〔三〕「付」，豹軒藏本鈴木虎雄注：「寸？」

【考釋】

①入頭即論其意：本書地卷《十七勢》「第一直把入作勢」：「第一，直把入作勢。直把入作勢者，若賦得一物，或自登山臨水，有閑情作，或送別，但以題目爲定，依所題目，入頭便直把是也。」又，《文心雕

龍・鎔裁》：「履端於始，則設情以位體。」

②容預：容與，從容閑舒貌。《楚辭・九歌・湘夫人》：「時不可兮驟得，聊逍遥兮容與。」又爲放縱，放任。《莊子・人間世》：「因案人之所感，以求容與其心。」成玄英疏：「容與，猶放縱也。」作詩起始即不可遊離詩意，故曰「入頭即論其意」。詩之主旨意蘊需充分表現，是所謂「意盡」。思路開闊，意蘊豐富無限，可以縱横變轉，是所謂「肚寬」。「容預」爲從容閑舒，又爲放縱放任。

③亂下：紛紛而下，謂深入題意，則詩思開闊從容，物色豐富多彩，紛至沓來。

④節節：逐一，處處，此指文章自頭至尾之每一部分。分付：當即吩咐，口頭指派，交代安排事物，此當指交代安排文章各部分，前後之關聯照應。鈴木虎雄謂「分付」爲「分寸」，非也。

李珍華《王昌齡研究》：「王昌齡把一首詩分爲三個構成部分，『頭』、『肚』和『尾』，這三個部分以頭爲最重要，原因是詩頭的作用是點明詩題，立下色調，並決定全詩的行文組織。……寬肚的功用，除了可使詩篇獲得豐富多彩的容顔物色，還可以給它帶來『百般縱横，變動數出』的機會。」

夫用字有數般。有輕，有重，有重中輕〔一〕，有輕中重，有雖重濁可用者，有輕清不可用者，事須細律之①。若用重字，即以輕字拂之便快也②。

【校記】

〔一〕「有」，原無，三寶、仁甲、義演本同，據高甲、高丙、六寺本補。

【考釋】

①事須：宋陸游《小雨》：「事須求暫假，宜睡稱燒香。」自注：「事須二字，蓋唐人公移中語也。」（《劍南詩稿校注》卷一九，上海古籍出版社一九八五年）清況周頤《蕙風詞話》續編卷二：「『聖得』、『事須』、『稱銷』、『這些』，皆唐宋人方言。」（人民文學出版社一九六一年）唐褚遂良《唐太宗於寢殿側置太子院諫疏》：「事須階漸，恒計旬日。」（《文苑英華》卷六九五）中澤希男《王昌齡詩格考》：「事須，務須應該如何之意，《遊仙窟》可見此語，變文中也屢見此語。『若用重字……便快也』，是『如果用重字，用輕字矯正過來聲調便輕快』。拂爲弼之音假。」律：以某種規則約束之。本書天卷《調聲》王昌齡云：「律調其言，言無相妨。以字輕重清濁間之須穩。至如有輕重者，有輕中重，重中輕，當韻之即見。且莊字全輕，霜字輕中重，瘡字重中輕，床字全重。如清字全輕，青字全濁。詩上句第二字重中輕，不與下句第二字同聲爲一管。」可參看。

②羅根澤《中國文學批評史》：「這是詩韻的調清濁法。詩句的調清濁法，言及輕重，但以輕清與重濁對舉，知輕重仍是清濁，輕中重爲次清，重中輕爲次濁。」盛江案：拂，輔弼，相佐。快，聲韻快暢流暢。

【附録】

杲寶《悉曇字記創學抄》卷九：《秘府論》云：夫用字有數般，有輕，有重，有重中輕，有輕中重。（信範《九弄十紐圖私釋》下亦引此數句，然此數句之下復有：「又云：文質更變，而清濁之旨是一。」）

夫文章①，第一字與第五字須輕清，聲即穩也，其中三字縱重濁，亦無妨。如「高臺多悲風，朝日照北林」②。若五字並輕，則脱略無所止泊處〔一〕；若五字並重，則文章暗濁③。事須輕重相間④，仍須以聲律之。如「明月照積雪」，則「月」、「雪」相撥⑤。及「羅衣何飄飖」〔二〕，則「羅」、「何」相撥⑥。亦不可不覺也⑦。

【校記】

〔一〕「略」，原右旁注「洛一本」。

〔二〕「飖」，三寶本作「飄」。

【考釋】

① 夫文章：《譯注》：「這裏所謂文章，特指五言詩。」

② 「高臺」二句：出魏曹植《雜詩六首》其一，全詩爲：「高臺多悲風，朝日照北林。之子在萬里，江

湖迴且深。方舟安可極，離思故難任。孤雁飛南遊，過庭長哀吟。翹思慕遠人，願欲託遺音。形影忽不見，翩翩傷我心。」（《文選》卷二九）據《韻鏡》，各字清濁如下：高（平清）臺（平濁）多（平清）悲（平清）風（平清），朝（平清）日（入清濁）照（去清）北（入清）林（平清濁）。

《譯注》：「上句『高臺多悲風』，五字全部爲平聲，如果就聲母來看，衹有第二字『臺』屬濁音（定母）。又，下句『朝日照北林』爲平仄仄仄平。從這兩個例句來看，可能王昌齡是想從平仄和清濁兩個側面來調暢聲律。如下句那樣，第一字和第五字如果爲平聲，那麼中間三字可以全部是仄聲，像上句那樣衹有平聲的情況下，則第一字、第五字安排清音，中間則配置濁音，這樣來謀求調聲。」

盛江案：由例詩「高臺多悲風，朝日照北林」觀之，二句中間三字均爲「濁清清」。上句中間三字既有一等韻（臺、多），亦有三等韻（悲）。後句中間三字既有四等韻（照），亦有一等韻（北）及三等韻（日），均不符合中間三字重濁之條件，故昌齡不當以聲母清濁及韻類等位區分輕清重濁，而當就聲調而言，就下一句而言。下一句「朝日照北林」，中間三字均爲仄聲，且第一字和第五字均爲平聲，正與其所謂第一字與第五字須輕清，中三字縱重濁亦無妨者相合。何以第一字與第五字須用平聲，何以如此「聲即穩」？或者因爲仄聲欹側澀促，給人不穩定之感覺，而平聲輕揚舒緩，給人平穩之感覺。或由聲而及情，第一字第五字用平聲，聲韻及詩情均更顯舒展，而用仄聲，則聲韻詩情均顯欹側不平。此亦體現劉滔平聲有用處最多之思想。

③「若五」四句：饒宗頤《〈文心雕龍·聲律篇〉與鳩摩羅什〈通韻〉》：「所言仍是沈約『兩句之中，輕

重悉異』之旨。輕是清，而重是濁，亦可聯結爲言。『高臺多悲風』五字皆平聲，並輕，是輕重亦指平仄而言，亦可兼指聲與韻。」脱略：梁江淹《恨賦》：「脱略公卿，跌宕文史。」（《文選》卷一六）張銑注：「脱略，輕易。」《晉書·謝尚傳》：「脱略細行，不爲流俗之事。」無所止泊處：晉陶淵明《雜詩》：「前塗當幾許，未知止泊處。」（《陶淵明集》卷四）梁鍾嶸《詩品序》：「若但用賦體，則患在意浮，意浮則文散，嬉成流移，文無止泊，有蕪蔓之累矣。」中澤希男《王昌齡詩格考》：「脱落無所止泊處，意爲衹這一句從其他句子中抽出來（脱落）而失去着落。」

④ 事須輕重相間：本書天卷《調聲》：「以字輕重清濁間之須穩。」

⑤「如明」二句：明月照積雪：出劉宋謝靈運《歲暮》，全詩爲：「殷憂不能寐，苦此夜難積。明月照積雪，朔風勁且哀。運往無淹物，年逝覺已催。」（《藝文類聚》卷三）據《韻鏡》，各字清濁如下：明（平清濁）月（入清濁）照（去清）積（入清）雪（入清）。《譯注》：「第一字『明』爲平聲之外，全部爲仄聲。可能看到其中『月』（入聲十月韻）和『雪』（入聲十七薛韻）互相影響，帶來聲律上的抑揚。晉宋時，月韻和薛韻通押之例不少。」

月雪相撥：羅根澤《中國文學批評史》：「（「月」「雪」）確是清濁相撥。」又維寶箋：「捩開云撥也。」中澤希男《王昌齡詩格考》：「撥爲拂之假借，《説文通訓定聲》：『撥，假借爲拂。』」盛江案：「撥」爲碰撞、磨擦之意。孟浩然《早發漁浦潭》：「卧聞漁浦口，橈聲暗相撥。」岑參《走馬川奉送封大夫出師西征》：「半夜軍行戈相撥，風頭如刀面如割。」「撥」字均爲此意。「月」「雪」同聲又同韻，實既犯蜂腰病，又犯小韻病，故謂「月雪相撥」。「相撥」爲聲律不諧調，相互碰撞，相互摩擦，相犯相礙之意。

⑥「及羅」二句：羅衣何飄颻：出魏曹植《美女篇》，全詩爲：「美女妖且閑，采桑歧路間。柔條紛冉冉，葉落何翩翩。攘袖見素手，皓腕約金環。頭上金爵釵，腰佩翠琅玕。明珠交玉體，珊瑚間木難。羅衣何飄飄，輕裾隨風還。顧盼遺光采，長嘯氣若蘭。行徒用息駕，休者以忘餐。借問女安居，乃在城南端。青樓臨大路，高門結重關。容華耀朝日，誰不希令顔。媒氏何所營，玉帛不時安。佳人慕高義，求賢良獨難。衆人何嗷嗷，安知彼所觀。盛年處房室，中夜起長歎。」（《文選》卷二七）據《韻鏡》，各字清濁如下：羅（平清濁）衣（去清）何（平濁）飄（平濁）颻（平清濁）。

羅根澤《中國文學批評史》：「所舉『羅衣何飄颻』的『羅』『何』二字，羅，魯何切（七歌），屬來紐，《韻鏡》列爲次濁；何，胡歌切（同上），屬匣紐，《韻鏡》列爲全濁，並非清濁相撥，不知是否由於王的讀音與《廣韻》不同，或分清濁與《韻鏡》不同。」《譯注》：「一句五字全由平聲構成，其中『羅』和『何』俱爲屬下平聲七歌韻的同韻的字。」李珍華《王昌齡研究》：「『羅』『何』兩字爲共鳴相撥」，「『月』和『雪』兩字也共鳴相撥。」「王氏在這裏並不認爲平仄律是古詩寫作的一個主要因素。」盛江案：羅、何二字同韻相犯，犯小韻病，或者因此謂其「相撥」。

⑦《研究篇》下：「王昌齡對於聲律的見解，把輕重清濁運用於實際詩作是其特色。輕重的用法有兩種，一、相同，二、相異。這是我臨時給的名稱。所謂相同就是説，押韻時，如果用清字作韻脚，則一直是清字，如果用濁字則一直押濁韻。這大約專指平聲，因爲韻脚通常用平聲。輕重相同叫通韻，兩者混

合叫落韻。」「其次，相異主要是輕和重儘量恰當的配合，『若用重字，即以輕字拂之』，即此之謂也。但是這也有好幾個手法，其中之一，就是句的首尾用輕清之説。『夫文章，第一字與第五字須輕清……亦不可不覺也。』旨趣很明了，但例句意思難以理解。此據《韻鏡》標出各字的清濁如下：

高—平清	朝—平清	明—平清濁	羅—平清濁
臺—平濁	日—入清濁	月—入清濁	衣—去清
多—平清	照—去清	照—去清	何—平濁
悲—平清	北—入清	積—入清	飄—平濁
風—平清	林—平清濁	雪—入清	颻—平清濁

雖然由於舉出實例反而難以理解，出現啼笑皆非的現象，但因爲這個時代對清濁的認識似還没有達到《韻鏡》的水準，因此不能祇責備其不合理。『高臺多悲風』和『朝日照北林』恐怕不是中三字重濁的例子，而是用作第一字和第五字輕清的例子。這裏『林』字雖然有點奇怪，但來母即使在守温字母中也屬牙音，似是性質不太清楚的一個音。昌齡一定是打算把它看作清音。下面的兩例雖然難以理解，但《眼心抄》説：『羅衣何飄颻，長裾隨風還，此詩十字俱平，雅調猶在，況其句乎？』『衣』字既可用作未韻，也可用作微韻，此處似作平聲。全句都是平聲，想必非常平板單調而可能覺得毫無價值吧，卻説它有比較好的調子。可能王昌齡的意思是説，祇是因爲『羅』字（昌齡似把它作爲清音）和『何』字相撥打破了單調吧。『明月照積雪』一句，四字連續仄聲，而且其中甚至有三個字是清音，似也缺乏變化，可能第二的

『月』字（昌齡似把它作爲濁音）和第五字『雪』字相撥，而挽救了單調吧。王昌齡的清濁説和《韻鏡》之類在很大程度上似有不同。至少，大概没有作爲清和濁的中間音的清濁的觀念。把來母作爲清，疑母作爲濁之類，倒是像我國的清濁意識。」

盛江案：謂「羅衣何飄颻」等句「雅調尚在」，爲殷璠《河嶽英靈集叙》説，非王昌齡之説。「月雪相撥」，「羅何相撥」并非謂其因相撥而挽救了單調。小西説誤。「相撥」爲聲律不諧調，相互碰撞，相互摩擦，相犯相礙之意，説已見前。

夫詩〔一〕，一句即須見其地居處，如「孟夏草木長，繞屋樹扶疎。衆鳥欣有託，吾亦愛吾廬」〔二〕①。若空言物色②，則雖好而無味，必須安立其身③。

【校記】

〔一〕「夫」，《眼心抄》作「凡」。

〔二〕「愛」，高丙、仁甲、義演本作「受」。

【考釋】

①「孟夏」四句：出晉陶淵明《讀山海經十三首》其一，全詩爲：「孟夏草木長，繞屋樹扶疎。衆鳥欣

有託，吾亦愛吾廬。既耕亦已種，時還讀我書。窮巷隔深轍，頗迴故人車。歡言酌春酒，摘我園中蔬。微雨從東來，好風與之俱。泛覽《周王傳》，流觀《山海圖》。俯仰終宇宙，不樂復何如。」（《陶淵明集》卷四）

吟窗本王昌齡《詩格》「詩有五趣向」：「閑逸三。陶淵明詩：『衆鳥欣有託，吾亦愛吾廬。』」可與參看。

② 空言：《譯注》：「『空言』，可能指没有實體感的東西。」

③《研究篇》下：「所謂『身』，用近代哲學用語來説，大概就是主體性吧。藝術表現上即使捕捉到了景物的外在形貌，作者自身也必須穩當地安置於其中。甚至景物的微細之處，作者的一呼一息也必須明明白白地包含於其中。」

盛江案：「空言」之「言」於此處作動詞用，非爲名詞。此三句實批評衹空泛地叙寫自然物色，而無深意摯情寄託之現象，有似鍾嶸《詩品序》所言「若但用賦體，則患在意浮，意浮則文散，嬉成流移」，故前文言「不立意宗，皆不堪也」，「夫詩，入頭即論其意」，此處亦言「必須安立其身」，所謂「安立其身」，當意指安立其意旨。緊接下文又言「詩頭皆須造意」，有「造意」，便不至於「空言物色」。無意旨寄託之詩，自然「雖好而無味」。

詩頭皆須造意〔一〕，意須緊〔二〕，然後縱横變轉①。如「相逢楚水寒」②，送人必言其所矣。

【校記】

〔一〕「詩頭」上《眼心抄》有「凡」字。

〔二〕「緊」，原作「竪」，三寶、高丙、仁甲、六寺、義演、松本、江户刊本、維寶箋本同，江户刊本、維寶箋本旁注「堅イ」，《眼心抄》、高甲本作「緊」。《校勘記》：「『緊』是。」今據改。

【考釋】

①「詩頭」三句：意須緊：吟窗本王昌齡《詩格》「常用體十四」：「緊體十一。范彦龍詩：『物情棄疵賤，何獨飲衡闈。』」三句即前文所言「夫詩，入頭即論其意，意盡則肚寬，肚寬則詩得」之意。王昌齡極重詩頭立意，前文屢有論及，又，吟窗本《詩格》亦有「起首入興體十四」，皆言詩起首入興立意之體。

② 相逢楚水寒：出唐王昌齡《岳陽别李十七越賓》，全詩爲：「相逢楚水寒，舟在洞庭驛。具陳江波事，不異淪棄跡。杉上秋雨聲，悲切蒹葭夕。彈琴收餘響，來送千里客。平明孤帆心，歲晚濟代策。時在身未充，瀟湘不盈晝（盡）。湖小洲渚聯，澹淡煙景碧。魚鱉自有性，龜龍無能易。譴黜同所安，風土任所適。閉門觀玄化，攜手遺損益。」（《全唐詩》卷一四〇）

凡屬文之人，常須作意〔一〕①，凝心天海之外，用思元氣之前②。巧運言詞，精練意魄，所作詞句，莫用古語及今爛字舊意。改他舊語，移頭换尾，如此之人，終不長進③。爲無自性④，不能專心苦思，致見不成〔二〕⑤。

【校記】

〔一〕「常」，《校勘記》：「『常』爲『當』或『事』之訛。參地卷、東卷。」

〔二〕「致」，高甲本作「跂」。

【考釋】

①作意：即下文所謂精練意魄，在精心構思基礎上提練詩情文意。

②「凝心」二句：凝心：凝神。已見前。元氣：宇宙本原。元氣之前，即天地未始之前，極言久遠之時間。天海之外，極言無限之空間。陸機《文賦》：「其始也，皆收視返聽，耽思傍訊，精騖八極，心遊萬仞。」「觀古今於須臾，撫四海於一瞬。」《文心雕龍·神思》：「故寂然凝慮，思接千載；悄焉動容，視通萬里。」可與參看。

③「莫用」五句：晉陸機《文賦》：「收百世之闕文，採千載之遺韻；謝朝花於已披，啓夕秀於未振。」「必所擬之不殊，乃闇合乎曩篇；雖杼軸於予懷，怵他人之我先。苟傷廉而愆義，亦雖愛而必捐。」

④自性：佛教所言諸法各自具有的不生不滅之性。此處指自身情性。

⑤《研究篇》下：「把古語竄改一下，把舊意重新烹作一番，品嘗先人的糟粕，大體是没有希望的。」

這是因爲没有自己的根性。」「我國定家《詠歌大概》也有『情以新爲先，詞以舊可用，風體可效堪能先達之秀歌，近代之人所詠出之心詞，雖一句謹可除棄之。於古人歌者，多以其同詞詠之，已爲流例』，是代表性的見解。其自注有『求人未詠之心詠之』，或者『詞不可出三代集』，或『不論古今遠近，見宜歌，可效之體』等等。昌齡認爲舊語和舊意存在必然聯繫。與此不同，定家把情和詞分離。就是説，舊語不是不能脱離舊意的東西，在用舊語表現新意的地方，可以創造一種新舊的調和，這一主張，較之昌齡想法更爲温和。但昌齡説有時也並不否定古語。」

凡詩人，夜間牀頭明置一盞燈，若睡來任睡，睡覺即起。興發意生，精神清爽，了了明白①，皆須身在意中。若詩中無身，即詩從何有？若不書身心，何以爲詩？是故詩者，書身心之行李〔一〕②，序當時之憤氣③。氣來不適，心事不達〔二〕，或以刺上，或以化下，或以申心，或以序事，皆爲中心不決，衆不我知。由是言之，方識古人之本也。

【校記】

〔一〕「行李」，《校勘記》：「『李』爲『事』之訛。」

〔二〕「心事」下原有「或」字，三寶、義演、松本、江户刊本、維寶箋本同，據《眼心抄》、六寺本删。《校勘記》：「『或』字涉下『或以』衍。」

【考釋】

①了了：明白、清楚。《世説新語・言語》：「（陳）韙曰：『小時了了，大未必佳。』文舉曰：『想君小時，必當了了。』」

《文心雕龍・養氣》：「是以吐納文藝，務在節宣，清和其心，調暢其氣，煩而即舍，勿使壅滯。意得則舒懷以命筆，理伏則投筆以卷懷。逍遥以針勞，談笑以藥倦。常弄閑於才鋒，賈餘於文勇，使刃發如新，湊理無滯，雖非胎息之邁術，斯亦衛氣之一方也。」可與參看。

②行李：行旅。傳漢蔡琰《胡笳十八拍》：「追思往日兮行李難，六拍悲兮欲罷彈。」（《先秦漢魏晉南北朝詩・漢詩》卷七）

③序當時之憤氣：《史記・太史公自序》：「《詩》三百篇，大抵賢聖發憤之所爲作也。」

【附録】

來雄《聾鼓指歸序注》：《秘府論》曰：詩者，書身心之行李。（《定本弘法大師全集》卷七）

凡作詩之人，皆自抄古今詩語精妙之處，名爲隨身卷子〔一〕①，以防苦思②。作文興若不來〔二〕，即須看隨身卷子，以發興也③。

【校記】

〔一〕「名」，松本、江户刊本、維寶箋本無。《校勘記》：「『名』爲『各』之訛。」

〔二〕前文「從地昇天」至此處「作文興若不」七百七十八字，醍甲本無。

【考釋】

①隨身卷子：《校注》：「《敦煌掇瑣》七三：『《雜抄》一卷。一名《珠玉抄》，二名《益智文》，三名《隨身寶》。』《雜抄》一名《隨身寶》，即此意也。爾時，如《白氏六帖》、《兔園册子》之類，亦此物也，所謂饋貧之糧是也。」

②苦思：《文心雕龍·神思》：「桓譚疾感於苦思，王充氣竭於思慮。」

③《研究篇》下：「這看似和莫用古語的主張相反，但並非如此。鼓勵用隨身卷子，是作爲引發興的刺激劑，而不是説要借用其藝術表現。陷入無論如何也作不出來的困境時，暫時遊心於古人的作品是極爲有效的，這一點，我們也常有實際感受，這是因爲被古人的精妙之處所打動，沉滯的詩心就會忽的蘇醒。《冰川詩式》卷九：『學詩須求古人用心處，久久自然有箇道理悟入，心自工夫中來。』也是同樣的旨趣。」

詩有飽肚狹腹〔一〕，語急言生①，至極言終始②，未一向耳③。若謝康樂語，飽肚意多〔二〕，皆得停泊，任意縱橫④。鮑照言語逼迫〔三〕，無有縱逸，故名狹腹之語⑤。以此言之，則鮑公不如謝也〔四〕⑥。

【校記】

〔一〕「詩」上《眼心抄》有「凡」字。「肚」，原作「肞」，右旁朱筆注「肚」，三寶本同，據高甲、六寺本改。

〔二〕「肚」，原作「肞」，右旁注「肚歟」，據三寶、高甲、六寺本改。

〔三〕「鮑」，高甲、醍甲、仁甲、義演本作「飽」。「照」，原作「昭」，六寺、醍甲、仁甲、義演本同，通「照」，從三寶本作「照」。

〔四〕「鮑」，醍甲、仁甲、義演本作「飽」。

【考釋】

①「詩有」二句：本卷前文曰：「意盡則肚寬，肚寬則詩得，容預物色亂下。」可參看。飽肚：猶言飽學。維寶箋云：「飽肚，云博學多才。」又《文心雕龍・事類》：「有學飽而才餒，有才富而學貧。」狹腹：猶言狹學。《雲笈七籤》卷九：「上元之君此道高妙，非庸夫狹學所可言論。」（書目文獻出版社一九九二年）然此處飽肚、狹腹云云，主要分指謝靈運與鮑照二人不同之詩風，其詩風不同特點詳下。

②至極：《譯注》：「『至極』，最上，成公綏《嘯賦》：『乃知長嘯之奇妙，亦音聲之至極。』」（《文選》卷一

八）」

③「一向」：唐宋時俗語，王昌齡多用，此處言一片或一派之意。唐王維《春日與裴迪過新昌里訪吕逸人不遇》：「桃源一向絶風塵。」（《全唐詩》卷一二八）此言「語急言生」云云，主要就「狹腹」一類詩風而言，蓋言此派出言險急逼迫，雖時有至極至佳之言，然未能一向耳。

④「若謝」四句：鍾嶸《詩品》上評謝靈運已見前釋。又《南齊書·文學傳論》論當時三種詩體論及謝靈運詩風：「一則啓心閑繹，託辭華曠，雖存巧綺，終致迂回。宜登公宴，本非準的。而疎慢闡緩，膏肓之疾，典正可採，酷不入情。此體之源，出靈運而成也。」據此，則所謂「飽肚」，蓋指閑雅華曠，逸蕩迂回，因其與「學多才博」即飽學有關，故稱爲「飽肚」。

吟窗本王昌齡《詩格》「詩有六式」：「飽腹四。調怨閑雅，意思縱横。謝靈運詩：『出谷日尚早，入舟陽已微。』此回停歇意容與。」可與參看。所引謝詩，見《石壁精舍還湖中作》（《文選》卷二二）。

⑤「鮑照」三句：鍾嶸《詩品》中評鮑照：「然貴尚巧似，不避危仄，頗傷清雅之調，故言險俗者，多以附照。」《南齊書·文學傳論》論當時三種詩體而論及鮑照詩風：「次則發唱驚挺，操調險急，雕藻淫豔，傾炫心魂。亦猶五色之有紅紫，八音之有鄭、衛。斯鮑照之遺烈也。」據此，則所謂「狹腹」，蓋指言語危仄逼迫，操調險急，無有縱逸。《文心雕龍·事類》：「才學褊狹，雖美少功。」或者即因與才學氣量褊狹有關，故稱爲「狹腹」。

⑥《研究篇》下：「所謂『飽肚』，是説意充分得到表現，其意既可以用語言好好把握，又具有曠達之

勢。與此相反，所謂『狹腹』，可以認爲是表現的窮屈，意不能很好地舒展到語言之外。謝和鮑都是用剛纔的文可以評價爲『縱逸』的達人，但是，說意的效用時，連鮑照也縱逸不足。」

詩有無頭尾之體〔一〕①。凡詩頭，或以物色爲頭，或以身爲頭，或以身意爲頭〔二〕，百般無定。任意以興來安穩〔三〕，即任爲詩頭也。

【校記】

〔一〕「詩」上《眼心抄》有「凡」字。「之」，《眼心抄》無。

〔二〕「意」，《眼心抄》作「心」。

〔三〕「任」，醍甲、仁甲、義演本無。

【考釋】

① 詩有無頭尾之體：維寶箋：「伸起句之體也。」《探源》：「所謂詩頭，是指起句，興到即下筆，所以『任爲詩頭』。」《校注》引東卷《二十九種對》中「第七賦體對」引例：「團團月挂嶺，納納露霑衣。頭。花承滴滴露，風垂褭褭衣。腹。山風晚習習，水浪夕淫淫。尾。」説明此處所言詩之頭尾。

盛江案：東卷「第七賦體對」所言之頭尾爲一句中之頭尾，此處所言指整首詩之頭尾，實有區別。「以物色爲頭」，與《十七勢》所謂直樹景物入作勢近似。所謂「身」、「身意」，即前文多次提到「必須安立其身」，「若不書身心，何以爲詩」，「詩者，書身心之行李」之「身」或「身心」。「以身爲頭，以身意爲頭」，當指詩之開頭即「書身心之行李」。

凡詩，兩句即須團卻意①；句句必須有底蓋相承②，翻覆而用；四句之中，皆須團意上道。必須斷其小大，使人事不錯。

【考釋】

① 兩句即須團卻意：吟窗本王昌齡《詩格》「詩有六式」：「一管摶意六。謝玄暉詩：『繐帷飄井幹，罇酒若平生。』此一管論酒也。劉公幹詩：『誰謂相去遠，隔此西掖垣。拘限清切禁，中情無由宣。』此一管説守官有限，不得相見也。」所引謝朓詩，爲《同劉諮議詠銅雀臺》（《謝宣城集校注》卷二）。劉楨詩，爲《贈徐幹》（《文選》卷二三）。本書天卷《調聲》：「凡四十字詩，十字一管。」一管即五言詩之兩句。一管摶意：即兩句團卻意。摶：捏之成團。漢枚乘《七發》：「楚苗之食，安胡之飰，摶之不解，一啜而散。」（《文選》卷三四）又指聚集。《商君書·農戰》：「凡治國者，患民之散而不可摶也。」（《諸子集成》，上海書店一九八六年）摶意即團意。朱駿聲《説文通訓定聲》：「摶，假借爲團。」（武漢市古籍書店一九八三

年）《文選》卷一三賈誼《鵩鳥賦》注：「如淳曰：『摶音團。』」又卷三一梁江淹《雜體詩三十首》注引司馬彪《莊子注》：「摶，團也。」團亦爲聚集，凝聚意。劉宋鮑照《傷逝賦》：「露團秋槿，風卷寒蘿。」（《鮑參軍集注》卷一）此處當引申爲彙總、歸納之意，即兩句須意有歸納。詩篇須前後意脈相承，小大相因，須妥帖而易施，不可鉏鋙而不安。《文心雕龍・附會》：「若首唱榮華，而媵句憔悴，則遺勢鬱湮，餘風不暢。」「惟首尾相援，則附會之體，固亦無以加於此矣。」「團意」云云，或與此意相似。

② 句句必須有底蓋相承：維寶箋：「底蓋，函蓋相稱也。」盛江案：「句句必須有底蓋相承」，即前文所言「節節須有分付」之意。

詩有上句言物色，下句更重拂之體①。如「夜聞木葉落，疑是洞庭秋」②，「曠野饒悲風，颼颼黃蒿草」③，是其例也。

【考釋】

① 「詩有」二句：意爲上句故留未盡之意，以下句補足之。拂：輔佐，輔助。

② 「夜聞」二句：詩題及撰者未詳。本書地卷《十七勢》「第八下句拂上句勢」：「下句拂上句勢者，上句説意不快，以下句勢拂之，令意通。古詩云：『夜聞木葉落，疑是洞庭秋。』昌齡云：『微雨隨雲收，濛濛傍山去。』又云：『海鶴時獨飛，永然滄洲意。』」意可與此相參。又，吟窗本王昌齡《詩格》「起首入興體

十四」「叙事入興六」引四句云：「遥聞木葉落，疑是洞庭秋。中宵起長望，正見滄海流。」

③「曠野」二句：出王昌齡《長歌行》，全詩爲：「曠野饒悲風，颼颼黄蒿草。繫馬倚白楊，誰知我懷抱。所是同袍者，相逢盡衰老。北登漢家陵，南望長安道。下有枯樹根，上有鼯鼠窠。高皇子孫盡，千載無人過。寶玉頻發掘，精靈其奈何。人生須達命，有酒且長歌。」（《全唐詩》卷一四〇）

詩有上句言意，下句言狀，上句言狀，下句言意①。如「昏旦變氣候，山水含清輝」②，「蟬鳴空桑林，八月蕭關道」是也〔一〕③。

【校記】

〔一〕「蕭」，原作「簫」，三寶、高甲、高丙、六寺、江户刊本、維寶箋本同，據醍甲、仁甲、義演本改。「也」，松本、江户刊本、維寶箋本無。

【考釋】

①「詩有」四句：《研究篇》下：「『上句言意下句言狀』和（地卷）『第十五理入景勢』相當，『上句言狀下句言意』和（地卷）『第十六景入理勢』相當。」

②「昏旦」二句：出劉宋謝靈運《石壁精舍還湖中作》，全詩爲：「昏旦變氣候，山水含清暉。清暉能

娱人，遊子憺忘歸。出谷日尚早，入舟陽已微。林壑斂暝氣，雲霞收夕霏。芰荷迭映蔚，蒲稗相因依。披拂趨南徑，愉悦偃東扉。慮澹物自輕，意愜理無違。寄言攝生客，試用此道推。」（《文選》卷二二）吟窗本王昌齡《詩格》「詩有五趣向」：「幽深四。謝靈運詩：『昏旦變氣候，山水含清輝。』」

③「蟬鳴」二句：出王昌齡《塞下曲》，全詩爲：「蟬鳴空桑林，八月蕭關道。出塞入塞寒，處處黄蘆草。從來幽并客，皆共塵沙老。莫學遊俠兒，矜誇紫騮好。」（《全唐詩》卷一四〇）吟窗本王昌齡《詩格》「起首入興體十四」：「先衣帶，後叙事入興四。古詩：『清風動帷簾，晨月燭幽房。佳人處遐遠，蘭室無容光。』此兩句衣帶，兩句叙事。古詩：『蟬鳴空桑林，八月蕭關道。』此一句衣帶，一句叙事。」可與參看。

凡詩，物色兼意下爲好〔一〕。若有物色，無意興①，雖巧亦無處用之。如「竹聲先知秋」②，此名兼也。

【校記】

〔一〕「意下」，下言「無意興」，疑爲「意興」之誤。

【考釋】

①意興：《譯注》：「『意興』，把『意』引伸爲二個字之詞，創作主體的感興、興趣。」

②竹聲先知秋：詩題及撰者未詳。《文筆眼心抄·二十七體》：「十七，物色兼意體。詩：『竹聲先知秋。』又：『聽鷄知曉月，聞雁覺秋天。』又：『見雨知心數，聞雷覺神通。』」又，吟窗本王昌齡《詩格》「起首入興體十四」：「景物兼意入興十三。王正長詩：『朔風動秋草，邊馬有歸心。』古詩：『竹聲先知秋。』」所引前一首詩爲王讚《雜詩》，見《文選》卷二九。

《研究篇》下：「衹是説竹聲在窗前拂動，即使説得巧妙，也不過這一景物而已，在這裏點出『先知秋』之意，藝術表現纔無有缺憾。」

凡高手，言物及意皆不相倚傍①。如「方塘涵清源，細柳夾道生」②，又「方塘涵白水，中有鳧與雁」〔一〕③，又「緑水溢金塘」〔二〕④，「馬毛縮如蝟」⑤，又「池塘生春草，園柳變鳴禽」⑥，又「青青河畔草」⑦，「鬱鬱澗底松」〔三〕⑧，是其例也。

【校記】

〔一〕「鳧」，三寶、天海本作「鳥」。

〔二〕「緑」，原作「淥」，三寶、六寺本同，據醍甲、江户刊本、維寶箋本改。

〔三〕「底」，松本、江户刊本、維寶箋本作「庭」。

【考釋】

①倚傍：因襲，取法。《晉書・王彪之傳》：「是時温（桓温）將廢海西公……彪之既知温不臣之迹已著，理不可奪，乃謂温曰：『公阿衡皇家，便當倚傍先代耳。』」唐元稹《樂府古題序》：「凡所歌行，率皆即事名篇，無復倚傍。」（《全唐詩》卷四一八）《宋書・謝靈運傳論》：「並直舉胸情，非傍經史。」又指依附、依靠。此處當爲後一義。詩歌創作所謂「倚傍」，即下文所言之「假物比象」，而「不相倚傍」，則是下文所言之「天然物色」，天然真象。

②「方塘涵清源」二句：出漢劉楨《贈徐幹》，然二句倒植，全詩爲：「誰謂相去遠，隔此西掖垣。拘限清切禁，中情無由宣。思子沈心曲，長歎不能言。起坐失次第，一日三四遷。步出北寺門，遥望西苑園。細柳夾道生，方塘含清源。輕葉隨風轉，飛鳥何翻翻。乖人易感動，涕下與衿連。仰視白日光，皦皦高且懸。兼燭八紘内，物類無頗偏。我獨抱深感，不得與比焉。」（《文選》卷二三）《眼心抄・二十七體》「十八言物意不相倚傍體」引此詩亦倒植。吟窗本王昌齡《詩格》「詩有六貴例」：「出意五。劉公幹詩：『細柳夾道生，方塘含清源。』」文未倒植。

③「方塘涵白水」二句：見劉楨《雜詩》，全詩爲：「職事相填委，文墨紛消散。馳翰未暇食，日昃不知晏。沈迷簿領書，回回自昏亂。釋此出西城，登高且遊觀。方塘含白水，中有鳧與雁。安得肅肅羽，

從爾浮波瀾。」（《文選》卷二九）吟窗本王昌齡《詩格》「詩有六貴例」：「直意二。劉公幹詩：『豈不罹凝寒，松柏有本性。』又詩：『方塘含白水，中有鳧與雁。』此高手也。」此引詩前一首爲劉楨《贈從弟》，載《文選》卷二三。

④ 緑水溢金塘：詩題及撰者未詳。維寶箋：「《文選》作『菡萏溢金塘』。」《眼心抄·二十七體》：「十八言物意不倚傍體。……『流水溢金塘』，『馬毛縮如蝟』。」「緑水」作「流水」，《校注》據虞世南《侍宴歸雁堂》「歌堂面緑水，舞館接金塘」（《文苑英華》卷一六九），以爲「流水」當作「緑水」。

⑤ 馬毛縮如蝟：出劉宋鮑照《出自薊北門行》，全詩爲：「羽檄起邊亭，烽火入咸陽。征騎屯廣武，分兵救朔方。嚴秋筋竿勁，虜陣精且强。天子按劍怒，使者遥相望。雁行緣石徑，魚貫度飛梁。簫鼓流漢思，旌甲被胡霜。疾風衝塞起，沙礫自飄揚。馬毛縮如蝟，角弓不可張。時危見臣節，世亂識忠良。投軀報明主，身死爲國殤。」（《文選》卷二八）《校勘記》：「這二句之外均一聯，這二句疑有省略。」

⑥ 「池塘」二句：出劉宋謝靈運《登池上樓》（《文選》卷二二），全詩見東卷「第廿二背體對」考釋引。

⑦ 青青河畔草：出《古詩十九首》其二，此句亦爲古樂府《飲馬長城窟行》（《樂府詩集》卷三八）的首句，全詩見西卷「第二上尾」考釋引。

吟窗本王昌齡《詩格》「起首入興體十四」：「託興入興九。古詩：『青青河畔草，綿綿思遠道。』此起於《毛詩·國風》之體。」據此，則《文鏡秘府論》所引，或亦指古樂府《飲馬長城窟行》。

⑧鬱鬱澗底松：出晉左思《詠史詩八首》其二，全詩爲：「鬱鬱澗底松，離離山上苗。以彼徑寸莖，蔭此百尺條。世胄躡高位，英俊沈下僚。地勢使之然，由來非一朝。金、張籍舊業，七葉珥漢貂。馮公豈不偉，白首不見招。」（《文選》卷二一）

吟窗本王昌齡《詩格》「起首入興體十四」：「直入比興七。左太沖詩：『鬱鬱澗下松，離離山上苗。以彼徑寸條，蔭此百尺條。』此詩頭兩句比入興也。」

詩有天然物色〔一〕，以五綵比之而不及。由是言之，假物不如真象〔二〕①，假色不如天然。如此之例，皆爲高手〔三〕。中手倚傍者〔四〕②，如「餘霞散成綺，澄江淨如練」③，此皆假物色比象〔五〕，力弱不堪也。

【校記】

〔一〕「詩」上《眼心抄》有「凡」字。

〔二〕「如」，醍甲、仁甲、義演本作「知」。

〔三〕「皆爲高手」下《眼心抄》有「如池塘生春草園柳變鳴禽如此之例即是也」十八字，《譯注》、林田校本均據《眼心抄》補入正文。盛江案：「池塘生春草」二句出謝靈運詩《登池上樓》，全詩已見前引。此二句，在《文鏡秘府論》中，因爲前一段已引，而此一段與前一段實相連接，爲同一段，均論不相倚傍、天然物色的高手之作，因此此處實有意省略此詩例，而非訛誤或遺漏。《眼心抄》因未有前面一段，因此在「如此之例皆爲高手」一句後，必須引出高手之例詩，不然就失去照應。《眼心抄·二十七體》之「十八言物意不倚傍體」引有此二句詩，而「十九言物意倚傍體」未引，亦是證明。故此處正文仍保持原貌，不予補改。

〔四〕「傍」，三寶本右旁注「亻無」。

〔五〕「比」，原作「此」，三寶、高甲、高丙、仁甲、義演本同，三寶本眉注「比」，據六寺本改。

【考釋】

①假物不如真象：《研究篇》下：「這裏説的『假物不如真象』，並不是用文字和色彩表現的形象不如事物自身的意思，而是説觀念性的虚構之美，和徹底把握自然的真實相比要遠爲拙劣的意思。作品一旦把握天然真象，則無論怎樣絢爛華美也是無法與之相比的。」

②中手倚傍者：《校注》：「白居易《與元九書》：『「餘霞散成綺，澄江浄如練」，麗則麗矣，吾不知其所諷焉。』白氏取其麗而歎其無諷喻之旨，亦對此詩之有微辭也。尋此評謂爲『中手倚傍，力弱不堪』者，蓋謂其效王仲宣《七哀詩》之作也。《七哀詩》有云：『南登灞陵岸，迴首望長安。』又云：『荆、蠻非我鄉，何爲久滯淫。』李善注固已舉之，以著其依傍之所本也。」

盛江案：「中手倚傍」者，爲「假物比象」。「不相倚傍」之「高手」，則用「天然物色」。天然「真象」，不用「五綵比之」，文中固已有明確説明。「餘霞散成綺，澄江静如練」二句，用「綺」比喻餘霞，用「練」比喻澄江，即所謂「假物比象」，故爲「倚傍」。而前文所引「方塘涵清源」等十個詩句，均爲直接如實描寫，即所謂「天然物色」，「不相倚傍」。故所謂「倚傍」，不當是指倚傍前人之作，而是指倚傍他物他色。《文選》李善注謝朓此詩，注明「灞涘望長安，河陽視京縣」二句效仿王粲《七哀詩》「南登灞陵岸，迴首望長安」句，「去矣方滯淫」句效仿「荆、蠻非我鄉，何爲久滯淫」句。王昌齡作爲「倚傍」例證而引用者，爲「餘霞散成綺，澄江静如練」二句，而非效仿王粲詩之數句；李善並未説「餘霞散成綺，澄江静如練」二句亦效仿前人之作。

③「餘霞」二句：出南齊謝朓《晚登三山還望京邑》，全詩爲：「灞涘望長安，河陽視京縣。白日麗飛甍，參差皆可見。餘霞散成綺，澄江静如練。喧鳥覆春洲，雜英滿芳甸。去矣方滯淫，懷哉罷歡宴。佳期悵何許，淚下如流霰。有情知望鄉，誰能鬒不變。」（《文選》卷二七）吟窗本王昌齡《詩格》「詩有六貴例」：「直意二。……謝玄暉詩：『餘霞散成綺，澄江静如練。』此綺手也。」亦引此詩。

詩有意好言真①，光今絶古，即須書之於紙。不論對與不對〔一〕，但用意方便②，言語安穩〔二〕，即用之。若語勢有對〔三〕，言復安穩，益當爲善③。

【校記】

〔一〕「論」下三寶本有「散」字。

〔二〕「安」，原無，三寶、醍甲、六寺本同，據江户刊本、維寶箋本補。

〔三〕「勢」下原有「者」字，各本同，據《眼心抄》删。

【考釋】

①詩有意好言真：中澤希男《王昌齡詩格考》：「『意好』和『用意方便』，『言真』和『言語安穩』，祇是換了詞，結果可能一樣。」「『言真』，可能即指言語自然，言語若自然則自己就安穩了。」

②方便：佛教語，謂以靈活方式因人施教，使悟佛法真義。《維摩經・法供養品第十三》：「以方便力，爲諸衆生分別解説，顯示分明。」（《乾隆大藏經》第三三册）

③《研究篇》下：「作爲昌齡終極規準最高目標的祇能是『意好言真』。若言方便，言能不加僞飾的把它表現出來，則不論對與不對，都没有問題。即使對偶不齊整，如果真正意好言真，也能成爲古今卓絶的作品。對偶作爲一種格，畢竟是意的表現。不正是遊離於意的對偶就應該稱之爲吼文嗎？」

詩有傑起險作，左穿右穴①。如「古墓犁爲田，松柏摧爲薪」②，「馬毛縮如蝟，角弓不可張」③，「鑿井北陵隈，百丈不及泉」④，又「去時三十萬，獨自還長安。不信沙場苦，君看刀箭瘢」⑤，此爲例也。

【考釋】

①「詩有」二句：《譯注》：「『險作』，雖然難以找到用例，但可能是指想像奇特的詩句。」《校勘記》：「『穿』與『以心擊之，深穿其境』之『穿』同意。」

②「古墓」二句：出《古詩十九首》其十四：「去者日以疎，生者日以親。出郭門直視，但見丘與墳。古墓犁爲田，松柏摧爲薪。白楊多悲風，蕭蕭愁殺人。思還故里閭，欲歸道無因。」（《文選》卷二九）

③「馬毛」二句：鮑照詩，載《鮑參軍集》，已見上引。吟窗本王昌齡《詩格》「詩有六貴例」：「穿穴三。古詩：『古墓犁爲田，松柏摧爲薪。』」「傑起一。鮑明遠詩：『馬毛縮如蝟，角弓不可張。』」

④「鑿井」二句：出鮑照《擬古八首》其四，全詩爲：「鑿井北陵隈，百丈不及泉。生事本瀾漫，何用獨精堅。幼壯重寸陰，衰暮及輕年。放駕息朝歌，提爵止中山。日夕登城隅，周迴視洛川。街衢積凍草，城郭宿寒煙。繁華悉何在，宮闕久崩填。空謗齊景非，徒稱夷、叔賢。」（《鮑參軍集注》卷六）

⑤「去時」四句：出王昌齡《代扶風主人答》，全詩爲：「殺氣凝不流，風悲日彩寒。浮埃起四遠，遊子彌不歡。依然宿扶風，沽酒聊自寬。寸心亦未理，長鋏誰能彈。主人就我飲，對我還慨歎。便泣數行淚，因歌《行路難》。十五戍邊地，三回討樓蘭。連年不解甲，積日無所餐。將軍降匈奴，國使没桑乾。去時三十萬，獨自還長安。不信沙場苦，君看刀箭瘢。鄉親悉零落，塚墓亦摧殘。仰攀青松枝，慟絶傷心肝。禽獸悲不去，路傍誰忍看。幸逢休明代，寰宇静波瀾。老馬思伏櫪，長鳴力已殫。少年與運會，何事發悲端？天子初封禪，賢良刷羽翰。三邊悉如此，否泰亦須觀。」（《全唐詩》卷一四〇）

詩有意闊心遠，以小納大之體。如「振衣千仞崗，濯足萬里流」①。古詩直言其事，不相映帶②，此實高也。相映帶詩云「響如鬼必附物而來」〔一〕，「天籟萬物性，地籟萬物聲」③。

【校記】

〔一〕「響如」，祖風會本注：「『響如』下恐有脱字。」《校勘記》：「這一條有脱誤，『響』爲『譬』之訛，『天籟萬物性，地籟萬物聲』爲映帶之例句，當改爲如下：『相映帶詩云：「天籟萬物性，地籟萬物聲。」譬如鬼必附物而來。』」《譯注》：「從語調看，關於例句的説明文（盛江案：指「響如鬼必附物而來」句）前後顛倒而置，不是没有這樣的感覺。」

【考釋】

①「振衣」二句：出晉左思《詠史八首》其五，全詩爲：「皓天舒白日，靈景耀神州。列宅紫宫裏，飛宇若雲浮。峨峨高門内，藹藹皆王侯。自非攀龍客，何爲欻來遊。被褐出閶闔，高步追許由。振衣千仞崗，濯足萬里流。」（《文選》卷二一）

吟窗本王昌齡《詩格》「常用體十四」：「因小用大體十二。左太沖詩：『振衣千仞崗，濯足萬里流。』謝惠連詩：『裁用篋中刀，縫爲萬里衣。』」所引謝詩見其《擣衣》，載《文選》卷三〇。《校注》引《宋景文筆記》中：「左太沖詩曰：『振衣千仞岡，濯足萬里流。』使飄飄有世表意，不減嵇康『目送飛鴻』語。」

②映帶：本書地卷《十體》「六映帶體」：「映帶體者，謂以事意相愜，複而用之者是。詩曰：『露花疑濯錦，泉月似沉珠。』此意花似錦，月似珠，自昔通規矣。然蜀有濯錦川，漢有明珠浦，故特以爲映帶。又曰：『侵雲蹀征騎，帶月倚雕弓。』『雲』『騎』與『月』『弓』是複用，此映帶之類。又曰：『舒桃臨遠騎，垂柳映連營。』」又，傳李嶠《評詩格》「十體」也有「影帶體」，引例詩「露花如濯錦，泉月似沉鈎」。《譯注》：「『映帶』，物和物之間互相反映互相影響。這裏用作反價值的意思。」

③「天籟」二句：出典未詳。天籟、地籟：《莊子·齊物論》：「女聞人籟而未聞地籟，女聞地籟而未聞天籟夫。……子游曰：『地籟則衆竅是已，人籟則比竹是已。敢問天籟。』子綦曰：『夫吹萬不同，而使自己也，咸其自取，怒者其誰邪！』」

詩有覽古者〔一〕①，經古人之成敗詠之是也。

詠史者〔二〕②，讀史見古人成敗，感而作之。

雜詩者〔三〕③，古人所作，元有題目〔四〕，撰入《文選》〔五〕，《文選》失其題目〔六〕，古人不詳，名曰雜詩。

樂府者〔七〕④，選其清調合律唱〔八〕，入管絃，所奏即入之樂府聚至〔九〕。如《塘上行》⑤、《怨詩行》〔一〇〕⑥、《長歌行》⑦、《短歌行》⑧之類是也。

詠懷者〔一一〕⑨，有詠其懷抱之事爲興是也。

古意者〔一二〕⑩，若非其古意〔一三〕，當何有今意？言其效古人意，斯蓋未當擬古。

寓言者⑪，偶然寄言是也。

【校記】

〔一〕「詩」上《眼心抄》有「凡」字。

〔二〕「詠」上《眼心抄》有「凡」字。

〔三〕「雜詩」上《眼心抄》有「凡」字。

〔四〕「元」，醍甲、仁甲、義演本作「無」。

〔五〕「撰」，《校勘記》：「『撰』爲『選』之假。」

〔六〕「失」，高丙本作「共」。

〔七〕「樂府」上《眼心抄》有「凡」字。

〔八〕「選」，天海本作「清」，眉注「選」。「合」，原作「令」，三寶本旁注「令イ」，據三寶、高甲本改。《校勘記》：「句意不清，『唱』疑『吕』訛，當爲『選清調合律吕入管弦所奏』。」

〔九〕「聚至」，周校：「『聚至』二字，疑爲衍文。」《譯注》、林田校本從周校本。《校注》作「聚之」，謂：「『聚之』，原作『聚至』，『至』當爲『之』音近之誤，今改。」盛江案：合於以上一段觀之，「唱」疑爲「吕」訛，「律唱」即「律吕」，漢馬融《長笛賦》「律吕既和，哀聲五降」（《文選》卷一八），《文心雕龍・聲律》「吐納律吕，絃吻而已」，均是用例。「聚至」二字未必爲衍文，可能其後闕「詩官」，或「瞽師」（或「樂盲」）。《文心雕龍·樂府》：「詩官採言，樂盲被律。」又：「樂體在聲，瞽師務調其器。」「詩官」即樂官，若爲「詩官」，即樂官採詩而聚至之意，若爲「瞽師」，即入之樂府後瞽師被之律吕之意。此段各句當爲：「樂府者，選其清調，合律吕，入管絃，所奏即入之樂府，聚至詩官。」

〔一〇〕「詩」，高甲本旁注「歌カ」。《文筆眼心抄》冠注：「『詩』恐『歌』誤。」盛江案：此詩若指班婕妤所作，則爲《怨歌行》，然樂府亦有《怨詩行》，説詳下。

〔一一〕「詠」上《眼心抄》有「凡」字。

〔一二〕「古」上《眼心抄》有「凡」字。

〔一三〕「若非其」，原作「非若其」，各本同。《校注》：「『非若其』，疑當作『若非其』。」今從之。

【考釋】

①詩有覽古者：《譯注》：「冠以『覽古』之名最早的詩，是晉盧諶之作（《文選》卷二一）。」《文選》吕延濟注：「徐廣《晉紀》云：『（盧諶）嘗覽史籍，至《藺相如傳》，覩其志，思其人，故詠之。』」《譯注》：「唐人詩有『覽古』之題者，如李白《薊丘覽古》、《越中覽古》，作者親自尋訪古跡追憶往事的作品居多。」《校注》：「唐人覽古詩，多有出地名者，如于濆《秦原覽古》、徐凝《長洲覽古》、《金谷覽古》是也。」

②詠史：《文選》卷二一有「詠史」部，録王粲以下九家二十一首詩，其中有直接以「詠史」爲題者，亦有實際内容爲詠史然不以「詠史」爲題者，題爲「覽古」之詩亦在其中。吕向注：「謂覽史書，詠其行事得失，或自寄情焉。」

③雜詩：《文選》卷二九、卷三〇有「雜詩」部，收《古詩十九首》以下作品若干，《古詩十九首》李善題注：「並云古詩，蓋不知作者，或云枚乘，疑不能明也。……昭明以失其姓氏，故編在李陵之上。」吕向注：「不知時代，又失姓氏，故但云古詩。」王粲《雜詩》李善注：「雜者，不拘流例，遇物即言，故云雜也。」李周翰注：「興致不一，故云雜詩。」

④樂府：《漢書·禮樂志》：「至武帝定郊祀之禮……乃立樂府，採詩夜誦，有趙、代、秦、楚之謳，以李延年爲協律都尉。」此爲官署之名。亦指詩體名，初指樂府官署採製之詩歌，後魏晉至唐可以入樂之詩歌及仿樂府古題之作品統稱作樂府。《文選》卷二七、卷二八有「樂府」部，《文心雕龍》有《樂府》篇，宋郭茂倩編有《樂府詩集》，蒐集漢魏六朝唐五代樂府古辭。《文心雕龍·樂府》「樂府者，聲依永，律和聲」，「八音擒文，樹辭爲體」，乃指其合樂之特點。王昌齡此處所論，與劉勰同，主要乃指合樂之詩歌。

⑤《塘上行》：《文選》卷二八有陸機《塘上行》，李善注：「《歌録》曰：『《塘上行》，古辭，或云甄皇后造，或云魏文帝，或云武帝。歌曰：蒲生我池中，葉何一離離。』」《樂府詩集》卷三五「相和歌辭十」有題爲魏武帝所作《塘上行五解》，據《鄴都故事》：「魏文帝甄皇后，中山無極人，袁紹據鄴，與中子熙娶爲妻。後太祖破紹，文帝時爲太子，遂以后爲夫人。後爲郭皇后所譖，文帝賜死後宫，臨終爲詩曰云云。」《樂府解題》：「前志云：『晉樂奏魏武帝《蒲生篇》（盛江案：即《塘上行》，首句「蒲生」云云），而諸集録皆言其詞文帝甄后所作。』」是則《塘上行》爲甄皇后所首作。《樂府詩集》又收有陸機、謝惠連、劉孝威同題之作。

行：宋王灼《碧鷄漫志》卷一：「古詩或名曰樂府，謂詩之可歌也。故樂府中有歌有謡，有吟有引，有行有曲。」（《詞話叢編》，中華書局一九八六年）清王士禎《池北偶談》卷一七引《炙轂録》：「歌、行、引，本一曲爾，一曲中有此三節。凡始發聲謂之引，引者，導引也。既引矣，其聲稍放，故謂之行。行者，其聲行也。」（中華書局一九八二年）

⑥《怨詩行》：《文選》卷二七有班婕妤《怨歌行》，李善注：「《歌録》曰：『《怨歌行》，古辭。』然言古者有此曲，而班婕妤擬之。」《樂府詩集》卷四二「相和歌辭十七」收有班婕妤、曹植、傅玄、梁簡文帝、江淹、沈約、庾信、李白等所作題爲《怨歌行》之樂府詩，卷四一「相和歌辭十六」收有《怨詩行》古辭及曹植、陶淵明等所作題爲《怨詩行》之樂府詩。

⑦《長歌行》：《文選》卷二七有佚名《長歌行》，卷二八有陸機《長歌行》。佚名《長歌行》李善注：「崔豹《古今注》曰：『長歌，言壽命長短定分，不妄求也。』此上一篇，似傷年命，而下一首，直叙怨情。古詩曰：『長歌正激烈。』魏武帝《燕歌行》曰：『短歌微吟不能長。』傅玄《艷歌行》曰：『咄來長歌續短歌。』然行聲有長短，非言壽命也。」《樂府詩集》卷三〇「相和歌辭五」收有《長歌行》古辭及曹叡、陸機、傅玄等所作《長歌行》。

⑧《短歌行》：《文選》卷二七有曹操《短歌行》，卷二八有陸機《短歌行》，俱爲四言。《樂府詩集》卷三〇「相和歌辭五」收有曹操、曹丕、曹叡、陸機、張率、徐謙、辛德源等題爲《短歌行》之樂府詩。《古今樂録》：「王僧虔《技録》云：『《短歌行》「仰瞻」一曲，魏氏遺令，使節朔奏樂，魏文製其辭，自撫箏和歌，歌者

云「貴官彈箏」，貴官即魏文也。此曲制最美，辭不可入宴樂。』」（《樂府詩集》卷三〇）《樂府解題》：「《短歌行》，魏武帝『對酒當歌，人生幾何』，晉陸機『置酒高堂，悲歌臨觴』，皆言當及時爲樂也。」（同上）

⑨ 詠懷：《文選》卷二三有「詠懷」部，收有阮籍《詠懷詩十七首》，謝惠連《秋懷詩》、歐陽建《臨終詩》各一首。

⑩ 古意：《文選》無「古意」一目，但卷二二有徐悱《古意酬到長史溉登琅邪城》，卷二六有范雲《古意贈王中書》。呂向注前詩曰：「古意，作古詩之意也。」呂向注後詩曰：「謂象古詩之意也。」另，梁武帝（《玉臺新詠》卷七）、吴筠、劉孝綽、何思澄（《藝文類聚》卷三二）、顔之推（同上卷二六）均有同題詩，唐人亦多有題爲《古意》的詩。另，《文選》卷三一有袁淑和范雲《效古詩》各一首、劉鑠《擬古詩二首》、鮑照《擬古詩三首》，卷三〇有陸機《擬古詩十二首》、陶淵明《擬古詩》一首。《探源》：「祇是效意，不是仿詞，所以不是『擬古』。」

⑪ 寓言：《莊子》有《寓言》篇，謂：「寓言十九，重言十七，卮言日出。」陸德明《釋文》：「寓，寄也。以人不信己，故託之他人，十言而九見信也。」《文選》無「寓言」一目，唐李白、杜牧等有《寓言》詩。

夫詩，有生煞迴薄〔一〕①，以象四時，亦稟人事，語諸類並如之。

諸爲筆〔二〕②，不可故不對，得還須對。夫語對者，不可以虚無而對實象③。若用草與色爲對，即虚無之類是也〔三〕④。

【校記】

〔一〕「薄」下高丙本有「落」字。

〔二〕「諸」，《眼心抄》作「凡」。

〔三〕「即虚無之類」，三寶本脚注「類イ」。《考文篇》：「『即虚無之類』之前當有『色』字。」

【考釋】

① 生煞迴薄：本書地卷《十七勢》「第十四生煞迴薄勢」：「生煞迴薄勢者，前説意悲涼，後以推命破之，前説世路矜騁榮寵，後以至空之理破之入道是也。」維寶箋：「生殺，《莊子》曰：『好生惡殺，言春生秋殺也。』」

② 諸爲筆：清吴昌瑩《經詞衍釋》：「諸，猶凡也。」（中華書局一九五六年）《校勘記》：「這條當是别條，應是：即使是筆的場合，也不要因爲是筆故意不對，即使是筆，應該用對的地方仍應用對之意。」《譯注》：「這一條在内容上和前文不相連。」盛江案：此條本即與下文相連，均述對屬問題，而不與上條相連。

③ 不可以虚無而對實象：東卷《二十九種對》有二説，一説與此處同，以爲不可以虚無對實象。「第廿八疊韻側對」：「或曰：夫爲文章詩賦，皆須屬對，不得令有跛眇者。跛者，謂前句雙聲，後句直語，或復空談。如此之例，名爲跛。眇者，謂前句物色，後句人名，或前句語風空，後句山水。如此之例，名眇。

何者？風與空則無形而不見，山水則有蹤而可尋，以有形對無色。如此之例，名爲眇。」一説以爲可以以虛無對實象。「第廿三偏對」：「但天然語，今雖虛亦對實。如古人以『芙蓉』偶『楊柳』，亦名聲類對。」「第廿四雙虛實對」：「詩曰：『故人雲雨散，空山來往疎。』此對當句義了，不同互成。」亦虛無對實象。「第廿八疊韻對」：「或云：景風心色等，可以對虛，亦可以對實。」

④即虛無之類是也：中澤希男《王昌齡詩格考》：「『即虛無之類是也』與前文不連接，原文有『若用草與色爲對是也』，我以爲『即虛無之類』就是『色』所加的注。意爲『對，必須虛無對虛無，實象對實象，讓虛無對實象，比如就像草（實象）對色（虛象）一樣』之意。」

夫詩格律〔一〕，須如金石之聲。《諫獵書》甚簡小直置①，似不用事，而句句皆有事②，甚善甚善〔二〕。《海賦》太能③。《鵬鳥賦》等④，皆直把無頭尾⑤。《天台山賦》能律聲⑥，有金石聲。孫公云「擲地金聲」〔三〕⑦，此之謂也。《蕪城賦》⑧，大才子有不足處⑨，一歇哀傷便已，無有自寬知道之意⑩。

【校記】

〔一〕「夫」，《眼心抄》作「凡」。

〔二〕「甚善甚善」，原作「甚々善々」，各本同。

〔三〕「孫公云」，維寶箋：「『云』恐『賦』字歟。」

【考釋】

①《諫獵書》：漢司馬相如作，《史記》、《漢書》本傳及《文選》卷三九均收入。直置：本書地卷《十體》「四直置體」：「直置體者，謂直書其事，置之於句者是。詩曰：『馬銜苜蓿葉，劍瑩鷿鵜膏。』又曰：『隱隱山分地，滄滄海接天。』此即是直置之體。」

②「似不」二句：《顏氏家訓・文章》：「沈隱侯曰：『文章當從三易：易見事，一也；易識字，二也；易讀誦，三也。』邢子才常曰：『沈侯文章，用事不使人覺，若胸臆語也。』深以此服之。祖孝徵亦嘗謂吾曰：『沈詩云：「崖傾護石髓。」此豈似用事耶？』」與此論旨相近。

③《海賦》太能：《文選》卷一二有木華《海賦》。木華，字玄虛，爲晉太傅楊駿府主簿。《文選》李善注引傅亮《文章志》：「廣川木玄虛爲《海賦》，文甚儁麗，足繼前良。」又引李充《翰林論》：「木氏《海賦》，壯則壯矣，然首尾負揭，狀若文章，亦將由未成而然也。」又，南齊張融（四四四—四九七）亦著有《海賦》。《南齊書・張融傳》：「（融）浮海至交州，於海中作《海賦》曰：……融文辭詭激，獨與衆異。後還京，以示鎮軍將軍顧覬之，覬之曰：『卿此賦實超玄虛，但恨不道鹽耳。』融即求筆注之曰：『漉沙構白，熬波出素，積雪中春，飛霜暑路。』此四句，後所足也。」《譯注》：「本文前後所舉作品，全部都爲《文選》所收，從這一點看，這裏所指的可能仍是木華之作，這種可能性更大。」盛江案：《譯注》説是。張融《海賦》原作意雖未足，中四句爲後來

補足，然由此處所言之「無頭尾」及《文選》李善注引李充《翰林論》所言之「首尾負揭」、「將由未成然也」評價觀之，此處所論，當指木華《海賦》。類似題目之作品，尚有班固《覽海賦》、王粲《遊海賦》、曹丕《滄海賦》等，然均非此處所指之作。「太能」二字或者爲評價《海賦》作品之詞，由前後語氣觀之，或者亦爲某一作品名，與《海賦》、《鵩鳥賦》「等」並列，皆有「皆直把無首尾」之特點，如是作品名，則疑字有訛誤。

④《鵩鳥賦》：漢賈誼作，《史記》、《漢書》本傳及《文選》卷一三均收入。

⑤直把：本書地卷《十七勢》「第一直把入作勢」：「直把入作勢者，若賦得一物，或自登山臨水，有閑情作，或送別，但以題目爲定，依所題目，入頭便直把是也。」王昌齡《詩格》「起首入興體十四」有「直入興」、「把情入興」和「把聲入興」。

⑥《天台山賦》：即《遊天台山賦》，晉孫綽之作，見《文選》卷一一。

⑦擲地金聲：《世説新語·文學》：「孫興公作《天台賦》成，以示范榮期，云：『卿試擲地，要作金石聲。』范曰：『恐子之金石，非宫商中聲。』然每至佳句，輒云：『應是我輩語。』」劉孝標注：「『赤城霞起而建標，瀑布飛流而界道。』此賦之佳處。」

維寶箋：「支遁《天台山銘序》曰：『……賦成，示友人范榮期，榮期曰：此賦擲地必爲金聲也。』此山在會稽東南，孫公者，《晉書》曰：『孫綽字興公，大原人也。』乃今賦作者也，何自稱有金聲乎，云有金聲者，則友人范榮期也。『云』字恐『賦』字歟。榮期謂孫公賦云擲地金聲也。」盛江案：據前所引《世説新語·文學》，乃孫綽自稱有金石聲，此不誤。

《研究篇》下：「一方面要求格律的鏘然有聲，另一方面希望『直把無頭尾』，這一點上，可以看作不拘泥於格法的主張。（這個「直把」，當指直把入作勢，這個「無頭尾」當指前面所引的無頭尾之體。）進一步讚賞『直置似不用事，而句句皆有事』，值得細細體味，這一方面是不用事等，一方面要使面貌鮮明生動，這種藝術表現是最好的。這和皎然《詩式》把『不用事格』看作是最高之格的思想是相符的。」

⑧《蕪城賦》：劉宋鮑照之作，見《文選》卷一一。李善注：「《集》云：『登廣陵故城。』」

⑨大才子有不足處：梁鍾嶸《詩品》中評鮑照：「總四家而擅美，跨兩代而孤出，嗟其才秀人微，故取湮當代。」

本卷前文「鮑照言語逼迫，無有縱逸，故名狹腹之語。以此言之，則鮑公不如謝也」，並引鍾嶸《詩品》及《南齊書・文學傳論》評鮑照詩風，均指出鮑照之不足，可與此處參看。

⑩自寬：《列子・天瑞》：榮啓期鹿裘帶索鼓琴而歌，列數其種種樂事，謂：「貧者士之常也，死者人之終也，處常得終，當何憂哉。」孔子曰：「善乎，能自寬者也。」張湛注：「善其能推理自寬慰耳。」知道：《管子・戒》：「聞一言以貫萬物，謂之知道。」

【附録】

來雄《聾鼓指歸序注》：《秘府論》曰：《海賦》甚能。（《定本弘法大師全集》卷七）

詩有：「明月下山頭，天河横戍樓〔一〕。白雲千萬里〔二〕，滄江朝夕流。浦沙望如雪，松風聽似秋。不覺煙霞曙，花鳥亂芳洲①。」並是物色，無安身處，不知何事如此也②。

【校記】

〔一〕「戍」，醍甲、仁甲、義演、松本、江户刊本、維寶箋本作「戎」。

〔二〕「里」，松本本作「仞」。

【考釋】

①「明月」八句：詩題及撰者未詳。

②「並是」三句：本卷前文云：「若空言物色，則雖好而無味，必須安立其身。」維寶箋：「此詩八句，都叙物色，初三句天象，次二句水邊，後三句言花鳥風煙也。……此八句皆景物，無主意，雖語鮮麗，無力也。」盛江案：此即下文所云「景語若多，與意相兼不緊，雖理通亦無味」之意。《研究篇》下：「這個『身』較之『個性』等概念遠爲含蓄。『個性』是意識到與他人的對立，把自我推向和他人不同的地方，這個感覺是不可否定的。與此不同，『身』則首先包含要好好捕捉自身的真實狀態這一層意思。而且，把握『身』的契機祇能是『意』，因此，必須理解爲正確地滲透『意』纔是表現的基礎。」

詩有平意興來作者〔一〕。「願子勵風規，歸來振羽儀。嗟余今老病，此別恐長辭①。」蓋無比興②，一時之能也。

【校記】

〔一〕「平」，《校注》：「『平』，疑當作『憑』。」盛江案：王利器説是。

【考釋】

① 「願子」四句：出陳徐陵《別毛永嘉》，全詩爲：「願子厲清規，歸來振羽儀。嗟余今老病，此別空長離。白馬君來哭，黄泉我詎知。徒勞脱寶劍，空挂隴頭枝。」（《藝文類聚》卷二九）風規：風度品格。《宋書·張敷傳》：「貞心簡立，幼樹風規。」羽儀：《易·漸卦》上九爻辭：「鴻漸于陸，其羽可用爲儀。」孔穎達正義：「處高而能不以位自累，則其羽可用爲物之儀表，可貴可法也。」維寶箋：「此四句皆有力，有誡勖風規。」

② 蓋無比興：本卷下文引唐殷璠《河岳英靈集叙》：「都無興象，但貴輕艷，雖滿篋笥，將何用之？」盛江案：前文謂「若有物色，無意興，雖巧亦無處用之」，是重意興，然此處又言，祇「平（憑）意興來作者」，卻無「比興」，祇是「一時之能」。蓋所謂意興，乃作者之感興，而比興，則進而須有寄託，未可單純抒

一己之情。即下文所謂「詩貴銷題目中意盡，然看當所見景物與意愜者相兼道，若一向言意，詩中不妙及無味」之意。

詩有：「高臺多悲風，朝日照北林①。」則曹子建之興也。阮公《詠懷詩》曰：「中夜不能寐，謂時暗也。起坐彈鳴琴。憂來彈琴以自娱也。薄帷鑒明月，言小人在位，君子在野，蔽君。猶如薄帷中映明月之光〔一〕。清風吹我襟。獨有其日月以清懷也〔二〕。孤鴻號外野，翔鳥鳴北林②。近小人也。」

【校記】

〔一〕「猶如」下原有「也」字，三寶、六寺本同，松本、江户刊本、維寶箋本有「已」字，據高甲、高丙、醍甲本删。《譯注》、林田校本此句作「蔽君猶如薄帷中映明月之光也」。《校勘記》：「其他四句末尾皆有『也』，此句之『也』誤記有『如』也。」中澤希男《冠注文筆眼心抄補正》：「宮本等的『也』可能是將『明月之光也』誤倒。這一條的注，均以『也』結句。」

〔二〕「獨」，原作「揭」，高丙本同，松本、江户刊本、維寶箋、天海本作「猶」，原眉注「獨」，據三寶、高甲、醍甲、六寺本改。「日月」，祖風會本注：「『日』字恐衍。」「懷」，醍甲、仁甲、義演本作「襟」。「也」，松本、江户刊本、維寶箋本無。

【考釋】

①「高臺」二句：出魏曹植《雜詩六首》其一（已見前引），李善注：「《新語》曰：『高臺喻京師；悲風，言教令；朝日，喻君之明；照北林，言狹，比喻小人。』」吟窗本皎然《詩議》：「二重意：如曹子建云：『高臺多悲風，朝日照北林。』」

盛江案：以上論與比興相關之三種情況。一爲單純描寫自然景物，而無比興寄託之意，即所謂並是物色，無安身處。二爲直接寫主觀意興，而不借物寓意者，即所謂憑意興來作而無比興者。三即爲本節所言如曹植、阮籍借物寓意者，即是下文所言之「所見景物與意愜者相兼道」者。

②「中夜」六句：此爲魏阮籍《詠懷詩十七首》第一首，全詩爲：「夜中不能寐，起坐彈鳴琴。薄帷鑒明月，清風吹我衿。孤鴻號外野，朔鳥鳴北林。徘徊將何見，憂思獨傷心。」（《文選》卷二三）顔延年注：「説者，阮籍在晉文代，常慮禍患，故發此詠耳。」顔延年、沈約等注：「嗣宗身仕亂朝，常恐罹謗遇禍，因茲發詠，故每有憂生之嗟；雖志在刺譏，而文多隱避，百代之下，難以情測，故粗明大意，略其幽旨也。」吕向注：「孤鴻，喻賢臣，孤獨在外，號痛聲也。翔鳥，鷙鳥也，好迴飛，以比權臣在近，則謂晉文王也。」

吟窗本王昌齡《詩格》「詩有六式」：「淵雅一。詩有一覽意窮，謂之浮淺。阮嗣宗詩：『中夜不能寐，起坐彈鳴琴。』」

凡作文①，必須看古人及當時高手用意處，有新奇調學之②。

詩貴銷題目中意盡③，然看當所見景物與意愜者相兼道〔一〕④。若一向言意⑤，詩中不妙及無味。景語若多，與意相兼不緊〔二〕⑥，雖理通亦無味〔三〕。

昏旦景色，四時氣象，皆以意排之，令有次序，令兼意説之爲妙。旦日出初〔四〕，河山林嶂涯壁間，宿霧及氣靄，皆隨日色照著處便開。觸物皆發光色者〔五〕，因霧氣濕著處，被日照水光發。至日午，氣靄雖盡，陽氣正甚，萬物蒙蔽，卻不堪用。至曉間〔六〕，氣靄未起，陽氣稍歇，萬物澄浄，遥目此乃堪用〔七〕。至於一物〔八〕，皆成光色，此時乃堪用思。所説景物必須好似四時者，春夏秋冬氣色，隨時生意。取用之意，用之時，必須安神浄慮⑦。目覩其物，即入於心⑧；心通其物，物通即言；言其狀，須似其景。語須天海之内，皆納於方寸〔九〕⑨。至清曉，所覽遠近景物及幽所奇勝概〔一〇〕⑩，皆須任思自起〔一一〕⑪。意欲作文〔一二〕，乘興便作〔一三〕⑫，若似煩即止，無令心倦。常如此運之，即興無休歇，神終不疲⑬。

【校記】

〔一〕「看」，《眼心抄》作「舊」。《考文篇》：「『看』疑作『者』，《眼心抄》作『舊』，義似未當。」《校勘記》：「『看』爲『應』之草誤，爲『應當』。」周校：「此句文字疑有脱誤。」《譯注》此一句作：「然看所見景物與意愜者，當相兼道。」注云：「這一句原文紊亂頗多，『當』，各本在『所』字上，現以意改。」林田校本從《譯注》。盛江案：此句「看當」二字或爲「當看」誤倒，三寶本等常有誤倒文字。

〔二〕「緊」，三寶、醍甲、仁甲、義演、松本、江户刊本、維寶箋本作「竪」，原右旁注「竪」。

〔三〕「通」，原作「道」，各本同。《校勘記》：「『道』爲『通』誤，地卷《十七勢》『第十五理入景勢』有『理通無味』。」《譯注》、林田校本並改「道」作「通」字，今從之。

〔四〕「出初」，疑當作「初出」。

〔五〕「色」，六寺本無，眉注「色」。

〔六〕「曉」，周校：「『曉』，疑當作『晚』。」

〔七〕「目」，松本本無，眉注「目」。

〔八〕「物」，義演本作「切」。

〔九〕「納」上松本、江户刊本、維寶箋本有「入」字。

〔一〇〕「幽」下各本有「所」字。《校勘記》：「『所』涉『所覽』而衍。」《譯注》、林田校本删「所」字。

〔一一〕「思」，江户刊本、維寶箋本作「意」，右旁注「思亻」。《校勘記》：「『任意』爲『任思』之訛。」

〔一二〕「欲」，《眼心抄》作「先」。

〔一三〕「便」，義演本作「使」，松本本無。

【考釋】

① 維寶箋：「此一節，示作者之用心也。」

②有新奇調學之：此處之調，當兼意興、景物、構思、境界言之。《研究篇》下：「不是要模仿新奇之調自身，而是研討其藝術表現的新奇之處，由此警誡不要霑染上陳舊的東西，把模糊不清的詩心之鏡重新清洗干浄。」「恰當的『意』的産生，離不開新穎，但是這個『新』，是和不斷更新自身精神的主體性的努力一起，從一刻也不息的變化着的事物本體的自然中湧現出來。芭蕉也一語道破這一點：『乾坤之變乃風雅之根本。』昌齡説景和意的融合，就是因爲意更新了景的同時，景也更新了意。在景和意的志向關係上，完成了境象的正確把握。」

③詩貴銷題目中意盡：維寶箋：「貴銷，示入心於題目，若詩句雖巧不會題則稱落題，是詩大病也，然看下示景物相兼而叙詩也。」盛江案：前文言「夫詩，入頭即論其意，意盡則肚寬，肚寬則詩得」，此處言「銷題目中意盡」，可互相參看。

④意愜者：晉陸機《文賦》：「愜心者貴當。」

本書地卷《十七勢》「第十六景入理勢」：「景入理勢者，詩一向言意，則不清及無味，一向言景，亦無味。事須景與意相兼始好。凡景語入理語，皆須相愜，當收意緊，不可正言。」與此處所言同義。《探源》則認爲：「《十七勢》『理入景勢』意與此同。」

⑤一向：一味。

⑥與意相兼不緊：關於「意緊」，吟窗本王昌齡《詩格》「常用體十四」云：「緊體十一。范彦龍詩：『物情棄疵賤，何獨飲衡闈。』」又，前文亦云：「詩頭皆須造意，意須緊，然後縱横變轉。」可參看。

⑦安神浄慮：《文心雕龍·神思》：「是以陶鈞文思，貴在虚静，疏瀹五藏，澡雪精神。」

⑧「目覩」二句：本卷前文謂：「夫置意作詩，即須凝心，目擊其物，便以心擊之，深穿其境。」可與此參看。

⑨「語須」二句：此即陸機《文賦》「觀古今於須臾，撫四海於一瞬」、「籠天地於形内，挫萬物於筆端」，《文心雕龍·神思》「故寂然凝慮，思接千載，悄焉動容，視通萬里」之意，本卷前文亦云：「望古人於格下，攢天海於方寸。」方寸：指心，已見前文注。

《研究篇》下：「要在四季特色最顯著之處把握自然之景。自然的變化按照季節表現自己。」「失落季節是落節病……根據這一理論，落節之所以不行，是因爲它違背了『本意』。」

⑩勝概：維寶箋：「感觸經心云概也。」盛江案：勝概爲美景意，李白《夏日陪司馬武公與群賢宴姑熟亭序》：「此亭跨姑熟之水，可稱爲姑熟亭焉，嘉名勝概，自我作也。」（《李白集校注》卷二七）杜甫《奉留贈集賢院崔于二學士》：「故山多藥物，勝概憶桃源。」（《杜詩詳注》卷二）

⑪關於覽山水景物以興詩情，吟窗本王昌齡《詩格》「詩有三境」：「物境一。欲爲山水詩，則張泉石雲峰之境，極麗絶秀者，神之於心，處身於境，視境於心，瑩然掌中，然後用思，了然境象，故得形似。」可與此參看。

⑫乘興便作：本卷前文云：「思若不來，即須放情卻寬之，令境生。然後以境照之，思則便來，來即作文。如其境思不來，不可作也。」可與之參看。

⑬《研究篇》下：「（昌齡）不是主張詩歌衹要從頭至尾詠發主觀的感情。勿寧説，爲了確切地表現意，暗示豐富的餘情，就需要攝取景物。」「認定要吟詠的意象，好像不能全部吟詠，詩中辭語總要浮離於詩意，因此不論什麼場合詩意都要盡力完滿表達。但是，如果有合於其意象的景物，詩歌表現時最好要採用。如果衹是一味强調意，反而會没有興趣和風韻。對景物的把握如果没有和意想緊密融合，那麽，好不容易合理的意象也會不行，因此需要有戒心。朝夕的景色，春夏秋冬的色彩，用心捕捉，讓它與意恰當調和，這時，都會得到有妙味的表現。這就是它的大意。」

凡神不安，令人不暢無興，無興即任睡〔一〕，睡大養神。常須夜停燈任自覺，不須强起，强起即惛迷〔二〕，所覽無益①。紙筆墨常須隨身〔三〕②，興來即録。若無紙筆〔四〕，羈旅之間，意多草草③。舟行之後，即須安眠，眠足之後，固多清景。江山滿懷④，合而生興，須屏絶事務，專任情興，因此〔五〕，若有製作，皆奇逸⑤。看興稍歇，且如詩未成，待後有興成〔六〕，卻必不得强傷神。

【校記】

〔一〕「無興無興」，原作「無々興々」，各本同。

〔二〕「强起强起」，原作「强々起々」，各本同。

〔三〕「紙筆」，松本、江户刊本、維寶箋本作「筆紙」。
〔四〕「若無紙筆」，詩話叢書本校：「『無紙筆』下疑脱一兩句。」
〔五〕「因」，三寶本作「内」，右旁注「因亻」。
〔六〕「待」，醍甲、仁甲、義演本作「詩」。

【考釋】

①「凡神」八句：本卷前文云：「凡詩人，夜間牀頭明置一盞燈，若睡來任睡，睡覺即起。興發意生，精神清爽，了了明白，皆須身在意中。」可與此參看。

②紙筆墨常須隨身：陳徐陵《玉臺新詠序》：「瑠璃硯匣，終日隨身；翡翠筆牀，無時離手。」

③草草：匆忙倉促貌。李白《南奔書懷》：「草草出近關，行行昧前算。」（《李白集校注》卷二四）

④江山滿懷：《文心雕龍·物色》：「然屈平所以能洞監《風》《騷》之情者，抑亦江山之助乎！」

⑤奇逸：漢路粹《爲曹公與孔融書》：「鴻豫亦稱文舉，奇逸博聞。」（《後漢書·孔融傳》）《三國志·魏書·陳矯傳》：「博聞强記，奇逸卓犖，吾敬孔文舉。」

斆古文章，不得隨他舊意，終不長進①。皆須百般縱横，變轉數出，其頭段段皆須令意上道〔一〕，卻後還收初意。「相逢楚水寒」詩是也②。

凡詩立意，皆傑起險作，傍若無人，不須怖懼。古詩云「古墓犂爲田，松柏摧爲薪」〔二〕③，及「不信沙場苦，君看刀箭瘢」是也④。

【校記】

〔一〕「令意上道」，《校勘記》：「令意上道，『令』下脱『團』字，前有『皆須團意上道』之句。」

〔二〕「爲」，松本本作「成」。

【考釋】

①「敎古」三句：本卷前文云：「巧運言詞，精練意魄，所作詞句，莫用古語及今爛字舊意。改他舊語，移頭換尾，如此之人，終不長進。」可與此參看。

②「皆須」五句：本卷前文云：「詩頭皆須造意，意須緊，然後縱横變轉。如『相逢楚水寒』，送人必言其所矣。」維寶箋：「百般，數品也。縱横自在，變轉無窮，而先暢其起句，其格不一準，故云數出也。其頭，詩起句也。卻後，至結句收起句之意也。」

③「古墓」二句：出《古詩十九首》其十四（《文選》卷二九），已見前引。

④「不信」二句：出王昌齡《代扶風主人答》詩（《全唐詩》卷一四〇），已見前引。

吟窗本王昌齡《詩格》「詩有六貴例」：「傑起一。鮑明遠詩：『馬步（盛江案：當作「毛」）縮如蝟，角弓不可張。』」「穿穴三。古詩：『古墓犁爲田，松柏摧爲薪。』」本卷前文云：「詩有傑起險作，左穿右穴。如『古墓犁爲田，松柏摧爲薪』……又『去時三十萬，獨自還長安。不信沙場苦，君看刀箭瘢』，此爲例也。」可與參看。

【附録】

來雄《聾鼓指歸序注》：《秘府論》曰：詩立意，皆傑起險作，傍若無人，不須懼怖。（《定本弘法大師全集》卷七）

詩不得一向把，須縱横而作①。不得轉韻，轉韻即無力〔一〕②。落句須含思〔二〕，常如未盡始好③。如陳子昂詩落句云「蜀門自兹始〔三〕，雲山方浩然」是也④。

【校記】

〔一〕「轉韻轉韻」，原作「轉々韻々」，各本同。

〔二〕「含」，原作「令」，各本同。《考文篇》：「『令』疑當作『含』。」今從之。

〔三〕「蜀」，天海本作「雲」。「始」，松本本無。

【考釋】

①「詩不」二句：本書地卷《十七勢》「第十五理入景勢」：「理入景勢者，詩不可一向把理，皆須入景語始清味。」《譯注》：「一向把，全部傾向於一個方向。」

②「不得」二句：本書天卷《七種韻》第三有「轉韻」。維寶箋：「不得等，不許雖縱横自在轉韻也。而轉韻亦詩之一格也。若轉韻，則詩句無膂力也。」

③「落句」二句：維寶箋：「落句須令（含）等，不言盡意旨，句中自然有意味。云之，言外之意也。」本書地卷《十七勢》「第十含思落句勢」：「含思落句者，每至落句，常須含思。」

④陳子昂（六六一—七〇二）：字伯玉，梓州射洪（今屬四川）人，初唐詩歌革新之先驅。《舊唐書》卷一九〇、《新唐書》卷一〇七有傳。

「蜀門」二句：出陳子昂《西還至散關答喬補闕知之》，全詩爲：「葳蕤蒼梧鳳，嘹唳白露蟬。羽翰本非匹，結交何獨全。昔君事胡馬，余得奉戎旃。攜手向沙塞，關河緬幽、燕。芳歲幾陽止，白日屢徂遷。功業雲臺薄，平生玉佩捐。歎此南歸日，猶聞北戍邊。代水不可涉，巴江亦潺湲。攬衣度函谷，銜涕望秦川。蜀門自兹始，雲山方浩然。」（《全唐詩》卷八三）

夫文章之體〔一〕，五言最難。聲勢沉浮，讀之不美①。句多精巧，理合陰陽；包天地而羅萬物，籠日月而掩蒼生〔二〕②。其中四時調於遞代，八節正於輪環③；五音五行，和於生滅④；

六律六吕，通於寒暑⑤。

【校記】

〔一〕「夫文章之體」，六寺本眉注「評曰」。

〔二〕「而掩」，三寶、天海本作「掩而」。

【考釋】

①「夫文章」四句：聲勢：聲韻氣勢。唐元稹《敘詩寄樂天書》：「聲勢沿順屬對穩切者，爲律詩。」（《全唐文》卷六五三）又指梵音阿等十二字。慧琳《一切經音義》卷二五：「總有五十字，從初有一十二字是翻字聲勢，次有三十四字名爲字母，别有四字名爲助聲。」（《叢書集成初編》）沉浮：此當指聲韻的清濁輕重。唐陸德明《經典釋文・序録》：「或失在浮清，或滯於沈濁。」（中華書局一九八三年）本書西卷《文筆十病得失》：「然五言頗爲不便。」維寶箋：「論五言詩備衆義而最難，調聲不應則浮沈而諷讀不優美也。」

《研究篇》下：「（王昌齡的詩型論）很有見識。……值得注意的第一，似以五言爲標準體。」

②「包天」二句：晉陸機《文賦》：「籠天地於形内，挫萬物於筆端。」維寶箋：「五言詩句中，不漏天地陰陽，精密能伸其理，掩撫蒼生，而無遺也。」

③「其中」二句：遞代：《楚辭·招魂》：「二八待宿，射遞代些。」王逸注：「意有厭倦，則更使相代也。或曰：夕遞代，夕暮也。」八節：指立春、春分、立夏、夏至、立秋、秋分、立冬、冬至這八個節氣。《周髀算經》卷下之二：「凡爲八節二十四氣。」趙爽注：「二至者，寒暑之極，二分者，陰陽之和，四立者，生長收藏之始。是爲八節。」（《叢書集成初編》）

維寶箋：「述調聲。遞代，更代也。如四時運轉，宮商有次序也。」

盛江案：四聲以配四時，源自古代以五聲配季節的思想（如《禮記·月令》、《吕氏春秋》「十二紀」等），至沈約，則明確以四聲配四時。本書天卷《四聲論》引沈氏《答甄公論》云：「但能作詩，無四聲之患，則同諸四象。四象既立，萬象生焉，四聲既周，群聲類焉。……昔周、孔所以不論四聲者，正以春爲陽中，德澤不偏，即平聲之象；夏草木茂盛，炎熾如火，即上聲之象；秋霜凝木落，去根離本，即去聲之象；冬天地閉藏，萬物盡收，即入聲之象。以其四時之中，合有其義，故不標出之耳。」

④「五音」二句：據《白虎通·五行》，五音五行與季節相配如下：角—木—春，徵—火—夏，商—金—秋，羽—水—冬，宮—土—中。生滅：佛教語，依因緣和合而有謂之生，依因緣和合而無謂之滅。劉宋謝靈運《〈維摩經〉十譬贊·電》：「倏爍驚電過，可見不可逐。恒物生滅後，誰復覈遲速。」（《廣弘明集》卷一五）

⑤「六律」二句：《周禮·春官·大師》：「大師掌六律六同，以合陰陽之聲。陽聲：黄鍾、大蔟、姑洗、蕤賓、夷則、無射。陰聲：大吕、應鍾、南吕、函鍾、小吕、夾鍾。」鄭玄注：「黄鍾，子之氣也，十一月建

焉，而辰在星紀；大吕，丑之氣也，十二月建焉，而辰在玄枵；大蔟，寅之氣也，正月建焉，而辰在娵訾；應鍾，亥之氣也，十月建焉，而辰在析木；姑洗，辰之氣也，三月建焉，而辰在大梁；南吕，酉之氣也，八月建焉，而辰在壽星；蕤賓，午之氣也，五月建焉，而辰在鶉首；林鍾，未之氣也，六月建焉，而辰在鶉火；夷則，申之氣也，七月建焉，而辰在鶉尾；中吕，巳之氣也，四月建焉，而辰在實沈；無射，戌之氣也，九月建焉，而辰在大火；夾鍾，卯之氣也，二月建焉，而辰在降婁。」類似之説法，亦見於《史記・律書》、《漢書・律曆志》、《白虎通・五行》等。

【附録】

來雄《聾鼓指歸序注》：《秘府論》云：夫文章之體，理合陰陽，包天地而羅萬物，籠日月而掩蒼生。（《定本弘法大師全集》卷七）

凡文章不得不對①。上句若安重字、雙聲、疊韻，下句亦然②。若上句偏安，下句不安，即名爲離支〔一〕③。若上句用事，下句不用事，名爲缺偶④。故梁朝湘東王《詩評》曰⑤：「作詩不對，本是吼文，不名爲詩。」

【校記】

〔一〕「離支」，三寶、江户刊本、維寶箋、天海本作「離友」。《考文篇》：「『離支』二字疑顛倒。」

【考釋】

①凡文章不得不對：《文心雕龍·麗辭》：「造化賦形，支體必雙。神理爲用，事不孤立。」本書東卷《二十九種對》「第廿八疊韻側對」：「夫爲文章詩賦，皆須屬對，不得令有跛眇者。跛者，謂前句雙聲，後句直語，或復空談。如此之例，名爲跛。」北卷《論對屬》：「凡爲文章，皆須對屬，誠以事不孤立，必有配疋而成。」可與參看。

②「上句若安」二句：本書東卷《二十九種對》第八爲「雙聲對」，第九爲「疊韻對」，又「第四聯綿對」有重字對，「第七賦體對」中亦有重字對、雙聲對、疊韻對，可與參看。

③離支：本書西卷《文二十八種病》有「第二十三支離」病（修訂本第二十一）。又，吟窗本王昌齡《詩中密旨》「犯病八格」：「支離病一。五字法切須（盛江案：「切須」當爲「須切」誤倒）對也，不可偏枯。詩曰：『春人對春酒，芳樹間新花。』」

④缺偶：本書西卷《文二十八種病》：「第十三，闕偶病。謂八對皆無，言靡配屬，由言匹偶，因以名焉。」吟窗本王昌齡《詩中密旨》「犯病八格」：「缺偶病二。詩中上句引事，下句空言也。詩曰：『蘇秦時刺股，勤學我便登。』」可與參看。

《研究篇》下：「重字雙聲疊韻即所謂賦體對，是初唐以來之説，昌齡是主張遵守這樣現成的對屬法。離支和缺偶是見於《文二十八種病》的名目，昌齡的對屬觀對此也多持肯定態度。」《考文篇》：「傳王昌齡《詩中密旨》：『犯病八格：第一支離，第二缺偶，第三落節。』説明這一部分爲王昌齡所作。」

中澤希男《王昌齡詩格考》：「『上句偏安』即『祇安置於上句』之意。『離支』，即畸形（かたわ）。『離』是瘸子（あしなえ），《説文通訓定聲》：『離，假借爲尨。』『支』爲『肢』之假借。」「傳本《詩中密旨》犯病八格（支離、缺偶、落節、叢木、相反、相重、側對、對聲）中的『支離、缺偶』的例句，和《秘府論》西卷《文二十八種病》中的『支離、缺偶』相同，但《秘府論》這二條據原注，其原典爲《詩式》（撰者不詳）。」

古田敬一《中國文學的對句藝術》：「上句用重字、雙聲、疊韻的同時，下句卻不用，也就是上句偏置，這就是『離枝』。此『離枝』與《詩格》的『偏對』很相近。」

⑤ 湘東王：即梁元帝蕭繹，參天卷《七種韻》考釋。《詩評》：未詳。《探源》：「《本紀》没有提及《詩評》，當是元帝著述太多，而有遺漏。《隋志》收録《梁元帝集》五十二卷及《梁元帝小集》十卷，《小集》不見於《本紀》，而《金樓子》不知原屬何處。這都證明本紀所録非全面。《論文意》作者尚能看到原書，則《詩評》至唐仍可見。藤原佐世《日本國見在書目録》收録《詩品》三卷，《詩評》六卷，三卷本大概是鍾嶸所著，六卷本《詩評》不知是否即梁元帝原作。若是，則蕭繹體制似大於鍾嶸。從《論文意》的引文看，湘東王很著重詩文的對偶格律，這正與他的精雕細琢的作風一致。……説『湘東王』，不説『梁元帝』，《詩評》自是蕭繹較早時期所作。」

夫作詩用字之法，各有數般。一敵體用字①，二同體用字②，三釋訓用字③，四直用字④。但解作詩，一切文章，皆如此法。若相聞書題⑤、碑文⑥、墓誌⑦、赦書⑧、露布〔一〕⑨、牋⑩、章、表⑪、奏⑫、啓⑬、策⑭、檄⑮、銘⑯、誄〔二〕⑰、詔⑱、誥⑲、辭⑳、牒㉑、判㉒，一同此法㉓。

【校記】

〔一〕「露」，六寺本眉注「霑」。

〔二〕「誄」，醍甲、仁甲、義演本作「誅」。

【考釋】

①敵體用字：本書東卷《二十九種對》「第一的名對」引元兢曰：「正對者，若『堯年』、『舜日』。堯、舜皆古之聖君，名相敵，此爲正對。」「第六異類對」：「上句安『天』，下句安『山』，『天』、『山』非敵體，『白雲』、『紫微』亦非敵體。第三句安『鳥』，第四句安『花』，『花』、『鳥』非敵體，『去影』、『摇風』亦非敵體。如此之類，名爲異類對。」維寶箋：「敵體，的當於體用字也。以青松謂貞堅等也。」《校勘記》：「敵體即的對用字。」《校注》：「敵體，謂敵對、相背之體。」《譯注》：「『敵』，與東卷《二十九種對》第一的名對的『的』相同。是如同『凡作文章，正正相對』所説的一樣，把天和地、日和月這樣清楚的對比對照的字組合在一起

的的名對。」

盛江案：「敵體用字」等四種用字法，若承上文「凡文章不得不對」云云，則爲論對屬用字之法，然亦可能指一般用字之法。「敵體」一詞，本指雙方地位相當，無上下尊卑之分。《白虎通·王者不臣》：「諸父諸兄者親，與己父兄有敵體之義也。」「敵」字爲相當、對等之義，與「的」字爲明確之義有别，然「敵體」之字範疇、性質既然相當對等，則其對屬之義自然一目了然，在此意義上「敵體」與「的名」相通。「敵體用字」衹要範疇性質相當對等，且並列相對即可，未必非要意思相背相反。

②同體用字：《校勘記》：「敵體如指的對用字，同體則是同對用字。」《譯注》：「同體用字，可能是和《二十九種對》中「第十四同對」相同的概念。就是説，像『大』和『廣』、『薄』和『輕』這樣有近緣關係的字的組合。」

盛江案：東卷《二十九種對》已分析過，同對既同類又同義，或雖義稍有别，而因義近可互换而用，與的名敵體並列而相對，不可互换而用不同。此同體用字當指用此類涵義相同相近之字。

③釋訓用字：維寶箋：「釋訓，如『素練抹林雲氣薄，明珠穿草露華新』，是下三字解上四字也。」《校勘記》：「《廣雅》『釋訓』一篇列舉重言、雙聲、疊韻的形況字，則『釋訓用字』當指重言、雙聲、疊韻等用字。」盛江案：維寶箋所説，以下三字解上四字，乃構句之法，非用字之法。中澤希男説是。

④直用字：不詳。地卷《十體》：「四，直置體。直置體者，謂直書其事，置之於句者是。」維寶箋：「直用，直伸景色，或伸心志等也。」《校勘記》：「『直用字』不明，可能是指釋訓之外的用字。」《譯注》：「直

用字，可能是未用以上三種技巧，任憑想像用字的方法。」

⑤相聞：《譯注》：「『相聞』，互相通消息。《後漢書》卷一三（盛江案：當爲卷四三）《隗囂傳》載光武帝手書：『自今以後，手書相聞。』」書題：維寶箋：「凡載籍通謂之書，《書緯》曰：『書，如也，如其意也。』題，書題也。」《譯注》：「如《南史》卷六七《恩倖・紀僧真傳》『（僧真）乃請事齊高帝，隨從在淮陰，以閑書題，令答遠近書疏』所説，即是書簡。」

⑥碑文：較早提及碑文者有《後漢書・桓彬傳》：「（桓驎）所著碑、誄、讚、説、書凡二十一篇。」《後漢書・孔融傳》：「（融）所著詩、頌、碑文、論議、六言、策文、表、檄、教令、書記凡二十五篇。」《文心雕龍・誄碑》：「周乎衆碑，莫非清允。其叙事也該而要，其綴采也雅而澤；清詞轉而不窮，巧義出而卓立。」「夫屬碑之體，資乎史才，其序則傳，其文則銘。標序盛德，必見清風之華；昭紀鴻懿，必見峻偉之烈：此碑之制也。夫碑實銘器，銘實碑文，因器立名，事光於誄。是以勒石讚勛者，入銘之域；樹碑述已者，同誄之區焉。」又稱碑誄，爲碑上記述死者生前事跡並表示哀悼之文字。又稱碑誌、碑記，刻於碑上之紀念文字，既有紀念死者之文字，亦有其他紀念文字。《水經注・汳水》：「城北五里有石虎、石柱，而無碑誌，不知何時建也。」

⑦墓誌：刻於石上，置於墓中，記述死者姓氏、生平事跡之文字，梁任昉有《劉先生夫人墓誌》（《文選》卷五九）。明吴訥《文章辨體序説・墓誌》：「墓誌，則直述世系、歲月、名字、爵里，用防陵谷遷改。」（人民文學出版社一九六二年）墓誌多用散文，另有墓誌銘，則爲韻文，用於對死者之讚揚、悼念。

⑧赦書：頒布赦令之文告。《魏書・高恭之傳》：「及爾朱榮之死也，帝召道穆付赦書，令宣於外。」

⑨露布：檄之一種。《文心雕龍・檄移》：「檄者，皦也，宣露於外，皦然明白也。……明白之文，或稱露布，播諸視聽也。」

⑩牋：表文之一種，魏晉以後多用於上皇后、太子及諸王。《文心雕龍・書記》：「秦漢立儀，始有表奏，王公國內，亦稱奏書……迄至後漢，稍有品名，公府奏記，而郡將奏牋。……牋者，表也，表識其情也。……原牋之爲式，既上窺乎表，亦下睨乎書。」明王三聘《古今事物考・公式》：「牋，前無聞，自魏始也。上至尊曰表，降一等，中宮、東宮皆曰牋，大體與表相類。」（《叢書集成初編》）又泛指書信及給長官之書啓。前者如《晉書・石勒載記》：「（石勒）遣張慮奉牋於劉琨。」唐韓愈《答劉正夫書》：「辱牋，教以所不及。」（《全唐文》卷五五三）後者如《風俗通義・十反》：「太僕杜密、周甫亦去北海相在家，每至郡縣，多所陳説，牋記括屬。」

⑪章、表：臣下呈皇帝之奏章奏表。《文心雕龍・章表》：「然則敷奏以言，則章表之義也。……漢定禮儀，則有四品：一曰章，二曰奏，三曰表，四曰議。章以謝恩，奏以按劾，表以陳請，議以執異。」魏曹丕《與吴質書》：「孔璋章表殊健，微爲繁富。」（《文選》卷四二）

⑫奏：臣下上帝王之文書。漢蔡邕《獨斷》卷上：「凡群臣上書於天子者，有四名：一曰章，二曰奏，三曰表，四曰駮議。」（上海古籍出版社一九九〇年）晉陸機《文賦》：「奏平徹以閑雅。」（《文選》卷一七）李善注：「奏以陳情叙事，故平徹閑雅。」《文心雕龍・奏啓》：「陳政事，獻典儀，上急變，劾愆謬，總謂之

奏。奏者，進也。言敷于下，情進于上也。」

⑬ 啓：泛指奏疏、公文、書函。漢服虔《通俗文》：「官信曰啓。」（《太平御覽》卷五九五）《文心雕龍・奏啓》：「啓者，開也，高宗云『啓乃心，沃朕心』，取其義也。孝景諱啓，故兩漢無稱，至魏國牋記，始云『啓聞』。奏事之末，或云『謹啓』，自晉來盛啓，用兼表奏，陳政言事，既奏之異條，讓爵謝恩，亦表之別幹。必斂飭入規，促其音節，辨要輕清，文而不侈，亦啓之大略也。」

⑭ 策：君主對臣下封土、授爵、免官或發布其他教令之文書。《左傳》昭公三年：「夏四月，鄭伯如晉，公孫段相，甚敬而卑，禮無違者。晉侯嘉焉，授之以策。」杜預注：「策，賜命之書。」《文心雕龍・詔策》：「漢初定儀則，則命有四品：一曰策書，二曰制書，三曰詔書，四曰戒敕。敕戒州部，詔誥百官，制施赦命，策封王侯。……故授官選賢，則義炳重離之輝；優文封策，則氣含風雨之潤；敕戒恒誥，則筆吐星漢之華；治戎燮伐，則聲有洊雷之威；眚災肆赦，則文有春露之滋；明罰敕法，則辭有秋霜之烈：此詔策之大略也。」

⑮ 檄：官府用於徵召、曉諭、聲討之文書。《史記・張耳陳餘列傳》：「誠聽臣之計，可不攻而降城，不戰而略地，傳檄而千里定，可乎？」明徐師曾《文體明辨序説・檄》：「《釋文》云：檄，軍書也。《説文》云：以木簡爲書，長尺二寸，用以號召。若有急，則插鷄羽而遣之，故謂之羽檄，言如飛之疾也。」（人民文學出版社一九六二年）《文心雕龍・檄移》：「至周穆西征，祭公謀父稱古有威讓之令，令有文告之辭，即檄之本源也。……暨乎戰國，始稱爲檄。檄者，皦也，宣露於外，皦然明白也。」

⑯銘：常刻寫於碑版或器物上或以稱功德，或用以自警之文辭。《後漢書・延篤傳》：「（延篤）所著詩、論、銘、書、應訊、表、教令，凡二十篇云。」《文心雕龍・銘箴》：「銘者，名也，觀器必也正名，慎用貴乎盛德。……夫箴誦於官，銘題於器，名目雖異，而警戒實同。箴全禦過，故文資確切，銘兼褒讚，故體貴弘潤。」

⑰誄：此指悼念死者之文章。《周禮・春官・大祝》：「作六辭以通上下親疏遠近，一曰祠，二曰命，三曰誥，四曰會，五曰禱，六曰誄。」《文心雕龍・誄碑》：「周世盛德，有銘誄之文。大夫之材，臨喪能誄。誄者，累也，累其德行，旌之不朽也。……詳乎誄之爲制，蓋選言録行，傳體而頌文，榮始而哀終。論其人也，曖乎若可覿，道其哀也，悽焉如可傷，此其旨也。」

⑱詔：皇帝之命令。《史記・秦始皇本紀》：「命爲制，令爲詔。」《文心雕龍》有《詔策》篇，已見前。

⑲誥：《尚書》六體之一，用於告誡告示或勸勉。有《仲虺之誥》，孔傳：「以諸侯相天子會同曰誥。」有《湯誥》，孔傳：「以伐桀大義誥示天下。」《文心雕龍・辨騷》：「故其陳堯舜之耿介，稱湯武之祗敬，典誥之體也。」又爲皇帝之制敕、命令，即誥令，誥命。

⑳辭：作爲文體，有「楚辭」，起於戰國時楚國，以屈原《離騷》爲代表之新詩體，亦稱「騷體」。宋魏慶之《詩人玉屑》卷二「詩體上」：「有楚辭，屈宋以下，倣楚辭體者，皆謂之楚辭。」作爲作品，有漢武帝《秋風辭》。亦爲一種詩體。又有陶淵明《歸去來兮辭》，則爲一種抒情賦體。《文心雕龍・辨騷》：「奇文鬱起，其《離騷》哉。固已軒翥《詩》人之後，奮飛辭家之前，……固知《楚辭》者，體慢於三代，而風雅於

戰國，乃《雅》《頌》之博徒，而詞賦之英傑也。」則辭即辭賦，漢賦即所謂「辭家」作品亦可稱爲「辭」。又，晉摯虞《文章流别論》：「哀辭者，誄之流也。崔瑗、蘇順、馬融等爲之，率以施於童殤夭折，不以壽終者。建安中，文帝、臨淄侯各失稚子，命徐幹、劉楨等爲之哀辭。哀辭之體，以哀痛爲主，緣以歎息之辭。」（《太平御覽》卷五九六）又，《文心雕龍·書記》：「辭者，舌端之文，通己於人。子産有辭，諸侯所賴，不可已也。」則辭是口頭辯論之辭。又，《説文》：「辭，訟也。」則辭爲訴訟時争辨之辭。《論文意》此處所謂「辭」指何種文體，未能遽定，由行文觀之，與「章、表、奏、啓、策、檄、銘、誄、詔、誥」及「牒、判」並列，或指口頭辯論之辭、訴訟争辨之辭，而非指辭賦，或非指哀辭。

㉑牒：爲官府應用文之一種。《文心雕龍·書記》：「牒者，葉也，短簡編牒，如葉在枝。温舒截蒲，即其事也。議政未定，故短牒咨謀。牒之尤密，謂之爲籤。籤者，纖密者也。」此爲朝廷議政未定時用於咨謀之短文。《漢書·匡衡傳》：「平原文學匡衡材智有餘，經學絶倫，但以無階朝廷，故隨牒在遠方。」顔師古注：「隨牒，謂隨選補之恒牒，不被超擢者。」唐韓愈《上張僕射書》：「九月一日，愈再拜受牒之明日，在使院中，有小吏持院中故事節目十餘事來示愈。」（《全唐文》卷五五二）此爲授予官職之公文。唐白居易《杜陵叟》：「昨日里胥方到門，手持敕牒榜鄉村。」（《白居易集》卷四，中華書局一九七九年）此爲敕令性質之公文。宋歐陽修《與陳員外書》：「凡公之事，上而下者，則曰符曰檄；問訊列對，下而上者，則曰狀；位等相以往來，曰移曰牒。」（《歐陽文忠公集》卷六八，轉引自《全宋文》第一七册第六九九卷，巴蜀書社一九九一年）此則爲同級官府之章往來之公文。明徐師曾《文體明辨序説·公移》：「今

制：……下達上者曰咨呈，曰案呈，曰呈，曰牒呈，曰申。」（人民文學出版社一九六二年）此則爲下呈之文書。又爲訴訟文書。《魏書・源子恭傳》：「徐州表投化人許團並其弟周等。究其牒狀，周列云已蕭衍黄門侍郎。……真僞難辨，請下徐揚二州密訪，必令獲實。」又，官府證件、憑證亦稱牒，則已不屬文體之一種。

㉒ 判：審理訴訟判決之文書。唐柳宗元《段太尉逸事狀》：「農且饑死，無以償，即告太尉。太尉判狀，辭甚巽。使人求諭諶。諶甚怒，召農者曰：『我畏段某耶？何敢言我。』取判鋪背上，以大杖擊二十。」（《柳宗元集》卷八，中華書局一九七九年）又爲契約、合同。《周禮・秋官・朝士》：「凡有責者，有判書以治則聽。」孔穎達正義：「判，半分而合者，即質劑傅别分支合同，兩家各得其一者也。」《文心雕龍・書記》：「券者，束也，明白約束，以備情僞，字形半分，故周稱判書。」

㉓ 一同此法：指同上文所言四種用字之法。

今世間之人，或識清而不知濁，或識濁而不知清〔一〕。若以清爲韻，餘盡須用清；若以濁爲韻，餘盡須濁〔二〕；若清濁相和，名爲落韻〔三〕①。凡文章體例，不解清濁規矩②，造次不得制作③。制作不依此法〔四〕，縱令合理，所作千篇，不堪施用〔五〕。但比來潘郎〔六〕，縱解文章，復不閑清濁④；縱解清濁，又不解文章〔七〕。若解此法，即是文章之士。爲若不用此法〔八〕，聲名難得。故《論語》曰〔九〕「學而時習之」⑤，此謂也〔一〇〕。若「思而不學，則危殆」

也〔二〕⑥。又云：「思之者，德之深也〔三〕⑦。」

【校記】

〔一〕二「知」字，醍甲本均作「如」。

〔二〕「餘盡須濁」，中澤希男《王昌齡詩格考》：「『餘盡須濁』與前句『餘盡須用清』相對，『須』下當補一『用』字。」

〔三〕「名爲落韻」下松本、江户刊本、維寶箋本雙行小字注「故李音序曰篇名落韻下篇通韻以草木如此」。盛江案：此注内，前一「篇」字前當遺一「上」字，「以」當爲「御」字草訛，「木」爲「本」之訛。六寺本雙行小字注「故李概音序曰上篇名落韻下篇通韻」。

〔四〕「制作制作」，原作「制々作々」，各本同。此爲日本抄本疊詞抄寫習慣，今改。

〔五〕「堪」，六寺本爲脚注。

〔六〕「比」，原作「此」，三寶、醍甲、仁甲、義演、松本、江户刊本、維寶箋本本同，據六寺本改。「潘」，原作「播」，六寺、高丙本同，據三寶、高甲、江户刊本、維寶箋本改。「郎」，醍甲本作「即」。

〔七〕「不」，原無，三寶、天海本同，據高甲、高丙、醍甲、六寺本補。

〔八〕「爲若」，《眼心抄》作「若爲」。維寶箋本加地哲定注：「案『爲』當作『焉』。」

〔九〕「曰」，松本、江户刊本、維寶箋本作「云」。

〔一〇〕「謂」，豹軒藏本鈴木虎雄注：「『謂』上須補『之』字。」

〔一一〕「則」，松本、江户刊本、維寶箋本無。

〔二三〕「思之」二句下維寶箋本箋文後尾題記「文鏡秘府論箋卷第十終／元文元年丙辰五月二十八日晡時殺青訖　維寶」。元文元年爲公元一七三六年。

【考釋】

①《校注》引《詩人玉屑》卷二引《緗素雜記》：「鄭谷與僧齊己、黄損等，共定《今體詩格》云：『凡詩用韻有數格：……一曰進退。……進退韻者，一進一退；失此則謬矣。』余按：《倦遊録》載唐介爲臺官，廷疏宰相之失。仁廟怒，謫英州别駕，朝中士大夫以詩送行者頗衆，獨李師中待制一篇，爲人傳誦。詩曰：『孤忠自許衆不與，獨立敢言人所難。去國一身輕似葉，高名千古重於山。並遊英俊顔何厚，未死姦諛骨已寒。天爲吾君扶社稷，肯教夫子不生還。』此正所謂進退韻格也。按《韻略》：『難』字第二十五，『山』字第二十七，『寒』字又在第二十五，而『還』字又在二十七。一進一退，誠合體格，豈率爾而爲之哉。近閲《冷齋夜話》，載當時唐、李對答語言，乃以此詩爲落韻詩；蓋渠伊不見鄭谷所定《詩格》有『進退』之説，而妄爲云云也。」又引何光遠《鑒誡録》三《落韻貶》：「李恨朝廷久無牽復之命，裁落韻詩以譏之。……落韻詩曰：『路傍傷羸牛，羸牛身已老。兩眼不能開，四蹄行欲倒。牛曾少壯時，歲歲耕田早。耕卻春秋田，駕車長安道。今日領頭穿，無人飼水草。喘也不能喘，問也没人問。』又曰：『炎蒸不可度，執爾生涼風。在物誠非器，於人還有功。殷勤九夏内，寂寞三秋中。想君應有語，棄我如秋扇。』」引張侃《拙軒集》卷五《跋揀詞》：「大觀、崇寧中，大樂闕徵調，議者請補之。丁仙現曰：『音亡已久，非樂工所

能爲，不可以妄意增。」蔡魯公使次樂工爲之，末音寄殺他調，召衆工按試尚書省庭。仙現曰：『曲甚好，祇是落韻。』郭沔曰：『詞中仄字，上去二聲可用平聲，惟入聲不可用上三聲，用之則不協，近體如《好事近》、《醉落魄》，祇許押入聲。』」《校注》曰：「據此，則落韻格與進退格自有區別也。」「郭沔之言上去二聲與入聲用法，即此言清濁須分之意也。」

關於江户刊本等之夾注，祖風會本注：「夾注難訓。」《校勘記》：「這個注意思不明，恐有脱訛。」《考文篇》：「『故李序曰』至『通韻』十三字，是初稿本文。『序曰』疑倒。」

盛江案：江户刊本等所注之「李音序」當爲李概《音譜決疑序》（或《音譜序》，或《音韻決疑序》）之略。李概，字季節，北齊文人。參天卷《四聲論》考釋。李概之聲譜音韻著作，參天卷序考釋。安然《悉曇藏》卷二引《四聲譜》：「又云：韻有二種，清濁各别爲通韻，清濁相和爲落韻。」《悉曇藏》又曰：「阿等十二相加迦等三十四字於十六章一一横呼，其於單合是通韻也，其於合字是落韻也。」「右迦等三十三字承上阿等是通韻也，承下乞叉及從第二以下諸章所有二合三合四合五合字等是落韻也。」「五五配呼各爲通韻，三種交呼互爲落韻。」江户刊本等之注與《悉曇藏》所引《四聲譜》所説當爲同源。

通韻落韻之説，其要在於清濁各别與相和。《文心雕龍·聲律》：「聲畫妍蚩，寄在吟詠，滋味流於字句，氣力窮於和韻。異音相從謂之和，同聲相應謂之韻，韻氣一定，則餘聲易遣，和體抑揚，故遺響難契。」《四聲譜》所謂「清濁相和」，與《文心雕龍》所謂「異音相從謂之和」或近似。《四聲譜》所謂「清濁各别」，《秘府論》南卷引王昌齡《詩格》所謂「若以清爲韻，餘盡須用清，若以濁爲韻，餘盡須濁」，或與《文心雕龍》所謂「同聲相應謂之韻」亦當相似。然劉勰所謂異音相從，指句内雙聲疊韻及平仄之和調，而《四聲譜》及王昌齡所謂「清濁相和」，可能指押韻。句内雙聲疊韻及平仄之和調屬需要，而押韻之清濁相和則有礙韻律之和諧美。故劉勰、沈約説有聯繫又有區別，而李概則主要接受沈約《四聲譜》之説。

②「凡文」二句：維寶箋：「凡文章等者，伸必用清濁文章規矩。體例，文體定例也。規矩，《孟子》曰：『公輸子之巧，不以規矩，不能成方圓也。』」

③造次：《論語・里仁》：「君子無終食之間違仁，造次必於是，顛沛必於是。」馬融注：「造次，急遽。」

④「但比」三句：《校勘記》：「『比來』爲『近來』之意。」潘郎：當指潘岳。《宋書・謝靈運傳論》：「自靈均以來，多歷年代，雖文體稍精，而此秘未覩……潘、陸、顔、謝，去之彌遠。」（《文選》卷五〇）本書天卷《四聲論》亦云：「潘岳、左思、士龍、景陽之輩……然其聲調高下，未會當今，脣吻之間，何其滯歟。」均論及潘岳等人雖解文章而未識聲律。

⑤學而時習之：語出《論語・學而》。

⑥「思而」二句：語出《論語・爲政》，原作「思而不學則殆」。

⑦「思之」二句：出典未詳。

《論文意》開頭至此，王昌齡説。

《研究篇》下：「韻律是藝術表現最外在的形式美，昌齡認爲詩的淵源在於無爲自然，根據昌齡這一思想，好像會視韻律爲詩的末節。但是，和用事、對偶相比，他更重視韻律。」「用事、對偶、韻律，是駢體文的三大要素，從單純復古的思想出發，這些當然都是要否定的。但昌齡不僅肯定它們，而且還積極地進行嘗試，這祇能是因爲相信『意』的滲透，並不是簡單的折衷妥協。」

「綜覽前述王昌齡詩論，全部理論都以『意』爲焦點，由此進行統合和深化。其要點歸納如下：一、詩是人之心自然表現爲言的東西，造作則不是本色的詩。古人之作在極爲簡短的言句中流溢着詩之意，這是詩的正確的面貌。二、意的表現形態是格，意超越言的行間空白之處充溢着餘韻就是格高。相反，言過於意謂之格低。格和律的融合爲調。詩的妙趣佳境，就從調中感悟而得。三、爲了有格，應該深入探究其構成以及對偶、用事，爲了使律正確，應該精熟音韻之理。但是不可偏執這些東西，從對偶、用事到聲韻的每一個細微之處，都要滲透着意。四、即便如此，也不是把詩祇作爲意的表現也就是抒情。祇有參悟自然的深奥，透過那無盡的生機流動而悟徹其真的新的東西，詩纔能得到不朽的生命。這似乎有些矛盾，但是，安神静慮之極勞心盡智的同時，要證得由於思慮過度而不會落到心頭的機微。處會有迸發火花的心擊深穿，這兩者祇能互爲真實感合的表裏。」

或曰〔一〕①：夫詩有三四五六七言之别〔二〕②，今可略而叙之。三言始於《虞典》「元首」之歌〔三〕③。四言本出《南風》〔四〕④，流於夏世⑤，傳至韋孟⑥，其文始具⑦。六言散在《騷》、《雅》〔五〕⑧。七言萌於漢〔六〕⑨。五言之作，《召南·行露》〔七〕⑩，已有濫觴，漢武帝時，屢見全什⑪，非本李少卿也⑫。以上略同古人〔八〕⑬。少卿以傷別爲宗〔九〕⑭，文體未備，意悲調切〔一〇〕，若偶中音響〔一一〕，《十九首》之流也⑮。古詩以諷興爲宗〔一二〕⑯，直而不俗，麗而不朽〔一三〕⑰，格高而詞温⑱，語近而意遠，情浮於語，偶象則發⑲，不以力制，故皆合於語，而生自然。建安三祖、七子⑳，五言始盛〔一四〕，風裁爽朗㉑，莫之與京〔一五〕㉒，然終傷用氣使才，違於天真，雖忌松容〔一六〕，而露造跡〔一七〕㉓。正始中，何晏、嵇、阮之儔也，嵇興高邈〔一八〕，阮旨閑曠，亦難爲等夷㉔，論其代，則漸浮侈矣。晉世尤尚綺靡㉕，古人云：「采縟於正始〔一九〕，力柔於建安〔二〇〕㉖。」宋初文格，與晉相沿〔二一〕，更憔悴矣㉗。

【校記】

〔一〕「或曰」，此行上維寶箋本有卷首「文鏡秘府論箋卷第十一／金剛峰寺密禪沙門　維寶　編輯」，六寺本眉注「皎公詩議纂要」。

〔二〕「夫」，《眼心抄》作「凡」。

〔三〕「於」，吟窗本皎然《詩議》無。「典」，原作「興」，各本同，據吟窗本《詩議》改。「三言」句《譯注》標點作「三言始於虞，興『元首』之歌」。

〔四〕「本出南風」，吟窗本《詩議》作「本於國風」（盛江案：「國」爲「南」之訛）。

〔五〕「騷雅」，吟窗本《詩議》作「離騷」。

〔六〕「漢」，吟窗本《詩議》作「漢代」。

〔七〕「召南」，原作「邵南」，各本同，從《詩經》作「召南」。

〔八〕「以上略同古人」，吟窗本《詩議》無。

〔九〕「別」，原作「子」，三寶、高丙、六寺、天海本同，原旁注「別」字。《考文篇》：「別，宫内府本等作『子』，《眼心抄》亦然，按是本草體之謬也。（空海）《十七帖》中『別』字多似『子』。」據醍甲、仁甲、義演、江户刊本、維寶箋本改。吟窗本《詩議》無「以傷別爲宗文體未備」九字。

〔一〇〕「調」，吟窗本《詩議》作「詞」。

〔一一〕「音」，吟窗本《詩議》作「奇」。

〔一二〕「古詩以諷興爲宗」至「而生自然」，吟窗本《詩議》無。

〔一三〕「朽」，三寶、六寺本作「杇」。許清雲《皎然詩式輯校新編》：「疑當作『巧』。」

〔一四〕「盛」，吟窗本《詩議》作「成」。

〔一五〕「風裁爽朗莫之與京然」，吟窗本《詩議》無。

〔一六〕「忌」，高甲、松本、江户刊本、維寶箋本作「忘」。《校勘記》：「『忌』爲是。」「松容」，高丙本作「從容」。《譯注》：「『松容』雖非熟語，但當是疊韻擬態語，『松』可能通『從』。」許清雲《皎然詩式輯校新編》：「疑當作『從容』。」盛江案：本書西卷「第十八形跡」（修訂本第十六）有把「壯」誤作「松」之例，然作「壯容」意思難通，「松」當爲「妝」之訛，「妝」爲「飾」之意。

〔一七〕「使才違於天真雖忌松容而露造跡」，吟窗本《詩議》無。

〔一八〕「也嵇興高邈」至「論其代則」，吟窗本《詩議》無。

〔一九〕「采縟」，三寶本眉注「彩」。

〔二〇〕「古人云采縟於正始力柔於建安」，吟窗本《詩議》無。

〔二一〕「沿」，吟窗本《詩議》作「公」。

【考釋】

① 或曰：以下至「或賢於今論矣」，引皎然《詩議》。

羅根澤《中國文學批評史》：「（皎然《詩議》）又『詩有三四五六七言之別』一條，也引見《秘府論》南卷《論文意》類，但祇標爲或曰，兩相校覈，此略彼詳，可證《秘府論》此段係引自《詩議》，又可證今本《詩議》已有殘缺。」「《詩議》、《詩式》都是皎然所作，相通的地方自然很多，但論其差別，則《詩議》偏於評議格律，《詩式》偏於提示品式。」

盛江案：皎然《詩議》與《詩式》評價建安文學、用事及齊梁詩均不同，尤以對俗巧看法迥異。《詩式》編定於貞元五年（七八九），作於皎然晚年，則《詩議》當作於早年。《詩式》當受浙西聯唱遊戲詩風影響，此詩風始於廣德二年（七六七），《詩議》當作於此年之前。

② 夫詩有三四五六七言之別：晉摯虞《文章流別論》：「詩之流也，有三言、四言、五言、六言、七言、九言。」（《藝文類聚》卷五六）

③ 「三言」句：《文心雕龍・章句》：「三言興於虞時，『元首』之詩是也。」「元首」之歌：見《書・益

稷》：「帝……乃歌曰：『股肱喜哉，元首起哉，百工熙哉。』皋陶……乃賡載歌曰：『元首明哉，股肱良哉，庶事康哉。』」

關於三言句之起源，摯虞《文章流别論》謂：「古詩之三言者，『振振鷺，鷺于飛』之屬是也。」（《藝文類聚》卷五六）（盛江案：「振振鷺」之詩，出《詩・魯頌・有駜》。）又《文章緣起》：「三言詩，晉散騎常侍夏侯湛作。」蕭統《文選序》：「少則三字。」吕向注：「文始三字起夏侯湛。」參看本書東卷《筆札七種言句例》「三言句例」考釋。

④《南風》：《禮記・樂記》：「昔者舜作五弦之琴，以歌《南風》。」鄭玄注：「南風，長養之風也，以言父母之長養已，其辭未聞也。」然孔穎達正義引《聖證論》引《尸子》及《孔子家語》謂其辭曰：「南風之薰兮，可以解吾民之愠兮，南風之時兮，可以阜吾民之財兮。」

⑤夏世：維寶箋：「指禹，《尚書》曰：『禹曰：於帝念哉，德惟善政，政在養民，水火金木土穀惟修。正德利用，厚生惟和，九功惟叙，九叙惟歌。』」

⑥韋孟：漢高祖時人，先後爲高祖弟元王傅、子夷王傅及其孫王戊傅。其《諷諫》詩見《漢書・韋賢傳》及《文選》卷一九，其序云：「孟爲元王傅，傅子夷王及孫王戊，戊荒淫不遵道，作詩諷諫。」詩爲四言。

⑦其文始具：《文心雕龍・明詩》：「漢初四言，韋孟首創，匡諫之義，繼軌周人。」又《章句》：「至於《詩・頌》大體，以四言爲正。……四言廣於夏年，《洛汭之歌》是也。」梁任昉《文章緣起》：「四言詩，前漢楚王傅韋孟《諫楚夷王戊》詩。」（《叢書集成初編》）摯虞《文章流别論》：「古詩率以四言爲體，而時有

一句兩句雜在四言之間，後世演之，遂以爲篇。」（《藝文類聚》卷五六）

⑧「六言」句：摯虞《文章流别論》：「六言者，『我姑酌彼金罍』之屬是也。」（《藝文類聚》卷五六）《文心雕龍・章句》：「六言、七言，雜出《詩》、《騷》。」可參看本書東卷《筆札七種言句例》「六言句例」考釋。《校注》：「《騷》指《離騷》『朕皇考曰伯庸』、『肇錫余以嘉名』之屬也；《雅》指《詩・周南・卷耳》『我姑酌彼金罍』之屬是也。」然「六言散在《騷》」之説未知所出。

⑨七言萌於漢：摯虞《文章流别論》：「七言者，『交交黄鳥止于桑』之屬是也。」（《藝文類聚》卷五六）梁任昉《文章緣起》：「七言詩，漢武帝《柏梁殿聯句》。」（《叢書集成初編》）《文心雕龍・章句》：「六言、七言，雜出《詩》、《騷》，而□體之篇，成於兩漢。」另參本書東卷《筆札七種言句例》「七言句例」考釋。維寶箋：「七言，《唐詩訓解》詩評：『李滄溟曰：七言沿起，咸言始于漢武柏梁，然歌詠等作，出自古也。』」

⑩《召南・行露》：即《詩・召南・行露》：「誰謂雀無角，何以穿我屋？誰謂女無家，何以速我獄？……誰謂鼠無牙，何以穿我墉？誰謂女無家，何以速我訟？」已有五言。

⑪全什：《詩經》中《雅》、《頌》部分，多以十篇爲一組，稱之爲「什」，如《鹿鳴之什》、《清廟之什》等。陸德明《經典釋文》則云：「什者，歌詩之作，非止一人，篇數既多，故以十篇編爲一卷，名之爲什。」（中華書局一九八三年）後泛指詩篇文卷。梁任昉《奉答敕示七夕詩啓》：「竊惟帝跡多緒，俯同不一，託情風什，希世罕工。」（《文選》卷三九）《宋書・謝靈運傳論》：「升降謳謡，紛披風什。」（《文選》卷五〇）李善

注：「《毛詩》題曰《鹿鳴之什》，説者云：『詩每十篇同卷，故曰什也。』」

⑫ 李少卿：李陵（？—前七四）。謂五言始於李陵，見梁鍾嶸《詩品序》：「夏歌曰『鬱陶乎予心』，楚謡曰『名余曰正則』，雖詩體未全，然略是五言之濫觴也。逮漢李陵，始著五言之目矣。」梁蕭統《文選序》亦云：「自炎漢中葉，厥塗漸異，退傅有『在鄒』之作，降將著『河梁』之篇。四言五言，區以别矣。」盛江案：退傅「在鄒」之作，指韋孟《諷諫》詩。降將，指李陵。河梁之篇，指傳李陵《與蘇武詩》，第三首有「攜手上河梁」之句。梁任昉《文章緣起》：「五言詩，漢騎都尉李陵《與蘇武詩》。」（《叢書集成初編》）唐皎然《詩式》「李少卿並古詩十九首」：「五言，周時已見濫觴，及乎成篇，則始於李陵、蘇武。」亦有此説。但《文心雕龍·明詩》則云：「至成帝品録，三百餘篇，朝章國采，亦云周備，而辭人遺翰，莫見五言，所以李陵、班婕妤見疑於後代也。」另詳本書東卷《筆札七種言句例》「五言句例」考釋。

李陵《與蘇武詩》，無一切合李陵身世者，顔延之《庭誥》已謂：「逮李陵衆作，總雜不類，元是假託，非盡陵製。」（《太平御覽》卷八六）後蘇軾、顧炎武對此並有懷疑。近人逯欽立曾著文，就李陵此詩之題旨内容用語中修辭等，證明其爲漢末文士之作。又此處云「漢武帝時，屢見全什」，未知所據。

晉摯虞《文章流别論》：「五言者，『誰謂雀無角，何以穿我屋』之屬是也。」（《藝文類聚》卷五六）《文心雕龍·章句》：「五言見於周代，《行露》之章是也。」是皎然《詩議》説所本。詳參本書東卷《筆札七種言句例》「五言句例」考釋。

⑬ 古人：當指摯虞、劉勰等。

⑭少卿以傷別爲宗：梁鍾嶸《詩品》上評李陵詩：「其源出於《楚辭》，文多悽愴，怨者之流。」

⑮《十九首》：指《古詩十九首》。兩晉南北朝時流傳兩漢佚名作五言詩甚多，内容多抒遊子鄉思、閨人幽怨，或寫下層士人懷才不遇之思、人生短暫之感，其作者、作年、時代，有兩漢、枚乘、傅毅、曹王、陸機、劉勰、鍾嶸、蕭統、徐陵諸説，難以詳考，近人多謂作於漢末桓靈之際，作者爲下層失意士人。其篇目，《漢書・藝文志》未載，蕭統《文選》選十九首，於是成爲此類五言詩之代表作。

⑯古詩以諷興爲宗：《文心雕龍・明詩》：「又古詩佳麗……觀其結體散文，直而不野，婉轉附物，怊悵切情，實五言之冠冕也。」梁鍾嶸《詩品》上評古詩：「文温以麗，意悲而遠。驚心動魄，可謂幾乎一字千金。」古詩：當指前面所言之《十九首》。諷興：諷喻而兼比興。《文心雕龍・比興》：「興則環譬以記諷。」「楚襄信讒，而三閭忠烈，依《詩》製《騷》，諷兼比興。」

⑰杇：《譯注》：「『杇』解作同音字『污』。」

⑱格高：吟窗本王昌齡《詩中密旨》「詩有二格」：「詩意高謂之格高。」本卷前文引：「凡作詩之體，意是格，聲是律，意高則格高，聲辨則律清。」

⑲偶象則發：《譯注》：「地卷《六義》關於第四『興』皎然論有『興者，立象於前，後以人事諭之』，可參照。」盛江案：偶象即與象相偶，情興與象相會，即王昌齡《詩格》所言「心偶照境，率然而生」，「搜求於象，心入於境，神會於物，因心而得」之意，「率然而生」「神會於物，因心而得」，故下句言「不以力製」，「而生自然」也。

⑳ 建安：漢獻帝年號（一九六—二二〇），其時朝廷實權實際已歸入曹操之手。《滄浪詩話・詩體》：「以時而論，則有建安體。」原注：「漢末年號，曹子建父子及鄴中七子之詩。」三祖：《宋書・謝靈運傳論》：「至於建安，曹氏基命，三祖、陳王，咸蓄盛藻。」（《文選》卷五〇）李善注：「《魏志》曰：『明帝青龍四年，有司奏武皇帝爲魏太祖、文皇帝爲魏高祖、明皇帝爲魏列祖也。』」任昉《奉答敕示七夕詩啓》：「魏稱三祖。」（《文選》卷三九）李善注：「三祖，謂魏武、文、明也。《魏志》：『高貴鄉公詔曰：昔三祖神武聖德，應天受祚。』」梁鍾嶸《詩品》下評曹操：「曹公古直，甚有悲涼之句，叡不如丕，亦稱三祖。」七子：魏曹丕《典論・論文》：「今之文人：魯國孔融文舉，廣陵陳琳孔璋，山陽王粲仲宣，北海徐幹偉長，陳留阮瑀元瑜，汝南應瑒德璉，東平劉楨公幹。斯七子者，於學無所遺，於辭無所假，咸以自騁驥騄於千里，仰齊足而並馳。」（《文選》卷五二）維寶箋：「《統譜》五十八《劉楨傳》曰：公幹有逸才，以文學見重於魏文帝，與王粲等號爲建安七子。」

㉑ 風裁：《後漢書・李膺傳》：「膺獨持風裁，以聲名自高。」爽朗：《世説新語・容止》：「嵇康身長七尺八寸，風姿特秀，見者歎曰：蕭蕭肅肅，爽朗清舉。」

㉒ 莫之與京：梁蕭統《陶淵明集序》：「獨超衆類，抑揚爽朗，莫之與京。」（《陶淵明集》附）《左傳》莊公二十二年：「八世之後，莫之與京。」杜預注：「京，大也。」維寶箋：「《方言》曰：燕之北鄙，齊楚之郊，凡人之大，謂之京。」

梁鍾嶸《詩品序》：「降及建安，曹公父子，篤好斯文。平原兄弟，鬱爲文棟，劉楨、王粲，爲其羽翼。

次有攀龍托鳳，自致於屬車者，蓋將百計，彬彬之盛，大備於時矣。」可與參看。

㉓「然終」四句：關於建安文學用氣使才之特點，《文心雕龍·明詩》：「文帝、陳思，縱轡以騁節，王、徐、應、劉，望路而爭驅。並憐風月，狎池苑，述恩榮，敘酣宴，慷慨以任氣，磊落以使才。造懷指事，不求纖密之巧；驅辭逐貌，唯取昭晰之能。」《文心雕龍·時序》敘建安文學：「觀其時文，雅好慷慨，良由世積亂離，風衰俗怨，並志深而筆長，故梗概而多氣也。」可參看。批評建安作家之論，梁鍾嶸《詩品》亦有，如上品評劉楨：「但氣過其文，雕潤恨少。」中品評曹丕：「百許篇，率皆鄙直如偶語。」《詩品序》：「故三祖之詞，文或不工，而韻入歌唱。」

盛江案：「雕潤恨少」、「鄙直」、「文或不工」、「不求纖密之巧」云云，或即可作所謂「忌松（飾）容」之注脚。「造跡」即「造作之跡」之簡稱，與「斧斤之跡」同意。

㉔「正始」五句：正始：魏廢帝（曹芳）年號（二四〇—二四九），其時老莊玄學盛行。《滄浪詩話·詩體》：「以時而論，則有……正始體。」原注：「魏年號，嵇、阮諸公之詩。」《文心雕龍·明詩》：「乃正始明道，詩雜仙心，何晏之徒，率多浮淺，唯嵇志清峻，阮旨遥深，故能標焉。」又《體性》：「嗣宗俶儻，故響逸而調遠。叔夜儁俠，故興高而采烈。」可與此相發明。等夷：同等，同輩。《韓詩外傳》卷六：「遇長老則修弟子之義，遇等夷則修朋友之義。」「難爲等夷」與上言「莫之與京」意同。

㉕綺靡：陸機《文賦》：「詩緣情而綺靡。」

㉖「采缛」二句：出《文心雕龍·明詩》：「晉世群才，稍入輕綺，張、潘、左、陸，比肩詩衢，采缛於正

始，力柔於建安。」

㉗「宋初」三句：《文心雕龍·明詩》：「宋初文詠，體有因革，莊老告退，而山水方滋，儷采百字之偶，爭價一句之奇；情必極貌以寫物，辭必窮力而追新。此近世之所競也。」《研究篇》下：「（自「少卿以傷別爲宗」至「更憔悴矣」）皎然的意思，與其是説詩型的發達和情意的深入並不相應，因此後世確實文格低下這一事實自身，勿寧説是沖擊詩型的本質。就是説，心潮自然奔湧情思律動發言爲語，這種語言結晶爲最渾然的形式律動時，就成爲五言等詩體。不是把詩型祇看作外在的形式，而是心的律動作爲語言形態表現出來的結果。這樣一來，心是本，形是末。晉宋文人執末忘本，結果自然陷入文格憔悴，遊離於感情的詩型祇不過是空虚的形骸。祇是聲調的抑揚緩急洋溢着心的律動時，纔成爲格高的表現。」

【附録】

來雄《聾鼓指歸序注》：《秘府論》曰：建安風裁爽朗，莫之與京，終傷用氣使才，違天真，又於文辭犯之。（《定本弘法大師全集》卷七）

論人①，則康樂公秉獨善之資〔一〕②，振頽靡之俗③。沈建昌評④：「自靈均已來〔二〕⑤，一人而已〔三〕⑥。」此後，江寧侯温而朗〔四〕⑦。鮑參軍麗而氣多⑧，《雜體》、《從軍》〔五〕⑨，殆凌前古，恨其縱捨盤薄〔六〕，體貌猶少⑩。宣城公情致蕭散〔七〕⑪，詞澤義精⑫，至於雅句殊章，往往驚絶⑬。何水部雖謂格柔⑭，而多清勁⑮，或常態未剪⑯，有逸對可嘉，風範波瀾⑰，去謝遠矣⑱。柳惲、王融、江總三子⑲，江則理而清，王則清而麗〔八〕，柳則雅而高⑳。予知柳吴興名屈於何，格居何上。中間諸子㉑，時有片言隻句〔九〕，縱敵於古人，而體不足齒。或者隨流〔一〇〕，風雅泯絶，八病雙拈〔一一〕，載發文蠹〔一二〕㉒，遂有古律之別㉓。古詩三等：正，偏，俗。律詩三等：古，正，俗㉔。頃作古詩者〔一三〕，不達其旨，效得庸音㉕，競壯其詞，俾令虛大。或有所至，已在古人之後，意熟語舊〔一四〕，但見詩皮㉖，淡而無味㉗。予實不誣，唯知音者知耳㉘。

【校記】

〔一〕「康」，高丙本作「秉」。「秉」，原作「康」，各本同，三寶院本重疊在「秉」字上寫「康」字，從吟窗本《詩議》作「秉」。

〔二〕「自」，吟窗本《詩議》作「則」。

〔三〕「而已」，松本本作「已而」。

〔四〕「江寧侯温而朗」至「格居何上中間」，吟窗本《詩議》無。

〔五〕「雜」，高甲本作「新」。

〔六〕「縱捨」，周校：「『捨』，疑當作『橫』。」「盤薄」，原右旁注「廣貌」。

〔七〕「城」，三寶本作「成」。「散」，江户刊本、維寶箋本旁注「敬亻」。

〔八〕二「清」字，原作「情」，三寶、六寺、松本、江户刊本、維寶箋本同，據醍甲、仁甲、義演本改。

〔九〕「片」，吟窗本《詩議》作「月」。「隻」原無，據高甲、三寶、六寺、醍甲、維寶箋本補。

〔一〇〕「或者」，豹軒藏本鈴木虎雄注：「此下别是發端，但疑文有闕誤。」「或者隨流」至「唯知音者知耳」，吟窗本《詩議》無。

〔一一〕「拈」，原作「拈」，高丙、醍甲、義演本同，六寺、江户刊本、維寶箋本作「枯」，據三寶、高甲本改。

〔一二〕「或者隨流風雅泯絶八病雙拈載發文蠹」，《眼心抄》無。

〔一三〕「頃」，原作「須」，各本同，據《眼心抄》改。

〔一四〕「熟」，三寶本抹消，眉注「就」。

【考釋】

① 論人：維寶箋：「論詩人之品節。」

② 康樂公：謝靈運十八歲襲封康樂公，參天卷《調聲》考釋。《校注》：「皎然爲謝靈運遠裔，故稱之爲康樂公，其稱謝朓爲宣城公，義亦猶此。」獨善：《孟子·盡心上》：「古之人，得志，澤加於民；不得志，修身見於世。窮則獨善其身，達則兼善天下。」此當指謝靈運不務政事，放情山水。

③ 頽靡：委靡，衰敗。唐陳子昂《漢州雒縣令張君吏人頌德碑》：「則我府君當欽明之世，承苛慝之燼，緝頽靡之餘。」（《全唐文》卷二一五）

④ 沈建昌：沈約在梁武帝受禪後，被封爲建昌侯。

⑤ 靈均：屈原虛構之字。《楚辭·離騷》：「名余曰正則兮，字余曰靈均。」

⑥ 一人而已：梁鍾嶸《詩品序》：「從李都尉迄班婕妤，將百年間，有婦人焉，一人而已。」盛江案：推崇謝靈運，時有鍾嶸《詩品序》：「元嘉中，有謝靈運，才高詞盛，富艷難蹤，固已含跨劉郭，凌轢潘左……謝客爲元嘉之雄，顏延年爲輔。斯皆五言之冠冕，文詞之命世也。」《宋書·謝靈運傳論》：「自靈均以來，多歷年代，雖文體稍精，而此秘未覩。」（《文選》卷五〇）維寶箋：「李德裕《文章論》曰：江南惟於五言爲妙，故休文長於音韻，而謂靈均以來，此秘未覩，不亦誣人甚矣。」《譯注》：「這是論述没有誰注意到了四聲，把它解釋爲對謝靈運的讚辭，是作者的誤解。」

⑦ 江寧侯温而朗：維寶箋：「江寧侯，未詳，江寧，處名，昌齡封江寧，故云王江寧，而時代非指昌齡也。」《校勘記》：「江寧侯指顏延之。」《校注》：「江寧侯，未詳，或以爲『王寧朔』之誤。王融曾官寧朔將軍，而下文又出王融，並云『王則情而麗』，有以知其誣矣。」《譯注》：「相當於『江寧侯』的人物未詳，從前後文脈來看，可能指顏延之，但史書未載他被封江寧侯。」鍾嶸《詩品》上評古詩：「文温以麗。」

⑧ 鮑參軍麗而氣多：鮑參軍指鮑照（？—四六六），他曾爲臨海王劉子頊前軍參軍，故稱鮑參軍。參本書地卷《十七勢》「第六比興入作勢」考釋。鍾嶸《詩品》中評鮑照：「善製形狀寫物之詞，得景陽之諔詭，含茂先之靡嫚。」唐杜甫《春日憶李白》：「清新庾開府，俊逸鮑參軍。」（《杜詩詳注》卷一）

⑨《雜體》、《從軍》：維寶箋：「《雜體》，《鮑照集》二載《擬行路難》十八首，雜體也。《文選》二十九曰雜詩，善曰：『雜者，不拘流例，遇物即言，故云雜也。』『從軍』，詩體也，《鮑照集》中未見題『從軍』詩，

《發後渚詩》曰：『江上氣早寒，仲秋始霜雪，從軍乏衣糧，方冬與家别。』已下有一十二句也。」《譯注》：「《文選》卷三十雜詩部選鮑照《數詩》、《翫月城西門廨中》二首，所謂『雜詩』不知是不是指這樣的詩？又，題爲『從軍』的詩現存集中未見，《詩品》序列舉歷代五言詩優秀作品時，有『鮑照戍邊』，江淹《雜體詩》也有以鮑照『戎行』爲題的模擬之作。歌詠守衛邊境的出征士兵的《出自薊北門行》（《文選》卷二八）體現着這樣的旨趣，《從軍》詩也可能就是指這樣一類作品。具有同樣旨趣内容的《發後渚》（《鮑參軍集》卷五）有『從軍乏衣糧，方冬與家别』的句子。」

盛江案：鮑照《擬行路難十八首》其十四亦有「君不見少壯從軍去，白首流離不得還」（《鮑參軍集》）之句。

⑩ 體貌猶少：體貌：體態容貌。宋玉《登徒子好色賦》：「玉爲人體貌閑麗，口多微詞。」（《文選》卷一九）此處所謂「體貌猶少」，可能是指鍾嶸《詩品》中所評的「不避危仄，頗傷清雅之調」。

⑪ 宣城公：即謝朓，參天卷《四聲論》考釋。謝朓曾爲宣城太守，可稱謝宣城，然並未封公，此處稱「宣城公」，當爲後人對謝朓之尊稱。情致：《文心雕龍·定勢》：「夫情致異區，文變殊術。」蕭散：《西京雜記》卷二：「司馬相如爲《子虚》、《上林》賦，意思蕭散，不復與外事相關。」

⑫ 詞澤義精：維寶箋：「詞澤有光潤雲澤也。」

⑬ 「至於」二句：鍾嶸《詩品》中評謝朓：「然奇章秀句，往往警遒。」

⑭ 何水部：何遜曾爲梁尚書水部員外郎，故稱何水部，參天卷《調聲》考釋。

⑮清勁：維寶箋：「精切健勁也。」

⑯常態：維寶箋：「無變態而伸常情態，故云未剪。」

⑰風範：維寶箋：「風範，風雅之模範也。」又指風度氣派。《世説新語·容止》：「丞相曰：元規爾時風範不得不小穨。」亦指風格。南齊謝赫《古畫品録·張墨荀勖》：「風範氣候，極妙參神，但取精靈，遺其骨法。」（《中國古代畫論類編》，人民美術出版社二〇〇〇年）波瀾：比喻詩文跌宕起伏。維寶箋：「古詩：文章還復富波瀾。」杜甫《敬贈鄭諫議十韻》：「毫髮無遺憾，波瀾獨老成。」（《杜詩詳注》卷二）

⑱去謝遠矣：鍾嶸《詩品》中評袁宏詩：「鮮明緊健，去凡俗遠矣。」《詩品》下評王簡棲等：「文體剿淨，去平美遠矣。」關於何遜詩風之評價，《顏氏家訓·文章》：「何遜詩實爲清巧，多形似之言，揚都論者，恨其每病苦辛，饒貧寒氣，不及劉孝綽之雍容也。」可與參看。

⑲柳惲（四六五—五一七）：南朝齊梁間詩人，字文暢，河東解縣（今山西永濟）人，曾爲吴興太守，故後人稱爲柳吴興。王融：參天卷《調聲》考釋。江總（五一九—五九四）：南朝陳詩人，字總持，濟陰考城（今河南蘭考）人。

⑳「江則」三句：梁鍾嶸《詩品》下評王融、劉繪：「元長、士章，並有盛才，詞美英淨。」維寶箋：「江則謂江總，詩云情實，故有理而不麗，王融伸情而兼麗詞，柳惲風雅而高逸也。」

㉑中間：維寶箋：「中間，靈運、江總等中間雜出詩人。」

㉒「或者」四句：八病：參西卷《文二十八種病》考釋。雙拈：《校勘記》：「『雙枯』與『八病』並列，當

爲犯病的一種。但其内容不明。如果『枯』爲『拈』之訛，則指『换頭』一類。參天卷、南卷。」《譯注》：「雙拈，大概與『换頭』或者『拈二』相同。」盛江案：《眼心抄》：「此换頭，或名拈二。拈二者，謂平聲爲一字，上去入爲一字，安第一句第二字，若上去入聲，與第二第三句第二字，皆須平聲，第四第五句第二字還須上去入聲，第六第七句第二字安平聲，以次避之。如庾信詩云：『今日小園中，桃華數樹紅。欣君一壺酒，細酌對春風。』『日』與『酌』同入聲。祇如此體，詞合宫商，又復流美，此爲佳妙。」

唐陳子昂《與東方左史虬修竹篇序》：「風雅不作，以耿耿也。」（《全唐詩》卷八三）吟窗本皎然《詩式》「明四聲」：「沈休文酷裁八病，碎用四聲，故風雅殆盡，後之才子，天機不高，爲沈生弊法所媚，懵然隨流，溺而不返。」

㉓ 遂有古律之别：《眼心抄》：「凡詩有二種，一曰古詩，亦名格詩。二曰律詩。格詩三等：謂正、偏、俗。古詩以諷興爲宗，直而不俗，麗而不朽，格高而詞温，語近而意遠，情浮於語，偶象則發，不以力製，故皆合於語，而生自然。」與此略有不同。

清趙執信《談龍録》：「聲病興而詩有町畦，然古今體之分，成於沈宋。」王力《詩詞格律》：「在唐人看來，從《詩經》到南北朝的庾信，都算是古。」（中華書局二〇〇〇年）《新唐書·宋之問傳》：「魏建安後迄江左，詩律屢變，至沈約、庾信，以音韻相婉附，屬對精密。及之問、沈佺期，又加靡麗，回忌聲病，約句準篇，如錦繡成文。學者宗之。」《新唐書·杜甫傳贊》：「唐興，詩人承陳、隋風流，浮靡相矜。至宋之問、沈佺期等，研揣聲音，浮切不差，而號『律詩』，競相襲沿。」明徐師曾《文體明辨序説·近體律詩》：「律詩者，梁陳以下聲律對偶之詩也。……梁陳諸家，漸多儷句，雖名古詩，實墮律體。唐興，沈宋之流，研練精切，穩順聲勢，號爲律詩。」（人民文學出版社一九六二年）《冰川詩式》卷一：「律體之興，雖自唐始，蓋自梁陳以來儷句之漸也。梁元帝五言八句，已近律體，庾肩吾《除夕》律，詩體工密。徐陵、庾信，對律精切，律調尤近。」《校注》引張表臣《珊瑚鈎詩話》三：「吟詠情性，總合而言志謂之詩。蘇、李而上，高簡古淡，謂之古；沈、宋而下，法律精切，謂之律。」李之儀《姑溪居士文集》卷一六《謝人寄詩並問詩中格目小紙》：「近體見於唐初，賦平聲爲韻，而平側協其律，亦曰律詩。由有律體，遂分往體；就以賦側聲爲韻，從而別之，亦曰古詩。」

㉔「古詩」四句：沈括《夢溪筆談》卷一五：「詩又有正格偏格，類例極多。」「詩第二字側入，謂之正格，如『鳳曆軒轅紀，龍飛四十春』之類。第二字平入謂之偏格，如『四更山吐月，殘夜水明樓』之類。唐名賢輩詩多用正格，如杜甫詩，用偏格者十無一二。」《冰川詩式》卷四：「律詩用古體，《酬暉上人夏日林泉》，唐陳子昂：『聞道白雲居，窈窕青蓮宇。巖泉萬丈流，樹石千年古。林卧對軒窗，山陰滿庭户。方釋塵事勞，從君襲蘭杜。』」卷五：「五言絶句平仄式：正格，此法以第二字仄入，謂之正格。《武侯廟》，唐杜甫：『遺廟丹青落，空山草木長；猶聞辭後主，不復卧南陽。』偏格，此法第二字平入，謂之偏格。《秋朝覽鏡》，唐薛稷：『客心驚落木，夜坐聽秋風；朝日看容鬢，生涯在鏡中。』」「按五言律，貴字字平仄諧和，失黏失律，皆不合律。然唐人詩亦有數格，今録以備。正格，《春秋喜雨》，杜甫：『好雨知時節，當春乃發生。隨風潛入夜，潤物細無聲。野徑雲俱黑，江船火獨明。曉看紅濕處，花重錦官城。』偏格，《題李凝

幽居》，唐賈島：『閑居少鄰並，草徑入荒園。鳥宿池邊樹，僧敲月下門。過橋分野色，移石動雲根。暫去還來此，幽期不負言。』」

盛江案：律詩三等中之「古」，或指入律古風，可押仄韻，可以换韻。

㉕庸音：陸機《文賦》：「放庸音以足曲。」鍾嶸《詩品序》：「於是庸音雜體，人各爲容。」《梁書·庾肩吾傳》：「雖是庸音，不能閣筆。」

㉖詩皮：維寶箋：「詩皮，心在皮膚而不徹骨髓也。《晉書》曰：『學書曰，胡昭得張芝骨，牽請得其肉，韋誕得其筋。』《傳燈録》曰：『達磨傳法，命門人各言所得，道副曰，汝得吾皮。尼總持曰：汝得吾肉。道育曰：汝得吾骨。最後惠可依他至師曰：汝得吾髓。乃傳法。』」

㉗淡而無味：《老子》三十五章：「道之出口，淡乎其無味。」鍾嶸《詩品序》：「于時篇什，理過其辭，淡乎寡味。」

㉘知音：可作二解。一爲通曉音律。《禮記·樂記》：「是故不知聲者不可與言音，不知音者不可與言樂。知樂則幾於禮矣。」據鍾嶸《詩品序》，王融有《知音論》。二爲深刻理解作品内涵。《文心雕龍》有《知音》篇，謂：「知音其難哉，音實難知，知實難逢。逢其知音，千載其一乎。」謂須博觀、六觀、見異云云。此處蓋兼二義而言之。

【附録】

來雄《聾鼓指歸序注》：《秘府論》曰：論人則康樂公康（盛江案：當作「秉」）獨善之資，振頽靡之俗。
（《定本弘法大師全集》卷七）

律家之流，拘而多忌，失於自然，吾常所病也〔一〕①。必不得已，則削其俗巧，與其一體②。一體者〔二〕，由不明詩體〔三〕③，未諧大道〔四〕。若《國風》、《雅》、《頌》之中，非一手作，或有暗同，不在此也④。其詩曰〔五〕：「終朝采菉〔六〕，不盈一掬⑤。」又詩曰：「采采卷耳〔七〕，不盈傾筐⑥。」興雖別而勢同〔八〕。若《頌》中，不名一體〔九〕⑦。夫累體成章〔一〇〕，高手有互變之勢⑧，列篇相望，殊狀更多。若句句同區，篇篇共轍，名爲貫魚之手⑨，非變之才也。俗巧者，由不辨正氣，習俗師弱弊之過也〔一一〕。其詩曰〔一二〕：「樹陰逢歇馬〔一三〕，魚潭見洗船⑩。」又詩曰：「隔花遥勸酒〔一四〕，就水更移牀〔一五〕⑪。」何則〔一六〕，夫境象不一〔一七〕，虚實難明。有可覩而不可取〔一八〕，景也⑫；可聞而不可見〔一九〕，風也；雖繫乎我形，而妙用無體，心也；義貫衆象，而無定質，色也⑬。凡此等，可以對虚，亦可以對實〔二〇〕⑭。

【校記】

〔一〕「忌」，《眼心抄》作「忘」。「常」，吟窗本《詩議》作「嘗」。

〔二〕「一體一體」，原作「一々體々」，各本同。此爲日本抄本疊詞抄寫習慣，今改。

〔三〕「由」，吟窗本《詩議》無。「詩體」，原作「詩對」，各本同。《校勘記》：「『詩對』爲『詩體』之訛。」盛江案：中澤希男説是。吟窗本《詩議》作「詩體對」，「體」或「對」爲校字竄入，今據改。

〔四〕「未諧大道」，各本作「未皆大通」。《校注》、《譯注》並從傳本《詩議》作「未階大道」。《校勘記》：「《詩議》爲是，但『階』爲『諧』（合之意）之訛。」《校注》：「《史記·孝文本紀》：『俱棄細過，偕之大道。』當爲此文所本。」盛江案：中澤希男説爲是，今據改。「未」字前吟窗本《詩議》有「終」字。

〔五〕「不在此也其」，吟窗本《詩議》無。「曰」，江户刊本、維寶箋本作「云」。

〔六〕「終朝采菉」至「不名一體」，六寺本作雙行小字注，脚注「已上□可書之」。「菉」，吟窗本《詩議》作「緑」。

〔七〕「采采」上六寺、江户刊本、維寶箋本有「終日」二字。盛江案：「終日」當爲前句之校語而衍入正文。「卷耳」，三寶、天海本右旁注「伏苓也」。

〔八〕「興雖別而勢同」，吟窗本《詩議》作「此雖興別而勢同也」。

〔九〕「若頌中不名一體」至「非變之才也」，吟窗本《詩議》無。

〔一〇〕「累體」，原作「累對」，三寶、高甲、高丙、醍甲、仁甲、六寺等本同。《校勘記》：「與『列篇相望』，『對』當爲『體』字，『累體』爲『繫體』，『隨體』之意，依隨古人之體之意。」《校注》作「累對」，謂：「對即上文所言詩對也。」盛江案：上句「詩對」，當作「詩體」，已見上説，此處非論對屬，而論詩之聲律之體。據松本、江户刊本、維寶箋本改。

〔一一〕「習俗師弱弊之過也」，吟窗本《詩議》作「習弱師弊之道也」。「也」，義演本無。
〔一二〕「曰」，松本、江户刊本、維寶箋本作「云」。
〔一三〕「樹陰逢歇馬」至「就水更移牀」，六寺本作雙行小字注。
〔一四〕「勸」，吟窗本《詩議》作「歆」。
〔一五〕「牀」，三寶本作「林」，旁朱筆注「牀亻」。
〔一六〕「何則」，吟窗本《詩議》無。
〔一七〕「不」，吟窗本《詩議》作「非」。
〔一八〕「不」，吟窗本《詩議》作「不不」。
〔一九〕「可聞」上高甲本有「有」字。「而」，松本、江户刊本、維寶箋本無。
〔二〇〕二「對」字，吟窗本《詩議》作「偶」。

【考釋】

① 「律家」四句：維寶箋：「伸不可詩句同體也。」鍾嶸《詩品序》：「故使文多拘忌，傷其真美。……但令清濁通流，口吻調利，斯爲足矣。至如平上去入，則余病未能。」吟窗本皎然《詩式》「明四聲」：「樂章有宫商五音之説，不聞四聲。近自周顒、劉繪流出，宫商暢於詩體，輕重低昂之節，韻合情高，此未損文格。沈休文酷裁八病，碎用四聲，故風雅殆盡。後之才子，天機不高，爲沈生弊法所媚，懵然隨流，溺而不返。」可與參看。

②「必不」三句：《研究篇》下：「皎然説，作爲律體，最低限度應該避免一體和俗巧。所謂一體，就是重複同樣趣向的對偶，在經常用對偶的詩體裏，自然而然規定了某種型式，其結果，容易出現類似的發想。」「所謂俗巧，就是修辭過於尖巧，而流於俗氣。近體派追求新風往往陷入俗習，和古文派容易陷入固陋是同樣的道理。俗巧有各種各樣，就其大者，可分爲三類：一、表現於字或詞的俗；二、表現於構成趣向的俗；三、通過藝術表現的整體表現出來的俗。」

《校注》：「（與其一體）與，許也。」

③詩體：此處所謂「詩體」，當爲詩之聲律之體。

④「或有」二句：《校勘記》：「這個『此』指『一體』。《國風》、《雅》、《頌》的『非一手作，或有暗同』之類，不在『一體』之中的意思。應該解作，自『其詩云』至『興雖别而勢同』，所謂詩的『終朝采菉，不盈傾筐』和『采采卷耳，不盈一掬』，『興雖别而勢同』，這一類不在一體之中的意思。接下來的『若頌中不名一體』，意思不明。爲什麽呢？因爲前面『若國風雅頌之中云云』，接着又重複『若頌中不名一體』。我猜想或許『若頌中』以下之舉頌詩之句作爲例子，而後歸結爲『不名一體』。前面關於風和雅以暗同的句子作爲例子，接下來如果舉頌中暗同的句子作爲例子，當顯得更整齊。」

⑤「終朝」二句：菉：《詩・小雅・采緑》作「緑」，毛傳：「自旦及食時爲終朝。兩手曰匊。」鄭玄箋：「緑，王芻也，易得之菜也，終朝采之而不滿手，怨曠之深，憂思不專於事。」

⑥「采采」二句：傾：《詩・周南・卷耳》作「頃」，毛傳：「憂者之興也。采采，事采之也，卷耳，苓耳

也。頃筐，畚屬，易盈之器也。」鄭玄箋：「器之易盈而不盈者，志在輔佐君子，憂思深也。」

⑦「若《頌》」二句：維寶箋：「《頌》中無一體句，而有累體。」

⑧高手有互變之勢：維寶箋：「高手，能作詩句者也。此人句句互變化，不爲一體之勢也。反之者，爲貫魚。」

⑨名爲貫魚之手：維寶箋：「《周易·剥卦》曰：『貫魚，以宫人寵。』言魚所貫皆在於喉，是不得變也。《文心雕龍》曰：『欲穿明珠，多貫魚目。』歐陽通《多寶寺碑》曰：『魚貫梟集。』」《研究篇》下：「總是出現相同的對句，意思没有變化，這就叫『一體』或『貫魚』。」《校注》：「（貫魚）此文亦謂以類相次之意。」盛江案：《易·剥卦》「貫魚」之本義，如近人高亨注，蓋指如貫魚者排定順序，用宫人而寵愛之，輪流當夕，則宫人不致争寵吃醋，相妒相軋，故卦辭曰「無不利」。後則多以喻用人以次進御，不偏愛，不相越，有次序。然於此處，由前後文觀之，所謂「貫魚」云云，則如維寶箋所説，爲不知變通之意。

⑩「樹陰」二句：出北周庾信《歸田》，西卷《文二十八種病》「第二十七文贅」考釋已引全詩。維寶箋：「言樹陰逢友歇馬共談，又魚潭見友留船，故云洗船。炎時故稱樹陰魚潭。此二句雖文字異，心一體一也。」

⑪「隔花」二句：出北周庾信《結客少年場行》，西卷《文二十八種病》「第二十七文贅」：「又曰：『樹蔭逢歇馬，魚潭見洗船。』又曰：『隔花遥勸酒，就水更移牀。』是即俗巧弱弊之過也。」西卷考釋已引全詩，可與參看。維寶箋：「又移牀勸酒，隔花就水，意格一體也。」《研究篇》下：「什麽地方存在俗巧很難

解釋，蒙青木正兒博士賜教，前者『洗船』看似奇警而未免勉强，後者『隔花』過於新巧反而不明了作者的位置，因此把這一點作爲俗。」

⑫「夫境」四句：維寶箋：「以景風心色四明對虛實也。」《譯注》：「這以後的内容爲虛實論，和前半的内容異趣。」

⑬「義貫」三句：中澤希男《王昌齡詩格考》：「『義』和『義父』的『義』同意，是從外借用，臨時附着的東西。『貫』，是『摜』，所謂『義貫衆象而無定質』是説，『色不是物象本質的東西，而是臨時附着於物象的東西，是没有確定形質的東西』。」

⑭本書東卷《二十九種對》「第廿八疊韻側對」：「或云：景風心色等，可以對虛，亦可以對實。」「第廿三偏對」：「但天然語，今雖虛亦對實。」「第廿四雙虛實對」，旨趣均與此同。

【附録】

來雄《聾鼓指歸序注》：《秘府論》曰：律家之流，拘而多忌，失於自然，吾常所病也。（《定本弘法大師全集》卷七）

又曰：至如渡頭〔一〕、浦口，水面、波心，是俗對也①。上句青〔二〕，下句緑；上句愛，下句憐，下對也。「青山滿蜀道，緑水向荊州」〔三〕②，語麗而掩瑕也③。句中多著映帶、傍佯等語〔四〕④，熟字也。製錦、一同、仙尉〔五〕、黄綬〔六〕⑤，熟名也。溪洼、水隈〔七〕、山脊、山肋⑥，俗名也。若箇、占剩⑦，俗字也⑧。俗有二種〔八〕。一、鄙俚俗⑨，取例可知。二、古今相傳俗，詩曰〔九〕「小婦無所作〔一〇〕，挾瑟上高堂」之類是也〔一一〕⑩。又如送別詩〔一二〕，山字之中，必有離顔；溪字之中，必有解攜⑪；送字之中，必有渡頭字〔一三〕⑫；來字之中，必有悠哉。如遊寺詩，鷲嶺鷄岑〔一四〕⑬，東林彼岸〔一五〕⑭。語居士以謝公爲首⑮，稱高僧以支公爲先〔一六〕⑯。又柔其詞，輕其調〔一七〕，以小字飾之，花字粧之，漫字潤之，點字采之，乃云「小溪花懸，漫水點山」⑰。若體裁已成⑱，唯少此字，假以圓文⑲，則何不可。然取捨之際，有斲輪之妙哉⑳。知音之徒，固當心證㉑。調笑叉語〔一八〕㉒，似謔似讖〔一九〕，滑稽皆爲詩贅㉓，偏入嘲詠，時或有之，豈足爲文章乎？剖宋玉俗辯之能〔二〇〕㉔，廢東方不雅之説㉕，始可議其文也〔二一〕。

【校記】

〔一〕「至如渡頭」至「是俗對也」，吟窗本《詩議》附於「詩有八種對」「假對體」之下，「是俗對也」作「俗類也」。

〔二〕「上句青」至「俗字也」，吟窗本《詩議》無。

〔三〕「州」，高甲、高丙、松本、江户刊本、維寶箋本作「洲」。

〔四〕「佯」，三寶、仁甲、六寺、天海本作「伴」，「伴」字旁六寺本有修正記號，眉注「佯」。

〔五〕「尉」，松本、江户刊本、維寶箋本作「廚」，江户刊本、維寶箋本旁注「廚亻」，六寺本右旁注「廚」，眉注「慰亻」，三寶、天海本眉注「廚」。
〔六〕「綬」，高丙本作「縱」。
〔七〕「水」下六寺本有「也製」二字。
〔八〕「俗有二種」至「挾瑟上高堂之類是也」，吟窗本《詩議》於「詩有八種對」之下爲獨立一條，作：「詩有二俗一曰鄙俚俗二曰古今相傳俗詩曰小婦無所作挾瑟上高堂此俗類也。」
〔九〕「曰」，松本、江户刊本、維寶箋本作「云」。
〔一〇〕「小婦無所作」至「又如送別」，松本本無。
〔一一〕「挾」，三寶本作「狹」，高丙本作「俠」。
〔一二〕「詩」，醍甲、仁甲、義演本作「時」。「又如送別詩」至後「此三例非用事也」，吟窗本《詩議》無。
〔一三〕「字」，《校勘記》：「『字』字衍。」
〔一四〕「鷄」，《眼心抄》作「鶴」。「岑」，三寶、高丙本作「峰」，三寶本旁注「岑」。
〔一五〕「岸」，醍甲、仁甲、義演本作「峰」。
〔一六〕「支」，松本、江户刊本、維寶箋本作「友」。
〔一七〕「調」，醍甲、仁甲、義演本作「詞」。
〔一八〕「叉」，三寶、仁甲、義演本作「刃」，高丙本作「人」，原旁注「託」。
〔一九〕「識」，天海本作「識」。
〔二〇〕「宋玉」，三寶本右旁注「人名也」。

〔三〕「也」，松本、江户刊本、維寶箋本無。

【考釋】

①「至如」三句：維寶箋：「浦口渡頭，語異處一也，以水面對波心，又是一物，故成俗也。」

②「青山」二句：出唐崔顥《贈盧八象》，全詩爲：「客從巴水渡，傳爾溯行舟。是日風波霽，高堂雨半收。青山滿蜀道，緑水向荆州。不作書相問，誰能慰别愁。」（《全唐詩》卷一三〇）

③《研究篇》下：「（俗巧的表現之二）是關於對偶的俗。這是説，律家之流過於看重對偶，經常玩弄非常細巧的對句，不管怎樣都不雅致。例如，渡頭和浦口，或者水面和波心，怎麽也是爲對偶而對偶，還有憐和愛等等詞義也過於靠近。把這稱作俗對。皎然雖然贊成對偶，但是不喜歡對偶過於淺露於外形，他寧願打破作爲對偶支柱的均齊感，或者認爲在淡化對偶自身深入體味内心的地方，有着對偶的存在意義。雙虚實對和假對就是這樣的東西。」

盛江案：渡頭、浦口、水面、波心，均以别物假借爲人體之頭、口、面、心等以成對偶，此類假對，爲對偶而對偶，不合於自然，是或即皎然所言之「俗對」。青、緑、愛、憐，均語義相重相濫，或者因此被稱之爲「下對」。二類對偶均過於細巧，故爲皎然所不取。

④映帶：晉王羲之《三月三日蘭亭詩序》：「又有清流激湍，映帶左右。」（《晉書·王羲之傳》）本書地卷《十體》有「六映帶體」，謂：「映帶體者，謂以事意相愜，複而用之者是。」傍伴：《譯注》：「傍伴，同滂

洋,廣大,盛大的樣子。」盛江案:亦可作徘徊解。

⑤製錦:《譯注》引李白《贈徐安宜》:「製錦不擇地,操刀良在兹。」(《全唐詩》卷一六八)一同:全同,一樣。《晉書·孝武文李太后傳》:「十二年加爲皇太妃,儀服一同太后。」仙尉:漢梅福的美稱。福爲南昌尉,後歸鄉里,一朝棄妻子去,人以爲仙,故有此稱。見《漢書·梅福傳》,後亦以仙尉爲縣尉之譽稱。唐李白《送當塗趙少府赴長蘆》:「仙尉趙家玉,英風凌四豪。」(《全唐詩》卷一七五)黄綬:古代官員繫官印之黄色絲帶,借指官位。唐陳子昂《同宋參軍之問夢趙六贈盧陳二子之作》:「奈何蒼生望,卒爲黄綬欺。」(《全唐詩》卷八三)唐岑參《送楚丘麴少府赴官》:「青袍美少年,黄綬一神仙。」(《全唐詩》卷二〇〇)

⑥溪湺:維寶箋:「湺,水名,在義陽厥縣西,東南入鄖水。」《譯注》:「湺,可能是槎字之誤。」盛江案:由下文觀之,疑興膳宏説是,槎即木筏。水隈:維寶箋:「李嶠詩:含毫山水隈。」

⑦若箇:哪個,指人,亦可指物與處所。《舊唐書·李巨傳》:「巨曰:『不知若箇軍將能與相公打賊乎?』」唐楊炯《和石侍御山莊》:「蓮房若箇實,竹節幾重虚。」(《全唐詩》卷五〇)唐張籍《送僧往金州》:「事須覓取堪居處,若箇溪頭藥最多。」(《全唐詩》卷三八六)維寶箋:「盧照鄰《行路難》樂府,載《文苑英華》第二百,曰:『若箇遊童不競攀,若箇倡家不來折。』」占剩:《譯注》:「剩,賸的俗字,但是,不太清楚『占』作爲俗字的理由。」

⑧《研究篇》下:「(俗巧的表現之一)包含稱作俗字(俗名)以及熟字(熟名)的東西。」「『若箇』也用

於現代語（「若干」或者「那箇」之意），但另一例字『占剩』則不清楚。可能是把白話用語用於詩中。」「所謂熟，是指辭語用得太多，語感陳腐的狀態，但其意思似乎是説，律家習慣使用熟字，因而不管怎樣都帶有濃厚的律家意味。」「就是説，『俗』和『熟』是相對的概念，可以這樣理解，過於追求新而失去詩的品格，這是俗，完全失去新失去打動人的力量，這就是熟。但這兩者藝術表現都不高明，這是共同的，因而可以歸入廣義的『俗』。」

⑨ 鄙俚：維寶箋：「鄙俚，司馬遷贊曰：『質而不俚。』司馬貞曰：『俚即鄙也。』」

⑩「小婦」二句：出古樂府《相逢行》（或作《相逢狹路間》，《玉臺新詠》卷一），其中云：「大婦織羅綺，中婦織流黄。小婦無所作，挾瑟上高堂。丈人且安坐，調絲方未央。」（《樂府詩集》卷三四）《校注》：「六朝人好作《三婦艷》詞，陳陳相因，此則古今相傳之俗也。」

《研究篇》下：「（俗巧第三類）分爲二種，即a『鄙俚俗』，b『古今相傳俗』。a是由於不洗練的卑俗，b指因襲傾向之舊。作爲例子舉出『小婦無所作，挾瑟上高堂』，這是叫作『三婦艷詩』趣向，蕭統、吴均、劉孝綽、王筠、陳後主等，屢次寫這樣的詩。還有送別詩，説到山必定有離顔，説到溪必定有解攜，説到送必定有渡頭等固定詞句，這也是b。這大概相當於所謂月並調。求新的近體派染上舊的東西，似乎不合道理，但如果規戒風雅之誠而不斷地不以新爲新，開拓新風的滿足就會成爲安心，安心就會成爲安住，新也就成爲了舊的根源。」

⑪ 解攜：又作「解奚」，分手，離别。晉陸機《赴洛二首》其一：「撫膺解攜手，永歎結遺音。」（《文選》

卷二六）至唐尤爲人所習用。唐宋之問《發端州初入西江》：「骨肉初分愛，親朋忽解攜。」（《全唐詩》卷五三）唐元稹《曉將别》：「將去復攜手，日高方解攜。」（《全唐詩》卷四二二）

⑫「送字」二句：維寶箋：「送乃在渡頭也。」

⑬鷲嶺：靈鷲山，傳釋迦説法之聖地，在中印度。北周庾信《陝州弘農郡五張寺經藏碑》：「雪山羅漢之論，鷲嶺菩提之法，本無極際，何可勝言。」（《庾子山集注》卷一三）後借指佛寺。陳陰鏗《開善寺》：「鷲嶺春光遍，王城野望通。」（《藝文類聚》卷七六）唐王勃《晚秋遊武擔山寺序》：「鷄林俊賞，蕭蕭鷲嶺之居。」（《全唐文》卷一八一）鷄岑：迦葉入定之鷄足山，見《大唐西域記》卷二摩揭陀國下。《五燈會元》卷一「一祖摩訶迦葉尊者」：「乃持僧伽梨衣入鷄足山，俟慈氏下生，即周孝王五年丙辰歲也。」《眼心抄》作「鶴岑」，則指釋迦入滅之「鶴林」。

⑭東林：廬山東林寺，晉桓伊爲名僧惠遠所建。梁釋慧皎《高僧傳》卷六《晉廬山僧慧遠傳》：「（沙門慧永）謂刺史桓伊曰：『遠公方當弘道，今徒屬已廣，而來者方多，貧道棲褊狹，不足相處，如何？』桓乃爲遠復於山東更立房殿，即東林是也。」彼岸：佛教以超脱生死之涅槃境界爲彼岸。《大智度論》卷一二：「以生死爲此岸，涅槃爲彼岸。」（臺北佛陀教育基金會二〇〇〇年）唐皎然《早春書懷寄李少府仲宣》：「脱身投彼岸，弔影念生涯。」（《全唐詩》卷八六）

⑮謝公：維寶箋：「謝公，謝靈運也。」《校勘記》：「謝公指謝安，箋注爲謝靈運，誤。」盛江案：晉謝安、劉宋謝靈運、南齊謝朓，並可言「謝公」。唐李白《示金陵子》：「謝公正要東山妓，攜手林泉處處行。」

（《李白集校注》卷二五）是指謝安。吟窗本皎然《詩式》「池塘生春草」、「明月照積雪」：「客有問予，謝公此二句優劣奚若。」唐錢起《送包何東遊》：「子好謝公跡，常吟孤嶼詩。」（《全唐詩》卷二三六）是指謝靈運。唐李白《秋登宣城謝朓北樓》：「誰念北樓上，臨風懷謝公。」（《李白集校注》卷二一）是指謝朓。若就遊山水言及寫山水詩言，則謝靈運、謝朓爲著，若就居士言，最著者仍當推以長卧東山不起之謝安。且自六朝至唐，謝安即一直被人稱爲「謝公」，《世説新語》即有多處，如《德行》：「謝公夫人教兒。」《言語》：「孝武將講《孝經》，謝公兄弟與諸人私庭講習。」《政事》：「謝公時，兵厮逋亡。」《任誕》：「桓子野每聞清歌，輒唤：『奈何。』謝公聞之曰：『子野可謂一往有深情。』」《高僧傳》亦多有其例，如卷四「支遁」條：「答曰，謝公在，昔數來見，輒移旬日。今觸情舉目，莫不興想。」故此處當指謝安。

⑯ 支公：指晉高僧支遁（三一四—三六六），傳見《高僧傳》卷四。《世説新語·言語》：「支公好鶴。」查屏球《從游士到儒士》：「他（指皎然）指責的就是盛行於大曆京城詩壇的科場範式。」（復旦大學出版社二〇〇五年）

⑰ 「小溪」二句：出典未詳。

⑱ 體裁：此處當指詩文之體制結構及文風體貌。《宋書·謝靈運傳論》：「爰逮宋氏，顔、謝騰聲。靈運之興會標舉，延年之體裁明密，並方軌前秀，垂範後昆。」

⑲ 圓文：《譯注》：「可能是圓滿無欠缺的完璧之意。『圓』，來自佛語。」盛江案：圓文，即圓合圓妙之文。《文心雕龍·鎔裁》：「繩墨之外，美材既斲，故能首尾圓合，條貫統序。」維寶箋：「伸圓文乃以小

花漫點四字，修飾潤色則成章，句已成，小花漫點之字皆得其處也。而用字又非無取捨也。」

⑳ 斲輪之妙：《莊子・天道》：「桓公讀書於堂上，輪扁斲輪於堂下……輪扁曰：『……斲輪，徐則甘而不固，疾則苦而不入。不徐不疾，得之於手而應於心，口不能言，有數存焉於其間。』」

㉑ 心證：佛教語。證謂參悟，修行得道，心證謂自心參悟印證。唐皎然《送清涼上人》：「花空覺性了，月静知心證。」（《全唐詩》卷八一八）

㉒ 調笑：吟窗本皎然《詩式》「調笑格 一品」：「戲俗，評曰：《漢書》云：『匡鼎來，解人頤。』蓋説詩也。此一品非雅作，足以爲談笑之資矣。李白《上雲樂》：『女媧弄黄土，摶作愚下人。散在六合間，濛濛若沙塵。』」又語：維寶箋：「叉語如叉手，相錯言語也。」《校勘記》：「『叉』爲『差』之假。差爲怪、異之意。」《校注》：「『叉語』、『叉托』、『人語』，三者義俱難明。竊疑此文『叉語』當作『又語』，『調笑』二字，當移於『滑稽』二字之上，即當作：『又語似謔似讖，調笑滑稽，皆爲詩贅。』則文從字順也。」《譯注》：「調笑叉語三句，恐有誤字，極爲難讀。」盛江案：「叉語」一作「查語」，唐時流行之特殊諧謔俗語。唐段成式《酉陽雜俎》續集卷四《貶誤》：「予别著鄭涉好爲查語，每云：『天公映塚，染豆削棘，不若致余富貴。』至今以爲奇語。釋氏《本行經》云：『自穿藏阿邏仙言，磨棘畫羽爲自然義。』蓋從此出也。」（《叢書集成初編》）

㉓ 滑稽：《史記・滑稽列傳》：「淳于髡者，齊之贅婿也。長不滿七尺，滑稽多辯。」司馬貞索隱：「滑，謂亂也；稽，同也。言辨捷之人言非若是，説是若非，言能亂同異也。」此當指詩文中令人發笑而近

俗之言語。論滑稽之文章，有《文心雕龍・諧隱》，謂：「諧之言皆也，辭淺會俗，皆悦笑也。昔齊威酣樂，而淳于説甘酒，楚襄讌集，而宋玉賦好色，意在微諷，有足觀者。及優旃之諷漆城，優孟之諫葬馬，並譎辭飾説，抑止昏暴，是以子長編史，列傳滑稽，以其辭雖傾回，意歸義正也。但本體不雅，其流易弊。於是東方、枚皋，餔糟啜醨，無所匡正，而詆嫚媟弄，故其自稱爲賦，迺亦俳也。見視如倡，亦有悔矣。至魏文因俳説以著《笑書》，薛綜憑宴會而嘲調，雖抃推席，而無益時用矣。然而懿文之士，未免枉轡。潘岳《醜婦》之屬，束晳《賣餅》之類，尤而效之，益以百數。魏晉滑稽，盛相驅扇，遂乃應瑒之鼻，方於盜削卵，張華之形，比乎握舂杵。曾是莠言，有虧德音，豈非溺者之妄笑，胥靡之狂歌歟。」詩贅：《文心雕龍・鎔裁》：「駢拇枝指，由侈於性，附贅懸疣，實侈於形。二意兩出，義之駢枝也，同辭得句，文之疣贅也。」西卷有繁説病，或名疣贅，又有文贅，或名涉俗病，可與此相參。又，本書三寶院本西卷《文二十八種病》「第二十三支離」前頁邊空白處注「詩式六犯……六犯文贅」。亦名「詩式」，亦有「文贅」，疑與皎然《詩式》之論詩贅有某種關係。

㉔ 宋玉：前引《文心雕龍・諧隱》言「楚襄讌集，而宋玉賦好色」，據《文選》，宋玉有《風賦》（卷一三）、《高唐賦》、《神女賦》、《登徒子好色賦》（卷一九）及《對楚王問》（卷四五），均可見宋玉俗辯之能。

㉕ 東方：東方朔（前一五四？—前九三？），《漢書》卷六五有傳，贊曰：「朔口諧倡辯，不能持論，喜爲庸人誦説，故令後世多傳聞者。而揚雄亦以爲朔言不純師，行不純德，其流風遺書蔑如也。然朔名過實者，以其詼達多端，不名一行，應諧似優，不窮似智，正諫似直，穢德似隱。非夷齊而是柳下惠，戒其子

以上容：『首陽爲拙，柱下爲工；飽食安步，以仕易農；依隱玩世，詭時不逢。』其滑稽之雄乎！」《漢書》本傳及《文選》並録其《答客難》、《非有先生論》。前引《文心雕龍·諧隱》亦言：「於是東方、枚皐，餔糟啜醨，無所匡正，而詆嫚媟弄，故其自稱爲賦，迺亦俳也。」所謂「東方不雅之説」，蓋指此。

又云：凡詩者，惟以敵古爲上〔一〕①，不以寫古爲能。立意於衆人之先，放詞於群才之表②，獨創雖取〔二〕，使耳目不接，終患倚傍之手③。或引全章，或插一句，以古人相黏二字、三字爲力，厠麗玉於瓦石，殖芳芷於敗蘭〔三〕，縱善，亦他人之眉目，非己之功也，況不善乎④？時人賦孤竹則云「冉冉」〔四〕⑤，詠楊柳則云「依依」⑥，此語未有之前，何人曾道。謝詩曰：「江菼亦依依〔五〕⑦。」故知不必以「冉冉」繫竹，「依依」在楊〔六〕。常手旁之，以爲有味，此亦强作幽想耳〔七〕⑧。且引靈均爲證〔八〕⑨，文譎氣貞，本於六經⑩，而製體創詞，自我獨致，故歷代作者師之〔九〕。此所謂勢不同，而無模擬之能也〔一〇〕。班固雖謂屈原「露才揚己，引崑崙、玄圃之事不經〔一一〕，然其文雅麗〔一二〕，可爲賦之宗」⑪。若比君於堯、舜〔一三〕，況臣於稷、卨〔一四〕⑫，思列反也〔一五〕。綺里之高逸⑬，於陵之幽貞⑭，褒貶古賢，成當時文意，雖寫全章，非用事也⑮。古詩：「胡馬依北風，越鳥巢南枝⑯。」「南登灞陵岸，迴首望長安⑰。」「彭薛纔知耻〔一六〕，貢公不遺榮〔一七〕。或可優貪競，豈足稱達生⑱。」此三例，非用事也⑲。

【校記】

〔一〕「惟」，原作「雖」，各本同，據《眼心抄》改。

〔二〕「取」，《眼心抄》作「在」。

〔三〕「芳芷」，高甲本右旁注「草名也」。「敗」，三寶、天海本作「則」，三寶本眉注「敗」。

〔四〕「賦」上高丙本有「則」字。

〔五〕「曰」，松本、江户刊本、維寶箋本作「云」。「江菼」，高甲本右旁注「葦花也」。

〔六〕「依依在楊」，松本本無。

〔七〕「想」，醍甲、仁甲、義演本作「相」。

〔八〕「且」，原無，三寶、醍甲、仁甲、義演本同，據六寺、江户刊本、維寶箋本補。

〔九〕「者」，《眼心抄》作「殘」。

〔一〇〕「也」，《眼心抄》無。「能」，疑當作「態」。

〔一一〕「經」，三寶、六寺本無，六寺本眉注「經イ」。「班固雖謂屈原」至末尾「非用事也」，《眼心抄》無。

〔一二〕「然」，原闕，三寶、醍甲、義演、六寺等本作「能」，據《離騷序》改。

〔一三〕「舜」，三寶本作「舞」。

〔一四〕「稷」，原作「禝」，高甲本同，原眉注「稷」，據三寶、六寺、江户刊本、維寶箋本改。

〔一五〕「反」，松本、江户刊本、維寶箋本作「切」。「也」，醍甲、仁甲、義演本無。

〔一六〕「薛」，原作「薩」，三寶、高丙、醍甲、仁甲、六寺、義演、江户刊本、維寶箋本同，高甲本作「蔭」，據《文選》改。

〔一七〕「榮」，原作「蔍」，各本同，據《文選》改。

【考釋】

①「凡詩」二句：維寶箋：「論模擬敵古之是非。」「敵古，詩句暗全同古人之句也。寫古者，模擬古人之體也。」

吟窗本唐皎然《詩式》「復古通變體」：「評曰：作者須知復變之道。反古曰復，不滯曰變。若惟復不變，則陷於相似之格，其狀如駑驥同厩，非造父不能辨。能知復變之手，亦詩人之造父也。」本卷前文：「巧運言詞，精練意魄，所作詞句，莫用古語及今爛字舊意。」可與參看。

②群才：《文心雕龍·明詩》：「晉世群才，稍入輕綺。」

③「獨創」三句：維寶箋：「雖取，雖思也。既已創思取興也，而耳目所聞見，景意不相接在也。卻患倚傍，而才弱不能，故採接古人之詞句也。」參本卷《論文意》前文「凡高手，言物及意，皆不相倚傍」及其注。

④「厠麗」六句：維寶箋：「麗玉等，善惡混淆也。」「芳芷，香草也。」「敗蘭，蘭枯萎也。」晉陸機《文賦》：「或寄辭於瘁音，言徒靡而弗華。混妍蚩而成體，累良質而爲瑕。象下管之偏疾，故雖應而不和。」

可與此參看。

⑤「時人賦孤竹」句：《古詩十九首》其八：「冉冉孤生竹，結根泰山阿。」（《文選》卷二九）

⑥「詠楊柳」句：《詩·小雅·采薇》：「昔我往矣，楊柳依依。」

⑦江菼亦依依：出南齊謝脁《休沐重還道中》，全詩爲：「薄遊第從告，思閑願罷歸。還邛歌賦似，休汝車騎非。霸池不可別，伊川難重違。汀葭稍靡靡，江菼復依依。田鶴遠相叫，沙鴇忽争飛。雲端楚山見，林表吴岫微。試與征徒望，鄉淚盡霑衣。賴此盈罇酌，含景望芳菲。問我勞何事，霑沐仰清徽。志狹輕軒冕，恩甚戀重闈。歲華春有酒，初服偃郊扉。」（《文選》卷二七）菼：初生之荻，似葦而小。

⑧幽想：漢班固《西都賦》：「發思古之幽情。」（《文選》卷一）

⑨靈均：據《楚辭·離騷》自叙，爲屈原之字。

⑩「文譎」二句：維寶箋：「文譎，言壯，自是言譎也。氣貞，志氣幽貞也。」王逸《楚辭章句序》：「夫《離騷》之文，依托《五經》以立義焉：『帝高陽之苗裔』，則『厥初生民，時惟姜嫄』也；『紉秋蘭以爲佩』，則『將翱將翔，佩玉瓊琚』也；『夕攬洲之宿莽』，則《易》『潛龍勿用』也；『駟玉虬而乘鷖』，則『時乘六龍以御天』也；『就重華而陳辭』，則《尚書》咎繇之謀謨也；『登崑崙而涉流沙』，則《禹貢》之敷土也。故智彌盛者其言博，才益多者其識遠。屈原之詞，誠博遠矣！」所謂「本於六經」者本此。《文心雕龍·辨騷》亦謂「《離騷》之文，依經立義」，有「同於風雅者」四事，「異乎經典者」四事，又云：「故論其典誥則如彼，語其誇誕則如此，固知《楚辭》者，體慢於三代，而風雅於戰國，乃《雅》、《頌》之博徒，而詞賦之英傑也。觀其

骨鯁所樹，肌膚所附，雖取鎔經意，亦自鑄偉辭。」可與之參看。

⑪「班固」四句：出班固《離騷序》：「今若屈原，露才揚己，競乎危國群小之間，以離讒賊。然責數懷王，怨惡椒、蘭，愁神苦思，强非其人，忿懟不容，沈江而死，亦貶絜狂狷景行之士。多稱崑崙冥婚宓妃虚無之語，皆非法度之政，經義所載。謂之兼《詩》《風》《雅》，而與日月争光，過矣。然其文弘博麗雅，爲辭賦宗，後世莫不斟酌其英華，則象其從容。自宋玉、唐勒、景差之徒，漢興，枚乘、司馬相如、劉向、揚雄，騁極文辭，好而悲之，自謂不能及也。雖非明智之器，可謂妙才者也。」玄圃：同「懸圃」，亦作「縣圃」，傳説在崑崙山頂。《楚辭・天問》：「崑崙懸圃，其尻安在？」《楚辭・離騷》：「朝發軔於蒼梧兮，夕余至乎縣圃。」豹軒藏本鈴木虎雄注：「案班固原序注文似當言：『班固謂屈原露才揚己，雖引崑崙、玄圃之事不經，其文雅麗，可爲賦之宗。』」

⑫稷、卨：堯、舜的二位名臣。稷：相傳爲周代祖先，舜時爲農官。《左傳》昭公二十九年：「稷，田正也。」《國語・周語上》：「昔我先王世后稷，以服事虞夏。」卨：即契，傳説中商代的始祖，舜時爲主管教育的司徒。《史記・三代世表》：「高辛生卨，卨爲殷祖。」《禮記・祭法》：「契爲司徒而民成。」古人以二人爲賢臣的代表。杜甫《自京赴奉先縣詠懷五百字》：「許身一何愚，竊比稷與契。」（《杜詩詳注》卷四）

⑬綺里：綺里季，漢初四皓之一。《史記・留侯世家》：「四人前對，各言名姓，曰：東園公、角里先生、綺里季、夏黄公。」

⑭於陵：地名，在今山東，戰國時齊陳仲子隱居之所，因借指陳仲子。《孟子・滕文公下》：「匡章

曰：『陳仲子豈不誠廉士哉！居於陵，三日不食，耳無聞，目無見也。井上有李，螬食實者過半矣，匍匐往，將食之，三咽，然後耳有聞，目有見。』」漢馮衍《顯志賦》：「於陵子之灌園兮，似至人之髣髴。」（《後漢書・馮衍傳》）梁江淹《建平王聘隱逸教》：「挹於陵之操，想漢陰之高。」（《江文通集彙注》卷六）幽貞：語出《易・履卦》九二爻辭：「履道坦坦，幽人貞吉。」後多以借指隱士。劉宋顔延之《拜陵廟作》：「幼壯困孤介，末暮謝幽貞。」（《文選》卷二三）

⑮ 用事：《南史・任昉傳》：「（昉）用事過多，屬辭便不得流便。」又參地卷《十四例》考釋。

⑯「胡馬」二句：出《古詩十九首》，全詩爲：「行行重行行，與君生別離。相去萬餘里，各在天一涯。道路阻且長，會面安可知。胡馬依北風，越鳥巢南枝。相去日已遠，衣帶日已緩。浮雲蔽白日，遊子不顧反。思君令人老，歲月忽已晚。棄捐勿復道，努力加餐飯。」（《文選》卷二九）李善注：「《韓詩外傳》曰：『詩曰：「代馬依北風，飛鳥棲故巢。」皆不忘本之謂也。』」

⑰「南登」二句：出漢王粲《七哀詩二首》（《文選》卷二三），全詩見天卷《四聲論》考釋引。李善注：「《漢書》曰：『文帝葬灞陵。』」吟窗本王昌齡《詩格》「詩有五用例」：「用勢四。用氣不如用勢也。王仲宣詩：『南登灞陵岸，迴首望長安。』」可與參看。

⑱「彭薛」四句：出劉宋謝靈運《初去郡》，全詩爲：「彭薛裁知耻，貢公未遺榮。或可優貪競，豈足稱達生。伊余秉微尚，拙訥謝浮名。廬園當棲巖，卑位代躬耕。顧已雖自許，心跡猶未并。無庸妨周任，有疾像長卿。畢娶類尚子，薄遊似邴生。恭承古人意，促裝返柴荆。牽絲及元興，解龜在景平。負

心二十載，於今廢將迎。理棹遄還期，遵渚騖修坰。溯溪終水涉，登嶺始山行。野曠沙岸浄，天高秋月明。憩石挹飛泉，攀林搴落英。戰勝臞者肥，止監流歸停。即是羲唐化，獲我擊壤聲。」（《文選》卷二六）李善注：「《漢書》曰：『彭宣，字子佩，淮陽人也，遷御史大夫，轉爲大司空，王莽秉政專權，宣上書乞骸骨，歸鄉里。』又曰：『薛廣德，字長卿，沛郡人也，爲御史大夫，乞骸骨。』班固《漢書·彭薛平當述》曰：『廣德、當、宣，近於知耻。』《漢書》：『貢禹，字少卿，琅邪人也。爲光禄大夫，上書乞骸骨。』鍾會有《遺榮賦》。」「楚辭曰：『皆競進以貪婪。』」《莊子》曰：『達生之情者傀，達於知者胥。』」

⑲ 皎然《詩式》「用事」：「評曰：時人皆以徵古爲用事，不必盡然也。……時人呼比爲用事，呼用事爲比。如陸機詩：『鄙哉牛山歎，未及至人情。爽鳩苟已徂，吾子安得停。』此規諫之中，是用事，非比也。如康樂公詩：『偶與張邴合，久欲歸東山。』此叙志之中，是比，非用事也。詳味可知。」「語似用事義非用事」：「評曰：此二門未始有之，而弱手不能知也。康樂公詩：『彭薛纔知耻，貢公未遺榮。或可優貪競，未足稱達生。』此商榷三賢，雖許其退身，不免遺議，蓋康樂公欲借此成我詩意，非用事也。如古詩：『仙人王子喬，難可與等期。』曹植詩：『虚無求列仙，松子久吾欺。』又古詩：『師涓久不奏，誰能宣我心。』……並非用事也。」可與此段參看。

《研究篇》下：「似用事而非用事，有兩大類，a把古事用作譬喻的客觀對象；b把古事自身用作叙述的主體。就是説，即使把堯舜或稷契用於句中，而那成爲名君賢臣的譬喻時，就不是用事，叙述堯舜或稷契的事情自身成爲意趣時，也不是用事。用事必定徵古，但徵古未必是用事。」

齊益壽《皎然〈詩式〉論用事初探》：「謝靈運並非以彭宣、薛廣德、貢禹三人來比自己，彭宣、薛廣德二人皆於王莽專政時辭官歸故里，僅僅做到了『知恥』，貢禹一直做官到八十幾歲，最後死於御史大夫的任上，所以是『未遺榮』。這三人雖然皆優於仕途中的貪競之人，但距道家不務榮利的『達生』標準還差得很遠。因此謝靈運雖然讚許他們並非貪競之徒，但亦認爲有所遺憾，尚非全無可議之處。謝靈運如此裁量三人，是『語似用事』，但目的則在於藉以成其詩意，便成了『義非用事』。所以皎然仍將此四句視爲非用事。」

或云〔一〕：今人所以不及古者，病於儷詞。予曰：不然。先正時人〔二〕，兼非劉氏〔三〕①。六經時有儷詞〔四〕，揚、馬、張、蔡之徒始盛〔五〕②。「雲從龍，風從虎」③，非儷耶〔六〕？但古人後於語〔七〕，先於意，因意成語〔八〕，語不使意，偶對則對，偶散則散④。若力爲之，則見斤斧之跡⑤。故有對不失渾成，縱散不關造作，此古手也〔九〕⑥。

【校記】

〔一〕本段及下段吟窗本《詩議》作「評論」。

〔二〕「曰」，松本、江户刊本、維寶箋本作「云」。「正」，疑爲「代」字訛誤。「時」，疑爲「詩」字形訛。「先正時人」，吟窗本《詩議》作「先正詩人」，疑當作「先代詩人」。

〔三〕「劉」，松本、江户刊本、維寶箋本作「列」。

〔四〕「兼非劉氏六經」，吟窗本《詩議》無。

〔五〕「蔡」，三寶、天海本作「葵」。「揚馬張蔡之徒始盛」，吟窗本本《詩議》無。

〔六〕「非儷耶」下吟窗本《詩議》有「昔我往矣楊柳依依今我來斯雨雪霏霏非麗邪」十九字。

〔七〕「古」，原無，各本同，據吟窗本《詩議》補。

〔八〕「因意成語」至「此古手也」，吟窗本《詩議》無。「因」，三寶本作「内」，右旁注「因イ」。「意」，原無，各本同，《考文篇》：「按文義，推對偶，當必脱『意』字也。蓋緣上有『意』字而脱耳。」今據補。

〔九〕「古手」，《校注》：「『古』，疑當作『名』。」盛江案：前既言「今人所以不及古者，病於儷詞」，「但古人後於語，先於意」，作「古手」自通。

【考釋】

①兼非劉氏：維寶箋：「劉氏，劉勰《文心雕龍》也。」《考文篇》：「《文心雕龍》中無《秘府論》中所引之句，案：莫非盛唐古文派中人歟。」《譯注》：「劉氏所指未詳。」

②揚、馬、張、蔡：漢揚雄、司馬相如、張衡、蔡邕。《文心雕龍・麗辭》：「自揚、馬、張、蔡，崇盛麗辭，如宋畫、吴冶，刻形鏤法，麗句與深采並流，偶意共逸韻俱發。」

③「雲從」二句：出《易・乾卦》。《文心雕龍・麗辭》：「龍虎類感，則字字相儷。」

④「因意」四句：《文心雕龍·麗辭》：「至於詩人偶章，大夫聯辭，奇偶適變，不勞輕營。」

⑤「若力」二句：皎然《詩式》「詩有四不」：「力勁而不露，露則傷斤斧。」

⑥此節及下節「或曰詩不要苦思」，吟窗本《詩議》作「評論」。

或曰：詩不要苦思①，苦思則喪於天真②〔一〕。此甚不然。固須繹慮於險中〔二〕③，採奇於象外④，狀飛動之句〔三〕，寫冥奥之思〔四〕。夫希世之珠〔五〕⑤，必出驪龍之頷⑥，況通幽含變之文哉〔六〕⑦。但貴成章以後〔七〕，有其易貌〔八〕，若不思而得也⑧。「行行重行行，與君生别離」⑨，此似易而難到之例也⑩。

【校記】

〔一〕「苦思苦思」，原作「苦々思々」，各本同。此爲日本抄本疊詞習慣，當作「苦思苦思」，今改。

〔二〕「須」，吟窗本《詩議》作「當」。

〔三〕「句」，許清雲《皎然詩式輯校新編》作「趣」。

〔四〕「冥」，吟窗本《詩議》作「真」。

〔五〕「夫」，三寶、天海本作「失」，旁注「夫イ」。「珠」，吟窗本《詩議》作「珍」。

〔六〕「含」，《眼心抄》作「合」，吟窗本《詩議》作「名」。「文」，原無，各本同，據吟窗本《詩議》補。

〔七〕「但貴成章以後」至後「豈非兼文美哉」，吟窗本《詩議》無。

〔八〕「其」，原無，三寶、高丙、醍甲、仁甲、義演本同，三寶本眉注「其亻」，據六寺、江户刊本、維寶箋本補。「易貌」，《校勘記》：「《唐音癸籤》卷二『釋皎然云：或以苦思喪其自然之質』一條有：『取境之時，須至難至險，始見奇句，成篇之後，觀其氣貌，有似等閑，不思而得，此高手也。』又《詩議·評論》有：『取境之時，須至難至險，始見奇句，成篇之後，觀其風貌，有似等閑，不思而得，此高手也。』與此同原，參考於此，可知《秘府論》的『易貌』或爲『氣貌』或『風貌』之訛。」

【考釋】

① 苦思：維寶箋：「苦思，或誡苦吟。若要苦吟，則失天然。」《文心雕龍·神思》：「桓譚疾感於苦思，王充氣竭於思慮。」

② 天真：《莊子·漁父》：「故聖人法天貴真，不拘於俗。」唐皎然《詩式》「取境」：「或曰：詩不假脩飾，任其醜樸，但風韻正，天真全，即名上等。」

③ 險中：《易·屯卦·彖傳》：「屯，剛柔始交而難生，動乎險中，大亨貞。」

④ 採奇於象外：維寶箋：「象外，天象之外也。」《三國志·魏書·荀彧傳》注引何劭《荀粲傳》：「粲答曰：蓋理之微者，非物象之所舉也。今稱立象以盡意，此非通於意外者也。繫辭焉以盡言，此非言乎繫表者也。斯則象外之意，繫表之言，固蘊而不出矣。」晉孫綽《遊天台山賦》：「散以象外之説，暢以無生之篇。」（《文選》卷一一）

⑤希世：漢王延壽《魯靈光殿賦》：「邈希世而特出，羌瓌譎而鴻紛。」(《文選》卷一一)

⑥驪龍之頷：《莊子・列禦寇》：「河上有家貧恃緯蕭而食者，其子没於淵，得千金之珠。其父謂其子曰：『取石來鍛之。夫千金之珠，必在九重之淵而驪龍頷下，子能得珠者，必遭其睡也。使驪龍而寤，子尚奚微之有哉？』」

⑦況通幽含變之文：《三國志・魏書・管輅傳》裴注：「經每論輅，以爲得龍雲之精，能養和通幽者，非徒合會之才也。」

⑧不思而得：《禮記・中庸》：「誠者，不勉而中，不思而得，從容中道，聖人也。」

⑨「行行」二句：出《古詩十九首》(《文選》卷二九)，全詩已見前文考釋引。李善注：「《楚辭》曰：『悲莫悲兮生別離。』」

⑩唐皎然《詩式》「取境」：「又云，不要苦思，苦思則喪自然之質。此亦不然。夫不入虎穴，焉得虎子，取境之時，須至難至險，始見奇句，成篇之後，觀其氣貌，有似等閒，不思而得，此高手也。」可與參看。

且文章關其本性〔一〕，識高才劣者〔二〕，理周而文窒；才多識微者，句佳而味少〔三〕①。是知溺情廢語〔四〕，則語樸情暗；事語輕情〔五〕，則情闕語淡〔六〕。巧拙清濁②，有以見賢人之志矣〔七〕。抵而論〔八〕，屬於至解③，其猶空門證性④，有中道乎⑤。何者？或雖有態而語嫩〔九〕，雖有力而意薄，雖正而質，雖直而鄙，可以神會，不可言得，此所謂詩家之中道也。

又古今詩人，多稱麗句⑥，開意爲上〔一〇〕，反此爲下。如「盈盈一水間，脈脈不得語」⑦，「臨河濯長纓，念別悵悠阻」⑧，此情句也。如「白雲抱幽石，緑篠媚清漣」〔一一〕⑨，「露濕寒塘草〔一二〕，月映清淮流」〔一三〕⑩，此物色帶情句也。

【校記】

〔一〕「且」，《眼心抄》作「凡」。

〔二〕「劣」，《眼心抄》作「苗」。

〔三〕「而」，《眼心抄》作「文」。

〔四〕「廢」，原作「癈」，高甲、醍甲、仁甲、六寺、義演本同，據三寶、江户刊本、維寶箋本改。

〔五〕「事」，《校注》：「『事』，疑當作『重』。」

〔六〕「闕」，原蠹蝕，醍甲本同，高丙、仁甲、六寺、義演本作「鬪」，「鬪」字旁六寺本有抹消符號，眉注「闕」，據江户刊本、維寶箋本改。

〔七〕「矣」，《眼心抄》作「號」。

〔八〕「抵」，高甲本作「拉」，高丙、醍甲、六寺、義演本作「極」。《校勘記》：「『抵而』、『拉而』爲『極而』之訛；『論』下當脱一『之』字。」《校注》：「『抵』上疑脱『大』字。」

〔九〕「嫩」，高丙、六寺、松本、江户刊本、維寶箋本作「嬾」，三寶本眉注「嬾」。

〔一〇〕「開」，原作「闢」，醍甲本同，據三寶、六寺本改。

〔一一〕「緑」，原作「淥」，三寶本同，據六寺、江戸刊本、維寶箋本及《文選》改。「篠」，原作「藤」，各本同，據高丙本、《文選》改。「漣」，醍甲、仁甲、義演本作「縺」。

〔一二〕「塘」下三寶本有「車」字，當是「草」之衍字。

〔一三〕「淮」，三寶本左旁朱筆注「四瀆一也」。

【考釋】

①「識高」四句：理周：《文心雕龍·章表》：「理周辭要。」維寶箋：「論才識之多少。」《文心雕龍·體性》：「才有庸儁，氣有剛柔，學有淺深，習有雅鄭，並情性所鑠，陶染所凝。是以筆區雲譎，文苑波詭者矣。故辭理庸儁，莫能翻其才，風趣剛柔，寧或改其氣。事義淺深，未聞乖其學，體式雅鄭，鮮有反其習。各師成心，其異如面。」可以參看。

②巧拙：曹丕《典論·論文》：「文以氣爲主，氣之清濁有體，不可力强而致。譬諸音樂，曲度雖同，節奏同檢，至於引氣不齊，巧拙有素，雖在父兄，不能以移子弟。」（《文選》卷五二）

③「抵而」二句：抵而論：推而論。抵：推之意。至解：維寶箋：「至解，道家尸解之義也，槁木灰心也。」盛江案：至解，猶至言、至論，最高超正確之見解。

④空門：泛指佛法，大乘以觀空爲入門，故稱。《大智度論》卷二〇：「涅槃城有三門，所謂空、無相、無作。……觀諸法我，我所空，諸法從因緣和合生，無有作者，無有受者，是名空門。」（臺北佛陀教育

基金會二〇〇〇年）證性：證本分之真性。證：參悟，修行得佛道。

⑤中道：佛教大乘諸宗謂無差別、無偏倚之至理。《大智度論》卷四三：「常是一邊，斷滅是一邊，離是二邊行中道，是爲般若波羅蜜。」「諸法有是一邊，諸法無是一邊，離是兩邊行中道，是爲般若波羅蜜。」（臺北佛陀教育基金會二〇〇〇年）《中論·四諦品》：「衆因緣生法，我説即是無，亦爲是假名，亦是中道義。」梁蕭統《解二諦義令旨》：「真諦，離有離無；俗諦，即有即無。即有即無，斯是假名；離有離無，此爲中道。」（《廣弘明集》卷二一）

⑥麗句：《文心雕龍·麗辭》：「麗句與深采並流。」是以麗句爲麗對之句。杜甫《戲爲六絶句》：「不薄今人愛古人，清詞麗句必爲鄰。」（《杜詩詳注》卷一一）是以麗句指詞采華美之句。

⑦「盈盈」二句：出《古詩十九首》，已見西卷「第三蜂腰」考釋引。李善注：「《爾雅》曰：『脈，相視也。』郭璞曰：『脈脈，謂相視貌也。』」吟窗本王昌齡《詩格》「詩有五用例」：「用神五。用勢不如用神也。古詩：『盈盈一水間，脈脈不得語。』」亦引「盈盈一水間」二句爲例。

⑧「臨河」二句：出漢李陵《與蘇武三首》其二，全詩爲：「嘉會難再遇，三載爲千秋。臨河濯長纓，念子悵悠悠。遠望悲風至，對酒不能酬。行人懷往路，何以慰我愁。獨有盈觴酒，與子結綢繆。」（《文選》卷二九）李善注：「夫冠纓，仕子之所服，濯之以遠遊；今因遠遊而感逝川，故增別念也。」《校注》：「原詩『悠悠』入韻，此作『悠阻』，誤矣。」

⑨「白雲」二句：出劉宋謝靈運《過始寧墅》，全詩爲：「束髮懷耿介，逐物遂推遷。違志似如昨，二

紀及兹年。淄磷謝清曠，疲薾慚貞堅。拙疾相倚薄，還得静者便。剖竹守滄海，枉帆過舊山。山行窮登頓，水涉盡洄沿。巖峭嶺稠疊，洲縈渚連綿。白雲抱幽石，緑篠媚清漣。葺宇臨迴江，築觀基曾巔。揮手告鄉曲，三載期歸旋。且爲樹枌檟，無令孤願言。」（《文選》卷二六）

⑩「露濕」二句：出梁何遜《與胡興安夜别》，全詩爲：「居人行轉軾，客子暫維舟。念此一筵笑，分爲兩地愁。露濕寒塘草，月映清淮流。芳抱新離恨，獨守故園秋。」（《藝文類聚》卷二九）

夫詩工創心①，以情爲地，以興爲經，然後清音韻其風律②，麗句增其文彩。如楊林積翠之下③，翹楚幽花④，時時間發〔一〕。乃知斯文，味益深矣。

【校記】

〔一〕「間」，江户刊本、維寶箋本作「開」，注「間イ」。

【考釋】

①夫詩工創心：維寶箋：「夫詩等，論詩工也。」

②風律：即音律。《管子·宙合》：「君失音則風律必流，流則亂敗。」魏曹丕《答繁欽書》：「然後修容飾妝，改曲變度，斯可謂聲協鐘石，氣應風律。」（《藝文類聚》卷四三）

③楊：《譯注》：「楊，恐爲『陽』誤。晉左思《招隱詩》其一：『白雪停陰崗，丹葩曜陽林。』（《文選》卷二二）」積翠：維寶箋：「一説山氣青黛色，故曰翠微也。」

④翹楚：木中之獨高者。《詩·周南·漢廣》：「翹翹錯薪，言刈其楚。」幽花：維寶箋：「林中之花，故曰幽花。」《譯注》：「幽深處開的花。」唐杜甫《過南鄰朱山人水亭》：「幽花欹滿樹，細水曲通池。」（《杜詩詳注》卷九）

又有人評古詩①，不取其句，但多其意，而古人難能②。予曰不然。旨全體貞，潤婉而興深，此其所長也〔一〕。請復論之，曰〔二〕：夫寒松白雲，天全之質也③；散木擁腫④，亦天全之質也。比之於詩，雖正而不秀，其擁腫之林〔三〕。《易》曰：「文明健⑤。」豈非兼文美哉〔四〕？古人云：「具體唯子建、仲宣〔五〕，偏善則太沖、公幹〔六〕。平子得其雅〔七〕，叔夜含其潤，茂先凝其清，景陽振其麗，鮮能兼通⑥。」況當齊、梁之後，正聲寖微，人不逮古〔八〕，振頽波者〔九〕⑦，或賢於今論矣〔一〇〕。

【校記】

〔一〕「其」，三寶本無。

〔二〕「曰」，三寶本右旁注「日イ」。

〔三〕「林」，祖風會本注「材邪」。《校勘記》：「擁腫之林，『林』爲『材』訛，《藝文類聚》梁劉潛《安成王讓江州表》『無求擁腫之材』。」

〔四〕前「但貴成章以後」至此處「豈非兼文美哉」，吟窗本《詩議》無。

〔五〕「古人云」以下至本段末，吟窗本《詩議》作「評論」。「具體」，吟窗本《詩議》作「其休」。

〔六〕「太沖」，松本、江户刊本、維寶箋本作「大仲」。「幹」，吟窗本《詩議》作「韓」。

〔七〕「平子」，吟窗本《詩議》作「子手」。

〔八〕「逮」，原作「建」，據三寶、高甲、六寺等本改。

〔九〕「波」，原作「彼」，高甲、高丙、醍甲、仁甲、六寺、義演本同，三寶本作「彼」而抹消之，眉注「波カ」，從《眼心抄》、江户刊本、維寶箋本及吟窗本《詩議》作「波」。

〔一〇〕「或」下吟窗本《詩議》有「有」字。

【考釋】

①又有人評古詩：維寶箋：「論評古詩。有人評不取古詩，所以者，雖多含其意，古人不能述盡矣。故不取也。鈔主不爾，體興俱備而有光潤婉媚者，必稱之也。」

②古人難能：《校勘記》：「『古人難能』與後之『鮮能兼通』相對。」

③天全：《莊子·達生》：「夫若是者，其天守全，其神無郤。」

④散木：《莊子·人間世》：「已矣，勿言之矣！散木也。以爲舟則沉，以爲棺槨則速腐，以爲器則

速毀，以爲門户則液樠，以爲柱則蠹。是不材之木也，無所可用。」《莊子·逍遥遊》：「吾有大樹，人謂之樗。其大本擁腫而不中繩墨，其小枝卷曲而不中規矩。」

⑤文明健：出《易·同人卦·彖傳》：「文明以健，中正而應。」

⑥「具體」七句：《文心雕龍·明詩》：「故平子得其雅，叔夜含其潤，茂先凝其清，景陽振其麗，兼善則子建、仲宣，偏美則太沖、公幹。然詩有恒裁，思無定位，隨性適分，鮮能通圓。」《譯注》：「此引《文心雕龍·明詩》之一節，但是，原文就四言、五言兩種詩型，論其兼善與偏美的情況，旨趣有不同。」

⑦「正聲」三句：唐李白《古詩五十九首》其一：「正聲何微茫，哀怨起騷人。揚馬激頹波，開流蕩無垠。」（《李白集校注》卷二）

論體〔一〕①

凡製作之士，祖述多門②，人心不同③，文體各異④。較而言之⑤，有博雅焉〔二〕⑥，有清典焉⑦，有綺艷焉〔三〕⑧，有宏壯焉〔四〕⑨，有要約焉⑩，有切至焉〔五〕⑪。夫模範經誥〔六〕，褒述功業，淵乎不測，洋哉有閑〔七〕，博雅之裁也⑫。敷演情志⑬，宣照德音⑭，植義必明⑮，結言唯正⑯，清典之致也。體其淑姿⑰，因其壯觀〔八〕⑱，文章交映，光彩傍發，綺艷之則也。魁張奇偉〔九〕，闡耀威靈，縱氣凌人，揚聲駭物，宏壯之道也〔一〇〕⑲。指事述心〔一一〕，斷辭趣理，微而能顯，少而斯洽〔一二〕，要約之旨也⑳。舒陳哀憤，獻納約戒，言唯折中〔一三〕㉑，情必曲盡〔一四〕㉒，切至之功也㉓。

【校記】

〔一〕題名「論體」原無，三寶、高甲、高丙、醍甲、仁甲、義演本同。「凡製作之士」之前行下三寶本注「論體イ本」，天海本注「論體イ」，六寺本眉注「論體」。據三寶、六寺、天海本注及松本、江户刊本、維寶箋本補題名。

〔二〕「焉」，原作「烏」，高甲、高丙本同，據醍甲、仁甲、六寺等本改。下一「焉」字同。

〔三〕「艷」，松本本作「體」。
〔四〕「壯」，醍甲、仁甲、義演本作「狀」。
〔五〕「切」，醍甲、仁甲、松本、江户刊本、維寶箋本作「功」。
〔六〕「模」，原作「摸」，三寶、高甲、高丙、醍甲、仁甲、松本、江户刊本、維寶箋本同，據六寺本改。
〔七〕「閑」，《校注》：「『閑』疑當作『間』。」
〔八〕「壯」，高甲本作「狀」，「壯」上高丙本有「然」字。
〔九〕「偉」，原作「緯」，三寶、醍甲、仁甲、六寺、義演、松本、江户刊本、維寶箋本同，當爲「偉」訛誤，從《譯注》改。
〔一〇〕「壯」，醍甲、仁甲、義演本作「狀」。
〔一一〕「指」，三寶、高甲本作「拍」，三寶本右旁朱筆注「指イ」。
〔一二〕「洽」，三寶、高甲、天海本作「給」。
〔一三〕「折」，仁甲本作「析」。
〔一四〕「曲」，高丙本作「典」。

【考釋】

①《研究篇》下：「『論體』是祇有三寶院所校イ本和版本纔有的小題，『定位』是祇有版本纔有的小題，這種混亂的現象可能是偶然保存了初稿本文。」《校勘記》：「篇題『論體』疑被草本抹消。」《探源》：「推測『論體』二字也是原文已有的。」

維寶箋：「列文章六體。」

《考文篇》：「『凡製作之士』以下至『不復委載也』，引自《文筆式》。」《研究篇》下：「接着南卷《論文意》的這一部分（自「凡製作之士」至「不復委載也」），一直用同樣的文體（駢儷體），這一段當引自同一原典。而且一三〇（盛江案：南卷《定位》「篇既連位而合」至「不復委載也」）的詩型論，可以認爲是《文筆式》之説，前面説過的這一範圍的文論大約也同樣根據《文筆式》。」

《校注》：「竊疑此卷之《論體》及《定位》（「或曰梁昭明太子撰《文選》」以前四段）二篇，乃劉善經《四聲指歸》之文也。何以明之？一則篇中不避淵字照字諱，則作者爲唐以前人也；一則篇中言『推校聲律，動成病累』，則作者爲病累論者也；一則篇中言『其犯避等狀，已具聲病條』，當即指《文二十八種病》所引劉氏之言，及《文筆十病得失》所引文人劉善經之言也；而在《文筆十病得失》中，則避隋諱以『忠臣』爲『誠臣』：由是四端，故有以知其爲劉善經《四聲指歸》也。」

《譯注》：「出典未詳，『體』，和《文心雕龍·體性》篇的體一樣，指文學作品的風格或者特質。……和下一篇《定位》一樣，全篇用整齊的駢文寫成，當據同一書，如小西氏所説的取自《文筆式》的可能性很大。王氏推定是劉善經《四聲指歸》，不管怎麼説，這都是隋至初唐間的著作，這幾乎是没有疑問的。」

盛江案：《論體》、《定位》二篇（「凡製作之士」至「不復委載也」）不當出劉善經《四聲指歸》。《四聲指歸》重在論四聲及聲病，此二篇卻多論文章體貌及謀篇佈局，體例不甚相合。《文筆式》「又翼乎沛乎等是」之注及「十一言句例」（東卷《筆札七種言句例》）均見於《定位》。《定位》論述連位成篇，累句成位，注云「筆皆四句合成一對」，此與《文筆十病得失》後半「筆以四句而成」之説合。《文筆式》好用「得者」「失者」比較（見西卷《文筆十病得失》前半），《論體》論文體六事，恰是先論其得，再論其失。二篇正文多爲駢儷體，而注文則多爲散體，且注釋内容多不似作者自注，説明注文與正文非同一作者。或者正文原出《筆札華梁》，爲《文筆式》全部編入並有補充、修改與注釋，與《筆札七種言句例》同一體例。《定位》注云：「其犯避等狀，已具聲病條内。」或者即指收入《筆札華梁》及《文筆式》之論聲病條目。西卷《文筆十病得失》後半亦云：「其文之犯避，皆準於前。」正與《定位》之説明類似。《文筆式》雖作於初唐，然多直接編入隋前材料，故篇中不避「淵」字、「照」字之諱。

②祖述：《禮記・中庸》：「仲尼祖述堯、舜，憲章文、武。」杜甫《戲爲六絶句》：「未及前賢更勿疑，遞相祖述復先誰。」（《杜詩詳注》卷一一）多門：《左傳》成公十六年：「晉政多門，不可從也。」《左傳》襄公三十年：「政多門，以介於大國，能無亡乎。」《文心雕龍・風骨》：「然文術多門，各適所好。」

③人心不同：《左傳》襄公三十一年：「子産曰：『人心之不同，如其面焉。』」

④文體：梁鍾嶸《詩品》中評郭璞：「憲章潘岳，文體相暉，彪炳可翫。」評陶淵明：「文體省浄，殆無長語。」

⑤較：《譯注》引魏嵇康《養生論》：「較而論之，其有必矣。」（《文選》卷五三）盛江案：此處之「較」，當爲概略之義。《史記・貨殖列傳》：「此其大較也。」是其用例，蓋言人心不同，文體各異，不可盡數，衹可概而言其要者。與嵇康所言與史籍所載神仙之事相較而論，詞義有别。

⑥博雅：《譯注》引《文心雕龍・雜文》：「崔駰《七依》，入博雅之巧。」

⑦清典：《文心雕龍・明詩》：「至於張衡《怨》篇，清典可味。」

⑧綺艷：維寶箋：「《譚苑醍醐》曰：『庾信之詩，爲梁之冠絶，啓唐之先鞭，史評其詩曰綺艷。』」

⑨宏壯：《文心雕龍・雜文》：「陳思《七啓》，取美於宏壯。」維寶箋：「潘安仁《西征賦》曰：『豁爽塏以宏壯。』」

⑩要約：《文心雕龍・論説》：「若毛公之訓《詩》，安國之傳《書》，鄭君之釋《禮》，王弼之解《易》，要約明暢，可爲式矣。」又《定勢》：「或美衆多，而不見要約。」

⑪切至：《文心雕龍・祝盟》：「夫盟之大體……感激以立誠，切至以敷辭。」又《比興》：「故比類雖繁，以切至爲貴。」又《奏啓》：「理既切至，辭亦通暢。」

⑫「夫模範」五句：維寶箋：「釋上六體之義旨。」《文心雕龍・體性》：「典雅者，鎔式經誥，方軌儒門者也。」又《定勢》：「是以模經爲式者，自入典雅之懿。」維寶箋：「博雅，廣博兼雅。」《研究篇》下：「上二句是得到這一表現的過程，下二句是表示由此產生的結果，這一格式，其他各項也一樣。」《譯注》：「（博雅）具備廣博的學識和優秀的品行。」「博雅和清典一起分别和劉勰『八體』的典雅和遠奥意趣相同。」盛江案：内涵淵博，文意雅正，是爲博雅。

⑬情志：《文心雕龍・附會》：「必以情志爲神明，事義爲骨髓，辭采爲肌膚，宮商爲聲氣。」

⑭德音：《詩・豳風・狼跋》：「公孫碩膚，德音不瑕。」《禮記・樂記》：「夫古者天地順而四時當，民

有德而五穀昌，疾疢不作，而無妖祥，此之謂大當。然後聖人作，爲父子君臣，以爲紀綱，紀綱既正，天下大定。天下大定，然後正六律，和五聲，弦歌詩頌，此之謂德音。德音之謂樂。」《文心雕龍·諧隱》：「魏晉滑稽，盛相驅扇……曾是莠言，有虧德音。」

⑮ 植義：《文心雕龍·雜文》：「崔瑗《七厲》，植義純正。」

⑯ 結言：《文心雕龍·風骨》：「結言端直，則文骨成焉。」又《頌讚》：「（讚）必結言於四字之句，盤桓乎數韻之辭。」

⑰ 淑姿：晉張華《勵志詩》：「雖有淑姿，放心縱逸。」（《文選》卷一九）《文心雕龍·情采》：「夫鉛黛所以飾容，而盼倩生於淑姿。」

⑱ 壯觀：《文心雕龍·封禪》：「是以史遷《八書》，明述封禪者，固禋祀之殊禮，名號之秘祝，祀天之壯觀矣。」又《體性》：「繁縟者，博喻釀采，煒燁枝派者也。」《譯注》：「（綺艷）和『綺靡』相同，兼有劉勰『八體』的『繁縟』和『輕靡』之趣。」

⑲ 「魁張」五句：奇偉：《史記·留侯世家論》：「余以爲其人計魁梧奇偉，至見其圖，狀貌如婦人好女。」《文心雕龍·正緯》：「若乃羲農軒皞之源，山瀆鍾律之要……事豐奇偉，辭富膏腴。」闡耀威靈：漢班固《西都賦》：「因兹以威戎夸狄，耀威靈而講武事。」《漢書·叙傳》：「柔遠能邇，燀耀威靈。」凌人：維寶箋：「《吴越春秋》曰：『言辭不遜，有凌人之氣。』」揚聲：維寶箋：「孔文舉表曰：『揚聲紫微，垂光虹蜺。』」《文心雕龍·體性》：「壯麗者，高論宏裁，卓爍異采者也。」本書西卷《文筆十病得失》：「筆以四句

爲科，其內兩句末並用平聲，則言音流利，得靡麗矣；兼用上去入者，則文體動發，成宏壯矣。……徐（盛江案：指徐陵）以靡麗標名，魏（盛江案：指魏收）以宏壯流稱。」可與參看。

⑳「指事」五句：指事：《文心雕龍・明詩》：「慷慨以任氣，磊落以使才，造懷指事，不求纖密之巧。」又《比興》：「比者，附也。……附理者切類以指事。」鍾嶸《詩品序》：「五言居文詞之要，是衆作之有滋味者也。……豈不以指事造形，窮情寫物，最爲詳切者邪。」《詩品》中評應璩：「善爲古語，指事殷勤，雅意深篤。」斷辭：原指《易》中決斷吉凶之辭。《易・繫辭下》：「夫《易》，彰往而察來，而微顯闡幽，開而當名辨物，正言斷辭，則備矣。」此處當指文章中遣辭用字。《文心雕龍・定勢》：「斷辭辨約者，率乖繁縟。」又《比興》：「擬容取心，斷辭必敢。」《譯注》：「（要約）接近於劉勰『八體』中的『精約』。」盛江案：《文心雕龍・體性》：「精約者，覈字省句，剖析毫釐者也；顯附者，辭直義暢，切理厭心者也。」「要約」一體實爲「精約」與「顯附」二體之綜合。

㉑折中：《史記・孔子世家》：「自天子王侯，中國言六藝者折中於夫子。」《文心雕龍・序志》：「擘肌分理，唯務折衷。」

㉒曲盡：晉陸機《文賦》：「他日殆可謂曲盡其妙。」梁劉孝綽《昭明太子集序》：「因宜適變，曲盡文情。」（《全上古三代秦漢三國六朝文・全梁文》卷六〇）

㉓《文心雕龍・體性》：「夫情動而言形，理發而文見，蓋沿隱以至顯，因內而符外者也。然才有庸儁，氣有剛柔，學有淺深，習有雅鄭，並情性所鑠，陶染所凝，是以筆區雲譎，文苑波詭者矣。故辭理庸

儁，莫能翻其才；風趣剛柔，寧或改其氣；事義淺深，未聞乖其學；體式雅鄭，鮮有反其習；各師成心，其異如面。若總其歸塗，則數窮八體：一曰典雅，二曰遠奧，三曰精約，四曰顯附，五曰繁縟，六曰壯麗，七曰新奇，八曰輕靡。典雅者，鎔式經誥，方軌儒門者也；遠奧者，馥采典文，經理玄宗者也；精約者，覈字省句，剖析毫釐者也；顯附者，辭直義暢，切理厭心者也；繁縟者，博喻釀采，煒燁枝派者也；壯麗者，高論宏裁，卓爍異采者也；新奇者，擯古競今，危側趣詭者也；輕靡者，浮文弱植，縹緲附俗者也。故雅與奇反，奧與顯殊，繁與約舛，壯與輕乖，文辭根葉，苑囿其中矣。」

《校注》：「結合二文（盛江案：指《文鏡秘府論》之《論體》與《文心雕龍·體性》）言之，蓋博雅與遠奧相等，清典與典雅相類，綺艷與繁縟、輕靡相值，宏壯與壯麗相埒，要約與精約相侔，切至與顯附相儔也。」

盛江案：遠奧乃「經理玄宗」，所謂「玄宗」，乃是老莊玄宗，與博雅有別。綺艷與「浮文弱植，縹緲附俗」之輕靡亦相異。博雅及清典與典雅有相似之處，然博雅之「淵乎不測，洋哉有閑」，清典之「敷演情志，宣照德音」爲典雅所無，壯麗與宏壯有可比之處，然壯麗之「卓爍異采」爲宏壯所無，而宏壯之「縱氣凌人，揚聲駭物」又爲壯麗所闕。餘皆如此。要之，此爲《論體》作者所歸結之體貌類型。

至如稱博雅，則頌、論爲其標①。頌明功業②，論陳名理③，體貴於弘④，故事宜博〔一〕，理歸於正，故言必雅也〔二〕⑤。語清典，則銘、讚居其極⑥。銘題器物⑦，讚述功德〔三〕⑧，皆限以四言，分有定準⑨。言不沈逭〔四〕⑩，故聲必清，體不詭雜〔五〕，故辭必典也〔六〕⑪。陳綺艷〔七〕，則詩、賦表其華。詩兼聲色，賦叙物象〔八〕，故言資綺靡，而文極華艷⑫。叙宏壯〔九〕，則詔、檄振其響。詔陳王命，檄叙軍容〔一〇〕，宏則可以及遠，壯則可以威物⑬。論要約，則表、啓擅其能〔一一〕⑭。表以陳事⑮，啓以述心⑯，皆施之尊重，須加肅敬，故言在於要，而理歸於約。言切至，則箴、誄得其實〔一二〕。箴陳戒約〔一三〕，誄述哀情，故義資感動，言重切至也⑰。

【校記】

〔一〕「事」，三寶本無。

〔二〕「雅」下原有「之」字，各本同，《譯注》以其爲衍字，今據删。

〔三〕「德」，原作「能」，三寶、醍甲、仁甲、六寺、義演本同，據江户刊本、維寶箋本改。

〔四〕「逭」，松本、江户刊本、維寶箋本作「遁」。

〔五〕「體」，原脱，高丙本同，據三寶、高甲、醍甲、六寺本補。

〔六〕「辭」，原作「辟」，三寶本同，據高甲、醍甲、六寺本改。

〔七〕「艷」，天海本作「體」。

〔八〕「物象」，《眼心抄》作「形容」。

〔九〕「壯」，醍甲、仁甲、義演本作「狀」。

〔一〇〕「容」，醍甲、仁甲、義演、松本、江户刊本、維寶箋本作「客」。
〔一一〕「擅」，原作「檀」，高丙、醍甲、仁甲、義演本同，據江户刊本、維寶箋本改。
〔一二〕「誺」，三寶、高甲、高丙、天海本作「誅」，下同。
〔一三〕「戒」，高甲、天海本作「或」。

【考釋】

①爲其標：《文心雕龍·章表》：「琳瑀章表，有譽當時。孔璋稱健，則其標也。」維寶箋：「明文章之通義。」

《研究篇》下：「風體論本來源自表現文體的特色，其先蹤就是魏文帝的《典論》和陸機的《文賦》。但是，（《典論》、《文賦》）其旨趣都是表示從屬於各種文體的模式性的特性，風體和文體的關係是固定的。這裏所説的意思，如果是博雅，則博雅的特性在頌和論中表現最顯著，並不是把每一個樣式看作各個文體的固定屬性。就是説，把樣式的特性和文體明確分開，而且，還用其中歷史性的關聯説明各種樣式的中心意義。」

②頌明功業：《毛詩序》：「頌者，美盛德之形容，以其成功告於神明者也。」（《毛詩正義》）鄭玄《周頌譜》：「頌之言容。天子之德，光被四表，格於上下，無不覆燾，無不持載，此之謂容。」（同上）晉摯虞《文章流别論》：「頌，詩之美者也，古者聖帝明王，功成治定，而頌聲興，於是史録其篇，工歌其章，以奏

於宗廟，告於神明。故頌之所美，則以爲名。」（《太平御覽》卷五八八）《文心雕龍·頌讚》：「頌者，容也，所以美盛德而述形容也。」《文選序》：「頌者，所以遊揚德業，褒讚成功。」

③論陳名理：晉李充《翰林論》：「研覈名理，而論難生焉。論貴於允理，不求支離，若嵇康之論，成文美矣。」（《太平御覽》卷五九五）《文心雕龍·論説》：「聖哲彝訓曰經，述經叙理曰論。……論也者，彌綸群言，而研精一理者也。」

④體貴於弘：《文心雕龍·銘箴》：「銘兼褒讚，故體貴弘潤。」

⑤故言必雅也：《文心雕龍·頌讚》：「原夫頌惟典雅，辭必清鑠。」

⑥銘讚居其極：《文心雕龍·頌讚》：「四始之至，頌居其極。」

⑦銘題器物：《文心雕龍·銘箴》：「銘者，名也，觀器必也正名，審用貴乎盛德。」「銘題於器。」「銘實表器。」晉摯虞《文章流別論》：「後世以來器銘之嘉者……咸以表顯功德。」（《太平御覽》卷五九〇）

⑧讚述功德：魏桓範《政要論》：「夫讚象之所作，所以昭述勛德，思詠政惠，此蓋《詩》、《頌》之末流矣。」（《群書治要》卷四七，中華書局一九八五年）《文心雕龍·頌讚》：「讚者，明也，助也。……勛業垂讚。」維寶箋：「《釋名》：『稱人之美曰讚。』讚，纂也，纂集其美而叙之也。」

⑨「皆限」二句：《文心雕龍·頌讚》：「（讚）義兼美惡，亦猶頌之變耳。然本其爲義，事生奬歎，所以古來篇體，促而不廣，必結言於四字之句，盤桓乎數韻之辭，約舉以盡情，昭灼以送文，此其體也。」定準：《文心雕龍·章句》：「夫裁文匠筆，篇有小大，離章合句，調有緩急，隨變適會，莫見定準。」

⑩沈宜：維寶箋：「一本作沈邃也，沈沈，宫室深邃之貌也，謂沈濳逃遁也。」盛江案：此處「言不沈宜」之「沈」，即《文心雕龍·聲律》「凡聲有飛沈」、「沈則響發而斷」之「沈」，所謂「沈宜」，當即陸機《文賦》所説「崎錡而難便」、「泱漭而不鮮」之意，亦即《文心雕龍·風骨》所謂「結響凝而不滯」「滯」之意，聲律板滯，則爲「沈宜」。

⑪「體不」二句：《文心雕龍·神思》：「若情數詭雜，體變遷貿。」又《宗經》：「一則情深而不詭，二則風清而不雜。」

⑫「陳綺」二句並注：聲色：《吕氏春秋·重己》：「其爲聲色音樂也，足以安性自娱而已矣。」高誘注：「聲，五音宫商角徵羽也，色，青黄赤白黑也。」維寶箋：「詩兼，兼聲律風色也。」盛江案：聲指聲律。色可有二解。《文心雕龍·物色》：「春秋代序，陰陽慘舒，物色之動，心亦摇焉。」蓋指所擬表現之自然物色。《文心雕龍·詮賦》：「如組織之品朱紫，畫繪之著玄黄，文雖新而有質，色雖糅而有本。」蓋指語言華麗之色澤。此當指後者。詩既須聲律和諧，又須辭采色澤華麗，故云「詩兼聲色」，故下言「言資綺靡，而文極華艷」云云。魏曹丕《典論·論文》：「詩賦欲麗。」（《文選》卷五二）晉陸機《文賦》：「詩緣情而綺靡，賦體物而瀏亮。」《文心雕龍·詮賦》：「賦者，鋪也，鋪采摛文，體物寫志也。……原夫登高之旨，蓋覩物興情。情以物興，故義必明雅；物以情觀，故詞必巧麗。麗詞雅義，符采相勝。」

⑬「叙宏」二句並注：《文心雕龍·詔策》：「皇帝御宇，其言也神，淵默黼扆，而響盈四表，唯詔策乎。」「輝音峻舉，鴻風遠蹈。騰義飛辭，涣其大號。」又《檄移》：「震雷始於曜電，出師先乎威聲，故觀電

而懼雷壯，聽聲而懼兵威。兵先乎聲，其來已久。……至周穆西征，祭公謀父稱古有威讓之令，令有文告之辭，即檄之本源也。」維寶箋：「詔陳，班孟堅《東都賦》曰：『申舊章，下明詔，命有司，頒憲度。』檄叙，《起居戒》曰：『檄不切厲，則敵心陵，言不夸壯，則軍容弱。』」

⑭擅其能：《文心雕龍·諸子》：「情辨以澤，《文子》擅其能。」

⑮表以陳事：《文心雕龍·章表》：「表以陳請……劉琨《勸進》，張駿《自序》，文致耿介，並陳事之美表也。」「使要而非略，明而不淺。」《文選》卷三七《表上》注：「表者，明也，標也，如物之標表。言標著事序，使之明白，以曉主上，得盡其忠曰表。」

⑯啓以述心：《文心雕龍·奏啓》：「啓者，開也。高宗云：『啓乃心，沃朕心。』取其義也。」「必斂飭入規，促其音節，辨要輕清，文而不侈，亦啓之大略也。」

⑰「言切」二句並注：《文心雕龍·銘箴》：「箴者，針也，所以攻疾防患，喻鍼石也。……箴全禦過，故文資確切。」「箴惟德軌。」又《誄碑》：「誄述祖宗，蓋詩人之則也，至於序述哀情，則觸類而長。……詳夫誄之爲制，蓋選言以録行，傳體而頌文，榮始而哀終。論其人也，曖乎若可覿；道其哀也，悽焉如可傷。此其旨也。」

盛江案：關於文章體貌與文體之關係，《文心雕龍·定勢》有論述：「是以括囊雜體，功在銓別，宮商朱紫，隨勢各配。章、表、奏、議，則準的乎典雅；賦、頌、歌、詩，則羽儀乎清麗；符、檄、書、移，則楷式於明斷；史、論、序、注，則師範於覈要；箴、銘、碑、誄，則體制於弘深；連珠、七辭，則從事於巧艷：此循體而成勢，隨變而立功者也。雖復契會相參，節文互雜，譬五色之錦，各以本采爲地矣。」所論與《論體》多有不同。《論體》以「頌」、「論」爲博雅，而《文心雕龍·定勢》以「頌」爲清麗，「論」爲覈要；《論體》以「銘」爲清典，而《文心雕龍·定勢》以「銘」爲弘深；《論體》以「檄」爲宏壯，而《文心雕龍·定勢》以「檄」爲明斷；《論體》以「表」爲要約，而《文心雕龍·定勢》以「表」爲典雅。衡之以《文心雕龍》其他各篇，其寫作要求亦有同有異。

凡斯六事，文章之通義焉。苟非其宜，失之遠矣①。博雅之失也緩，清典之失也輕，綺艷之失也淫〔一〕，宏壯之失也誕〔二〕，要約之失也闌〔三〕②，切至之失也直③。體大義疎，辭引聲滯，緩之致焉〔四〕④。文體既大，而義不周密〔五〕⑤，故云疎。辭雖引長⑥，而聲不通利⑦，故云滯也〔六〕⑧。理入於浮，言失於淺，輕之起焉。敘事爲文，須得其理，理不甚會〔七〕，則覺其浮。言須典正，涉於流俗，則覺其淺〔八〕⑨。體貌違方〔九〕，逞欲過度，淫以興焉。文雖綺艷⑩，猶須準其事類相當〔一〇〕⑪，比擬敘述〔一一〕。不得體物之貌〔一二〕⑫，而違於道，逞己之心〔一三〕，而過於制也。制傷迂闊，辭多詭異，誕則成焉。宏壯者，亦須準量事類，可得施言〔一四〕，不可漫爲迂闊，虛陳詭異也⑬。情不申明，事有遺漏〔一五〕，闌因見焉〔一六〕⑭。謂論心意，不能盡申〔一七〕，敘事理，又有所闕焉也。體尚專直⑮，文好指斥〔一八〕，直乃行焉。謂文體不經營⑯，專爲直置〔一九〕⑰，言無比附⑱，好相指斥也⑲。故詞人之作也，先看文之大體⑳，隨而用心㉑。謂上所陳文章六種，是其大體也〔二〇〕。遵其所宜〔二一〕，防其所失，博雅、清典、綺艷、宏壯、要約、切至等，是其所宜也〔二二〕。緩、輕、淫、闌、誕、直等〔二三〕，是其所失也〔二四〕。故能辭成鍊覈〔二五〕，動合規矩㉒。而近代作者，好尚互舛㉓，苟見一塗，守而不易，至令摛章綴翰〔二六〕㉔，罕有兼善㉕。豈才思之不足〔二七〕，抑由體制之未該也㉖。

【校記】

〔一〕「淫」，三寶、天海本右旁朱筆注「法」。

〔二〕「壯」，醍甲、仁甲、六寺、義演本作「狀」。「失」下六寺本有「閑イ」字。

〔三〕「闌」，豹軒藏本鈴木虎雄注：「二『闌』字並『闕』之訛，注文『又有所闕焉』可證也。」

〔四〕「焉」，《眼心抄》作「也」。

〔五〕「周密」，原作「周蜜」，高甲、高丙本同，三寶、天海本作「同蜜」，據醍甲、仁甲、六寺、義演、江户刊本、維寶箋本改。

〔六〕「也」，《眼心抄》無。

〔七〕「甚」，天海本作「其」。

〔八〕「其」，原作「甚」，三寶、高丙、松本、江户刊本、維寶箋本同，「甚」字旁三寶本有抹消符號，眉注「其」，據醍甲、六寺本改。

〔九〕「體」，六寺、松本、江户刊本、維寶箋本作「艷」，松本、江户刊本、維寶箋本右旁注「體イ」。

〔一〇〕「須」，原無，高甲、醍甲、仁甲、義演本同，據三寶、六寺、江户刊本、維寶箋本補。「準」，高甲、醍甲、仁甲、義演本作「唯」。《校勘記》：「『唯』爲『準』之訛。」

〔一一〕「比」，原作「此」，醍甲、仁甲、義演本同，據三寶、高甲、六寺本改。

〔一二〕「體」，六寺本作「艷」。

〔一三〕「己」，醍甲、仁甲、義演本無，三寶本右旁朱筆注「上イ」。

〔一四〕「可」，醍甲、仁甲、義演本無。

〔一五〕「有遺漏」，原作「有々貴々漏々」，三寶、高甲、高丙、六寺本作「有々遺々漏々」，醍甲、仁甲、義演本作「有遺漏々々々」，松本、江户刊本、維寶箋本作「有遺漏有遺漏」。《考文篇》：「各本俱作『有遺漏』，《眼心抄》亦然，按，此文並以十二字爲句，可疑爲誤增，今削去焉。」今從《考文篇》説删去重出。「遺」，原作「貴」，據三寶等本改。

〔一六〕「闌」，六寺本眉注「閑イ」。「因」，醍甲、仁甲、六寺、義演、松本、江户刊本、維寶箋本作「自」，三寶本朱筆右旁注「自イ」。

〔一七〕「申」，《眼心抄》無。

〔一八〕「指」，三寶本作「拍」。下注文中「指」字同。

〔一九〕「置」，原作「詈」，各本同，據《眼心抄》改。

〔二〇〕「大體」，原作「本體」，各本同，與前文「先看作文之大體」相應，從《眼心抄》作「大體」。

〔二一〕「遵」，醍甲、仁甲、松本、江户刊本、維寶箋本作「導」。

〔二二〕「其」、「也」，原無，各本同。《譯注》：「依文脈補『其』字，下『是其所失也』亦闕『其』字，據《眼心抄》補。」今據補。

〔二三〕「闌」，豹軒藏本鈴木虎雄注：「闌，『闕』之訛，見上。又，案文當言：淫、誕、闕、直。」

〔二四〕「是」，原無，各本同，據《眼心抄》補。

〔二五〕「覈」，醍甲、仁甲、松本、江户刊本、維寶箋本作「竅」。

〔二六〕「令」，原作「今」，高丙本同，據三寶、高甲、醍甲、六寺本改。
〔二七〕「才」，醍甲、仁甲、義演本作「大」。

【考釋】

① 失之遠矣：《文心雕龍·頌讚》：「而仲治《流别》，謬稱爲『述』，失之遠矣。」

② 要約之失也闌：魏嵇康《琴賦》：「於是曲引向闌。」（《文選》卷一八）李善注：「引亦曲也，半在半罷，謂之闌。」《校勘記》：「『要約之失在於中途半端不能盡其主旨』之意。」《校注》：「唐人謂遺失爲闌遺，《唐律·雜律》有『闌遺物』。」

③ 切至之失也直：《禮記·經解》：「故《詩》之失愚，《書》之失誣，《樂》之失奢，《易》之失賊，《禮》之失煩，《春秋》之失亂。」《譯注》謂，「博雅之失也緩」云云的句法，與《禮記·經解》的這類句法一致。

④ 緩：梁沈約《答陸厥書》：「譬猶子野操曲，安得忽有闡緩失調之聲。」（《南齊書·陸厥傳》）維寶箋：「舉六失。」

⑤ 「文體」二句：文體：《文心雕龍·總術》：「況文體多術，共相彌綸。」梁沈約《宋書·謝靈運傳論》：「自靈均以來，多歷年代，雖文體稍精，而此秘未覩。」（《文選》卷五〇）本卷《論文意》引皎然《詩議》：「少卿以傷别爲宗，文體未備，意悲調切，若偶中音響，《十九首》之流也。」周密：《文心雕龍·附會》：「首尾周密，表裏一體，此附會之術也。」

⑥辭雖引長：引：樂曲體裁名。漢馬融《長笛賦》：「故聆曲引者，觀法於節奏，察變於句投。」（《文選》卷一八）李善注：「引亦曲也。」此種樂曲可能因有序曲而聲調舒緩，劉宋謝靈運《會吟行》：「六引緩清唱，三調佇繁音。」（《文選》卷二八）劉良注：「六引，古歌名。」六引而緩清唱，可知此種樂曲聲調闡緩。由樂曲名轉而泛指吟唱。梁江淹《雜體詩·效謝莊〈郊遊〉》：「氣清知雁引，露華識猿音。」（《江文通集彙注》卷四）此處之「引長」，當指文辭舒緩曼聲吟唱。

⑦通利：鍾嶸《詩品序》：「但令清濁通流，口吻調利，斯爲足矣。」維寶箋：「不融通鋭利也。」

⑧滯：《文心雕龍·風骨》：「結響凝而不滯。」

⑨「理入於浮」三句並注：《文心雕龍·明詩》：「正始明道，詩雜仙心，何晏之徒，率多浮淺。」又《議對》：「若文浮於理，末勝其本，則秦女楚珠，復在於兹矣。」又《體性》：「輕靡者，浮文弱植，縹緲附俗者也。」《顔氏家訓·文章》：「吾家世文章，甚爲典正，不從流俗。」可與參看。

⑩綺艷：《北史·辛德源傳》：「文章綺艷，體調清華。」

⑪準：《校勘記》：「『準』與後文之『亦須準量其類』之『準量』同意，『準量』爲連言，『準』亦量之意。」

⑫體物：陸機《文賦》：「賦體物而瀏亮。」

⑬「制傷」三句並注：迂闊：《抱朴子·安貧》：「張魚網於峻極之巔，施鈞緡於修木之末，雖自以爲得所，猶未免乎迂闊也。」詭異：《文心雕龍·辨騷》：「至於託雲龍，説迂怪，豐隆求宓妃，鴆鳥媒娀女，詭異之辭也。」又《宗經》：「文能宗經，體有六義：……三則事信而不誕。」又《夸飾》：「若能酌《詩》《書》之

曠旨，翦揚馬之甚泰，使夸而有節，飾而不誣，亦可謂之懿也。」可與參看。

⑭ 闌因見焉：《考文篇》：「鈴木博士云：『「闌」當作「闕」。』注『闌自見焉』云：『又有所闕焉也。』非是。《眼心抄》亦作『闌』也。注『闌自見焉』云『闕焉』，則易字以示義耳。《類聚名義抄》訓『闌』爲『疎』。」盛江案：諸家釋「闌」字已見前引。大抵「闌」義可解作稀疎、寥落。晉潘岳《笙賦》：「疎客始闌，主人微疲。」（《文選》卷一八）劉宋謝靈運《夜發石關亭》：「鳥歸息舟楫，星闌命行役。」（《藝文類聚》卷二七）爲文文辭求要約而至過於簡略稀疎，則心意恐不能盡申，事理必有所遺漏，此之謂「闌」也。

⑮ 專直：《列子·仲尼》：「南郭子俄而指子列子之弟子末行者與言，衎衎然若專直而在雄者。」梁鍾嶸《詩品》上評陸機：「尚規矩，不貴綺錯，有傷直致之奇。」評嵇康：「過爲峻切，訐直露才，傷淵雅之致。」

⑯ 文體：體：當指《文心雕龍·通變》「設文之體有常」、《附會》「夫才量學文，宜正體製」之體，指文章體製本體，而與《文心雕龍·體性》「若總其歸塗，則數窮八體」之體有別，非指文章體貌。經營：此指藝術構思。《文心雕龍·麗辭》：「至於詩人偶章，大夫聯辭，奇偶適變，不勞經營。」唐杜甫《丹青引》：「詔謂將軍拂絹素，意匠慘淡經營中。」（《杜詩詳注》卷一三）

⑰ 直置：《文心雕龍·才略》：「孫楚綴思，每直置以疎通。」又，本書地卷《十體》有「四直置體」，謂「直置體者，謂直書其事置之於句者是」。

⑱ 比附：本書地卷《六志》：「比附志者，謂論體寫狀，寄物方形，意託斯間，流言彼處。」

⑲《研究篇》下：「這一段論述，一點也不亂，組織極爲細密。其順序歸納如下：一、名目，二、意義（上半過程，下半結果），三、原型的文體（相關的注），四、相反的文體：A名目，B意義。」

⑳大體：《文心雕龍·通變》：「是以規略文統，宜宏大體。」又《總術》：「文場筆苑，有術有門，務先大體，鑒必窮源。」

㉑用心：見本卷《論文意》考釋。

㉒規矩：《文心雕龍·徵聖》：「夫鑒周日月，妙極機神，文成規矩，思合符契。」

㉓互舛：相互抵牾。裴松之《上三國志注表》：「按三國雖歷年不遠，而事關漢晉，道尾所涉，出入百載，注記紛錯，每多舛互。」（《三國志》附）此處當指近代作者之好尚與文體規矩之要求互爲抵牾。

㉔摛章綴翰：晉左思《蜀都賦》：「摛藻掞天庭。」（《文選》卷四）漢班固《答賓戲》：「摛藻如春華。」（《文選》卷四五）《文心雕龍·神思》：「揚雄輟翰而驚夢。」

㉕兼善：《文心雕龍·明詩》：「兼善則子建仲宣，偏美則太沖公幹。」又《才略》：「仲宣溢才，捷而能密，文多兼善，辭少瑕累。」

㉖體制：《文心雕龍·附會》：「夫才量學文，宜正體製。」未該：《文心雕龍·總術》：「昔陸氏《文賦》，號爲曲盡，然汎論纖悉，而實體未該。」兹所謂「體制未該」，指近代作者未明前述六體之體制，六事之通義得失。

凡作文之道①，構思爲先〔一〕②，亟將用心，不可偏執。何者？篇章之内③，事義甚弘④。雖一言或通，而衆理須會⑤。若得於此而失於彼〔二〕，合於初而離於末〔三〕，雖言之麗，固無所用之⑥。故將發思之時，先須惟諸事物〔四〕，合於此者。既得所求，然後定其體分⑦。必使一篇之内，文義得成⑧；篇，謂從始至末〔五〕，使有文義，可得連接而成也。一章之間，事理可結⑨。章者，若文章皆有科別，叙義可得連接而成事，以爲一章〔六〕，使有事理，可結成義。通人用思〔七〕⑩，方得爲之。大略而論，建其首，則思下辭而可承；陳其末，則尋上義不相犯；舉其中，則先後須相附依，此其大指也⑪。若文繫於韻者，則量其韻之少多〔八〕⑫。若事不周圓⑬，功必疎闕。與其終將致患，不若易之於初。然參會事情，推校聲律〔九〕⑭，動成病累〔一〇〕⑮，難悉安穩。如其理無配偶，音相犯忤〔一一〕，三思不得⑯，足以改張⑰。或有文人，昧於機變，以一言可取，殷勤戀之〔一二〕，勞於用心，終是棄日〔一三〕⑱。若斯之輩〔一四〕，亦膠柱之義也〔一五〕⑲。

又文思之來，苦多紛雜〔一六〕，應機立斷，須定一途⑳。若空勘品量，不能取捨，心非其決，功必難成〔一七〕。然文無定方，思容通變，下可易之於上〔一八〕，前得迴之於後㉑。若語在句末，得易之於句首；或在前言〔一九〕，可迻於後句也〔二〇〕。研尋吟詠，足以安之，守而不迻〔二一〕，則多不合矣。然心或蔽通，思時鈍利，來不可遏〔二二〕㉒，去不可留㉓。若也情性煩勞〔二三〕，事由寂寞，强自催逼，徒成辛苦。不若韜翰屏筆，以須後圖〔二四〕㉔，待心慮更澄〔二五〕，方事連緝㉕。非止作文之至術〔二六〕，抑亦養生之大方耳〔二七〕㉖。

【校記】

〔一〕「構」，原作「稱」，三寶、高甲、高丙本同，據醍甲、仁甲、六寺、江户刊本、維寶箋本改。

〔二〕「於」，三寶本無。

〔三〕「而」，松本、江户刊本、維寶箋本無。

〔四〕「惟」，松本、江户刊本、維寶箋本作「帷」。

〔五〕「篇謂」，《譯注》以意改作「謂篇」。

〔六〕「爲」，原無，三寶、醍甲、仁甲、義演本同，據高甲、六寺、江户刊本、維寶箋本補。

〔七〕「思」，高甲本作「意」。

〔八〕「則量其韻之少多」，三寶本此行眉注「小」。

〔九〕「校」，三寶、天海本作「授」，高甲本作「挾」。

〔一〇〕「累」，三寶本作「黑」，右旁朱筆注「累亻」。

〔一一〕「忤」，原作小字記在行間。

〔一二〕「戀」，六寺、松本、江户刊本、維寶箋本作「變」，高丙本作「意戀」，三寶本眉注「變」。

〔一三〕「棄」，原作「奇」，高甲、醍甲、仁甲、義演本同，原旁注「棄」，據三寶、六寺、江户刊本、維寶箋本改。「日」，未辨各本作「日」還是「曰」。豹軒藏本鈴木虎雄注：「終是棄曰，案：曰，『云』之訛，而『云』亦『之』之訛，此書云曰互用，可證。」《考文篇》、周校本並作「曰」，《校注》、《譯注》、林田校本作「日」，此從之作「日」。

〔一四〕「日若斯之輩」至後「對内四言與五」一千六百六字，醍甲本無。

〔一五〕「膠柱」，原眉注「史記膠柱」。

〔一六〕「紛」，原作「粉」，三寶、高甲、高丙、仁甲、義演本同，據六寺、江户刊本、維寶箋本改。

〔一七〕「功」，原作「切」，仁甲、義演本同，據三寶、高甲、六寺等本改。

〔一八〕「下」，高甲本作「不」。

〔一九〕「前」，松本本無。

〔二〇〕「迻」，三寶本左旁注「餘反徙也遷也今作移」。

〔二一〕「不迻」，原朱筆左旁注「玉餘反徙也遷也今作移」。

〔二二〕「遏」，原作「過」，各本同。《校勘記》：「『過』疑爲『遇』之訛。」據陸機《文賦》改。

〔二三〕「也」，松本、江户刊本、維寶箋本作「又」。

〔二四〕「圖」，松本、江户刊本、維寶箋本作「圓」。

〔二五〕「更」，高丙本作「便」。

〔二六〕「之」，三寶本無。

〔二七〕維寶箋本箋文後有尾題「文鏡秘府論箋卷第十一終」。

【考釋】

①凡作文之道：維寶箋：「伸作文意。」

《研究篇》下：「（自「凡作文之道」至「吾無所裁矣」）爲定位論。所謂定位，是祇有版本纔有的小題，但《眼心抄》也有，所以不是由末流鈔本引起的捏造。幸虧版本是寫作系統中最不純的混合本，這種很多早期傳本的混合狀態，纔偶爾保存了其他諸本都亡佚了的原始異文。所謂定位，是指把尚未定型的意象給予適當的位置，進行調整以和全體相關和照應，由此使意象没有過或不及的表現狀態。」「首先提出應該稱爲定位論總論的以下幾項：（一）作文時，構思是最重要的，因此要防止偏執，好好動腦筋。（二）構想之時，首先對想説的事要有清楚的把握。然後要適當的布置素材，調整先後的脈絡，如果是韻文，就要考慮好韻的分配方法，這樣就不用擔心會流於散漫。（三）不管考慮得如何周密細緻，一旦下筆，也不一定按照預想的去寫。如果不管怎麽寫也寫不下去，陷入無路可走的地步時，最好不要勉强再寫，而要放棄原來的想法，重新考慮思路。（四）浮想聯翩時，常常有不易把握的狀態，但是要隨着靈感的一閃現，間不容髮地把它抓住。强自催逼，使自己疲乏不堪，是非常愚蠢的。（五）文章的構成是可以經常變動的，並没有什麽固定不變的模式，最好反覆考慮。（六）心慮不清澄，難以把握文章走向時，不要勉强，要暫時中止寫作，等待好的狀態重新出現，再進行構思，這就可以了。這不僅是作文的方法，也是養生的要訣。」這些理論，「接近於王昌齡的創作論，但和昌齡的鋭利機鋒相比，還不太有深度，見解比較一般」。

《譯注》：「重視確立文章創作構想的考慮，可以從《文心雕龍·情采》篇有關的論述中看到。『夫能設謨以位理，擬地以置心，心定而後結音，理正而後摛藻。』」

盛江案：此處所論，要爲附辭會義，使文章首尾前後，條理周圓，而《文心雕龍·情采》所論，爲情與采之關係，以爲文章以「述志爲本」，當「爲情而造文」，故須心定理正，爾後摛藻結采，與《文鏡秘府論》此處所論略有區别。

② 構思：《晉書·左思傳》：「（左思）造《齊都賦》，一年乃成。復欲賦三都……遂構思十年，門庭藩溷皆著紙筆，遇得一句，即便疏之。」

③ 篇章：本泛指著述。《抱朴子·辭義》：「何必尋木千里，乃構大廈，鬼神之言，乃著篇章乎。」又指文筆文章。《文心雕龍·知音》：「夫篇章雜沓，質文交加。」此處當具體指文章結構之篇章，即《文心雕龍·章句》所謂「夫人之立言，因字而生句，積句而成章，積章而成篇」、「夫裁文匠筆，篇有小大，離章合句，調有緩急，隨變適會，莫見定準」之篇章。

④ 事義：《論衡·謝短》：「《五經》題篇，皆以事義别之。」《文心雕龍·體性》：「事義淺深，未聞乖其學。」又《附會》：「夫才量學文，宜正體製，必以情志爲神明，事義爲骨髓。」

⑤ 衆理：晉陸機《文賦》：「伊兹文其爲用，固衆理之所因。」《文心雕龍·附會》：「使衆理雖繁，而無倒置之乖。」

⑥ 固無所用之：「雖一言或通」至此，與陸機《文賦》所謂「或文繁理富，而意不指適。極無兩致，盡

不可益。立片言以居要，乃一篇之警策。雖衆辭之有條，必待兹而效績」之意相近。又，《文心雕龍·附會》：「或製首以通尾，或尺接以寸附。……若統緒失宗，辭味必亂。」亦可與參看。

⑦「故將」五句：《文心雕龍·鎔裁》：「是以草創鴻筆，先標三準。履端於始，則設情以位體；舉正於中，則酌事以取類；歸餘於終，則撮辭以舉要。然後舒華布實，獻替節文。」可與參看。

⑧文義：《文心雕龍·章句》：「尋兮字成句，乃語助餘聲……而魏武弗好，豈不以無益文義耶？」

⑨「一章」二句：《文心雕龍·銘箴》：「曾名品之未暇，何事理之能閑哉？」又《章句》：「章總一義，須意窮而成體。」可與參看。

⑩通人：《莊子·秋水》：「當桀紂而天下無通人。」《文心雕龍·論説》：「所以通人惡煩，羞學章句。」又參本書西卷《文二十八種病》「第四鶴膝」考釋。

⑪「建其首」七句：晉陸機《文賦》：「或仰逼於先條，或俯侵於後章；……考殿最於錙銖，定去留於毫芒。」可與參看。

⑫「若文」二句：《文心雕龍·章句》：「若乃改韻從調，所以節文辭氣。」本書西卷《文筆十病得失》：「文繫於韻，兩句相會，取於諧合也。」可與參看。《譯注》：「這主要可能是意識到詩賦的换韻問題。」盛江案：韻有寬窄，若韻窄而文長，又須一韻到底，則不可也，故曰「若文繫於韻者，則量其韻之少多」。

⑬周圓：劉宋謝靈運《山居賦》：「勢有偏側，地闕周員。」（《謝靈運集校注》）《文心雕龍·論説》：「故其義貴圓通，辭忌枝碎。」

⑭推校：推求考校。晉陸機《謝平原内史表》：「事蹤筆跡，皆可推校。」（《文選》卷三七）

⑮病累：《顔氏家訓・文章》：「江南文制，欲人彈射，知有病累，隨即改之。」鍾嶸《詩品》上評張協：「文體華浄，少病累。」

⑯三思：《論語・公冶長》：「季文子三思而後行。」

⑰改張：即改絃更張。《文心雕龍・聲律》：「今操琴不調，必知改張。」《魏書・高崇傳》：「且琴瑟不韻，知音改弦更張。」

⑱棄日：《校勘記》引《北史・甄琛傳》：「琛積歲頗奕棄日。」《校注》：「棄日，猶今言浪費時日。《法言・孝至》篇：『孝子愛日。』注：『無須臾懈於心。』愛日，反言之則爲棄日也。《國語・晉語》：『今忨日而潵歲，怠偷甚矣。』韋注：『忨，偷也；潵，遲也。』棄日義與忨日近也。」《譯注》引司馬相如《上林賦》「朕以覽聽餘閒，無事棄日」，謂指花費時間。李善注：「言聽政既有餘暇，無事而虚棄時日也。」

⑲膠柱：已見前注。又《文子・道德》：「執一世之法籍，以非傳代之俗，譬猶膠柱調瑟。」（《四部備要》，中華書局一九八九年）

⑳「又文」四句：《文心雕龍・神思》：「文之思也，其神遠矣。……夫神思方運，萬塗競萌……若夫駿發之士，心總要術，敏在慮前，應機立斷。」

㉑「然文」四句：《文心雕龍・通變》：「夫設文之體有常，變文之數無方。何以明其然耶？凡詩賦書記，名理相因，此有常之體也。文辭氣力，通變則久，此無方之數也。」

㉒來不可遏：此之前當有兩句，方與下文「若也情性煩勞，事由寂寞」二句相對。

㉓去不可留：陸機《文賦》：「若夫應感之會，通塞之紀，來不可遏，去不可止。藏若景滅，行猶響起。方天機之駿利，夫何紛而不理。」

㉔「若也」六句：《文心雕龍·神思》：「是以秉心養術，無務苦慮，含章司契，不必勞情也。」可與參看。後圖：《左傳》桓公六年：「以爲後圖。」孔穎達正義：「以爲在後圖謀。」

㉕「待心」二句：陸機《文賦》：「罄澄心以凝思，眇衆慮而爲言。」

㉖養生：《莊子·養生主》：「文惠君曰：『善哉！吾聞庖丁之言，得養生焉。』」大方：《莊子·山木》：「不知義之所適，不知禮之所將；猖狂妄行，乃蹈乎大方。」又參《文心雕龍·養氣》，已見前注。

定位〔一〕①

凡製於文，先布其位，猶夫行陳之有次②，階梯之有依也〔二〕。先看將作之文，體有大小〔三〕③。若作碑、誌、頌、論、賦、檄等，體法大。啓、表、銘、讚等，體法小也④。又看所爲之事，理或多少〔四〕。敘人事、物類等，事理有多者，有少者〔五〕。體大而理多者〔六〕，定製宜弘；體小而理少者〔七〕，置辭必局⑤。須以此義，用意准之，隨所作文，量爲定限。謂各准其文體事理，量定其篇句多少也〔八〕⑥。既已定限，次乃分位，位之所據，義別爲科⑦，雖主一事爲文，皆須次第陳敘，就理分配，義別成科〔九〕，其若夫、至如、於是、所以等⑧，皆是科之際會也⑨。衆義相因〔一〇〕，厥功乃就。科別所陳之義，各相准望連接⑩，以成一文也。故須以心揆事，以事配辭，謂人以心揆所爲之事〔一一〕，又以此事分配於將作之辭〔一二〕。總取一篇之理，析成衆科之義〔一三〕。謂以所爲作篇之大理，分爲科別小義⑪。

【校記】

〔一〕「定位」前維寶箋本有卷首「文鏡秘府論箋卷第十二論本四/金剛峰寺密禪乞士　維寶　編輯」。題名「定位」二字原無，三寶、高甲、高丙、仁甲、義演本同，六寺本作小字注於欄眉。《校勘記》：「版本前有『論體』，《眼心抄》有『定位四術』，『定位四失』，因此，『定位』一目是有的。」據松本、江户刊本、維寶箋本補。

〔二〕「之」，仁甲、江户刊本、維寶箋本無。
〔三〕「小」，高甲、高丙本作「少」。
〔四〕「少」，三寶、高甲本作「小」。
〔五〕「少」，三寶、松本、江户刊本、維寶箋本作「小」。
〔六〕「理多」下高甲本有「有」字。
〔七〕「小」，三寶、高丙本作「少」。
〔八〕「少」，原作「小」，三寶、仁甲、義演本同，據高甲、六寺本改。
〔九〕「成」，松本本無。「科」上仁甲、義演本有「衆」字。
〔一〇〕「衆」，仁甲、義演本無。
〔一一〕「之」，松本、江户刊本、維寶箋本無。
〔一二〕「之辭」，松本本無。
〔一三〕「析」，各校注本均作「折」字，下注有「分爲科别之義」，從各鈔本看，實爲「析」。

【考釋】

①定位：《易·説卦傳》：「天地定位。」《文心雕龍·原道》：「仰觀吐曜，俯察含章，高卑定位，故兩儀既生矣。」又《明詩》：「然詩有恒裁，思無定位。」又《鎔裁》：「情理設位，文采行乎其中。」又《封禪》：「構位之始，宜明大體。」又《章句》：「夫設情有宅，置言有位。」

《譯注》：「出典未詳」，「與《論體》同爲駢體文章，很可能出於《文筆式》。」

維寶箋：「述文章定位。」大場俊助《空海的文章定位論》：「（《文心雕龍・明詩》）『然詩有恒裁，思無定位。隨性適分，鮮能圓通』，這裏所謂定位，是指作家定位和作品的表現，這是主觀的定位，與此不同，（《秘府論》）是客觀的文章定位的意思。這是叙述的内部構造中發現的東西，指把叙述形式和叙述内容的關係定位。『文體』—『事理』—『文義』三個契機相關規定的『定量』、『定限』，根據這個『定量』、『定限』而如實表現的規定性契機，根據這個契機的關聯統一而定位，這就是文章的『位』。這個所謂定位是從『文體』和『事理』的關係産生的。」《校注》：「定位，猶後之言謀篇布局也。」《譯注》：「『位』，場所、位置，『定位』是確定其應有的位置。這一篇討論文章的構成方法，理論上繼承《文心雕龍》的《鎔裁》篇和《章句》篇而展開。」

盛江案：《定位》一篇，實際衹到「不復委載也」。「或曰梁昭明太子」以下至「梁實終無取焉」爲殷璠《河岳英靈集叙》，然空海未標題目。由文章論述觀之，所謂「定位」，指文章構成、謀篇布局，所謂「位」，指構成文章之各種因素，既指情思、事理等内容因素安排布置之事，亦指篇、章、句等構成安排之事，而主要指後者。下文又言：「篇既連位而合，位亦累句而成。」此語並論篇、位、句之關係，是則「位」又相當於《文心雕龍・章句》所言之「章」，謀篇布局篇、章、句三者之中，專指「章」。

②猶夫行陳之有次：陳：即陣，舊指軍隊，亦指軍隊行列。《吕氏春秋・簡選》：「離散繫系，可以勝人之行陳整齊。」亦指布陣勢，指揮軍隊。《南史・梁昭陵攜王綸傳》：「帝誡曰：『侯景小豎，頗習行陣，

未可以一戰即殄，當以歲月圖之。』」

③ 體有大小：《文心雕龍·神思》：「文之制體，大小殊功。」又《章句》：「夫裁文匠筆，篇有小大，離章合句，調有緩急，隨變適會，莫見定準。」此處「體有大小」之「體」，指文章之體式、體制。

④ 體法：當指體制法式。碑、誌、頌、論、賦、檄、啓、表、銘、讚等，解釋均已見前。

⑤ 置辭：《文心雕龍·知音》：「是以將閲文情，先標六觀……二觀置辭。」

⑥ 據下面分述，布位有二，一爲定制，二爲分位。以上論定制，爲製文布位之一。

⑦「位之」二句：《研究篇》下：「（注）這個『科』就是《法華經科文》等説到的『科』，分析文的構成，而把它展示出來的意思，這樣的分析的單位，簡單的説，就是段落的意思。所謂『位之所據，義別爲科』，是説意義集中的地方，行文形式上把它區分開來是需要的。因此注説要用所謂『句端』即『其若夫、至如、於是、所以』等等。」

盛江案：科：科分，當即爲科段，文章之段落、部分。唐李匡乂《資暇集》卷上「非五臣」：「代傳數本李氏《文選》……至於科段互相不同，無似余家之本該備也。」（《叢書集成初編》）

⑧「其若夫」句：《文心雕龍·章句》：「至於夫、惟、蓋、故者，發端之首唱。」本書北卷《句端》「屬事比辭，皆有次第，每事至科分之別，必立言以間之」云云，並可與此參看。

⑨ 際會：配合呼應。《文心雕龍·章句》：「其控引情理，送迎際會，譬舞容迴環，而有綴兆之位。」又《聲律》：「迂其際會，則往蹇來連。」盛江案：若夫、至如、於是、所以等辭，皆爲文章段落前後章節呼應

連貫之辭，故稱「皆是科之際會也」。

⑩ 準望：辨正方位。《三國志・魏書・牽招傳》：「招準望地勢，因山陵之宜，鑿原開渠，注水城内，民賴其益。」是則「準望連接」，意爲文章各部分，各據其所布之位，而相呼應連接，以成一文。

⑪《文心雕龍・鎔裁》：「情理設位，文采行乎其中。剛柔以立本，變通以趨時。立本有體，意或偏長；趨時無方，辭或繁雜。蹊要所司，職在鎔裁，櫽括情理，矯揉文采也。規範本體謂之鎔，剪截浮詞謂之裁。裁則蕪穢不生，鎔則綱領昭暢，譬繩墨之審分，斧斤之斲削矣。」可與參看。

以上論分位，爲製文布位之二。

其爲用也，有四術焉〔一〕①。一者，分理務周。謂分配其理，科別須相准望，皆使周足得所，不得令或有偏多偏少者也〔二〕②。二者，叙事以次〔三〕。謂叙事理〔四〕，須依次第，不得應在前而入後〔五〕，應入後而出前〔六〕，及以理不相干〔七〕，而言有雜亂者③。三者〔八〕，義須相接。謂科別相連，其上科末義，必須與下科首義連接也〔九〕④。四者，勢必相依。謂上科末與下科末，句字多少及聲勢高下〔一〇〕⑤，讀之使快⑥，即是相依也。其犯避等狀⑦，已具聲病條内⑧。然文縱有非犯而聲不便者，讀之是悟〔一一〕，即須改之，不可委載也。理失周，則繁約互舛〔一二〕⑨；多則義繁，少則義約，不得分理均等〔一三〕，故云舛也〔一四〕。事非次，則先後成亂〔一五〕。理相參錯〔一六〕，故失先後之次也。義不相接，則文體中絶；兩科際會，義不相接，故尋之若文體中斷絶也〔一七〕。勢不相依，則諷讀爲阻。兩科聲勢，自相乖舛〔一八〕，故讀之以致阻難也。若斯並文章所尤忌也⑩。

【校記】

〔一〕「焉」，松本、江户刊本、維寶箋本無。

〔二〕「得」下三寶本朱筆旁注「不亻」。

〔三〕「以次」，三寶本作「次以」，有朱筆顛倒符號，右旁注「亻本」。

〔四〕「謂」上原有「得令有偏多偏少者也」，蓋涉上而衍，據三寶、高甲等本删。

〔五〕「而入」，原記在行間，據三寶、高甲等本正之。「而」上六寺本有一「應」字。

〔六〕「應」，六寺本無。

〔七〕「理」下高丙本有「不理」二字。

〔八〕「三」上原重有「三者義」三字，據三寶、高甲、六寺等本删。

〔九〕「連接也」，松本、江户刊本、維寶箋本作「相接」。

〔一〇〕「少」，原作「小」，三寶、義演、松本、江户刊本、維寶箋本同，據六寺本改。

〔一一〕「悟」，疑「牾」字訛，方與「聲不便者」、「即須改之」相應。

〔一二〕「則」，《眼心抄》作「到」。「舛」，原作「殊」，高甲本同，據三寶、六寺等本改。

〔一三〕「分理」，原無，各本同，據《眼心抄》補。

〔一四〕「故」上原有「事」字，各本同，蓋涉下「事」字衍，仿以下三條原注體例删之。「也」，松本、江户刊本、維寶箋本無。

〔一五〕「則」，仁甲、松本、江户刊本、維寶箋本無。

〔一六〕「錯」，六寺本無。

〔一七〕「若」，原作「君」，眉注「若」，據三寶、高甲等本改。

〔一八〕「舛」，原作「殊」，據三寶、高甲、六寺本改。

【考釋】

①有四術焉：《文心雕龍·總術》：「文場筆苑，有術有門。」

②「分理」句並注：《文心雕龍·麗辭》：「神理爲用，事不孤立。」所謂「分配其理」，即上言「須次第陳叙，就理分配」，爲用之「四術」中，「分理務周」一術，即再申上所言「分位」。

《研究篇》下：「（分理務周）其反面就是繁約互舛。」「就是説，想表達的情理要適當安排，考慮整體的均衡，不要把重點凝集在一個地方。這個問題如果再深一步説，就是『意』必須如何滲透。如果『意』到處滲透，就不會有偏多的現象發生。適當的分配理是外在的手法，求得内在的意的充實纔是最重要的。如果是長篇論文，所謂分理務周思想準備也是必要的。但這不是創作的根本條件。如果要説明這樣的規則，則『意』是根源，應該和『意』相關聯，探究作爲突出表現的這種分理務周。如果這樣，理論的高度是相當不同的，但是，此處的立論，還祇停留在經驗規則上，因此其結果不出低調的常識論。」

③「叙事」句並注：《文心雕龍·章句》：「尋詩人擬喻，雖斷章取義，然章句在篇，如繭之抽緒。原始要終，體必鱗次。啓行之辭，逆萌中篇之意；絶筆之言，追媵前句之旨。故能外文綺交，内義脈注，跗萼相銜，首尾一體。若辭失其朋，則羈旅而無友；事乖其次，則飄寓而不安。是以搜句忌於顛倒，裁章貴於順序，斯固情趣之

指歸，文筆之同致也。」本書西卷《文二十八種病》「第二十六雜亂」：「凡詩發首誠難，落句不易，或有制者，應作詩頭，勒爲詩尾，應可施後，翻使居前，故曰雜亂。」可與參看。

《研究篇》下：「叙事以次的反面是先後成亂。……這也是不注意分理務周而造成的結果。這個先後成亂説，有點和總論中所説的『文無定方，思容通變，下可易之於上，前得迴之於後』相抵觸的感覺，但我想這是根據程度如何而言。不可動的順序而勉强去動它，就會先後成亂，但是某種程度上可以有效通融的地方，就不要採用千篇一律的方法。」

④「義須」句並注：《研究篇》下：「這裏有『科別相連，其上科末義，必須與下科首義連接也』，《眼心抄》則有『文體中絶，謂義不相接，則文體中絶。解云，兩科際會，義不相接，故尋之若文體中斷然也』，如果要説明這義須相接和文體中絶，那就是兩者都没有的同時，而又兼有兩者的表現，就是説，想要論述似斷而未斷，要連而不連，這樣的所謂連斷之妙。」

⑤聲勢：文章聲韻氣勢，文章聲韻形成之節奏律動。參本卷《論文意》考釋。

⑥讀之使快：快：舒適，暢快。宋玉《風賦》：「有風颯然而至，王迺披襟而當之，曰：『快哉此風。』」（《文選》卷一三）此處指聲韻調暢流麗。本書西卷《文筆十病得失》：「若令義雖可取，韻弗相依，則猶舉足而失路，抃掌而乖節矣。故作者先在定聲，務諧於韻，文之病累，庶可免矣。」可與參看。

⑦犯避：本書西卷《文筆十病得失》引《文筆式》：「其文之犯避，皆準於前。」參西卷《文二十八種病》與《文筆十病得失》考釋。

⑧ 已具聲病條内：《研究篇》下：「值得注意的是『已具聲病條内』，如果要在關於聲韻的詩病裏找和這相當的東西，則在西卷末尾的『筆四病』，而『筆四病』就是初稿本表示爲『《文筆式》云』的部分，因此，更可以肯定這個定位論是《文筆式》所説。」「（這個定位論）没有王昌齡從實作中滲透出來的精彩之處，並没有明確提出理論性的東西。」《譯注》：「從《文筆式》引用的部分，和《定位》的論旨相重的地方頗多。」

⑨ 繁約：《文心雕龍・章表》：「繁約得正，華實相勝，脣吻不滯，則中律矣。」

⑩ 以上一段，《眼心抄》作「定位四失」。

故自於首句，迄於終篇，科位雖分〔一〕，文體終合。理貴於圓備①，言資於順序。使上下符契②，先後彌縫③，上科與下科，事相成合，如符契然。科之先後，皆相彌縫，以合其理也。擇言者不覺其孤〔二〕，言皆符合不孤④。尋理者不見其隙⑤，隙，孔也⑥。理相彌合，故無孔也〔三〕。始其宏耳。又文之大者，藉引而申之⑦；文體大者〔四〕，須依其事理，引之使長，又申明之，便成繁富也〔五〕。文之小者，在限而合之。文體小者，亦依事理，豫定其位，促合其理，使歸約也。申之則繁，合之則約。善申者，雖繁不得而減〔六〕；言雖繁多，皆相須而成義，不得減之令少也。善合者，雖約不可而增〔七〕。言雖簡少，義並周足，不可增之使多⑧。合而遺其理，謂合之傷於疎略，漏其正理也。疎穢之起，實在於兹。理不足，故體必疎。義相越〔八〕，故文成穢也。皆在於義得理通〔九〕，理相稱愜故也〔一〇〕⑨。若使申而越其義，謂申之乃虚相依託，越於本義也〔一一〕。此固文人所宜用意。或有作者⑩，情非通晤⑪，不分先後之位，不定上下之倫〔一二〕，苟出胸懷⑫，便上翰墨⑬，假相聚合，無所附依，事空致於混淆⑭，辭終成於隙碎。斯人之輩，吾無所裁矣⑮。

【校記】

〔一〕「雖」，仁甲本作「雜」。
〔二〕「擇」，六寺本作「釋」。
〔三〕「孔」，義演、松本、江户刊本、維寶箋本作「孤」，六寺本脚注「孤」。
〔四〕「文體大者」至「在限而合之」，松本本無。
〔五〕「富」，天海本作「昌」，三寶本脚注「昌亻」。
〔六〕「不得而減」，林田校本以意作「而不得減」。
〔七〕「不可而增」，林田校本以意作「而不可增」。
〔八〕「義相越」，原作「相義越」，高丙本同，據高甲、六寺、維寶箋等本正之。
〔九〕「皆在於義得理通」，豹軒藏本鈴木虎雄注：「『皆在』下難訓。」
〔一〇〕「愜」，原作「慥」，訓「カナフ」，各本同，據六寺本改。
〔一一〕以上一段《譯注》以爲有錯簡，以意將「皆在於義得理通」至「越於本義也」三十三字移至前面「不可增之使多」句後、「合而遺其理」句前，改作：「……不可增之使多。皆在於義得理通，理相稱愜故也。若使申而越其義，謂申之乃虛相依託，越於本義也。合而遺其理，謂合之傷於疎略，漏其正理也。疎穢之起實在於茲。理不足，故體必疎。義相越，故文成穢也。此固文人所宜用意。」林田校本從《譯注》。盛江案：興膳宏説有理，然今不遽改。

〔二三〕「倫」，松本、江户刊本、維寶箋本作「偏」。

【考釋】

①圓備：完備。《文心雕龍·明詩》：「自商暨周，《雅》《頌》圓備。」此處指事理完備而周密圓通。

②符契：《文心雕龍·徵聖》：「夫鑒周日月，妙極機神，文成規矩，思合符契。」此作動詞用，謂若符信之兩半契合。

③彌縫：《左傳》僖公二十六年：「桓公是以糾合諸侯，而謀其不協，彌縫其闕，而匡救其災，昭舊職也。」《文心雕龍·論説》：「故其義貴圓通，辭忌枝碎。必使心與理合，彌縫莫見其隙。」

④「擇言」句并注：《孝經》：「口無擇言，身無擇行。」《文心雕龍·附會》：「夫文變多方，意見浮雜，約則義孤，博則辭叛。」又《章句》：「理資配主，辭忌失朋。」

⑤尋理：《文心雕龍·宗經》：「《尚書》則覽文如詭，而尋理即暢。」

⑥隙孔也：此疑爲《文筆式》作者自注。

⑦引而申之：《易·繫辭上》：「引而伸之，觸類而長之，天下之能事畢矣。」

⑧《文心雕龍·鎔裁》：「故三準既定，次討字句。句有可削，足見其疏；字不得減，乃知其密。精論要語，極略之體；遊心竄句，極繁之體；謂繁與略，隨分所好。引而申之，則兩句敷爲一章；約以貫

之，則一章刪成兩句。思贍者善敷，才覈者善刪。善刪者字去而意留，善敷者辭殊而意顯。字刪而意闕，則短乏而非覈；辭敷而言重，則蕪穢而非贍。」可與參看。

⑨《文心雕龍·鎔裁》：「昔謝艾、王濟，西河文士。張俊以爲艾繁而不可刪，濟略而不可益。若二子者，可謂練鎔裁而曉繁略矣。」可與參看。

⑩作者：魏吴質《答東阿王書》：「還治諷采所著，觀省英瑋，實賦頌之宗，作者之師也。」（《文選》卷四二）

⑪通晤：「晤」通「悟」，謂通敏、聰明。《南史·劉繪傳》：「繪字士章……性通悟，出爲南康相。」

⑫胸懷：《後漢紀·獻帝紀》：「時上年十五，每事出於胸懷，皆此類也。」晉劉琨《勸進表》：「深謀遠慮，出自胸懷。」（《文選》卷三七）《南齊書·文學傳論》：「不雅不俗，獨中胸懷。」

⑬翰墨：魏曹丕《典論·論文》：「古之作者，寄身於翰墨，見意於篇籍。」（《文選》卷五二）

⑭混淆：《抱朴子·尚博》：「真僞顛倒，玉石混淆。」

⑮所裁：陸機《文賦》：「苟銓衡之所裁，固應繩其必當。」

以上論章法。

篇既連位而合，位亦累句而成〔一〕①。然句無定方，或長或短〔二〕。長有逾於十，如陸機《文賦》云②：「沈辭怫悅〔三〕，若遊魚銜鉤而出重淵之深；浮藻聯翩，猶翔鳥纓繳而墜曾雲之峻〔四〕③。」下句皆十一字也。短有極於二，如王褒《聖主得賢臣頌》云〔五〕④：「翼乎，若鴻毛之順風〔六〕；沛乎〔七〕，若巨鱗之縱壑〔八〕。」上句皆兩字也⑤。在於其內，固無待稱矣。謂十字已下〔九〕，三字已上，文之常體〔一〇〕，故不待稱也。然句既有異，聲亦互舛。句長聲彌緩，句短聲彌促，施於文筆，須參用焉〔一一〕。雜文筆等〔一二〕，皆句字或長或短〔一三〕，須參用也。其若詩、讚、頌、銘，句字有限者，非也。就而品之，七言已去，傷於大緩，三言已還，失於至促。准可以間其文勢，時時有之⑥。至於四言，最爲平正⑦，詞章之内，在用宜多⑧。凡所結言⑨，必據之爲述。至若隨之於文，合帶而以相參，則五言、六言，又其次也。至如欲其安穩⑩，須憑諷讀⑪，事歸臨斷，難用辭窮⑫。言欲安施句字，須讀而驗之，在臨時斷定，不可預言者也。

【校記】

〔一〕「累」，高丙本作「且」，三寶本作「黑」，眉注「累」。

〔二〕「或短」，高丙本作「短」。

〔三〕「佛」，原作「胇」，六寺、江户刊本、維寶箋本同，三寶、高甲、高丙、天海本作「昲」，仁甲、義演本作「拂」，據《文選》所收《文賦》改。

〔四〕「猶翔鳥」，《文選》作「若翰鳥」。「曾」，松本、江户刊本、維寶箋本作「層」。

〔五〕「聖」，六寺本作「垩」。

〔六〕「之」，三寶、江户刊本、維寶箋本無。「順」上《文選》有「遇」字。

〔七〕「沛」，原作「浦」，高甲、高丙本同，據三寶、六寺本改。

〔八〕「巨」，原作「臣」，高甲本同，原旁注「巨」，據三寶、六寺本改。「鱗」，《文選》作「魚」。「縱壑」，《文選》作「縱大壑」。

〔九〕「下」，仁甲、義演本作「上」。

〔一〇〕「文」，高丙本作「反」。

〔一一〕「焉」，松本、江户刊本、維寶箋本無。

〔一二〕「雜」，高丙本作「新」。

〔一三〕「句字」，松本、江户刊本、維寶箋本作「字句」。

【考釋】

①累句：《文心雕龍·章句》：「夫人之立言，因字而生句，積句而成章，積章而成篇。」由此可知，此處之「位」，與「篇」、「句」相對，相當於《文心雕龍·章句》所言之「章」。以下論句法。先論短句長句各自聲情特點。

②《文賦》：見《文選》卷一七。

③「沈辭」四句：東卷《筆札七種言句例》作爲十一言句之例。佛悦：《文選》李善注：「難出之貌。」

④王褒：漢宣帝（前七三—前四八在位）時辭賦家，字子淵，蜀（今四川）人，《漢書》卷六四有傳。《聖主得賢臣頌》爲應宣帝詔之作，收入《文選》卷四七。

⑤「短有」六句並注：東卷《筆札七種言句例》「二言句例」：「又翼乎、沛乎等是。」即指此。若鴻毛之順風：《文選》李善注：「《春秋保乾圖》曰：『神明之應，疾於倍風吹鴻毛。』」

⑥《文心雕龍·章句》：「若夫筆句無常，而字有條數，四字密而不促，六字格而非緩，或變之以三五，蓋應機之權節也。」可與參看。

⑦「至於」二句：晉摯虞《文章流别論》：「古詩率以四言爲體……然則雅音之韻，四言爲正（盛江案：「正」原作「言」，據《全上古三代秦漢三國六朝文·全晉文》改）。其餘雖備曲折之體，而非音之正也。」（《藝文類聚》卷五六）《文心雕龍·明詩》：「若夫四言正體，則雅潤爲本。」又《章句》：「至於詩頌大體，以四言爲正。」

⑧在用：《校注》：「『在用』一詞，劉善經習用之，下文云：『其在用至少。』西卷《文筆十病得失》云：『平聲賒緩，在用最多。』」盛江案：西卷「在用」一詞，亦爲齊梁間劉滔所用，當爲六朝人習用，非必祇爲劉善經習用。

⑨結言：《文心雕龍·頌讚》：「（讚）必結言於四字之句，盤桓乎數韻之辭，約舉以盡情，昭灼以送文，此其體也。」

⑩安穩：本書南卷《論文意》引王昌齡《詩格》：「詩有意好言真，光今絶古，即須書之於紙。不論對

與不對，但用意方便，言語安穩，即用之。若語勢有對，言復安穩，益當爲善。」

⑪ 諷讀：《文心雕龍·練字》：「諷誦則績在宮商，臨文則能歸字形矣。」

⑫ 難用辭窮：陸機《文賦》：「若夫隨手之變，良難以辭逮。」

【附録】

《九弄十紐圖私釋》：裏書云：《秘府論》云：短有極於二，如王褒《聖主得賢臣頌》云：翼乎，若鴻毛之順風；沛乎，若巨鱗之縱壑。上句皆兩字也。

然大略而論①，忌在於頻繁②，務遵於變化〔一〕。若置四言、五言、六言等體〔二〕，不得頻繁，須變化相參用也。假令一對之語，四句而成③，筆皆四句合成一對。便用四言，以居其半〔三〕，其餘二句，雜用五言、六言等〔四〕。謂一對語內，二句用四言，餘二句或用五言、六言、七言是也。或經一對、兩對已後，乃須全用四言，若一對四句，並全用四言也。既用四言，又更施其雜體〔五〕，還謂上下對內，四言與五言等參用也〔六〕。循環反覆〔七〕④，務歸通利⑤。然之、於、而、以⑥，間句常頻⑦，對有之，讀則非便，能相迴避，則文勢調矣⑧。謂而、以、之、於等間成句者〔八〕，不可頻對體同。其七言、三言等，須看體之將變，勢之相宜〔九〕，隨而安之，令其抑揚得所⑨。然施諸文體〔一〇〕，互有不同。文之大者，得容於句長；若碑、誌、論、檄、賦、誄等〔一一〕，文體大者，得容六言已上者多。文之小者〔一二〕，寧取於句促。若表、啓等，文體法小，寧使四言已上者多也。何則？附體立辭，勢宜然也⑩。細而推之，開發端緒，寫送文勢⑪，則六言、七言之功也。泛叙事由，平調聲律⑫，四言、五言之能也。體物寫狀，抑揚情理，三言之要也。雖文或變通〔一三〕⑬，不可專據⑭，謂有任人意改變，不必當依此等狀。叙其大抵，實在於茲。其八言、九言、二言等，時有所值，可得施之，其在用至少，不復委載也⑮。

【校記】

〔一〕「務」下三寶有「道」字，左旁有抹消符號。

〔二〕「若置」，原作大字記在「變化」二字下，據三寶、高甲等本改作小字注文。

〔三〕「半」，原作「平」，三寶、天海本同，原朱筆右旁注「半」，三寶、天海本注「亻」，據高甲、六寺、江户刊本、維寶箋本改。

〔四〕「六言」下義演本有「七言」二字。

〔五〕「雜」，原作「誰」，高丙本同，據高甲、六寺、江户刊本、維寶箋本改。

〔六〕上文「日若斯之輩」至此處「對内四言與五」一千六百六字，醍甲本無。

〔七〕「循」，原作「脩」，醍甲、仁甲本同，高甲、高丙本作「修」，據六寺、江户刊本、維寶箋本改。

〔八〕「之」上高丙本有「一」字。

〔九〕「之」，義演本無。

〔一〇〕「諸」，原右旁注「於也」。

〔一一〕「誄」，天海本作「詠」。

〔一二〕「文之」，義演本無。

〔一三〕「雖」，《校勘記》：「疑『雖』爲『惟』訛。」

【考釋】

①然大略而論：次論句式短長須有變化，並且間以虚字，使文勢調利。

②頻繁：《抱朴子・欽士》：「齊任之造稷丘，雖頻繁而不辭其勞。」

③四句而成：本書西卷《文筆十病得失》引《文筆式》：「筆以四句而成。」

④循環：《戰國策・燕策二》：「此必令其言如循環，用兵如刺蜚繡。」反覆：《易・乾卦・象傳》：「終日乾乾，反復道也。」

⑤通利：《吕氏春秋・開春》：「飲食居處適，則九竅百節千脈皆通利矣。」

⑥之、於、而、以：《文心雕龍・章句》：「之、而、於、以者，乃劄句之舊體。」

⑦間句常頻：《校注》：「間句者，謂以虚字間入句中。」

⑧文勢：文氣聲調形成之節奏律動。調：協調。《詩·小雅·車攻》：「決拾既佽，弓矢既調。」《文心雕龍·聲律》：「今操琴不調，必知改張。」

⑨再論句之短長須與文體相宜，聲勢相安。

⑩「附體」二句：《文心雕龍·定勢》：「夫情致異區，文變殊術，莫不因情立體，即體成勢也。」即其意也。

⑪寫送文勢：敦煌唐寫本《文心雕龍·詮賦》：「序以建言，首引情本，亂以理篇，寫送文勢。」《世説新語·文學》注引《晉陽秋》：「今於『天下』之後便移韻，於寫送之致，如爲未盡。」《校注》謂：「『寫送』爲六朝、唐人習用語」，「寫送與輸寫義同。」

⑫平調：猶言調和。《後漢書·宋意傳》：「今諸國之封，並皆膏腴，風氣平調，道路夷近，朝聘有期，行來不難。」

⑬變通：《易·繫辭上》：「變通莫大乎四時。」《鹽鐵論·遵道》：「故有改制之名，無變通之實。」

⑭專據：《後漢書·劉永傳》：「永遣使拜憲翼漢大將軍，步輔國大將軍，與共連兵，遂專據東方。」此處謂不知變通，專據一體。

⑮自《論體》開頭「凡製作之士」至此，當出《文筆式》，多引《筆札華梁》而加注補。

或曰〔一〕①：梁昭明太子撰《文選》後〔二〕②，相效著述者十有餘家〔三〕③，咸自稱盡善〔四〕④。

高聽之士⑤，或未全許〔五〕。且大同至于天寶⑥，把筆者近千人，除勢要及賄賂〔六〕⑦，中間灼然可上者〔七〕，五分無二，豈得逢詩輒纂〔八〕，往往盈帙⑧。蓋身後立節⑨，當無詭隨〔九〕⑩。其應銓簡不精〔一〇〕⑪，玉石相混⑫，致令衆口謗鑠〔一一〕⑬，爲知音所痛。

【校記】

〔一〕「或曰」，原右旁注「殷璠河岳英靈集叙曰王昭」，高丙本注「殷璠河岳英靈集叙曰御草本如此」，六寺本眉注「殷璠河岳英靈集叙曰」，《文苑英華》卷七一二作「序曰」，四部叢刊本作「叙曰」。

〔二〕「梁昭明太子」至「爲知音所痛」，除《文鏡秘府論》、《文苑英華》外，其餘各傳本無。

〔三〕「有」，《文苑英華》無。

〔四〕「稱」，原無，各本同，據《文苑英華》補。「盡」，醍甲、仁甲、義演本作「書」。

〔五〕「許」，醍甲、仁甲、義演本作「什」。

〔六〕「賄賂」下《文苑英華》有「者」字。

〔七〕「上」，《文苑英華》作「尚」。

〔八〕「纂」，《文苑英華》作「贊」。

〔九〕「詭」下高丙本有「謗」字。「隨」，祖風會本注：「『隨』恐『墮』乎。」

〔一〇〕「簡」，《文苑英華》作「揀」。

〔一一〕「謗」，《文苑英華》作「銷」。

【考釋】

①或曰：此以下至「梁竇終無取焉」，殷璠《河岳英靈集叙》。

殷璠生卒年不詳。南宋《嘉定鎮江志》卷一七：「殷璠，丹陽人，處士，有詩名。」（《宛委别藏》第四四册，江蘇古籍出版社；《至順鎮江志》卷一九）宋刻本《河岳英靈集》首標：「唐丹陽進士殷璠。」《新唐書・藝文志》别集類著録《包融集》一卷，稱融與儲光羲均爲潤州延陵人，並提到同時曲阿丁仙芝、蔡隱丘等，共十八人，「皆有詩名，殷璠彙次其詩爲《丹陽集》者」。晚唐詩人吴融《過丹陽》（《全唐詩》卷六八四）詩自注：「殷文學於此集《英靈》。」又，《叙》稱：「璠不佞，竊嘗好事，常願删略群才，贊聖朝之美。爰因退跡，得遂宿心。」由種種有限之材料，據中澤希男《河岳英靈集考》、《唐人選唐詩考》及李珍華、傅璇琮《河岳英靈集研究》，殷璠與包融、儲光羲等人同時，生活於唐開元、天寶年間，居同里，爲潤州丹陽（今江蘇丹陽）人，難以證實是否進士及第。陳尚君《殷璠〈丹陽集〉輯考》云：「頗疑殷璠從進士試在開元中，因屢試不中，遂絶意仕途，退歸鄉里，以銓評天下英雄爲志。」（《唐代文學叢考》，中國社會科學出版社一九九七年）編《丹陽集》。編集時間，據陳尚君《殷璠〈丹陽集〉輯考》考證，在開元二十三年（七三五）至二十九年之間。中澤希男及李珍華、傅璇琮《河岳英靈集研究》均認爲，殷璠曾任文學之職，可能所任爲潤州文學之職，且很快辭去此一品位極低、僅從八品下之州文學一職，長期退隱，專心詩選工作。於丹陽編選《河岳英靈集》。中澤希男據《新唐書・百官志》及《通志・職官略》謂：「唐代太子諸王府置文學官，又州牧府尹各都督各州郡也置文學官，州郡文學是武德初置經學博士，德宗以後改的官名。」

《新唐書·藝文志》文史類：「殷璠，《丹陽集》一卷，又《河岳英靈集》二卷。」《丹陽集》，全書今已佚，《吟窗雜録》存有殘文。吴企明謂此書明代尚存（《唐人選唐詩八集傳流散佚考》，載《文史》第十七輯），陳尚君則謂《丹陽集》亡佚時間約在南宋後期（《殷璠〈丹陽集〉輯考》）。又據陳尚君《輯考》，確收入《丹陽集》之詩，共二十首又二十六句，二十首中有五古八首、五律八首、七律一首、五絶三首。二十六句中，可推知十二句爲五古、二句爲七古、十句爲五律、二句爲七律。據此可知，該集收詩古詩多於近體，五言超過七言。收録範圍爲潤州所屬五縣十八人詩作。收詩下限當在開元末結集時，其上限當不遲於開元元年。此乃武后末年至開元末年潤州人士詩作之選本。傅璇琮《唐人選唐詩新編》據《吟窗雜録》及《唐詩紀》，將《丹陽集》殘文彙集成編。

《河岳英靈集》爲殷璠編選開元、天寶間代表詩人作品而成，今存，其版本系統，可參傅璇琮《唐人選唐詩新編》所收《河岳英靈集》之「前記」，有宋刻二卷本、明末毛晉汲古閣刻三卷本、毛扆校本、《四部叢刊初編》收入涵芬樓影印沈曾植藏本。

② 梁昭明太子：梁太子蕭統（五〇一—五三一），梁武帝長子，字德施，南蘭陵（今江蘇常州）人。《文選》爲蕭統主持編定，據其所撰《文選序》，「故與夫篇什，雜而集之，遠自周室，迄於聖代，都爲三十卷，名曰《文選》云耳」，但唐李善《進〈文選〉表》稱「合成六十卷」（《全唐文》卷一八七）。全書收録作家一百三十人，作品五百十三篇，按文體分類編次，共分賦、詩、騷、七、詔、册、令等三十八類。

③ 十有餘家：未詳此處所説「十有餘家」具體所指。郭紹虞主編《中國歷代文論選》：「據《隋書·

經籍志》所著録，《文選》之後，相效著述的有《詞林》五十八卷；《文海》五十卷。《舊唐書·經籍志》著録，有《小詞林》五十三卷；《集古今帝王正位文章》九十卷；《文海集》三十六卷，蕭圓撰；《類文三百士館詞林》一千卷，許敬宗撰；《續古今詩苑英華》二十卷，釋惠静（盛江案：據《續高僧傳》、《新唐書·藝文志》，爲慧浄，詳參傅璇琮等編《唐五代人物傳記資料綜合索引》〔中華書局一九八二年〕第五九二—五九三頁慧浄條及注六—八）撰；《詩林英選》十一卷；《類集》一百一十三卷，虞綽等撰；《詩纘》十二卷；《詞英》八卷；《六代詩集鈔》四卷，徐陵撰；《古今類聚詩苑》三十卷，劉孝孫撰；《麗正文苑》二十卷，許敬宗撰；《古今詩類聚》七十九卷，郭瑜撰。《新唐書·藝文志》著録，卜長福《續文選》三十卷，卜隱之《擬文選》三十卷；張楚金《翰苑》三十卷；徐堅《文府》二十卷。編撰時間，都在《河岳英靈集》之前。」

殷璠以前之唐人選本詩集，據明胡震亨《唐音癸籤》卷三一（上海古籍出版社一九八一年）所載，除前已提及之《續古今詩苑英華》外，尚有《麗則集》、《詩人秀句》、《古今詩人秀句》、《玉臺後集》、《正聲集》、《奇章集》、《搜玉集》、《國秀集》等九種。據陳尚君《唐人編選詩歌總集叙録》（《唐代文學叢考》，中國社會科學出版社一九九七年），除以上已列出者外，可知天寶以前尚有：《續古今詩集》三卷，釋玄鑒編；《珠英秀士集》五卷，崔融編；《文館詞林》一千卷，許敬宗等編；《芳林要覽》三百卷，許敬宗等編；《續文選》十三卷，孟利貞編；《詞苑麗則》二十卷，康顯編。

以上選家，唐高仲武《中興間氣集叙》有評價，稱：「曁乎梁昭明載述已往，撰集者數家，推其風流，《正聲》最備；其餘著録，或未至焉。何者？《英華》失於浮遊，《玉臺》陷於淫靡，《珠玉》但記朝士，《丹陽》止録吴人：此由曲學專門，何暇兼包衆善，使夫大雅君子，所以對卷而長歎也。」（據《唐人選唐詩新編》）李珍華、傅璇琮《河岳英靈集研究》謂：唐詩選本中，《河岳英靈集》最爲突出，一則，「殷璠非常明確地試圖通過盛唐詩歌的評選提出他的詩歌主張，那就是詩要有『神來、氣來、情來』，要求建立『既多興象，復備風骨』，『既閑新聲，復曉古體』，『言氣骨則建安爲儔，論宫商則太康不逮』的一種既繼承前人遺産，又超越前人成就的詩風，這正是盛唐詩在理論上的反映」；二則，「提出了好幾個值得作理論探索的美學概念」。

④ 盡善：語出《論語・八佾》，已見前注。

⑤ 高聽：敬詞，稱他人之聽聞。劉宋顔延之《庭誥》：「適值尊朋臨座，稠覽博論，而言不入於高聽，人見棄於衆視。」（《宋書・顔延之傳》）此處「高聽之士」當指識見高超非凡之士。

⑥ 大同（五三五—五四六）：梁武帝年號。天寶（七四二—七五六）：唐玄宗年號。大同元年至天寶末年，共二百二十二年。

⑦ 勢要：《北齊書・循吏・路去病傳》：「勢要之徒，雖厮養小人莫不憚其風格。」維寶箋：「勢要，以威勢求要文名者也。」賄賂：《左傳》昭公六年：「亂獄滋豐，賄賂並行。」維寶箋：「謂賄賂求文名也。」

⑧ 「豈得」二句：梁鍾嶸《詩品序》：「至於謝客集詩，逢詩輒取；張騭《文士》，逢文即書。」梁蕭統《文選序》：「詞人才子，則名溢於縹囊，飛文染翰，則卷盈乎緗帙。自非略其蕪穢，集其清英，蓋欲兼功，太半難矣。」

⑨身後：《晉書·張翰傳》：「使我有身後名，不如即時一杯酒。」郭紹虞主編《中國歷代文論選》：「身後，當作身前。立節，謂選家選録的標準應該謹嚴。」盛江案：作「身後」自通，蓋謂既已在勢要及賄賂者身後立節選文，當不至有何顧忌，妄隨人言，逢詩輒纂，豈可銓簡不精，招致衆人謗鑠，使知音者痛心。立節：《淮南子·氾論訓》：「季襄、陳仲子立節抗行，不入洿君之朝，不食亂世之食，遂餓而死。」節：此處當指法度、標準。《禮記·樂記》：「好惡無節於内，知誘於外，不能反躬，天理滅矣。」鄭玄注：「節，法度也。」

⑩詭隨：《詩·大雅·民勞》：「無縱詭隨。」毛傳：「詭隨，詭人之善，隨人之惡者。」維寶箋：「《字彙》曰：『詭隨，言不顧是非而妄隨人也。』」

⑪銓簡：《三國志·吴書·孫登傳》：「是歲，立登爲太子，選置師傅，銓簡秀士，以爲賓友。」

⑫玉石相混：《楚辭·九章·懷沙》：「同糅玉石兮，一概而相量。」

⑬衆口謗鑠：《國語·周語下》：「故諺曰：『衆心成城，衆口鑠金。』」

夫文有神來、氣來、情來〔一〕①，有雅體〔二〕、鄙體、俗體〔三〕②。編紀者能審鑒諸體，委詳所來〔四〕，方可定其優劣，論其取捨③。至如曹劉詩④，多直語〔五〕⑤，少切對〔六〕⑥。或五字並側〔七〕⑦，或十字俱平⑧，而逸價終存〔八〕。然挈瓶膚受之流〔九〕⑨，責古人不辨宮商〔一〇〕⑩，詞句質素⑪，恥相師範〔一一〕⑫。於是攻異端〔一二〕⑬，妄穿鑿〔一三〕⑭，理則不足，言常有餘，都無興象〔一四〕⑮，但貴輕艷⑯。雖滿篋笥，將何用之⑰？自蕭氏以還〔一五〕⑱，尤增矯飾⑲。武德初⑳，微波尚在㉑。貞觀末㉒，標格漸高㉓。景雲中㉔，頗通遠詞〔一六〕。開元十五年後〔一七〕㉕，聲律風骨始備矣㉖。寔由主上惡華好樸，去僞從真，使海内詞場〔一八〕，翕然尊古〔一九〕，有周《風》、《雅》〔二〇〕，再闡今日〔二一〕㉗。

【校記】

〔一〕「情」，三寶、高丙、天海本作「精」，原右旁注「精イ」，江户刊本、維寶箋本同。

〔二〕「體」下四部叢刊本有「野體」二字。

〔三〕「夫文有神來」至「俗體」，《文苑英華》作「夫文友神情體雅」，脱誤甚多，不可取。

〔四〕「委」，《文苑英華》作「安」。

〔五〕「直」下《文苑英華》有「致」字。

〔六〕「切」，六寺本右旁注「切勤イ」。

〔七〕「五字」，松本、江户刊本、維寶箋本作「五言」，右旁注「字イ」。

〔八〕「價」，四部叢刊本作「駕」。

〔九〕「掔」，高甲、高丙本作「契」，天海本作「勢」。「膚」，四部叢刊本作「庸」。

〔一〇〕「不」上原有「異」字，六寺、松本本同，據三寶、高甲本删。「商」下四部叢刊本有「徵羽」二字。

〔一一〕「相」，六寺本作「於」。

〔一二〕「攻」，醍甲、仁甲、義演本作「政」。「攻」下《文苑英華》有「乎」字。「異」，原作「累」，高甲、高丙本同，原右旁注「異」，據三寶、醍甲、六寺本改。
〔一三〕「妄」下《文苑英華》有「爲」字。
〔一四〕「興象」，《文苑英華》作「比興」，未可據。
〔一五〕「自」，義演本無。
〔一六〕「詞」，《文苑英華》、四部叢刊本作「調」。
〔一七〕「後」，《文苑英華》無。
〔一八〕「埸」，《文苑英華》作「人」。
〔一九〕「尊」，《文苑英華》作「遵」。
〔二〇〕「有周風雅」，四部叢刊本作「南風周雅」。
〔二一〕「再」，四部叢刊本作「稱」。

【考釋】

①「夫文」句：吟窗本王昌齡《詩格》「詩有五用例」：「用字一。用事不如用字也。」「用形二。用字不如用形也。」「用氣三。用形不如用氣也。」「用勢四。用氣不如用勢也。」「用神五。用勢不如用神也。」唐李白《王右軍》：「掃素寫道經，筆精妙入神。」（《李白集校注》卷二二）唐杜甫《奉先劉少府新畫山水障歌》：「對此融心神，知君重毫素。」（《杜詩詳注》卷四）《奉贈韋左丞丈二十二韻》：「讀書破萬卷，下

筆如有神。」（同上卷一）《丹青引贈曹霸將軍》：「將軍善畫蓋有神。」（同上卷一三）《河岳英靈集》評詩人多處論及「氣」，評劉昚虛：「唯氣骨不逮諸公。」評高適：「然適詩多胸臆語，兼有氣骨，故朝野通賞其文。」評薛據：「據爲人骨鯁有氣魄，其文亦爾。」又多處論及「情」，評劉昚虛「情幽興遠」，評儲光羲「格高調遠，趣遠情深」，評綦毋潛「善寫方外之情」，評張謂「在物情之外」。

中澤希男《河岳英靈集考》：「神來等三體，從『委詳所來』的話推測，是關於意境的理論。在這裏，神來、氣來、情來的分類，如果檢查在實際品評中怎樣一種反映，可以發現如下的事實，A常建（其旨遠、其興僻、佳句輒來、唯論意表）、王維（一句一字，皆出常境）、張謂（在物情之外）、綦毋潛（遠出常情之外）、儲光羲（趣遠情深、削其常言）；B李白（其爲文章，率皆縱逸）、高適（詩多胸臆語、兼有氣骨）、岑參（語奇體峻）、薛據（爲人骨鯁有氣魄、其文亦爾）；C劉昚虛（聲律婉態，無出其右、唯氣骨不逮諸公）、崔國輔（婉孌清楚）、崔曙（言詞款要，情興悲涼）。整理品題，大率可分爲以上三類。我認爲這三類各自和《序》所説的神來氣來情來相聯繫。所謂神來，就是從自然、人生和詩成爲一體的悟境中自然産生的詩篇的意思，可以解作後來神韻派主張的所謂興會神到的境界，前面所述的A屬這一類。雖其評語各自表現有異，但都讚美作者内觀的高遠，在這一點上是一致的。所謂氣來，可能是指意志性的、感情充沛的、表現作者自我强烈的奮激的力感這樣的作品。前面所述的B屬於這一類。其評語都是讚美勁健奇逸的風格，在這一點上是一致的。所謂情來，可能是與氣來相對，指表現温麗婉潤風格的作品，前面所述的C當屬這一類。」

蔡鍾翔等《中國文學理論史》二：「『神來、氣來、情來』，概括了唐以前的三種主要創作理論的内容」，「『神來』説，源於《莊子》」，「指人從事藝術創作時出神入化，絶對自由的精神活動」；「『氣來』説，源於孟子『知言養氣』説」；「情來」之説，源於自《詩經》、荀子《樂論》、《禮記·樂記》、《詩大序》直到陸機《文賦》、六朝蕭繹等關於「情」的思想。「是對歷史上的各種不同創作理論的繼承和發展，也是對盛唐詩歌創作經驗的總結」。

李珍華、傅璇琮《河岳英靈集研究》：「殷璠提出『神來、氣來、情來』，是從作家的總體修養着眼的，神、氣、情都講的是作家的主體。」「『神』指的是一種脱俗的、超然的藝術境界。」「氣」和「風骨」相通，「是一種力量之美」，「作品有風骨或氣骨，就是説，它有着强烈的、不同於世俗的精神力量，以及在藝術上有一種幾乎不可抗拒的感發或激發力量」，盛唐人所要求的風骨，「是一種表現民族自信心和創造性的精神力量，是一種衝破傳統，要求創新的激情，這是盛唐的時代精神，是那一時代國力恢張的表現」。「情」是「一種情致」，「有情致的詩篇可以通過景物的描寫而耐人尋味，使人流連不捨」。「在殷璠那裏，神、氣、情是統一的，似乎構成一個相當有啓發性的詩論體系。神看來好像是一種超然物外的境界，是詩人對宇宙之理有所把握、有所感悟之後，再來觀照人世社會，産生一種不爲世俗所累而又能更洞徹世俗之情的一種神理。有了這種神，詩似乎更有深度，更有理致，具有一種較高的，或者説可達到物我兩忘的境界。氣則是偏重於因現實社會之激發而産生的抑鬱不平，這就使作品有一種氣勢，一種剛健的力量。情似乎較着重於作家個人對自然、對自我的一種富於情趣的感受，它有時比較細膩，但卻是深邃地對一種情懷的傾訴。殷璠把這三者結合起來，成爲一個整體，就是説，盛唐詩歌所能表現的内容，無比闊大，可以是宇宙萬物之理，經國濟世之業，一己深幽之情，它們既有神理，又有力量，復有情致。」

張少康《中國文學理論批評發展史》：「所謂『神來』，是要求『興象』的塑造必須以神似爲主，而達到形神並重之妙。」「所謂『氣來』，是要求『興象』具有生氣盎然的特點，表現描寫對象内在的生命活力，昂揚的精神狀態。」「所謂『情來』，則是强調『興象』中應寄寓有作者充沛的、强烈的感情，能够感染讀者，它是幽遠深厚的，又是非常自然真實的。」

王運熙、楊明《隋唐五代文學批評史》：「神來係泛指詩人創作時迸發的神妙思緒，它與作品新奇的構思和遣詞造句有着密切的關係。氣來、情來二者，則分别指詩人意氣駿爽或情興濃鬱，易寫出有風骨，有興象的作品。」

盛江案：「神來、氣來、情來」當分指三種不同之創作狀態及以此種創作狀態爲基礎而形成之不同詩歌藝術境界。「神來」既指興會神到，又當指構思之時於心中醖釀情景交融，韻味深遠之傳神境界。「氣來」就創作狀態而言，乃於心中醖釀跌宕激蕩之感情氣勢，表現於作品，當爲氣揚采飛之氣勢美與風骨美。「情來」則於心中醖釀深婉之情，並表現此種深婉細潤平和之美。

② 雅體、鄙體、俗體：《隋書·文學傳序》：「（煬帝）其《與越公書》、《建東都詔》、《冬至受朝詩》及《擬飲馬長城窟》，並存雅體，歸於典制。」《河岳英靈集》評孟浩然詩：「浩然詩，文彩蘴茸，經緯綿密，半遵雅調，全削凡體。」《滄浪詩話·詩法》：「學詩先除五俗，一曰俗體。」李珍華、傅璇琮《河岳英靈

集研究》：「（雅體等）指的主要是詩歌因語言使用的不同而産生的雅與俗的幾種文體區别（讀書人的語言——雅言，以及接近口語的語言等）。」

盛江案：「野體」當指缺乏藝術技巧，粗樸質直之體。「俗體」當指多寫庸俗之想，多寫塵俗之境，徒誇悦目之體。「鄙體」當指格調鄙下，文風浮靡之體。「雅體」當與野體、鄙體、俗體相對，廣義而言，收入《河岳英靈集》之作均當爲雅體。具體而言，當指於興象玲瓏傳神境界中表現深婉淡遠高雅情思之體。

③「編紀」四句：梁鍾嶸《詩品序》：「網羅今古，詞文殆集，輕欲辨彰清濁，掎摭病利。」

④曹劉：指曹植、劉楨。鍾嶸《詩品序》：「昔曹劉殆文章之聖。」《文心雕龍·比興》：「至於揚班之倫，曹劉以下，圖狀山川，影寫雲物。」均以曹劉並稱。

⑤直語：梁鍾嶸《詩品》上評陸機：「尚規矩，不貴綺錯，有傷直致之奇。」《詩品》上評劉楨：「但氣過其文，雕潤恨少。」《詩品》中評曹丕：「百許篇，率皆鄙直如偶語。」《詩品》下評曹操：「曹公古直。」殷璠《丹陽集》評儲光羲：「光羲詩，宏贍縱逸，務在直置。」（《吟窗雜録》卷二五《歷代吟譜》引）由下文觀之，此處之「直語」，主要當指不講平仄聲韻。

⑥切對：傳唐李嶠《評詩格》「詩有九對」：「切對一。謂家物切正不偏枯。」吟窗本王昌齡《詩中密旨》「犯病八格」：「支離病一。五字之法切須對也，不偏枯。」盛江案：此處之「切對」，當主要就聲韻而言，指聲韻精切和諧之對。《詩人玉屑》卷一三引《詩眼》：「建安詩辯而不華，質而不俚，風調高雅，格律遒壯。其言直致，而少對偶，指事情而綺麗，得《風》、《雅》、騷人之氣骨，最爲近古者也。」《校注》此數句

標點作「至如曹劉，詩多直致，語少切對」。

⑦五字並側：郭紹虞主編《中國歷代文論選》：「如曹植《野田黃雀行》：『利劍不在掌。』劉楨《贈五官中郎將》：『望慕結不解。』」

⑧十字俱平：維寶箋：「『羅衣何飄飄，長裾隨風還』（盛江案：曹植《美女篇》），即是也。」

⑨挈瓶：《左傳》昭公七年：「人有言曰：『雖有挈缾之知，守不假器，禮也』。」杜預注：「挈缾汲者，喻小知，爲人守器，猶知不以借人。」晉陸機《文賦》：「患挈缾之屢空。」膚受：《論語·顏淵》：「浸潤之譖，膚受之愬。」邢昺集解：「皮膚受塵，垢穢其外，不能入内也。」喻浮泛不實，造詣淺薄。漢張衡《東京賦》：「若客所謂末學膚受，貴耳而賤目者也。」（《文選》卷三）薛綜注：「膚受，謂皮膚之不經於心胸。」

⑩責古人不辨宫商：梁沈約《宋書·謝靈運傳論》：「自靈均以來，多歷年代，雖文體稍精，而此秘未覩。……張、蔡、曹、王，曾無先覺。」（《文選》卷五〇）沈約《與陸厥書》：「自古辭人，豈不知宫羽之殊，商徵之别？雖知五音之異，而其中參差變動，所昧實多。……以此而推，則知前世文士，便未悟此處。」（《南齊書·文學·陸厥傳》）此句當指沈約等之論。

⑪質素：《文心雕龍·議對》：「及後漢魯丕，辭氣質素，以儒雅中策，獨入高第。」又《書記》：「或事本相通，而文意各異，或全任質素，或雜用文綺。」

⑫師範：《文心雕龍·通變》：「今才穎之士，刻意學文，多略漢篇，師範宋集。」又《定勢》：「史論序注，則師範於覈要。」

⑬ 異端：《論語·爲政》：「攻乎異端。」何晏集解：「攻，治也，善道有統，故殊塗而同歸；異端，不同歸也。」宋李淑《詩苑類格》「孫翌論詩」條：「孫翌曰：……永明文章散錯，但類物色，都乏興寄，晚有詞人争立别體，以難解爲幽致，以難字爲新奇，攻乎異端，斯亦太過。」（盛江案：孫翌編《正聲集》，爲唐人編選詩歌集之一，此處論詩可能爲其《正聲集序》。）

⑭ 穿鑿：《漢書·禮樂志》：「以意穿鑿，各取一切。」

⑮ 興象：《河岳英靈集》評陶翰詩：「既多興象，復備風骨，三百年以前，方可論其體裁也。」又評孟浩然詩：「浩然詩，文彩豐茸，經緯綿密，半遵雅調，全削凡體。至如『衆山遥對酒，孤嶼共題詩』，無論興象，兼復故實。」

關於「興象」，敏澤《中國文學理論批評史》：「『興象』實際上就是要求情與景渾，在對外物的情景交融的描寫中，抒發詩人的感情。這正是當時王維、孟浩然一派詩風的基本的特點。」（人民文學出版社一九八一年）

羅師宗强《隋唐五代文學思想史》：「興與象結合成一個新的文學理論基本概念，則是殷璠的創造。他在盛唐詩人們已經創造了情景交融的詩歌意境之後，繼承了前此在文藝領域已經使用的『興』與『象』這樣兩個術語，似是吸收了『興』的感情興發之義，而把『象』擴大爲境界的概念加以使用，並且，把它們結合在一起，用來表述情景交融的詩歌意境。」

蔡鍾翔等《中國文學理論史》二：「『興象』是與内容空虛、格調輕靡、形式華艷之作的審美特徵相對立的概念」；「『興象』與『風骨』，有區別又有聯繫，二者既可以單獨存在，自成一格，又可以互相融會，備於一體」；「『興象』一詞中包括了形式優美，構思綿密，格調高雅等方面的因素」；「如果説『興象』概念衹適用於山水詩，那也不盡然」，「所謂『興象』，可以説是構成詩歌的内容（客觀的人事景物、主觀的情理意興等）、形式（聲律、詞采等）的諸因素，在創作中達到辯證統一、渾融一體時所創造出的一種藝術境界，以及這種藝術境界所具有的審美特徵」。

李珍華、傅璇琮《河岳英靈集研究》：盛唐人「已把興作爲外界與主體相契合而産生的一種創作萌動，一種積極的藝術思維的閃光」，興「既是外界的反映，又是對外界的把握，創作主體處在一種亢奮狀態，似乎有一種籠萬物爲己有的情狀」；象「指的是外界事物的各種表象」；「從興象所藴含的内涵來説，是神、氣、情。在盛唐時代，特别是氣與情，對於創造具有興象那樣的詩境起了很大的作用，正由於有那樣一種表現力量之美的氣骨和體現豐富的内心世界的情致，纔促使詩人萌動着的創作欲與物象相結合，造成了一種明朗透徹、豐滿闊大、能以深切的或强烈的情緒激發讀者的藝術形象」。

張少康《中國文學理論批評發展史》：「興象」「是指詩歌中完整的審美意象，不過，這種審美意象偏重於指主體比較隱蔽的客體形象，然而它又可以極大的感發人的性靈，産生濃厚的審美興趣，啓發人們豐富的想像」；「『風骨』是『興象』必須具備的基本内容之一」，「『興象』超遠的作品，應當具有『神來、氣來、情來』之妙」，「『興象』的構思要新穎、奇特、巧妙，並且具有自然的聲律之美」。

王運熙、楊明《隋唐五代文學批評史》：「所謂興象，大抵是指自然景物和詩人由此引起的感受」，殷璠「是自覺地把風骨、興象二者作爲一雙標尺來衡量盛唐詩歌的，同時也説明他認爲二者並不常常能在同一個詩人作品中兼備」。

⑯輕艷：輕靡浮艷，指梁以後宫體詩風。《梁書·簡文帝紀》：「雅好題詩，其序云：『余七歲有詩癖，長而不倦。』然傷於輕艷，當時號曰『宫體』。」《周書·趙僭王宇文招傳》：「好屬文，學庾信體，詞多輕艷。」《北史·唐瑾傳》：「瑾次子令則，性好篇章，兼解音律，文多輕艷，爲時人所傳。」《北齊書·文苑傳序》：「初因書屏風，敕通直郎蘭陵蕭放及晉陵王孝式録古名賢烈士及近代輕艷諸詩以充圖畫，帝彌重之。」

⑰將何用之：自以上「挈瓶膚受之流」至此，主要批評沈約等所代表之永明文風。

⑱自蕭氏以還：蕭氏指梁王室，此句當指南朝梁代之後，尤其梁簡文帝蕭綱（五〇三—五五一）等倡宫體之後，即前所言「且大同至於天寶」的「大同」之後。《隋書·文學傳序》：「梁自大同之後，雅道淪缺，漸乖典則，争馳新巧。簡文、湘東，啓其淫放，徐陵、庾信，分路揚鑣。」所論即指此。

⑲矯飾：造作誇飾。《後漢書·章帝紀》：「俗吏矯飾外貌，似是而非。」

⑳武德（六一八—六二六）：唐高祖年號。

㉑微波：維寶箋：「尚有六朝之餘波也。」鍾嶸《詩品序》：「永嘉時，貴黄老，稍尚虚談，于時篇什，理過其辭，淡乎寡味。爰及江表，微波尚傳。」

㉒貞觀（六二七—六四九）：唐太宗年號。

㉓ 標格：風範、格調。北魏温子昇《寒陵山寺碑序》：「大丞相渤海王，命世作宰，惟機成務，標格千仞，崖岸萬里。」（《藝文類聚》卷七七）

㉔ 景云（七一〇—七一一）：唐睿宗年號。

㉕ 開元（七一三—七四一）：唐玄宗年號。

吴光興《〈河岳英靈集〉的地域性、派别性問題》：「《英靈集·叙》提出『開元十五年』一目之直接原因，乃是王昌齡、常建進士及第之年而已。」「既然殷璠真心實意地推崇王昌齡、常建爲文學典範，那麽，將王昌齡、常建及第之『開元十五年』（七二七）作爲觀察、紀録文學史風尚變遷的一個標誌點，在唐人的語境中出現就順理成章了。」（《文學評論》二〇一二年第二期）

㉖ 聲律風骨始備矣：《世説新語·賞譽》注引《晉安帝紀》：「羲之風骨清舉也。」《文心雕龍·風骨》：「結言端直，則文骨成焉；意氣駿爽，則文風清焉。若豐藻克贍，風骨不飛，則振采失鮮，負聲無力。」唐陳子昂《與東方虬修竹篇序》：「漢魏風骨，晉宋莫傳。」（《全唐詩》卷八三）《河岳英靈集》評劉昚虚：「然聲律婉態，無出其右，唯氣骨不逮諸公。」評陶翰：「既多興象，復備風骨。」評崔顥：「晚節忽變常體，風骨凜然。」評王昌齡：「饒有風骨，與儲光羲氣同體別，而王稍聲俊，多驚耳駭目之句。」（此據《唐音癸籤》卷五，上海古籍出版社一九八一年）

關於唐初至盛唐詩風變化，明高棅《唐詩品彙·總序》有論述，云：「貞觀永徽之時，虞、魏諸公，稍離舊習，王、楊、盧、駱，因加美麗。劉希夷有閨帷之作，上官儀有婉媚之體，此初唐之始製也。神龍以還，洎開元初，陳子昂古風雅正，李巨山文章宿老，沈、宋之新聲，蘇、張之大手筆，此初唐之漸盛也。開元、天寶間，則有李翰林之飄逸，杜工部之沈鬱，孟襄陽之清雅，王右丞之精緻，儲光羲之真率，王昌齡之聲俊，高適、岑參之悲壯，李頎、常建之超凡，此盛唐之盛者也。」又《唐詩品彙·叙目》：「唐氏勃興，文運丕溢。……若夫世南屬和，匡君以正，魏徵終篇，約君以禮，辭之忠厚，豈曰文爲。及乎永徽以還，四傑並秀於前，四友齊名於後。劉氏庭芝古調，上官儀新體，雖未遏其微波，亦稍變乎流靡。」「神龍以還，品格漸高，頗通遠調。前論沈、宋比肩，後稱燕、許手筆。又如薛少保之《郊陝》篇，張曲江公《感遇》等作，雅正沖澹，體合《風》《雅》，駸駸乎盛唐矣。」（上海古籍出版社一九八二年）可與參看。

關於「風骨」之内涵，羅師宗强《隋唐五代文學思想史》：「（盛唐詩人）風骨追求的具體表現，就是在作品中表現高昂明朗的感情基調，雄渾壯大的氣勢力量。」「他們繼承建安風骨的，衹是它的濃烈壯大感情，是它的巨大的氣勢力量，而把作爲它重要組成部分，構成它重要特色的悲涼情調揚棄了，代之以昂揚、明朗的感情基調。」

張少康《中國文學理論批評發展史》：「（殷璠）對於風骨的理解，大體和鍾嶸所説的『建安風力』，以及劉勰論建安詩的『梗概多氣』是一致的，也就是陳子昂所謂『漢魏風骨』，李白所謂『建安骨』。但是，殷璠對『風骨』的理解還有另一方面的含義，即是指超然物外、避世隱居那種仙風道骨般的飄逸之氣。」「殷璠的『風骨』論設格較寬，着重於描寫對象的風貌神態，具有『離形得似』、『傳神寫照』之妙。」

㉗「寔由」六句：唐代自太宗時起生活上即已尚樸戒奢，文藝上反對釋實尚華。《貞觀政要·儉約》

記貞觀元年唐太宗謂侍臣：「至如雕鏤器物，珠玉服玩，若恣其驕奢，則危亡之期可立待也。自王公已下，第宅、車服、婚嫁、喪葬，準品秩不合服用者，宜一切禁斷。」又《貞觀政要・文史》載貞觀初唐太宗謂房玄齡曰：「比見前後漢史載録揚雄《甘泉》、《羽獵》，司馬相如《子虛》、《上林》，班固《兩都》等賦，此既文體浮華，無益勸誡，何假書之史策？其有上書論事，詞理切直，可裨於政理者，朕從與不從，皆須備載。」然殷璠此處所言之「主上惡華好樸，去僞從真」，可能主要指玄宗。先天二年七月，玄宗命益州長史畢構等宣撫四方，「所至之處，申諭朕心，並令屏絶浮華，敦崇仁厚」（徐松《登科記考》卷五，中華書局一九八四年）。開元二年「七月乙未，焚錦繡珠玉於前殿，戊戌，禁採珠玉及爲刻鏤器玩、珠繩帖縧服者，廢織錦坊」（《新唐書・玄宗紀》）。開元六年二月下詔：「我國家敦古，質斷浮艷。禮樂詩書，是宏文德，綺羅珠翠，深革弊風。必使情見於詞，不用言浮於行。比來選人試判，舉人對策，剖析案牘，敷陳奏議，多不切事宜，廣張華飾。何大雅之不足，而小能之是衒？自今以後，不得更然。」（《登科記考》卷五）均爲例子。

璠不侫〔一〕，竊嘗好事〔二〕①，常願删略群才〔三〕②，贊聖朝之美〔四〕。爰因退跡，得遂宿心③。粵若王維〔五〕、王昌齡〔六〕、儲光羲等三十五人〔七〕④，皆河岳英靈也〔八〕⑤，此集便以「河岳英靈」爲號〔九〕。詩二百七十五首〔一〇〕⑥，爲上下卷〔一一〕⑦。起甲寅，終癸巳〔一二〕⑧。論次于序〔一三〕⑨，品藻各冠篇額〔一四〕⑩。如名不副實，才不合道，縱權壓梁、竇〔一五〕⑪，終無取焉〔一六〕。

【校記】

〔一〕「不佞」，高甲本作「不接」，《文苑英華》作「雖不佞」，四部叢刊本作「不捼」。

〔二〕「嘗」，原作「當」，各本同，據《文苑英華》及四部叢刊本改。

〔三〕「常」，四部叢刊本無。「删」，原作「那」，三寶、高甲、高丙、醍甲、仁甲、義演本同，三寶本眉注「删」，據六寺、江户刊本、維寶箋本改。

〔四〕「聖」，六寺本作「堊」。

〔五〕「粵」，高丙、醍甲、仁甲、六寺、義演本作「奥」，原左旁注「音越又音曰與越同」，三寶本訓「ココニ」（此處）。

〔六〕「王昌齡」，原作「昌齡」，各本同，據《文苑英華》補「王」字。

〔七〕「羲」，原作「儀」，各本同，據《文苑英華》改。「三十」，原作「卅」，三寶、高甲、六寺等本同，據醍甲、義演、江户刊本、維寶箋本等改。「三十五人」，《文苑英華》亦作「三十五人」，四部叢刊本作「二十四人」，今本《河岳英靈集》實收二十四人（詳下）。《譯注》：「推測這本書後來有很多缺損，不應該據現行本改這個數字。」今從之。

〔八〕「河」，醍甲、仁甲、義演本作「何」。

〔九〕「便」，《文苑英華》作「即」。「號」，《文苑英華》作「稱」。

〔一〇〕「二百七十五首」，《文苑英華》作「一百七十首」，《譯注》：「『一』可能爲『二』之誤。」四部叢刊本作「二百三十四首」。

〔一一〕「爲」，《文苑英華》、四部叢刊本作「分爲」。

〔一二〕「癸巳」，《文苑英華》作「乙酉」。

〔一三〕「論」，四部叢刊本作「綸」。

〔一四〕「品藻」，《文苑英華》作「以品藻」。「冠」，《文苑英華》作「冠于」。

〔一五〕「權」，醍甲、仁甲、義演本作「摧」，原左旁注「壅」，六寺本作「壅」，脚注「權」，《文苑英華》無。「壓」，醍甲、仁甲、六寺、義演本作「厭」。「寶」下原衍「續」字，眉注「寶」，高丙本衍「續寶」二字，據三寶、高甲、醍甲、六寺本删。

〔一六〕「終無」，原作「終無改無」，高丙本同，六寺、松本、江户刊本、維寶箋本作「終改無」，三寶本脚注「改」，醍甲、仁甲、義演本作「終無」。《校勘記》：「『終無取焉』爲是，恐當初將『無取』誤記作『無改』，作爲『改』的校字旁記『取』字，後又誤入本文。」今從之删「改無」二字。

【考釋】

①好事：《孟子·萬章上》：「好事者爲之也。」《文心雕龍·書記》：「休璉好事，留意翰墨，抑其次也。」

②删略：維寶箋：「删去闕略也，《大學序》曰：『大致多删略。』」

③「爰因」二句：關於殷璠編《河岳英靈集》，唐吴融《過丹陽》「藻鑒難逢耻後生」句自注：「殷文學於此集《英靈》。」（《全唐詩》卷六八四）關於殷璠何以「退跡」而編《英靈集》，《譯注》及李珍華、傅璇琮《河岳英靈集研究》均謂殷璠可能曾任州郡文學一職，而後辭去此品位極低之官職，長時期退隱。陳尚君《殷璠〈丹陽集〉輯考》則謂：「頗疑殷璠從進士試在開元中，因屢試不中，遂絶意仕途，退歸鄉里，以銓評天下英髦爲志。」

④ 王維：參本書地卷《十七勢》「第九感興勢」考釋。王昌齡：參本書天卷序考釋。儲光羲（七〇六？—七六二？）：唐山水田園派之重要詩人，潤州延陵（今江蘇丹陽）人，《全唐詩》編其詩爲四卷（卷一三六至一三九）。

吳光興《〈河岳英靈集〉的地域性、派別性問題》：殷璠明確推舉王維、王昌齡、儲光羲爲當代詩人前三位代表，王維名列第一，但「三位詩人在殷璠心目中實際佔有的並非同樣重要的地位」。「綜合全書各方面因素，《英靈集》備受推崇的第一作者的位置，非王昌齡莫屬」。「殷璠之列舉王維爲『河岳英靈』第一人，祇是對王維當代文壇宗主的客觀地位的消極的被動的承認而已」（《文學評論》二〇一二年第二期）。

⑤ 英靈：《北齊書·文苑傳序》：「譬雕雲之自成五色，猶儀鳳之冥會八音，斯固感英靈以特達，非勞心所能致也。」唐李嶠《江》詩：「英靈已傑出，誰知卿雲才。」（《全唐詩》卷五九）

中澤希男《河岳英靈集考》：「『河岳英靈』這一題名，和唐李嶠《江》詩（「英靈已傑出，誰知卿雲才」）中的『英靈』字面上可能有聯繫，但將它和這個集中所收的王維《送綦毋潛落第還鄉》一詩相關聯可能更爲妥當。這首詩，以『聖代無隱者，英靈盡來歸』開始，而以『吾謀適不用，勿謂知音稀』句結尾。如上所述，編者是寒門不遇之士，集中也都是沈淪於逆境的人們。《集》以『英靈』爲題名，寓含着此詩之意，編者自己以寒士知音自任，可能寄寓着這樣的意圖，即要表彰這些空懷傑出才能卻不遇於時的人們於千載之下。」

《譯注》:「河岳英靈,『河岳』即黄河和五岳之氣產生出來的傑出人才之意。收入《英靈集》的王維《送綦毋潛落第還鄉》有『聖代無隱者,英靈盡來歸』之句。」

王運熙、楊明《隋唐五代文學批評史》:「此書所選二十四家,均爲盛唐詩人,與殷璠屬同時代。所謂『河岳英靈』,謂祖國河山所孕育的英俊詩才。唐人作品中往往以英靈指英俊之士,如陳子昂詩云:『蜀山金碧路,此地饒英靈。』(《送殷大人入蜀》)王維詩云:『聖代無隱者,英靈盡來歸。』(《送綦毋潛落第還鄉》)按《詩·大雅·崧高》有云:『崧高維嶽,駿極於天,維嶽降靈,生甫及申。』後世河岳英靈語源,殆出於此。《文心雕龍·時序》述南齊文學時有云:『海岳降神,才英秀發。』已用此詞語贊美當代文人。有的研究者曾認爲英靈指已經逝世的人,不確。又晁公武《郡齋讀書志·附志拾遺》題此書爲《河海英靈集》,與原集及各家記載不合,當出誤記。」

⑥詩二百七十五首:現行本《河岳英靈集》,收常建十五首、李白十三首、王維十五首、劉昚虚十一首、張謂六首、王季友六首、陶翰十一首、李頎十四首、高適十三首、岑參七首、崔顥十一首、薛據十首、綦毋潛六首、孟浩然九首、崔國輔十一首、儲光羲十二首、王昌齡十六首、賀蘭進明七首、崔曙六首、王灣八首、祖詠六首、盧象七首、李嶷五首、閻防五首,共二十四人,二百三十首。

關於《河岳英靈集》選詩的數目,中澤希男《河岳英靈集考》云:「《秘府論》引用的《序》作『二百七十五首』,但《英華》引用的《序》爲『一百七十首』,『一百』恐爲『二百』之誤。詩人數,《秘府論》和《英華》一致,都是『三十五人』。《中興館閣書目》有『二十四人,詩二百三十首』,《書録解題》有『二十四人,詩二百三十四首』，據此可知，南宋之際，這個集子缺損已甚，詩人數佚十一，詩數佚約四十首。明初刊本《序》有『二十四人，詩二百三十四首』，《館閣書目》和《書録解題》一致。今實際檢詩人數二十四，和它們一致，但詩數爲二百二十八首，已佚六首。和《館閣書目》約略同時而編的計有功《唐詩紀事》全部引用現行本所載的二十四人中除李白和賀蘭進明之外的二十二人的評語，賀蘭進明條《劍路難》注『商璠取於河岳英靈集』。《紀事》的引用和現行本對照，字句有很多異同，但可以説大致没有變動。因此不妨可以認爲計氏所見本和現行本詩人數和詩數大略相同。要之，現行本和南宋初本没有大的差别，但和原本相比，詩人數佚十一，詩數佚四十七首。」

李珍華、傅璇琮《河岳英靈集研究》：「詩篇則各本及《文鏡秘府論·定位》所載，都二百三十四，但以今存各本統計，僅二百三十首。清《四庫全書總目提要》稱殷璠的張謂評語中曾舉出《代北州老翁答》與《湖上對酒行》的篇名，而集中衹有《湖上對酒行》而無《代北州老翁答》，因此『疑傳寫有所脱佚』。這一説法是有一定道理的。雖然我們注意到趙士煒《宋中興館閣書目輯考》卷五中引《玉海》卷五十九，稱其所收詩『總二百三十首』，與今存各本實際數一致，但南宋的《直齋書録解題》(卷十五)還是稱『集常建等詩二百三十四首』。『二百三十四』這一數目，各書、各本所載如此一致，而且又有《四庫全書總目提要》提出的疑問，使人覺得《叙》中的『二百三十四』確是殷氏原文，而現在所存之所以僅爲二百三十首，則可能是因流傳過程中有所脱漏。」

盛江案：《文鏡秘府論》各傳本南卷《定位》引《河岳英靈集叙》均作「二百七十五」，並非「二百三十四」。疑《河岳英靈集》流傳至日本時詩篇數爲「二百七十五」，而在中國國内流傳過程中有脱漏，至宋時已衹有「二百三十四」首，故而傳刻者據此數以意作了改動，再往後又有脱漏，成現行本之「二百三十」首。而其最早之原本，仍當以《文鏡秘府論》南卷《定位》所載爲是，即「二百七十五」首，今已佚四十五首。當年流傳至日本，除《文鏡秘府論》所引之《敍》之外，或尚有《河岳英靈集》本文。詩人數爲「三十五」，詩數爲「二百七十五」，保存完好之《河岳英靈集》，或者尚能在日本找到。

⑦爲上下卷：關於《河岳英靈集》之卷數版本，《新唐書·藝文志》、《直齋書録解題》、《文獻通考》、《中興館閣書目》及《文苑英華》均作二卷，然汲古閣本、四部叢刊本則作三卷。《四庫全書總目》亦作三卷，並曰：「釐爲上中下三卷，其人又不甚敍時代，毋亦隱鍾嶸三品之意乎？」

中澤希男《河岳英靈集考》：「《秘府論》爲（日本）大同弘仁間的著作，相當於唐朝元和年間，距《英靈集》編成不過二三十年，對於《英靈集》，可以説是最早的而且是值得信憑的文獻。」「南宋初編的《中興館閣書目》和南宋末著的《書録解題》等，都著録此書爲二卷，因此毫無疑問，這個集子本來就是二卷。明初以來通行本《序》依然記作『分爲上下卷』，則實際卻分爲三卷，不用説，那是後人臆改的結果。但是《四庫提要》盲目信從通行本爲原形，把這個集子分爲三卷，並且認爲寓有仿梁鍾嶸《詩品》三品之意，斷言『《文獻通考》作二卷，蓋字誤也』。《通考》實原本引用《書録解題》，簡單地説《通考》之誤，這是輕率的考慮，是一個疎漏，以至惑於成見而盲目下結論。毛斧季舊抄二卷本，後來歸爲黄丕烈所有，丕烈在跋文中從這個舊鈔本和《書録解題》著録的卷數一致，推斷三卷本爲後人妄改，嘲笑近人依俗本而認爲這個集子寓有《詩品》三品之意是痴人説夢之類（這個跋作於乾隆五十九年，《提要》作於乾隆三十九年，當是暗斥《提要》之誤）。」

余嘉錫《四庫提要辨證》指出：「璠序云：『粤若王維、昌齡、儲光羲等二十四人，皆河岳英靈也。』然則璠意中本無高下之分，即令有之，於其所舉三人，亦是相提並論，而今本王維在卷上，昌齡、光羲在卷中，若以此爲三品，豈璠之意乎？」（中華書局一九八〇年）

李珍華、傅璇琮《河岳英靈集研究》謂：北宋前期到南宋中期，《河岳英靈集》流傳於世的，都是二卷本，未有作三卷的。今所見二卷本《河岳英靈集》，都藏於北京圖書館善本部，一爲明清之際的季振宜所藏，另一爲清末莫友芝所藏據毛扆校本過録的本子，這兩個本子經李、傅二先生仔細核對，可以確定是出於同一刻本，即都是宋刻。兩書中「署」、「敬」、「恒」、「貞」、「廓」等均缺末筆，皆避宋帝諱，廓字避宋寧宗（一一九五—一二二四）之諱，其書之刻不會在此之前。在此之後，即不見有二卷本著録，明代中期，流傳於世者，已爲三卷本。

盛江案：據此，則《河岳英靈集》本爲二卷，三卷出後人臆改。又，《日本國見在書目録》、《通志・藝文略》等均作一卷，當爲「二卷」之誤。又，《校勘記》：「《英靈集》於南宋初即已佚脱，但又似保存了二卷的原形。但是由於佚脱，失去上下卷的均衡，不知由誰任意改編成三卷，成爲現行的三卷本的源流。二卷本雖然也流行，但這是否南宋之舊，是可以懷疑的。」北京圖書館藏二卷本經李、傅等考證爲宋刻本，確爲南宋之舊，則中澤希男之懷疑已可釋除。

⑧「起甲」二句：甲寅，爲開元二年（七一四）。癸巳，爲天寶十二載（七五三），《文苑英華》作「乙酉」，乙酉爲天寶四載（七四五）。宋元祐三年（一〇八八）録宋景文《國秀集》後宋徽宗大觀年間曾彦和跋云：「殷璠所撰《河岳英靈集》，作於天寶十一載（七五二）。」

中澤希男《河岳英靈集考》：「『終癸巳』祇不過是叙述選詩的範圍，直接把這一年作爲這個集子編選的年代則是錯誤的。這個集子中常建條『今常建亦淪於一尉』，常建爲盱眙尉在大曆中（宋王安石《唐百家詩選》卷四常建條有「大曆中爲盱眙尉」），則此一事可知這個集子不是天寶年間編的。當時的選集有二種形式，一種仿《文選》和《詩品》體例，不録存者，一種仿《玉臺新詠》的體例，並録存者之詩（原注：唐代選集，僧惠浄《續古今詩苑英華》、李康成《玉臺後集》、芮挺章《國秀集》、元結《篋中集》等，均兼收存者之詩作）。這個集子採用哪一種形式呢？《序》的開頭提示《文選》，這可能表示殷璠對《文選》關心很深；又，其詩論和評論明顯看出受到《詩品》的影響，從這些情況推測，這個集子仿《文選》、《詩品》的體例，採取不收入存者詩的立場，我想這樣看是比較隱妥的。如果這個推測不錯，那麼岑參的歿年經考證爲大曆四年，張謂的歿年雖然不詳，但有佐證説明他大曆九年還在世（如《唐詩紀事》卷二五張謂條），從這些情況推測，這個集子編於大曆九年以後是很清楚的。又如前所述，《序》有『爰因退跡，得遂宿心』，指殷璠從文學一職中退下來，前已考證，那是建中以後的事，如果這個推測不錯，這個集子必須看作建中（七八〇—七八三）以後編的東西。」

《譯注》：「從收入集中的詩人卒年等推測，當編纂於大曆（七六六—七七九）末年至建中（七八〇—

七八三）年間。」

王運熙、楊明《河岳英靈集的編集年代和選詩標準》（《唐代文學論叢》一九八二年第一期）考證收入《河岳英靈集》之作品，如李頎《聽董大彈胡笳聲兼語弄寄房給事》、高適《封丘作》、李白《夢遊天姥别東魯諸公》、《憶舊遊寄譙郡元參軍》、《遠别離》等詩，均作於天寶四載之後，評中叙及的王昌齡、賀蘭進明後期之事跡，亦衹能在天寶四載之後，不能在這之前，故作「癸巳」爲是。

蔣凡《河岳英靈集與杜甫》（《草堂》，一九八三年第一期）推測此書初編成於天寶初年，下限爲乙酉，其後加以增補，下限移至癸巳。

曾彦和所説「天寶十一載」别無他據，當爲「天寶十二載」之誤。

盛江案：以上諸説並有根據，然多有可疑之處。《河岳英靈集叙》（簡稱《叙》）中謂「起甲寅，終癸巳」，何以作此明確斷限？諸家並以爲此爲編選作品時間範圍，若然，編入《河岳英靈集》二十幾位詩人，未有根據説明殷璠與他們均有密切交往，若未有密切交往，殷璠以何根據確知並斷定作品寫作年代「起甲寅，終癸巳」？依中澤希男説，《河岳英靈集》當編於德宗建中（七八〇—七八三）之後，自「癸巳」即天寶十二載（七五三）至建中（七八〇—七八三）後，有二三十年時間，如此長時間之作品何以未被收入《河岳英靈集》？可以解釋説，編《河岳英靈集》是爲表現開元天寶間「聲律風骨始備」之文學新面貌，然殷璠於《叙》亦明確曰，「聲律風骨始備」乃在「開元十五年後」，若自「頗通遠調」算起，亦在「景雲中」，即七一〇年起，何以恰恰「起甲寅」即起自開元二年（七一四），而「終癸巳」即終於天寶十二載（七五三）？再則，依中澤希男説，《河岳英靈集》編於德宗朝，然《叙》中殷璠謂「實由主上惡華好樸，去僞存真」云云，前謂「開元十五年後」，緊接着謂「主上」，且此「主上」是「惡華好樸，去僞存真」，此所謂「主上」當指玄宗，而所謂「主上」，當指當今主上，若然，則殷璠編《河岳英靈集》，當與玄宗同朝。又當作何解釋？

故而，《河岳英靈集》或當編於玄宗朝，而不當編於德宗朝。或者初編於玄宗朝，至少《叙》寫於玄宗朝，而《河岳英靈集》正文，尤其各詩人名下品藻題額，其初稿或者與《叙》作於同時，而後來又有修改。「起甲寅，終癸巳」或者爲編纂起始時間，誠然，編入《河岳英靈集》之二百多篇作品，或亦作於大致同時或稍前，殷璠因見「景雲中頗通遠調」，又不滿於前代選本之銓簡不精，加以自己仕途失意，遂有意收集當代詩人作品。有意收集作品時間，在「甲寅」年，即距「景雲中」文風漸變三四年時，而終止時間在「癸巳」年，收集作品終止時間，當即《河岳英靈集》編定時間。晚唐吴融《過丹陽》謂「殷文學於此集《英靈集》」，可有兩種解釋。一種解釋，所謂「殷文學」，或者乃用其後來之官職以尊稱，非謂殷璠任「文學」一職之後方編《河岳英靈集》。或者殷璠屢試進士不第，遂「退跡」而志於銓評群才，然後來其仍出而任過州文學一職，則時在德宗朝。另一種解釋，或者玄宗朝即已有州郡府「文學」一職，此未必爲德宗朝方改之官名。

至於常建爲盱眙尉在大曆中，而《河岳英靈集》常建條卻説「今常建亦淪於一尉」，或者《河岳英靈集》初稿編於玄宗朝，後又作了修改，故補常建淪爲縣尉一事，然亦可能在玄宗朝常建即已「淪於一尉」。

⑨ 論次於序：中澤希男《河岳英靈集考》：「《序》有『起甲寅，終癸巳，綸次於叙』，這個集子本來可

能是按時代順序排列的。傳本第十三的綦毋潛起到賀蘭進明六人，除孟浩然，均按登第年代的順序排列，這可能是照原形傳下來的。就是説，讓人想像這個集子可能是按登第年代的先後順序排列，而把沒有登第的適當地插進去。但是，傳本除前面所説的一些人，其他的都未必按這個順序排列，非常錯亂。這種錯亂，是原本就已如此，還是後人臆改了呢，則不詳。要之，今天以排列上可以比較確切一點考慮的，是前述的從綦毋潛到賀蘭進明這一群人，和壓卷的常建，常建其次排列李白、王維這三點。常建姑置不論，這個集子如果本來是按時代排列順序的話，李白和王維排在前頭是理所當然的，把這看作原形我想是不會有錯的。常建作爲壓卷，各本均一致，《唐詩紀事》（三十一常建條）又有明確記載，這是不得不相信的。但也並非毫無懷疑的餘地。唐人選集，把編者看作大家的詩人作爲壓卷是慣例（元結《篋中集》沈千運，《中興間氣集》上卷錢起，下卷郎子元，《極元集》上卷王維，下卷韓翃，各自作爲壓卷，就是例子），如果這個集子也沿用這一慣例，那麽，編者特别寄予深摯之情的是什麽人，就成爲問題了。《序》裏特别記述了王維、王昌齡、儲光羲三人，王昌齡條作爲接踵曹劉陸謝而來的，標舉了王昌齡和儲光羲。（《序》：「粤若王維、王昌齡、儲光羲等三十五人。」王昌齡條：「元嘉以還四百年内，曹劉陸謝，風骨頓盡，頃有太原王昌齡、魯國儲光羲，頗從其跡。」）由此可以窺測編者特别推崇這三人。如果從評語看，王維的評語作爲壓卷是太短了，而王昌齡和儲光羲的評語不論從長度説，還是從字句説，裝飾上下卷的卷頭，都可以認爲是合適的。但是，常建的評語也是亞於昌齡的長文，建終其一生空懷高才而沈淪於一尉，編者對此寄予無限同情，評語措辭慷慨激越，用這樣論調的評語作爲壓卷，是非常合適的。何況南宋初也仍是以常建作爲卷首，懷疑這一點是勉强的。進一步可以説明，上卷以常建爲壓卷，這是傳下來的原形，這一點是可信的。那麽下卷卷首是誰呢？何本以崔顥，毛本以高適各自爲卷首。崔、高當時被視爲詩宗，哪一個作爲卷首，體例上都是齊整的，但從評語看，這感到這兩個人有點不自然。因此懷疑本來不是崔、高，而是王昌齡。其理由，編者特别推重昌齡，其評語置於卷首也比較合適。又，《序》云『開元十五年後，聲律風骨始備矣』，特别標舉開元十五年。之所以特别標舉開元十五年，一定有某種深意。今求其理由，就自然想到編者特别推崇的常建和王昌齡都在這一年登第這一事實（據《郡齋讀書志》卷一七王昌齡詩條和常建詩條，但《書録解題》卷一九王江寧條説「與常建俱開元十四年進士」，兹從晁氏）。編者可能就是作爲昌齡和常建登第的紀念而特别標記這一年。根據這三點，上卷以常建作爲壓卷，與此相對，下卷以王昌齡作爲壓卷，這樣的推斷我想決不是汗漫無據之論吧？」

⑩ 品藻各冠篇額：《河岳英靈集》各詩人作品前，均有簡短評語。品藻：《漢書·揚雄傳》：「爰及名將尊卑之條，稱述品藻。」顔師古注：「品藻者，定其差品及文質。」《世説新語》有「品藻」一章。

⑪ 縱權壓梁、竇：梁、竇：梁冀、竇憲，均漢權勢之家。梁劉孝標《廣絶交論》：「若其寵鈞董、石，權壓梁、竇。」（《文選》卷五五）李善注：「權，猶勢也。范曄《後漢書》曰：『梁冀，字伯卓，爲大將軍，專擅威柄，凶恣日積。』」劉宋范曄《宦者傳論》：「和帝即祚幼弱，而竇憲兄弟專總權威。」（《文選》卷五〇）《後漢書·竇憲傳》：「（憲）兄弟親幸，並侍宫省，賞賜累積，寵貴日盛，自王、主及陰、馬諸家，莫不畏憚。」

集論〔一〕①

昔伶倫造律〔二〕②，蓋爲文章之本也。是以氣因律而生〔三〕③，節假律而明，才得律而清焉。豫於詞場〔四〕，不可不知音律焉。如孔聖刪詩〔五〕④，非代議所及〔六〕。自漢、魏至于晉、宋，高唱者十有餘人〔七〕⑤，然觀其樂府，猶時有小失。齊、梁、陳、隋〔八〕，下品寔繁⑥，專爭拘忌〔九〕⑦，彌損厥道。夫能文者，匪謂四聲盡要流美，八病咸須避之，縱不拈二〔一〇〕⑧，未爲深缺〔一一〕。即「羅衣何飄飄〔一二〕，長裾隨風還」⑨，雅調仍在〔一三〕⑩，況其他句乎？故詞有剛柔〔一四〕⑪，調有高下，但令詞與調合〔一五〕⑫，首末相稱，中間不敗，便是知音。而沈生雖怪曹、王「曾無先覺」〔一六〕⑬，隱侯去之更遠〔一七〕⑭。璠今所集，頗異諸家，既閑新聲⑮，復曉古體⑯。文質半取⑰，《風》、《騷》兩挾〔一八〕。言氣骨則建安爲儔〔一九〕⑱，論宮商則太康不逮⑲。將來秀士，無致深憾〔二〇〕。

【校記】

〔一〕「集論」以下《文苑英華》無。

〔二〕「昔」上四部叢刊本有「論曰」二字。

〔三〕「以」，原作「八」，三寶、高甲本同，三寶本右旁注「以イ」，高丙本作「以八」，據醍甲、六寺本改。「因律而生」，高丙本右旁注「以下闕」。

〔四〕「豫」，四部叢刊本作「寧預」。

〔五〕「如」，四部叢刊本無。「删」，醍甲、仁甲、義演本作「那」。

〔六〕「代」，原作「伐」，據三寶、高甲等本改。「代」即「世」，避唐諱「世」而作「代」。「議」，松本、江户刊本、維寶箋本作「儀」。

〔七〕「十有餘人」，原作「千餘人」，各本同，據四部叢刊本改。

〔八〕「隋」，三寶本作「隨」，眉注「隋イ」，六寺本作「隨」，脚注「隋」。

〔九〕「争」，四部叢刊本作「事」。「拘」，高甲、醍甲、仁甲、義演、松本、江户刊本、維寶箋本作「物」。

〔一〇〕「拈」，高丙、仁甲本作「帖」，六寺本作「枯」，眉注「拈」。「拈二」四部叢刊本作「拈綴」，非也。

〔一一〕「未」，豹軒藏本鈴木虎雄注：「『未』當作『末』？」

〔一二〕「衣」，原作「云」，據三寶、高甲本改。「飄颻」，四部叢刊本作「飄飄」。

〔一三〕「調」，松本、江户刊本、維寶箋本作「詞」。

〔一四〕「詞」，六寺本作「調」，脚注「詞」。

〔一五〕「但」，六寺、松本本作「俱」。「詞與」，原作「詞興」，三寶、高甲、高丙本同，原右旁注「與」，醍甲、仁甲、義演本作「興與」，據六寺，江户刊本、維寶箋本改。「合」，高甲本作「令」，六寺本眉注「令字三度讀之」。

〔一六〕「雖」，原作「難」，各本同，據四部叢刊本改。「曾」，原作小字記在行間，據三寶、高甲本正之。

〔一七〕「侯」，原作「侯」，六寺本同，據三寶、維寶箋等本改。「去」，四部叢刊本作「言」。

〔一八〕「騷」，原作「搔」，高甲、高丙、醍甲、仁甲、義演、松本、江户刊本、維寶箋本同，江户刊本、維寶箋本右旁注「騷亻」，從六寺本作「騷」。「挾」，三寶、醍甲、仁甲、義演、松本、江户刊本、維寶箋本作「狹」。

〔一九〕「儔」，四部叢刊本作「傳」。

〔二〇〕「憾」，原作「惑」，各本同，從四部叢刊本作「憾」。

【考釋】

① 豹軒藏本鈴木虎雄注：「『集論』標目當在『或曰梁昭明太子』前，誤跳在此。」《研究篇》下：「『集論』不是大師設定的題目，而是照原典《河岳英靈集》寫下來的。」《校勘記》：「『集論』爲《英靈集》原題，版本誤將『集論』和『論文意』、『論體』、『定位』等諸目並列作爲卷的小目。」《校注》：「此亦《河岳英靈集叙》文也。高行篤本正與本書合，他本則俄空焉。或以『集論』爲一章，並將下文兩段『或曰』列爲此章之文，失之遠矣。」《譯注》：「繼續前文，全文引用可以説是《英靈集》開頭第二的序的文章。題名也就是《英靈集》，『英靈集的論』的意思。《英靈集》如果原爲二卷，那麼，這個『集論』並非没有可能冠於下卷開頭。還有，版本與『論文意』、『論體』、『定位』並列，設『集論』一目，恰好作爲以下四篇論的總題來處理。以後諸本均仿效這一體裁，這是不妥當的。『集論』應該衹是這一篇之名。」

盛江案：《集論》即殷璠《河岳英靈集論》，與前引《河岳英靈集叙》或者爲同一篇文字，抑或爲兩篇文字，一篇爲序，一篇爲論。「集論」二字，或者爲《河岳英靈集》原有，抑或爲空海自擬。《集論》一篇，實際衹到「將來秀士無致深憾」。以下，「或曰晚代銓文者多矣」以下至「若斯而已矣」爲元兢《古今詩人秀句序》；「或曰易曰」以下至「此明時所當變也」一説疑爲《芳林要覽序》；「或曰余每觀才子之作」以下至卷末「流管弦而日新」爲陸機《文賦》。然後面幾篇空海均未標題目。

② 伶倫造律：《吕氏春秋·古樂》：「昔黄帝令伶倫作爲律。」高誘注：「伶倫，黄帝臣。」

③ 氣因律而生：《吕氏春秋·音律》：「天地之風氣正，則十二律定矣。」

④ 孔聖删詩：《史記·孔子世家》：「古者《詩》三千餘篇，及至孔子，去其重，取可施於禮義……三百五篇，孔子皆弦歌之，以求合《韶》、《武》、《雅》、《頌》之音。」

⑤ 高唱：晉陸機《演連珠》：「絶節高唱，非凡耳所悲。肆義芳訊，非庸聽所善。」（《文選》卷五五）梁沈約《梁武帝集序》：「興絶節於高唱，振清辭於蘭畹。」（《藝文類聚》卷一四）十有餘人：《譯注》：「《詩品》將自漢至梁百二十三位詩人分爲上中下三品進行品評，上品選自漢至宋詩人十二人，『十有餘人』恐是意識到這個數字。」盛江案：陸厥《與沈約書》：「自魏文屬論，深以清濁爲言，劉楨奏書，大明體勢之致，岨峿妥帖之論，操末續巔之説，興玄黄於律吕，比五色之相宣，苟此秘未覩，兹論爲何所指邪？」（《南齊書·陸厥傳》）又，《文心雕龍·聲律》：「陳思、潘岳，吹籥之調也，陸機、左思，瑟柱之和也。」此處所謂「高唱者十有餘人」，或者即指此類較早認識到文章聲律美之人。

⑥「齊、梁」二句：《譯注》：「《詩品》下品七十二人中，齊梁詩人占三十四人，與此相反，上品中没有齊梁詩人，中品三十九人中也不過六人。殷璠此處恐是意指這一評價。」

⑦拘忌：《漢紀·惠帝紀》：「故秦得擅其海内之勢，無所拘忌，肆淫奢行，暴虐天下。」梁鍾嶸《詩品序》：「故使文多拘忌，傷其真美。」

⑧拈二：維寶箋：「言必撮取二種不屬對，亦非深缺。」盛江案：維寶箋誤。《眼心抄》於「换頭换聲」下曾論「拈二」，此處之「拈二」當指此。

⑨「羅衣」二句：出魏曹植《美女篇》（《文選》卷二七），十字全平。全詩見本卷《論文意》考釋引。朱宏達、吴潔敏《「和韻」新論》：「羅衣何飄飄二句，用唐律標準衡量確係十字皆平，但古平聲字有清濁（陰陽）之分，這兩句的『羅、何、隨、還』，在《廣韻》裏是濁聲母，其餘六音節爲清聲母。」「不管當時古音的調值如何，應該説這十個音節是分屬於古清濁或陰陽兩種不同的調類。今天無論用普通話還是用吴方言朗讀這十字之文，聲調音列都是高低回環往復，非常悦耳。」其組合形式爲：今音：陽—陰—陽—陰—陰，陰—陰—陽—陰—陽。吴音：濁—清—濁—清—清，清—清—濁—清—濁。古音：低—高—低—高—高，高—高—低—高—低。

⑩雅調：《宋書·樂志》：「遷善自雅調，成化由清均。」此處之「雅調」當指雅體之調，依詩之高雅情思而隨任自然之聲律之調。

⑪詞有剛柔：《文心雕龍·體性》：「然才有庸儁，氣有剛柔。」

⑫「詞與調合」，無論新聲古體，均須與詩之高雅情思格調相合，指聲律要隨詩之内容格調而變化。須根據其他具體情況處理聲律問題。

⑬「而沈生」句：見《宋書·謝靈運傳論》，已見前注。

⑭隱侯去之更遠：《宋書·謝靈運傳論》批評潘、陸、顔、謝對聲律「去之彌遠」。此處以沈約之語反譏沈約「去之更遠」。

⑮新聲：《國語·晉語八》：「平公説新聲。」晉陶淵明《諸人共遊周家墓柏下》：「清歌散新聲，緑酒開芳顔。」（《陶淵明集》卷二）梁鍾嶸《詩品》上評謝靈運：「麗曲新聲，絡繹奔發。」《文心雕龍·明詩》：「仙詩緩歌，雅有新聲。」

⑯古體：梁鍾嶸《詩品》下評阮瑀等：「元瑜、堅石七君詩，並平典不失古體。」《南史·蕭藻傳》：「善屬文，尤好古體。」

⑰文質半取：《隋書·文學傳序》：「若能掇其清音，簡兹累句，各去所短，合其兩長，則文質彬彬，盡善盡美矣。」

⑱氣骨：《文心雕龍·明詩》：「（建安詩）慷慨以任氣，磊落以使才。」《河岳英靈集》評高適：「然適詩多胸臆語，兼有氣骨。」

⑲太康（二八〇—二八九）：晉武帝年號。《文心雕龍·明詩》：「晉世群才，稍入輕綺，張、潘、左、陸，比肩詩衢，采縟於正始，力柔於建安，或析文以爲妙，或流靡以自妍。」又《時序》：「然晉雖不文，人才

實盛……並結藻清英，流韻綺靡。」

或曰〔一〕①：晚代銓文者多矣。至如梁昭明太子蕭統與劉孝綽等撰集《文選》〔二〕②，自謂畢乎天地〔三〕③，懸諸日月。然於取捨〔四〕，非無舛謬〔五〕。方因秀句〔六〕④，且以五言論之。至如王中書「霜氣下孟津」⑤，及「遊禽暮知返」⑥，前篇則使氣飛動〔七〕⑦，後篇則緣情宛密⑧，可謂五言之警策⑨，六義之眉首⑩。棄而不紀〔八〕，未見其得。及乎徐陵《玉臺》⑪，僻而不雅；丘遲《抄集》⑫，略而無當。此乃詳擇全文，勒成一部者，比夫秀句〔九〕，措意異焉〔一〇〕。似秀句者，抑有其例。皇朝學士褚亮⑬，貞觀中〔一一〕，奉敕與諸學士撰《古文章巧言語》〔一二〕⑭，以爲一卷。至如王粲「灞岸」〔一三〕⑮，陸機《尸鄉》⑯，潘岳《悼亡》〔一四〕⑰，徐幹《室思》⑱，並有巧句，互稱奇作〔一五〕，咸所不録。他皆效此。諸如此類，難以勝言。借如謝吏部《冬序羈懷》⑲，褚乃選其「風草不留霜，冰池共明月」〔一六〕，遺其「寒燈耿宵夢〔一七〕，清鏡悲曉髮」。若悟此旨，而言於文，每思「寒燈耿宵夢」，令人中夜安寢〔一八〕，不覺驚魂，若見「清鏡悲曉髮」，每暑月鬱陶〔一九〕，不覺霜雪入鬢〔二〇〕。而乃捨此取彼，何不通之甚哉〔二一〕。褚公文章之士也，雖未連衡兩謝⑳，實所結駟二虞㉑，豈於此篇，咫步千里〔二二〕㉒。良以箕畢殊好〔二三〕，風雨異宜者耳㉓。

【校記】

〔一〕「或曰」，六寺本眉注「元兢古今詩人秀句後序曰」。

〔二〕「昭」，原作「照」，據三寶本改。「蕭」，原作「簫」，各本同，今改。「選」，原作小字補注在行間，據三寶、高甲本正之。

〔三〕「地」，原作則天字「埊」，三寶、高甲、醍甲、仁甲、六寺、義演、江户刊本、維寶箋本同，三寶、醍甲本左旁注「地」，今據改。

〔四〕「取」下六寺、松本、江户刊本、維寶箋本有「於」字，三寶本眉注「於」。

〔五〕「無」，三寶、天海本無。

〔六〕「方因秀句」，豹軒藏本鈴木虎雄注：「『方因秀句』下必有脱句。」潘重規《文鏡秘府論研究發凡》：「『因』下疑有脱字。」

〔七〕「動」，三寶本無，眉注「動」。

〔八〕「紀」下六寺本有「絶」字，原右旁注「絶イ」，三寶本眉注「絶」，天海本作「紀絶」，松本本作「絶紀」。

〔九〕「比」，原作「此」，注「比イ」，三寶本同，據高甲、六寺本改。

〔一〇〕「措」，醍甲、仁甲、義演本作「惜」。「焉」，原作「爲」，三寶、高甲本同，原右旁注「焉」，據六寺、江户刊本、維寶箋本改。

〔一一〕「觀」下松本、江户刊本、維寶箋本有「年」字。

〔一二〕「撰」下羅根澤《中國文學批評史》標一「？」，以示有疑問。

〔一三〕「粲」，原作「癸」，注「粲」，據三寶、高甲、六寺本改。

〔一四〕「亡」，高甲本無。

〔一五〕「互」，高甲本作「平」，三寶、天海本作「互平」。

〔一六〕「月」，原作則天字「迺」，三寶、高甲、高丙、醍甲、仁甲、義演本同。

〔一七〕「耿」，原作「耻」，各本同。《校注》：「江總《姬人怨詩》：『寒燈作花羞夜短。』作『耻』較作『耿』義勝。」兹從今本《謝宣城詩集》作「耿」。「霄」，三寶、六寺、江户刊本、維寶箋本作「宵」，下一「霄」字同。

〔一八〕「人」，原作則天字「𤯔」，三寶、高甲、高丙、松本、江户刊本、維寶箋本同，三寶本右旁注「至亻」，醍甲、仁甲、義演本作「至」，原右旁注「人字也」，醍甲本同，六寺本眉注「𤯔人字」。

〔一九〕「月」，原作則天字「迺」，三寶、高丙、醍甲、仁甲、六寺、義演、江户刊本、維寶箋本同，六寺本有改正符號，眉注「迺」。

〔二〇〕「雪」，六寺本作「寒」，三寶本脚注「寒」。

〔二一〕「何」，原作「而」，醍甲、仁甲、義演本同，三寶本左有抹消符號，眉注「何」，松本、江户刊本、維寶箋本作「而何」。羅根澤《中國文學批評史》：「（而）疑爲『亦』。」據三寶、六寺本改。

〔二二〕「咫步」，三寶本左旁注「六尺也」。「步」，高甲本作「少」。

〔二三〕「畢」，羅根澤《中國文學批評史》：「（畢）疑爲『篳』。」

【考釋】

①或曰：羅根澤《中國文學批評史》：「疑是元兢的《古今詩人秀句序》。」「所以知是元兢《古今詩人秀句序》者，元兢總章中爲協律郎，此言自龍朔元年（六六一），歷十年未終兩卷。龍朔總章都是高宗年號，時代恰相值，一也。《詩人秀句》二卷，此亦言兩卷，二也。元書以外，集秀句者惟有僧元鑒和吴兢的《續古今詩人秀句》二卷，彼續元書，應當言及元書，今未言及，知非彼書，而爲元書，三也。」空海著《文鏡秘府論》是「述」而不好標注來源，「以彼例此，當然也是抄的，不是作的。既是抄的，當然以元兢書序的可能性最大，四也」。

潘重規《文鏡秘府論研究發凡》：「（此篇）乃唐元兢所撰《詩人秀句》一書之序也。案《舊唐書·文苑傳》云：『元思敬者，總章中爲協律郎，預修《芳林要覽》，又撰《詩人秀句》兩卷，傳於世。』《新唐書·藝文志》文史類著録元兢《古今詩人秀句》二卷，總集類又著録元思敬《詩人秀句》二卷，蓋兢字思敬，名與字取義相應，而其書則《新唐志》兼著録於文史、總集兩類中也。此序云：『余以龍朔中爲周王府參軍。』考唐中宗顯，爲高宗第七子，高宗龍朔元年，爲周王。《通鑒》載：『沛王賢聞王勃善屬文，召爲修撰，時諸王鬬鷄，勃戲爲檄周王鷄文。』蓋當時諸王府中多納文士，兢在周王府中，與王勃仕沛王爲修撰同時也。此序又云：『王家書既多缺，私室集更難求，所以遂歷十年，未終兩卷。今剪《芳林要覽》，討論諸集，人欲天從，果諧宿志。』是元氏撰《詩人秀句》，經始於龍朔元年，成書於總章二年以後。其時元氏爲協律郎，預修《芳林要覽》。蓋《詩人秀句》乃元氏私人撰述，成於官修《芳林要覽》之後，其卷數與撰述始末，皆與史傳符合。是則此篇雖未標作者姓名，其爲元氏《詩人秀句》之序，無可疑也。」

《校注》：「《新唐書》又出元思敬《古今詩人秀句》二卷，説者以爲元思敬即元兢，蓋《説文》云：『兢，敬也。』名字義正相應；而《新唐志》《總集類》既著録康明貞《辭苑麗則》二十卷，又出康顯《辭苑麗則》三十卷，顯、明義亦相應，是亦一書重出之證也。」據《舊唐書·文苑傳》，《古今詩人秀句》又名《詩人秀句》。「何以知此所引之爲《古今詩人秀句》之序也？請以四事證之。一、文云：『余以龍朔元年爲周王府參軍，與文學劉禕之、典籤范履冰，時東閣已建，斯竟撰成此録。』尋《舊唐書》《劉禕之傳》言：『上元中遷左史、弘文閣直學士，與著作郎元萬頃、左史范履冰、苗楚客、右史周思茂、韓楚賓等皆召入禁中，共撰《列女傳》、《臣軌》、《百寮新誡》、《樂書》凡千餘卷。』」「《文苑傳》又云：『范履冰者，懷州河内人，自周王府户曹召入禁中，凡二十餘年，垂拱中歷鸞臺、天官二侍郎云云。』『自周王府户曹召入禁中，凡二十餘年』，爲『垂拱中』，則召入之時，當爲總章中。而《文苑傳》又言：『元思敬者，總章中爲協律郎。』蓋此時以周王薨，無子，國除，故元、范諸人被召至京供職。竊疑《舊唐書》《高祖二十二子傳》之《周王元方傳》『三年薨』上，當脱『總章』二字耳。二、文云：『余以龍朔元年……斯竟撰成此録……遂歷十年，未終兩卷。』由龍朔元年下推十年，則爲總章二年，以『王家書既多缺，私室集更難求』，《古今詩人秀句》撰集工作尚未告竣，即因周王去世，而被召入京了。三、入京之後，元氏參加纂集《芳林要覽》工作，《新唐書》《藝文志》《總集類》：『《芳林要覽》三百卷，許敬宗、顧胤、許圉師、上官儀、楊思倫、孟利貞、姚璹、竇德玄、郭瑜、董思恭、元思敬集。』就在這個有利條件下，元氏於是『今剪《芳林要覽》，討論諸集，人欲天從，果諧宿志』。

於是這部『時歷十代，人將四百，自古詩爲始，至上官儀爲終』的《古今詩人秀句》纔完成了。四、文云：『常與諸學士覽小謝詩……諸君所言，竊所未取，于是咸服，恣余所詳。』按：《新唐書》《文苑》《元萬頃傳》，叙元、范諸人撰《列女傳》、《臣軌》、《百寮新誡》、《樂書》之下又云：『至朝廷疑義表疏，皆密使參處，以分宰相權，故時謂北門學士。』《唐詩紀事》八：『劉禕之字希夷，常州人，與孟利貞、高智周、郭正一俱有名，號劉、孟、高、郭。上元中，與元萬頃等偕召入禁中，論次新書。又密與參決時政，以分宰相權，時謂北門學士。』此文所謂『諸學士』，即指劉禕之、范履冰等人也。然則劉、范二人且始終參與《古今詩人秀句》之撰集工作也。由上四事觀之：則此文爲元兢之《古今詩人秀句序》，可無疑義矣。」

《札記續記》：「六朝初唐總集的體例大體有二：一按時代排列詩篇，一不拘時代，祇依詩題及詩趣而編類。《詩人秀句》屬其中的哪一類無從知道，祇知道它不收全篇祇選秀句。」「齊梁間已開摘句品評的先河。齊梁以降，偏重修辭之風更盛，詩人的興趣由關心全篇轉爲傾向於一字一句的奇巧，以至於摘句品評成爲詩評的常例。這種風氣的繼續，是相繼編纂類書，用作詞藻的辭典。《秘府論》南卷提及詩人爲防苦思須抄録古今精妙詩語作爲『隨身卷子』，據此不難想像，這類小册子很久以前就在詩人中流行了。《詩人秀句》大概就屬這一類。」

《譯注》：「文中頻繁使用則天字，從這點看，很可能作成於則天治世。《日本國見在書目録》著録元思敬撰《古今詩人秀句》二卷。日期爲弘仁七年（八一六）八月十六日的《敕賜屏風書了即獻表》（《性靈集》卷三《高野雜筆集》上）記有『令空海書兩卷《古今詩人秀句》』的敕旨，可知與空海關係密切。」

盛江案：各家説大致可從，唯周王當指李顯，非指高祖第九子李元方。説詳下。《校注》此處有誤。又，内藤湖南以爲至「此時所當變也」一千三百八十二字均爲元氏序，《研究篇》上以爲「或曰易曰觀乎天文」以下爲另一篇。《考文篇》：「『或曰晚代』以下至『若斯而已矣』，元兢撰《古今詩人秀句序》。」當以小西甚一説爲是。元兢活動於唐高宗至武則天時代，參天卷序考釋。又，唐皎然《詩式》「重意詩例」：「疇昔，國朝協律郎吴兢，與越僧玄監集秀句。二子天機素少，選又不精，多採浮淺之言，以誘蒙俗，特入瞽夫偷語之便，何異借賊兵而資盜糧，無益於詩教也。」《校注》謂「吴兢」亦「元兢」之誤，據皎然之言，則與思敬撰集《古今詩人秀句》者，尚有玄監其人。又知《詩人秀句》之特點，是「選又不精，多採浮淺之言」。《日本國見在書目》「總集家」：「《秀句集》一卷，《秀句録》一卷。」「小學家」：「《文場秀句》一卷。」《新唐書·藝文志》：「王起《文場秀句》一卷，黄滔《泉山秀句集》三十卷。」均其時所編纂之秀句集。可與元兢之《古今詩人秀句》相參看。

② 蕭統：見本卷《定位》引殷璠《河岳英靈集叙》考釋。劉孝綽：參西卷《文二十八種病》「第四鶴膝」考釋。

撰集《文選》：關於《文選》之編纂，《梁書·昭明太子傳》「所著文集二十卷，又撰古今典誥文言，爲《正序》十卷，五言詩之善者，爲《文章英華》二十卷，《文選》三十卷」，《隋書·經籍志》「《文選》三十卷，梁昭明太子撰」，著録撰者均衹言昭明太子，而此處稱「梁昭明太子蕭統與劉孝綽等撰集《文選》」，撰者包括劉孝綽。研究者多以爲《古今詩人秀句》此説有據。時題爲帝王、太子、諸王編撰之大型著述，實際多成於幕下文人之手。如題梁簡文帝蕭綱之《法寶連璧》三百卷，實際由蕭子顯等三十七名文人選録；《長春義記》一百卷，實際由許懋和諸儒一起編成。梁元帝蕭繹《碑集》十帙百卷，實由蘭陵蕭賁撰。梁安成王蕭秀集文人劉孝標等而編《類苑》。題梁武帝撰的《通史》，實際撰者爲吴均等人。《隋書·經籍志》著録爲昭明太子撰的《古今詩苑英華》，據《顔氏家訓·文章》，實際亦可能爲劉孝綽所撰。有學者斷言，有明確證據，未見帝、王直接親自參加編纂之總集。時入宫與尚幼之昭明太子相遊狎者有張纘、王錫、陸倕、張率、謝舉、王規、王筠，劉孝綽、到洽、張緬等所謂「十學士」，此外，昭明太子左右之文人尚有陸襄、殷芸，劉勰亦爲蕭統「兼東宫通事舍人」。王應麟《玉海》卷五四引《中興書目》録《文選》並注「與何遜、劉孝綽等選集」。諸人中，由《梁書》、《南史》本傳觀之，何遜未在蕭統東宫任職，未見其與蕭統有任何來往之史料根據，何遜死時，蕭統不過十七八歲，且何遜卒時在江州，不在建康，死前有短時期居建康，旋丁母憂去職。時蕭統方十三四歲，難有編《文選》之事。關於劉勰，一説其《文心雕龍》與《文選》兩書觀點多有相通之處，關係密切，一説兩書文學思想實相齟齬。《文選》成書年代，一説在普通七年（五二六）後，一説始於普通（五二〇—五二七）中而成於普通末，若考之劉孝綽之活動，慮及蕭統於普通七年十一月起至次年十月須丁母憂，而劉孝綽自中大通元年（五二九）起以母憂去職，則《文選》編纂時間當在普通八年至次年間。劉勰卒年，有以下幾説：普通二年（五二一）（范文瀾説）、中大通四年（五三二）（李慶甲説）、大同三年（五三七）（楊明照説）。若從范文瀾説，則《文選》編纂時劉勰已去世。要之，未見劉勰與編纂《文選》直接、必然之聯繫。昭明太子左右之文人，陸倕卒於普通七年，張率卒於普通八年，若《文選》之編纂在普通八年至次年，則此二人不可能參加。到洽卒於普通八年，一説收入《文選》之《廣絶交論》爲嚴厲譴責到洽之作，則到洽亦無參加之可能。

最有可能參加編纂者爲劉孝綽與王筠，尤以劉孝綽爲有可能。除《文鏡秘府論》南卷所引《古今詩人秀句》之一處根據外，尚有：一、《梁書·劉孝綽傳》載：「時昭明太子好士愛文，孝綽與陳郡殷芸、吴郡陸倕、琅邪王筠、彭城到洽等，同見賓禮。太子起樂賢堂，乃使畫工先圖孝綽焉，太子文章繁富，群才咸欲撰録，太子獨使孝綽集而序之。」又《梁書·王筠傳》載：「昭明太子愛文學士，常與筠及劉孝綽、陸倕、到洽、殷芸等遊宴玄圃，太子獨執筠袖，撫孝綽肩而言曰：『所謂左把浮丘袖，右拍洪崖肩。』其見重如此。」現存有蕭統本人所作《答湘東王求文集及〈詩苑英華〉書》（《全上古三代秦漢三國六朝文·全梁文》卷二〇）及劉孝綽所作《昭明太子集序》（同上卷六〇），可見劉孝綽極爲蕭統所看重，且在世時劉孝綽即爲其編過文集。二、收入《文選》之當代作品極少，且世評都不高，之所以收入，或者均與劉孝綽個人好尚有關，如收入徐悱《古意和到長史溉登琅邪城》、陸倕《石闕銘》與《新刻漏銘》，或者均因徐悱爲劉孝綽之妹婿，陸倕與劉孝綽之父劉繪同爲齊竟陵王蕭子良西邸舊友之故。至於劉孝標《廣絶交論》，因劉孝綽受過到洽彈劾而罷官，而此文恰恰猛烈抨擊到洽，收入此文，或者爲報復到洽。而《文選》未録何遜之作品，或者因劉孝綽非常嫌忌何遜之故。（以上參清水凱夫《〈文選〉編輯的周圍》、《〈文選〉中梁代作品的撰（選）問題》、《〈文選〉撰（選）者考》、《〈文選〉與〈文心雕龍〉的相互關係》〔以上收入清水凱夫著《六朝文學論文集》〕，《〈文選〉編纂實況研究》〔收入《清水凱夫〈詩品〉〈文選〉論文集》，周文海譯，首都師範大學出版社一九九五年)，屈守元《昭明太子十學士説》，曹道衡、沈玉成《有關〈文選〉編纂中幾個問題的擬測》(以上收入《昭明文選研究論文集》，吉林文史出版社一九八八年)，劉躍進《中古文學文獻學》(江蘇古籍出版社，一九九七年)，何融《〈文選〉編撰時期及編者考略》(《國文月刊》第七六期，一九四九年)

③ 畢乎天地：《易·繫辭上》：「廣大配天地。」蕭統《文選序》：「若夫姬公之籍，孔父之書，與日月俱懸，鬼神爭奥。」以此作爲蕭統自著《文選》之贊辭，乃元兢之誤解。

④ 秀句：《文心雕龍·隱秀》：「凡文集勝篇，不盈十一；篇章秀句，裁可百二。……故自然會妙，譬卉木之耀英華；潤色取美，譬繒帛之染朱緑。朱緑染繒，深而繁鮮，英華曜樹，淺而煒燁。秀句所以照文苑，蓋以此也。」梁鍾嶸《詩品》中評謝朓：「奇章秀句，往往遒警。」

⑤ 王中書：南齊詩人王融，曾爲中書郎，參本書天卷《調聲》考釋。霜氣下孟津：王融《和王友德元古意二首》其二中句，全詩爲：「霜氣下孟津，秋風度函谷。念君淒已寒，當軒卷羅縠。纖手廢裁縫，曲鬢罷膏沐。千里不相聞，寸心鬱氛氲。況復飛螢夜，木葉亂紛紛。」(《玉臺新詠》卷四)

⑥ 遊禽暮知返：王融《和王友德元古意二首》其一中句，全詩見本書地卷《十體》考釋引。

⑦ 使氣飛動：《文心雕龍·才略》：「嵇康師心以遺論，阮籍使氣以命詩。」又《詮賦》：「延壽《靈光》，含飛動之勢。」

⑧ 緣情宛密：晉陸機《文賦》：「詩緣情而綺靡。」

⑨ 五言之警策：梁鍾嶸《詩品序》：「陳思『贈弟』，仲宣《七哀》，公幹『思友』，阮籍《詠懷》……斯皆

五言之警策者也。」

⑩ 六義：《毛詩序》：「故詩有六義焉：一曰風，二曰賦，三曰比，四曰興，五曰雅，六曰頌。」（《毛詩正義》）又，《文心雕龍·宗經》：「故文能宗經，體有六義：一則情深而不詭，二則風清而不雜，三則事信而不誕，四則義直而不回，五則體約而不蕪，六則文麗而不淫。」又《風骨》：「意氣駿爽，則文風清焉。」則「六義」之「風清」亦指「使氣」。「情深」、「風清」恰在「眉首」。此云「使氣」、「緣情」，與《文心雕龍》所言之宗經「六義」之「情深而不詭」、「風清而不雜」者正合，故或者指宗經之「六義」。

⑪ 徐陵：參本書西卷《文二十八種病》「第四鶴膝」考釋。玉臺：本爲漢代臺名。漢張衡《西京賦》：「朝堂承東，温調延北，西有玉臺，聯以昆德。」（《文選》卷二）薛綜注：「皆殿與臺名。」後泛指一般宮廷臺觀。又爲傳説中天帝居處。《漢書·禮樂志》：「天馬徠，龍之媒，遊閶闔，觀玉臺。」顔師古注引應劭曰：「玉臺，上帝之所居。」又爲玉飾之鏡臺。此處則指徐陵編《玉臺集》（亦稱《玉臺新詠》），其序自稱：「撰録艷歌，凡爲十卷。」宋嚴羽《滄浪詩話·詩體》則謂：「玉臺體，《玉臺集》乃徐陵所序，漢魏六朝之詩皆有之，或者但謂纖艷者爲玉臺體，其實則不然。」唐劉肅《大唐新語》卷三：「梁簡文帝爲太子，好作艷詩，境内化之，浸以成俗，謂之宮體，晚年改作，追之不及，乃令徐陵撰《玉臺集》，以大其體。」（《唐五代筆記小説大觀》）據此，玉臺體即宮體。宮體之流行始於梁朝簡文帝蕭綱，主要作者有徐摛、徐陵父子及庾肩吾、庾信等人。《玉臺新詠》之編者，據《隋書·經籍志》及《藝文類聚》，均著録爲徐陵，或有刻本稱蕭衍爲「梁武帝」，徐陵本人署曰「徐孝穆」，稱字不稱名，以爲編者不是徐陵，此種懷疑實不成立，對此，《四庫

提要》已有辨正。《玉臺新詠》之編年，據劉肅《大唐新語》，在蕭綱（五〇三—五五一）晚年，一説即在大同八年（五四二）前後。然蕭綱何以悔作艷詩，又要撰録艷詩爲閨房一體？故一説在蕭綱爲太子之初即中大通三年（五三一）前後，一説在蕭綱死前一年，即大寶元年（五五〇），一説編纂於作《法寶聯璧》之中大通六年（五三四）前後不久。再一説，以爲徐摛文集或者於江陵之亂兩次毁書中消亡，故未能收入《玉臺新詠》，而《玉臺新詠》收録庾信有北方之作品，乃因徐陵之子徐報出使北方與庾信有過「一見」，徐報出使北方或者在入陳以後，故《玉臺新詠》之編纂或者在陳初。（以上參穆克宏《試論〈玉臺新詠〉》（《文學評論》一九八五年第六期），章必功《玉臺體》（《文史知識》一九八六年第七期），張滌華《古代詩文總集選介》（上海古籍出版社一九八五年），興膳宏《〈玉臺新詠〉成年考》（《中國古典文學論叢》第一輯），沈玉成《宫體詩與〈玉臺新詠〉》（《文學遺産》一九八八年第六期），曹道衡《關於〈玉臺新詠〉的版本及編者問題》（《中國古典文學論叢》第二輯），劉躍進《〈玉臺新詠〉成書年代新證》（《國學研究》第五卷，收入《結網漫録》，學苑出版社一九九七年））

⑫ 丘遲（四六四—五〇八）：南朝梁詩人，字希範，吴興烏程人（今浙江吴興）人，《梁書》卷四九、《南史》卷七二有傳。《鈔集》：《隋書·經籍志》：「梁有《集鈔》四十卷，丘遲撰，亡。」《新唐書·藝文志》：「丘遲《集鈔》四十卷。」

⑬ 褚亮（五六〇—六四七）：唐詩人，字希明，杭州錢塘（今浙江杭州）人，《舊唐書》卷七二、《新唐書》卷一〇二有傳。

⑭《古文章巧言語》：當爲書名，兩《唐書》之《褚亮傳》均未見編撰此書之記載。《札記續記》：「元兢作爲『似秀句者』例舉褚亮的集子。褚亮集爲《撰古文章巧言語》，因此似不僅選詩句，而兼選詩文。但元兢既然把它作爲秀句的先例，則《詩人秀句》的體例當在很多地方借助於這個集子。褚亮撰《古文章巧言語》早佚，連書名也没有傳下來。因此作爲先例，確立秀句集的體例，仍應歸功於元兢。」《探源》：「我們由此（指本節《詩人秀句序》的記述）知道，《古文章巧言語》是貞觀（六二七—六四九）中期奉敕編撰，以褚亮爲首集諸學士之力以完成，目的在選取古代作品的佳句，卻衹有一卷。元兢以爲『巧句』『奇作』的，褚亮他們卻往往没有選入，因此元兢感到不滿，但認爲那是好惡不同、不能兼顧的緣故。他因此别撰《古今詩人秀句》。褚亮此書的體例雖不可知，但從元兢的説話，約略知道是選取佳句。胡應麟《詩藪》的記載也許能給我們一點啓示：『世謂晉人以還，方有佳句，今以衆所共稱者彙集於此。太沖：「振衣千仞岡，濯足萬里流。」士衡：「和風飛清響，鮮雲垂薄陰。」景陽：「朝霞迎白日，丹氣臨暘谷。」景純：「左挹浮丘袖，右拍洪崖肩。」休文：「志士怕日短，愁人知夜長。」……皆精言秀調，獨步當時。六朝諸君子生平精力，罄於此矣。』褚亮的書比元兢早，選句的體例是褚亮所創，而元兢模仿他。《詩藪》録『衆所共稱者』，説不定有些是和褚亮或元兢的選録相同。」

⑮灞岸：漢王粲《七哀詩》（《文選》卷二三）有「南登霸陵岸」句，全詩已見本卷《論文意》考釋引。

⑯《尸鄉》：本書西卷《文二十八種病》「第一上尾」引陸機《尸鄉亭》詩（《藝文類聚》卷二七），以爲上尾詩例。

⑰《悼亡》：晉潘岳《悼亡詩三首》其一：「荏苒冬春謝，寒暑忽流易。之子歸窮泉，重壤永幽隔。私懷誰克從，淹留亦何益。僶俛恭朝命，迴心反初役。望廬思其人，入室想所歷。帷屏無仿佛，翰墨有餘跡。流芳未及歇，遺掛猶在壁。悵怳如或存，周遑忡驚惕。如彼翰林鳥，雙棲一朝隻。如彼遊川魚，比目中路析。春風緣隙來，晨霤承簷滴。寢息何時忘，沈憂日盈積。庶幾有時衰，莊缶猶可擊。」（《文選》卷二三）

⑱徐幹（一七〇—二一七）：漢詩人，學者，字偉長，北海（今山東昌樂）人，《三國志》卷二一有傳。《室思》：載《藝文類聚》卷三二，全詩爲：「浮雲何洋洋，願因通我辭。一逝不可歸，嘯歌久踟躕。人離皆復會，我獨無反期。自君之出矣，明鏡闇不治。思君如流水，何有窮已時。」《玉臺新詠》卷一載此詩凡六章，而以此爲其第三章。

⑲謝吏部：南齊謝朓官至尚書吏部郎，故稱謝吏部，參本書天卷《四聲論》考釋。《冬序羈懷》：即謝朓《冬緒羈懷示蕭諮議虞田曹劉江二常侍》，全詩爲：「去國懷丘園，入遠滯城闕。寒燈耿宵夢，清鏡悲曉髮。風草不留霜，冰池共如月。寂寞此閑帷，琴樽任所對。客念坐嬋媛，年華稍菴薆。夙慕雲澤遊，共奉荆臺績。一聽春鶯喧，再視秋虹没。疲驂良易返，恩波不可越。誰慕臨淄鼎，常希茂陵渴。依隱幸自從，求心果蕪昧。方軫歸歟願，故山芝未歇。」（《謝宣城集校注》卷三）

⑳連衡：比配，比肩。《晉書·食貨志》：「於是王君夫、武子、石崇等更相誇尚，輿服鼎俎之盛，連衡帝室，布金埒之泉，粉珊瑚之樹。」《周書·蘇綽傳論》：「則舜、禹、湯、武之德可連衡矣，稷、契、伊、吕

之流可比肩矣。」兩謝：當指謝靈運、謝朓。

㉑ 結駟：一車並駕四馬。《楚辭・招魂》：「青驪結駟兮齊千乘，懸火延起兮玄顏烝。」王逸注：「結，連也，駟，四馬爲駟。」二虞：當謂虞世基、虞世南兄弟。虞世基（五五二？——六一八），隋詩人，字茂世，會稽餘姚（今屬浙江）人，《隋書》卷六七有傳。虞世南（五五八—六三八），唐詩人，字伯施，《舊唐書》卷七二、《新唐書》卷一〇二有傳。

㉒ 跬步：《列子・楊朱》：「及其遊也，雖山川阻險，塗徑修遠，無不必之，猶人之行跬步也。」《吕氏春秋・孝行》：「不虧其身，不損其形，可謂孝矣。君子無行跬步而忘之。」

㉓「良以」二句：《書・洪範》：「庶民惟星，星有好風，星有好雨。」孔傳：「星，民象，故衆民惟若星。箕星好風，畢星好雨，亦民所好。」梁吴均《八公山賦》：「神基巨鎮，卓犖荆河，箕風畢雨，育嶺生峨。」晉張協《七命》：「南箕之風不能暢其化，離畢之雲無以豐其澤。」（《文選》卷三五）李善注引《春秋緯》：「月失其行，離於箕者風，離於畢者雨。」

余以龍朔元年①，爲周王府參軍〔一〕②，與文學劉禕之〔二〕③、典籤范履冰④。旹東閣已建〔三〕⑤，期竟撰成此録〔四〕⑥。王家書既多缺，私室集更難求，所以遂歷十年，未終兩卷。今剪《芳林要覽》〔五〕⑦，討論諸集，人欲天從〔六〕⑧，果諧宿志⑨。常與諸學士覽小謝詩⑩，見《和宋記室省中》⑪，詮其秀句〔七〕，諸人咸以謝「行樹澄遠陰〔八〕⑫，雲霞成異色」爲最。

余曰：諸君之議非也。何則？「行樹澄遠陰，雲霞成異色」，誠爲得矣，抑絶唱也〔九〕⑬。夫夕望者，莫不鎔想煙霞，鍊情林岫，然後暢其清調，發以綺詞。府行樹之遠陰〔一〇〕，瞰雲霞之異色，中人已下⑭，偶可得之。但未若「落日飛鳥還〔一一〕，憂來不可極」之妙者也。觀夫「落日飛鳥還，憂來不可極」，謂捫心罕屬〔一二〕⑮，而舉目增思，結意惟人〔一三〕，而緣情寄鳥。落日低照⑯，即隨望斷〔一四〕，暮禽還集，則憂共飛來。美哉玄暉，何思之若是也。諸君所言，竊所未取。於是咸服，咨余所詳〔一五〕。余於是以情緒爲先⑰，直置爲本〔一六〕⑱；以物色留後⑲，綺錯爲末⑳。助之以質氣㉑，潤之以流華〔一七〕㉒，窮之以形似㉓，開之以振躍㉔。或事理俱愜，詞調雙舉。有一於此，罔或孑遺〔一八〕㉕。時歷十代㉖，人將四百，自古詩爲始㉗，至上官儀爲終〔一九〕㉘。刊定已詳，繕寫斯畢㉙，實欲傳之好事，冀知音〔二〇〕。若斯而已，若斯而已矣〔二一〕㉚。

【校記】

〔一〕「府」，高丙本作「俯」。

〔二〕「禕」，原作「掉」，高丙本同，松本、江户刊本、維寶箋本作「禎」，三寶、高甲、醍甲、仁甲、六寺、義演本作「搷」，原右旁注「楨イ」，據周校、《校注》改。

〔三〕「旹」，原作「書」，各本同。羅根澤《中國文學批評史》：「（書）疑爲『屬』。」《校勘記》：「『與文學』以下難解，恐有脱訛。『范履冰書』之『書』或是『署』之訛（署爲攝官，劉禕之、范履冰共兼任周王府之官職之意）。也許『書』之上『典、司、校』這樣一類字脱落。」（又參《札記續記》，詳下）《校注》改作「旹」，謂「書」爲「旹」形近而誤，「旹」爲「時」之古字。今據改。《譯注》、林田校本將「旹東閣已建」五字置於「與文學劉禕之」之前，以意改作：「旹東閣已建，與文學劉禕之、典籤范履冰，期竟撰成此録。」

〔四〕「期」，原作「斯」，各本同。《校注》：「『期』，原作『斯』，義不可通，今輒改爲『期』，形近而誤也。」今從之改。

〔五〕「今」，原作「令」，三寶本同，原右旁注「今亻」，據高甲、六寺、江户刊本、維寶箋本改。

〔六〕「人」，原作則天字「𤯔」，各本同，三寶、天海本旁注「人亻」，醍甲本注「人」，六寺本作「人」，右旁有抹消符號，眉注「𤯔」。

〔七〕「詮」，高甲本作「誦」。「句」，三寶本作「向」，右旁注「句亻」。

〔八〕「行」，今本《謝宣城詩集》卷四作「竹」。維寶箋：「行樹，《集》作『竹樹』，與『雲霞』對，『竹樹』佳也。」

〔九〕「唱」，醍甲、仁甲、義演本作「昌」。

〔一〇〕「府」，《考文篇》：「『府』爲『俯』假借。」

〔一一〕「還」，四部叢刊本作「遠」。

〔一二〕「謂捫」句，原眉注「捫莫昆反詩云莫朕舌捫持也」，此注之上另注有「亻」字，六寺本眉注「謂字二度讀之」。

〔一三〕「人」，原作則天字「𤯔」，各本同。

〔一四〕「即隨」，潘重規《文鏡秘府論研究發凡》：「『隨』上疑脱『心』字。」《校注》：「『即』下，疑脱『目』字。」《譯注》：「從句法推測，『即』下可能脱一字（如「目」字）。」

〔一五〕「咨」，原作「恣」，各本同。《校勘記》：「『咨』爲『嗟』。」《考文篇》：「『恣』疑當作『咨』。」今從之改。「詳」，豹軒藏本鈴木虎雄注：「詳，當作『詮』，若『銓』。」

〔一六〕「直」上原有「其」字，各本同。羅根澤《中國文學批評史》：「『其』疑爲『直』之衍誤。」今從之删。《校勘記》：「『其』恐爲『以』訛。」

〔一七〕「華」，六寺本作「筆」，三寶本脚注「筆イ」。

〔一八〕「孑」，原作「子」，三寶、高甲、高丙本同，原眉注「孑魚列反孤也」，三寶本眉注「孑」，據六寺、江户刊本、維寶箋本改。

〔一九〕「終」，原作「定」，三寶、醍甲、仁甲、義演本同，三寶本左有抹消符號，眉注「終」。《校勘記》：「『定』解作『止』雖可通，但也許涉下文『刊定』而誤。」從高甲、六寺等本作「終」。

〔二〇〕「冀知音」，各本如此，《校注》以意作「冀得知音」，《譯注》、林田校本以意補「寄之」二字作「冀寄之知音」。

〔二一〕「若斯而已若斯而已矣」，原作「若々斯々而々已々矣」，三寶、高甲、高丙、醍甲、仁甲、六寺、義演本同，松本、江户刊本、維寶箋本作「若斯若斯而已而已矣」，今正之。

【考釋】

①龍朔（六六一——六六三）：唐高宗年號。

②周王府：《研究篇》下謂爲則天武后朝「周」之王府。《校注》引《舊唐書·高祖二十二子傳》：「周王元方，高祖第九子也。武德四年受封，貞觀二年授散騎常侍，三年薨，贈左光禄大夫。無子，國除。」謂

爲高祖第九子元方，並謂「三年薨」之前脱「總章」二字，即謂周王李元方薨於總章三年（六七○）。《札記續記》：「周王爲高宗第七子李顯，即後來的中宗。顯生於顯慶元年（六五六），翌年封周王，龍朔元年六歲，又，《新唐書·高宗紀》有『儀鳳二年十月徙封顯爲英王，更名哲』，則周王府繼續到儀鳳二年（六七七）。序的開頭説『余以龍朔元年爲周王府參軍』，没有記此後遷别的官職，又説『王家書既多缺』，『遂歷十年，未終兩卷』，由此推測，至《詩人秀句》完成的總章咸亨年間，元兢一直仕於周王府。」

王夢鷗《初唐詩學著述考》亦以爲此處之「周王府」並非指顯慶元年所封武士䨔爲「周國公」之事，周王是指高祖第七子李顯。謂，據《舊唐書·高宗紀》，顯慶元年（六五六）十一月李顯生，同二年二月封周王，同年十月爲洛州牧，龍朔元年（六六一）九月任并州都督，儀鳳二年（六七七）徙英王，二十年間爲周王。

盛江案：查《舊唐書·太宗紀》載：「（貞觀三年）五月周王元方薨。」是則高祖第九子之周王李元方薨於貞觀三年（六二九），非如《校注》所言薨於總章三年（六七○），周王當指李顯，不當指李元方或武周之王府，《研究篇》及《校注》並有誤。當以中澤希男、王夢鷗《初唐詩學著述考》説爲是。

參軍：未詳其職位。《札記續記》：「據《新書》百官志王府官條，稱作參軍（參軍事）的官名不是一個官。諮議參軍事（一人，正五品上）之外，還有記室參軍事、録事參軍事（從六品上），還有各曹的參軍事（正七品上），還有别的參軍事（正八品下）。因此衹説『爲周王府參軍』，無法知道是其中的哪一個。假如是諮議參軍事，因爲文學是從六品上，典籤是從八品下，因此，元兢應當是劉、范的上司。如果是記室參軍或者録事參軍，則和劉同級。假如是各曹參軍，則在劉之下而在范之上。」

王夢鷗《初唐詩學著述考》：「合其序言與本傳所載者比而觀之，自龍朔元年至總章二年，前後八載，元兢方爲正八品上之協律郎，則所謂王府參軍，宜從末數。意者，其爲參軍事（正八品下）或行參軍事（從八品），故八年之間方轉一階二階乎？」但是，據其自述推測，《詩人秀句》及序當成於周王府中，可能在咸亨二年（説詳下），這時與總章僅差兩載，何以自言王府參軍而本傳則總章中爲協律郎呢？王夢鷗認爲：「倘非本傳之文有誤，疑其官歷有如上官儀之例。上官儀於貞觀二十年以起居郎（從六品上）兼忠王府咨議參軍（正五品上），是因兼職而轉二階；元兢之以協律郎兼王府參軍，則其所謂『參軍』，宜相當於王府七曹參軍（正七品上），亦因兼職志轉二階也。上官儀因文章受知於人主而得節節升進，然則元兢亦因參與《芳林要覽》編纂之勞而得轉階乎？」

③ 文學：王府屬官。《大唐六典》卷二九：「隋親王府，有文學二人，從六品上。皇朝因之。」（中華書局一九九一年）劉禕之（六三一——六八七）：字希美，武后時文人，《新唐書》卷一一七有傳。

④ 典籤：王府屬官，《大唐六典》卷二九「親王府」：「典籤二人，從八品下。」「掌宣傳教令事。」（中華書局一九九一年）范履冰（？——六九〇）：武后時文人，《舊唐書》卷一九〇有傳。

⑤ 東閣：《東觀漢記》：「（永平初，東平王蒼爲驃騎將軍）開東閣，延英雄。」《大唐六典》卷二九：「東閣祭酒、西閣祭酒各一人，從七品上。晉初，位從公以上，並置東閣、西閣祭酒，宋、齊、梁、陳、後魏、北齊，皆相因，（隋）親王府及嗣王上柱國府各有東西閣祭酒，從七品上，皇朝因之。」（中華書局一九九一

年）

⑥《札記續記》：「文中自『與文學劉禕之』至『斯竟撰成此録』，意思不明。這裏的文既然是《詩人秀句》之序，則『撰成此録』的『此録』，不用説是指《詩人秀句》。從文脈上看，『此録』當承上面的『書』。如果這樣，那就成爲『對劉范計劃的書加以編集』，《詩人秀句》就不是元兢的獨著，而是和范、劉一起共同編撰的著作。但是除此之外，這篇文字既没有涉及到劉、范，全文論述的基調也衹能理解爲冠以自著的序。因此『范履冰書』的『書』很是突兀，從這些方面推測，似有脱落。可能『書』字上脱『典』『司』『校』之類的字。如果是這樣，那麽，這段話可以這樣理解：『余以龍朔元年爲周王府參軍，和劉、范一起作爲新王府文庫的官吏，此後東閣（這裏指文庫）建成，又有餘暇，因此總算完成了編此録（《詩人秀句》）的宿願。』這樣理解，文脈大致可通。這一條雖然有以上疑問，但據這一條，以下諸點是明確的。（一）元兢龍朔元年爲周王府參軍；（二）當時劉爲文學，范爲典籤，仕於周王府；（三）《詩人秀句》自龍朔元年起約十年後，完成於總章咸亨年間；（四）《詩人秀句》取材於《芳林要覽》。」「新舊《唐書・劉禕之傳》未見劉仕於周王府。但是和范履冰一起記載，由此推測，劉禕之之事是没有疑問。據《舊唐書》本傳，范履冰『自周王府户曹召入禁中』，《秀句序》説『典籤范履冰』，官名有不同，可能由典籤遷爲户曹參軍。劉范是榮進於所謂北門學士的人物，據《新唐書・劉禕之傳》和同書《元萬頃傳》，召劉、范入禁中在上元年間，即《詩人秀句》完成的總章咸亨數年後。因此，在這期間，元兢和范履冰同事。」

⑦《芳林要覽》：《新唐書・藝文志》總集類「《芳林要覽》三百卷」下注：「許敬宗、顧胤、許圉師、上

官儀、楊思儉、孟利貞、姚璹、竇德玄、郭瑜、董思恭、元思敬集。」《舊唐書·文苑傳》云：「元思敬者，總章中爲協律郎，預修《芳林要覽》，又撰《詩人秀句》兩卷，傳於世。」

⑧ 人欲天從：《書·泰誓》：「民之所欲，天必從之。」

⑨《札記續記》：「《芳林要覽》的完成時間不清楚。但是編者之一的顧胤卒於龍朔三年（六六三），又，編者之一的上官儀受刑死於麟德元年（六六四），由此推測，其編纂必須開始於龍朔三年。總章中元兢爲協律郎，如果他參加了《芳林要覽》的編纂的話，則這一編纂事業一直到總章（六六八—六七〇）中，其間持續了六七年。但是據《詩人秀句序》，《秀句》大體編於總章咸亨間。又，《序》説以《芳林要覽》爲基礎加以選句，因此《芳林要覽》當完成於總章咸亨之前。這期間，許敬宗作爲總編，不斷地編纂總集和類書。《文館詞林》完成於顯慶二年，《瑶山玉彩》五百卷完成於龍朔元年。《瑶山玉彩》的編纂中，有許敬宗、許圉師、上官儀、楊思儉、毛利貞、郭瑜、顧胤、董思恭、姚璹等參加。《芳林要覽》十一個編者中，除元兢、竇德玄之外，另九人都參加了。如前所述，《芳林要覽》的編纂開始於龍朔三年之前，因此可以想像，《瑶山玉彩》完成後，同班人馬開始編纂《芳林要覽》。可能元、竇二人也參加了編纂《瑶山玉彩》，而史佚載。」盛江案：《唐會要》卷三六：「（龍朔）三年十月二日皇太子遣司元太常伯竇德玄所撰《瑶山玉彩》五百卷，上之，詔藏書府。」（上海古籍出版社，二〇〇六年）可見竇德玄亦預修《瑶山玉彩》。

《探源》：「則《詩人秀句》，應是剪裁自《芳林要覽》。」「《詩人秀句》剪自《芳林要覽》，則《芳林要覽》也是一部選取優美詩句的總集類書。」「《舊唐書·顧胤傳》説顧胤『龍朔三年（六六三）遷司文郎，尋卒』。

而上官儀死於麟德元年（六六四），《芳林要覽》的開始編修必早於龍朔三年，可能就是在《瑶山玉彩》編撰完成後緊接着編修《芳林要覽》，而最遲在總章、咸亨以前完成。」

關於《詩人秀句》之作年，王夢鷗《初唐詩學著述考》：「據其自述編撰《詩人秀句》，凡歷十年；又云『王家』書多闕，則是編選此書，時在周王府中也。倘自龍朔元年起編，經歷十載，則此《詩人秀句》二卷，當成於咸亨二年（六七一），而序文亦當寫成是歲矣。」

⑩ 小謝：此指謝朓。李白《宣州謝朓樓餞别校書叔雲》：「蓬萊文章建安骨，中間小謝又清發。」（《李白集校注》卷一八）

⑪《和宋記室省中》：收入《謝宣城詩集》卷四，全詩爲：「落日飛鳥遠，憂來不可極。竹樹澄遠陰，雲霞成異色。懷歸欲乘電，瞻言思解翼。清揚婉禁居，秘此文墨職。無歎阻琴樽，相從伊水側。」

⑫ 行樹：《譯注》：「『行樹』，挺立並列的樹行。」

⑬ 絶唱：《宋書・謝靈運傳論》：「若夫平子艷發，文以情變，絶唱高蹤，久無嗣響。」

⑭ 中人：《論語・雍也》：「子曰：『中人以上，可以語上也；中人以下，不可以語上也。』」

⑮ 捫心：北齊顔之推《神仙》：「鏡中不相識，捫心徒自憐。」（《文苑英華》卷二二五）

⑯ 落日低照：《校注》：「『照』字不避武后諱，蓋未改唐爲周也。」

⑰ 情緒：纏綿之情意思緒。梁江淹《泣賦》：「直視百里，處處秋煙，閴寂以思，情緒留連。」（《江文通集彙注》卷一）

⑱ 直置：鍾嶸《詩品序》：「觀古今勝語，多非補假，皆由直尋。」本卷《論文意》：「《諫獵書》甚簡小直置，似不用事，而句句皆有事。」

⑲ 物色：景物，景色。劉宋鮑照《秋日示休上人》：「物色延暮思，霜露逼朝榮。」（《鮑參軍集注》卷五）劉宋顔延之《秋胡詩》：「日暮行采歸，物色桑榆時。」（《文選》卷二一）《文心雕龍》有《物色》篇。

⑳ 綺錯：鍾嶸《詩品》中評陸機：「尚規矩，不貴綺錯，有傷直致之奇。」《新唐書·上官儀傳》：「儀工詩，其詞綺錯婉媚。」

㉑ 質氣：參本書地卷《十體》「二質氣體」。

㉒ 流華：維寳箋：「風流華麗也。」

㉓ 形似：參本書地卷《十體》「一形似體」。

㉔ 《札記續記》：「元兢所説『以情緒爲先，直置爲本』，我以爲本之於《詩評》所説。『直置』和『直致』同義，元兢《序》的『綺錯爲末』的『綺錯』和『直致』均出自於《詩評》對陸機的評語，當不是偶然的。」「此外，自『助之以質氣』到『開之以振躍』，其筆致和《詩評》的『宏斯三義（賦比興），酌而用之，幹之以風力，潤之以丹彩』似有相通之處。又，《詩評》中品評謝朓『奇章秀句，往往驚遒』，聯想到謝朓是元兢最推崇的詩人，《古今詩人秀句》書名中的秀句，也恰見於《詩評》對謝朓的評語中，這是很耐人尋味的。要之，《詩人秀句》從論旨到字句，受《詩評》的影響很大。鍾嶸崇尚直尋，反對用典雕飾，注重自然諧調，站在極力反對沈約聲病説的立場上，元兢一方面在詩的本質問題上繼承鍾嶸説，主張『以情緒爲先，直致爲

本』，另一方面又著《詩髓腦》，熱心於屬對聲病說。鍾嶸說是復古派的源流，而元兢說則代表唐初折衷的主張。這就使他的主張和鍾嶸說本相同而末顯著不同。」

㉕ 罔或孑遺：《書・五子之歌》：「有一于此，未或不亡。」《詩・大雅・雲漢》：「周餘黎民，靡有孑遺。」

㉖ 十代：蕭統《文選序》：「由姬漢以來，眇焉悠邈，時更七代。」《文心雕龍・時序》：「蔚映十代，辭采九變。」梁江淹《知己賦》：「論十代兮興毀。」（《江文通集彙注》卷二）又《爲齊王讓禪表》：「五德迭興，十代繼運。」（同上卷七）此處指兩漢、魏、晉、宋、齊、梁、陳、隋、唐十個王朝。

㉗ 古詩：《文心雕龍・明詩》：「又古詩佳麗，或稱枚叔，其《孤竹》一篇，則傅毅之詞，比采而推，兩漢之作乎？觀其結體散文，直而不野，婉轉附物，怊悵切情，實五言之冠冕也。」鍾嶸《詩品》上有「古詩」一目，《詩品序》：「古詩眇邈，人世難詳，推其文體，固是炎漢之製，非衰周之倡也。」《文選》卷二九收有《古詩十九首》。

㉘ 上官儀：參本書地卷《六志》考釋。

《札記續記》：「『至上官儀爲定』，是仿鍾嶸《詩評》不録存者的原則。《詩人秀句》的內容，把王融《和王友德元古意》『霜氣下孟津』、『遊禽暮知返』二句作爲『可謂五言之警策，六義之眉首』來稱揚，論褚亮集的失當，『至如王粲灞岸，陸機尸鄉，潘岳悼亡，徐幹室思，並有巧句，互稱奇作，咸所不録』，又責難它選謝朓《冬序羈懷》的『風草不留霜，冰池共明月』，而不選『寒燈耿宵夢，清鏡悲曉髮』，又舉謝朓《和宋記室省中》『落日飛鳥還，憂來不可極』之句，絶口稱贊『美哉玄暉何思之若是也』」，集中當收録《序》中特地贊歎的這些句子。整個《序》元兢最推崇的詩人就是謝朓。」

王夢鷗《初唐詩學著述考》：元兢《詩人秀句》「以上官儀爲終」，把上官儀詩納入選詩範圍，對其一生仕途可能有很大影響。《詩人秀句》成書於咸亨二年（六七一），「然而咸亨二年，上距上官儀上官庭芝之死，僅有七年，而武后之擅權專恣，尤甚於昔日。元兢自稱其選詩範圍，即於古詩而終於上官儀，倘使其人之於上官體詩，非有篤好，則亦可謂不憚逢君之惡者矣。再自咸亨以後，武后忌刻之意，一託於酷吏之手，羅織之獄，株連之禍，史不絶書。元兢卑官，於其歷職協律郎，王府參軍之外，史傳即不復記其仕履」，而其序文所稱之同僚范履冰，龍朔元年，不過周王府之八品下僚，僅十餘載後，則已擢拜爲春官尚書同鳳閣鸞臺平章事兼修國史之職，元兢與之相比，不啻天壤雲泥之異，因此，「疑其猶不待永隆元年（六八〇）李顯爲太子時，即已遭譴斥逐於外」。

㉙「刊定」二句：刊定、繕寫：晉張協《雜詩十首》其九「遊思竹素園，寄辭翰墨林」（《文選》卷二九）李善注：「《風俗通》曰：劉向爲孝成帝典校書籍，皆先書竹，爲易刊定，可繕寫者，以上素也。」《三國志·蜀書·向朗傳》：「年逾八十，猶手自校書，刊定謬誤。」

㉚若斯而已：《易·繫辭上》：「夫《易》開物成務，冒天下之道，如斯而已者也。」

盛江案：本篇反映古代摘句批評之發展。魏晉時士人便已在清談中摘句批評，陸機有立片言而居要之説，梁鍾嶸有《詩品》摘句品詩。本篇亦爲初唐編纂類書風氣之産物。重物色，尚綺錯，爲初唐詩之風尚，當此之時，而謂「以物色留後，綺錯爲末」，雖無理論創新，卻有現實意義。

或曰①：《易》曰：「觀乎天文，以察時變；觀乎人文，以化成天下②。」《詩序》曰：「情發於中〔一〕③，聲成文而謂之音。理世之音安以樂〔二〕，其政和。亂世之音怨以怒，其政乖。亡國之音哀以思，其人困〔三〕。政得失〔四〕，動天地〔五〕，感鬼神，莫近於詩。先王以是經夫婦④，成孝敬⑤，厚人倫⑥，美教化，移風俗。」然則文章者，所以經理邦國⑦，燭暢幽遐〔六〕⑧，達於神鬼之情，交於上下之際⑨。功成作樂，非文不宣；理定制禮〔七〕⑩，非文不載〔八〕。與星辰而等煥〔九〕，隨橐籥而俱隆⑪，雖正朔屢移〔一〇〕⑫，文質更變⑬，而清濁之音是一，宮商之調斯在。

【校記】

〔一〕「中」，今本《毛詩序》作「聲」。

〔二〕「理」，《詩經》作「治」，避唐高宗諱「治」而改作「理」。

〔三〕「人」，今本《毛詩序》作「民」，當是避唐太宗諱「民」改作「人」。

〔四〕「政」，今本《毛詩序》作「故正」。

〔五〕「地」，原作則天字「埊」，各本同。

〔六〕「暢」，此下原衍「燭暢」二字，據三寶、高甲本删。

〔七〕「禮」，松本本作「體」。

〔八〕「載」，原作「𡙁」，三寶、醍甲、仁甲、義演本同，三寶本脚注「載イ」，松本、江户刊本、維寶箋本作「𡗝」，右旁注「𡙁イ」，六寺本脚注「𡗝イ」。「𡙁」、「𡗝」均當爲則天字「𡗝」（載）之誤，據六寺本改。

〔九〕「與」，高甲本作「舉」。

〔一〇〕「正」，原作則天字「缶」，三寶、高甲、醍甲、仁甲、義演本同，三寶本眉注「正」，據六寺、江户刊本、維寶箋本改。

【考釋】

①或曰：《考文篇》：「『或曰』至『所當變也』，原典未考。」豹軒藏本鈴木虎雄注：「『易曰』以下疑《芳林要覽序》中的一段。」《校勘記》：「此文原典不明。諸本雖將此文續記於前文，但從筆致推測，很明顯是另一篇文章。儘管可以懷疑此文因爲也是元兢之文所以未能別提而連書，但是，前文元兢極力讚賞謝朓，此文則將謝朓與其他作家並列，評價不是那麽高。這恐怕是前文與此文不是同一個作者的一個佐證。此文與前文相同的一點是夾雜了則天字，另外，文中有『自屈宋已降，迄於梁陳云云』，列舉歷代作家，而止於何遜、劉孝綽，這又暗示此文當作於初唐。」《譯注》：「此章出典未詳。和前章一樣使用則天字，又未避唐玄宗之諱『隆』字，從這點推測，當是武后時代的文章。」

②「觀乎」四句：出《易・賁卦・彖傳》。

③發：鄭玄箋：「發，猶見也。聲謂宫商角徵羽也。聲成文者，宫商上下相應。」

④ 經夫婦：孔穎達正義：「經，常也，夫婦之道有常，男正位乎外，女正位乎内。」

⑤ 成孝敬：孔穎達正義：「孝以事親，可移於君，敬以事長，可移於貴。」

⑥ 厚人倫：孔穎達正義：「倫，理也，君臣父子之義，朋友之交，男女之别，皆是人之常理。父子不親，君臣不敬，朋友道絶，男女多違，是人理薄也。故教民使厚此人倫也。」

⑦ 經理邦國：魏曹丕《典論・論文》：「蓋文章，經國之大業，不朽之盛事。」（《文選》卷五二）

⑧ 燭暢幽遐：晉荀勖《燕射歌辭・食舉樂東西廂歌》之六：「修己齊治，民用寧殷，懷遠燭幽，玄教氛氲。」（《樂府詩集》卷一三）《晉書・禮樂志》：「故雖幽遐側微，心無壅隔。」

⑨「達於」二句：梁鍾嶸《詩品序》：「照燭三才，暉麗萬有，靈祇待之以致饗，幽微藉之以昭告，動天地，感鬼神，莫近於詩。」

⑩ 制禮：曹丕《典論・論文》：「故西伯幽而演《易》，周旦顯而制《禮》。」（《文選》卷五二）

⑪ 隨槖籥而俱隆：《老子》五章：「天地之間，其猶槖籥乎，虚而不屈，動而愈出。」陸機《文賦》：「同槖籥之罔窮，與天地乎並育。」《譯注》：「『隆』，是唐玄宗之諱（隆基），這裏未予避諱，值得注意。」

⑫ 正朔屢移：正朔：帝王新頒之曆法。《禮記・大傳》：「改正朔，易服色。」孔穎達正義：「改正朔者，正，謂年始，朔，謂月初，言王者得政示從我始，改故用新，隨寅丑子所損也。」古代帝王易姓受命，必改正朔，故此謂時代遷移。

⑬ 文質更變：《文心雕龍・時序》：「時運交移，質文代變。」

昔之才士①，爲文者多矣。或濫觴姬、漢②，或發源曹、馬③。宋、齊已降，迄于梁、隋〔一〕，世出鳳雛之客④，代有驪龍之寶〔二〕⑤。莫不言成黼繡⑥，家積縑緗⑦，盈委石渠之閣⑧，充牣蓬山之府⑨。自屈、宋已降，揚、班擅場⑩，諧合《風》、《騷》之序，鏗鏘《雅》、《頌》之曲〔三〕⑪。長卿詞賦，色麗江波之錦⑫；安仁文藻，彩映河陽之花⑬。子建婉潤⑭，張衡清綺⑮，公幹氣質⑯，景純宏麗⑰。陳琳書記遒健〔四〕⑱，文舉奏議詳雅⑲。太沖繁博⑳，仲宣響亮㉑。謝永嘉之璀璨㉒，袁東陽之浩蕩㉓。平原綺思，司空歎其寥廓㉔；吏部英才，隱侯稱其絶世㉕。莫不競宣五色，争動八音㉖。或工於體物㉗，或善於情理㉘。詠之則風流可想㉙，聽之則舒慘在顔㉚。足以比景先賢〔五〕㉛，軌儀來秀矣㉜。

【校記】

〔一〕「隋」，六寺、義演本作「隨」，六寺本脚注「隋」。

〔二〕「寶」，左旁六寺本作一符號，眉注「珍イ」。

〔三〕「鏗」，原作「悽」，各本同。周校：「『悽』，疑作『鏗』。」今從之。

〔四〕「遒」，原作「道」，各本同，當爲「遒」字形誤，今改。

〔五〕「比」，原作小字補記在行間，三寶本作「此」，據高甲、六寺本正之。

【考釋】

①才士：陸機《文賦》：「余每觀才士之所作，竊有以得其用心。」

②姬、漢：即周漢，姬，周王室之姓。《宋書·禮志》：「爰洎姬、漢，風流尚存。」

③曹、馬：指魏晉，魏爲曹氏，晉爲司馬氏。《北齊書·文宣帝紀》：「洎兩漢承基，曹、馬屬統，其間損益，難以勝言。」唐劉知幾《史通·載文》：「昔大道爲公，以能而授，故堯咨爾舜，舜以命禹，自曹、馬以降，其取之也則不然。」

④鳳雛：喻儁傑之士。《三國志·蜀書·諸葛亮傳》「諸葛孔明者，卧龍也」裴松之注引習鑿齒《襄陽記》：「此間自有卧龍、鳳雛。」《晉書·陸雲傳》：「幼時，吴尚書廣陵閔鴻見而奇之曰：『此兒若非龍駒，當是鳳雛。』」

⑤驪龍之寶：典出《莊子·列禦寇》：已見前注。

⑥黼繡：《漢書·賈誼傳》：「美者黼繡，是古天子之服，今富人大賈嘉會召客者以被墻。」顔師古注：「黼者，織爲斧形。繡者，刺爲衆文。」

⑦縑緗：指供書寫用之淺黄色細絹，亦指書册。唐駱賓王《上兖州刺史啓》：「頗遊簡素，少閱縑緗。」（《全唐文》卷一九八）

⑧石渠之閣：《三輔黄圖·閣》：「石渠閣，蕭何造。其下礱石爲渠以導水，若今御溝，因爲閣名。所藏入關所得秦之圖籍。至於成帝，又於此藏秘書焉。」（書目文獻出版社二〇〇二年）

⑨ 蓬山之府：蓬山：即蓬萊山，傳爲仙人所居。《後漢書·竇章傳》：「是時學者稱東觀爲老氏藏室，道家蓬萊山。」李賢注：「蓬萊，海中神山，爲仙府，幽經秘録，並皆在焉。」以其藏秘録幽經，後亦用作秘書省之别稱。唐王勃《上明員外啓》：「更掌蓬山之務，麟圖緝謐。」（《全唐文》卷一八〇）《舊唐書·劉子玄傳》：「蓬山之下，良直差肩，芸閣之中，英奇接武。」

⑩ 揚、班：揚雄、班固，分見本書天卷《調聲》與《四聲論》考釋。擅場：漢張衡《東京賦》：「秦政利觜長距，終得擅場。」（《文選》卷三）薛綜注：「言秦以天下爲大場。喻七雄爲鬭鷄，利喙長距者，終擅一場也。……《説文》：『擅，專也。』」李肇《國史補》上：「郭曖，昇平公主駙馬也。盛集文士，即席賦詩，公主帷而觀之。……是會也，（李）端擅場。《送王相公之鎮幽朔》，韓翃擅場。《送劉相之巡江淮》，錢起擅場。」（《唐五代筆記小説大觀》）謂强者勝過弱者，專據一場，後指技藝超群。唐杜甫《冬日洛城北謁玄元皇帝廟》：「畫手看前輩，吴生遠擅場。」（《杜詩詳注》卷二）

⑪「諧合」二句：《宋書·謝靈運傳論》「莫不同祖《風》《騷》」李善注引《續晉陽秋》：「自司馬相如、王褒、揚雄諸賢，代尚詩賦，皆體則《風》《騷》，詩總百家之言。」（《文選》卷五〇）

⑫「長卿」二句：長卿：司馬相如字長卿，參本書天卷《四聲論》考釋。晉左思《蜀都賦》：「貝錦斐成，濯色江波。」（《文選》卷四）司馬相如爲蜀人，故以蜀地名産貝錦喻其詞賦之美。《文心雕龍·詮賦》：「相如《上林》，繁類以成艷。」

⑬「安仁」二句：安仁：潘岳字安仁。《世説新語·文學》：「孫興公云：潘文爛若披錦，無處不善。」

梁鍾嶸《詩品》上：「謝混云：『潘詩爛若舒錦，無處不佳。』」河陽：在今河南孟縣。潘岳曾爲河陽令，且有政績，故以河陽花擬其詩文麗藻。北周庾信《春賦》：「河陽一縣併是花，金谷從來滿園樹。」（《藝文類聚》卷三）又《枯樹賦》：「若非金谷滿園樹，即是河陽一縣花。」（《藝文類聚》卷八八）

⑭子建婉潤：子建：曹植字子建，參天卷《四聲論》考釋。《文心雕龍·時序》：「陳思以公子之豪，下筆琳瑯，並體貌英逸，故俊才雲蒸。」又《才略》：「然子建思捷而才儁，詩麗而表逸。」又梁鍾嶸《詩品》上評曹植詩（已見前注）。可參看。婉潤：維寶箋：「婉媚潤澤也。」

⑮張衡清綺：張衡：參天卷《四聲論》考釋。《文心雕龍·明詩》：「張衡《怨篇》，清典可味。」清綺：《文心雕龍·才略》：「魏文之才，洋洋清綺。」維寶箋：「清綺，清麗綺艷也。」

⑯公幹氣質：公幹：劉楨字公幹，參本書天卷《四聲論》考釋。劉宋謝靈運《擬魏太子鄴中集詩序》：「劉楨，卓犖偏人，而文最有氣，所得頗經奇。」（《文選》卷三〇）《文心雕龍·體性》：「公幹氣褊，故言壯而情駭。」又《才略》及梁鍾嶸《詩品》上評劉楨詩（已見前注）。均謂其尚氣質。

⑰景純宏麗：景純：郭璞（二七六—三二四）字景純，晉文人，河東聞喜（今屬山西）人，《晉書》卷七二有傳。梁鍾嶸《詩品》中評郭璞詩：「憲章潘岳，文體相暉，彪炳可翫。始變中原平淡之體，故稱中興第一，《翰林》以爲詩首，但《遊仙》之作，辭多慷慨，乖遠玄宗。」《文心雕龍·才略》：「景純艷逸，足冠中興，《郊賦》既穆穆以大觀，《仙詩》亦飄飄而凌雲矣。」可與參看。

⑱陳琳書記遒健：陳琳：參本書天卷《四聲論》考釋。魏曹丕《典論·論文》：「琳、瑀之章表書記，

今之雋也。」(《文選》卷五二)曹丕《與吴質書》:「孔璋章表殊健,微爲繁富。」(同上卷四二)《文心雕龍·才略》:「琳、瑀以符檄擅聲。」

⑲文舉奏議詳雅:文舉:孔融字文舉,參本書西卷《文二十八種病》「第二上尾」考釋。《文心雕龍·章表》:「至於文舉之《薦禰衡》,氣揚采飛。」又《才略》:「孔融氣盛於爲筆。」魏曹丕《典論·論文》:「奏議宜雅。」(《文選》卷五二)詳雅:維寶箋:「詳雅,詳悉博雅。」

⑳太沖繁博:太沖:左思字太沖,參本書天卷《四聲論》考釋。梁鍾嶸《詩品》上評左思詩:「其源出於公幹,文典以怨,頗爲清切,得諷諭之致。」《文心雕龍·才略》:「左思奇才,業深覃思,盡鋭於《三都》,拔萃於《詠史》,無遺力矣。」又《時序》:「太沖動墨而横錦。」此言「太沖繁博」,當主要指其《三都賦》文藻繁富博麗。

㉑仲宣響亮:仲宣:王粲字仲宣,參本書天卷《四聲論》考釋。梁鍾嶸《詩品》上評王粲詩:「其源出於李陵,發愀愴之辭,文秀而質羸,在曹、劉間别構一體。方陳思不足,比魏文有餘。」《文心雕龍·詮賦》:「仲宣靡密,發端必遒。」又《體性》:「仲宣躁鋭,故穎出而才果。」又《才略》:「仲宣溢才,捷而能密,文多兼善,辭少瑕累,摘其詩賦,則七子之冠冕乎。」響亮:晉左思《吴都賦》:「鳴條律暢,飛音響亮。」(《文選》卷五)

㉒謝永嘉之璀璨:謝永嘉:謝靈運曾爲永嘉太守,參本書天卷《調聲》考釋。梁鍾嶸《詩品》上評謝靈運詩:「名章迥句,處處間起,麗曲新聲,絡繹奔發,譬猶青松之拔灌木,白玉之映塵沙,未足貶其高潔

也。」梁蕭子顯《南齊書・文學傳論》：「啓心閑繹，託辭華曠，雖存巧綺，終致迂回。宜登公宴，本非準的。而疎慢闡緩，膏肓之疾，典正可採，酷不入情。此體之源，出靈運而成也。」《南史・顏延之傳》：「謝五言如初發芙蓉，自然可愛。」璀璨：魏曹植《洛神賦》：「披羅衣之璀粲兮，珥瑶碧之華琚。」（《文選》卷一九）張銑注：「璀璨，明浄貌。」

㉓袁東陽之浩蕩：袁東陽：袁宏（三二八？—三七六？），晉文人，字彦伯，小字虎，陳郡陽夏（今河南太康）人，曾爲東陽太守，故稱袁東陽，《晉書》卷九二有傳。《世説新語・文學》注引《續晉陽秋》：「虎（盛江案：虎，袁宏小字）少有逸才，文章絶麗，曾爲《詠史》詩，是其風情所寄。」梁鍾嶸《詩品》中評袁宏：「彦伯《詠史》，雖文體未遒，而鮮明緊健，去凡俗遠矣。」《文心雕龍・才略》：「袁宏發軫以高驤，故卓出而多偏。」

㉔「平原」二句：平原：陸機官至平原内史，故稱平原，參本書南卷《集論》引《文賦》考釋。司空：張華（二三二—三〇〇）字茂先，范陽方城（今河北固安）人，官至司空，故稱司空。《世説新語・文學》：「陸文若排沙簡金，往往見寶。」劉孝標注引《文章傳》：「機善屬文，司空張華見其文章，篇篇稱善，猶譏其作文大治，謂曰：『人之作文，患於不才，至子爲文，乃患太多也。』」「司空歎其寥廓」當指此。寥廓：《楚辭・遠遊》：「下峥嶸而無地兮，上寥廓而無天。」洪興祖補注引顏師古曰：「寥廓，廣遠也。」

㉕「吏部」二句：吏部：謝朓官至尚書吏部郎，故稱吏部，參本書天卷《四聲論》考釋。隱侯：沈約。沈約《傷謝朓》評謝朓詩：「吏部信才傑，文鋒振奇（盛江案：「奇」原作「音」，據《文苑英華》改）響，調與金

石諧，思逐風雲上。」（《藝文類聚》卷三四）《南齊書·謝朓傳》：「朓善草隸，長五言詩，沈約常云：『二百年來無此詩也。』」

㉖「莫不」二句：晉陸機《文賦》：「曁音聲之迭代，若五色之相宣。」（《文選》卷一七）李善注：「言音聲迭代而成文章，若五色相宣而爲繡也。……《論衡》曰：『學士文章，其猶絲帛之有五色之功。』杜預《左氏傳注》曰：『宣，明也。』」《宋書·謝靈運傳論》：「五色相宣，八音協暢。」

㉗或工於體物：晉陸機《文賦》：「賦體物而瀏亮。」（《文選》卷一七）李善注：「賦以陳事，故曰體物。」《文心雕龍·詮賦》：「賦者，鋪也，鋪采摛文，體物寫志也。」

㉘或善於情理：本書地卷《十體》引崔融《唐朝新定詩格》：「三，情理體。情理體者，謂抒情以入理者是。詩曰：『遊禽暮知返，行人獨未歸。』又曰：『四鄰不相識，自然成掩扉。』此即情理之體也。」

㉙風流：此處當指風情流韻。《晉書·謝混傳》：「（劉裕）亦歎曰：『吾甚恨之，使後生不得見其風流。』」《魏書·元彧傳》：「臨淮雖復風流可觀，而無骨鯁之操。」又參前注。

㉚聽之則舒慘在顏：張衡《西京賦》：「夫人在陽時則舒，在陰時則慘。」（《文選》卷二）《文心雕龍·物色》：「春秋代序，陰陽慘舒。」

㉛比景：劉宋王僧達《祭顔光禄文》：「清交素友，比景共波。」（《文選》卷六〇）

㉜軌儀來秀：《國語·周語下》：「帥象禹之功，度之于軌儀，莫非嘉績，克厭帝心。」韋昭注：「軌，道也，儀，法也。」《宋書·謝靈運傳論》：「靈運之興會標舉，延年之體裁明密，並方軌前秀，垂範後昆。」

然近代詞人①，争趍誕節②，殊流並派〔一〕③，異轍同歸。文乖麗則④，聽無宫羽〔二〕。聲高曲下，空驚偶俗之唱〔三〕；綵涅文疎〔四〕⑤，徒夸悦目之美⑥。或奔放淺致⑦，或嘈囋野音〔五〕⑧。可以語宣，難以聲取⑨；可以字得，難以義尋。謝病於新聲，藏拙於古體⑩，其會意也僻，其適理也疎⑪。以重濁爲氣質⑫，以鄙直爲形似⑬，以冗長爲繁富〔六〕⑭，以夸誕爲情理⑮。激浪長堤之表，揚鑣深埒之外〔七〕。詞多流宕〔八〕⑯，罕持風檢⑰。庸生末學者慕之⑱，若夕鳥之赴荒林⑲；採奇好異者溺之，似秋蛾之落孤焰⑳。奔激潰潦，汩蕩泥波〔九〕㉑，波瀾浸盛，有年載矣。

【校記】

〔一〕「派」，原作「泒」，高甲、醍甲、仁甲、六寺、義演本同，高甲本作「泒」。《考文篇》引天治本《新撰字鏡》謂：「泒，古胡反，平，水出流也。泒，上字别也。」據江户刊本、維寶箋本改。

〔二〕「宫」，松本、江户刊本、維寶箋本作「官」。

〔三〕「驚」，《校勘記》：「從對句『徒夸悦目之美』推測，『驚』當爲『鶩』之訛。」

〔四〕「涅」，三寶、天海本作「温」，醍甲、仁甲、六寺、義演、松本、江户刊本、維寶箋本作「濕」。《校注》：「『濕』，疑『密』字音近之訛。」

〔五〕「嚽」，醍甲、仁甲、義演、松本、江户刊本、維寶箋本作「嶨」。

〔六〕「冗」，原作「宂」，三寶、醍甲、仁甲、六寺、義演本作「尤」，江户刊本、維寶箋本作「允」，右旁注「尤イ」，從《考文篇》本作「冗」。

〔七〕「揚」，原作「楊」，據三寶、高甲等本改。「埒」，醍甲、仁甲、六寺、義演本作「埓」。

〔八〕「宕」，三寶、天海本作「巖」。

〔九〕「汩」，原作「沏」，注「汩」，三寶、高甲本作「泊」，據六寺、江户刊本、維寶箋本改。「波」，原作「破」，各本同，從《校注》作「波」。

【考釋】

①近代：《文心雕龍・物色》：「自近代以來，文貴形似。」

②誕節：放縱不拘之品節。《漢書・叙傳》：「陳湯誕節。」顔師古注：「誕節，言其放縱不拘也。」南齊謝朓《思歸賦》：「懷齷齪之褊心，無夸毗之誕節。」（《謝宣城集校注》卷一）又，《詩・邶風・旄丘》：「旄丘之葛兮，何誕之節兮。」鄭玄箋：「土氣緩則葛生闊節。」

③殊流：《易・繫辭下》：「天下同歸而殊塗，一致而百慮。」

④文乖麗則：漢揚雄《法言・吾子》：「詩人之賦麗以則，辭人之賦麗以淫。」《文心雕龍・詮賦》：「風歸麗則，辭翦美稗。」又《物色》：「所謂詩人麗則而約言，辭人麗淫而繁句也。」

⑤涅：《譯注》：「涅，密度高。」

⑥悦目：陸機《文賦》：「或奔放以諧合，務嘈囋而妖冶。徒悦目而偶俗，固聲高而曲下。」梁蕭統《文選序》：「譬陶匏異器，並爲入耳之娱，黼黻不同，俱爲悦目之翫。」

⑦奔放：見前引《文賦》。又，梁鍾嶸《詩品》上評謝靈運：「麗曲新聲，絡繹奔發。」

⑧野音：鄙野之音。《吕氏春秋·遇合》：「客有以吹籟見越王者，羽、角、宫、徵、商不繆，越王不善，爲野音而反善之。」

⑨「可以」二句：《文心雕龍·聲律》：「内聽之難，聲與心紛，可以數求，難以辭逐。」

⑩「謝病」二句：《河岳英靈集叙》：「既閑新聲，復曉古體。」《文心雕龍·明詩》：「仙詩緩歌，雅有新聲。」梁鍾嶸《詩品》下評阮瑀等：「元瑜、堅石七君詩，並平典不失古體。」《南史·蕭藻傳》：「善屬文，尤好古體。」

⑪「其會」二句：晉陸機《文賦》：「其會意也尚巧，其遣言也貴妍。」句式與此同而意與此反。僻：與疎同義，僻則文不逮意，疎則辭不切理。

⑫重濁：聲音低沉粗重。《世説新語·輕詆》「何至作老婢聲」劉孝標注：「洛下書生詠，音重濁，故云老婢聲。」隋陸法言《切韻序》：「吴楚則時傷輕淺，燕趙則多傷重濁。」（《宋本廣韻》，中國書店一九八二年）唐盧照鄰《南陽公集序》：「北方重濁，獨盧黄門往往高飛；南國輕清，惟庾中丞時時不墜。」（《全唐文》卷一六六）

⑬鄙直：梁鍾嶸《詩品》中評曹丕詩：「百許篇，率皆鄙直如偶語。」

⑭冗長：晉陸機《文賦》：「雖區分之在兹，亦禁邪而制放。要辭達而理舉，故無取乎冗長。」繁富：魏曹丕《與吴質書》：「孔璋章表殊健，微爲繁富。」（《文選》卷四二）晉陸機《文賦》：「或文繁理富，而意不指適。」梁鍾嶸《詩品》上評謝靈運：「若人學多才博，寓目輒書，内無乏思，外無遺物，其繁富，宜哉。」

⑮夸誕：《文心雕龍·辨騷》：「故論其典誥則如彼，語其夸誕則如此。」

⑯流宕：放蕩不受拘束。晉陶淵明《閑情賦序》：「將以抑流宕之邪心，諒有助於諷諫。」（《陶淵明集》卷五）《北史·儒林·何妥傳》：「其有聲曲流宕，不可以陳於殿庭者，亦悉附之於後。」

⑰風檢：維寶箋：「風檢，風流拘檢也。」《世説新語·規箴》劉孝標注引《陸邁碑》：「邁字功高，吴郡人，器識清敏，風檢澄峻。」《晉書·江統傳論》：「江統風檢操行，良有可稱，陳留多士，斯爲其冠。」

⑱末學：膚淺無本之學。《莊子·天道》：「末學者，古人有之，而非所以先也。」又謂淺薄的學者。《後漢紀·獻帝紀論》：「末學庸淺，不達名教之本，牽於事用以惑自然之性。」

⑲若夕烏之赴荒林：梁元帝《詠晚棲烏》：「日暮連翩翼，俱向上林棲。風多前烏駛，雲暗後群迷。」（《玉臺新詠》卷七）隋虞世基《晚飛烏》：「向日晚飛低，飛飛未得棲。當爲歸林遠，恒長侵夜啼。」（《藝文類聚》卷九二）

⑳似秋蛾之落孤焰：《符子》：「不安其昧，而樂其明，是猶夕蛾去暗赴燈而死也。」（《藝文類聚》卷九七）

㉑汩蕩泥波：《楚辭·漁父》：「世人皆濁，何不淈其泥而揚其波。」

【附録】

來雄《聾鼓指歸序注》：《秘府論》曰：近代詞人，争趨誕節，庸生末學者慕之，若夕鳥之赴荒林；採奇好異者溺之，似秋蛾之落孤焰。（《定本弘法大師全集》卷七）

且文之爲體也①，必當詞與旨相經，文與聲相會。詞義不暢，則情旨不宣；文理不清，則聲節不亮〔一〕②。詩人因聲以緝韻③，沿旨以製詞〔二〕④，理亂之所由〔三〕，風雅之攸在⑤。固不可以孤音絶唱〔四〕⑥，寫流遁於胸懷〔五〕⑦；棄徵捐商〔六〕，混妍蚩於耳目⑧。變之者，自當晞聖藻於天文〔七〕⑨，聽仙章於廣樂⑩。屈、宋爲涯島，班、馬爲堤防〔八〕⑪，粲、植爲陸落⑫，潘、陸爲郊境⑬，褰琅玕於江、鮑之樹⑭，採花蕊於顔、謝之園⑮，何、劉准其衡軸⑯，任、沈程其粉黛⑰，然後爲得也。若乃才不半古，而論已過之⑱，妄動刀尺⑲，輕移律吕，脱略先輩⑳，迷註後昆〔九〕㉑，此明時所當變也〔一〇〕㉒。

【校記】

〔一〕「則」，三寶本眉注「即イ」，意指「則」字イ本作「即」。

〔二〕「沿」，三寶、天海本作「江」。

〔三〕「理」，當作「治」，因避唐高宗名諱「治」而改作「理」。

〔四〕「孤」，天海本作「孔」，三寶本脚注「孔亻」，意指「孤」字亻本作「孔」。
〔五〕「遁」，六寺、松本、江户刊本、維寶箋本作「道」，三寶本眉注「道」。
〔六〕「棄」，原作「奇」，醍甲、仁甲、義演本同，據三寶、高甲、六寺本改。「徵」，高甲、仁甲本作「微」。「捐」，醍甲、仁甲、義演本作「指」。
〔七〕「聖」，原爲則天字「𡔈」，三寶、高甲、高丙、醍甲、仁甲、義演、松本、江户刊本、維寶箋本同，三寶本旁注「聖也」，原注「聖」，六寺本眉注則天字「𡔈」，據六寺本改。
〔八〕「堤」，三寶、天海本作「提」。
〔九〕「迷」，三寶本作「迷」，脚注「迷亻」。「詸」，高甲本作「謎」，原右旁注「亻謎米閑反隱言也」。
〔一〇〕「此」，醍甲、仁甲、義演本作「比」。
維寶箋本箋文後題記「元文元年丙辰六月九日殺青訖　沙門維寶/文鏡秘府論箋卷第十二終」。元文元年爲公元一七三六年。

【考釋】

① 維寶箋：「述雅文體也。」

② 「詞義」四句：中前所言「可以語宣，難以聲取，可以字得，難以義尋」之意。

③ 詩人因聲以緝韻：《譯注》：「『詩人』，指《詩經》的詩人，例如《文心雕龍·辨騷》：『自風雅寢聲，莫或抽緒，奇文鬱起，其《離騷》哉。固已軒翥《詩》人之後，奮飛辭家之前。』」

④沿旨以製詞：即晉陸機《文賦》所謂「辭程才以效伎，意司契而爲匠」之意，劉宋范曄《獄中與諸甥姪書》所謂「以意爲主，以文傳意，以意爲主，則其旨必見」（《宋書·范曄傳》）之意。

⑤「理亂」二句：《毛詩序》：「情發於聲，聲成文謂之音。治世之音安以樂，其政和；亂世之音怨以怒，其政乖。」（《毛詩正義》）

⑥孤音：《後漢書·荀彧傳贊》：「北海天逸，音情頓挫。越俗易驚，孤音少和。」絶唱：宋玉《對楚王問》：「是其曲彌高，其和彌寡。」（《文選》卷四五）梁沈約《宋書·謝靈運傳論》：「若夫平子艷發，文以情變，絶唱高蹤，久無嗣響。」盛江案：此處之孤音絶唱，則爲貶義，即前所言之「聲高曲下，空驚偶俗之唱」。

⑦流遁：漢張衡《東京賦》：「若乃流遁忘反，放心不覺，樂而無節，後離其戚。」（《文選》卷三）薛綜注：「言若流情放心，不自反寤，恣意所爲，淫樂無禮，以無節終，後卒當罹其憂禍。」《文心雕龍·風骨》：「於是習華隨侈，流遁忘反。」盛江案：此所言「流遁」，即前所言之奔放淺致、疎於意理、夸誕冗長，如「激浪長堤之表，揚鑣深埒之外」之類，即所謂「詞多流宕，罕持風檢」。胸懷：范曄《獄中與諸甥姪書》：「至於所通解處，皆自得之於胸懷耳。」（《宋書·范曄傳》）

⑧「棄徵」二句：即前所言「聽無宮羽」、「嘈囋野音」、「可以語宣，難以聲取」之類。陸機《文賦》：「混妍蚩而成體，累良質而爲瑕。」（《文選》卷一七）

⑨聖藻：一般指帝王之作。唐虞世南《奉和月夜觀星應令》：「緣情摛聖藻，並作命徐、陳。」（《全唐

詩》卷三六）但此處當指聖賢之文。天文：《易・賁卦・彖傳》：「觀乎天文，以察時變。」

⑩ 仙章：維寶箋：「仙靈之文章也。」廣樂：《穆天子傳》卷一：「天子乃奏廣樂。」（《漢魏六朝筆記小説大觀》）《史記・扁鵲倉公列傳》：「簡子寤，語諸大夫曰：『我之帝所甚樂，與百神遊於鈞天，廣樂九奏萬舞，不類三代之樂，其聲動心。』」盛江案：此處所謂「睎聖藻於天文，聽仙章於廣樂」，即《文心雕龍・宗經》所謂「稟經以製式，酌雅以富言」之意，泛述須憲章前代優秀文章。

⑪ 班、馬：維寶箋：「班固、馬融。」《譯注》引《文心雕龍・程器》「況班、馬之賤職，潘岳之下位哉」，亦謂指班固、馬融。盛江案：班、馬並稱，若就史學言，則指班固、司馬遷，如《晉書・陳壽等傳論》「丘明既没，班馬迭興」；若就文士均有趨炎附勢之疵病言，則一般班固與馬融連謂，如《文心雕龍・程器》所言。但若就兩漢辭賦作家的代表而言，則一般指班固、司馬相如。《文心雕龍・詮賦》論兩漢十家「辭賦之英傑」，其中有「相如《上林》，繁類以成艷」，有「孟堅《兩都》，明絢以雅贍」，並未及馬融。又梁沈約《宋書・謝靈運傳論》：「相如巧爲形似之言，班固長於情理之説。」亦以班固和司馬相如並稱。是則此處所言之「班、馬」，當指班固、司馬相如爲代表之兩漢辭賦作家。

⑫ 粲、植：當指王粲、曹植爲代表之建安作家。阹：司馬相如《上林賦》：「江河爲阹，泰山爲櫓。」（《史記・司馬相如列傳》）裴駰集解引郭璞曰：「因山谷遮禽獸爲阹。」晉左思《吴都賦》：「阹以九疑，御以沅湘。」（《文選》卷五）劉逵注：「阹，闌也，因山谷以遮獸也。」落：籬笆。《漢書・晁錯傳》：「要害之處，通川之道，調立城邑，毋下千家，爲中周虎落。」顔師古注：「虎落者，以竹篾相連遮落之也。」漢張衡《西京賦》：「揩枳

落，突棘落。」（《文選》卷二）李善注：「杜預《左氏傳注》曰：『藩，籬也。落，亦籬也。』」

⑬ 潘、陸：指潘岳、陸機爲代表之晉代作家。古時潘、陸並稱，梁沈約《宋書・謝靈運傳論》：「降及元康，潘、陸特秀。」梁蕭子顯《南齊書・文學傳論》：「潘、陸齊名，機、岳之文永異。」

⑭ 江、鮑：指梁詩人江淹（四四四—五〇五）與劉宋詩人鮑照。唐人常以二人並稱，如楊炯《王子安集序》：「繼之以顔、謝，申之以江、鮑。」（《全唐文》卷一九一）李白《經亂離後天恩流夜郎憶舊遊書懷贈江夏韋太守良宰》：「覽君荆山作，江鮑堪動色。」（《李白集校注》卷一一）

⑮ 顔、謝：指顔延之（三八四—四五六）、謝靈運，均晉宋間詩人，時人即已顔、謝並稱。《宋書・顔延之傳》：「延之與陳郡謝靈運俱以詞彩齊名，自潘岳、陸機之後，文士莫及也，江左稱顔、謝焉。」《宋書・謝靈運傳論》：「爰逮宋氏，顔、謝騰聲，靈運之興會標舉，延年之體裁明密。」梁元帝《與湘東王書》：「遠則揚、馬、曹、王，近則潘、陸、顔、謝。」

⑯ 何、劉：指梁詩人何遜和劉孝綽。《梁書・何遜傳》：「初，遜文章與劉孝綽並見重於世，世謂之『何、劉』。」衡軸：原指古代天文儀器之轉軸，三國魏李康《運命論》：「璣旋輪轉，而衡軸猶執其中。」（《文選》卷五三）此指爲文之中樞準的。

⑰ 任、沈：指任昉、沈約，均梁文學家。梁鍾嶸《詩品》中：「彦昇少年爲詩不工，故世稱『沈詩任筆』。」《顔氏家訓・文章》：「邢子才、魏收俱有重名，時俗準的，以爲師匠。邢賞服沈約而輕任昉，魏愛慕任昉而毁沈約，每於談讌，辭色以之。鄴下紛紜，各有朋黨。祖孝徵嘗謂吾曰：『任、沈之是非，乃邢、

魏之優劣也。』」

⑱「若乃」二句：《孟子·公孫丑上》：「故事半古之人，功必倍之，惟此時爲然。」晉陸機《豪士賦序》：「庸夫可以濟聖賢之功，斗筲可以定烈士之業，故曰才不半古，而功已倍之，蓋得之於時勢也。」（《文選》卷四六）

⑲刀尺：原指裁剪工具。《古詩爲焦仲卿妻作》：「左手持刀尺，右手執綾羅。」（《玉臺新詠》卷一）此借指裁剪製作文章。

⑳脱略：輕慢不拘。梁江淹《恨賦》：「脱略公卿，跌宕文史。」（《文選》卷一六）張銑注：「脱略，輕易。」《晉書·謝尚傳》：「脱略細行，不爲流俗之事。」先輩：對前輩的尊稱。《三國志·吴書·闞澤傳》：「澤州里先輩丹楊唐固，亦修身積學，稱爲儒者。」

㉑詿：《説文·言部》：「詿，誤也。」（中華書局一九六三年）後昆：後嗣子孫。《書·仲虺之誥》：「垂裕後昆。」《宋書·謝靈運傳論》：「並方軌前秀，垂範後昆。」

㉒盛江案：本篇或爲初唐某一類書或文集之序。重聲律，推崇江左齊梁文風，而不滿北方文學，講規範，而忌新變，由此思想傾向，推測其作者當爲時之宫廷文人。於初唐詩歌革新，反對齊梁文風之思潮中，本篇卻維護齊梁文學，或可幫助認識其時文壇之複雜面貌。

或曰〔一〕：余每觀才士之作〔二〕①，竊有以得其用心〔三〕②。夫其放言遣辭〔四〕③，良多變矣。

妍蚩好惡，可得而言④。每自屬文〔五〕，尤見其情⑤。恒患意不稱物，文不逮意⑥，蓋非知之難，能之難也⑦。故作《文賦》，以述先士之盛藻⑧，因論作文之利害所由，他日殆可謂曲盡其妙⑨。至於操斧伐柯〔六〕，雖取則不遠〔七〕⑩；若夫隨手之變⑪，良難以辭逮。蓋所能言者，具於此云〔八〕⑫。

【校記】

〔一〕「或曰」上維寶箋本有卷首「文鏡秘府論箋卷第十三論本四/金剛峰寺密禪苾蒭　維寶　編輯」，六寺本眉注「陸士衡文賦曰」。

〔二〕「之作」，《文選》作「之所作」。

〔三〕「用」下維寶箋本旁注「五臣本無用字」。

〔四〕「其」，《文選》無。

〔五〕「每自」，高甲本作「自每」。

〔六〕「操」，原作「摻」，各本同，據《文選》改。「伐」，三寶本作「代」。

〔七〕「遠」，仁甲本作「違」。

〔八〕「云」下六寺、松本、江户刊本、維寶箋本有「爾」字，三寶本右旁注「爾亻」。

【考釋】

① 余每觀才士之作：此以下至後「流管弦而日新」，晉陸機《文賦》，載《文選》卷一七。陸機《文賦》之寫作時間，衆説不一。一説作於其二十歲時，根據爲杜甫《醉時歌》謂「陸機二十作文賦」。清人何焯《義門讀書記》已指出杜甫之説乃因誤會李善注引《晉書》之意，《文選·文賦》目下李善注引《晉書》衹言「（機）年二十而吴滅」，而後「與弟雲俱入洛」，爾後始「心識文體，故作《文賦》」，並未言《文賦》作於二十歲時。近人多以爲《文賦》爲陸機入洛後所作，或根據陸雲《與兄平原書》第八書中提到《文賦》，又考出此書寫於陸機四十一歲時，故《文賦》當作於此時，即晉永寧元年（三〇一），或以爲作於上一年陸機四十歲時。（以上參逯欽立《〈文賦〉撰出年代考》（《學原》第二卷第一期，一九四八年），陸侃如《關於〈文賦〉》（《春秋》一九四九年第四期），錢鍾書《管錐編》第三册（中華書局一九七九年），姜亮夫《陸平原年譜》（古典文學出版社一九五七年），牟世金《〈文賦〉的主要貢獻何在》（《文史哲》一九八〇年第一期），毛慶《〈文賦〉創作年代考》（《武漢大學學報》一九八〇年第五期）等）

《譯注》：「收入本書的文章中，是最早時期的作品。和《文選》所收《文賦》，字句上有些異同，推想可能有别的來源。换韻而段落變化，分爲二十段。」《譯注》末附《解説》：「除《文選》所載之外，《文賦》還有初唐書法家陸柬之的寫作（藏故宫博物院），這是《文賦》現存最早的單行本。其中文字上與《文選》諸版本間有相當差異。……但《秘府論》本（宫内廳本）的《文賦》與陸柬之本文同，而《文選》諸本卻均可找出十餘處與《秘府論》本不同的地方。雖無内容上的大異，卻可説明《秘府論》的祖本並非衹限於《文選》。因此，假如早就有陸柬之所書的那樣的單行本存在的話，那我們便可以充分想像它有可能成爲《秘府論》的底本。」

關於「文賦」之「文」，劉師培《中國中古文學史》：「晉人論文之作，以陸機之賦爲最先，觀其所舉文體，惟舉賦、詩、碑、誄、銘、箴、頌、論、奏、説，不及傳、狀之屬，是即文、筆之分也。」（人民文學出版社一九五九年）許文雨《文論講疏》引阮福云：「按此《賦》賦及十體之文，不及傳誌，蓋史爲著作，不名爲文，凡類於傳誌者，不得稱文。是以狀文之情，分文之派，晉承建安，已開其先，《昭明》、《金樓》，實守其法。」「在陸氏之意，即無韻而偶，亦得稱文，惟傳記等體，以直質爲工，據事直書，弗尚藻彬者，是則陸氏意中歸之筆類。」（上海正中書局一九四七年）

才士：《莊子·天下》：「雖然，墨子真天下之好也，將求之不得也，雖枯槁不舍也，才士也夫。」成玄英疏：「才能之士。」唐大圓《文賦注》：「此云才士，謂有能文之才氣之士。是即文質彬彬，然後君子者，如屈原、宋玉、賈誼、司馬遷、揚雄、班固等，頗符此才士之稱。」（轉據張少康《文賦集釋》，本節引《文賦》各家注，多據此書，不另注明）盛江案：陸機此處用「才士」而不用「文士」，或者受其時人物品評重才輕性思想影響。

②用心：《論語·陽貨》：「飽食終日，無所用心，難矣哉。」《莊子·天道》：「天王之用心何如？」此處有二層意思。一如唐大圓《文賦注》所言，爲「作品中用心之所在」，即作品之内容意圖。一如錢鍾書《管錐編》所言，爲「自道甘苦，故於抽思嘔心，琢詞斷髭，最能狀難見之情，寫無人之態」，即下文所謂「作

文之利害」，所謂「曲盡其妙」之「妙」，即本篇全文所論之作文構思、技巧。陸機所言當主要旨在後者，與後來《文心雕龍·序志》所言「夫文心者，言爲文之用心也。昔涓子琴心，王孫巧心，心哉美矣，故用之焉」之「用心」含義相近。

③放言：《論語·微子》：「隱居放言。」劉寶楠正義解作放縱其言，是。放言與遣詞互文見義，此處泛指運用語言進行寫作。

④「妍蚩」二句：李善注：「文之好惡，可得而言論也。范曄《後漢書》：『趙壹《刺世疾邪》曰：「孰知辯其妍蚩。」』《廣雅》曰：『妍，好也。』《説文》曰：『妍，慧也。』《釋名》曰：『蚩，痴也。』《聲類》曰：『蚩，騃也。』然妍蚩亦好惡也。」

⑤「每自」二句：李善注：「《論衡》曰：『幽思屬文，著記美言。』屬，綴也。」黄侃《文選評點》：「此言觀他文既知其用意，自作文則知之愈切。」唐大圓《文賦注》：「情即情僞，謂才士用心所變現之諸相。」

⑥「恒患」二句：《易·繫辭上》：「子曰：書不盡言，言不盡意。」《三國志·魏書·荀彧傳》裴注引《晉陽秋》：「粲答曰：『蓋理之微者，非物象之所舉也，今稱立象以盡意，此非通於意外者也。繫辭焉以盡言，此非言乎繫表者也。斯則象外之意，繫表之言，固蘊而不出矣。』」

陸機所謂「物」，即《禮記·樂記》「人心之動，物使之然也，感於物而動，故形於聲」及後來《文心雕龍·神思》「神與物遊」所説之「物」，既是動心觸情，引發寫作欲念之外物，亦爲耽思旁訊時聯翩浮現於想像中之物，又爲文章寫作所需表現之事物。並非所有令人動情，進入想像，所要表現之外物，均能最終進入文章，其中需要删汰、提煉，而删汰、提煉，是爲更恰切表現事物，陸機因「患意不稱物」。

陸機所謂「意」，郭紹虞以爲指「通過構思所形成的『意』」（《論陸機〈文賦〉中之所謂「意」》，《文學評論》一九六一年第四期），庶幾近是。然此所謂構思之「意」，既指所要表現之思想內容，亦意指種種微妙審美感受，還當指通過構思所形成意象選擇提煉、表現方法技巧、謀篇布局等一整套構想之「意」，準確言之，此所謂「意」，當指構思命意之「意」。因包括藝術構想之「意」，故下文謂「其爲物也多姿」，而「其會意也尚巧」，《文心雕龍·神思》亦謂「意翻空而易奇，言徵實而難巧也」。難巧易奇之「意」，非唯指思想內容，更側重指如何藝術表現之「意」。

陸機所謂「文」，即指文章。「意翻空而易奇」，「意」爲虛。「言徵實而難巧」，「文」爲實。用文辭形式落實種種微妙感受、奇巧構想，形成文章，殊爲不易，是爲後之蘇軾《與謝民師推官書》所言「求物之妙，如繫風捕影，能使是物了然於心者，蓋千萬人而不一遇也，而況能使了然於口與手者乎」（《蘇軾文集》卷四九，中華書局一九八六年）。

羅師宗强《〈文賦〉義疏》：「意，並不等同於思想、意義，而是指構思。古人所謂之意，即含有構思的意思在內。物，指表現對象。」「文，表現構思；構思，表現物象。他是説，常常耽心構思不能與所要表現的對象相同，而文辭又不能完全表現出構思。構思，當然包括意、情與心中的物象。」「客觀的物象是一個層次；情、意、心中的物象（意）是一個層次；文辭（文）是一個層次。陸機説的就是這三者的關係。意何以不稱物？蓋物之情態紛紜萬狀，人之所見僅得其一斑，不可能完全盡其情態之變化與含蘊。文何以不逮意？蓋意既含構思中之種種心靈活動，則理之顯者、情之顯者自不難表述，而理之幽微、情之幽微者則不易表述；心中物象亦如之，有易表述者，有不易表述者。此種不易表述之幽微之理與幽微之情，就是文不逮意之一原因。此其一。其二，構思過程既純爲一種心靈之活動，則其中之幽微奥妙，殊難把握。」「無論是不易表述之理與情，或是不易把握之文思奥妙，事實上都是文學創作中情思與意象多重性之基礎，後來便發展成爲言外意、象外象的理論。」

⑦「蓋非」二句：《書·説命》：「非知之艱，行之惟艱。」《左傳》昭公十年：「非知之實難，將在行之。」

⑧盛藻：李善注：「利害由好惡。孔安國《尚書傳》曰：『藻，水草之有文者。』故以喻文焉。」《宋書·謝靈運傳論》：「三祖、陳王，咸蓄盛藻，甫乃以情緯文，以文被質。」黄侃《文選評點》：「先士盛藻，即前云才士所作。」

⑨他日：李善注：「言既作此《文賦》，他日而觀之，近謂委曲盡文之妙理。《論語》：『鯉曰：他日又獨立。』趙岐《孟子章句》曰：『他日，異日也。』」而錢鍾書《管錐編》謂：「夫『他日』句承『先士盛藻』來，則以『昔日』之解爲長。謂前世著作已足當盡妙極妍之稱，樹範『取則』，於是乎在，顧其神功妙運，則語不能傳，亦語不能備，聊示規矩，勿獲悉陳良工之巧耳。」張少康《文賦集釋》則謂：「此處『他日』作『昔日』解，頗爲牽强，蓋陸機文藝思想本來有此矛盾，他既承認和肯定『言不盡意』，又希望《文賦》能把創作問題論述得『曲盡其妙』。」可謂：黄侃《文選評點》：「『謂』是衍文，此言今以能爲難，佗日庶幾能之耳。」郭紹虞《中國歷代文論選》：「『可謂』亦可解作『可以』，《左傳》昭公十五年『今王樂憂，若卒以憂，不可謂

終』，《大戴禮・曾子立孝》『君子一孝一弟，可謂知終矣』。『可謂』均作『可以』解。」

⑩「至於」二句：李善注：「此喻見古人之法不遠。」《詩・豳風・伐柯》：「伐柯伐柯，其則不遠。」鄭玄箋：「則，法也，伐柯者必用柯，其大小長短，近取法乎柯，所謂不遠求也。」

⑪若夫隨手之變：本於《莊子・天道》：「輪扁曰：『……斲輪，徐則甘則不固，疾則苦而不入。不徐不疾，得之於手而應於心，口不能言，有數存焉於其間，臣不能以喻臣之子，臣之子亦不能受之於臣。』」又，《文心雕龍・神思》：「至於思表纖旨，文外曲致，言所不追，筆固知止。至精而後闡其妙，至變而後通其數，伊摯不能言鼎，輪扁不能語斤，其微矣乎！」與此意相通。

⑫以上《文賦》之序，闡明寫作《文賦》動機及欲解決之主要問題。

佇中區以玄覽①，頤情志於典墳〔一〕②。遵四時以歎逝③，瞻萬物而思紛。悲落葉於勁秋〔二〕，嘉柔條於芳春〔三〕④。心懍懍以懷霜〔四〕，志眇眇而臨雲⑤。詠世德之俊烈〔五〕，誦先民之清芬〔六〕⑥；遊文章之林府，嘉藻麗之彬彬〔七〕⑦。慨投篇而援筆，聊宣之乎斯文⑧。

【校記】

〔一〕「墳」，醍甲、仁甲、義演本作「憤」。

〔二〕「勁」，六寺本作「𠢕」，脚注「勁イ」。

〔三〕「嘉」，《文選》作「喜」。《校注》：「作『嘉』與下『麗藻』句復，當從《文選》作『喜』。」
〔四〕「懔」，義演本作「凛」。
〔五〕「俊」，原作「後」，松本、江户刊本、維寶箋本同，《文選》作「駿」，原右旁注「俊」，據三寶、高甲、六寺本改。
〔六〕「民」，《文選》作「人」。「清」，六寺本作「情」。
〔七〕「藻麗」，《文選》作「麗藻」。

【考釋】

①佇中區以玄覽：各家解釋不一。李善注引《老子》河上公注：「心居玄冥之處，覽知萬物，故謂之玄覽。」張銑注：「中區，中都也……立志中都，遠覽文章，養情於典墳也。」唐大圓《文賦注》：「將欲爲文，必先閒居静處，玄覽典墳，以頤情志。中區即區中，謂佇立天地之中，而起幽玄之觀覽。」錢鍾書《管錐編》：「銑説爲長，機祇借《老子》之詞，以言閲覽書籍。……『中區』，善注『區中也』，『區中』即言屋内，蓋前二句謂室中把書卷，後二句謂户外翫風物。」

盛江案：中區釋作屋内，實無任何根據。玄覽作閲覽書籍解，與下句頤情志於典墳義重複，作觀覽萬物解，則下文又有「瞻萬物而思紛」句。無論解作閲覽還是觀覽，均作動詞解。此二句爲偶對，與下句「典墳」相對，「玄覽」實應是名詞。中區，人世間。漢蔡邕《釋誨》：「納玄策於聖德，宣太平於中區。」（《後漢書·蔡邕傳》）玄覽，《老子》十章「滌除玄鑒，能無疵乎」句，通行本作「覽」，帛書乙本作「鑒」，高亨

《老子正詁》注：「『覽』讀爲『鑒』，『覽』『鑒』古通用。……玄鑒者，内心之光明，爲形而上之鏡，能照察事物，故謂之玄鑒。《淮南子·修務》篇：『執玄鑒於心，照物明白。』《太玄童》：『修其玄鑒。』『玄鑒』之名，疑皆本於《老子》。《莊子·天道》篇：『聖人之心，靜乎天地之鑑，萬物之鏡也。』亦以心譬鏡。」（古籍出版社一九五六年）高亨、池曦朝《試論馬王堆漢墓中的帛書〈老子〉》：「『覽』字當讀爲『鑒』，『鑒』與『鑑』同，即鏡子。……乙本作『監』，『監』字即古『鑒』字。古人用盆子裝上水，當作鏡子，以照面孔，稱它爲監，所以『監』像人張目以臨水盆之上。後人不懂『監』字本義，改作『覽』字。」（《文物》一九七四年第十一期）高亨説是。鑑、鑒、監、覽，實可通用。古代鏡子用金屬（銅）作成，故可稱「鑑」、「鑒」。以器皿盛水作鏡子以照面孔，故稱作「監」。鏡子可覽見物，故亦可作「覽」。由語法言之，「滌除玄覽」句，「滌除」爲及物動詞，被「滌除」之物即「玄覽」當爲名詞，當作玄鑒即鏡子解。因爲鏡子，故下句言「能無疵乎」。蓋道家謂坐忘之心深邃明澈如鏡，時時滌除，使不染纖毫世塵。所謂「玄鑒」，「玄」乃「玄之又玄，衆妙之門」（《老子》第一章）之「玄」，謂道之虚無玄深不測。是則玄鑒所照察者非尋常萬物，而爲玄妙之道，「道之爲物，惟恍惟惚」（《老子》第二十一章），道亦爲「物」。《淮南子》所謂「照物明白」，實言體道。體道之心若鏡，故《莊子·應帝王》云：「至人之用心若鏡，不將不迎，應而不藏。」萬事萬物任其自來自去，我與物兩無礙，應之而已，應者無跡，不霑滯於物。此即《莊子·天道》所謂「天地之鑒」，「萬物之鏡」。後來禪宗神秀作謁曰：「身是菩提樹，心如明鏡臺，時時勤拂拭，莫使有塵埃。」慧能謁則曰：「菩提本無樹，明鏡亦非臺，佛性本清淨，何處有塵埃。」又曰：「心是菩提樹，身是明鏡臺，明鏡本清淨，何處染塵埃。」（《壇經校釋》)佛道思想有别,以鏡喻心性修養之境則一。故《文賦》此二句,「頤情志於典墳」,爲閲覽典籍以頤養情志,而「佇中區以玄覽」,則爲以空明虚静體道心境處於天地寰宇之中,人世萬物之間。蓋謂作文有此境界,不帶任何世俗功利觀念,始能消除物我對立,達於物我融一,心隨物遊,於此基礎上體察萬物,則能隨物而悲,隨物而喜,物悲則悲,物喜則喜,以天照天,感物生情,所謂「遵四時以歎逝,瞻萬物而思紛,悲落葉於勁秋,嘉柔條於芳春」也。

② 典墳:三墳五典,三皇五帝之書,指各種古代典籍。《淮南子·齊俗訓》:「衣足以覆形,從典墳,虚循撓,便身體,適行步。」晉潘岳《揚荆州誄》:「遊目典墳,縱心儒術。」(《文選》卷五六)

③ 四時:《易·恒卦·彖傳》:「四時變化而能久成。」《禮記·孔子閒居》:「天有四時,春秋冬夏。」《淮南子·本經訓》:「四時者,春生夏長,秋收冬藏。」

④ 「悲落」二句:晉陸機《長安有狹邪行》:「烈心厲勁秋,麗服鮮芳春。」(《文選》卷二八)喜怒之情牽於四時之氣,古有其説。《莊子·大宗師》:「淒然似秋,煖然似春,喜怒通四時。」宋玉《九辯》:「悲哉秋之爲氣也,蕭瑟兮草木摇落而變衰。」「皇天平分四時兮,竊獨悲此廩秋。」(《楚辭補注》)《春秋繁露·爲人者天》:「人生有喜怒哀樂之荅,春秋冬夏之類也。」漢張衡《西京賦》:「夫人在陽時則舒,在陰時則慘,此牽乎天者也。」(《文選》卷二)魏晉則已多感物歎逝之作,《古詩十九首》有「四時更變化,歲暮一何速」之句,曹丕有《感物賦》:「涉夏歷秋,先盛後衰,悟興廢之無常,慨然永歎。」(《藝文類聚》卷三四)曹植有《秋思賦》:「四節更王兮秋氣悲。」(《藝文類聚》卷三五)有《感節賦》:「欣陽春之潛潤,樂時澤之惠

休。」(同上卷二八)陸機有《感時賦》:「歷四時以迭感,悲此歲之已寒。」(同上卷三)有《歎逝賦》:「步寒林以悽惻,翫春翹而有思……感秋華於衰木,瘁零露於豐草。」(《文選》卷一六)潘岳有《秋興賦》:「四時忽其代序兮,萬物紛以迴薄。」(《文選》卷一三)唐大圓《文賦注》:「(上四句)文之思維,不獨由讀書而生,亦有時遵隨春夏秋冬四時之遷易,而瞻觀萬物之變化,則思想紛紜而生。」

羅師宗强《〈文賦〉義疏》:「這是講物色之變易引起不同的心境,而產生創作衝動。」「此種『物感說』,實產生於特有文化傳統之中。中國的古代思想家把人與宇宙萬物看作一個整體,看作『氣』的不同形式的存在。」「但是,從文學家的角度考察,物我相感的哲學思想基礎固然原於萬物一氣說,而其具體的表現,則爲情之交流。萬物固是一體,爲一氣所生,則當亦同此心,同此情,氣既相通,情亦相通。四時之變易,亦如同人生之遷逝。」這種物我的感應實際上是一種移情。「這種由移情而生的物我感應說,發展至後來,便是一種獨特的山水文化的產生。」「物感說的哲學基礎是氣說,它之成爲一種審美現象,是移情,而其必備之條件,則是虛静。從本質上説,它屬於老、莊一系。」

⑤「心懔」二句:懷霜:漢孔融《薦禰衡表》:「忠果正直,志懷霜雪。」(《文選》卷三七)臨雲:疑即凌雲。《史記·司馬相如列傳》:「相如既奏《大人之頌》,天子大説,飄飄有凌雲之氣,似遊天地之閒意。」或用孔子「不義而富且貴,於我如浮雲」(《論語·述而》)之意,臨雲者,即俯臨此世俗之浮雲也。李善注:「懔懔,危懼貌,眇眇,高遠貌。」方廷珪《昭明文選大成》:「心志無雜慮,方能盡讀書之趣。」

⑥「詠世」二句:世德:《詩·大雅·下武》:「王配于京,世德作求。」先民:《詩·大雅·板》:「先民

有言，詢于芻蕘。」朱熹集傳：「先民，古之賢人也。」

二句各家解釋不一，李善注：「言歌詠世有俊德者之盛業，先民，謂先世之人，有清美芬芳之德而誦勉。」而張銑注：「詠當時俊美之述作，誦先賢詞賦之芬芳也。」唐大圓《文賦注》則謂如韋孟《在鄒詩》、謝靈運《述祖德詩》、揚雄《趙充國頌》等，「文思之生，亦有因歌詠往世有德者之大業，或稱誦先代哲人之清美芬芳者」。程會昌《文論要詮》則以爲是陸機自述祖德：「士衡祖遜，父抗，並吴名臣，唐太宗《晉書·陸機傳論》所謂『祖考重光，羽檝吴運，文武奕葉，將相連華』是也，其集中《祖德》、《述先》二賦，即式懷先德之作，故庾信《哀江南賦》曰：『陸機之辭賦，先陳世德。』」

盛江案：此段蓋述創作前準備，不當無端而論文章須詠世德盛業或自述祖德之類。既言「世德」、「先民」，則亦不當是指詠誦當時人之述作。細尋意脈，此段實並承首二句而發，「遵四時以歎逝」四句沿「佇中區以玄覽」之緒，而此二句及下二句，則申「頤情志於典墳」之意，「典墳」者非他，世德先民之典墳也。典墳中頤養所得，一爲藝術修養，是所謂「誦先民之清芬」，所謂「遊文章之林府，嘉麗藻之彬彬」；二爲道德修養，是所謂「詠世德之俊烈」，其結果，則「心懔懔以懷霜，志眇眇而臨雲」。

⑦「遊文」二句：林府：李周翰注：「謂多如林木，富如府庫也。」彬彬：《論語·雍也》：「文質彬彬，然後君子。」何晏集解引包咸注：「彬彬，文質相半之貌。」唐大圓《文賦注》：「此時心若遊乎文章之山林府庫，其中所有美麗彬彬之文藻，似取之而不盡，用之而不竭矣。」

⑧「慨投」二句：李善注：「《韓詩外傳》曰：『孫叔敖治楚，三年而國霸，楚史援筆而書之於策。』《尚

書中候》曰：『玄龜負圖出洛，周公援筆以寫也。』」唐大圓《文賦注》：「此言文機之來不可失。」「以上言執筆作文以前，至開始書寫之狀。」

以上寫創作前應有之精神狀態，空明其心，遊物生情，讀書積累，頤養情志。

《譯注》：「押韻，《廣韻》上平聲十七真之彬、十八諄之春、二十文之墳、紛、雲、芬、文。」

其始也，皆收視返聽，耽思傍訊〔一〕①，精騖八極〔二〕，心遊萬仞②。其致也，情曈曨而彌鮮〔三〕，物昭晰而互進〔四〕③；傾群言之瀝液，漱六藝之芳潤〔五〕④；浮天淵以安流，濯下泉而潛浸⑤。於是沈辭怫悅〔六〕，若遊魚銜鉤而出重淵之深⑥；浮藻聯翩，若翰鳥纓繳而墜曾雲之峻〔七〕⑦。收百世之闕文，采千載之遺韻⑧；謝朝華於已披，啓夕秀於未振⑨；觀古今於須臾，撫四海於一瞬〔八〕⑩。

【校記】

〔一〕「訊」，原作「誶」，醍甲、仁甲、六寺、義演本同，三寶、高甲本作「誶」，據江户刊本、維寶箋本改。

〔二〕「精」，原作「晶」，三寶、醍甲、仁甲、六寺、義演本同，原脚注「精亻」，六寺本左旁注「精」，據高甲、江户刊本、維寶箋本改。「騖」，原作「鶩」，各本同，據《文選》改。

〔三〕「曈曨」，六寺本作「膧朧」。

〔四〕「昭」，六寺本作「照」，眉注「昭」。
〔五〕「漱」，原作「瀨」，三寶、醍甲、仁甲本同，據高甲、六寺、江户刊本、維寶箋本改。
〔六〕「佛」，原作「拂」，各本同，據《文選》改。
〔七〕「曾」，松本、江户刊本、維寶箋本作「層」。
〔八〕「瞬」，原作「瞚」，三寶、天海本同，原注「瞬」，據高甲、六寺本改。

【考釋】

①「皆收」二句：《莊子·人間世》：「若一志，無聽之以耳而聽之以心，無聽之以心而聽之以氣。」又「徇耳目内通而外於心知。」又《在宥》：「無視無聽，抱神以静……目無所見，耳無所聞，心無所知。」又《達生》：「用志不分，乃凝於神。」《史記·商君列傳》：「反聽之謂聰，内視之謂明。」《文選》李善注：「收視返聽，言不視聽也。耽思傍訊，静思而求之也。」張少康《文賦集釋》：「此承前段『佇中區以玄覽』句意，强調『虚静』在創作構思中的作用。」

②「精騖」二句：《莊子·田子方》：「夫至人者，上闚青天，下潛黄泉，揮斥八極，神氣不變。」《淮南子·原道訓》：「夫道者，覆天載地，廓四方，柝八極，高不可際，深不可測。」高誘注：「八極，八方之極也，言其遠。」心遊：《莊子·田子方》：「吾遊心於物之初。」李善注：「八極、萬仞，言高遠也。」《西京雜記》卷二引司馬相如説：「賦家之心，苞括宇宙，總覽人物。」班固《答賓戲》：「獨攄意乎宇宙之外，鋭思於毫芒

之内。」(《文選》卷四五)程會昌《文論要詮》:「心神虛静,則思無不通,理無不浹,無復時空之限制也。」

羅師宗强《〈文賦〉義疏》:「收視返聽的提法來自道家,它原本指的是一種悟道的境界。陸機第一次把它引入文學理論中,是用來説明在創作進入構思階段時必須具備的心境。這種心境,包括兩層含意。一是排除任何雜念的干擾,也就是後來劉勰所説的『疏瀹五藏,澡雪精神』;一是指離開物象而進入心象的階段。創作是由於物感引起的,具體的物與景就在眼前,那麽進入構思階段之後,就必須捨棄眼前的物象,使心境處於虛静之中,纔有可能進入想像的境界。」

③「其致」三句:李善注:「《爾雅》曰:『致,至也。』《埤蒼》曰:『曈曨,欲明也。』《説文》曰:『昭晰,明也。』」雷琳、張杏濱《賦鈔箋略》:「言情境漸開則物態亦見也。」程會昌《文論要詮》:「此謂宇宙物象,以虛静之心神馭之,則視焉而明,擇焉而精,無復平庸雜亂之患。」郭紹虞主編《中國歷代文論選》:「此二句謂内在的朦朧的文情逐漸清晰,外在的鮮明的物象紛至沓來。」盛江案:此亦言從生活之覽物興情,至創作之緣情體物,有一藝術提煉加工之過程。

羅師宗强《〈文賦〉義疏》:「『情』與『物』對應成文,情,指情思;物,指物象,指想像中出現的物象,實際就是指心中之象。在想像的展開過程中,情思與心象交錯展開。這裏有三點值得注意。(一)想像始終伴隨着情感活動,也就是他在後面提到的『信情貌之不差,故每變而在顔,思涉樂其必笑,方言哀而已歎』。(二)情思在最初衝動時寫什麽還朦朧不清,隨着構思的深入,纔逐步集中、明朗起來,這實際是承認情思有一個提煉的過程。(三)在構思的過程中,思維方式是圖像的更替與組合,『昭晰互進』,是指一個個一組組的物象在想像中出現了又消失了。這個出現與消失的過程，實際上就是構思中形象選擇的過程。」

④「傾群」二句：群言：李善注：「《揚子法言》曰：『或問群言之長。曰：群言之長，德言也。』」方廷珪《昭明文選大成》：「百家之書，皆爲群言。」張少康《文賦集釋》：「此處群言不必解釋過死，即泛指各種文章。」瀝液：漢張衡《思玄賦》：「漱飛泉之瀝液。」（《後漢書·張衡傳》）方廷珪《昭明文選大成》：「瀝液，謂去其渣滓，取其漿汁。」漱：郭紹虞主編《中國歷代文論選》：「有含英咀華之意。」六藝：有二説。一據《周禮·地官·大司徒》：「三曰六藝，禮、樂、射、御、書、數。」一指儒家六經。《史記·滑稽列傳》：「孔子曰：『六藝於治一也，《禮》以節人，《樂》以發和，《書》以道事，《詩》以達意，《易》以神化，《春秋》以義。』」此處當指後者。芳潤：方廷珪《昭明文選大成》：「芳香潤澤，謂文之精粹。」

郭紹虞主編《中國歷代文論選》：「此二句言六藝群言，統歸行文時的驅遣。」盛江案：此謂作文須調動所有藝術積累，從古代文章中汲取精華。

⑤「浮天」二句：天淵：揚雄《劇秦美新》：「聲盈塞天淵之間。」（《文選》卷四八）班固《答賓戲》：「聲盈塞於天淵。」（《文選》卷四五）李善注引項岱曰：「上達皇天，下洞重泉也。」此作高天與深淵解。又爲星名。《宋史·天文志》：「天淵十星，一曰天池，一曰天泉，一曰天海……」盛江案：《文賦》此處之「天淵」與「下泉」相對，「天淵」疑借指天漢。安流：《楚辭·九歌·湘君》：「令沅湘之無波，使江水兮安流。」下泉：《詩·曹風·下泉》：「冽彼下泉，浸彼苞根。」毛傳：「下泉，泉下流也。」王粲《七哀詩》：「悟彼下泉

人，喟然傷心肝。」（《文選》卷二三）

《易·繫辭上》：「探賾索隱，鈎深致遠。」揚雄《解嘲》：「深者入黄泉，高者出蒼天。」（《揚雄集校注》，上海古籍出版社一九九三年）

《文賦》此二句《文選》李善注：「言思慮之至，無處不至，故上至天淵，於安流之中，下至下泉，於潛浸之所。」

⑥「於是」二句：沈辭：張銑注：「謂沈於深邃也。」佛悅：李善注：「難出之貌。」重淵：《莊子·列禦寇》：「千金之珠，必在九重之淵。」程會昌《文論要詮》：「此謂文思自隱以之顯也。」

⑦「浮藻」二句：聯翩：李周翰注：「鳥飛貌。」許文雨《文論講疏》：「沈辭表吐辭艱澀之象，浮藻表出語駿利之象。」郭紹虞主編《中國歷代文論選》：「此數語以魚鳥喻辭藻而以釣弋喻思慮的作用。」又，北京大學《魏晉南北朝文學史參考資料》：「這四句意謂最恰當的辭藻，若沈淵之魚（故謂之「沈辭」），若浮空之鳥（故謂之「浮藻」），須精心探求而後始得。」（中華書局一九六二年）可備一説。

⑧「收百」二句：闕文：《論語·衛靈公》：「子曰：『吾猶及史之闕文也。』」邢昺疏引正義：「古之良史，於書字有疑，則闕之以待能者。」張銑注：「謂古人闕而未述，遺而未用者，收而採之。」盛江案：文、韻者，當泛指以文辭聲韻爲主體之文章作品，闕文遺韻則泛指前人未曾有過之文章構思之境，意在去陳言而拓新境。

⑨「謝朝」二句：張銑注：「朝華已披，謂古人已用之意，謝而去之。夕秀未振，謂古人未述之旨，開

而用之。」唐大圓《文賦注》：「上句是務去陳言，下句是獨出心裁。」許文雨《文論講疏》：「楊慎曰：『古之詩人，用前人語，有翻案者，有代財法，有奪胎法，有換骨法。翻案者，反其意而用之，東坡特妙此法。代財者，因其語而新之，益加瑩澤。奪胎換骨，則宋人詩話詳之矣。……此皆所謂披朝華而啓夕秀，有雙美而無兩傷者乎？』」方廷珪《昭明文選大成》：「謝，棄也。披，開也。啓，發也。」程會昌《文論要詮》：「《左傳》文十六年注：『振，發也。』」錢鍾書《管錐編》則謂：「『披』乃『離披』之『披』，萎靡貌，承『華』字來而爲『振』字之反。……『謝』如善注張華《勵志詩》引顔延年曰：『去者爲謝。』晏幾道《生查子》『寒食梨花謝』，即此『謝』字。曰『披』曰『謝』，花狂葉病也。『啓』，開花，『振』，怒花也。」

⑩「觀古」二句：李善注：「《高唐賦》曰：『須臾之間。』司馬遷曰：『卒卒無須臾之間。』《莊子》：『老聃曰：「俯仰之間，再撫四海之外。」』《吕氏春秋》曰：『萬世猶一瞬。』」方廷珪《昭明文選大成》：「古今四海所有之物，頃刻盡羅而致之几席之間，皆以供文之用。」盛江案：二句謂構思之藝術容量須大。

張少康《文賦集釋》：「《文賦》這一段的中心是講創作構思」，「他（陸機）指出藝術形象的形成要經過以下三個步驟：第一，展開豐富的、廣泛的藝術想像活動」，「首先，他指出了藝術想像活動是一種不脱離現實世界的具體的形象思維活動」，「其次，這種藝術想像活動具有無限的廣闊性和豐富性」，「再次，陸機指出了藝術想像過程中包含着强烈的感情活動」；「第二，陸機告訴我們，藝術形象正是在豐富多彩的想像活動基礎上逐漸形成的」；「第三，當藝術形象在作家腦海裏呈現出來之後，就一定要用物質手段把它表現出來」。「在構思和運用語言文字方面，陸機還提出了一個十分重要的原則，就是必須在繼承前人的基礎上有所創新，一定要有作家自己的風格和特點」。

《譯注》：「押韻：去聲二十一震韻之訊、仞、進、振，二十二稕韻之潤、峻、瞬，二十三問韻之韻，以及五十二沁韻之浸、深（浸、深二字通常讀平聲，但在這裏應讀去聲）。」

然後選義案部，考辭就班〔一〕①。抱景者咸叩，懷響者必彈〔二〕②。或因枝以振葉〔三〕，或沿波而討源〔四〕③。或本隱以末顯〔五〕，或求易而得難④。或虎變而獸擾，或龍見而鳥瀾〔六〕⑤。或妥帖而易施〔七〕，或岨峿而不安〔八〕⑥。罄澄心以凝思⑦，眇衆慮而爲言⑧。籠天地於形內，挫萬物於筆端⑨。始躑躅於燥吻，終流離於濡翰⑩。理扶質以立幹，文垂條而結繁〔九〕⑪。信情貌之不差，故每變而在顔⑫。思涉樂其必笑，方言哀而以歎〔一〇〕⑬。或操觚以率爾〔一一〕，或含毫而邈然〔一二〕⑭。

【校記】

〔一〕「考」，原作「孝」，據三寶、高甲、六寺本改。

〔二〕「懷」，原作「壞」，據三寶、高甲、六寺本改。「必」，《文選》作「畢」。

〔三〕「枝」，三寶本作「技」。

〔四〕「沿」上高甲本有「江」字。

〔五〕「未」，各本「末」、「未」莫辨，《文選》作「之」，從周校本作「末」。張少康《文賦集釋》：「此『之』與『末』涉及到對『本』字的理解問題。『本』作『本末』之『本』理解，則『之』當爲『末』。『本』作『本來』之『本』解，則此當爲『之』較妥。據這裏前四句『或……』的句法來看，這個『本』當解作『本來』之『本』較妥，故下亦以『之』字爲好。」

〔六〕「瀾」，六寺本作「澗」。

〔七〕「妥」，原作「安」，三寶、高甲、醍甲、仁甲、義演、松本、江户刊本、維寶箋本同，江户刊本、維寶箋本旁注「妥」，三寶本「安」字抹消，眉注「妥」，據六寺本及《文選》改。「施」，江户刊本、維寶箋本旁注「旋イ」，醍甲、仁甲、義演本作「旋」。

〔八〕「鉏鋙」，高丙本、《文選》作「岨峿」，原眉注「鉏鋙文選作齟齬上才與反切齒也又牀呂反下牛莒反齒不相值也」，三寶本眉注「峿」，意爲句中「鋙」字作「峿」。

〔九〕「而」，高丙本作「以」。

〔一〇〕「以」，高丙本、《文選》作「已」。

〔一一〕「操」，醍甲、仁甲、六寺、義演、松本、江户刊本、維寶箋本作「採」。「觚」，松本、江户刊本、維寶箋本作「觿」。

〔一二〕「含」，三寶本作「合」，右訓「フクム」，左旁朱注「含イ」。

【考釋】

①「然後」二句：部：部隊，按部。《墨子·號令》：「城上吏卒養，皆爲舍道内，各當其隔部。」孫詒讓閒詁：「部，隊也。」漢王粲《浮淮賦》：「群師按部，左右就隊。」（《全上古三代秦漢三國六朝文·全後漢文》卷九〇）班：職位等次。《左傳》文公六年：「辰嬴賤，班在九人，其子何震之有？」杜預注：「班，位

也。」二句謂構思布局，提煉事義，推敲辭句，組織安排在適當位置。

②「抱景」二句：李善注：「言皆擊擊而用。」顧施禎《昭明文選六臣彙注疏解》：「景，日月之光也。天地之物皆爲日月所照，故曰抱景。」「天地之物必有其聲，故曰懷響。」盛江案：二句謂感物所得、構思提煉而成之物象辭義，於結構布局中當充分發揮其效用。 二句提出結構布局之總原則。

③「或因」二句：郭紹虞主編《中國歷代文論選》：「（因枝句）謂依枝布葉，此由本及末，先樹要領之意。（沿波句）謂順流探源，此由末及本，最後説出主題之意。」

④「或本」二句：《史記·司馬相如列傳》：「《易》本隱之以顯。」《老子》六十三章：「圖難於其易。」郭紹虞主編《中國歷代文論選》：「或從晦到明，逐步闡説，或求易得難，層層深入。」張少康《文賦集釋》：「（四句）强調藝術結構之多樣化。」

⑤「或虎」二句：虎變：本《易·革卦·象傳》：「大人虎變，其文炳也。」擾：李善注引應劭曰：「擾，馴也。」劉良注：「擾，亂也。」盛江案：《周禮·夏官·服不氏》：「服不氏掌養猛獸而教擾之。」鄭玄注：「擾，馴也。 教習使之馴服。」是知「獸擾」之「擾」當作「馴」解，陸機自己亦有如此用法，《辯亡論》「巨象逸駭，擾於外閑」（《文選》卷五三）是其中一例。 又，漢王符《潛夫論·志氏姓》：「擾馴鳥獸。」《孔子家語·五帝德》：「（黄帝）服牛乘馬，擾馴猛獸，以與炎帝戰於阪泉之野。」均爲其用例。 龍見：本《易·乾卦》九二爻辭：「見龍在田，利見大人。」《莊子·在宥》：「尸居而龍見，淵默而雷聲。」瀾：李善注：「大波曰瀾。」而胡紹煐《文選箋證》引《楚辭·哀時命》等「爛漫」、「瀾漫」等例，以爲「瀾之言渙散也」，「與波瀾義無

涉」。黄侃《文選評點》則言：「瀾，猶闌也。」盛江案：與「龍見」相應，「瀾」釋作大波爲是，「鳥瀾」，則鳥驚於波瀾之中，正不必以「瀾」假借作「闌」，亦不必加字釋作「瀾漫」。

錢鍾書《管錐編》：「『瀾』當是『瀾漫』之『瀾』，『鳥』當指海鷗之屬，虎爲獸王，海則龍窟，主意已得，陪賓襯托，安排井井，章節不紊，如猛虎一嘯，則百獸帖服，『妥帖易施』，即『獸擾』之遮詮也。新意忽萌，一波起而萬波隨，一髮牽而全身動，如龍騰海立，則鷗鳥驚翔，『岨峿不安』，亦即『鳥瀾』之遮詮矣。」

張少康《文賦集釋》：「錢解此二句亦有不妥之處。鳥瀾，當如胡紹煐説，解爲鳥之消散也。這裏比喻文章衹要具備最精采要點，那麼各種紛繁零亂之處也就能一一消失了。這兩句也和上四句一樣，是講藝術結構上的種種不同的狀況，錢説把這兩句和下兩句的意思等同起來，看作是一回事，顯得牽强。『或妥帖』兩句是講寫作文章、部署意辭、安排結構中順利與不順利兩種情況，是對以上十句的總結，又與下文『罄澄心』兩句意思相聯，故不宜如錢説把它們看作是『或虎變』兩句之『遮詮』。」

盛江案：「或虎」二句不必與下二句等同牽合，尤其下句未必爲「岨峿不安」之意。蓋二句因《易》「雲從龍，風從虎」，又有「虎變」、「龍見」之例，故以龍虎相對而喻，就風雲鳥獸而言，龍虎爲王爲主，就文章而言，則有其統攝全局之總綱，總綱新變，細目自易安妥，主體凸現，全篇必將牽動。《文心雕龍·附會》言「附辭會義，務總綱領」、「並駕齊驅，而一轂統輻」，亦此意也。

⑥「或妥」二句：李善注：「妥帖，易施貌。《公羊傳》曰：『帖，服也。』《廣雅》曰：『帖，静也。』王逸《楚辭序》曰：『義多乖異，事不妥帖。』岨峿，不安貌。《楚辭》曰：「圜鑿而方枘兮，吾固知其鉏鋙而難

入。』」程會昌《文論要詮》：「二句上以喻發抒之易，下以喻部勒之難。啓後竭情多悔，率意寡尤之論。」

方廷珪《昭明文選大成》：「以上十句，皆選義考詞之事，即發明序中放言遣詞良多變意。」

⑦ 罄澄心以凝思：《文子·上義》：「澄心清意以存之。」（《四部備要》，中華書局一九八九年）《荀子·解蔽》：「心何以知，曰虚壹而静。」郭紹虞主編《中國歷代文論選》：「謂構思要專心致意地思索琢磨。」

⑧ 眇衆慮而爲言：明張鳳翼《文選纂注》：「超於衆人思慮之外也。」郭紹虞主編《中國歷代文論選》：「眇，通妙。謂精微確切地組織許多思緒以成文。」

盛江案：欲解此句未可離開本段所論主旨。「衆慮」者，蓋回應本段前面所言「或因枝以振葉」以下各句，指選義考辭按部就班之種種考慮。《易·説卦傳》：「神也者，妙萬物而爲言者也。」「眇衆慮」句意本此。《易·説卦傳》此句韓康伯注：「妙萬物而爲言者，則雷疾風行，火炎水潤，莫不自然，相與爲變化，故能萬物既成也。」惠棟注：「妙，微也，微也者，以是行不見其事而見其功，故妙萬物而爲言。」《易·繫辭上》曰：「陰陽不測之謂神。」又曰：「知變化之道者，其知神之所爲乎。」「故神無方而《易》無體。」是知妙萬物者，即萬物自身之神妙莫測之變化。《易·説卦傳》接着説：「動萬物者莫疾乎雷；橈萬物者莫疾乎風……故水火相逮，雷風不相悖。山澤通氣，然後能變化，既成萬物也。」天地山澤雷風水火，八卦相對而相成，變化以成萬物，此之謂神，謂妙。《文賦》此段論選義考辭，或因枝振葉，或沿波討源，或由隱漸顯，或由易入難，亦兩兩相對，列數結構布局的各種複雜變化，立意正與《易·説卦傳》論八卦變化，妙成萬物相仿。陸機之意，蓋謂文章布局須澄心静思，藝術結構形式多種多樣，不可拘於一格，方能衆慮妙發，變化若神，以成文章。

⑨「籠天」二句：李善注：「《淮南子》曰：『太一者，牢籠天地也。』《説文》曰：『挫，折也。』《韓詩外傳》曰：『辟文士之筆端，辟武士之鋒端，辟辯士之舌端。』」張銑注：「形，文章之形也，挫，折挫也。謂天地雖大，可籠於文章形内，萬物雖衆，可折挫取其形，以書於筆之端。端，筆鋒也。」

⑩「始躑躅」二句：李周翰注：「躑躅，不進貌，亦如文詞難出於口也。燥，乾也。吻，脣也，謂神思馳逐皆得乾脣也。則雖難出於乾脣，終流離於濡翰，謂書之於紙也。流離，水墨染於紙貌。濡，染也。」躑躅：《古詩爲焦仲卿妻作》：「躑躅青驄馬，流蘇金鏤鞍。」（《玉臺新詠》卷一）晉陸機《答張士然》：「逍遥春王圃，躑躅千畝田。」（《文選》卷二四）流離：李善注：「流離，津液流貌。」猶言淋漓。漢司馬相如《長門賦》：「左右悲而垂淚兮，涕流離而從横。」（《文選》卷一六）濡翰：魏劉楨《贈五官中郎將》之三：「終夜不遑寐，叙意於濡翰。」（《文選》卷二三）

⑪「理扶」二句：吕延濟注：「質，猶本根也，爲文之理，必先扶持本根，乃立其幹。謂先樹理，次擇詞也，故如垂條而結葉繁茂也。」盛江案：後之范曄《獄中與諸甥姪書》：「常謂情志所託，故當以意爲主，以文傳意。以意爲主，則其旨必見，以文傳意，則其詞不流；然後抽其芬芳，振其金石耳。」（《宋書·范曄傳》）《文心雕龍·情采》：「情者，文之經；辭者，理之緯。經正而後緯成，理定而後辭暢，此立文之本源也。」均與此同旨。

⑫「信情」二句：《毛詩序》：「情動於中而形於言。」（《毛詩正義》）《楚辭・九章・惜誦》：「言與行其可跡兮，情與貌其不變。」《文選》呂向注：「差，失也，文之情深，必見人貌，故此理不失。變之在顔，故思樂必笑，言哀則歎矣。」方廷珪《昭明文選大成》：「情貌，物之情貌。不差，不失。所云佳句肖題成也。在顔，由情達貌也。一篇有一篇變相。」

李全佳《文賦義證》：「《文心・物色》：『寫氣圖貌，既隨物以宛轉，屬采附聲，亦與心而徘徊。』《文心・詮賦》：『擬諸形容，則言務纖密；象其物宜，則理貴側附。』《文心・才略》：『王襃構采，以密巧爲致，附聲測貌，泠然可觀。……王逸博識有功，而絢采無力，延壽繼志，瓌穎獨標，其善圖物寫貌，豈枚乘之遺術歟！』」

夏承燾《關於陸機〈文賦〉的三個問題》：「這裏面有兩種情況。一種就是元好問《論詩絶句》所説的：『心畫心聲總失真，文章寧復見爲人。高情千古《閑情賦》，争信安仁拜路塵。』……這都是作者的『情』『貌』並不一致的例子。」「另一類情況，可舉辛棄疾的詞爲例。辛棄疾是愛國志士，二十多歲在北方起義，是火熱鬥争中鍛煉出來的人物，歷來稱他爲豪放派詞的領袖。但他的詞集裏有不少婉約深微的作品，尤其是傳誦的名作《摸魚兒》『更能消幾番風雨』等等。」「所以《文賦》祇説『信情貌之不差』，這是不全面的看法。」（《文藝報》一九六二年第七期）

郭紹虞主編《中國歷代文論選》：「情貌，指内心和外表，情動於中而形之言。所以誠中形外，必須表裏如一。中心一有變化，自然反映到顔面。此言義與辭的關係。」

張少康《文賦集釋》：「夏先生實際上講的是作家之情和作品之情常不一致的問題，此雖非陸機之原意，然亦可供參考。」「文學創作中的情與貌可有兩種解釋，一是指作品中的思想感情與語言形象，一是指作家的真實思想感情與作品中所表現出來的具體思想感情。陸機在這裏講的是前一種意思，它是承繼前二句『理扶質以立幹，文垂條而結繁』而來的。理即情，文即貌，互文見義。」

盛江案：此處之「貌」當指作品形式之風貌，然非泛指，乃具體指作品形式因素中謀篇結構之風貌。此二句於此段中帶有總括性質。前述種種結構形式，自因枝振葉，至沿波討源，由本隱以之顯，至求易而得難，種種具體結構形式，均爲「貌」。陸機以爲，此種種具體之「貌」，均須與「情」相吻合，相一致。「情貌不差」之「情」，亦非泛指，當謂上一段於覽物興情基礎上經藝術構思概括提煉，需要通過謀篇結構等形式將其進一步表現之「情」，「情」與「貌」之關係，即感情與此種感情於謀篇結構表達方式之關係。不同之意不同之情應有與其相一致之寫意抒情方式。李白豪放式感情，須有爆發式感情表達方式，謀篇結構則突如其來，中間聯翩展開，結尾突然收束，有如率爾成篇。杜甫深沉勃鬱之感情，需頓挫迴環之感情表達方式，結構千迴百轉，一層緊扣一層，博大而嚴謹。如用杜甫詩之結構形式表達李白式豪放情感，或者反之，用李白詩結構形式抒發杜甫沉鬱情思，均不可。陸機此處所言「信情貌之不差」，當針對此類情況。故而，「情貌不差」之問題，亦即陸機於引言中所言「文以逮意」之問題。當然「文以逮意」含義更廣，既包括結構謀篇之風貌，亦包括其他藝術表現形式。所以，「信情貌之不差」是説，作品之結構風貌與作者構思之意欲抒之情須一致。此與前二句「理扶質以立幹，文垂條以結繁」意同，均爲謀篇結構之基本要求。

⑬「思涉」二句：《文心雕龍·夸飾》：「談歡則字與笑並，論慼則聲共泣偕。」

錢鍾書《管錐編》：「按情動而形於言，感生而發爲文，乃『樂』而後『思涉』，『哀』而後『方言』，然當其『涉』也，『言』也，『哀』、『樂』油然復從中來，故『必笑』、『已歎』，既興感而寫心作文，卻因作文而心又興感，其事如鮑照《東門行》：『長歌欲自慰，彌起長恨端。』杜甫《至後》：『愁極本憑詩遣興，詩成吟詠轉悽涼。』楊萬里《己丑上元後晚望》：『遣愁聊覓句，得句卻愁生。』此一解也。哀樂雖爲私情，文章則是公器；作者獨居深念，下筆時『必笑』、『已歎』，庶幾成章問世，讀者齊心共感，親切宛如身受。《世説·文學》門嘗記孫楚悼亡賦詩，作者之『文生於情』也，王濟『讀之悽然』，讀者之『情生於文』。古羅馬詩家所謂『欲人之笑，須己嗑然，欲人之泣，須己先泫然』，此進一解也。」

張少康《文賦集釋》：「各家對此二句之解釋，有兩層意思。一是作者創作過程中之『情文並至』，這一點是陸機本意。二是讀者欣賞過程中之『情文並至』，這是就陸機此二句的引申義。」

⑭「或操」二句：李善注：「觚，木之方者，古人用之以書，猶今之簡也。史由《急就章》曰：『急就奇觚。』觚，木簡也。《論語·先進》篇：『子路帥爾而對。』毫，謂筆毫也。王逸《楚辭注》曰：『銳毛爲毫也。』」邈然：《韓詩外傳》卷五：「邈然遠望，洋洋乎，翼翼乎，必作此樂也。」張銑注：「率爾，謂文速成，邈然，謂文遲成也。」而駱鴻凱《文選學》引杭世駿則曰：「『率爾』謂文之易成也，『邈然』謂思之杳無得也。」張少康《文賦集釋》：「這兩句不是講文思遲速，而是講文思之通塞。」盛江案：當以後説爲是。

張少康《文賦集釋》：這一段講全篇的藝術結構問題，「也就是所謂部署意和辭的問題」。「陸機提出的一個總的原則，是必須做到『抱景者咸叩，懷響者畢彈』。也就是説，藝術結構的安排是在於使意和辭都能充分地發揮它的作用，以便使構思中形成的精彩的意象得到具體的體現。爲此，藝術結構的方法應當根據表達内容的需要，而採取多種多樣的形式」。這個過程「有時是非常順利的，有時則會碰到困難進行不下去」，「陸機提出的辦法是『罄澄心以凝思，眇衆慮而爲言』」。「陸機十分重視意的主導作用。他强調要以意爲主，使辭爲達意服務」，「又注意到形式的相對獨立性，要使形式具有美的特點」。

《譯注》：「押韻：上平聲二十二元之源、言，二十五寒之彈、難、瀾、翰、歎，二十六桓之端，二十七删之班、顔，下平聲二仙之然。」

伊兹事之可樂，固聖賢之所欽①。課虚無以責有，叩寂漠而求音〔一〕②。函綿邈於尺素，吐滂沛乎寸心③。言恢之而彌廣，思按之而愈深〔二〕④。播芳蕤之馥馥，發清條之森森〔三〕⑤。粲風飛而猋起〔四〕，鬱雲起乎翰林⑥。

【校記】

〔一〕「漠」，《文選》作「寞」。

〔二〕「按」，原作「接」，三寶、高甲、醍甲、仁甲、義演本同，三寶本旁注「按」，據六寺、江户刊本、維寶箋本改。「愈」，

《文選》作「適」。

〔三〕「清條」，《文選》作「青條」。張少康《文賦集釋》：「『青條』指樹，以樹喻文，當以『青』爲是。」

〔四〕「猋」，六寺本作「猋」，三寶本眉注「猋」。「起」，《文選》作「竪」。

【考釋】

①「伊兹」二句：兹事：漢班固《典引》：「兹事體大而允，寤寐次於聖心。」（《文選》卷四八）可樂：《左傳》襄公三十一年：「德行可象，聲氣可樂。」聖賢：漢司馬遷《報任安書》：「《詩》三百篇，大底賢聖發憤之所爲作也。」（《漢書·司馬遷傳》）

錢鍾書《管錐編》：「按《全晉文》卷一〇二陸雲《與兄平原書》之一五：『文章既自可羨，且解愁忘憂。』……《全三國文》卷十六陳王（曹）植《與丁敬禮書》：『故乘興爲書，含欣而秉筆，大笑而吐辭，亦歡之極也。』何薳《春渚紀聞》卷六《東坡事實》：『先生嘗對劉景文與先子曰，某生平無快意事，惟作文章，意之所到，則筆力曲折，無不盡意，自謂世間樂事，無逾此者。』皆所謂『兹事可樂』也。」

程會昌《文論要詮》：「《典論·論文》：『蓋文章，經國之大業，不朽之盛事。年壽有時而盡，榮樂止乎其身，二者必至之常期，未若文章之無窮。是以古之作者，寄身於翰墨，見意於篇籍，不假良史之辭，不託飛馳之勢，而聲名自傳於後。故西伯幽而演《易》，周旦顯而製《禮》，不以隱約而弗務，不以康樂而加思。』聖賢所欽，殆此謂也。」

②「課虛」二句：《老子》四十章：「天下萬物生於有，有生於無。」《莊子·天地》：「視乎冥冥，聽乎無聲。冥冥之中，獨見曉焉；無聲之中，獨聞和焉。」《文子·自然》：「故肅者，形之君也，而寂寞者，音之主也。」（《四部備要》，中華書局一九八九年）《淮南子·原道訓》：「無聲而五音鳴焉，無味而五味形焉，無色而五色成焉。是故有生於無，實出於虛。」

郭紹虞主編《中國歷代文論選》：「虛無、寂寞，指意。拈題之初，理本虛無，心自寂寞，通過構思以後，發爲文辭，纔使無形者可覩，無聲者可聽。」

羅師宗强《〈文賦〉義疏》：「他説到，創作是『課虛無以責有，叩寂寞而求音』，純屬精神的創造。這就把物色與心象區别開來了。詩文寫物象，已經不是物象本身，而是心象的創造。這至少有兩點值得注意：一是把文與史區别開來了。在中國的傳統裏，史講實録，有了實有的事，纔能寫，而文史又是不分的，因此在『文』是否能虛構的問題上，便產生了種種的不同的見解。陸機明確地説，詩文的寫作本來就是由無生有。這當然就爲虛構留下了廣闊的天地。課虛無以責有，既可以是物象轉變爲心象的創造過程，當然也可能會有物象本無而全由心造的形象出現。二是這一思想也含有道家的有生於無的思想成分。」

③「函綿」二句：尺素：《飲馬長城窟行》：「客從遠方來，遺我雙鯉魚，呼兒烹鯉魚，中有尺素書。」（《文選》卷二七）呂向注：「尺素，絹也。古人爲書，多書於絹。」滂沛：水流盛大，氣勢盛大貌。《楚辭·九歎·逢紛》：「波逢洶湧，濆滂沛兮。」《論衡·自紀》：「知滂沛而盈溢。」寸心：李善注：「《列子》：『文

摯謂叔龍曰：吾見子之心矣，方寸之地虛矣。』」劉良注：「雖遠者含文於尺素之上，雖大者吐辭於寸心之間也。」

④「言恢」二句：恢：擴大，鋪張。思之深按，有研求推敲之意。二句意爲語言經過鋪張意藴更加豐富，思想經過研求内涵更加深刻。程會昌《文論要詮》：「《文心雕龍·才略》：『陸機才欲窺深，辭務索廣，故思能入巧，而不制繁。』即爲此語發。」

⑤「播芳」二句：李善注：「《説文》曰：『蕤，草木華垂貌。』《纂要》曰：『草木華曰蕤。』《字林》曰：『森，多木長貌。』以喻文采若芳蕤之香馥，青條之森盛也。」清條：即青條。魏曹叡《猛虎行》：「緑葉何蓊務，青條視曲阿。」（《先秦漢魏晉南北朝詩·魏詩》卷五）

⑥「粲風」二句：粲：鮮明貌。猋：通「飆」，疾風。鬱：濃盛貌。翰林：揚雄《長楊賦》：「聊因筆墨以成文章，故藉翰林以爲主人。」（《文選》卷九）李善注：「翰林，文翰之多若林也。」程會昌《文論要詮》：「二句皆以一字領下全句，讀時當作一頓。下云：『俯，寂漠而無友，仰，寥廓而莫承。』又云：『思，風發於胸臆，言，泉流於脣齒。』皆同。」盛江案：此二句前句即《後漢書·張衡傳》「文章焕以粲爛兮，美紛紜以從風」之意，後句謂文采濃鬱，如雲氣之升騰。

本段寫行文樂趣與寫作構思之作用。張少康《文賦集釋》：「全《賦》到此爲止是前半篇，主要是分析了由醖釀創作、構思形象、進入創作、安排結構，一直到全篇寫成的過程。下文就進一步論述創作中的一些重要利害問題。」

《譯注》：「押韻：下平聲二十一侵之欽、音、心、深、森、林。」

體有萬殊，物無一量〔一〕①。紛紜揮霍，形難爲狀②。辭程才以效伎，意司契而爲匠③。在有無而僶俛，當淺深而不讓④。雖離方而遁員〔二〕，期窮形而盡相⑤。故夫誇目者尚奢〔三〕，愜心者貴當〔四〕⑥，言窮者無隘〔五〕，論達者唯曠⑦。詩緣情而綺靡⑧，賦體物而瀏亮〔六〕⑨，碑披文以相質⑩，誄纏綿而悽愴〔七〕⑪，銘博約而温潤⑫，箴頓挫而清壯⑬，頌優遊以彬蔚〔八〕⑭，論精微而朗暢〔九〕⑮，奏平徹以閑雅⑯，説煒曄而譎誑⑰。雖區分之在兹，亦禁邪而制放⑱。要辭達而理舉⑲，故無取乎冗長⑳。

【校記】

〔一〕「殊物」，高甲本作「物殊」。

〔二〕「離」，三寶、天海本無，三寶本眉注「離亻」。「遁」，原作「道」，《文選》作「遯」，據三寶、高甲、六寺本改。

〔三〕「誇」，《文選》作「夸」。

〔四〕「愜」，原作「㥦」，三寶、高甲、高丙、醍甲、仁甲、義演本同，據六寺、江户刊本、維寶箋本改。

〔五〕「無」，黄侃《文選評點》：「『無』當作『唯』。」

〔六〕「亮」，三寶本眉注「高亻」，天海本作「高」。

〔七〕「誄」，原作「誅」，三寶、高甲、高丙、醍甲、仁甲、六寺、義演本同，據江户刊本、維寶箋本及《文選》改。

〔八〕「優」，原作「瀀」，高甲、仁甲、六寺、松本、江户刊本、維寶箋本同，據三寶本及《文選》改。

〔九〕「精」，原作「晶」，三寶、醍甲、仁甲、義演、江户刊本、維寶箋本同，三寶本附抹消符號，脚注「精也」，據六寺本、《文選》改。

【考釋】

①「體有」二句：萬殊：《淮南子·本經訓》：「包裹風俗，斟酌萬殊。」一量：原指統一度量，引申爲相同無差别。《管子·君臣上》：「衡石一稱，斗斛一量。」《論衡·量知》：「不知之者，以爲皆吏，深淺多少同一量。」

「體有萬殊，物無一量」之「體」、「物」，各家解釋不一，就其大類有三：一、體指文體。李善注：「文章之體，有萬變之殊，中衆物之形，無一定之量也。」李周翰注：「文體有變，故曰萬殊。」方廷珪《昭明文選大成》：「此段承上，古人文字既有如許妙處，但學古文要當辨其體式。即下『詩緣情』等句。物，謂體物之情事，不可比而同之。……又此二句，即已伏後『其爲物也多姿』四段，發明序中『妍蚩好惡，可得而言』意。」郭紹虞主編《中國歷代文論選》：「體，指文體，文體多樣，故云萬殊。物，指物象，量，分限，標準。由作者才性之不同，於是觀察事物也可有不同的角度，所以物象無一定之量。」張少康《文賦集釋》：「陸機在這裏指出了文體的多變，乃是由於它所描寫的客觀事物本身千姿百態之故，文乃是物的反映，體現了樸素的唯物主義觀點。」二、體指體格風格。顧施禎《昭明文選六臣彙注疏解》：「以下言體格也，體之變萬殊。物，萬物其致不一。」程會昌《文論要詮》：「按此言文體之殊塗，由於物象之有別，風格之屢遷，由於情志之無方。李注明而未融。」三、體和物均指審美客體。王元化《文心雕龍講疏》：「第一，《文賦》不是一篇通常的文論，而是一篇用賦體寫成的文論，在形式上受到賦體的嚴格局限。」「它缺乏整齊的層次和分明的條貫，往往把不同範疇的問題放在一起論述，時常呈現出反復交錯的情況，從而在同一段話裏，下文討論文體問題，上文並不一定也同樣是討論文體問題的。」「第二……『體有萬殊』『物無一量』二語互文見義，都是指審美客體，以引出下面的藝術形象問題。我們如果把它們當作文體問題看待，那麽祇能認爲作者的意思是在説明文體是千變萬化、無法形容的。如果真是這樣的話，爲什麽《文賦》緊接着又把文體判爲十種，並且全部予以明確的界説呢？既然文體可以分爲十種並分別予以界説，難道還是什麽『紛紜揮霍，形難爲狀』，千變萬化，無法形容的東西嗎？」「第三，何焯援《門律》的説法仍無法解釋『方圓』一詞。」

盛江案：「體」作爲一文論範疇，指審美客體，雖未可謂無其例，然極少。普遍之用法，乃指體性之體，指體格體貌。單獨而用，雖亦可指文體即文章體裁，指體裁風格，然就本節而論，非唯論詩賦等不同文體風格，亦論個人風格，故當解作文章體貌風格，含體裁風格，亦含個人風格等。

②「紛紜」二句：李善注：「紛紜，亂貌。揮霍，疾貌。《西京賦》曰：『跳丸劍之揮霍。』」郭紹虞主編《中國歷代文論選》：「紛紜……承體言，體有千差萬別，故覺紛紜。揮霍……承物言，物象千變萬化，故

云揮霍。在這種差别變化之中，要真實地描寫事物情狀不太容易，故云形難爲狀。此二句兼指體與物兩方面，但已側重在物。」方廷珪《昭明文選大成》：「紛紜，思之四出。揮霍，詞之沓來。」李壯鷹主編《中華古文論選注》：「二句意爲：以『紛紜』與『揮霍』二詞，難以形容其品類之繁多與變化之迅疾。」盛江案：以上雖各可備一説，然細審前後文義，當以郭紹虞説爲是。

③「辭程」二句：李善注：「衆辭俱湊，若程才效伎，取捨由意，類司契爲匠。《老子》曰：『有德司契。』《論衡》曰：『能雕琢文書，謂之史匠也。』」劉良注：「程，見。效，致。伎，巧。司，理。契，要。匠，宗也。……文辭見才以致巧，立意以理爲要宗。」方廷珪《昭明文選大成》：「程，視。伎，用也。衆詞俱湊，如程才以效伎。司，主。契，合也。即規矩準繩，大匠所司以度物者。二句承上『難爲狀』來。言雖『難爲狀』，一篇之文不過詞與意而已。文之修詞，如工之程才，才可用者存之。文之立意，如匠之書契，理不謬者主之。」郭紹虞主編《中國歷代文論選》：「説明辭藻雖紛至沓來，而取捨權衡，仍必歸於意匠。從此處起，至『論達者唯曠』，都就『物無一量』説。」張少康《文賦集釋》：「此兩句與上文『選義按部，考辭就班』可相互補充。」

④「在有」二句：《詩·邶風·谷風》：「何有何亡，僶俛求之。」鄭玄箋：「吾其僶俛勤力爲求之。」《論語·衛靈公》：「當仁不讓於師。」

方廷珪《昭明文選大成》：「文思所至，或有或無，必僶俛以求之。僶俛猶勉强也。所見所得，雖有淺深，彼此各不相讓。」張少康《文賦集釋》：「此兩句實亦蘇軾所云『常行於所當行，常止於所不可不止』

之意。强調文章要順乎自然，按其所描寫的客觀内容之需要而或淺或深。」

盛江案：二句承司契爲匠，意爲文辭材料取捨須仔細斟酌，文意淺深不可含糊，分毫不讓。蓋因「體有萬殊，物無一量」，故需根據文章不同體貌要求與所描寫事物之不同情狀，決定文辭之有無取捨與文意之深淺難易。

⑤「雖離」二句：李善注：「方圓規矩也。」方廷珪《昭明文選大成》：「離、遯，謂不守成法。形，物之形。相，物之象。思必窮其形，辭必盡其相。」何焯《義門讀書記》：「二句蓋亦張融所謂『文無定體，以有體爲常』也。」

錢鍾書《管錐編》：「『離方遯員』明謂偭規越矩，李注大誤。張融意謂文有慣體而無定體，何評尚膜隔一重。四句（盛江案：指「在有無而僶俛」以下四句）皆狀文膽，『僶俛不讓』即勇於嘗試，勉爲其難。如韓愈《送無本師歸范陽》：『無本於爲文，身大不及膽。吾嘗示之難，勇往無不敢。』或皎然《詩式》卷一《取境》：『夫不入虎穴，焉得虎子？取境之時，至難至險。』『離方圓以窮形相』，即不囿陳規，力破餘地，如蘇軾《經進東坡文集事略》卷六〇《書吳道子畫後》：『出新意於法度之中，寄妙理於豪放之外。』」

王元化《文心雕龍講疏》：「案『離方遁圓』一語，實寓有運用比喻之意。這句話直譯出來就是：方者不可直言爲方，而須離方去説方；圓者不可直言爲圓，而須遁圓去説圓。我國傳統畫論中經常提到的『不似之似』，也就是『離方遁圓』的另一種説法。如果作文的時候，不懂運用比喻，以曲折的筆致給讀者留下弦外之音、言外之意，而衹是一味地平鋪直叙，正面交代，那麽也就不合於『離方遁圓』之旨了。」「運用比喻是爲了更生動地把對象的豐富形貌充分表現出來。《比興篇》所謂『比類雖繁，以切至爲貴，若刻鵠類鶩，則無所取焉』，正與此意旨相同。『切至』也就是『窮形盡相』的意思。《詮賦篇》：『擬諸形容，則言務纖密，象其物宜，則理貴側附。』『側附』也近於『離方遁圓』之義。」「《文賦》所用『方圓』一詞，是頗近於尹文的『命物之名』的。《尹文子上編》云：『名有三科，法有四呈。一曰命物之名，方圓黑白是也。二曰毁譽之名，善惡貴賤是也。三曰況謂之名，愚賢愛憎是也。』根據尹文所指的名的三種邏輯意義來看，命物之名是屬於具體的，毁譽之名是屬於抽象的，況謂之名是屬於對比的。『方圓』這個詞在古漢語中本有泛指物名之義。陸機正是在這個意義上，用『方圓』一詞來代表文學的描寫對象。」

張少康《文賦集釋》：「李善注與諸家之説異，當以方説爲是。陸機這裏正是强調文章不可有固定之死格式，當以曲盡其所描寫對象的形相爲原則。」「（錢鍾書説）可備一説。陸機這兩句也包含這方面的意思，但其主要意思是文章應當真實、自然地反映客觀事物，按照客觀事物本身的特點來描寫，而不是受方圓規矩的束縛。這是和上文『體有萬殊，物無一量』的意思密切地聯繫着的。」

盛江案：諸説中以方廷珪説、張少康説爲近是。方圓不指描寫對象，而指規矩，於詞義訓詁有據。雖《尹文子》有以「方圓」指名物概念之意，然古漢語之普遍用法，仍是用指規矩。且《文賦》全文，多論作文構思及避免文病，並未涉及比喻問題。綜觀《文賦》全文之意，謂「離方遁圓」旨在説明比喻問題，顯然無據。細讀《文賦》，可知陸機乃一方面提出種種具體寫作規範、表現模式、注意事項，前既言「因枝振葉」、「沿波討源」云云，後又言「定去留於毫芒」、「立片言而居要」及避免各種文病云云，就文體論，則須

「詩緣情而綺靡」、「賦體物而瀏亮」云云，凡此種種，均似「操斧伐柯」、「取則不遠」。常規而言，「離方遁圓」固然不妥。然文章寫作有種種複雜情況，陸機亦反覆强調，既言「體有萬殊，物無一量」，又述「其爲物也多姿，其爲體也屢遷」。既如此紛紜變化，則「離方遁圓」不可避免。既須有方圓，又難免「離方遁圓」，正因此，陸機既提出諸多具體方圓規矩，又提出一些基本原則。「謝朝華於已披，啓夕秀於未振」即創新意是其一，「信情貌之不差」即文章結構風貌須與作文之意相吻合是其二，下文「其會意也尚巧，其遣言也貴妍」是其三，此處所言之「期窮形而盡相」是其四。故而可「離方遁圓」，唯條件或謂目的須是「期窮形而盡相」云云。陸機於「離方遁圓」之前加一「雖」字，亦表明其所謂「離方遁圓」並非無條件無限制。明乎此，亦可明了，其本意並非主張勇於嘗試，勉爲其難。

⑥「故夫」二句：《後漢書·楊彪傳》：「司隸校尉陽球因此奏誅甫，天下莫不愜心。」李善注：「其事既殊，爲文亦異。故欲夸目者，爲文尚奢；欲快心者，爲文貴當。愜，猶快也。」劉良注：「誇目，謂相誇眩也。尚奢，謂浮艷之詞。貴當者在於合理，故愜心也。」何焯《義門讀書記》則謂：「二句語意相承，（善）注謬。」

錢鍾書《管錐編》申何焯説：「『窮形盡相』，詞易鋪張繁縟，即『奢』也，然『奢』其詞乃所以求『當』於事，否則徒炫目而不能饜心。」

張少康《文賦集釋》：「錢説恐未妥。此當以李善、五臣、方廷珪説爲是。……陸機這裏正是申説作者愛好不同，其『窮形盡相』的方法、角度也不同，揭示了文學創作的風格與作家個人愛好之間的關係。

而錢鍾書認爲：『機才多意廣，自作詞藻豐贍，故「不隘」、「惟曠」均着眼於文之繁者；文之簡而能「當」、寡詞約言而「窮形盡相」者，非所思存。』這就把《文賦》這幾句的意思完全看作是談陸機自己的愛好，而不是分析作家的愛好與作品風格的關係了。這顯然和《文賦》原意有出入。」

盛江案：張少康説是。此處論不同氣質個性之作者表現不同之個人風格。《文心雕龍·定勢》：「桓譚稱：『文家各有所慕，或好浮華而不知實覈，或美衆多而不見要約。』陳思亦云：『世之作者，或好煩文博採，深沉其旨者，或好離言辨白，分毫析釐者，所習不同，所務各異。』言勢殊也。」是此前桓譚、曹植已有此論。

⑦「言窮」二句：李善注：「言其窮賤者，立説無非湫隘；其論通達者，發言唯存放曠。」錢鍾書《管錐編》：「『言窮』之『窮』是『窮形』之『窮』，非『窮民無告』之『窮』。『論達』之『達』是『達詁』之『達』，非『達人知命』之『達』。均指文詞之充沛，無關情志之鬱悒或高朗。」

盛江案：「言窮」二句與上二句均論作家個性與作品風格之關係，且兩兩相對。「言窮」之「窮」非指生活之窮困，亦非指窮形之「窮」，「言窮」蓋指言辭窮乏。「無」，語詞，同「唯」，無義。「言窮者無隘」意爲言辭貧乏者文章體製總是拘小湫隘，即《文心雕龍·定勢》所謂「斷辭辨約者，率乖繁縟」。「論達者唯曠」乃謂論説暢達者作品格局往往開闊宏大，與《文心雕龍·體性》所謂「長卿傲誕，故理侈而辭溢」用意相類。

⑧詩緣情而綺靡：關於「詩緣情」説之理解，歷來争議頗多。李善注「詩以言志，故曰緣情」，謂緣情

即言志。朱自清《詩言志辨》則謂：「『言志』跟『緣情』到底兩樣，是不能混爲一談的。」「『詩言志』一語雖經引申到士大夫的窮通出處，還不能包括所有的詩。《詩大序》變言『吟詠情性』，卻又附帶『國史……傷人倫之廢，哀刑政之苛』的條件，不便斷章取義用來指『緣情』之作。《韓詩》列舉『歌食』『歌事』，班固渾稱『哀樂之心』，又特稱『各言其傷』，都以別於『言志』，但這些語句還是不能用來獨標新目。可是，『緣情』的五言詩發達了，『言志』以外迫切的需要一個新標目。於是陸機《文賦》第一次鑄成『詩緣情而綺靡』這個新語。『緣情』這詞組將『吟詠情性』一語簡單化、普遍化，並隱括了《韓詩》和《班志》的話，扼要地指明了當時五言詩的趨向。」（《朱自清古典文學論集》，上海古籍出版社，一九八〇年）

周汝昌《陸機〈文賦〉「緣情綺靡」說的意義》：「陸機本意之與『言志』，與『閑情』、『艷情』、『色情』並無干涉，就已不待煩言而自明了。按陸機本意，『緣情』的情，顯然是指感情，舊來所謂『七情』，《文賦》說：『信情貌之不差，故每變而在顔，思涉樂其必笑，方言哀而已歎。』以樂、哀包舉『七情』而言，可見這『情』也並非是像有些人所理解的，衹限於消極哀傷一個方向。」（《文史哲》一九六三年第二期）

張少康《文賦集釋》：「荀子認爲對『情』必須給以嚴格的政治道德規範，提出了『以道制欲』的問題，主張要以儒家之道來控制人的感情，使感情的抒發不越出儒家之道的範圍。後來，《禮記·樂記》進一步發揮了這種思想，而《毛詩序》則把它完全應用於文學……說詩是『吟詠情性』的，然而又必須『發乎情，止乎禮義』。就是説，詩歌的『言志』是包括了『情』的，但這個『情』不能越出儒家『禮義』的界限，强調詩歌所抒之『情』必須經過儒家倫理道德的浄化。這是對感情内容的一種符合統治階級需要的束縛。

陸機提出『緣情』，正是爲了要衝破這種束縛。因此它就自然和『言志』説具有針鋒相對的特點。『言志』説和『緣情』説的區别，不是『言志』説衹講表現思想，不講表現感情，而『緣情』説是衹講表現感情，不講表現思想。這兩種説法的根本區别是在要不要『止乎禮義』的問題上，强調『緣情』就是要使詩歌擺脱儒家禮義的桎梏。」

畢萬忱《言志緣情説漫議》：「事實上，『緣情説』是言志理論在新的歷史條件下的發展。陸機在《文賦》中有時用『情』，有時用『志』，有時又『情志』連文並舉，其涵義都是相通的。……這些『情』、『志』的涵義，皆指人的喜怒哀樂的思想感情。有人説，陸機把緣情與言志對立起來，那是不符合實際的。」（《古代文學理論研究叢刊》第六輯，上海古籍出版社一九八二年）

王運熙、楊明《魏晉南北朝文學批評史》：「漢魏以來，『情』、『志』二字常是混用的。……可見『志』或『情』，當時都是指内心的思想感情而言，無論是關於窮通出處，還是羈旅愁怨，都既可稱爲『志』，也可稱爲『情』。因此『詩緣情』一語，不過是説情志動於中而發爲詩之意，並不具有與『詩言志』相對立的意義。」「『詩緣情而綺靡』一語的重要意義，並不在於用『緣情』代替了『言志』，而在於它没有提出『止乎禮義』，而强調了詩的美感特徵。」

詹福瑞《中古文學理論範疇》：「『詩緣情』與『詩言志』似有以下重大不同」，「其一，『詩言志』是志中含情，『詩緣情』則是情中有志」。「所謂志中含情……言志是占主導地位的，而情則不過是志的補充。而情中有志，則恰恰相反，緣情占主導地位，而志則處於從屬地位，甚至完全爲情所代替，志的理性内容被削弱和淡化了」。「其二，漢儒説《詩》，用以補充『詩言志』的情，主要指世情，且多爲群體之情；而陸機『詩緣情』的情，主要是物感之情，多指詩人一己之情」。「其三，漢儒『詩言志』所涉及的情，是帶有倫理道德規範的情，即如《毛詩序》所言：『發乎情，止乎禮義。』而陸機提出『詩緣情』，卻並未作相似的理性規範」。（河北大學出版社一九九七年）

盛江案：緣情與言志有聯繫，然總體上反映了不同文學思潮。拙著《魏晉玄學與文學思想》曾言：「『詩緣情』，可以從創作緣起看。從這方面理解，詩緣情就是説，詩創作乃緣起於情，没有情就没有作詩的動機。『詩緣情』又可以從創作構思、作品完成乃至作品欣賞的整個過程看。從這方面理解，『詩緣情』又意味着在這整個過程中都始終與『情』有不可分割的緣分聯繫，始終緣附於情。」「『詩緣情』，直接地看，是就詩而言，是就文體風格而言。但它的意義實不僅在此。它實際反映了當時人們對包括詩在内的各種文體抒情特點的基本認識，是對這種認識的集中的明確的理論表述。」「『緣情』説的提出，是文學思想自身長期發展的産物，也與玄學有關。「當西晉陸機他們在文學上要求擺脱政教功利，使緣情走向理論自覺的時候，玄學家們已經對『情』的問題進行了深入的理論探討。」「從何晏、王弼、嵇康到向秀、郭象，他們在一些具體問題上看法並不一致，但都在努力用玄學自然説對『情』的問題作出理論説明，都在努力證明情的合理性。」「這樣一種思想氛圍，對人們從理論上探討文學與情的關係，無疑會有深刻的啓迪和影響。創作實踐中重抒情的傾向在建安時期早已出現，而理論批評上對『情』的廣泛探討，緣情説的明確提出卻祇是在玄學産生之後纔有的事，這恐怕不是偶然的。」（南開大學出版社一九九四年）

綺靡：李善注：「綺靡，精妙之言。」周汝昌《陸機〈文賦〉「緣情綺靡」說的意義》：「『綺』，本義是一種素白色織紋的繒，《漢書》注：『即今之所謂細綾也。』而《方言》說：『東齊言布帛之細者曰綾，秦晉曰靡。』郭注：『靡，細好也。』可見，『綺靡』連文，實是同義複詞，本義爲細好。……原來『綺靡』一詞，不過是用織物來譬喻細而精的意思罷了。」（《文史哲》一九六三年第二期）

羅師宗强《〈文賦〉義疏》：「今人一般釋綺靡爲侈麗，周汝昌先生已論其不確，而釋爲細好、細而精。周説實來自李善與黄侃，李善謂：『綺靡，精妙之言。』黄侃謂：『綺，文也；靡，細也、微也。』其實，周説與李善、黄侃説祇從字義釋綺靡，而古文論若僅從訓詁的角度而不結合其時其人之創作傾向考察，往往是不易確切了解倡導者的原意的。其時詩風，用彦和的話説，便是『結藻清英，流韻綺靡』。這當然首先表現在情思的綺麗上。」「另一表現，便是追求文字的華美與技巧的細膩。」「從陸機的詩（當然還可舉出潘岳、張華、張協等人），我們可以體認到『詩緣情而綺靡』實是順應詩歌的發展趨勢，表現它的抒情特質，也表現它的華美形式的一種主張，是其時詩歌創作傾向的很好的理論表述。」

⑨ 賦體物而瀏亮：李善注：「賦以陳事，故曰體物。」「瀏亮，清明之稱。」《漢書·甘泉賦》注曰：『瀏，清也。』《字林》曰：『清瀏，流也。』」關於賦的文體特點，《文心雕龍·詮賦》亦有論述，參本卷《論體》考釋引。

羅師宗强《〈文賦〉義疏》：「『賦體物而瀏亮』，同樣與賦的發展趨勢有關。從漢末詠物小賦到建安抒情小賦，賦已從漢大賦的誇飾聲貌走向寫實。左思《三都》，則是以詠物賦的寫法去寫大賦，並在序中明確説明自己的寫作原則是寫實。漢人賦論，强調諷喻，誇飾聲貌而不忘諷興之義。左思卻完全撇開了諷喻，唯寫實爲目的。賦的創作思想是完全變了。機之《文賦》，與左思《三都》作時相近，正反映了同一思潮。體物，陳事象事、摹寫物象，側重點是寫實。瀏亮，清明爽朗，指風格言。清明爽朗，也是結藻清英一類。此時賦的詞采也是很美的。」

曹虹《陸機賦論探微》：「『體物』説來源於《莊子》的『體道』説」，「在魏晉玄學中，『體』與『亮』的關係也甚爲密切」，「『體物』之『物』與玄學中的『道』固然不是同一個範疇，但『體』所要求的主體心靈的清虚亮達則與『體道』者的心態頗爲契合」。「在陸機看來，『體物』之賦在選取和處理題材時，需要一種獨特的應物方式，這種方式尤其需要氣静神虚、體亮心達的精神狀態」。「作家面對宇宙萬物，或者是觸物興感，借景抒懷，或者是以虚静之心面對景物，使自己的精神與景物的神理意趣相通相照。而在陸機看來，前一種範型是詩的特徵，後一種範型則是賦的特徵」（《古代文學理論研究叢刊》第十七輯，上海古籍出版社一九九五年）。

盛江案：「賦體物而瀏亮」之「體物」與莊子之「體道」不同。「體物」之「體」，乃體現、摹狀摹擬之意。「體道」之「體」，乃體會、體察之意。藝術風格之「瀏亮」與體道心境之「亮達」，「體道」者之心靈素質含義有別。陸機有感時歎逝之賦，然多爲體物寫實之賦，此與西晉賦之創作傾向一致。觸物興感，借景抒懷，未必祇是詩之範型。以虚静之心面對景物，使人之精神與景物之神理意趣相通相照，未必即爲賦之範型。此點既不合於漢賦創作特點，更不合於西晉賦包括陸機賦寫實體物之創作特點。陸機之賦論，未見有寫主體感情之意。「賦體物而瀏亮」之理論貢獻，在於淡化了漢代賦論政教風化觀念，將賦之内容進一步引向體物自身。明確賦之風格特點爲「瀏亮」，即清明爽朗，從而否定漢大賦繁重板滯賦風，爲後來寫形式靈活、體物明快之小賦，提出了風格之明確要求。

⑩ 碑披文以相質：李善注：「碑以叙德，故文質相半。」張鳳翼《文選纂注》：「碑以叙德，故質爲主而文相之。」

⑪ 誄纏綿而悽愴：李善注：「誄以陳哀，故纏綿悽慘。」關於碑、誄的文體特點，《文心雕龍·誄碑》也有論述，參本卷《論文意》考釋。

⑫ 銘博約而温潤：李善注：「博約，謂事博文約也。銘以題勒示後，故博約温潤。」張銑注：「博謂意深，約謂文省。」温潤：《禮記·聘義》：「夫昔者君子比德於玉焉，温潤而澤仁也。」孔穎達正義：「温潤而澤仁也者，言玉色温和柔潤而光澤，仁者亦温和潤澤，故云仁也。」

⑬ 箴頓挫而清壯：李善注：「箴以譏刺得失，故頓挫清壯。」張銑注：「頓挫，猶抑折也。」方廷珪《昭明文選大成》：「頓挫，謂不直致其詞，詳盡事理。」關於銘、箴的文體特點，《文心雕龍·銘箴》有論述，參本卷《論文意》及《論體》考釋。

⑭ 頌優遊以彬蔚：李善注：「頌以褒述功美，以辭爲主，故優遊彬蔚。」吕向注：「頌以歌頌功德，故須優遊縱逸而華盛也。彬蔚，華盛貌。」

⑮ 論精微而朗暢：李善注：「論以評議臧否，以當爲宗，故精微朗暢。」吕向注：「論者，論事得失必

須精審，微密明朗，而通暢於情。」精微：《禮記·經解》：「絜静精微，《易》教也。」朗暢：明白暢達。關於頌、論的文體特點，《文心雕龍·頌讚》和《論説》有論述，參本卷《論體》考釋。

⑯ 奏平徹以閑雅：李善注：「奏以陳情叙事，故平徹閑雅。」李周翰注：「奏事帝庭，所以陳叙情理，故和平其詞，通徹其意，雍容閑雅，此焉可觀。」閑雅：《吕氏春秋·士容》：「客有見田駢者，被服中法，進退中度，趨翔閑雅，辭令遜敏。」關於奏之文體特點，《文心雕龍·奏啓》有論述，曰：「夫奏之爲筆，固以明允篤誠爲本，辨析疏通爲首……是以立節運衡，宜明體要，必使理有典刑，辭有風軌，總法家之式，秉儒家之文。」

⑰ 説煒曄而譎誑：李善注：「説以感動爲先，故煒曄譎誑。」李周翰注：「説者，辯詞也。辯口之詞，明曉前事，詭譎虚誑，務感人心。煒曄，明曉也。」方廷珪《昭明文選大成》：「譎誑，恢諧也。」《文心雕龍·論説》：「凡説之樞要，必使時利而義貞，進有契於成務，退無阻於榮身，自非譎敵，則唯忠與信，披肝膽以獻主，飛文敏以濟辭，此説之本也。」而陸氏直稱『説煒曄以譎誑』，何哉？」與《文賦》略有不同。

陸機《遂志賦》亦論及作者生活經歷與作品風貌之關係：「昔崔篆作詩，以明道述志，而馮衍又作《顯志賦》，班固作《幽通賦》，皆相依倣焉。張衡《思玄》，蔡邕《玄表》，張叔《哀系》，此前世之可得言者也。崔氏簡而有情，《顯志》壯而泛濫，《哀系》俗而時靡，《玄表》雅而微素，《思玄》精練而和惠，欲麗前人，而優遊清典，漏《幽通》矣。班生彬彬，切而不絞，哀而不怨矣。崔、蔡沖虚温敏，雅人之屬也。衍抑揚頓挫，怨之徒也。豈亦窮達異事，而聲爲情變矣。」(《藝文類聚》卷二六)

關於文體分類及其特點之論述，《文賦》之前曹丕《典論・論文》亦有，曰：「夫文本同而末異，蓋奏議宜雅，書論宜理，銘誄尚實，詩賦欲麗。」(《文選》卷五二)

⑱ 亦禁邪而制放：方廷珪《昭明文選大成》：「禁邪，禁止邪情。制放，制抑放論。」

⑲ 要辭達而理舉：李善注：「《論語》：『子曰：辭達而已矣。』文穎《漢書注》曰：『冗，散也。』……言文章體要，在辭達而理舉也。」劉良注：「必須詞達其意，理以舉事，不在煩多。冗長，謂煩多也。」

⑳ 黃侃《文選評點》：「以上辨體。」

張少康《文賦集釋》：「這段的中心是論述文學創作中的風格和體裁問題。陸機認爲文學創作的風格和體裁，應當多樣化。這是因爲，第一，客觀事物本身多樣，各不相同。文學創作的目的就是要充分地反映客觀事物的真實面貌，因此，它的風格和體裁爲適應客觀事物的狀況，也必須多樣化。」「第二，文學作品風格的多樣化，又和作家的個人興趣愛好和性格特點有密切關係。」「第三，風格的特點和作品的不同體裁有密切關係。」

《譯注》：「押韻：去聲四十一漾韻之量、狀、匠、讓、相、亮、愴、壯、暢、誑、放、長，四十二宕韻之當、曠。」

其爲物也多姿，其爲體也屢遷①。其會意也尚巧，其遺言也貴妍②。暨言聲之迭代，若五色之相宣③。雖逝止之無常，固崎錡而難便〔一〕④。苟達變而識次，猶開流以納泉⑤。如失機而後會，恒操末以續顛⑥。謬玄黄之秩叙〔二〕，故淟涊而不鮮〔三〕⑦。

【校記】

〔一〕「固」，原作「因」，三寶、醍甲本同，三寶本眉注「固亻」，據高甲、六寺、江户刊本、維寶箋本改。「錡」，三寶本左旁注「三足釜也」。

〔二〕「秩」，《文選》作「袟」。

〔三〕「而」，松本、江户刊本、維寶箋本無。

【考釋】

①「其爲物」二句：屢遷：《易·繫辭下》：「爲道也屢遷。」《文選》李善注：「萬物萬形，故曰多姿；文非一則，故曰屢遷。」《琴賦》曰：『既豐贍以多姿。』」郭紹虞主編《中國歷代文論選》：「物，仍指文言，非指物象。」「體，指格式，非指體製。」盛江案：此處之「物」，即前文所言「恒患意不稱物，言不逮意」、「物無一量」之「物」，指文章所欲表現之外在事物。「爲物也多姿」即「物無一量」之意。此處之「體」，即前文「體有萬殊」之「體」，陸機既言「誇目者尚奢，愜心者貴當，言窮者無隘，論達者唯曠」，不同氣質個性之作者必然表現不同個人風格，又言「詩緣情而綺靡，賦體物而瀏亮」，文體不同風格亦當不同。是則陸機所言之「體」非僅指文體而言，而與《文心雕龍》「體性」之「體」同意，指文章體貌風格、文章體式。

②「其會」二句：方廷珪《昭明文選大成》：「言雖多姿屢遷，要之爲文，不外意與言而已。巧，謂肖物情。」盛江案：二句意爲，既然萬物多姿，故文章構思之「意」當富於變化方能與外在物象相稱。既然構思之意千變萬化，則文以會意亦當巧妙靈活。會意，即文以逮意。無論如何變化，使用文辭均須精美。

③「暨言」二句：李善注：「言音聲迭代，而成文章，若五色相宣，而爲繡也。《爾雅》曰：『暨，及也。』又曰：『迭，更也。』《論衡》曰：『學士文章，其猶絲帛之有五色之功。』杜預《左氏傳注》曰：『宣，明也。』」李周翰注：「暨，至也。音聲，謂宫商合韻也。」黄侃《文選評點》：「後來范、沈聲律之論，皆濫觴於此，實已説其要妙也。」何焯《義門讀書記》：「休文韻學，本此二句。」

④「雖逝」二句：李善注：「言雖逝止無常，唯情所適，以其體多變，固崎錡難便也。逝止，由去留也。崎錡，不安貌。《楚辭》曰：『欽岑崎錡。』」逝止：王粲《贈士孫文始》：「同心離事，乃有逝止。」（《文選》卷二三）郭紹虞主編《中國歷代文論選》：「此二句承上下文，言音聲迭代之妙，本是無常，出於自然，但有時難免有崎錡不安之處。」

⑤「苟達」二句：張鳳翼《文選纂注》：「如此則無崎錡之患，若流之納泉不相逆也。」郭紹虞主編《中國歷代文論選》：「達變，掌握變化的規律。識次，理解次序的安排。」

⑥「如失」二句：與達變識次相反，謂失去聲律變化之時機規律，隨意湊合，則常持尾續首。

⑦「謬玄」二句：李善注：「言音韻失宜，類繡之玄黄謬叙，故淟涊垢濁，而不鮮明也。《禮記》曰：

『朱緑之，玄黄之，以爲黼黻文章。』楚辭曰：『切淟涊之流俗。』王逸曰：『淟涊，垢濁也。』」郭紹虞主編《中國歷代文論選》：「『謬玄黄之秩序』，即五色不能相宣之意。」

萬曼《讀〈文賦〉札記》：「陸機對音韻究竟是有知還是『暗合』，我們認爲從二陸文章中來看，似乎不是率然的。陸雲在《與兄平原書》中談到他的《九愍》時説：『徹與察，皆不與日韻，思惟不能得，願賜此一字。』又在談到陸機的《九悲》時説：『九悲多好語，可耽詠，但小不韻耳，皆已行天下，天下人歸高如此，亦可不復更耳。』此外談到韻的地方，還有幾處，因此二陸用韻，不能説是完全『天成』。二陸自吴入洛，由於方音不同，在寫作時自然不能不注意到中原音韻。他們所怕的似乎就是楚音未變。譬如在陸雲的信裏，有的地方説：『張公語雲，兄文故自楚。』另外，陸雲也掌握不住北音，作《登樓賦》致信陸機説：『願小有損益，一字兩字，不敢望多。音楚，願兄便定之。』劉勰《文心雕龍·聲律》論到這點時説：『詩人綜韻，率多清切，《楚辭》辭楚，故訛韻實繁。及張華論韻，謂士衡多楚。《文賦》亦稱知楚不易，可謂銜靈均之聲餘，失黄鍾之正響也。』不過這裏説的『《文賦》亦知楚不易』，今本《文賦》卻無此語。爲了避免楚音，除了請教張華以外，必然也有所依據。陸雲與兄書中有論及曹志（曹志係曹植的兒子）的一札云：『李氏云，雪與列韻，曹便復不用。人亦復云：曹不可用者，音自難得正。』這裏的『雪與列韻』和前引『徹與察皆不與日韻』，都證明當時是有韻書的。韻書最古的是魏李登的《聲類》。此札開頭的『李氏云』，想來應是指李登説的。」（《光明日報》一九六二年九月二日）

張少康《文賦集釋》：「『雖逝止之無常』以下，一般認爲都是就音韻協調不協調而言。其實，這後半段所説的『達變識次』原則，不僅對音韻之美適用，同時對會意、遣言也都是適用的。它與《文賦》後面『因宜適變』精神相同，不宜把它理解得過於狹隘。這裏涉及到陸機對音韻的認識問題，這點在六朝時人們的看法就不一致。沈約和陸厥有過不同意見的争論。」

《譯注》：「押韻：下平聲一先韻之妍、顛，二仙韻之遷、宣、便、泉、鮮。」

或仰逼於先條，或俯侵於後章①。或辭害而理比，或言順而義妨②。離之則雙美，合之則兩傷③。考殿最於錙銖，定去留於豪芒④。苟銓衡之所裁〔一〕，固應繩其必當⑤。

【校記】

〔一〕「所」，《譯注》本作「可」。

【考釋】

①「或仰」二句：條：科條。郭紹虞主編《中國歷代文論選》：「仰逼，謂有時後段的文辭與前段矛盾」，「俯侵，指前章的語句妨礙了後章」。方廷珪《昭明文選大成》：「仰逼者，後逼前，重複之病。俯侵者，前侵後，凌躐之病。」爲又一説。

②「或辭」二句：郭紹虞主編《中國歷代文論選》：「比，理比猶言理順。辭害理比，言順義妨，是辭

義不能相稱之病。」

③「離之」二句：方廷珪《昭明文選大成》：「離之謂去其所害之詞，而另撰詞以標其理之勝。去其所妨之義，而另取義以全其言之優。是理與辭、言與義雙美矣。合之謂辭雖害而仍用之，義雖妨而仍取之，是辭與理、言與義兩傷矣。」

④「考殿」二句：李善注：「韋昭曰：『第一爲最，極下曰殿。』又曰：『下功曰殿，上功曰最。』」吕延濟注：「錙銖，秤兩也。毫，細毛也。皆至微小者也，謂作史之時考練辭句上下秤兩，捨之取之，在於細小之間，然後著之於文。」

⑤「苟銓」二句：銓衡：衡量輕重之工具。《淮南子·齊俗訓》：「夫挈輕重不失銖兩，聖人弗用，而縣之乎銓衡。」此指衡量。應繩：符合繩墨法度。《莊子·馬蹄》：「匠人曰：『我善治木，曲者中鈎，直者應繩。』」二句意爲，若經權衡，必須裁剪，則須按照標準，修改妥當。

羅師宗强《魏晉南北朝文學思想史》：「這裏他提出了剪裁的兩個重要原則，一是前後要一貫，要互相照應，『仰逼先條』不好，『俯侵後章』也不好。二是義理與辭章要相稱，辭害理比不好，言順義妨也不好。遇到這兩方面的問題，都要細心銓衡，使其得當。」

本段文術之一，論精心剪裁定去留。

《譯注》：「押韻：下平聲十陽韻之章、妨、傷、芒，十一唐韻之當。」

或文繁理富，而意不指適①。極無兩致，盡不可益②。立片言以居要〔一〕，乃一篇之警策③。雖衆辭之有條，必待茲而效績〔二〕。亮功多而累寡，故取足而不易④。

【校記】

〔一〕「以」，《文選》作「而」。「居」，三寶本作「尻」又抹消之，眉注「居也」。

〔二〕「必待」下原衍一「必」字，三寶、高甲本同，「必」左旁注「イアリ」，據六寺、江户刊本、維寶箋本删。「績」，醍甲、仁甲、義演本作「續」。

【考釋】

①「或文」二句：《文選》劉良注：「適，中也，謂文意不中於所指之事，但繁文事理而已，至於窮極之際，竟不能便於指適矣。」

②「極無」二句：錢鍾書《管錐編》：「『極』，如《書·洪範》：『皇建其有極』之『極』，中也，今語所謂『中心思想』。」盡：盡頭，達到極限。《莊子·齊物論》：「有以爲未始有物者，至矣，盡矣，不可以加矣。」《吕氏春秋·明理》：「五帝三王之於樂，盡之矣。」高誘注：「盡，極。」益：通「溢」，謂文辭繁富，達於極限，而不能溢出一定規模。前句與「理富」相應，後句與「文繁」相應。

③「立片」二句：李善注：「以文喻馬也。言馬因警策而彌駿，以喻文資片言而益明也。夫駕之法，

以策駕乘。今以一言之好，最於衆辭；若策驅馳，故云警策。《論語》：『子曰：片言可以折獄。』《左氏傳》：『繞朝贈士會以馬策。』曹子建《應詔詩》曰：『僕夫警策。』鄭玄《周禮注》曰：『警，敕戒也。』」「必待警策之言，以效其功也。《家語》：『公父文伯之母曰：男女效績，愆則有辟。』」劉良注：「故雖衆辭已有條序也，必待此警策而效功績也。」

錢鍾書《管錐編》：「夫《左傳》文公十三年『繞朝贈策』，服虔注爲『策書』，而杜預注爲『馬撾』，機《賦》此處初非用《左傳》事，何勞佐服折杜乎？紀昀評《文心雕龍·書記》已申馬撾之解矣。果若俞說，『策』爲『策書』，則『策』即『册』，『警』即『居要』之『片言』，是『一篇』短於一册而一册纔著『片言』也！……又按《文賦》此節之『警策』不可與後世常稱之『警句』混爲一談。採摭以入《摘句圖》或《兩句圖》之佳言、雋語，可脱離篇章而逞精采，若夫『一篇警策』，則端賴『文繁理富』之『衆辭』襯映輔佐。苟『片言』孑立，卻往往平易無奇，語亦猶人而不足警人。」《紀曉嵐評注文心雕龍》：「陸平原云：『一篇之警策』，其秀之謂乎。」《文心雕龍·隱秀》：「秀也者，篇中之獨拔者也。」

④「亮功」二句：《爾雅·釋詁》：「亮，信也。」李善注：「言其功既多，爲累蓋寡，故以取足，而不改易其文。」

本段文術之二，論突出中心立警策。

《譯注》：「押韻：入聲二十一麥韻之策，二十二昔韻之益、易及二十三錫韻之適、績。」

或藻思綺合，清麗千眠①。 眪若縟繡，悽若繁絃②。 必所擬之不殊，乃闇合乎曩篇③。 雖杼軸於予懷，怵他人之我先④。 苟傷廉而愆義〔一〕，亦雖愛而必捐〔二〕⑤。

【校記】

〔一〕「廉」，三寶本作「廣」，旁注「廉」。

〔二〕「捐」，醍甲、仁甲、義演本作「指」。

【考釋】

①「或藻」二句：李善注：「《説文》曰：『謂文藻思如綺會。』千眠，光色盛貌。」

②「眪若」二句：李善注：「《説文》曰：『縟，繁彩色也。』又：『繡，五色彩備也。』蔡邕《琴賦》曰：『繁絃既抑，雅音復揚。』」吕延濟注：「音韻合和故若繁絃之聲。」

③「必所」二句：錢鍾書《管錐編》：「『必所』之『必』，疑詞也，今語所謂『如果』『假使』。」吕延濟注：「所作篇目或不殊古人之則，辭句闇合於古篇者。」

④「雖杼」二句：李善注：「杼軸，以織喻也。 雖出自己情，懼佗人先己也。」《詩·小雅·大東》：「小東大東，杼軸其空。」

⑤「苟傷」二句：吕延濟注：「此乃苟且之道，有傷廉恥，復違於義心，故雖愛之必須捐棄也。」

本段文術之三，論切忌雷同求創新。

《譯注》：「押韻：下平聲一先韻之眠、絃、先，二仙韻之篇、捐。」

或苕發穎豎〔一〕，離衆絶致〔二〕①。形不可逐〔三〕，響難爲係②。塊孤立而特峙，非常音之所緯③。心牢落而無偶，意徘徊而不能揥④。石韞玉而山輝〔四〕，水懷珠而川媚⑤。彼榛楛之勿翦〔五〕，亦蒙榮於集翠⑥。綴《下里》於《白雪》〔六〕，吾亦以濟夫所偉〔七〕⑦。

【校記】

〔一〕「苕」，原作「苔」，高甲、高丙本同，原朱筆眉注「莒」，墨筆注「苕」，三寶本作「苦」，左旁注「苕イ」，醍甲、仁甲、義演本作「苦」，據江户刊本、維寶箋本改。「穎」，高甲本作「頻」。

〔二〕「衆」下六寺本有「而」字。「致」，三寶本朱筆右旁注「イ無」。

〔三〕「不可」，原無，右旁注「不可イ」。據三寶、高甲、六寺、醍甲、義演、江户刊本等改。

〔四〕「而」，松本、江户刊本、維寶箋本無。

〔五〕「榛」，醍甲本作「椿」。

〔六〕「於白雪」，三寶本眉注「雲イ」，當指此行之「雪」字一本作「雲」。

〔七〕「以」，《文選》無。

【考釋】

①「或茝」二句：吕向注：「謂思得妙音，辭若茝草華發，穎禾秀竪，與衆辭離絶，致於精理。……茝，草華也。穎，禾秀也。」

②「形不」二句：李善注：「言方之於影，而形不可逐；譬之於聲，而響難係也。」此二句喻佳句得自天機，未可以人力强得。

③「塊孤」二句：李善注：「文之綺麗，若經緯相成，一句既佳，塊然立而特峙，非常音所能緯也。」

④「心牢」二句：李善注：「牢落，猶遼落也，言思心牢落，而無偶㧞之意，徘徊而未能也。」吕向注：「然有此一句之妙而心失次，旁求偶對，未稱所心，意之徘徊，不能褫捨其妙。」

⑤「石韞」二句：李善注：「雖無佳偶，因而留之，譬若水石之藏珠玉，山川爲之輝媚也。」《荀子·勸學》：「玉在山而草木潤，淵生珠而崖不枯。」

⑥「彼榛」二句：李善注：「榛楛，喻庸音也。以珠玉之句既存，故榛楛之辭亦美。」《詩·大雅·旱麓》：「瞻彼旱麓，榛楛濟濟。」

⑦「綴《下里》」二句：李善注：「言以此庸音而偶彼嘉句，譬以《下里》鄙句，綴於《白雪》之高唱，吾雖知美惡不倫，然且以益夫所偉也。」楚宋玉《對楚王問》：「客有歌於郢中者，其始曰《下里》、《巴人》，國中屬而和者數千人，其爲《陽阿》、《薤露》，國中屬而和者數百人，其爲《陽春》、《白雪》，國中屬而和者不過數十人。……是其曲彌高，其和彌寡。」（《文選》卷四五）

本段文術之四，論雅俗相濟留佳句。《譯注》：「押韻：去聲六至韻之致、媚、翠，八未韻之緯，十二霽韻之係、㨗，『偉』屬上聲七尾韻，這裏應看作與『緯』同音。」

張少康《文賦集釋》：「這四小段論文術，分析了文章寫作中常見的幾個問題，指出了解決這些問題的方法，歸納起來就是：定去留、立警策、戒雷同、濟庸音。」「定去留的中心是講文章的剪裁問題。」「立警策的目的是爲了使文章的中心突出。」「戒雷同就是反對模擬、抄襲，强調創新。」「濟庸音和立警策有類似的地方，立警策從積極的方面來立論，濟庸音則從消極方面來闡説。」

或託言於短韻，對窮迹而孤興①。俯寂漠而無友〔一〕，仰寥廓而莫承②。譬偏絃之獨張，含清唱而靡應③。

【校記】

〔一〕「漠」，《文選》作「寞」。「友」，醍甲、仁甲、六寺、義演本作「支」。

【考釋】

①「或託」二句：李善注：「短韻：小文也。言文小而事寡，故曰窮迹；迹窮而無偶，故曰孤興。」短

韻：多解作短小文章。張少康《文賦集釋》：「短韻，窮迹，皆喻文章貧乏、單調，釋爲短文，無事迹，則過於死板，不確。」盛江案：張少康説是。亦可解作語言貧乏短少。窮迹：内容事迹貧乏。又，李壯鷹主編《中華古文論選注》認爲：「這裏所謂短韻，短，缺也，不足也。當指韻文中衹有上句而無下句以足韻的情況。案：《世説新語·文學》云：『桓宣武命袁彦伯作《北征賦》，既成，公與時賢共看，咸共嗟之。時王珣在坐，云：「恨少一句，得寫字足韻乃佳。」』『少一句』而不『足韻』，即陸機所謂短韻。」可備一説。

②「俯寂」二句：李善注：「言事寡而無偶，俯求之則寂寞而無友，仰應之則寥廓而無所承。」又，李壯鷹主編《中華古文論選注》：「喻作者苦苦思索，找不到足韻的句子。」可備一説。

③「譬偏」二句：李善注：「言累句以成文，猶衆絃之成曲；今短韻孤起，譬偏絃獨張。絃之獨張，含清唱而無應；韻之孤起，藴麗則而莫承也。」

以上六句論情辭單薄之病。

饒宗頤《陸機文賦理論與音樂之關係》：「應乃調絃法，即使琴上兩絃散聲與按音相應，或異位泛音之相應，以求兩音之和協。由於取調之不同，所以用絃次及相應之徽位亦異。有時轉絃而换高，得緊或慢一律以求音之應和。例如奏黄鐘調時，要使第七絃之散聲與第五絃之第十一徽按音相應，以及第四絃之散聲與第一絃第八徽按音相應。琴曲之大胡笳、昭君怨即屬此調。總之『應』即使異絃之樂音高下相宜，此爲構成旋律之基礎，凡能彈七絃琴者，無不通曉。Hughes 氏譯『應』爲 Answer，極爲不妥。」《譯注》：「押韻：下平聲十六蒸韻之興、承、應。」

或寄辭於瘁音，言徒靡而弗華〔一〕①。混妍蚩而成體，累良質而爲瑕②。象下管之偏疾，故雖應而不和③。

【校記】

〔一〕「言徒靡」，《文選》作「徒靡言」。「靡」，江户刊本、維寶箋本右旁注「麗イ」。

【考釋】

①「或寄」二句：李善注：「瘁音，謂惡辭也。靡，美也，言空美而不光華也。班固《漢書贊》曰：『纖微憔悴之音作，而民思憂。』薛君《韓詩章句》曰：『靡，好也。』」

許文雨《文論講疏》：「按文無剛健之氣，則有同瘵瘁之音。以此爲文，誠劉勰所謂『振采失鮮，負聲無力』，殊失風骨之義。『靡』訓爲好，『華』爲光華，《易・大畜》以爲『剛健篤實，輝光乃新』。蓋惟健實，始見華耀。」

程會昌《文論要詮》：「按此當以《文心雕龍・風骨》篇釋之。彼文云：『辭之待骨，如體之樹骸，情之含風，猶形之包氣。結言端直，則文骨成焉；意氣駿爽，則文風清焉。若豐藻克贍，風骨不飛，則振采失鮮，負聲無力。是以綴慮裁篇，務盈守氣，剛健既實，輝光乃新。』此云『瘁音』，即『風骨不飛』、『負聲無力」之謂也。『靡言』即『豐藻克贍』之謂也。『弗華』即『振采失鮮』之謂也。」

張少康《文賦集釋》：「然『風清骨峻』者固可使『篇體光華』，而陸機所云之『華』字含義似更爲寬廣，不等於即是『風骨』，乃泛指華耀而不闒弱之文。劉勰『風骨』之論正是陸機此意的發展。」

李壯鷹主編《中華古文論選注》：「瘁音指不協韻之音，音不協韻，文辭雖美而没有光彩，故曰『言徒靡而弗華』。」可備一説。

②「混妍」二句：李善注：「妍謂言靡，蚩謂瘁音。既混妍蚩，共爲一體，翻累良質而爲瑕也。《禮記》曰：『玉瑕不掩瑜。』鄭玄注：『瑕，玉之病也。』」

③「象下」二句：李善注：「言其音既瘁，其言徒靡，類乎下管，其聲偏疾，升歌與之間奏，雖復相應，而不和諧。杜預《左氏傳注》曰：『象，類也。』《禮記》曰：『升歌《清廟》，下管《象》、《武》。』王肅《家語注》曰：『下管，堂下吹管。』《象》、《武》，舞也。」

以上六句論瘁音累質之病。

饒宗頤《陸機文賦理論與音樂之關係》：「《國語·周語》伶州鳩云：『聲以和樂，律以平聲，聲應相保曰龢（和），細大不踰曰平。』凡使高低長短不平之音連續結合，而能保持在和諧狀態下之優美節奏即是『和』。故『瘁音』則失之過弱，『偏疾』則失之過急。皆有失於和諧。爲文而有此種現象，劉勰謂之『文家口吃』，其言曰：『異音相從謂之和，同聲相應謂之韻。』『應』與『和』，本所以論音樂之旋律，文章亦有同然。彦和之説，實本之士衡也。惟彦和所論之『和』與『應』，進而指句中平仄之和調，暨句末用韻之應協。已受永明以來聲律説之影響。」

張少康《文賦集釋》：「此段講文章辭采豐贍與格調不高，氣骨不充之間不相和諧的毛病。」《譯注》：「押韻：下平聲八戈韻之和，九麻韻之華、瑕。」

或遺理以存異，徒尋虚以逐微①。言寡情而鮮愛〔一〕，辭浮漂而不歸②。猶絃緩而徽急〔二〕，故雖和而不悲③。

【校記】

〔一〕「愛」，義演本作「受」。

〔二〕「緩」，原左旁注「公亻」，《文選》作「么」。「徽」，原作「徵」，三寶、高甲、高丙、六寺本同，據醍甲、江户刊本、維寶箋本改。

【考釋】

①「或遺」二句：遺理：遺棄文理。存異：標榜奇異。方廷珪《昭明文選大成》：「尋虚，務爲虚飾之辭。逐微，究其細微之事。」程會昌《文論要詮》：「李諤《上高祖革文華書》：『魏之三祖，更尚文辭，忽君人之大道，好雕蟲之小藝。下之從上，有同影響，競騁文華，遂成風俗。江左齊梁，其弊彌甚，貴賤賢愚，

唯務吟詠。遂復遺理存異，尋虚逐微，競一韻之奇，争一字之巧，連篇累牘，不出月露之形，積案盈箱，唯是風雲之狀。』按如謂之説，則士衡此之所指，乃魏晉以來新奇浮靡之文。」

②「言寡」二句：張鳳翼《文選纂注》：「寡情、鮮愛，謂寡情實不令人愛也。不歸，不歸於理也。」

③「猶絃」二句：李善注：「《説文》曰：『麽，小也。於遥切。』《淮南子》曰：『鄒忌一徽，而威王終夕悲。』許慎注曰：『鼓琴循絃謂之徽。』悲雅俱有，所以成樂，直雅而無悲，則不成。」羅師宗强《魏晉南北朝文學思想史》：「此一『悲』字，非僅指悲哀，蓋泛指强烈之情感。」

以上六句論寡情鮮愛之病。

饒宗頤《陸機文賦理論與音樂之關係》：「鼓琴要能使人悲，不悲則其感人也不深。爲文亦然，不悲則缺乏情感。如何然後能悲，必也由情而造文，而非爲文而造情。先有悲心於内，乃可形之於外。《説苑·善説篇》記：『雍門周説孟嘗君，鼓琴必先憂戚盈胸，然後移動宫徵，微揮羽角，則流涕霑襟矣。』《關尹子·三極篇》亦言：『善琴者應有悲思之心，自能手物相符。』是故由情以生音，則其音感人。爲文之道，何曾不爾。故不可『遺理』，不能『尋虚』，遺理則乏内容，尋虚則失真意。無真性真血肉之聲音與語言，烏足以感人耶。」

《譯注》：「押韻：平聲六脂韻之悲，八微韻之微、歸。」

或奔放以諧合，務嘈囋而妖冶①。徒悦目而偶俗，固聲高而曲下〔一〕②。寤《防露》與《桑間》，又雖悲而不雅③。

【校記】

〔一〕「固」，高丙本作「高」。

【考釋】

①「或奔」二句：方廷珪《昭明文選大成》：「嘈囋，聲煩貌。」顧施禎《昭明文選六臣彙注疏解》：「或肆情奔放，以諧合時俗，時俗好嘈囋，則務爲嘈囋，時俗好妖冶，則務爲妖冶。」

②「徒悦」二句：程會昌《文論要詮》：「按聲高指其調言，曲下指其品言也。」

③「寤《防露》」二句：《防露》：李善注：「《防露》，未詳。一曰謝靈運《山居賦》，曰：『楚客放而《防露》作。』注曰：『楚人放逐，東方朔感江潭而作《七諫》。』然靈運有《七諫》，有『防露』之言，遂以《七諫》爲《防露》也。」楊慎《升庵合集》：「（李善）注引東方朔《七諫》謂『楚客放而《防露》作』，此説謬矣。若指楚客即爲屈原，屈原忠諫放逐，其辭何得云不雅？《防露》與《桑間》相對，則爲淫曲可知。謝莊《月賦》『徘徊《房露》，惆悵《陽阿》』，注：『《房露》，古曲名。』『房』與『防』古字通，以『防露』對『陽阿』，又可證其非雅曲也。……蓋楚人男女相悦之曲有《防露》，有《鷄鳴》，如今之《竹枝》。」

以上六句論鄙俗不雅之病。

饒宗頤《陸機文賦理論與音樂之關係》：「樂有雅鄭之分，雅爲正聲，以别於淫曲、俗曲。」

《譯注》：「押韻：上聲三十五馬韻之冶、下、雅。」

或清虚以婉約，每除煩而去濫①。闕大羹之遺味，同朱絃之清氾〔一〕。雖一唱而三歎，固既雅而不艶②。

【校記】

〔一〕「絃」，三寶、松本、江户刊本、維寶箋本作「泫」。

【考釋】

①「或清」二句：方廷珪《昭明文選大成》：「清虚，不麗。婉約，不博。除煩，削以就簡。去濫，去浮溢之詞。」

②「闕大」四句：李善注：「言作文之體，必須文質相半，雅艶相資；今文少而質多，故既雅而不艶。比之大羹，而闕其餘味；方之古樂，而同清氾，言質之甚也。餘味，謂樂羹皆古，不能備其五聲五味，故曰有餘也。《禮記》曰：『《清廟》之瑟，朱絃而疏越，一唱而三歎，有遺音者矣。大饗之禮，尚玄酒而俎腥魚，大羹不和，有遺味者矣。』鄭玄曰：『朱絃，練朱弦也。練則聲濁。越，瑟底孔，畫疏之，使聲遲。唱，發歌句者。三歎，三人從而歎之。大羹，肉湆不調以鹽菜也。遺，猶餘也。』然大羹之有餘味，以爲古矣，而又闕之，甚甚之辭也。」

以上六句論質木不艷之病。

饒宗頤《陸機文賦理論與音樂之關係》：「雅而不美，則傷於質直，故士衡主張雅必有艷。此則大異於漢人之論。艷字從豐，豐，大也。本有豐滿之意，引申訓爲『美色』。《左傳》言『美而艷』，范寧曾用『艷而富』三字稱讚左氏之文。艷本爲形容詞，繼亦作名詞用。樂府中之大曲，曲前有艷，後有趨（略如吴歌前之和聲及歌後之送聲）。如『艷歌羅敷引』、『艷歌何嘗行』，是歌辭之有艷，乃爲一種補足辭句，所以增加歌辭音調之美感。」「至若描寫聲音之美妙時，亦得用『艷』字形容之。如繁欽稱道薛訪唱歌入神之處，謂爲『哀感頑艷』。倘借《文賦》語説之，即謂其所唱歌辭能『悲』（即哀感），又能『艷』。故盡善妙之能事。士衡他文有《鼓吹賦》云：『飾聲成文，彫音作蔚，響以形分，曲以和綏。』描繪音聲，亦假形以摹狀之。可知『艷』字實具有『形文』、『聲文』兩重意義。如過於清虚，便失之質實與單調，于形文聲文均有不足之感，是又病於不艷矣。」

張少康《文賦集釋》：「從陸機對這五個文病的論述中，也反映出他在文學創作上的美學理想。這就是要做到：應、和、悲、雅、艷。」「應，在音樂上指相同的聲音、曲調間的互相呼應而構成的一種音樂美。詩歌創作中的押韻，即是運用了這個原理。……陸機在這裏是借音樂爲喻，來强調文學作品在内容或文辭上都應當互相配合呼應，反對單調貧乏，而具有六朝人所提倡的『豐贍』之美。」「和，在音樂上是指不同的聲音互相配合，而構成的一種和諧之美。……陸機以音樂上的和之美來比喻文學作品的和之美，着重説明『雖應而不和』，祇有『言靡』而缺少光華是不好的。」「悲，《文賦》這段所述，不是指悲哀，而是指要感動人。」「雅，這是儒家傳統的一個文藝批評標準。不過，陸機所説的『雅』，有受儒家思想影響的一面，也有和儒家傳統不完全一致的一面。……他指的是比較廣泛的意義上的『正』的意思，是針對當時『或奔放以諧合，務嘈囋而妖冶』的風氣而言，是爲了反對當時片面追求聲色之美、内容輕浮、格調低下的偏向，而並不具有儒家那種保守性和復古傾向。」「艷，這是陸機美學思想中反映時代特點的重要表現，也是他突破儒家傳統美學思想的地方。」

《譯注》：「押韻：去聲五十四闞韻之濫、五十五艷韻之艷及六十梵韻之氾。」

若夫豐約之裁，俯仰之形，因宜適變〔一〕，曲有微情〔二〕①。或言拙而喻巧，或理質而辭輕〔三〕。或襲故而彌新，或沿濁而更清②。或覽之而必察，或研之而後精〔四〕③。譬猶舞者赴節以投袂〔五〕，歌者應絃而遣聲④。是蓋輪扁之所不得言〔六〕，故亦非華説之所能明〔七〕⑤。

【校記】

〔一〕「因」，三寶、義演本作「固」，三寶本眉注「因」。

〔二〕「微」，三寶、松本、江户刊本、維寶箋本作「徽」。

〔三〕「質」，《文選》作「樸」。

〔四〕「研」，六寺本作「姸」。「精」，原作「晶」，三寶、醍甲、仁甲、六寺、義演本同，據高甲、江户刊本、維寶箋本改。
〔五〕「赴」，高丙、醍甲、仁甲、義演本作「趣」，天海本作「起」。
〔六〕「之」，《文選》無。
〔七〕「明」，高丙本、《文選》作「精」。

【考釋】

①「若夫」四句：程會昌《文論要詮》：「豐約，指文辭之簡繁。俯仰，指文辭之位置。凡此皆屬隨手之變，運用存乎一心，故曲折而有微妙之情也。」

陳洪、盧盛江《中國古代文學理論讀本》：「至於文辭或豐或簡的不同剪裁，或俯或仰的不同體勢，根據情況適應變化，留下曲折而又精妙的情思。」

②「或言」四句：程會昌《文論要詮》：「此當加修改之功者。《文心雕龍·神思》篇：『若情數詭雜，體變遷貿。拙辭或孕於巧義，庸事或萌於新意。視布於麻，雖云未費，杼軸獻功，煥然乃珍。』是其義也。（後二句）此已得變通之道者。《莊子·知北遊》：『萬物一也。其所美者爲神奇，其所惡者爲臭腐；臭腐復化爲神奇，神奇復化爲臭腐。故曰：通天下一氣耳。』因故而更新，因濁而更清，蓋以此理也。」

盛江案：程會昌此説大體是，衹是未必僅指修改之功，而亦可指構思之妙。前二句謂語言拙樸卻包含巧妙之意藴，道理質樸文辭卻很輕美。後二句謂，沿襲舊者卻更有新意，沿用濁重之格調卻顯出清新之風貌。

③「或覽」二句：李周翰注：「謂或初覽拙，察見其妙，有研味久，而後知精美。」

④「譬猶」二句：李善注：「王粲《七釋》曰：『邪睨鼓下，亢音赴節。』《左氏傳》曰：『投袂而起。』杜預曰：『投，振也。』」張銑注：「文入妙理，譬如善舞者趁節舉袖，善歌者與絃相應遣合，其聲如一也。」

⑤「是蓋」二句：李善注引《莊子·天道》：「輪扁曰：『……斲輪，徐則甘而不固，疾則苦而不入。不徐不疾，得之於手而應於心，口不能言，有數存焉於其間。臣不能以喻臣之子，臣之子亦不能受之於臣。』」

方廷珪《昭明文選大成》：「此段見作文要臨機之妙，驅遣有法，變化從心，即序中所云『隨手之變，良難以辭逮』者。此時得心應手，又非一節之美可盡。末以歌舞爲譬，亦是從音節上見。以上將文之妍媸好惡，一一分別詳盡，便接入應感之會，指出文機之通塞利害來。」

張少康《文賦集釋》：「這一段是對上文論文術、文病部分的總結，也是進一步申述小序中所說的『若夫隨手之變，良難以辭逮』的意思。說明寫文章的技巧以及容易産生的毛病等等，雖然也可以進行很多具體的論述、分析，但是，總不能說盡，也不能局限於這幾個條條框框，而一定要根據每篇文章的具體情況來靈活機動地處理。所以，總的原則應當是『因宜適變』。寫作過程中常常有許多超出常規的意外情況，往往是不能用語言所能完全表達清楚的。在這一段中，陸機引述了《莊子》中輪扁斲輪的故事，進一步説明了『言不盡意』的道理，强調不要拘泥於《文賦》前面所説的各項具體論述，而應當按照每篇文章的不同特點考慮運用不同的方法去寫作。」

《譯注》：「押韻：下平聲十二庚韻之明，十四清韻之情、輕、清、精、聲，十五青韻之形。」

普辭條與文律，良予膺之所服①。練世情之常尤，識前脩之所淑〔一〕②。雖濬發於巧心，或受蚩於拙目③。彼瓊敷與玉藻，若中原之有叔④。同橐籥之罔窮，與天地乎並育⑤。雖紛藹於此世〔二〕，嗟不盈於予掬⑥。患挈瓶之屢空，病昌言之難屬〔三〕⑦。故踸踔於短韻〔四〕，放庸音以足曲⑧。恒遺恨以終篇，豈懷盈以自足〔五〕⑨。懼蒙塵於叩缶，顧取笑於鳴玉〔六〕⑩。

【校記】

〔一〕「前」，松本、江户刊本、維寶箋本作「删」，醍甲、仁甲、義演本作「削」。

〔二〕「藹」，松本、江户刊本、維寶箋本作「靄」，醍甲本作「蕩」，三寶本眉注「靄亻」。

〔三〕「昌」，醍甲、仁甲、義演本作「唱」。

〔四〕「踔」，松本、江户刊本、維寶箋本作「啅」。「韻」，《文選》李善注本作「垣」。

〔五〕「以」，《文選》作「而」。

〔六〕「顧」，原作「領」，三寶、高甲、醍甲、仁甲、義演本同，三寶本抹消「領」字，眉注「顧」，據六寺、江户刊本、維寶箋本改。

【考釋】

①「普辭」二句：《禮記·中庸》：「子曰：回之爲人也，擇乎中庸，得一善，則拳拳服膺而弗失之矣。」張鳳翼《文選纂注》：「辭條，辭之條幹也。文律，文之紀律也。言二者皆吾所佩服而不忘也。」

②「練世」二句：李善注：「《纏子》：『董無心曰：「罕得事君子，不識世情。」』尤，非也。《楚辭》曰：『蹇吾法夫前脩，非時俗之所服。』淑，善也。」方廷珪《昭明文選大成》：「練，熟習也。世情，世俗作文之情。常尤，常犯之病。前脩，古賢。言已作文必法前脩，以起下世情之不然。」

③「雖濬」二句：李善注：「言文之難，不能免累；雖復巧心濬發，或於拙目受蚩。」《漢書·宣帝紀》：「用法或持巧心。」方廷珪《昭明文選大成》：「巧心，即前脩之文。世俗不知法前脩，反從而笑之。」

④「彼瓊」二句：玉藻：《禮記·玉藻》：「天子玉藻，十有二旒，前後邃延。」《詩·小雅·小宛》：「中原有菽，庶人采之。」「叔」通「菽」。張銑注：「瓊敷玉藻，謂文章妙句。」

⑤「同槖」二句：《老子》五章：「天地之間，其猶槖籥乎，虚而不屈，動而愈出。」王弼注：「槖，排槖也。籥，樂籥也。槖籥之中空洞無情無爲，故虚而不得窮屈，動而不可竭盡也。」張鳳翼《文選纂注》：「謂文章秀句若中原之有菽，取之無窮，又如槖籥之聲氣，並育於天地之中而不窮也。」

⑥「雖紛」二句：《詩·小雅·采緑》：「終朝采緑，不盈一匊。」李周翰注：「紛藹，謂繁多也。文華之

詞雖繁多於人世，嗟攬之不滿於手掬也。」

⑦「患挈」二句：挈瓶：《左傳》昭公七年：「雖有挈缾之知，守不假器，禮也。」杜預注：「挈缾汲者，喻小知。」屢空：《論語・先進》：「回也其庶乎？屢空。」吕延濟注：「謂小智之人，才思屢空也。」昌言：《書・益稷》：「帝曰：『來，禹，汝亦昌言。』」《説文》：「昌，美言也。」難屬：郭紹虞主編《中國歷代文論選》：「言難續前賢之事業。」

⑧「故踸」二句：踸踔：《莊子・秋水》：「夔謂蚿曰：『吾以一足趻（踸）踔而行，予無如矣。』」成玄英疏：「趻（踸）踔，跳躑也。」短韻：吕延濟注：「短韻，小篇也。」《文選》李善注本作「短垣」，《國語・吴語》：「君有短垣，而自踰之。」朱珔《文選集釋》：「踸踔謂脚短長也。短垣可云蹢躅不進，不得施於短韻。《賦》上文既云短韻，此不應複。是寫書者涉上文而誤。……踸踔短韻，殊不成文義。推賦意與上『患挈瓶之屢空』，皆爲喻語，挈瓶喻小智，故云昌言難屬，此謂力薄而放庸音，如踸踔於短垣，未免蹢躅之狀，總形支絀。二者皆由於才有不逮，故下云『恒遺恨以終篇，豈懷盈而自足』也。」從前後文推究，作「短垣」是。

⑨「恒遺」二句：班固《答賓戲》：「顔潛樂於簞瓢，孔終篇於西狩。」（《文選》卷四五）吕向注：「謂不工文者，終篇常有遺恨，恨未盡往境，豈有知盈滿之分而以爲自足也。」

⑩「懼蒙」二句：李善注：「缶，瓦器，而不鳴，更蒙之以塵，故取笑乎玉之鳴聲也。《文子》曰：『蒙塵而欲無昧，不可得也。』李斯《上書》曰：『擊甕叩缶。』」方廷珪《昭明文選大成》：「缶，瓦器，本不善鳴，更

蒙之以塵，聲愈不揚，所以自覺形穢也。」但李全佳《文賦義證》以爲：「蒙塵，猶言蒙辱也。『擊甕叩缶，真秦之聲』，是李斯上書。言其文之不佳，聲同叩缶，懼蒙辱也。」均可通。

本段感慨才能有限，佳作難得。

《譯注》：「押韻：入聲一屋韻之服、淑、目、菽、育、掬，三燭韻之屬、曲、足、玉。」

若夫應感之會，通塞之紀，來不可遏，去不可止①。藏若影滅，行猶響起②。方天機之駿利，夫何紛而不理③。思風發於胸臆，言泉流於脣齒④，紛葳蕤以馺遝，唯豪素之所擬⑤。文徽徽以溢目，音泠泠而盈耳⑥。

及其六情底滯，志往神留⑦，兀若枯木，豁若涸流⑧。攬營魂以探賾〔一〕，頓精爽而自求〔二〕⑨。理翳翳而逾伏〔三〕，思軋軋其若抽〔四〕⑩。是以或竭情而多悔，或率意而寡尤⑪。雖茲物之在我，非余力之所勠⑫。故時撫空懷而自惋，吾未識夫開塞之所由⑬。

【校記】

〔一〕「營」，高丙本及《文選》作「營」。「賾」，松本、江户刊本、維寶箋本作「潛」。

〔二〕「精」，原作「晶」，各本同，據《文選》改。「而」，《文選》作「於」。

〔三〕「逾」，松本、江户刊本、維寶箋本作「愈」。

〔四〕「思」，六寺本無。「軋」，原作「軋亻」，三寶本同，三寶本眉注「軋亻」，據高甲、六寺本改。「軋軋」，高丙本及《文選》作「乙乙」。

【考釋】

①「若夫」四句：應感：《禮記·樂記》：「夫民有血氣心知之性，而無哀樂喜怒之常，應感起物而動，然後心術形焉。」通塞：《易·節卦·象傳》：「不出户庭，知通塞也。」紀：《禮記·月令》注：「紀，會也。」方廷珪《昭明文選大成》：「紀，文之緒也。」《莊子·達生》：「生之來不能卻，其去不能止。」

方廷珪《昭明文選大成》：「應感，物感我，我從而應之，乃文之題目。會，心與物會合之時。以下論文機之通塞，方是發明序中利害所由意。蓋文之妍，未有不出機之通。文之媸，未有不由機之塞。」

李壯鷹主編《中華古文論選注》：「『感』，從客體上説，指物感人；『應』，從主體上説，指人應物。通塞之紀，謂文思忽通忽塞的端緒。按此二句涉及到兩種靈感：『應感之會』是作家在寫作之前受外物感發所産生的藝術情致，這是一種靈感；而文思之『通』是作家在寫作構思時忽然抓住了形式，從而順利的表現情致，這是又一種靈感。這兩種靈感都具有不自覺性，它們的生滅都不受理智性的意向所左右，故曰『來不可遏，去不可止』。」

②「藏若」二句：李善注：「枚乘《上書》曰：『景滅迹絶。』《王命論》曰：『趣時如嚮起。』」李周翰注：「思之將藏，若形影之滅没也。將行，如音響之動也。」

③「方天」二句：《莊子·秋水》：「今予動吾天機，而不知其所以然。……夫天機之所動，何可易邪？」又《大宗師》：「其耆欲深者，其天機淺。」成玄英疏：「天然機神。」李善注引司馬彪曰：「天機，自然也。」李善注引劉障曰：「言天機者，言萬物轉動，各有天性，任之自然，不知所由然也。」

④「思風」二句：吕向注：「思之發也，如風之起激於胸臆；言之出也，如泉之湧動於脣齒矣。」

⑤「紛葳」二句：李善注：「葳蕤，盛貌。駁遝，多貌。《封禪書》曰：『紛綸葳蕤。』毫，筆也。《纂文》曰：『書縑曰素。』揚雄《書》曰：『賫紬素四尺。』」方廷珪《昭明文選大成》：「駁遝，馬行疾貌，極形其駿利。」

⑥「文徽」二句：漢延篤《與李文德書》：「焕爛兮其溢目也。」（《後漢書·延篤傳》）《論語·泰伯》：「洋洋乎盈耳哉。」吕向注：「徽徽溢目，文章盛也。泠泠盈耳，音韻清也。」泠泠：聲音清越、悠揚。陸機《招隱詩》之二：「山溜何泠泠，飛泉漱鳴玉。」（《文選》卷二二）

以上極狀文機之通。

《譯注》：「押韻：上聲六止韻之紀、止、起、理、齒、擬、耳。」

⑦「及其」二句：六情：《白虎通·情性》：「六情者何謂也？喜怒哀樂愛惡，謂六情。」底滯：《國語·楚語下》：「夫民，氣縱則底，底則滯。」韋昭注：「底，著也。滯，廢也。」《淮南子·原道訓》：「所謂後者，非謂其底滯而不發，凝結而不流。」

⑧「兀若」二句：《莊子·齊物論》：「形固可使如槁木，心固可使如死灰乎？」李善注引郭象注：「遺身而自得，雖淡然而不持，坐忘行忘而爲之，故行若曳枯木，止若聚死灰，是以云其神凝也。」李善注引向

秀注：「死灰、枯木，取其寂漠無情耳。」涸流：李善注引《國語》：「泉涸而成梁。」吕延濟注：「兀若枯木，思不動也。豁若涸流，思之竭也。謂豁然空虚，涸而無水。」

⑨「攬營」二句：營魂：營魂。《楚辭·遠遊》：「載營魂而登霞兮。」許文雨《文論講疏》：「蓋單言曰魂，重言之則曰營魂，其義一也。」探賾：《易·繫辭上》：「探賾索隱，鈎深致遠。」精爽：《左傳》昭公二十五年：「心之精爽，是謂魂魄。」陸機《贈從兄車騎》：「營魂懷茲土，精爽若飛沉。」（《文選》卷二四）

⑩「理翳」二句：李善注：「《方言》曰：『翳翳，奄也。』乙，抽也。乙，難出之貌。《説文》曰：『陰氣尚强，其出乙乙然。』乙音軋。《新論》曰：『桓譚嘗欲從子雲學賦，子雲曰：「能讀千賦，則善爲之矣。」譚慕子雲之文，嘗精思於小賦，立感發病，彌日瘳。子雲説：成帝祠甘泉，詔雄作賦，思精苦，困倦小卧，夢五藏出，以手收而内之，及覺，病喘悸少氣。』士衡《與弟書》曰：『思苦生疾。』」

⑪「是以」二句：竭情：《左傳》昭公二十年：「趙武曰：『夫子之家事治，言於晉國，竭情無私。』」多悔：《淮南子·人間訓》：「是故人皆輕小害，易微事，以多悔。」寡尤：《論語·爲政》：「多聞闕疑，慎言其餘，則寡尤；多見闕殆，慎行其餘，則寡悔。言寡尤，行寡悔，禄在其中矣。」李周翰注：「或罄竭情思而猶不佳，故多悔；或率意而理亦通，故少過。」

⑫「雖茲」二句：李善注：「物，事也。勠，并也。言文之不來，非予力之所并。《國語》曰：『勠力一心。』賈逵曰：『勠力，併力也。』」方廷珪《昭明文選大成》：「物，指文機。非可强使之遇。」

⑬「故時」二句：李善注：「開，謂天機駿利。塞，謂六情底滯。」

張少康《文賦集釋》：「這段中心是講創作靈感。所謂『應感之會』，就是指靈感衝動，而『通塞』即是説的靈感有没有的問題。」「陸機認爲靈感來否，主要取決於『天機』，人自己是無法掌握的，即所謂『雖兹物之有我，非余力之所勠』。這顯然有唯心主義的因素。但也無可否認，靈感的爆發確實有一定的偶然性。當然，這種偶然性是包括在必然性中的。」「他能够首先提出創作中靈感問題，强調它對創作成敗的重要作用，這就是他對文學創作理論的一個很大的貢獻。比之於古希臘的柏拉圖把靈感説成是神靈附身的一種迷狂狀態，陸機顯然是更實際得多，他衹是如實地描寫了靈感來時和靈感枯竭時的不同情狀，深感自己無法掌握而已。後來，劉勰、蕭子顯等就進一步提出了通過培養虚静的精神境界和積累知識學問來醖釀創作靈感的問題。」

羅師宗强《〈文賦〉義疏》：「所謂應感之會，從全段之論述體味，當不僅指物感我應而已，而含有更幽微的意思，是指外物觸動靈感的瞬間。外物引起創作衝動，物以貌求，心以理應，這是物感説的一般情形。但是創作衝動引起來之後，想像展開之後，有時可能直瀉千里，文思汩汩不可阻遏；有時卻可能徘徊遲滯，不能終篇。但是靈感的觸動就不一樣，靈感的觸動，往往照亮了整個心靈，使生活的積累一下子集中起來，貫串起來，使想像、感情、理智一下子全調動起來，交錯綜合，如行雲流水般自然湧出。」

《譯注》：「押韻：下平聲十八尤韻之留、流、求、抽、尤、勠、由。」

伊兹文其爲用〔一〕，固衆理之所因〔二〕。恢萬里使無閡，通億載而爲津〔三〕①。俯貽則於來葉，仰觀象於古人〔四〕②。濟文武於將墜〔五〕，宣風聲於不泯③。途無遠而不彌，理無微而不綸〔六〕④。配霑潤於雲雨，象變化乎鬼神〔七〕⑤。被金石而德廣，流管絃而日新〔八〕⑥。

【校記】

〔一〕「其」，《文選》作「之」。

〔二〕「因」，江户刊本、維寶箋本作「由」。

〔三〕「通」，高甲本無。

〔四〕「於」，《文選》作「乎」。「人」，三寶本眉注「文イ」，六寺本左旁注「文イ」，高丙本作「文」。

〔五〕「濟」，松本、江户刊本、維寶箋本作「時」，原左旁注「清」。

〔六〕「不」，《文選》作「弗」。《考文篇》：「有痕跡表明高山寺丙本據《文選》改了字。」

〔七〕「象」，原作「寫」，醍甲、義演、六寺等本同，據三寶、江户刊本、維寶箋本等改。

〔八〕本文文後之尾題，三寶、醍甲、仁甲、六寺、義演本作「文鏡秘府論南」，江户刊本作「文鏡秘府論卷四終」，祖風會本作「卷四終」，松本本作「文鏡秘府論」，維寶箋本作「文鏡秘府論卷四終」，箋文後尾題「文鏡秘府論箋第十三終／元文丙辰六月十六日殺青訖／沙門維寶」元文丙辰爲公元一七三六年。

末頁原裏書「保延四年代午四月三日移點了」。六寺本裏書「右此論真言宗文體之龜鏡貴哉吾大師雖非爲釋種霊留又是孔門之玄關也哀哉爲其流派未凌波瀾悲之至不如之耳仍寫之土龍惠範五十九」。義演本裏書「天正廿年暮春下旬書寫畢　座主（花押）（義演）出之」。

【考釋】

①「恢萬」二句：李善注：「言文能廓萬里而無閡，假令億載而今爲津。《法言》曰：『著古昔之昏昏，傳千里之忞忞者，莫如書。』軌曰：『昏昏，目所不見。忞忞，心所不了。』《小雅》（盛江案：《小雅》當爲《小爾雅》）曰：『閡，限也。』」

②「俯貽」二句：貽則：班固《幽通賦》：「終保己而貽則。」（《文選》卷一四）來葉：猶來世。《書·仲虺之誥》：「予恐來世以台爲口實。」觀象：《書·益稷》：「予欲觀古人之象。」方廷珪《昭明文選大成》：「觀，效也。象，文之體。」程會昌《文論要詮》：「貽則來葉，謂垂範後世。觀象古人，謂取法前修。」

③「濟文」二句：文武：指周文王、周武王。《詩·大雅·江漢》：「文武受命，召公維翰。」鄭玄箋：「昔文王、武王受命，召康公爲之楨幹之臣以正天下。」代指聖人之道。《論語·子張》：「子貢曰：文武之道，未墜於地，在人。」風聲：《書·畢命》：「彰善癉惡，樹之風聲。」孔傳：「立其善風，揚其善聲。」不泯：《詩·大雅·桑柔》：「亂生不夷，靡國不泯。」劉良注：「濟文武之道，使不墜於地，宣暢風俗，申於頌聲，至於不泯滅也。」

④「途無」二句：彌、綸：《易·繫辭上》：「《易》與天地準，故能彌綸天地之道。」方廷珪《昭明文選大成》：「彌，有終竟、聯合之意。塗雖遠，文皆有以彌之使近。綸，有選擇條理之意。理雖微，文皆有以綸之使顯。」

⑤「配霑」二句：李善注：「《論衡》曰：『山大者雲多，太山不崇朝辨雨天下。然則賢聖有雲雨之智，

彼其吐文萬牒以上。』《賈子》曰：『神者，變化而無所不爲也。』」李周翰注：「文德可以養人，故配霑潤於雲雨；出幽入微，故象變化乎鬼神。」

⑥「被金」二句：李善注：「金，鍾鼎也。石，碑碣也。言文之善者，可被之金石，施之樂章。」李善注引《吴越春秋》：「樂師謂越王曰：『君王德可刻之於金石，聲可託之於管絃。』」《詩・周南・漢廣序》：「《漢廣》，德廣所及也。」《易・繫辭上》：「日新之謂盛德。」《禮記・大學》：「湯之盤銘曰：『苟日新，日日新，又日新。』」

本段論文章之社會功用。

《譯注》：「押韻：上平聲十七真韻之因、津、人、泯、神、新，十八諄韻之綸。」

文鏡秘府論　北〔一〕

金剛峰寺禪念沙門遍照金剛　撰〔二〕

論對屬〔三〕①

凡爲文章，皆須對屬，誠以事不孤立，必有配疋而成②。至若上與下〔四〕，尊與卑，有與無，同與異，去與來，虚與實，出與入，是與非，賢與愚，悲與樂，明與闇，濁與清，存與亡〔五〕，進與退。如此等狀，名爲反對者也③。事義各相反，故以名焉。除此以外，並須以類對之。一二三四，數之類也。東西南北，方之類也。青赤玄黄，色之類也。風雲霜露〔六〕，氣之類也。鳥獸草木，物之類也〔七〕。耳目手足，形之類也。道德仁義，行之類也。唐虞夏商，世之類也。王侯公卿，位之類也④。及於偶語重言⑤，雙聲疊韻〔八〕⑥，事類甚衆，不可備叙。

【校記】

〔一〕仁乙本本卷外有包裝紙，上有與本文筆跡相同之識語云「上醍醐報恩院御本寫之了賓賀」，本文第一頁有「仁和寺蓮心院」之朱印。醍丙本此卷夾一紙條，上寫「文鏡秘府論北第六册補寫卷尾文禄五年七月上旬書之堯丹」，「文禄五年七月上旬書之」十字爲朱筆。文禄五年爲公元一五九六年。「北」字三寶、天海本無，封面背面作飛白體「北」字，其下注記「御草本如此」。

〔二〕維寶箋本卷首作「文鏡秘府論箋卷第十七／金剛峰寺密禪浄侶　維寶　編輯／文鏡秘府論　北／金剛峰寺禪念沙門　遍照金剛　撰」。

〔三〕「論對屬」至「方濁成形七」二百十四字，高乙本無。

〔四〕「若」，醍丙本無。

〔五〕「存」，三寶、天海本作「在」。

〔六〕「雲」，松本、江户刊本、維寶箋本作「雪」，右旁注「雲イ」。

〔七〕「風雲霜露氣之類也鳥獸草木物之」，新町本不在正文内，用朱筆記在行間。

〔八〕「重言雙聲」至「謂下句必因上」四百二十五字，醍丙本無。

【考釋】

①《考文篇》：「『論對屬』以下至『未可以論文矣』，《筆札華梁》或《文筆式》。」《研究篇》下：「北卷『論對屬』這一項没有著録原典。有人認爲可能是王昌齡《詩格》。據個人所見，以爲似以上官儀説爲基

礎。」因爲《文鏡秘府論》説「除此之外，並須以類對之，一二三四，數之類也……王侯公卿，位之類也，及於偶語重言雙聲疊韻，事類甚從，不可備叙」云云，和傳《魏文帝詩格》「對例：一二三四，數之對。……金木水火，物之對」云云相符合。「但不是直接引用上官儀（《筆札華梁》）説。可能通過《文筆式》間接引用。其根據，仍然是和被認作是《文筆式》的南卷的諸條文體完全相同，還有前面所引的『重言雙聲疊韻』云云在東卷賦體對（《筆札華梁》無而《文筆式》有）也可以看到，等等。北卷大約是總説，東卷引用的是各別之説。可能因爲東卷著録的都是各別之説，因此總説性質的東西爲了和其他書保持平衡而未載録，而以雜録的意味著録於北卷。從南卷的後半直到北卷，所論都帶有雜録性質，體系性的組織没太考慮。北卷末尾用可能未完的形式終結，也表現這一點。因而，也許這個『論對屬』也是没太放在重要位置的一部分内容」。

《校勘記》：「天卷目次有『論文意』『論對屬』，可能當初這一目設定爲大題。但是從北卷的内容來看，『論對屬』不是大題，而是與卷中的『句端』『帝德録』相對的小目。因此，如果仿照西卷的體例，『論對屬』下應該有『句端』『帝德録』二目。《論對屬》的原典不明，類似傳本《魏文帝詩格》中的『對例』，從這點看，或許是與此相關的東西。」

王夢鷗《初唐詩學著述考》認爲：傳《魏文帝詩格》所列七項對例，均包括在《文鏡秘府論·論對屬》一文中，「蓋《筆札華梁》本有《論對屬》之一章，先總叙，後凡例（亦即「六對」「八對」）。（傳魏文帝）《詩格》既取總叙中之七項對例，而列爲第二，又將其言『六對』之例，次於『六志』之後」。《文鏡秘府論》北卷開頭至「未可以論文矣」這一段，即上官儀《論對屬》一文。「其中所言『對之類』，正爲（傳魏文帝）《詩格》七項對例所從出者。雖舉例略有出入，但《詩格》之編成在後，當以《秘府論》爲重要參考之用。又《論對屬》一文，自『時時散之』以下括符内文句（盛江案：即雙行小字注文），疑爲後人酌取原文而改寫者，故措辭異而語意多同」。

《譯注》：「出典未詳。『論對屬』是卷頭論文的篇題，同時也是北卷的總題。關於對偶的論述，已見於東卷的《二十九種對》，但那是關於各種對偶表現的論述，這裏則是關於對句的總論。與《二十九種對》相通之處甚多，可能和《文筆式》、《筆札華梁》一樣同是初唐時的理論。」

盛江案：《譯注》説是，「論對屬」既爲北卷之大題，又爲首篇文字之小題，與南卷一樣，空海蓋以首篇之小題作該卷之大題。《論對屬》所論仍爲基本之對屬，未論及更爲繁複之對屬形式，故當出於初唐。《論對屬》第一段所論各種對，與東卷「第一的名對」引《文筆式》對屬類型相合。來去、明暗、清濁、進退等對屬，《論對屬》第一段稱之爲「反對」，與東卷「第一的名對」引《筆札華梁》稱爲「正對」或稱「正名對」不合，而與《文筆式》可以相合（《文筆式》「的名對」本包含「反對」）。《論對屬》第一段以「重言」與雙聲、疊韻並列作爲一種對屬形式，而東卷《二十九種對》中，《筆札華梁》以重字屬聯綿對，並未將其與雙聲、疊韻並列作爲一種對屬形式。將重言與雙聲、疊韻並列，屬《文筆式》有「賦體對」。與《筆札華梁》不合而與《文筆式》合。《論對屬》第一段不當出《筆札華梁》，而當出《文筆式》。然《論對屬》第二段起之正文多駢儷體，多「將×偶×，持×擬×」句式，與東卷《二十九種對》引《筆札華梁》駢偶文采及「持×偶×，用

×四×」之句式類似，而與《文筆式》質木少文之散文句式有異。故其正文當出《筆札華梁》。然其注文不似作者自注，文風全然質木無文，常用「上……，下……」之類單調句式，與東卷《二十九種對》引《文筆式》相似。故疑《論對屬》正文原出《筆札華梁》而爲《文筆式》全部收入，並補充第一段，加以修改及注釋，遂成今日所見《論對屬》之面貌。

② 「凡爲」四句：《文心雕龍·麗辭》：「造化賦形，支體必雙，神理爲用，事不孤立。夫心生文辭，運裁百慮，高下相須，自然成對。」可與參看。

③ 名爲反對者：《文心雕龍·麗辭》：「故麗辭之體，凡有四對。言對爲易，事對爲難，反對爲優，正對爲劣。言對者，雙比空辭者也。事對者，並舉人驗者也。反對者，理殊趣合者也。正對者，事異義同者也。長卿《上林賦》云：『修容乎禮園，翱翔乎書圃。』此言對之類也。宋玉《神女賦》云：『毛嫱鄣袂，不足程式。西施掩面，比之無色。』此事對之類也。仲宣《登樓》云：『鍾儀幽而楚奏，莊舄顯而越吟。』此反對之類也。孟陽《七哀》云：『漢祖想枌榆，光武思白水。』此正對之類也。凡偶辭胸臆，言對所以爲易也。徵人之學，事對所以爲難也。幽顯同志，反對所以爲優也。並貴同心，正對所以爲劣也。又以事對，各有反正，指類而求，萬條自昭然矣。」可與參看。

④ 「一二三四」十八句：傳《魏文帝詩格》：「對例。一二三四，數之對。東西南北，方之對。韓魏燕趙，國之對。王侯公卿，勢之對。陳張衛霍，姓之對。信布良平，名之對。長卿孟德，字之對。金木水火，物之對。」

⑤偶語：《史記·高祖本紀》：「父老苦秦苛法久矣，誹謗者族，偶語者棄市。」重言：《列子·説符》：「吾知之矣，子勿重言。」另參東卷《二十九種對》「第七賦體對」。

⑥雙聲疊韻：參本書東卷《二十九種對》「第七賦體對」、「第八雙聲對」、「第九疊韻對」。

在於文筆〔一〕，變化無恒。或上下相承，據文便合，若云：「圓清著象〔二〕，方濁成形〔三〕①。」「七曜上臨〔四〕，五岳下鎮②。」方、圓，清、濁，象、形，七、五，上、下，是其對。或前後懸絶，隔句始應，若云：「軒轅握圖，丹鳳巢閣；唐堯秉曆〔五〕，玄龜躍淵③。」軒轅、唐堯，握圖、秉曆，丹鳳、玄龜，巢閣、躍淵，是也〔六〕。或反義並陳，異體而屬，若云：「乾坤位定〔七〕，君臣道生。」「或質或文，且昇且降④。」乾坤、君臣、質文、昇降，並反義，而同句陳之〔八〕。乾坤與君臣對，質文與昇降對，是異體屬也。或同類連用，別事方成，若云：「芝英蓂莢，吐秀階庭；紫玉黄銀，揚光巖谷⑤。」芝英蓂莢與紫玉黄銀，階庭與巖谷，各同類連對〔九〕，而別事相成。此是四途〔一〇〕，偶對之常也。比事屬辭〔一一〕⑥，不可違異。故言於上，必會於下，居於後，須應於前，使句字恰同，事義殷合，若上有四言，下還須四言；上有五字，下還須五字。上句第一字用青，下句第一字即用白、黑、朱、黄等字〔一二〕。上句第三字用風，下句第三字即用雲、煙、氣、露等。上有雙聲疊韻，下還即須用對之。猶夫影響之相逐〔一三〕⑦，輔車之相須也〔一四〕⑧。若其上昇下降，若云：「寒雲山際起〔一五〕，悲風動林外⑨。」山際在上句第三、第四言，是昇，林外在下句第四、第五字，是降。前複後單，若云：「日月揚光，慶雲爛色⑩。」日月兩事，是複。慶雲一物，是單。語既非倫，事便不可。然文無定勢〔一六〕⑪，體有變通⑫，若又專對不迻，便復大成拘執。可於義之際會，時時散之。

【校記】

〔一〕「筆」上六寺、仁乙本有「章」字。

〔二〕「圓清著象」，三寶、天海本左旁注「天也」，六寺本旁注「天」。

〔三〕「方濁成形」，三寶、天海本左旁注「地也」，六寺本旁注「地」。

〔四〕「曜」，原作「耀」，據松本、江户刊本、維寶箋本改。開頭「論對屬」至「方濁成形七」二百十四字，高乙本無。

〔五〕「秉」，三寶本旁注「承草」。「曆」，原作「歷」，三寶、高乙、六寺、義演本同，據江户刊本、維寶箋本改。

〔六〕「也」，原無，三寶本同，據六寺、江户刊本、維寶箋本補。

〔七〕「乾」，原作「乹」，高甲、六寺、義演、仁乙本同，據三寶、松本、江户刊本、維寶箋本改。下同。

〔八〕「之」，六寺本無。

〔九〕「各」，原無，三寶本同，三寶本左旁注「各草」，據高甲、六寺、江户刊本、維寶箋本補。

〔一〇〕「此」，三寶、高乙本作「比」。

〔一一〕「比」，原作「此」，據三寶、六寺等本改。

〔一二〕「即」，原在「用青」之上，各本同，從《校注》改。「白黑」，三寶本無，眉注「白黑」。

〔一三〕「逐」，松本、江户刊本、維寶箋本作「遂」。

〔一四〕「之」，義演本無。

〔一五〕「雲」，高甲本作「雪」。

〔一六〕「然文無定勢」至《帝德録》「叙功業」之「功業施於四海」三千七百八十七字，新町本無。

【考釋】

①「圓清」二句：出典未詳。《譯注》：「此對相當於東卷《二十九種對》的的名對。」《淮南子·天文訓》：「清陽者薄靡而爲天，重濁者凝滯而爲地。……天道曰圓，地道曰方。」《吕氏春秋·圜道》：「天道圜，地道方。」

②「七曜」二句：出典未詳。七曜：日月和金木水火土五星。晉范甯《春秋穀梁傳集解序》：「陰陽爲之愆度，七曜爲之盈縮。」楊士勛疏：「日月五星皆照天下，故謂之七曜。」（《春秋穀梁傳注疏》）五岳：《周禮·春官·大宗伯》：「以血祭社稷、五祀、五岳。」鄭玄注：「五岳，東曰岱宗，南曰衡山，西曰華山，北曰恒山，中曰嵩高山。」北周庾信《終南山義谷銘》：「寥廓上浮，崢嶸下鎮。」（《庾子山集注》卷一二）

③「軒轅」四句：出典未詳。《譯注》：「此對相當於隔句對。」丹鳳巢閣：《尚書中候》：「黄帝時，天氣休通，五行期化，鳳皇巢阿閣讙樹。」又：「黄帝軒提象，鳳皇巢阿閣。」（《太平御覽》卷九一五）唐堯秉曆，玄龜躍淵：《書·堯典》：「乃命羲和，欽若昊天，曆象日月星辰，敬授人時。」北周庾信《齊王憲碑》：「光宅受圖，欽明秉曆。」（《庾子山集注》卷一三）《尚書中候》：「堯沉璧於雒，玄龜負書出，背甲赤文成

字，止壇場。」（《藝文類聚》卷九九）《春秋運斗樞》：「玉衡星得，百獸率舞，靈龜躍。」（同上）《龍魚河圖》：「堯時與群臣賢智到翠嬀之川，大龜負圖來投堯，堯勑臣下寫取，告瑞應，寫畢，龜還水中。」（同上）

④「乾坤」四句：出典未詳。《譯注》：「此對相當於互成對。」《易·繫辭上》：「天尊地卑，乾坤定矣。卑高以陳，貴賤位矣。」《論語·雍也》：「子曰：『質勝文則野，文勝質則史。文質彬彬，然後君子。』」

⑤「芝英」四句：出典未詳。《譯注》：「此對也相當於互成對的一種。」《瑞應圖》：「芝英者，王者親延耆養老，有道則生。」（《藝文類聚》卷九八）《東觀漢記》：「光和四年，郡國上芝英。」（同上）《竹書紀年》卷上：「有草夾階而生，月朔始生一莢，月半而生十五莢，十六日以後，日落一莢，及晦而盡，月小，則一莢焦而不落，名曰蓂莢，一曰曆莢。」《抱朴子·對俗》：「唐堯觀蓂莢以知月。」紫玉黄銀，揚光巖谷：《禮斗威儀》：「君乘金而王，則黄銀見。」「君乘金而王，則紫玉見於深山。」（《古微書》）《文心雕龍·正緯》：「白魚赤烏之符，黄銀紫玉之瑞。」《宋書·祥瑞志》：「黄銀紫玉，王者不藏金玉，則黄銀紫玉光見深山。」

⑥比事屬辭：《禮記·經解》：「屬辭比事，《春秋》教也。」鄭玄注：「屬，猶合也，《春秋》多記諸侯朝聘會同，有相接之辭，罪辯之事。」孔穎達正義：「《春秋》聚合會同之辭，是屬辭，比次褒貶之事，是比事也。」此指排比事類，寫作詩文。《文心雕龍·章表》：「其《三讓公封》，理周辭要，引義比事，必得其偶。」梁鍾嶸《詩品序》：「夫屬詞比事，乃爲通談。」梁蕭子顯《南齊書·文學傳論》：「次則緝事比類，非對不發。」

⑦影響：《書·大禹謨》：「惠迪吉，從逆凶，惟影響。」孔傳：「吉凶之報，若影之隨形，響之應聲，言

不虛。」

⑧ 輔車之相須：《左傳》僖公五年：「諺所謂『輔車相依，脣亡齒寒』者，其虞、虢之謂也。」杜預注：「輔，頰輔。車，牙車。」

⑨ 「寒雲」二句：出典未詳。《眼心抄》作「二十五昇降體」。

⑩ 「日月」二句：出典未詳。《淮南子·本經訓》：「日月淑清而揚光。」高誘注：「光，明也。」慶雲：喜慶吉祥之氣。《列子·湯問》：「慶雲浮，甘露降。」亦作「卿雲」。《竹書紀年》卷上：「十四年，卿雲見，命禹代虞事。」《史記·天官書》：「若煙非煙，若雲非雲，郁郁紛紛，蕭索輪囷，是謂卿雲。」《眼心抄》作「二十六單複體」。

《研究篇》下：「a上下相承，據文便合（的名對），b前後懸絶，隔句始應（隔句對），c反義並陳，異體而屬（互成對），d或同類連用，別事方成（互成對）。……c是異類的互成對，d是的名的異類對……所謂上昇下降，是指成爲對偶的『山際』和『林外』，各自在上句的第三四字和下句第四五字，位置有高有低。所謂前複後單，意思是上句的『日月』是日和月的複語，下句的『慶雲』則是歡慶之雲的單辭。這兩種對偶都是對『同位』這一對偶基本條件的否定，大概因爲各説中没有與此相當的名目，其趣旨祇是把它看作臨機應變的措置，難以看作是常型。這如果是皎然説，就會作爲交絡對而提出一個對目。《文筆式》對屬論包含着這樣的發展方向，即如同在意對中看到的淡化『同範疇』的表現，以及像上昇下降和前複後單等那樣打破『同位』的觀念。『同範疇』和『同位』的否定，祇能是對對偶自身的否定。在否定對偶自身的過程中尋求對偶的深化，這種態度，我想是《文筆式》對屬論思想最重要的一點。」

松浦友久《的名對與總不對對》：「據小西説，c是異類的互成對，d是的名異類對，但是如《二十九種對》『第六異類對』『天—山』『鳥—花』『風—樹』等一樣，這是『有類緣性但比類相異』之對。這一點，和『第一的名對』相比，具有同傾向但更緩和的性格。與此相比，《論對屬》中的『反義並陳，異體而屬』的互成對語例，是『乾—坤』『君—臣』『質—文』『昇—降』等，就是説，這是反義關係的的名之語，而不是異類之語。還有，d『同類連用，別事方成』型的『互成』的對語例，『芝英—蓂莢』『紫玉—黄銀』『階—庭』『巖—谷』等，就是説，這是同類關係的的名之語，没有包含『反義』關係的『的名』之語。」因此，c是「反義的的名的互成對」，d是「同類的的名的互成對」。

⑪ 定勢：《文心雕龍・定勢》：「夫情致異區，文變殊術，莫不因情立體，即體成勢也。勢者，乘利而爲制也。」

⑫ 變通：《易・繫辭上》：「一闔一闢謂之變，往來不窮謂之通。」《文心雕龍・通變》：「凡詩賦書記，名理相因，此有常之體也；文辭氣力，通變則久，此無方之數也。名理有常，體必資於故實；通變無方，數必酌於新聲。」

夫對屬者，皆並見以致辭。謂並見事類以成辭。假令云：「便娟翠竹〔一〕，聲韻金風。的歷紅荷，光垂玉露〔二〕①。」翠竹與紅荷〔三〕，金風與玉露，是異事並見也。凡爲對者，無不悉然也。

不對者，必相因成義。謂下句必因上句〔四〕，止憑一事以成義也。假令叙家世云：「自兹以降，世有異人②。」叙先代云：「布在方策③，可得言焉。」叙任官云：「我之居此，物無異議。」叙能官云：「望之於君，固有慚色。」叙瑞物云：「委之三府〔五〕④，不可勝記。」叙帝德云：「魏魏蕩蕩⑤，難得名焉。」皆下句接上句以成義也。何則？偶辭在於參事⑥，凡爲對屬，皆偶其辭，事若不雙〔六〕，辭便有闕，故須參用，始得成之也〔七〕。孤義不可別言故也。若不取對，即須就一義相因以置言，故不可用別也。

在於文章，皆須對屬〔八〕。其不對者，止得一處二處有之。若以不對爲常，則非復文章。若常不對，則與俗之言無異。就如對屬之間〔九〕，甚須消息⑦。遠近比次〔一〇〕⑧，若叙瑞云：「軒轅之世，鳳鳴阮隃〔一一〕；漢武之時，麟遊雍畤〔一二〕⑨。」持軒轅對漢武〔一三〕，世懸隔也。大小必均〔一四〕，若叙物云：「鮒離東海，得水而游〔一五〕；鵬翥南溟，因風而舉⑩。」將鮒擬鵬，狀殊絶也。美醜當分，若叙婦人云：「等毛嫱之美容，類嫫母之至行⑪。」毛嫱、嫫母，貌相妨也。强弱須異，若叙平賊云：「摧鯨鯢如折朽，除螻蟻若拾遺⑫。」鯨鯢、螻蟻，力全校也⑬。苟失其類〔一六〕，文即不安⑭。以意推之，皆可知也。而有以日對景，將風偶吹，持素擬白，取鳥合禽，雖復異名，終是同體。若斯之輩〔一七〕，特須避之。故援筆措辭〔一八〕，必先知對，比物各從其類，擬人必於其倫⑮。此之不明，未可以論文矣。

【校記】

〔一〕「便」，三寳、六寺、松本、江户刊本、維寳箋本作「娙」，原眉注「娙」，祖風會本注：「『娙』恐『嬋』歟？」《考文篇》作「娙」，謂：「『娙』爲『嫂』之俗字，用作『㛹』，《類聚名義抄》有『妍㛹』。」《校勘記》：「娙」爲『㛹』之訛，『便』、『㛹』相通，《集韻》：『㛹娟，美麗貌。』」

〔二〕「垂」，義演本作「流」。「垂」下原衍一「流」字，高乙本同，據三寳、六寺等本删。

〔三〕「紅」，六寺、義演、仁乙本作「江」。

〔四〕上文「重言雙聲」至此處「謂下句必因上」四百二十五字，醍丙本無。

〔五〕「三府」，《校勘記》：「『三府』爲『王府』之訛。」

〔六〕「雙」，《校注》作「變」。

〔七〕「成」下原有一「孤」字，各本同。周校：「『孤』字似涉下文而衍。」維寳箋：「『孤』之上，恐脱一『勿』字，應作『勿孤之也』。」今從周校本删。

〔八〕「須」，三寳本作「酒」，脚注「須亻」。

〔九〕「之」下義演本衍「世鳳鳴」三字。

〔一〇〕「比」，原作「此」，高乙本同，據三寳、六寺等本改。

〔一一〕「鳳」，醍丙、仁乙本作「風」。「阮」，原作「院」，三寳、高甲、高乙、六寺、義演、松本、江户刊本、維寳箋本同，三寳、六寺、江户刊本、維寳箋本注「阮亻」，據醍丙、仁乙本改。「阮」下原有「除」字又抹消掉，原脚注「院胡官反堅也垣也又作誤又王眷反」、「喻玉云式注式朱二反北陵雁門山」。《考文篇》：「宫内府本此注疑據宋本《玉篇》，若然，則此注可追溯到後一條天皇的御代。」

〔一二〕「時」，松本、江户刊本、維寶箋本作「時」。維寶箋：「雍時，恐『應時』歟。」

〔一三〕「持」，松本、江户刊本、維寶箋本作「特」，江户刊本、維寶箋本右旁注「持イ」，維寶箋加地哲定注：「當作『將』。」

〔一四〕「均」，松本、江户刊本、維寶箋本作「拘」。

〔一五〕「而」，松本、江户刊本、維寶箋本無。

〔一六〕「失」，原作「朱」，三寶、高乙本同，原右旁注「失」，三寶本眉注「失イ」，據高甲、六寺等本改。

〔一七〕「輩」上高乙本有「事」字。

〔一八〕「措」，松本、江户刊本、維寶箋本作「指」。

【考釋】

①「便娟」四句：出典未詳。便娟：多用於形容竹之苗條多姿貌。漢東方朔《七諫》：「便娟之脩竹兮，寄生乎江潭。」（《楚辭補注》）亦作「嬈娟」。南齊謝朓《秋竹曲》：「嬈娟綺窗北，結根未參差。」（《謝宣城集校注》卷二）的歷：光亮鮮明貌。唐王勃《越州秋日宴山亭序》：「的歷秋荷，月照芙蓉之水。」（《全唐文》卷一八一）

②「自茲」二句：出典未詳。以下例句出典均未詳。

③布在方策：《禮記·中庸》：「文、武之政，布在方策。」孔穎達正義：「布列在於方牘簡策。」

④三府：漢制，三公可開府，故稱三公爲三府。《潛夫論·班禄》：「三府制法，未聞赦彼有罪，獄貨

唯實者也。」《後漢書·承宮傳》：「三府更辟，皆不應。」李賢注：「三府謂太尉、司徒、司空府。」

⑤魏魏蕩蕩：魏魏：即巍巍，崇高貌。蕩蕩：廣大貌。《論語·泰伯》：「子曰：『大哉堯之爲君也！巍巍乎，唯天爲大，唯堯則之。蕩蕩乎，民無能名焉。巍巍乎其有成功也，焕乎其有文章。』」

⑥參事：本書南卷《論體》：「參會事情，推校聲律。」

⑦消息：斟酌。《隋書·禮儀志》：「今之玉輅，參用舊典，消息取捨，裁其折中。」

⑧比次：排比。《禮記·經解》「屬辭比事」孔穎達正義：「比次褒貶之事，是比事也。」又，《漢書·任敖傳》：「比定律令。」顔師古注引如淳曰：「比音比次之比，謂五音清濁，各有所比，不相錯入。」

⑨「軒轅」四句：出典未詳。鳳鳴：《吕氏春秋·古樂》：「昔黄帝令伶倫作爲律。伶倫自大夏之西，乃之阮隃之陰，取竹於嶰谿之谷，以生空竅厚鈞者，斷兩節間，其長三寸九分，而吹之，以爲黄鐘之宫，吹曰舍少。次製十二筒，以之阮隃之下，聽鳳皇之鳴，以别十二律。」高誘注：「阮隃，山名。《漢書·律志》作『崑崙』。」雍畤：《漢書·終軍傳》：「從上幸雍祠五畤，獲白麟，一角而五蹄。」畤：古時帝王祭祀天地五帝的場所。《漢書·郊祀志》：「自古以雍州積高，神明之隩，故立畤郊上帝，諸神祠皆聚云。」

⑩「鮒離」四句：出典未詳。《莊子·外物》：「周昨來，有中道而呼者，周視車轍中，有鮒魚焉。周問之曰：『鮒魚來，子何爲者耶？』對曰：『我東海之波臣也，君豈有斗升之水而活我哉？』」《莊子·逍遥

遊》：「北冥有魚，其名爲鯤。鯤之大，不知其幾千里也。化而爲鳥，其名爲鵬。……《諧》之言曰：『鵬之徙於南冥也，水擊三千里，摶扶摇而上者九萬里，去以六月息者也。』」

⑪「等毛」二句：出典未詳。《莊子・齊物論》：「毛嬙、麗姬，人之所美也。」成玄英疏：「毛嬙，越王嬖妾。麗姬，晉國之寵嬪。此二人者，姝妍冠世。」《荀子・賦》：「嫫母、力父，是之喜也。」楊倞注：「嫫母，醜女，黄帝時人。」《吕氏春秋・遇合》：「嫫母執乎黄帝，黄帝曰：『厲女德而弗忘，與女正而弗衰，雖惡奚傷。』」高誘注：「敕厲女以婦德而不忘失，付與女以内正不衰疏，故曰雖醜何傷。」

⑫「摧鯨」二句：出典未詳。《左傳》宣公十二年：「古者，明王伐不敬，取其鯨鯢而封之，以爲大戮。」杜預注：「鯨鯢，大魚名，以喻不義之人吞食小國。」《晉書・愍帝紀》：「掃除鯨鯢，奉迎梓宫。」折朽：《漢書・異姓諸侯王表序》：「鐫金石者難爲功，摧枯朽者易爲力，其勢然也。」

⑬校：差，相差。《西京雜記》卷四：「其妻曰：『見真（盛江案：指皇甫嵩真）算時，長下一算，欲以告之，慮脱有旨，故不敢言，今果校一日。』」

⑭「苟失」二句：《文心雕龍・麗辭》：「是以言對爲美，貴在精巧。事對所先，務在允當。若兩事相配，而優劣不均，是驥在左驂，駑爲右服也。若夫事或孤立，莫與相偶，是夔之一足趻踔而行也。若氣無奇類，文乏異采，碌碌麗辭，則昏睡耳目。必使理圓事密，聯璧其章。迭用奇偶，節以雜佩，乃其貴耳。類此而思，理自見也。」可與此參看。

⑮「比物」二句：比物：《禮記・學記》：「古之學者，比物醜類。」鄭玄注：「以事相况而爲之。」孔穎

達正義：「物，事也，言古之學者比方其事以醜類，謂以同類之事相比方，則事學乃易成。」擬人必於其倫：《禮記·曲禮下》：「儗人必於其倫。」孔穎達正義：「儗，比也。倫，匹類也。凡欲比方於人，當以其類相並，不得以貴比賤，則爲不敬也。」

句端①

屬事比辭〔一〕，皆有次第，每事至科分之別〔二〕②，必立言以間之〔三〕，然後義勢可得相承〔四〕，文體因而倫貫也③。新進之徒，或有未悟，聊復商略〔五〕④，以類別之云爾〔六〕。

觀夫⑤，惟夫⑥，原夫〔七〕⑦，若夫⑧，竊以〔八〕⑨，竊聞⑩，聞夫，惟昔⑪，昔者⑫，蓋夫，自昔⑬，惟〔九〕⑭。

右並發端置辭泛叙事物也。謂若陳造化物象、上古風跡及開廓大綱、叙況事理〔一〇〕⑮，隨所作狀，量取用之〔一一〕。大凡觀夫、惟夫、原夫〔一二〕、若夫、蓋聞〔一三〕⑯、聞夫、竊惟等語〔一四〕⑰，可施於大文〔一五〕，餘則通用。其表、啓等，亦宜以「臣聞」及稱名爲首〔一六〕⑱，各見本法〔一七〕。

【校記】

〔一〕「比」，三寶本作「此」。

〔二〕「科」，原作「秤」，高甲、高乙本同，據三寶、六寺本改。

〔三〕「之」，《文筆要決》五島慶太氏藏本無。下同。

〔四〕「勢」，《文筆要決》無。

〔五〕「商」，《文筆要決》作「尚」。

〔六〕「句端屬事比辭」至此「以類别之云爾」，印融《文筆問答抄》（日本延寶九年刊本）無。下同。

〔七〕「原」，六寺、醍丙、仁乙本作「厚」。

〔八〕「竊以」，原無，三寶、高甲、高乙、義演本同，三寶本眉注「竊以」，據六寺、江户刊本、維寶箋本補。「以」，《文筆要決》作「惟」。

〔九〕以上文字《文筆問答抄》「惟夫」、「若夫」無，「竊聞聞夫」作「蓋聞」，「昔者蓋夫」無，「自昔惟」之「惟」字無。

〔一〇〕「謂若陳造化」至後「以明其理」，《文筆要決》作雙行小字注。「況」，《文筆問答抄》作「準」。「事」，《眼心抄》、義演本無。

〔一一〕「取」，原作「取々」，《眼心抄》、三寶、高甲、高乙、義演本同，據六寺、醍丙、仁乙、江户刊本、維寶箋本改。

〔一二〕「觀夫惟夫原夫」，《文筆問答抄》無。「原」，六寺、醍丙、仁乙本作「厚」。

〔一三〕「蓋聞」，《文筆要決》作「竊聞」。

〔一四〕以上文字《文筆問答抄》「若夫蓋聞」作「夫以道聞」，「聞夫」無，「竊惟」作「竊以」。

〔一五〕「於」，《文筆要決》作「之」。

〔一六〕「宜」，六寺本作「直」，眉注「宜イ」。「及」，《眼心抄》作「乃」。

〔一七〕「各見本法」，《文筆問答抄》無。「各」，松本、江户刊本、維寶箋本無。

【考釋】

①「句端」至後「自可致如此」，引自杜正倫《文筆要決》，日本室町時代印融編撰之《文筆問答抄》（有日本延寶九年〔一六八一〕刊本）亦有大量引用。《文筆要決》中國早佚，歷代書志亦未見著録。《日本國見在書目》：「《文筆要決》一卷，杜正倫撰。」日本現有五島慶太氏藏平安末期鈔本，書題下署「撰者杜正倫」，然亦非完本。昭和十八年，由收藏者五島慶太氏用與原本相同之卷子本形式，與《賦譜》一卷相合影印公開刊行。杜正倫（生卒年不詳），相州洹水（今河北魏縣）人，隋唐際文人，《舊唐書》卷七〇、《新唐書》卷一〇六有傳。

《周禮・春官・大司樂》「以樂語教國子興道諷誦言語」鄭玄注：「發端曰言，答述曰語。」

三迫初男《文鏡秘府論的句端説》：「從《文筆要決》書名所得到的暗示，這是與詩賦及四六文有關的句端，可見含有六朝的特質。賦及駢文特别重視對偶法，《秘府論》中，東卷幾乎全部是關於二十九種對的説明，北卷也有《論對屬》一項，對偶法之應用是中國文章最大的特點。但是，不可能靠單對及隔句對組織成全篇文章，大概要把適當的對句插入文中，必須利用連語。這使文章更有變化，更生動有趣，並使理論明確淺易，『句端』語實際上也負有這樣的任務。因此，《秘府論》在《論對屬》後放置《句端》一項。」

② 科分：本書南卷《定位》：「雖主一事爲文，皆須次第陳叙，就理分配，義别成科，其若夫、至如、於是、所以等，皆是科之際會也。」

③倫貫：北魏韓子熙《清河公臣爲君母服議》：「且從服之體，自有倫貫。」（《魏書・禮志》）

④商略：晉范寧《春秋穀梁傳集解序》：「於是乃商略名例，敷陳疑滯，博示諸儒同異之説。」（《春秋穀梁傳注疏》）梁慧皎《高僧傳・鳩摩羅什傳》：「什每爲叡論西方辭體，商略同異。」又指評論。《世説新語・品藻》：「劉丹陽、王長史在瓦官寺集，桓護軍亦在坐，共商略西朝及江左人物。」

⑤觀夫：《譯注》引晉潘岳《西征賦》：「觀夫漢高之興也，非徒聰明神武，豁達大度而已也。」（《文選》卷一〇）

⑥惟夫：《楚辭・離騷》：「惟夫黨人之偷樂兮。」

⑦原夫：梁任昉《爲范始興作求立太宰碑表》：「原夫存樹風猷，没著徽烈，既絶故老之口，必資不刊之書。」（《文選》卷三八）

⑧若夫：《莊子・逍遥遊》：「若夫乘天地之正，而御六氣之辯，以遊無窮者，彼且惡乎待哉！」

⑨竊以：《譯注》引漢禰衡《鸚鵡賦》：「竊以此鳥自遠而至，明慧聰善，羽族之可貴。」（《文選》卷一三）

⑩竊聞：《三國志・魏書・孫禮傳》：「竊聞衆口鑠金，浮石沈木。」

⑪惟昔：《譯注》引晉劉琨《扶風歌》：「惟昔李騫期，寄在匈奴庭。」（《文選》卷二八）

⑫昔者：《孟子・萬章上》：「昔者有饋生魚於鄭子産，子産使校人畜之池。」

⑬自昔：《譯注》引梁劉峻《廣絶交論》：「自昔把臂之英，金蘭之友，曾無羊舌下泣之仁。」（《文選》卷五五）

⑭惟：梁任昉《奉答敕示七夕詩啓》：「惟君知臣，見於納言之旨。」（《文選》卷三九）《文心雕龍・章句》：「至於夫、惟、蓋、故者，發端之首唱。之、而、於、以者，乃劄句之舊體。乎、哉、矣、也，亦送末之常科。」《儀禮・士冠禮》疏：「伊惟也者，助語辭，非爲義也。」可與參看。

⑮開廓：《白虎通・崩薨》：「椁之爲言廓，所以開廓辟士，無令迫棺也。」

⑯蓋聞：晉羊祜《讓開府表》：「蓋聞古人申於見知，大臣之節，不可則止。」（《文選》卷三七）

⑰竊惟：梁任昉《奉答敕示七夕詩啓》：「竊惟帝跡多緒，俯同不一。」（《文選》卷三九）

⑱臣聞：秦李斯《上書秦始皇》：「臣聞吏議逐客，竊以爲過矣。」（《文選》卷三九）

至如①，至乃②，至其③，於是④，及有〔一〕⑤，是則⑥，斯則⑦，此乃〔二〕⑧，誠乃⑨。

右並承上事勢申明其理也〔三〕。謂上已叙事狀〔四〕，次復申重論之〔五〕，以明其理。

洎於〔六〕⑩，逮於⑪，至於⑫，及於〔七〕，既而⑬，亦既⑭，俄而⑮，洎⑯，逮〔八〕⑰，及⑱，自⑲，屬〔九〕⑳。

右並因事變易多限之異也。謂若述世道革易〔一〇〕㉑，人事推移〔一一〕㉒，用之而爲異也〔一二〕。

【校記】

〔一〕「及有」，《文筆要決》無。

〔二〕「斯則此乃」，《文筆問答抄》無。

〔三〕「申」，原無，據三寶、高甲、高乙本補。

〔四〕「狀」，《文筆問答抄》作「情」。「謂上已叙事狀」以下至「以明其理」，《文筆要決》作雙行小字注。

〔五〕「次」，《文筆要決》作「以」。「申」，原無，三寶本同，三寶本注「申」，據高甲、高乙、六寺等本補。「重」，高乙本、《文筆問答抄》無。

〔六〕「洎」，《文筆要決》、《文筆問答抄》作「泊」，醍丙本作「頃」，旁注「洎」。

〔七〕「及於」，《文筆問答抄》無。

〔八〕「亦既俄而洎逮」，《文筆問答抄》無。「洎逮」，《文筆要決》作「逮洎」。

〔九〕「自屬」下《文筆問答抄》有「乃於」二字。「自屬」之「自」疑爲「洎」之訛，「及洎屬」即「及洎之屬」之意。

〔一〇〕「謂若」至「爲異」，《文筆要決》作雙行小字注。

〔一一〕「推」，《文筆要決》作「惟」。

〔一二〕「爲異也」，《眼心抄》無。「而」，《文筆問答抄》無。「也」，《文筆要決》無。

【考釋】

① 至如：南齊王融《三月三日曲水詩序》：「至如夏后兩龍，載驅璇臺之上。」（《文選》卷四六）

② 至乃：梁任昉《爲蕭揚州薦士表》：「既筆耕爲養，亦傭書成學，至乃集螢映雪，編蒲緝柳。」（《文選》卷三八）

③至其：漢鄒陽《上書吴王》：「秦倚曲臺之宫，懸衡天下，畫地而人不犯，兵加胡越，至其晚節末路，張耳陳勝，連從兵之據，以叩函谷，咸陽遂危。」（《文選》卷三九）

④於是：《史記·項羽本紀》：「廣陵人召平於是爲陳王徇廣陵，未能下。」

⑤及有：《譯注》引《抱朴子·對俗》：「前哲所記，近將千人，皆有姓字，及有施爲本末，非虚言也。」

⑥是則：《晏子春秋·雜下》：「今子衣緇布之衣，麋鹿之裘，棧軫之車，而駕駑馬以朝，是則隱君之賜也。」

⑦斯則：《譯注》引梁劉峻《廣絶交論》：「同病相憐，綴河上之悲曲，恐懼寘懷，昭谷風之盛典，斯則斷金由於湫隘，刎頸起於苫蓋。」（《文選》卷五五）

⑧此乃：《譯注》引漢陳琳《荅東阿王牋》：「此乃天然異稟，非鑽仰者庶幾也。」（《文選》卷四〇）

⑨誠乃：漢陳琳《檄吴將校部曲文》：「誠乃天啓其心，計深慮遠，審邪正之津，明可否之分。」（《文選》卷四四）

⑩洎於：《譯注》引《顔氏家訓·勉學》：「洎於梁世，兹風復闡。」

⑪逮於：《文心雕龍·樂府》：「逮於晉世，則傅玄曉音，創定雅歌，以詠祖宗。」

⑫至於：南齊王融《永明十一年策秀才文》：「至於思政明臺，訪道宣室，若墜之惻每勤，如傷之念恒軫。」（《文選》卷三六）

⑬既而：梁任昉《宣德皇后令》：「既而鞠旅誓衆，言謀王室。白羽一麾，黄鳥底定。」（《文選》卷三六）

⑭亦既：《譯注》引劉宋顔延之《陶徵士誄》：「賦詩歸來，高蹈獨善，亦既超曠，無適非心。」（《文選》卷五七）

⑮俄而：《荀子・儒效》：「鄉也，胥靡之人，俄而治天下之大器舉在此，豈不貧而富矣哉！」

⑯洎：《宋書・後廢帝紀》：「洎金行委御，禮樂南移，中州黎庶，襁負揚、越。」

⑰逮：晉皇甫謐《三都賦序》：「逮漢賈誼，頗節之以禮。」（《文選》卷四五）

⑱及：魏曹植《求通親親表》：「及周之文王，亦崇厥化。」（《文選》卷三七）

⑲自：南齊王融《永明十一年策秀才文》：「自晉氏不綱，關河蕩析。」（《文選》卷三六）

⑳屬：南齊謝朓《拜中軍記室辭隋王箋》：「屬天地休明，山川受納，褒采一介，抽揚小善。」（《文選》卷四〇）

㉑革易：《後漢書・荀彧傳》：「起發臣心，革易愚慮。」《周書・蘇綽傳》：「太祖方欲革易時政，務弘彊國富民之道，故綽得盡其智能，贊成其事。」

㉒推移：《楚辭・漁父》：「聖人不凝滯於物，而能與世推移。」《淮南子・脩務訓》：「儵忽變化，與物推移。」

【附録】

《般若心經秘鍵聞書》第一：《秘府論》云：至如，承上事勢，申明其理也。（《真言宗全書》卷三〇）

乃知①，方知②，方驗〔一〕，將知，固知〔二〕③，斯乃④，斯誠〔三〕，此固⑤，此實〔四〕⑥，誠知〔五〕⑦，是知⑧，何則⑨，所以〔六〕⑩，是故⑪，遂使⑫，遂令〔七〕⑬，故能⑭，故使〔八〕⑮，可謂〔九〕⑯。

右並取下言證成於上也〔一〇〕⑰。謂上所叙義〔一一〕，必待此後語〔一二〕，始得證成也〔一三〕。或多析名理⑱，或比況物類〔一四〕⑲，不可委説者〔一五〕。

況乃⑳，況則〔一六〕，矧夫㉑，矧唯〔一七〕㉒，何況㉓，豈若㉔，未若㉕，豈有㉖，豈至。

右並追叙上義不及於下也〔一八〕。謂若已叙功業事狀於上〔一九〕，以其輕小〔二〇〕，後更云「況乃」、「豈若」其事其狀云云也〔二一〕㉗。

【校記】

〔一〕「方驗」，《文筆問答抄》無。

〔二〕「固知」，《文筆問答抄》無。

〔三〕「斯誠」，三寶本右旁注「イ無」。

〔四〕「實」，《文筆要決》作「寶」。

〔五〕「此實誠知」，《文筆問答抄》無。

〔六〕「何則所以」，《文筆要決》作「何知所知」。「所」，原作「可」，《眼心抄》、三寶、高甲、高乙、義演本同。《考文篇》：「所」，宮内府本等作『可』，《眼心抄》亦然，長谷老師云：『所作可恐誤。』按：上云『何則』，下云『是故』，則作『所』爲順。蓋是草體之訛，今從醍醐寺本等。五島本作『所謂』，『謂』恐由音通之誤。」據六寺、醍丙本改。

〔七〕「遂令」，《文筆問答抄》無。「遂使遂令」，義演本作「逐使逐令」。

〔八〕「故使」，《文筆問答抄》無，醍丙本作「故」。「故使」下六寺本有「所謂」二字，《文筆要決》有「所知」二字。

〔九〕「可謂」，高甲、六寺、醍丙本作「所謂可謂」，松本、江户刊本、維寶箋本作「可謂所謂」，三寶本脚注「所謂」。

〔一〇〕「成」，《文筆問答抄》作「誠」。

〔一一〕「謂上所叙義」至「不可委説」，《文筆要決》作雙行小字注。

〔一二〕「必」，《文筆要決》作「女」。「此」，《文筆要決》無。

〔一三〕「證」，《文筆要決》、三寶本作「誠」，三寶本眉注「證」。「成」，《文筆問答抄》作「誠」。

〔一四〕「或」，《文筆問答抄》無。

〔一五〕「者」，《文筆要決》無。

〔一六〕「況則」，《文筆問答抄》、《文筆要決》無。

〔一七〕「矧唯」，《文筆問答抄》無，三寶本作「唯」，右旁注「矧」。

〔一八〕「叙」，原無，高甲、高乙本同，據三寶、六寺本補。

〔一九〕「謂若已」至「狀云」，《文筆要決》作雙行小字注。

〔二〇〕「小」，原作「少」，三寶、高甲、高乙、松本、江户刊本、維寶箋本同，據六寺本改。

〔二一〕「乃」，原作「及」，三寶、高甲、六寺、醍丙、仁乙、義演、江户刊本、維寶箋本及《文筆問答抄》同，據高乙本、《文筆要決》改。「云云也」，《文筆要決》作「云」，《文筆問答抄》作「云云」，六寺、醍丙本作「云也」。《考文篇》：「其狀云也，諸本俱重「云」字，《眼心抄》亦然，五島本作「云也」，今從三寶院本等。」盛江案：小西甚一説非是。

【考釋】

①乃知：梁任昉《爲齊明帝讓宣城郡公第一表》：「乃知君臣之道，綽有餘裕。」（《文選》卷三八）

②方知：《譯注》引《世説新語·紕漏》：「蔡司徒渡江，見彭蜞……既食，吐下委頓，方知非蟹。」

③固知：《孟子·梁惠王上》：「百姓皆以王爲愛也，臣固知王之不忍也。」

④斯乃：《譯注》引漢班固《東都賦》：「分州土，立市朝，作舟輿，造器械，斯乃軒轅氏之所以開帝功也。」（《文選》卷一）

⑤此固：《譯注》引《莊子·讓王》：「若王子搜者，可謂不以國傷生矣，此固越人之所欲得爲君也。」

⑥此實：《譯注》引漢李陵《答蘇武書》：「欲使遠聽之臣，望風馳命，此實難矣。」（《文選》卷四一）

⑦誠知：《戰國策·齊策一》：「臣誠知不如徐公美。」

⑧是知：梁任昉《啓蕭太傅固辭奪禮》：「是知孝治所被，爰至無心。」（《文選》卷三九）

⑨何則：漢鄒陽《上書吴王》：「何則，列郡不相親，萬室不相救也。」（《文選》卷三九）

⑩所以：《荀子·王制》：「修友敵之道以敬接諸侯，則諸侯説之矣。……所以説之者，以友敵也。」

⑪是故：晉桓温《薦譙元彦表》：「是故上代之君，莫不崇重斯軌。」（《文選》卷三八）

⑫遂使：《譯注》引劉宋范曄《後漢書二十八將傳論》：「自兹以降，訖于孝武，宰輔五世，莫非公侯，

遂使縉紳道塞，賢能蔽壅。」（《文選》卷五〇）

⑬ 遂令：任昉《奏彈曹景宗》：「遂令孤城窮守，力屈凶威。」（《文選》卷四〇）

⑭ 故能：《譯注》引李斯《上書秦始皇》：「是以泰山不讓土壤，故能成其大，河海不擇細流，故能就其深。」（《文選》卷三九）

⑮ 故使：梁任昉《奏彈曹景宗》：「故使狡虜憑陵，淹移歲月。」（《文選》卷四〇）

⑯ 可謂：魏曹植《求自試表》：「簡良授能，以方叔邵虎之臣，鎮衛四境，爲國爪牙者，可謂當矣。」（《文選》卷三七）

⑰ 右並取下言證成於上也：《譯注》：「這個説明不清楚，總之，是指隔開『乃知』以下的辭，構成前後句子相互原因和結果的關係。」盛江案：句意爲以下句證明上句之結果，而用「乃知」等相關聯，表明二者之因果關係。

⑱ 名理：《三國志·魏書·鍾會傳》：「及壯，有才數技藝，而博學精練名理。」

⑲ 比況：《漢書·刑法志》：「其後姦猾巧法，轉相比況，禁罔寖密。」

⑳ 況乃：梁任昉《王文憲集序》：「有一于此，蔚爲帝師。況乃淵角殊祥，山庭異表。」（《文選》卷四六）

㉑ 矧夫：北魏賈思勰《齊民要術序》：「惰者釜之，勤者鍾之，矧夫不爲，而尚乎食也哉？」

㉒ 矧唯：《書·酒誥》：「越獻臣百宗工，矧惟爾事，服休服采。」

㉓何況：《後漢書·楊終傳》：「昔殷民近遷洛邑，且猶怨望，何況去中土之肥饒，寄不毛之荒極乎？」

㉔豈若：《孟子·萬章上》：「我何以湯之聘幣爲哉？我豈若處畎畝之中，由是以樂堯舜之道哉！」漢阮瑀《爲曹公作書與孫權》：「孤與將軍，恩如骨肉，割授江南，不屬本州，豈若淮陰捐舊之恨。」（《文選》卷四二）

㉕未若：《戰國策·秦策二》：「今臣之賢不及曾子，而王之信臣又未若曾子之母也。」

㉖豈有：梁沈約《奏彈王源》：「豈有六卿之胄，納女於管庫之人。」（《文選》卷四〇）

㉗云云：《校注》引《漢書·汲黯傳》：「上曰：吾欲云云。」顔師古注：「云云，猶言如此如此也。」漢阮瑀《爲曹公作書與孫權》：「其言云云。」（《文選》卷四二）張銑注：「云云，謂辭多，略而不能載也。」

【附録】

《般若心經秘鍵聞書》第一：遂使：《秘府論》云：遂使，取下言證成於上也文。（《真言宗全書》卷三〇）

豈獨①，豈唯②，豈止〔一〕③，寧唯〔二〕④，寧獨，寧止，何獨⑤，何止〔三〕，豈直〔四〕⑥。

右並引取彼物爲此類〔五〕。謂若已叙此事〔六〕，又引彼與此相類者〔七〕，云「豈唯」彼如然也。

假令⑦，假使〔八〕⑧，假復，假有⑨，縱令⑩，縱使⑪，縱有〔九〕，就令⑫，就使〔一〇〕⑬，就如⑭，雖令〔一一〕⑮，雖使⑯，雖復〔一二〕⑰，設令⑱，設使〔一三〕⑲，設有⑳，設復，向使〔一四〕㉑。

右並大言彼事不越此也〔一五〕。謂若已叙前事〔一六〕，「假令」深遠高大則如此，此終不越〔一七〕。

【校記】

〔一〕「豈止」，《文筆問答抄》無。

〔二〕「寧唯」，《眼心抄》、三寶本、《文筆要決》無，三寶本眉注「寧唯」。

〔三〕「寧止何獨何止」，《文筆問答抄》無。

〔四〕「直」，原作「宜」，三寶、高乙本同，原注「直」，三寶本同，據高甲、六寺本改。

〔五〕「此」，醍丙本作「比」。「此類」下《文筆要決》有「也」字。

〔六〕「謂若已叙此事」至「唯彼如然也」，《文筆要決》作雙行小字注。「此」，原作「比」，各本同，從《文筆要決》作「此」。

〔七〕「此」，義演本無。

〔八〕「假使」，《文筆問答抄》無。

〔九〕「縱令縱使縱有」，《文筆問答抄》無。

〔一〇〕「就使」，《文筆問答抄》無。

〔一一〕「雖令」，《文筆要決》無，右旁注「雖令」。
〔一二〕「雖令雖使雖復」，《文筆問答抄》無。
〔一三〕「設」，三寶本無。「設使」，《眼心抄》無。
〔一四〕「向使」，原無，《眼心抄》、三寶、高乙、義演本同，據《文筆要決》、六寺、醍丙、江户刊本、維寶箋本等補。「設有設復向使」，《文筆問答抄》無。
〔一五〕「事」，《文筆要決》作「言」。「也」，三寶本作「已」，右旁注「也亻」。
〔一六〕「謂若已叙前事」至「此終不越」，《文筆要決》作雙行小字注。「已」，《文筆要決》無。
〔一七〕「越」，原作「遠」，三寶、高甲、高乙、醍丙、仁乙、六寺本同，三寶本眉注「越」，江户刊本、維寶箋本作「違」，下注「遠亻越亻」，據《眼心抄》、義演本、《文筆要決》、《文筆問答抄》改。盛江案：蓋草本作「越」（義演本作「越」可證），而修訂時因前有「深遠」而誤作「遠」。《校勘記》：「前有『大言彼事不越此也』，此處『遠』作『越』是。」

【考釋】

① 豈獨：《莊子·胠篋》：「然而田成之一旦殺君而盜其國，所盜者豈獨其國邪？並與其聖知之法而盜之。」
② 豈唯：《左傳》宣公二年：「君能有終，則社稷之固也，豈唯群臣賴之。」
③ 豈止：《宋書·謝莊傳》：「且漢文和親，豈止彭陽之寇。」
④ 寧唯：沈約《留真人東山還》：「霜雪方共下，寧唯止露衣。」（《文苑英華》卷一六〇）

⑤何獨：《孟子·告子上》：「故凡同類者，舉相似也，何獨至於人而疑之？」

⑥豈直：梁任昉《爲蕭揚州薦士表》：「豈直鼫鼠有必對之辯，竹書無落簡之謬。」（《文選》卷三八）

⑦假令：《史記·淮陰侯列傳》：「假令韓信學道謙讓，不伐己功，不矜其能，則庶幾哉。」

⑧假使：《史記·范睢蔡澤列傳》：「假使臣得同行於箕子，可以有補於所賢之主，是臣之大榮也，臣有何耻？」

⑨假有：《三國志·魏書·王脩傳》裴注引《魏略》：「假有斯事，亦庶鍾期不失聽也。」

⑩縱令：晉向秀《難嵇叔夜養生論》：「縱令勤求，少有所獲，則顧影尸居，與木石爲鄰。」（《嵇康集校注》卷四）

⑪縱使：《晉書·夏侯湛傳》：「縱使心有至言，言有偏直，此委巷之誠，非朝廷之欲也。」

⑫就令：《譯注》引《晉書·文帝紀》：「帝曰：就令亡還，適見中國之弘耳。」

⑬就使：《孟子·告子下》「一戰勝齊，遂有南陽，然且不可」趙岐注：「就使慎子能爲魯一戰，取齊南陽之地，且猶不可。」

⑭就如：《譯注》引魏嵇康《明膽論》：「就如此言，賈生陳策，明所見也。」（《嵇康集校注》卷六）

⑮雖令：《抱朴子·勤求》：「雖令赤松王喬，言提其耳，亦當同以爲妖訛。」

⑯雖使：《漢書·賈誼傳》：「雖使禹舜復生，爲陛下計，亡以易此。」

⑰雖復：南齊謝朓《拜中軍記室辭隋王箋》：「雖復身填溝壑，猶望妻子知歸。」（《文選》卷四〇）

⑱設令：《三國志·魏書·傅嘏傳》：「設令列船津要，堅城據險，横行之計其殆難捷。」

⑲設使：魏曹操《讓縣自明本志令》：「設使國家無有孤，不知當幾人稱帝，幾人稱王。」（《三國志·魏書·武帝紀》裴注引《魏武故事》）

⑳設有：《譯注》引《抱朴子·勤求》：「設有死罪而人能救之者，必不爲之吝勞辱而憚卑辭也，必獲生生之功也。」

㉑向使：秦李斯《上書秦始皇》：「向使四君卻客而弗納，疏士而弗用，是使國無富利之實，而秦無彊大之名也。」（《文選》卷三九）

雖然①，然而②，但以③，正以，直以，只爲。

右並將取後義反於前也〔一〕。謂若叙前事已訖〔二〕，云「雖然」乃有如此理也〔三〕。

豈令〔四〕，豈使〔五〕，何容，豈容〔六〕④，豈至，豈其〔七〕⑤，何有⑥，豈可〔八〕⑦，寧可〔九〕⑧，未容〔一〇〕，未應，不容，詎可〔一一〕⑨，詎令〔一二〕，詎使，而乃〔一三〕⑩，而使⑪，豈在⑫，安在⑬。

右並叙事狀所求不宜然也。謂若揆其事狀所不合然〔一四〕，云「豈令」其至於此也〔一五〕。

【校記】

〔一〕「反」，天海本、《文筆要決》作「及」。

〔二〕「謂若叙前事」至「如此理」，《文筆要決》作雙行小字注。「已」，《文筆要決》無。

〔三〕「乃」，《文筆要決》作「仍」。「也」，《文筆要決》無。

〔四〕「令」，義演本作「合」。

〔五〕「豈使」，《文筆問答抄》無。

〔六〕「豈容」，三寶本、《文筆問答抄》、《文筆要決》無，三寶本眉注「豈容」。

〔七〕「豈」，原無，《眼心抄》、三寶、高甲、高乙、義演本同，三寶本眉注「豈」，據六寺、江户刊本、維寶箋本補。「豈其」，《文筆問答抄》無。

〔八〕「豈可」，《文筆問答抄》無。

〔九〕「寧可」下義演本衍「寧可」二字。

〔一〇〕「未容」，《文筆問答抄》無。

〔一一〕「不容詎可」，《文筆問答抄》無。「詎」，原作「詎」，三寶、義演本同，據六寺本改。下同。「詎可」，松本、江户刊本、維寶箋本作「誰可」。

〔一二〕「詎可詎令」，《文筆要決》作「詎令詎可」，醍丙本作「詎可詎可詎令」。「令」，《文筆問答抄》作「合」。

〔一三〕「詎使而乃」以下至「安在」，《文筆問答抄》無。

〔一四〕「謂若揆其事」至「於此也」，《文筆要決》作雙行小字注。「合」，《文筆要決》作「令」。

〔一五〕「此也」，《文筆要決》作「是」。

【考釋】

①雖然：《戰國策·秦策一》：「爲人臣不忠當死，言不審亦當死，雖然，臣願悉言所聞，大王裁其罪。」梁任昉《奏彈曹景宗》：「遂令孤城窮守，力屈凶威，雖然，猶應固守三關，更謀進取。」（《文選》卷四〇）

②然而：《荀子·不苟》：「盜跖吟口，名聲若日月，與舜、禹俱傳而不息。然而君子不貴者，非禮義之中也。」

③但以：《譯注》引晉李密《陳情事表》：「豈敢盤桓，有所希冀，但以劉日薄西山，氣息奄奄，人命危淺，朝不慮夕。」（《文選》卷三七）

④豈容：《宋書·謝晦傳》：「其事已判，豈容復疑。」

⑤豈其：《戰國策·秦策一》：「由是觀之，臣以天下之從，豈其難矣。」梁任昉《奉答敕示七夕詩啓》：「豈其多幸，親逢旦暮。」（《文選》卷三九）

⑥何有：《呂氏春秋·知接》：「人之情，非不愛其子也。其子之忍，又將何有於君？」

⑦豈可：《戰國策·齊策一》：「且先王之廟在薛，吾豈可以先王之廟與楚乎。」漢陳琳《爲曹洪與魏文帝書》：「豈可謂其借翰於晨風，假足於六駮哉。」（《文選》卷四一）

⑧寧可：梁陸倕《新刻漏銘》：「勳倍楹席，事百巾机，寧可使多謝曾水，有陋昆吾。」（《文選》卷五六）

⑨ 詎可：《後漢書・光武帝紀》：「天下詎可知，而閉長者乎？」

⑩ 而乃：漢賈誼《新書・宗首》：「此時而乃欲爲治安，雖堯、舜不能。」（《賈誼集校注》）

⑪ 而使：晉庾亮《讓中書令表》：「今以臣之才，兼如此嫌，而使内處心膂，外總兵權。」（《文選》卷三八）

⑫ 豈在：晉陸機《五等論》：「借使秦人因循周制，雖則無道，有與共弊，覆滅之禍，豈在曩日。」（《文選》卷五四）

⑬ 安在：《史記・魏公子列傳》：「安在公子能急人之困也！」

豈類，詎似〔一〕，豈如①，未若②。

右並論此物勝於彼也。謂叙此物已訖〔二〕，陳「豈若」彼物微小之狀也〔三〕。

若乃③，爾乃④，爾其⑤，爾則，夫其⑥，若其〔四〕⑦，然其⑧。

右並覆叙前事體其狀也〔五〕。若前已叙事〔六〕，次更云「若乃」等〔七〕，體寫其狀理也〔八〕。

【校記】

〔一〕「似」，《文筆問答抄》、《文筆要決》作「以」。

〔二〕「物」下六寺、醍丙、仁乙、松本、江户刊本、維寶箋本、《文筆問答抄》、《文筆要決》有「微」字，三寶本旁注「微」。

盛江案：因下文有「物微小之狀也」，各本修訂時誤而植入。「謂敘此物」至「微小之狀也」，《文筆問答抄》作雙行小字注。

〔三〕「物微小之狀也」，《文筆問答抄》作「物少之狀云也」。「也」，《文筆要決》無。

〔四〕「其」，醍丙本無。

〔五〕「也」，原無，各本同，據《文筆要決》補。

〔六〕「若前」至「狀理」，《文筆要決》作雙行小字注。

〔七〕「更」，《文筆要決》作「便」。

〔八〕「也」，《文筆要決》無。

【考釋】

①豈如：漢阮瑀《爲曹公作書與孫權》：「高帝設爵，以延田横，光武指河，而誓朱鮪，君之負累，豈如二子。」（《文選》卷四二）

②未若：晉張華《鷦鷯賦》：「雖蒙幸於今日，未若疇昔之從容。」（《文選》卷一三）

③若乃：劉宋傅亮《爲宋公修張良廟教》：「若乃交神圯上，道契商洛。」（《文選》卷三六）

④爾乃：晉孫楚《爲石仲容與孫皓書》：「爾乃皇輿整駕，六師徐征，羽檄燭日，旌旗流星。」（《文選》卷四三）

⑤爾其：《譯注》引漢張衡《南都賦》：「爾其地勢，則武闕關其西，桐柏揭其東。」（《文選》卷四）

⑥夫其：晉孫綽《遊天台山賦》：「夫其峻極之狀，嘉祥之美，窮山海之瓌富，盡人神之壯麗矣。」

（《文選》卷一一）

⑦若其：南齊孔稚圭《北山移文》：「若其亭亭物表，皎皎霞外，芥千金而不眄，屣萬乘其如脱。」（《文選》卷四三）

⑧然其：漢王延壽《魯靈光殿賦》：「然其規矩制度，上應星宿，亦所以永安也。」（《文選》卷一一）

儻使，儻若〔一〕①，如其②，如使③，若其④，若也〔二〕，若使〔三〕⑤，脱若⑥，脱使，脱復⑦，必其〔四〕，必若⑧，或若〔五〕，或可⑨，或當。

右並逾分測量或當爾也〔六〕。譬如論其事異理〔七〕，云「儻」如此如此〔八〕。

唯應⑩，唯當〔九〕⑪，唯可⑫，只應，只可⑬，只當〔一〇〕，乍可，必能⑭，必應，必當，必使⑮，會當⑯。

右並看世斟酌終歸然也〔一一〕。若云看上事形勢〔一二〕，「唯應」如此如此〔一三〕。

【校記】

〔一〕「儻使儻若」，《文筆要決》作「儻若儻使」。「儻使」，《文筆問答抄》無。

〔二〕「如使若其若也」，《文筆問答抄》無。

〔三〕「若」，三寶本無，右旁注「若使」。

〔四〕「脱若脱使脱復必其」，《文筆問答抄》無。「必其」，《眼心抄》、義演本無。

〔五〕「必若或若」，《文筆問答抄》作「若或若必」。「必若」，松本、江户刊本、維寶箋本作「若必」。「或若」，三寶本作「惹若」。

〔六〕「或當爾也」，《文筆問答抄》作「當爾」。

〔七〕「譬如」至「如此如此」，《文筆要決》作雙行小字注。「其」下原有「某」字，各本同，據《文筆要決》删。「事」下六寺、醍丙、仁乙、江户刊本、維寶箋本、《文筆要決》有「使」字，三寶本眉注「使」字。「異理」，原作「異理理」，各本同，三寶本右旁注「亻無」，據《眼心抄》删一「理」字。

〔八〕「云儻如此如此」，《文筆要決》作「云如此」。

〔九〕「唯應唯當」至後「方終當如此」，《文筆問答抄》無。

〔一〇〕「只當」，《文筆要決》作「亦當」。

〔一一〕「然」，原作「狀」，三寶、醍丙、松本、江户刊本、維寶箋本同，三寶、江户刊本、維寶箋本右旁注「然亻」，據《眼心抄》、六寺本改。

〔一二〕「若云」至「如此」，《文筆要決》作雙行小字注。

〔一三〕「唯」，原作「准」，高甲、高乙本同，據三寶、六寺本改。「如此如此」，《文筆要決》作「如此」。

【考釋】

①儻若：劉宋謝靈運《酬從弟惠連》：「儻若果歸言，共陶暮春時。」（《文選》卷二五）

②如其：南齊謝脁《拜中軍記室辭隋王牋》：「如其簪屨或存，衽席無改。」（《文選》卷四〇）

③如使：《孟子·公孫丑下》：「如使予欲富，辭十萬而受萬，是爲欲富乎。」

④若其：《左傳》僖公二十八年：「戰而捷，必得諸侯，若其不捷，表裏山河，必無害也。」

⑤若使：魏曹植《求自試表》：「若使陛下出不世之詔，效臣錐刀之用。」（《文選》卷三七）

⑥脱若：《魏書·楊椿傳》：「汝等後世脱若富貴於今日者，慎勿積金一斤、綵帛百匹以上，用爲富也。」

⑦脱復：《晉書·王湛傳》：「（王）濟嘗詣湛，見牀頭有《周易》，問曰：『叔父何用此爲？』湛曰：『體中不佳時，脱復看耳。』」

⑧必若：漢枚乘《上書吴王》：「必若所欲爲，危於累卵，難於上天。」（《文選》卷三九）

⑨或可：劉宋謝靈運《初去郡》：「或可優貪競，豈足稱達生。」（《文選》卷二六）

⑩唯應：《抱朴子·譏惑》：「或並在衰老，於禮唯應縗麻在身。」

⑪唯當：《世説新語·任誕》：「（劉）伶曰：『甚善，我不能自禁，唯當祝鬼神，自誓斷之耳。』」

⑫唯可：《抱朴子·疾謬》：「獨善其身者，唯可以不肯事之，不行傚之而已耳。」

⑬只可：《抱朴子·辨問》：「完山之鳥，賣生送死之聲，孔子不知之。便可復謂顔回，只可偏解之乎。」

⑭必能：蜀諸葛亮《出師表》：「愚以爲宮中之事，事無大小，悉以咨之，然後施行，必能裨補闕漏，

有所廣益也。」（《文選》卷三七）

⑮必使：梁任昉《王文憲集序》：「以難知之性，協易失之情，必使無訟，事深弘誘。」（《文選》卷四六）

⑯會當：《顔氏家訓・勉學》：「人生在世，會當有業。」

方當①，方使，方冀，方令，庶使〔一〕②，庶當，庶以③，冀當，冀使〔二〕，將使④，使夫〔三〕⑤，未使〔四〕，令夫，所冀⑥，所望，方欲⑦，便欲〔五〕⑧，便當⑨，行欲，足令，足使〔六〕。

右並勢有可然期於終也。　謂若叙其事形勢〔七〕，方「終當」如此。

豈謂⑩，豈知⑪，豈其⑫，誰知〔八〕，誰言⑬，何期，何謂〔九〕⑭，安知⑮，寧謂，寧知〔一〇〕⑯，不謂，不悟⑰，不期，豈悟〔一一〕，豈慮〔一二〕。

右並事有變常異於始也〔一三〕。　謂若其事應令如彼〔一四〕，今忽如此如此〔一五〕。

【校記】

〔一〕「庶使」，醍丙本無。

〔二〕「冀使」，《眼心抄》無。

〔三〕「使夫」，《文筆要決》作「夫使」，三寶本眉注「便亻」。

〔四〕「未使」，原無，三寶、義演本、《文筆要决》同，三寶本左旁注記「未使」，據高甲、六寺本補。
〔五〕「便欲」，《文筆要决》作「更欲」，醍丙本無。
〔六〕「使」，《文筆要决》作「便」。
〔七〕「謂若」至「終當如此」，《文筆要决》作雙行小字注。「其」，義演本作「某」。
〔八〕「豈其誰知」，《文筆問答抄》無。
〔九〕「何謂」，《文筆問答抄》無，《文筆要决》作「可謂」。
〔一〇〕「寧謂寧知」，《文筆問答抄》無。
〔一一〕「不悟不期豈悟」，《文筆問答抄》無。「不悟」，《文筆要决》作「不語」。
〔一二〕「慮」，原無，高乙、義演本同，三寶本作「盧」，據高甲、六寺本補。
〔一三〕「常」，《文筆問答抄》無。
〔一四〕「謂若」至「如此」，《文筆要决》作雙行小字注。
〔一五〕「今忽」，《文筆要决》作「忽令」。「如此如此」，《文筆要决》作「如此」。「如此如此」下《文筆問答抄》有「也」字。

【考釋】

①方當：漢楊惲《報孫會宗書》：「方當盛漢之隆，願勉旃，無多談。」（《文選》卷四一）
②庶使：晉陸機《豪士賦序》：「庶使百世少有寤云。」（《文選》卷四六）
③庶以：晉陶淵明《辛丑歲七月赴假還江陵夜行塗口》：「養真衡茅下，庶以善自名。」（《陶淵明集》

卷三）

④將使：漢張衡《東京賦》：「思仲尼之克己，履老氏之常足，將使心不亂其所在，目不見其可欲。」（《文選》卷三）

⑤使夫：魏曹冏《六代論》：「使夫廉高之士，畢志於衡軛之内，才能之人，耻與非類爲伍。」（《文選》卷五二）

⑥所冀：唐駱賓王《上李少常啓》：「所冀曲逮恩光，資餘潤於東里。」（《全唐文》卷一九八）

⑦方欲：梁沈約《齊故安陸昭王碑文》：「方欲振策燕趙，席卷秦代，陪龍駕於伊洛，侍紫蓋於咸陽。」（《文選》卷五九）

⑧便欲：漢李陵《答蘇武書》：「單于謂陵不可復得，便欲引還。」（《文選》卷四一）

⑨便當：魏嵇康《家誡》：「若會酒坐，見人争語，其形勢似欲轉盛，便當亟舍去之。」（《嵇康集校注》卷一〇）

⑩豈謂：《孟子·告子下》：「金重於羽者，豈謂一鈎金與一輿羽之謂哉？」

⑪豈知：梁劉峻《辯命論》：「豈知有力者，運之而趨乎。」（《文選》卷五四）

⑫豈其：劉宋顔延之《陶徵士誄》：「豈其深而好遠哉，蓋云殊性而已。」（《文選》卷五七）

⑬誰言：魏曹植《三良》：「誰言捐軀易，殺身誠獨難。」（《文選》卷二一）

⑭何謂：《孟子·公孫丑上》：「敢問何謂浩然之氣？」

⑮安知：《史記·陳涉世家》：「嗟乎，燕雀安知鴻鵠之志哉！」

⑯寧知：晉郭璞《遊仙詩》：「借問蜉蝣輩，寧知龜鶴年？」（《文選》卷二一）

⑰不悟：晉陸機《謝平原内史表》：「不悟日月之明，遂垂曲照，雲雨之澤，播及朽瘁。」（《文選》卷三七）

加以①，加復，況復②，兼以〔一〕③，兼復〔二〕④，又以⑤，又復〔三〕⑥，重以⑦，且復〔四〕⑧，仍復〔五〕⑨，尚且〔六〕⑩，猶復⑪，猶欲〔七〕，而尚，尚或⑫，尚能〔八〕⑬，尚欲，猶⑭，仍〔九〕⑮，且⑯，尚〔一〇〕⑰。

右並更論後事以足前理也。謂若叙前事已訖〔一一〕，云「加以」又如此又如此也〔一二〕。

【校記】

〔一〕「況復兼以」，《文筆問答抄》無。

〔二〕「兼」，原作小字注在右旁行間，據三寶、高甲本補。

〔三〕「又以又復」，《文筆問答抄》無。「復」上「又」字原無，據三寶、高甲本補。

〔四〕「且復」至「猶欲」，《文筆問答抄》無。「且復」，高乙本作「且應復」。

〔五〕「仍復」，《眼心抄》無。

〔六〕「復尚」，原蠹蝕，據三寶、高乙等本補。「尚且」，《眼心抄》作「且」。

〔七〕「猶」，原無，《眼心抄》、高甲、高乙、義演本同，據三寶、六寺本補。
〔八〕「尚或尚能」，《文筆問答抄》無。「尚能」，醍丙本無。
〔九〕「尚欲猶仍」，《文筆問答抄》作「猶仍尚欲」。
〔一〇〕「且尚」，《文筆問答抄》無。
〔一一〕「謂」，《文筆要決》作「論」。「謂若」至「又如此」，《文筆要決》作雙行小字注。
〔一二〕「加」，義演本作「如」。「以」下「又」字，仁乙、江户刊本、維寶箋本、《文筆問答抄》無。「又如此又如此也」，《文筆要決》作「又如此」。

【考釋】

①加以：梁江淹《詣建平王上書》：「是以每一念來，忽若有遺，加以涉旬月，迫季秋，天光沈陰，左右無色。」（《文選》卷三九）
②況復：魏嵇康《與山巨源絶交書》：「況復多病，顧此悢悢。」（《文選》卷四三）
③兼以：《抱朴子・黄白》：「余貧苦無財力，又遭多難之運，有不已之無賴，兼以道路梗塞，藥物不可得竟，不遑合作之。」
④兼復：梁任昉《出郡傳舍哭范僕射》：「兼復相嘲謔，常與虚舟值。」（《文選》卷二三）
⑤又以：《三國志・魏書・袁紹傳》：「出長子譚爲青州……又以中子熙爲幽州，甥高幹爲并州。」
⑥又復：《史記・淮陰侯列傳》：「走入成皋，楚又復急圍之。」

⑦重以：漢張衡《西京賦》：「次有天禄石渠，校文之處，重以虎威章溝，嚴更之署。」（《文選》卷二）

⑧且復：《莊子·應帝王》：「子之先生不齊，吾無得而相焉。試齊，且復相之。」

⑨仍復：《漢書·武帝紀》：「今大將軍仍復克獲，斬首虜萬九千級。」

⑩尚且：梁簡文帝《答張纘謝示集書》：「日月参辰，火龍黼黻，尚且著於玄象，章乎人事，而況文辭可止，詠歌可輟乎。」（《梁簡文帝集》，《漢魏六朝百三家集》卷八二上）

⑪猶復：魏曹植《與楊德祖書》：「然此數子，猶復不能飛軒絶跡，一舉千里。」（《文選》卷四二）

⑫尚或：《詩·小雅·小弁》：「相彼投兔，尚或先之。」

⑬尚能：《顔氏家訓·慕賢》：「齊文宣帝即位數年，便沈湎縱恣，略無綱紀，尚能委政尚書令楊遵彦，内外清謐，朝野晏如。」

⑭猶：魏曹植《與吴季重書》：「古之君子，猶亦病諸。」（《文選》卷四二）

⑮仍：《史記·平準書》：「明年，大將軍將六將軍仍再出擊胡，得首虜萬九千級。」

⑯且：晉李密《陳情事表》：「且臣少仕僞朝，歷職郎署，本圖官達，不矜名節。」（《文選》卷三七）

⑰尚：《漢書·董仲舒傳》：「民不樂生，尚不避死，安能避罪！」

【附録】

《般若心經秘鍵聞書》第二：《秘府論》第四云：況復，更論後事，以足前理也文。（《真言宗全書》卷

三〇）

莫不①，罔不〔一〕②，罔弗③，無不〔二〕④，咸欲〔三〕，咸將，並欲，皆欲，盡，皆〔四〕，並〔五〕⑤，咸⑥。

右並總論物狀也。

自非⑦，若非〔六〕⑧，非夫〔七〕⑨，若不⑩，如不⑪，苟非⑫。

右並引大其狀令至甚也〔八〕。若叙其事至甚者〔九〕，云「自非」如此云〔一〇〕。

【校記】

〔一〕「罔不」，《文筆問答抄》無。

〔二〕「無不」，《文筆問答抄》無。

〔三〕「咸」，《文筆要決》作「成」。

〔四〕「皆欲盡皆」，《文筆問答抄》無。「盡」下《文筆要決》有「欲」字。

〔五〕「並」，醍丙本作「普」。

〔六〕「若非」，《文筆問答抄》無。

〔七〕「非夫」，《文筆要決》無，《文筆問答抄》在「苟非」下。

〔八〕「大其」,《文筆要決》作「其大」。「狀」,《文筆問答抄》作「形」。

〔九〕「若叙」至「如此云」,《文筆要決》作雙行小字注。「事」,原無,《眼心抄》、三寶本同,三寶本眉注「事」,據高甲、六寺本補。

〔一〇〕「如此云」,《文筆要決》作「如此之」。

【考釋】

① 莫不:晉劉琨《勸進表》:「苟在食土之毛,含氣之類,莫不叩心絶氣,行號巷哭。」(《文選》卷三七)

② 罔不:漢王褒《四子講德論》:「是以刺史推而詠之,揚君德美,深乎洋洋,罔不覆載。」(《文選》卷五一)

③ 罔弗:南齊王融《永明十一年策秀才文》:「罔弗同心,以匡厥辟。」(《文選》卷三六)

④ 無不:梁劉峻《廣絶交論》:「馳騖之俗,澆薄之倫,無不操權衡,秉纖纊。」(《文選》卷五五)

⑤ 並:梁劉峻《辯命論》:「近世有沛國劉瓛,瓛弟璡,並一時之秀士也。」(《文選》卷五四)

⑥ 咸:梁劉峻《辯命論》:「咸得之於自然,不假道於才智。」(《文選》卷五四)

⑦ 自非:《左傳》成公十六年:「自非聖人,外寧必有內憂。」

⑧ 若非:《後漢書·卓茂傳》:「若非公馬,幸至丞相府歸我。」

⑨非夫：晉孫綽《遊天台山賦》：「非夫遺世翫道，絶粒茹芝者，烏能輕舉而宅之。」（《文選》卷一一）

⑩若不：魏吴質《答東阿王書》：「若不改轍易御，將何以效其力哉。」（《文選》卷四二）

⑪如不：《論語・述而》：「子曰：『富而可求也，雖執鞭之士，吾亦爲之。如不可求，從吾所好。』」

⑫苟非：《易・繫辭下》：「苟非其人，道不虛行。」

何以①，何能〔一〕②，何可③，豈能④，豈使〔二〕，詎能⑤，詎使〔三〕，詎可，儔能〔四〕，奚可⑥，奚能〔五〕⑦。

右並因緣前狀論所致也〔六〕。若云自非行如彼〔七〕，「何以」如此也〔八〕。

方慮〔九〕，方恐〔一〇〕，所恐〔一一〕，將恐〔一二〕⑧，或恐〔一三〕⑨，或慮〔一四〕，只恐，唯恐〔一五〕⑩，行恐〔一六〕。

右並預思來事異於今也〔一七〕。若云今事已然〔一八〕，「方慮」於後或如此也〔一九〕。

【校記】

〔一〕「何能」，《文筆問答抄》無。

〔二〕「豈使」，《文筆問答抄》無。

〔三〕「詎使」，《文筆問答抄》無。

〔四〕「儔」，《文筆要決》作「疇」。《校勘記》：「『疇』爲是，《爾雅》：『疇，誰也。』」

〔五〕「奚能」，《文筆問答抄》無。「奚可奚能」，原作「可能」，三寶、高甲、高乙、義演本同，仁乙、天海本作「奚可能」，三寶本眉注「奚奚」，據六寺、江户刊本、維寶箋本改。

〔六〕「緣」，《文筆問答抄》無。「所」，六寺、醍丙、江户刊本、維寶箋本、《文筆要決》作「可」，三寶、天海本作「所」，眉注「可亻」。「也」，原無，六寺、醍丙、義演、江户刊本、維寶箋本同，據《文筆要決》補。

〔七〕「如」，《文筆要決》無。「若云」至「如此」，《文筆要決》作雙行小字注。

〔八〕「也」，《文筆要決》無。

〔九〕「慮」，三寶本作「盧」。

〔一〇〕「方恐」，《文筆問答抄》無。

〔一一〕「所恐」，《文筆問答抄》無。

〔一二〕「將恐」，《文筆要決》作「行恐」。《校勘記》：「《要決》『所恐』下有『行恐』，這當是原文之形狀，草本『所恐』下本來脱『行恐』，後來追記上去，宫本等没有『行恐』二字，當是移寫之際有脱誤。」

〔一三〕「或恐」，《文筆問答抄》無。

〔一四〕「慮」，三寶本作「盧」。

〔一五〕「唯恐」，《文筆問答抄》無。

〔一六〕「行恐」，原無，《眼心抄》、三寶、高甲、高乙、義演本同，據六寺、江户刊本、維寶箋本補。

〔一七〕「預」，《文筆要決》作「豫」。「今」，《文筆要決》無。

〔一八〕「若云今事」至「或如此」，《文筆要決》作雙行小字注。

〔一九〕「慮」，三寶本作「盧」。「也」，《文筆要決》無。

【考釋】

①何以：漢朱浮《爲幽州牧與彭寵書》：「何以區區漁陽，而結怨天子。」（《文選》卷四一）

②何能：漢王粲《七哀詩》其一：「未知身死處，何能兩相完。」（《文選》卷二三）

③何可：宋玉《神女賦》：「其狀峨峨，何可極言。」（《文選》卷一九）

④豈能：《古詩十九首》其十一：「人生非金石，豈能長壽考。」（《文選》卷二九）

⑤詎能：梁江淹《休上人別怨》：「寶書爲君掩，瑶琴詎能開。」（《文選》卷三一）

⑥奚可：《孟子·萬章下》：「以德，則子事我者也，奚可以與我友？」

⑦奚能：《左傳》昭公三年：「余髮如此種種，余奚能爲。」

⑧將恐：漢阮瑀《爲曹公作書與孫權》：「非有深入攻戰之計，將恐議者大爲己榮。」（《文選》卷四二）

⑨或恐：唐崔顥《長干曲》：「停船暫借問，或恐是同鄉。」（《全唐詩》卷一三〇）

⑩唯恐：《荀子·解蔽》：「私其所積，唯恐聞其惡也；倚其所私以觀異術，唯恐聞其美也。」

敢欲，輙欲，輕欲①，輕用〔一〕，輕以〔二〕②，輙用，輙以③，敢以〔三〕④，每欲，常欲，恒願，恒望。

右並論志所欲行也〔四〕。

每至⑤，每有⑥，每見，每曾〔五〕，時復〔六〕⑦，數復，或復〔七〕，每⑧，時⑨，或〔八〕⑩。

右並事非常然有時而見也。謂若「每至」其時節〔九〕，「每見」其事理也〔一〇〕。

【校記】

〔一〕「輕用」至「每欲」，《文筆問答抄》無。

〔二〕「輕以」，原無，《眼心抄》、三寶、高甲、高乙、義演本同，三寶本眉注「輕以」，據六寺、醍丙、江户刊本、維寶箋本補。

〔三〕「輒用輒以敢以」，《文筆要決》作「敢以輕以」。

〔四〕「所」，《文筆要決》無。

〔五〕「每曾」，《文筆問答抄》在「或復」之下。

〔六〕「時」，三寶本眉注「特コトニ」，六寺本注「特イ」，醍丙、仁乙本無。

〔七〕「或復」，《文筆要決》無。

〔八〕「每時或」，《文筆問答抄》無。《譯注》：「『時或』之『或』下可能脱一字（如脱「時」）。」

〔九〕「謂若」至「事理」，《文筆要決》作雙行小字注。「其」，《眼心抄》、義演本作「某」。

〔一〇〕「其」，六寺、醍丙、義演本作「某」。「也」，《文筆要決》無。

【考釋】

① 輕欲：梁鍾嶸《詩品序》：「輕欲辨彰清濁，掎摭病利。」

② 輕以：《抱朴子・金丹》：「若有篤信者，可將合藥成以分之，莫輕以其方傳之也。」

③ 輒以：《史記・魏公子列傳》：「臣之客有能深得趙王陰事者，趙王所爲，客輒以報臣，臣以此知之。」

④ 敢以：《史記・范雎蔡澤列傳》：「臣之見人甚衆，莫及，臣不如也。臣敢以聞。」

⑤ 每至：魏曹丕《與吴質書》：「每至觴酌流行，絲竹並奏，酒酣耳熱，仰而賦詩。」（《文選》卷四二）

⑥ 每有：晉陶淵明《五柳先生傳》：「每有會意，便欣然忘食。」（《陶淵明集》卷六）

⑦ 時復：晉劉琨《答盧諶詩序》：「時復相與舉觴對膝，破涕爲笑，排終身之積慘，求數刻之暫歡。」（《文選》卷二五）

⑧ 每：魏嵇康《與山巨源絶交書》：「每常小便，而忍不起。」（《文選》卷四三）

⑨ 時：《漢書・高帝紀》：「（高祖）常從王媪、武負貰酒，時飲醉卧，武負、王媪見其上常有怪。」

⑩ 或：《後漢書・梁冀傳》：「或取良人，悉爲奴婢，至數千人，名曰『自賣人』。」

則必①，則皆②，則當〔一〕③，何嘗不〔二〕④，未嘗不〔三〕⑤，未有不〔四〕⑥，則。

右並有所逢見便然也。若逢見其事〔五〕，「則必」如此也〔六〕。

可謂⑦，所謂⑧，誠是⑨，信是〔七〕⑩，允所謂⑪，乃云〔八〕⑫，此猶⑬，何異，奚異，亦猶〔九〕⑭，猶夫⑮，則猶⑯，則是〔一〇〕⑰。

右並要會所歸總上義也〔一一〕⑱。謂設其事〔一二〕，「可謂」如此，「可比」如此也〔一三〉。

【校記】

〔一〕「當」，原作「常」，各本同，據《眼心抄》改。「則當」，《文筆問答抄》無。

〔二〕「當」，原作「當」，各本同，據《文筆要决》改。

〔三〕「嘗不」，《文筆要决》無。

〔四〕「未有」，《文筆問答抄》無。

〔五〕「若逢」至「如此」，《文筆要决》作單行小字注。「其」，《眼心抄》、義演本作「某」。

〔六〕「也」，《文筆要决》無。

〔七〕「信是」至「則猶」，《文筆問答抄》無。

〔八〕「乃」，原作「及」，三寶、高甲、高乙本同，三寶本眉注「乃」，據六寺本改。

〔九〕「亦猶」，《文筆要决》作「只猶」。

〔一〇〕「則是」下《文筆問答抄》有「允所謂」三字。

〔一一〕「總」，三寶本右旁注「亻無」。

〔一二〕「謂設」至「可比如此」，《文筆要决》作雙行小字注。

〔一三〕「也」，《文筆要决》無。

【考釋】

①則必：《戰國策・趙策四》：「豈人主之子孫則必不善哉？」

②則皆：晉干寶《晉紀總論》：「及周公遭變，陳后稷先公風化之所由，致王業之艱難者，則皆農夫女工衣食之事也。」（《文選》卷四九）

③則當：魏阮侃《釋難宅無吉凶攝生論》：「若地之吉凶，有虎禽之類，然此地苟惡，則當所往皆凶。」（《嵇康集校注》卷九附）

④何嘗不：《史記・日者列傳》：「王者之興，何嘗不以卜筮決於天命哉？」

⑤未嘗不：魏曹植《求通親親表》：「未嘗不聞樂而拊心，臨觴而歎息也。」（《文選》卷三七）

⑥未有不：《戰國策・西周策》：「天下未有信之者也。」

⑦可謂：魏曹丕《與吴質書》：「而偉長獨懷文抱質，恬淡寡欲，有箕山之志，可謂彬彬君子者矣。」（《文選》卷四二）

⑧所謂：《孟子・梁惠王下》：「所謂故國者，非謂有喬木之謂也，有世臣之謂也。」

⑨誠是：《抱朴子・論仙》：「夫存亡終始，誠是大體。」

⑩信是：梁丘遲《旦發漁浦潭》：「藤垂島易陟，崖傾嶼難傍。信是永幽棲，豈徒暫清曠。」（《文選》卷二七）

⑪允所謂：漢趙壹《謝恩書》：「允所謂遭仁遇神，真所宜傳而著之。」（《後漢書・文苑傳》）

⑫ 乃云：魏曹植《辨道論》：「夫神仙之書，道家之言，乃云傅説上爲辰尾宿，歲星降爲東方朔。」（《廣弘明集》卷五）

⑬ 此猶：漢朱浮《爲幽州牧與彭寵書》：「此猶河濱之民，捧土以塞孟津，多見其不知量也。」（《文選》卷四一）

⑭ 亦猶：漢阮瑀《爲曹公作書與孫權》：「離絶以來，于今三年，無一日而忘前好，亦猶姻媾之義，思情已深。」（《文選》卷四二）

⑮ 猶夫：魏嵇康《難宅無吉凶攝生論》：「猶夫良農既懷善藝，又擇沃土，復加耘耔，乃有盈倉之報耳。」（《嵇康集校注》卷八）

⑯ 則猶：魏阮侃《宅無吉凶攝生論》：「占舊居以譴祟則可，安新居以求福則不可，則猶卜筮之説耳。」（同上附）

⑰ 則是：漢張衡《東京賦》：「必以肆奢爲賢，則是黄帝合宫。」（《文選》卷三）

⑱ 要會：《校勘記》：「『要會』即西卷《文筆十病得失》『凡筆家句之末，要會之所歸』之『要會』之意。」

誠願①，誠當可〔一〕，唯願②，若令③，若當，若使④，必使〔二〕⑤。

右並勸勵前事所當行也。謂若謂其事〔三〕，云「誠願」行如此也〔四〕。

自可⑥，自然〔五〕⑦，自應⑧，自當〔六〕⑨，此則⑩，斯則⑪，則必〔七〕，然則⑫。

右並預論後事必應爾也〔八〕。謂若行如彼〔九〕，「自可」致如此〔一〇〕⑬。

【校記】

〔一〕「誠當可」，《文筆問答抄》無。
〔二〕「必使」，《文筆問答抄》無。「使」，義演本無。
〔三〕「謂若」至「如此」，《文筆要決》作雙行小字注。
〔四〕「也」，《文筆要決》無。
〔五〕「自然」，《文筆問答抄》在「然則」下。
〔六〕「自應自當」，《文筆問答抄》無。
〔七〕「則必」，《文筆要決》作「必則」。《校勘記》：「上下文『則』字都在下，從這點推測，作『必則』爲是。」
〔八〕「爾」，《文筆要決》作「示」。
〔九〕「謂若」至「如此」，《文筆要決》作雙行小字注。
〔一〇〕「此」下《文筆問答抄》有「也」字。維寶箋：「（乃知方知已下，箋文缺。）」盛江案：括號内當非維寶之箋文，而是整理刊印者之注文。

【考釋】

① 誠願：晉陶淵明《形影神三首・影答形》：「誠願遊崑華，邈然兹道絶。」（《陶淵明集》卷二）

此也。」

②唯願：劉宋謝靈運《臨終詩》：「唯願乘來生，怨親同心朕。」（《廣弘明集》卷三〇）

③若令：《吕氏春秋·禁塞》：「若令桀、紂知必國亡身死，殄無後類，吾未知其厲爲無道之至於此也。」

④若使：《吕氏春秋·長攻》：「若使湯、武不遇桀、紂，未必王也。」

⑤必使：《史記·平原君虞卿列傳》：「子能必使來年秦之不復攻我乎？」

⑥自可：《抱朴子·對俗》：「然則今之學仙者，自可皆有子弟，以承祭祀。」

⑦自然：《三國志·魏書·吕布傳》：「將軍躬殺董卓，威震夷狄……遠近自然畏服。」

⑧自應：《世説新語·方正》：「王笑曰：『張祖希若欲相識，自應見詣。』」

⑨自當：魏嵇康《家誡》：「但君子用心，所欲準行，自當量其善者，必擬議而後動。」（《嵇康集校注》卷一〇）

⑩此則：梁劉峻《辯命論》：「此則宰衡之與皂隸，容彭之與殤子。」（《文選》卷五四）

⑪斯則：梁劉峻《辯命論》：「斯則邪正由於人，吉凶在乎命。」（《文選》卷五四）

⑫然則：梁任昉《爲范始興作求立太宰碑表》：「然則配天之迹，存乎泗水之上，素王之道，紀於沂川之側。」（《文選》卷三八）

⑬《研究篇》下：「（杜正倫的句端説可分爲以上二十六類，）例舉這些的目的，基於修辭上的看法，但這樣嘗試分類的結果，也多少産生了一些文法的意思。如果把語言應用於思維的法則的研究就是文

法學，那麽可以説，上面的句端説帶有某種程度上的文法性的考察。」「靈活運用其資料時，自然也出現兩種方法。第一，是應用於古典的解釋，儘可能對旨趣有正確的把握。『豈其』或者『未若』之類是運用非常頻繁的語言表現，如果不精於這些句端辭，就難以指望把握古人的想法、古人的感受。」「第二，使之豐富言語意識研究的資料。」「漢人的言語意識，不管多麽不完備，漢語的真實卻存在於其中。杜正倫的句端説，還没有文法上的自覺，因此不能認作是文法説，但是，包含其中的文法意識，卻應該成爲文法學的重要對象。」

【附録】

《賦譜》：發：發語有三種：原始、提引、起寓。若原夫、若夫、觀夫、稽其、伊昔、其始也之類，是原始也。若洎夫、且夫、然後、然則、豈徒、借如、則曰、僉曰、矧夫、於是、已而、故是、是故、故得、是以、爾乃知、是從、觀夫之類，是提引也。觀其、稽其等也，或通用之。如士有、客有、儒有、我皇、國家、嗟乎、至矣哉之類，是起寓也。原始，發項；起寓，發頭尾；提引，在中。送：送語者，也、而已、哉之類也。（五島慶太氏藏，據中澤希男《賦譜校箋》，《群馬大學紀要》第十七卷，一九六七年）

《作文大體·雜筆大體》：發句：施頭又有施中頗如傍句。夫、夫以、夫惟，同上。竊以、伏以、倩以、以夫、共，同。予，同。又、況又、方今、如予、蓋聞、惟夫、原夫、觀夫、粤，同。云，同。爰，同。是，同。予聞、臣聞、於時、便知、誠知、何況、然則、曰、加之、然後、還、乃、呼嗟、隨而、意者、汝、當知、所以者、何、異口同音、寧。如此類言，皆名發句，或一字二字，或三字四字，無對云云。傍句：相似發句。粵、云、爰、既以、已以、已而、於時、加之、就中、何況、爰以、是則、是以、以知、然而、然後、其後、可知、誠知、當知、仍、不如、終而、由是、隨而、便知等類也。（《新校群書類從》卷一三七）

《仁和寺圓堂供養願文》：傍字：斯迺弟子。傍字：抑夫。傍字：然而。傍字：是猶。傍字：於是。（轉據《研究篇》下）

《悉曇輪略圖抄·文筆事》：發句：夫、夫以、伏惟、風聞。傍字：抑、就中、然而、於時、所以者何。（轉據《研究篇》下）

《王澤不竭抄》：先發端叙事詞：是名發句也。夫、觀夫、竊以、夫以、蓋聞、巨聞（盛江案：「巨」應作「臣」）。申重明理詞：至如、於是、及有、是則。因事變易詞：既而、亦既、俄而、自屬。取下言證上詞：乃知、所以、遂使、所謂、斯誠。以其輕少後更云詞：況則、矧夫、豈若、未若。引取後物爲此類詞：豈獨、豈直、寧唯、何獨。言後事不越此詞：假令、假使、雖令、設復。取後義反於前詞：雖然、然而。所求不可然詞：豈至、寧可、誰令、安在。論此物勝彼詞：豈類、不令然、誰似、未若。前叙事次更云詞：爾乃、若其、然其。有可然期終詞：方冀、庶、所望、足令。更論後事足前理詞：加之、兼復、仍猶。總論物狀詞：不罔、盡皆、並咸。引大狀令至甚詞：自非、非夫。思來事異於今詞：恐、所恐。論志所欲行詞：敢欲、輒恒、望願。事非常有時見詞：每至、數復。勸前事欲行詞：誠願、唯願。已下十九段。少少注之，隨處依事，須置句句前後中間也。此詞類多多也，餘詞準之可思慮之。（轉據《研究篇》下）

帝德録①

伏犧②，亦曰宓戲〔一〕③，太昊〔二〕④，皇雄⑤，庖犧⑥，皇犧⑦，風姓⑧。以木德王⑨，曰蒼精⑩，蒼牙⑪。生於雷澤⑫。日角⑬。以龍紀官⑭，曰龍師而龍名⑮。狀有：通靈⑯，出震⑰，像日〔三〕⑱，作《易》⑲，觀象〔四〕，察法⑳，畫八卦〔五〕㉑，設十言㉒，推三元以教民㉓。

【校記】

〔一〕「宓」，原左旁注「明筆反止也靜也默也今作密」，三寶、六寺、天海本眉注同。

〔二〕「昊」，六寺、醍丙本作「吴」。

〔三〕「日」，原作「曰」，高乙本同，原眉注「日」，據三寶等本改。

〔四〕「象」，原作「像」，三寶、六寺、松本、江户刊本、維寶箋本同，六寺本眉注「象亻」，據高甲、醍丙、義演本改。

〔五〕「畫」，原作「盡」，三寶本同，三寶本右旁注「書」，據高甲、醍丙、江户刊本、維寶箋本改。

【考釋】

①《大日本古文書》卷之三天平二十年（七四八）六月十日《寫章疏目録》：「《帝德録》一卷。」《日本

國見在書目》「總集家」：「《帝德録》二卷。」

《考文篇》：「以下至末尾，撰者未詳《帝德録》。」「此項述古帝的部分，幾乎全部見於《五行大義》第二十一《論五帝》（此書，隋蕭吉撰，唐士早佚，傳存於我邦〔盛江案：指日本〕，佐世《見在書目》有《五行大義》），此書所述，多出緯書，《帝德録》主要援用緯書，也是類似的書。」

《研究篇》上：「北卷後半引用《帝德録》。此書大概很古已傳入日本。正倉院文書上出現該書名。即由天平二十年（七四八）六月十日《寫章疏目録》中『《帝德録》一卷』（《大日本古文書》卷之三）看，奈良時代前期應該已傳入日本（據吉田幸一教示）。《見在書目》作爲二卷收録於總集家中。我覺得由於裝幀的關係卷數有所改動，但《秘府論》所據的本子大約和正倉院文本同一系統。《秘府論》所引共六千六百五十六字，似無必要特别分卷。中間説『句數長短，皆在本注』，但在《秘府論》所引文中與此相當的叙述，也可能一卷本是略本。……大體其基礎爲緯書類。特地輯録稱頌帝德的語録，必然在完成國家統治的太平盛世，從這點看，大概是隋至初唐時代的作品。《五行大義》成書於隋代，大體也可以看出此書寫成的時機。」

《探源》：「《帝德録》一文的作用，大約與《九意》近似，是預備作文的札記。大量的典故和詞彙的搜集，該是爲此目的的。作者把同類的典故和詞彙輯集一起，寫起文章來就方便了。這使我們想起宋代王應麟《小學紺珠》和明代游日章《駢語雕龍》，甚至晚近的《幼學故事瓊林》，都是青少年讀書作文的參考書。」「確切的説，《帝德録》是一篇『作文指導』，而且是專爲『應用文』的用途而寫的。篇中處處可見指導、説明的文字，每見於一段的結束。」「用來解釋的文字一般是散文的句子，例句卻大多是駢偶句和雙音詞。四字、六字的駢句，常常是對偶工整，似是從某些文章摘録下來的——可能是作者自己編寫的。而這種句型，正可作爲一種典範。」「《隋志》總集類著録『《皇德瑞應賦頌》一卷，梁十六卷』，既云『皇德』，又屬『賦頌』，且含『瑞應』，很使人懷疑《帝德録》是它的同類作品，或爲它服務的著作。」

《校注》：「書中用《禮記》《儒行》篇『忠信爲甲冑』，改『忠』爲『誠』，此避楊忠諱也。然則作者乃隋人也。尋王應麟《玉海》二百一《辭學指南》云：『《中興館閣書目》：「陸贄《備舉文言》三十卷，摘經史爲偶對類事，共四百五十二門。李商隱《金鑰》二卷，以《帝室》、《職官》、《歲時》、《州府》四部分門編類。」』齊己《風騷旨格》：『詩有四十門，一曰《皇道》。』」

《譯注》：「内容爲收集讚頌帝王的話語與成句，作爲起草詔敕、上書等公文之際的手册一樣的書而編纂的。以範例的形式用以各種場合。開頭從伏羲到舜這一部分，與隋蕭吉撰《五行大義》論五帝相通之處甚多。但是，《五行大義》對太古帝王有系統的記述，與此相對，《帝德録》衹是作爲作文手册，摘録其要點，用途自然各異。《帝德録》編於隋至初唐時期的可能性較大。此前的文獻關係較爲密切的，有各種緯書、晉皇甫謐《帝王世紀》，還有部分正史的郊祀志、符瑞志等。」

②伏犧：與下文之神農、黄帝，並稱爲三皇。《易·繫辭下》引古帝，有包犧氏、神農氏、黄帝。又《莊子·天運》「三皇五帝之治天下」成玄英疏云：「三皇者，伏犧、神農、黄帝也。五帝，少昊、顓頊、高辛、唐、虞也。」又《吕氏春秋·用衆》高誘注謂指伏犧、神農、女媧，《白虎通·號》謂指伏犧、神農、燧

人，又引《禮》謂指伏犧、神農、祝融。此處《帝德録》當用《易·繫辭下》及成玄英疏之説。《莊子·大宗師》：「伏戲氏得之，以襲氣母。」成玄英疏：「伏戲，三皇也，能伏牛乘馬，養伏犧牲，故謂之伏犧也。」又，《風俗通義·皇霸》「三皇」：「《含文嘉》記：虙戲、燧人、神農。伏者，别也，變也；戲者，獻也，法也。伏義始别八卦，以變化天下，天下法則，咸伏貢獻，故曰伏羲也。」

《五行大義》：「太昊帝庖羲者，姓風也，母華胥，履大人跡而生於成紀，虵身人首，以木德王天下，爲百王先。《易》曰：帝出於震，震，木，東方主春，象日之明，故曰太昊。因象龜文而畫八卦，爲網罟以田獵。古者人畜相食，爲害者多，帝觀蜘蛛之網，教民取犧牲以充庖廚，故曰庖犧，是謂羲皇。後世音謬，謂之伏犧。或云宓羲，一號雄皇氏。《孝經鈎命決》云：伏羲日角珠衡戴勝。《禮含文嘉》云：伏羲德洽上下，天應以鳥獸文章，地應以龜書，伏羲則象作八卦。」

③ 宓戲：《戰國策·趙策二》：「宓羲神農，教而不誅。」《顔氏家訓·書證》：「皇甫謐云：『伏羲或謂之宓羲。』按諸經史緯候，遂無宓羲之號，虙字從虍，宓字從宀，下俱爲必，末世傳寫，遂誤以虙爲宓，而《帝王世紀》因更立名耳。」

④ 太昊：《帝王世紀》：「象日之明，是稱太昊。」（《初學記》卷九）

⑤ 皇雄：《易·繫辭下》「包犧氏没」孔穎達正義引《帝王世紀》：「包犧氏，後世音謬，故或謂之伏犧，或謂之虙犧，一號皇雄氏，在位一百一十年。」

⑥ 庖犧：晉王嘉《拾遺記》卷一「春皇庖犧」：「庖者包也，言包含萬象。以犧牲登薦于百神，民服其

聖，故曰庖犧，亦曰伏犧。」（《漢魏六朝筆記小説大觀》）《易·繫辭下》「包犧氏没」孔穎達正義引《帝王世紀》：「包犧氏……有聖德，取犧牲以充包廚，故號曰包犧氏。」

⑦皇犧：《楚辭·九思》：「紛載驅兮高馳，將諮詢兮皇羲。」王逸注：「皇羲，羲皇也。」《後漢書·公孫瓚傳》：「臣聞皇羲已來，君臣道著。」又作「羲皇」。　漢揚雄《劇秦美新》：「厥有云者，上罔顯於羲皇。」（《文選》卷四八）李善注：「伏羲爲三皇，故曰羲皇。」

⑧風姓：《易·繫辭下》「包犧氏没」孔穎達正義引《帝王世紀》：「太皞包犧氏，風姓也。」

⑨以木德王：魏曹植《庖犧贊》：「木德風姓，八卦創焉。」（《藝文類聚》卷一一）

⑩蒼精：《禮記·月令》：「孟春之月……其帝大皞，其神句芒。」鄭玄注：「此蒼精之君，木官之臣。」《易緯通卦驗》：「虙戲生本，尚芒芒，開矩聽八，蒼靈唯精……蒼精作《易》，無書以盡。」（《叢書集成初編》）

⑪蒼牙：《易坤靈圖》：「蒼牙通靈，昌之成運，孔演命明經道。」舊注：「蒼牙則伏羲也，昌則文王也，孔則孔子也。」（《古微書》）

⑫生於雷澤：《易·繫辭下》「包羲氏没」孔穎達正義引《帝王世紀》：「包犧氏，風姓也，母曰華胥，燧人之世，有大人跡出於雷澤，華胥履之而生包犧。」

⑬日角：《孝經援神契》：「伏犧氏日角衡連珠。」（《太平御覽》卷七八）《潛夫論》：「大人跡出雷澤，華胥履而生伏羲，其相日角。」《後漢書·光武帝紀》李賢注引《尚書中候》鄭玄注：「日角謂中庭骨起，狀

如日。」

⑭以龍紀官：《左傳》昭公十七年：「大皞氏以龍紀，故爲龍師而龍名。」杜預注：「大皞，伏犧氏，風姓之祖也。有龍瑞，故以龍命官。」孔穎達正義引服虔云：「大皞以龍名官，春官爲青龍氏，夏官爲赤龍氏，秋官爲白龍氏，冬官爲黑龍氏，中官爲黄龍氏。」

⑮龍師而龍名：傳説伏羲氏有龍馬銜圖之瑞，乃以龍名其百官師長。魏曹植《庖犧贊》：「木德風姓，八卦創焉，龍瑞名官，法地象天，庖厨祭祀，罟網漁畋，瑟以象時，神德通玄。」（《藝文類聚》卷一一）

⑯通靈：《易・繫辭下》：「古者包犧氏之王天下也，仰則觀象於天，俯則觀法於地，觀鳥獸之文與地之宜，近取諸身，遠取諸物，於是始作八卦，以通神明之德，以類萬物之情。」即《易・繫辭下》所謂通神明之德。漢班固《幽通賦》：「精通靈而感物兮，神動氣而入微。」（《文選》卷一四）

⑰出震：八卦中「震」卦位應東方，出震即出於東方。《易・説卦傳》：「帝出乎震。」孔穎達正義引王弼注：「帝者生物之主，興益之宗，出震而齊巽者也。」孔穎達正義：「輔嗣之意以此帝爲天帝也，帝若出，萬物則在乎震。」謂帝出萬物於震。後以指帝王登基。陳徐陵《勸進梁元帝表》：「伏惟陛下出震等於勛華，明讓同於旦奭。」（《梁書・元帝紀》）

⑱像日：《帝王世紀》：「爲百王先，帝出於震。未有所因，故位在東方，主春，象日之明，是稱太昊。」（《太平御覽》卷七八）

⑲作《易》：《易通卦驗》：「宓犧方牙，蒼精作《易》。無書以畫事。」（《太平御覽》卷七八）鄭玄注：

「宓犧時質樸，作《易》以爲政令而不書，但以畫其事之形象而已。」

⑳ 觀象、察法：《易·繫辭下》：「古者，包犧氏之王天下也，仰則觀象於天，俯則觀法於地。」

㉑ 畫八卦：《莊子·繕性》「及燧人伏羲始爲天下」成玄英疏：「伏羲則服牛乘馬，創立庖廚，畫八卦以製文字，放蜘蛛而造密網。」

㉒ 設十言：漢鄭玄《六藝論》：「慮羲作十言之教，曰：乾，坤，震，巽，坎，離，艮，兑，消，息。」（《黄氏逸書考》）

㉓ 推三元以教民：《春秋内事》：「（伏羲）推列三光（元），建分八節，以爻應氣，凡二十四氣，消息禍福，以制吉凶。」（《太平御覽》卷七八）《黄帝内景玉經·上覩》梁丘子注：「三元爲三光之元，日、月、星。」（《道藏》第四册）

神農①，亦曰炎帝②，帝魁③，大庭④，烈山⑤，農皇⑥。以火德王〔一〕⑦，曰炎靈⑧，炎精⑨。生於華陽，感龍首神生〔二〕，以姜水成⑩。戴玉理石耳⑪。以火紀官〔三〕⑫，曰火師而火名〔四〕。乘六龍以出地輔⑬。狀有：教農⑭，作耒耜〔五〕⑮，嘗百草⑯，甄度四海⑰。

【校記】

〔一〕「火」，六寺、醍丙本作「大」。

〔二〕「生」，原作「之」，各本同。《校勘記》：「『之』爲『而』之訛，此句爲『感龍首神，而生於華陽，以姜水成』之訛。與黄帝條『感大靈繞樞以生於壽丘，長於姬水』相類似。『以姜水成』即『生於姜水』之意，《河圖稽命徵》：『女登遊於華陽，有神龍首，感女登於常陽山，而生神農。』」周校：「『之』疑作『生』。」今據改。

〔三〕「火」，原作「大」，三寶、高乙本同，三寶本朱筆眉注「火亻」，義演本作「炎」，右旁注「火」，據六寺、醍丙、江户刊本、維寶箋本改。

〔四〕二「火」字，原均作「大」，三寶本同，據六寺、醍丙、江户刊本、維寶箋本改。

〔五〕「耒」，原作「來」，高乙等本同，三寶本作「采」，從《五行大義》及義演本作「耒」。

【考釋】

①神農：《五行大義》：「炎帝神農氏，姓姜，母任姒，名女登，感神龍而生帝於常羊，人身牛首，以火承木，位南方，主夏，故曰炎帝。作耒耜，始教民耕農，嘗别草木，令人食穀，以代犧牲之命，故號神農。一號魁隗氏，是爲農皇。《禮含文嘉》云：神農作田道，就耒耜，天應以嘉禾，地出以醴泉。」《風俗通義・皇霸》：「(《含文嘉》)神農，神者，信也；農者，濃也。始作耒耜，教民耕種，美其衣食，德濃厚若神，故爲神農也。」

②炎帝：《史記・五帝本紀》：「炎帝欲侵陵諸侯，諸侯咸歸軒轅。」張守節正義引《帝王世紀》：「神農氏，姜姓也……以火德王，故號炎帝。」

③帝魁：《孝經鉤命決》：「任己感龍生帝魁。」(《太平御覽》卷七八)注：「任己，帝魁之母也。魁，神

農名。『己』或作『姒』也。」《帝王世紀》：「（神農氏）一號魁隗氏。」（《太平御覽》卷七八）

④大庭：鄭玄《詩譜序》：「上皇之世，大庭軒轅逮於高辛。」（《毛詩正義》）孔穎達正義：「大庭，神農之別號。」《左傳》昭公十八年：「梓慎登大庭氏之庫以望之。」孔穎達正義：「先儒舊説皆云炎帝號神農氏，一曰大庭氏。」《禮記·祭法》孔穎達正義引《春秋命曆序》：「炎帝號曰大庭氏，傳八世，合五百二十歲。」《晉書·樂志》載《歌哀帝》：「雅好玄古，大庭是踐。」

⑤烈山：在今湖北隨州北。《國語·魯語上》：「昔烈山氏之有天下也，其子曰柱能殖百穀百蔬。」韋昭注：「烈山氏，炎帝之號也，起於烈山。《禮·祭法》以烈山爲厲山也。」《水經注·溳水》：「（溳水）分爲二水，一水西逕厲鄉南。水南有重山，即烈山也，山下有一穴，父考相傳，云是神農所生處也，故《禮》謂之烈山氏。」《荆州圖記》：「永陽縣西北二百三十里厲鄉，山東有石穴。昔神農生於厲鄉，《禮》所謂烈山氏也，後春秋時爲厲國。穴高三十丈，長二百丈，謂之神農穴。」（《太平御覽》卷七八）

⑥農皇：《風俗通義·皇霸》：「遂人爲遂皇，伏羲爲戲皇，神農爲農皇也。」梁沈約《郊居賦》：「原農皇之攸始，討厥播之云初。」（《梁書·沈約傳》）

⑦以火德王：魏曹植《神農贊》：「少典之胤，火德承木，造爲耒耜，導民播穀，正爲雅琴，以暢風俗。」（《藝文類聚》卷一一）《史記·五帝本紀》張守節正義引《帝王世紀》：「神農氏……有聖德，以火德王，故號炎帝。」

⑧炎靈：神農以火德王，故稱炎靈。漢以火德王，後人亦謂之炎靈。

⑨炎精：漢王延壽《魯靈光殿賦》：「殷五代之純熙，紹伊唐之炎精。」（《文選》卷一一）南齊謝朓《齊雩祭樂歌・歌赤帝》：「兩龍既御炎精來。」（《樂府詩集》卷三）

⑩「生於」三句：《史記・五帝本紀》張守節正義引《帝王世紀》：「神農氏，姜姓也。母曰任姒，有蟜氏女，登爲少典妃，遊華陽，有神龍首，感生炎帝。人身牛首，長於姜水。」《國語・晉語四》：「炎帝以姜水成。」《水經注・渭水》：「歧水又東逕姜氏城南爲姜水，東注雍水，炎帝長於姜水，是其地也。」

⑪戴玉理石耳：《春秋命曆序》：「有神人名石年，蒼色大眉，戴玉理。」（《藝文類聚》卷一一）

⑫以火紀官：《左傳》昭公十七年：「炎帝氏以火紀，故爲火師而火名。」杜預注：「炎帝，神農氏，姜姓之祖也，亦有火瑞，以火紀事，名百官。」

⑬乘六龍以出地輔：《春秋命曆序》：「駕六龍，出地輔，號皇神農。」（《太平御覽》卷七八）

⑭教農：《易・繫辭下》：「神農氏作，斲木爲耜，揉木爲耒，耒耨之利，以教天下。」

⑮作耒耜：《禮含文嘉》：「神者，信也；農者，濃也。始作耒耜，教民耕種，美其衣食，德濃厚若神，故爲神農也。」（《古微書》）《周書》：「神農之時，天雨粟，神農耕而種之，作陶冶斤斧，爲耒耜鋤耨，以墾草莽，然後五穀興。」（《太平御覽》卷七八）

⑯嘗百草：《淮南子・脩務訓》：「古者，民茹草飲水，采樹木之實，食蠃蛖之肉，時多疾病毒傷之害。於是神農乃始教民播種五穀，相土地宜，燥濕肥墝高下，嘗百草之滋味，水泉之甘苦，令民知所辟就。當此之時，一日而遇七十毒。」

⑰甄度四海：《春秋命曆序》：「號皇神農，始立地形，甄度四海，東西九十萬里，南北八十一萬里。」（《太平御覽》卷七八）注：「甄紀地形遠近，山川林澤所至。」

黄帝〔一〕①，亦曰軒轅〔二〕②，有熊③，縉雲之官〔三〕④，歸藏⑤；云皇軒⑥，帝軒⑦，軒后⑧，軒皇⑨。以土德王⑩，曰黄帝，黄神⑪，黄精⑫。感大電繞樞以生於壽丘⑬，長於姬水⑭，居於軒轅之丘⑮。天庭⑯，日角⑰，四面⑱。狀有：提像〔四〕⑲，佝齊⑳，叶律㉑，造書契㉒，模鳥跡〔五〕㉓，車乘㉔，宫室㉕，衣服〔六〕㉖，文字㉗，役使百靈㉘，垂衣裳㉙。

【校記】

〔一〕「黄」，原作「皇」，三寶、高甲、高乙、義演本同，據六寺、醍丙、江户刊本、維寶箋本改。

〔二〕「軒轅」，醍丙、仁乙本作「轅軒」。

〔三〕「雲」，高甲本作「雪」。

〔四〕「提」，原作「堤」，各本同，據三寶本改。

〔五〕「模」上仁乙本有一「横」字。

〔六〕「服」上義演本衍一「裳」字。

【考釋】

①黄帝：《五行大義》：「黄帝軒轅氏，姓姬，母附寶，見大電光繞北斗樞星，明照郊野，感而生帝於壽丘。以土承火，位在中央，故曰黄帝。治五氣，設五星，始垂衣裳，作舟車，造屋宇。古者巢居穴處，黄帝易之以上棟下宇，以蔽風雨，故號軒轅。亦云，居軒轅之丘，因以爲號。一號帝鴻氏，或歸藏氏，或有熊氏。《春秋文耀鈎》云：黄帝龍顔，得天庭，法中宿，取象文昌。《禮含文嘉》云：黄帝脩兵革，以德行，則黄龍至，鳳皇來儀。」《史記・五帝本紀》：「黄帝者……有土德之瑞，故號黄帝。」司馬貞索隱：「有土德之瑞，土色黄，故稱黄帝。」

②軒轅：《史記・五帝本紀》：「黄帝者，少典之子，姓公孫，名曰軒轅。」司馬貞索隱引皇甫謐曰：「黄帝生於壽丘，長於姬水，因以爲姓。居軒轅之丘，因以爲名，又以爲號。」

③有熊：《帝王世紀》：「黄帝有熊氏，少典之子。」（《藝文類聚》卷一一）《史記・五帝本紀》：「黄帝者，少典之子。」裴駰集解：「譙周云：『有熊國君，少典之子也。』皇甫謐曰：『有熊，今河南新鄭是也。』」

④縉雲之官：黄帝時夏官爲縉雲，並以爲族氏。《史記・五帝本紀》：「（黄帝）官名皆以雲命，爲雲師。」裴駰集解：「應劭曰：『黄帝受命，有雲瑞，故以雲紀事也。』」維寶箋引《古今韻會》：「縉雲氏，黄帝官名。或云，黄帝煉金丹，有縉雲之瑞，自號縉雲氏。」《左傳》文公十八年：「縉雲氏有不才子。」杜預注：「縉雲，黄帝時官名。」《漢書・百官公卿表》「黄帝雲師雲名」顔師古注引應劭曰：「春官爲青雲，夏官爲縉雲，秋官爲白雲，冬官爲黑雲，中官爲黄雲。」

⑤ 歸藏：黄帝之帝號。《周禮・春官・太卜》：「掌三《易》之法：一曰《連山》，二曰《歸藏》，三曰《周易》。」鄭玄注引杜子春曰：「《連山》，宓戲；《歸藏》，黄帝。」

⑥ 皇軒：《河圖握樞》：「黄帝名軒，北斗黄帝之精。」（《太平御覽》卷七九）《舊唐書・禮儀志》：「合宫聽朔，闡皇軒之茂範；靈府通和，敷帝勛之景化。」

⑦ 帝軒：《尚書中候》：「帝軒提像。」（《太平御覽》卷七九）注：「軒，軒轅，黄帝名。」《孝經鈎命決》：「附寶出降大靈，生帝軒。」（《太平御覽》卷七九）注：「軒，黄帝名。」《隋書・音樂志》：「帝軒百祀，人思未忘。」

⑧ 軒后：梁簡文帝《吴郡石像碑》：「蓋聞軒后之圖，載浮河洛。」（《梁簡文帝集》，《漢魏六朝百三家集》卷八二下）

⑨ 軒皇：漢張衡《同聲歌》：「衆夫所希見，天老教軒皇。」（《玉臺新詠》卷一）

⑩ 以土德王：《史記・五帝本紀》：「（黄帝）有土德之瑞，故號黄帝。」《春秋内事》：「軒轅氏以土德王天下，始有堂廡，高棟深宇，以避風雨。」（《藝文類聚》卷一一）

⑪ 黄神：《歸藏》：「昔黄神與炎神争鬬涿鹿之野。」（《太平御覽》卷七九）《淮南子・覽冥訓》：「西老折勝，黄神嘯吟。」高誘注：「黄帝之神。」

⑫ 黄精：《河圖握拒》：「黄帝名軒，北斗黄神之精。」（《太平御覽》卷七九）

⑬ 「感大」句：《帝王世紀》：「少典氏又取附寶，見大電光繞北斗樞星，照郊野，感附寶，孕二十五

月，生黄帝於壽丘。」(《太平御覽》卷七九)《史記·五帝本紀》張守節正義：「壽丘在魯東門之北，今在兖州曲阜縣東北六里。」

⑭長於姬水：參前引《史記·五帝本紀》司馬貞索隱引皇甫謐云。又，《國語·晉語四》：「黄帝以姬水成，炎帝以姜水成。」韋昭注：「姬、姜，水名。」《説文·女部》：「黄帝居姬水，因水爲姓。」

⑮居於軒轅之丘：參前引《史記·五帝本紀》司馬貞索隱引皇甫謐云。又，《山海經·西山經》：「又西四百八十里，曰軒轅之丘，無草木。」

⑯天庭：星垣名，即太微垣。《春秋元命苞》：「黄帝龍顔，得天庭陽，上法中宿，取象文昌，戴天履陰，秉數制剛。」(《太平御覽》卷七九)注：「庭陽，太微庭也。」《禮記·月令》「(孟春之月)祈穀于上帝」孔穎達正義：「上帝，太微之帝者……太微爲天庭，中有五帝座。」

⑰日角：《史記·五帝本紀》張守節正義：「(黄帝)生日角龍顔。」梁劉峻《辯命論》：「龍犀日角，帝王之表。」(《文選》卷五四)李善注引朱建平《相書》：「額有龍犀入髮，左角日，右角月，王天下也。」

⑱四面：《尸子》：「子貢曰：古者，黄帝四面，信乎？孔子曰：黄帝取合己者四人，使治四方，不計而耦，不約而成，此之謂四面。」(《太平御覽》卷七九)

⑲提像：提，攝提，星名，屬亢宿，共六星，位於大角星兩側。《尚書中候》：「帝軒提像，配永循機。」(《太平御覽》卷七九)注：「黄帝軒轅觀攝提之像，配而行之，以長爲順，升機爲政。」

⑳徇齊：《史記·五帝本紀》：「黄帝……幼而徇齊。」(盛江案：「徇」通「侚」。)裴駰集解：「徇，疾；

齊，速也。言聖德幼而疾速也。」司馬貞索隱：「斯文未是。今案：徇，齊，皆德也。《書》曰『聰明齊聖』，《左傳》曰『子雖齊聖』，謂聖德齊肅也。又案：《孔子家語》及《大戴禮》並作『叡齊』，一本作『慧齊』。叡，慧，皆智也。……又《爾雅》曰『宣，徇，遍也。濬，通也』。是『遍』之與『通』義亦相近。言黄帝幼而才智周徧，且辯給也。」

㉑叶律：《吕氏春秋·古樂》：「昔黄帝令伶倫作爲律。」

㉒造書契：漢許慎《説文解字序》：「黄帝之史倉頡，見鳥獸蹏迒之跡，知分理之可相别異也，初造書契。」《帝王世紀》：「記其言行，策而藏之，名曰書契。」（《太平御覽》卷七九）《尚書序》：「古者伏犧氏之王天下也，始畫八卦，造書契，以代結繩之政，由是文籍生焉。」

㉓模鳥跡：《帝王世紀》：「其史倉頡，又取像鳥跡，始作文字。史官之作，蓋自此始。」（《太平御覽》卷七九）

㉔車乘：《易·繫辭下》：「黄帝、堯、舜……服牛乘馬，引重致遠以利天下，蓋取諸隨。」《古史考》：「黄帝作車，引重致遠，少昊時略加牛，禹時奚仲加馬。」（《藝文類聚》卷七一）

㉕宫室：《易·繫辭下》：「上古穴居而野處，後世聖人易之以宫室，上棟下宇，以待風雨。」《春秋内事》：「軒轅氏以土德王天下，始有堂廡，高棟深宇，以避風雨。」（《藝文類聚》卷一一）

㉖衣服：晉王嘉《拾遺記》一：「（軒轅）始造書契，服冕垂衣，故有衮龍之頌。」（《漢魏六朝筆記小説大觀》）

㉗文字：漢許慎《説文解字序》：「蓋依類象形，故謂之文，其後形聲相益，即謂之字。」黃帝時史官倉頡造文字，見前引《太平御覽》卷七九引《帝王世紀》等。

㉘役使百靈：《抱朴子·極言》：「黃帝生而能言，役使百靈，可謂天授自然之體者也。」

㉙垂衣裳：《易·繫辭下》：「黃帝、堯、舜垂衣裳而天下治。」韓康伯注：「垂衣裳以辨貴賤。」

少昊①，亦曰金天②，青陽③。以金德王④。感大星如虹流華渚以生〔一〕⑤。鳳皇適至〔二〕⑥，以鳥紀官，鳥師而鳥名〔三〕。

【校記】

〔一〕「星」，仁乙本作「皇」。

〔二〕「鳳」，醍丙、仁乙本作「風」。

〔三〕「而」，原作「如」，各本同，從《左傳》昭公十七年「爲鳥師而鳥名」作「而」。《校勘記》：「『伏羲』條有『曰龍師而龍名』，『神農』條有『曰火師而火名』，句法類似，此處『鳥師』上疑脱一『曰』字。」

【考釋】

①少昊：一作「少皡」。《五行大義》：「少昊金天氏，姬姓，名摯，字青陽，母曰女節。有大星如虹下

流華渚，夢接意感生帝，以金承土，故曰金天。即圖讖所謂白帝朱宣也。位在西方，主秋，金有光明，居小陰位，故曰少昊。《文耀鉤》云：帝譽載干，是謂清明，發節移度，蓋象招摇。」《古史考》：「或曰：宗師太昊之道，故曰少昊。」（《太平御覽》卷七九）

②金天：《帝王世紀》：「少昊……都曲阜，故或謂之窮桑，即圖讖所謂白帝朱宣者也，故稱少昊，號金天氏，在位百年而崩。」（《藝文類聚》卷一一）《左傳》昭公十七年杜預注：「少皞，金天氏，黄帝之子，己姓之祖也。」

③青陽：《帝王世紀》：「少昊帝名摯，字青陽，姬姓也。」（《藝文類聚》卷一一）魏曹植《少昊贊》：「神自軒轅，青陽之裔，金德承土。」（《曹植集校注》）

④以金德王：《古史考》：「窮桑氏，嬴姓也，以金德王，故號金天氏。」（《太平御覽》卷七九）《吕氏春秋·孟秋》「孟秋之月……其日庚辛，其帝少皞」高誘注：「庚辛，金日也。少皞……以金德王天下，號爲金天氏，死配金，爲西方金德之帝。」

⑤「感大」句：參前引《五行大義》。又，《帝王世紀》：「（少昊帝）母曰女節。黄帝時有大星如虹，下流華諸，女節夢接意感，生少昊，是爲玄囂。」（《太平御覽》卷七九）

⑥鳳皇適至：《左傳》昭公十七年：「我高祖少皞摯之立也，鳳鳥適至，故紀於鳥，爲鳥師而鳥名。」

顓頊〔一〕①，亦曰高陽②，窮桑③。以水德王④。感瑶光如蜺降幽房以生⑤。形云：併幹⑥。

平九黎之亂⑦，定八風之音⑧。

【校記】

〔一〕「顓」，右肩三寶本有朱點，右旁注「點本別行書之」。

【考釋】

①顓頊：《五行大義》：「顓頊高陽氏，姓姬，母景僕，見摇光星貫月如虹，感而生帝於若水，以水承金，位在北方主冬，故號顓頊。《文耀鈎》云：顓瑞併幹，上法月參，集威成紀，以理陰陽。」（盛江案：「摇」通「瑶」。）又，《山海經·海内經》：「黄帝娶雷祖，生昌意，昌意降處若水，生韓流……取淖子曰阿女，生帝顓頊。」《淮南子·天文訓》：「北方，水也，其帝顓頊，其佐玄冥，執權而治冬。」

②高陽：《楚辭·離騷》：「帝高陽之苗裔兮，朕皇考曰伯庸。」王逸注：「高陽，顓頊有天下之號也。」《史記·五帝本紀》：「帝顓頊高陽者，黄帝之孫，而昌意之子也。」司馬貞索隱：「宋衷云：『顓頊，名；高陽，有天下號也。』張晏云：『高陽者，所興地名也。』」

③窮桑：《帝王世紀》：「（帝顓頊高陽氏）始都窮桑，後徙商丘。」（《太平御覽》卷七九）然王嘉《拾遺記》謂少皞氏邑於窮桑。

④以水德王：魏曹植《顓頊贊》：「昌意之子，祖自軒轅，始誅九黎，水德統天。」（《藝文類聚》卷一

一）《帝王世紀》：「以水承金，位在北方，主冬，以水紀官。」（《初學記》卷九）《古史考》：「高陽氏，妘姓，以水德王。」（《太平御覽》卷七九）

⑤「感瑶」句：瑶光：北斗七星第七星名。《宋書・符瑞志》：「帝顓頊高陽氏，母曰女樞，見瑶光之星，貫月如虹，感己於幽房之宫，生顓頊於若水。」又見《太平御覽》卷七九引《河圖》。

⑥併斡：即併幹。《春秋元命苞》：「顓頊併幹，上法月參，集威成紀，以理陰陽。」（《太平御覽》卷七九）《五行大義》引《文耀鈎》文同（已見前），注云：「併幹，意未詳。」《校注》引《春秋元命苞》注：「併，猶重也。水精主月參，伐主斬刈，成功兼此月，職重助費，以爲表也。」《譯注》：「疑爲兩根背骨。」

⑦平九黎之亂：《帝王世紀》：「顓頊生十年而佐少昊，二十而登帝位，平九黎之亂。」（《藝文類聚》卷一一）《史記・曆書》：「少皞氏之衰也，九黎亂德，民神雜擾，不可放物，禍菑薦至，莫盡其氣。顓頊受之，乃命南正重司天以屬神，命火正黎司地以屬民，使復舊常，無相侵瀆。」

⑧定八風之音：《帝王世紀》：「顓頊生十年而佐少昊……效八風之音，作樂五英，以祭上帝。」（《藝文類聚》卷一一）《吕氏春秋・古樂》：「帝顓頊生自若水，實處空桑，乃登爲帝，惟天之合，正風乃行，其音若熙熙淒淒鏘鏘。帝顓頊好其音，乃令飛龍作效八風之音，命之曰《承雲》，以祭上帝。」高誘注：「八風，八卦之風。」

唐堯①，亦曰陶唐〔一〕②，伊祁③，伊堯④，唐堯⑤，唐后，帝⑥；名放勳⑦。感赤龍以生⑧，長於伊水⑨，居丹陵⑩。形云：鳥庭⑪，日角⑫，八眉⑬，八彩⑭，珠衡⑮。狀云：欽明，文思⑯，睿哲⑰，允龔尅讓〔二〕⑱，稽古則天⑲，就日望雲⑳，光被〔三〕㉑，平章百姓，協和萬邦㉒。

【校記】

〔一〕「唐堯亦曰陶唐」，右肩三寶本有朱點，右旁注「點本别行書之」。《考文篇》：「『唐堯』二字衍。」《校勘記》：「『唐堯』重複，下一『唐堯』疑衍。『虞舜』條有『虞皇』『虞后』，從這點推測，『唐堯』可能爲『堯皇』之訛。」

〔二〕「允」，三寶、天海本作「元」，左旁注「允亻」。「龔」，《考文篇》作「恭」，「龔」通「恭」。「尅」，松本、江户刊本、維寶箋本作「兢」，從《堯典》作「尅」。

〔三〕「光被」下林田校本據《書·堯典》「光被四表」補「四表」二字。

【考釋】

① 唐堯：《五行大義》：「帝堯陶唐氏，祁姓，母慶都，出洛渚，遇赤龍，感孕十四月，而生帝於丹陵，名放勳。以火承木，其兄帝摯，封之於唐，故是號陶唐氏。《文耀鈎》云：堯眉八彩，是謂通明，曆象日月，陳劅考功。《禮含文嘉》云：堯廣被四表，致于龜龍。」

② 陶唐：原古部落名，唐堯治地，原在今河北，堯時遷至今山西南部汾水流域。《左傳》襄公二十四年：「宣子曰：『昔匄之祖自虞以上，爲陶唐氏。』」杜預注：「陶唐，堯所治地，太原晉陽縣也。」因以爲帝

堯名。《書・五子之歌》：「惟彼陶唐，有此冀方。」《孔子家語・五帝德》：「宰我曰：『請問帝堯。』孔子曰：『高辛氏之子，曰陶唐。』」《史記・五帝本紀》「帝堯者」張守節正義：「徐廣云：『號陶唐。』《帝王紀》云：『堯都平陽，於《詩》爲唐國。』徐才宗《國都城記》云：『唐國，帝堯之裔子所封。』」《帝王世紀》：「帝堯陶唐氏……年十五而佐帝摯，受封於唐，爲諸侯。」（《藝文類聚》卷一一）《帝王世紀》：「帝堯氏作，始封於唐，今中山唐縣是也。堯山在北，唐水在西北入河，南有望都縣，有都山，即堯母慶都之所居也，相去五十里。都山一名豆山。北登堯山，南望都山，故名其縣曰望都。」（《太平御覽》卷八〇）

③伊祁：《帝王世紀》：「帝堯陶唐氏，祁姓也……或從母姓伊祁氏。」（《太平御覽》卷八〇）

④伊堯：《校注》引《帝堯碑》：「其先出自塊隗，翼火之精，有神龍首，出於常羊，慶都交之，生伊堯。」

⑤唐堯：《譯注》引漢司馬相如《封禪文》：「君莫盛於唐堯，臣莫盛於后稷。」（《文選》卷四八）李善注引《漢書音義》：「唐堯之世，播殖百穀。」

⑥帝：《楚辭・九歌・湘夫人》：「帝子降兮北渚，目眇眇兮愁予。」王逸注：「帝子，謂堯女也。」《尚書中候》：「帝堯即政，榮光出河。」（《藝文類聚》卷一一）《帝王世紀》：「有五十老人擊壤於道，觀者歎曰：大哉帝之德也。老人曰：……帝何力於我哉。」（同上）是均以帝稱堯。

⑦放勳：《書・堯典》：「若稽古帝堯，曰放勳。」蔡沈集傳：「放，至也……勳，功也。言堯之功大而無所不至也。」孔穎達正義：「此帝堯能放效上世之功。」而孔傳引馬融曰：「放勳，堯名。」引皇甫謐曰：

「放勳，堯字。」《孟子·萬章上》：「二十有八載，放勳乃徂落。」趙岐注：「放勳，堯名。」《藝文類聚》卷一一引《帝王世紀》：「母慶都，孕十四月而生堯於丹陵，名曰放勳。」皆以放勳爲堯名或字。

⑧ 感赤龍以生：《淮南子·脩務訓》「堯眉八彩」高誘注：「堯母慶都，蓋天帝之女，寄伊長孺家，年二十無夫。出觀于河，有赤龍負圖而至，曰赤龍受天下之圖。有人衣赤，光面，八采，鬢髯長。……赤龍與慶都合而生堯。」又見《藝文類聚》卷九八、《太平御覽》卷八〇引《春秋合誠圖》。

⑨ 伊水：在今河南西部。《水經注·伊水》：「伊水出南陽魯陽縣西蔓渠山……又東北至洛陽縣南，北入於洛。」

⑩ 丹陵：傳説爲堯之誕生地。《帝王世紀》：「母慶都孕十四月而生堯於丹陵。」（《藝文類聚》卷一一）

⑪ 鳥庭：《孝經援神契》：「堯鳥庭荷勝。」（《太平御覽》卷八〇）注：「堯，火精人也。鳥庭，庭有鳥骨表，取像朱鳥與太微庭也，朱鳥戴聖，荷勝似之。」

⑫ 日角：《校注》引《帝堯碑》：「有神龍首，出於常羊，慶都交之，生伊堯，不與凡等，龍顔日角，眉八彩。」

⑬ 八眉：《尚書大傳》卷五：「堯八眉，舜四瞳子……八眉者，如八字者也。」《孝經援神契》：「（堯）八眉。」注：「八眉，眉彩色有八。」（《太平御覽》卷八〇）

⑭ 八彩：《淮南子·脩務訓》：「堯眉八彩，九竅通洞，而公正無私。」高誘注：「眉有八彩之色。」《孔

叢子・居卫》：「昔堯身修十尺，眉乃八彩。」

⑮　珠衡：謂人眉間骨隆起如連珠，古人以爲帝王之相。《孝經援神契》：「伏羲大目山準，日角而連珠衡。」宋均注：「珠衡，衡中有珠，表如連珠，象玉衡星。」謂伏羲爲珠衡。又，《春秋元命苞》：「堯眉八彩，是謂通明，歷象日月，璇璣玉衡。」（《藝文類聚》卷一一）則亦謂帝堯之相。「珠衡」疑當作「璇衡」。衡，玉衡星，北斗第五星。璇、璣均爲北斗之星。

⑯　欽明、文思：《書・堯典》：「帝堯曰放勳欽明文思安安。」孔傳引馬融云：「威儀表備謂之欽，照臨四方謂之明，經緯天地謂之文，道德純備謂之思。」

⑰　睿哲：《書・舜典》：「濬哲文明，温恭允塞。」本爲言舜之德，此以言堯之德，未知所本。

⑱　允龔尅讓：《書・堯典》：「允恭克讓。」孔傳：「允，信；克，能。」孔穎達正義：「又能信實恭勤，善能謙讓，恭，則人不敢侮，讓，則人莫與争，由此爲下所服，名譽著聞。」

⑲　稽古則天：《書・堯典》：「曰若稽古帝堯。」孔傳：「若，順；稽，考也。能順考古道而行之者帝堯。」《論語・泰伯》：「大哉堯之爲君也！巍巍乎，唯天爲大，唯堯則之。」何晏集解：「孔曰：『則，法也。美堯法天而行化也。』」

⑳　就日望雲：《大戴禮記・五帝德》：「宰我曰：『請問帝堯。』孔子曰：『……其仁如天，其智如神，就之如日，望之如雲。』」《史記・五帝本紀》：「帝堯者，放勳，其仁如天，其知如神。就之如日，望之如雲。」司馬貞索隱：「如日之照臨，人咸依就之，若葵藿傾心以向日也。」「如雲之覆渥，言德化廣大而浸潤

生人，人咸仰望之，故曰如百穀之仰膏雨也。」

㉑光被：《書・堯典》：「光被四表，格于上下。」孔傳：「光，充；格，至也。既有四德，又信恭能讓，故其名聞，充溢四外，至於天地。」《晉書・樂志》載《唐堯》：「德化飛四表，祥氣見其徵。」

㉒「平章」二句：《書・堯典》：「九族既睦，平章百姓。百姓昭明，協和萬邦。」孔傳：「百姓，百官。言化九族而平和章明。」「協，合。……言天下衆民皆變化化上，是以風俗大和。」

虞舜〔一〕①，亦曰有虞②，大舜③，有姚④，虞皇，虞后；名重華⑤，字都君⑥。感大虹始生於姚墟〔二〕⑦，長於嬀水⑧。狀曰：濬哲，文明⑨，登庸⑩，納麓⑪，受終⑫，慎徽五典〔三〕⑬，懷神珠，秉石椎〔四〕⑭，哥琴⑮，垂拱⑯，彈五絃之琴，哥《南風》之詩⑰。

【校記】

〔一〕「虞舜」，右肩三寶本有朱點，右旁注「點本別行書之」。

〔二〕「虞皇虞后名重華字都君感大虹始生於姚」，義演本作小字記在行間。「虹」，原作「蛇」，各本同，從《校注》作「虹」。「始」，三寶本作「如」，又在「如」字上改作「始」，右旁注「草本始字也」。

〔三〕「徽」，原作「微」，三寶、高甲、高乙本同，三寶本眉注「徽」，松本、江户刊本、維寶箋本作「徽」，據六寺本及《書・舜典》改。

〔四〕「椎」，原作「推」，三寶、高甲、六寺、醍丙、仁乙、松本、江户刊本、維寶箋本同，高乙本作「惟」，從《考文篇》改。

【考釋】

① 虞舜：《五行大義》：「帝舜有虞氏，姓姚，母握登，見大虹意感，生帝於姚墟，名重華，字都君，目重瞳子，故名重華。以土承火，堯封之於虞，故號有虞氏。設五色之服。《文耀鉤》云：舜重瞳子，是謂滋涼。上應攝提，以統三光。《禮文嘉》云：舜損己，以安百姓，致鳥獸鶬鶬，鳳皇來儀。」

② 有虞：舜之先封於虞，故跡在今山西平陸東北。《帝王世紀》：「（舜）嬪于虞，故因號有虞氏。」（《太平御覽》卷八一）《書・堯典》「嬪于虞」孔穎達正義：「舜有天下，號曰有虞氏，是地名也。王肅云：『虞，地名也。』皇甫謐云：『堯以二女妻舜，封之於虞，今河東太陽山西虞地是也。』然則舜居虞地，以虞爲氏，堯封之虞爲諸侯，及王天下，遂爲天子之號。故從微至著，常稱虞氏。」又，《史記・五帝本紀》「虞舜者」張守節正義：「《括地志》云：『故虞城在陝州河北縣東北五十里虞山之上。酈元注《水經》云幹橋東北有虞城，堯以女嬪于虞之地也。又宋州虞城大襄國所封之邑。……』」

③ 大舜：《帝王世紀》：「初，舜既踐帝位，而父瞽瞍尚存，舜常戴天子車服而朝焉，天下大之，故曰大舜。」（《太平御覽》卷八一）《史記・五帝本紀》「虞舜者」裴駰集解：「謚法曰：『仁聖盛明曰舜。』」

④ 有姚：晉陸雲《贈顧驃騎詩二首》之《思文》：「在虞之胄，實惟有姚。」（《先秦漢魏晉南北朝詩・晉詩》卷六）《史記・五帝本紀》「虞舜者」張守節正義：「《括地志》云：『……《會稽舊記》云舜上虞人，去

虞三十里有姚丘，即舜所生也。周處《風土記》云舜東夷之人，生姚丘。』」「《括地志》又云：『姚墟在濮州雷澤縣東十三里。《孝經援神契》云舜生於姚墟。』案：二所未詳也。」

⑤重華：《書・舜典》：「重華協于帝。」孔傳：「華謂文德，言其光文重合於堯，俱聖明。」《史記・五帝本紀》：「虞舜者，名曰重華。」張守節正義：「目重瞳子，故曰重華。」

⑥都君：《帝王世紀》：「目重瞳，故名重華，字都君。」（《藝文類聚》卷一一）

⑦感大虹始生於姚墟：《帝王世紀》：「陶唐之世，握登見大虹，意感生舜於姚墟。」（《藝文類聚》卷一〇）

⑧長於嬀水：《書・堯典》：「釐降二女于嬀汭，嬪于虞。」孔穎達正義：「嬀水在河東虞鄉縣歷山西，西流至蒲坂縣南入於河。舜居其旁。」

⑨濬哲、文明：《書・舜典》：「濬哲文明，温恭允塞，玄德升聞。」孔傳：「濬，深；哲，智也。舜有深智文明。」

⑩登庸：《書・堯典》：「疇咨若時登庸。」孔傳：「疇，誰；庸，用也。誰能咸熙庶績，順是事者，將登用之。」選拔任用，或意指登帝位。

⑪納麓：《書・舜典》：「納子大麓，烈風雷雨弗迷。」孔傳：「麓，録也。納舜使大録萬機之政，陰陽和，風雨時，各以其節，不有迷錯愆伏，明舜之德合於天。」後謂總攬大政。

⑫受終：《書・舜典》：「正月上日，受終于文祖。」孔傳：「終謂堯終帝位之事，文祖者，堯文德之祖

廟。」孔穎達正義：「受終者，堯爲天子，於此事終，而授與舜，故知終謂堯終帝位之事，終言堯終舜始也。」

⑬ 慎徽五典：《書・舜典》：「慎徽五典，五典克從。」孔傳：「徽，美也。五典，五常之教：父義，母慈，兄友，弟恭，子孝。舜慎美篤行斯道，舉八元，使布之於四方，五教能從無違命。」

⑭「懷神」二句：《雒書靈準聽》：「有人方面，日衡重華，握石椎，懷神珠。」（《藝文類聚》卷一一）注：「椎讀曰錘，錘，平輕重者也。握石錘，謂知璇璣玉衡之道也。懷神珠，喻有聖智也。」《太平御覽》卷八一引《尚書帝命驗》同。

⑮ 哥琴：即彈五絃之琴，歌《南風》之詩。詳下。哥：古「歌」字。

⑯ 垂拱：《書・武成》：「惇信明義，崇德報功，垂拱而天下治。」孔穎達正義：「謂所任得人，人皆稱職，手無所營，下垂其拱。」晉夏侯湛《虞舜贊》：「有虞愔愔，揖讓鼓琴，垂拱臨民，詠彼南音。」（《藝文類聚》卷一一）《貞觀政要・君道》「鳴琴垂拱」戈直注：「垂拱者，垂衣拱手，無爲而治也。」盛江案：《論語・衛靈公》：「無爲而治者其舜也與？夫何爲哉？恭己正南面而已矣。」謂舜垂拱無爲而治，或本於《論語》之意。

⑰「彈五」二句：《禮記・樂記》：「昔者舜作五絃之琴，以歌《南風》。」孔穎達正義：「五絃謂無文武二絃，唯宮商等五絃也。」鄭玄注：「《南風》，長養之風也，以言父母之長養己。其辭未聞也。」《孔子家語・辯樂解》：「昔者，舜彈五絃之琴，造《南風》之詩。其詩曰：『南風之熏兮，可以解吾民之慍兮；南風

之時兮，可以阜吾民之財兮。』」

夏禹〔一〕①，亦曰有夏②，伯禹③，夏禹；名文命④，字高密〔二〕⑤。感流星生於石紐〔三〕⑥。耳參漏〔四〕⑦，懷玉斗〔五〕⑧。狀有：疏通⑨，任土作貢⑩，盡力溝洫，卑宫室⑪。

【校記】

〔一〕「夏禹」，右肩三寶本有朱點，右旁注「點本别行書之」。

〔二〕「高」下原有「宓」字而又有抹消符號，三寶、高乙本同。「密」，義演本作「安」，天海本作「宓」，右旁注「密草本」，三寶本旁注「コレハ草本也」（此爲草本也）。

〔三〕「生」，三寶本朱筆旁注「イ無」。

〔四〕「漏」，原作「偏」，朱筆旁注「漏」，據三寶本改。

〔五〕「斗」，字形原似「升」，三寶、高乙、義演本同，三寶本注「斗」，據高甲、六寺、江户刊本、維寶箋本改。

【考釋】

① 夏禹：《史記·夏本紀》：「夏禹，名曰文命。」張守節正義：「夏者，帝禹封國號也。《帝王紀》云：『禹受封爲夏伯，在豫州外方之南，今河南陽翟是也。』」

②有夏：《左傳》襄公四年：「昔有夏之方衰也。」《書・召誥》：「相古先民有夏。」「我不可不監于有夏，亦不可不監于有殷。」《書・伊訓》：「古有夏先后，方懋厥德。」孔傳：「先君，謂禹以下、少康以上賢王。」

③伯禹：《書・舜典》：「伯禹作司空。」孔穎達正義引賈逵曰：「伯，爵也，禹代鯀爲崇伯，入爲天子司空，以其伯爵，故稱伯禹。」

④文命：《史記・夏本紀》：「夏禹，名曰文命。」司馬貞索隱：「《尚書》云：『文命敷于四海。』孔安國云『外布文德教命』，不云是禹名。」張守節正義：「《帝王紀》云：『父鯀妻脩己……生禹。名文命，字密……《大戴禮》云『高陽之孫，鯀之子，曰文命』。」

⑤高密：《史記・夏本紀》司馬貞索隱：「《系本》：『鯀取有辛氏女，謂之女志，是生高密。』宋衷云：『高密，禹所封國。』」《帝王世紀》：「名文命，字高密。」（《初學記》卷九）

⑥感流星生於石紐：《史記・夏本紀》張守節正義：「《帝王紀》云：『父鯀妻脩己，見流星貫昴，夢接意感，又吞神珠薏苡，胸坼而生禹。』……揚雄《蜀王本紀》云：『禹本汝山郡廣柔縣人也，生於石紐。』《括地志》云：『茂州汶川縣石紐山在縣西七十三里。』」

⑦耳參漏：《淮南子・脩務訓》：「禹耳參漏，是謂大通。」高誘注：「參，三也。漏，穴也。大通，天下擢下滯之物。」

⑧懷玉斗：《帝王世紀》：「（伯禹）胸有玉斗。」（《太平御覽》卷八二）《雒書靈準聽》：「有人……懷玉

斗。」（同上）注：「懷璇璣玉衡之道，或以爲有黑子如玉斗也。」

⑨疏通：《孟子・滕文公上》：「禹疏九河，瀹濟漯而注諸海。」《淮南子・本經訓》：「舜乃使禹疏三江五湖……平通溝陸（盛江案：當作「洫」），流注東海。」《水經注・河水四》：「河出孟門之上，大溢逆流……大禹疏通，謂之孟門。」

⑩任土作貢：《書・禹貢》：「任土作貢。」孔傳：「任其土地所有，定其貢賦之差。此堯時事，而在《夏書》之首，禹之王以是功。」

⑪「盡力」二句：《論語・泰伯》：「子曰：『禹，吾無間然矣。菲飲食而致孝乎鬼神，惡衣服而致美乎黻冕，卑宮室而盡力乎溝洫。』」何晏集解：「包曰：『方里爲井，井間有溝，溝廣深四尺。十里爲成，成間有洫，洫廣深八尺。』」《禮含文嘉》：「禹卑宮室，垂意於溝洫，百穀用成。」（《藝文類聚》卷一一）

殷湯①，亦曰成湯②，商湯③，商王④，殷后；名天乙⑤，字乙王。感白氣而生⑥。兩肘⑦，七名⑧，受金鈎⑨，都於亳〔一〕⑩。狀有：革命〔二〕⑪，解網〔三〕⑫，卅七征〔四〕⑬，討於鳴條〔五〕⑭，竄于南巢⑮。

【校記】

〔一〕「亳」，三寶本右旁朱筆注「所名也」，六寺、醍丙本左旁注「所名」。

〔二〕「命」，原作「令」，三寶、高乙本同，三寶本眉注「命亻」，據高甲、六寺、醍丙、義演、維寶箋本改。

〔三〕「綱」，原作「綱」，六寺本同，據江户刊本、維寶箋本改。

〔四〕「卅七」，六寺、醍丙本左旁注「所名」，當爲「廿七」之誤，詳下。「卅」，義演本作「世」。

〔五〕「鳴條」，三寶、醍丙、天海本右旁注「所名也」。「討」，原作「紂」，各本同。周校：「『紂』，疑爲『討』字形誤。」林田校本作「討」，今從之。《校勘記》以爲「紂」爲「桀」之訛，並引《史記·殷本紀》「桀敗於大娀。桀奔於鳴條」，以爲「卅七」至「鳴條」當作「卅七，征桀於鳴條」。可備一説。

【考釋】

①殷湯：《史記·殷本紀》「殷契」司馬貞索隱：「契始封商，其後裔盤庚遷殷，殷在鄴南，遂爲天下號。」《書·湯誓》：「伊尹相湯伐桀。」魏曹植《殷湯贊》：「殷湯伐夏，諸侯振仰。」（《藝文類聚》卷一二）

②成湯：詳下。又《書·泰誓》：「天乃佑命成湯。」《史記·殷本紀》：「成湯，自契至湯八遷。」

③商湯：漢徐幹《中論·貴言》：「夫君子之於言也，所致貴也，雖有夏后之璜，商湯之駟，弗與易也。」（上海古籍出版社一九九〇年）

④商王：《書·伊訓》：「惟我商王，布昭聖武，代虐以寬，兆民允懷。」

⑤天乙：《史記·殷本紀》：「主癸卒，子天乙立，是爲成湯。」司馬貞索隱：「湯名履，《書》曰『予小子履』是也。又稱天乙者，譙周云『夏、殷之禮，生稱王，死稱廟主，皆以帝名配之。天亦帝也，殷人尊湯，故

曰天乙』。」《尚書中候》：「天乙在亳。」（《藝文類聚》卷一二）

⑥感白氣而生：《春秋元命苞》：「扶都感白氣而生湯。」（《藝文類聚》卷一二）

⑦兩肘：《雒書靈準聽》：「黑帝子湯，長八尺一寸，或曰七尺，連珠庭，臂二肘。」（《太平御覽》卷八三）

⑧七名：《紀年》：「湯有七名而九征。」（《太平御覽》卷八三）

⑨受金鈎：《田俅子》：「商湯爲天子，都于亳，有神手牽白狼，口銜金鈎而入湯庭。」（《藝文類聚》卷九九）

⑩都于亳：《史記·殷本紀》：「湯始居亳。」裴駰集解：「皇甫謐曰：『梁國穀熟爲南亳，即湯都也。』」張守節正義：「《括地志》云：『宋州穀熟縣西南三十五里南亳故城，即南亳，湯都也。宋州北五十里大蒙城爲景亳，湯所盟地，因景山爲名。河南偃師爲西亳，帝嚳及湯所都，盤庚亦徙都之。』」

⑪革命：《易·革卦·彖傳》：「天地革而四時成。湯武革命，順乎天而應乎人。」

⑫解網：《史記·殷本紀》：「湯出，見野張網四面，祝曰：『自天下四方皆入吾網。』湯曰：『嘻！盡之矣。』乃去其三面，祝曰：『欲左，左。欲右，右。不用命，乃入吾網。』諸侯聞之曰：『湯德至矣，及禽獸。』……于是諸侯畢服，湯乃踐天子位，平定海内。」北周庾信《湯解祝網讚》：「三方落網，一面驅禽，德矣聖政，仁乎用心。」（《庾子山集注》卷一〇）《晉書·樂志》載《伯益》：「殷湯崇天德，去其三面羅。」

⑬卅七征：《帝王世紀》：「（成湯）凡二十七征，而德施于諸侯焉。」（《太平御覽》卷八三）據此，「卅

七」，當爲「廿七」之誤。又，《孟子·滕文公下》：「湯始征，自葛載，十一征而無敵於天下。」趙岐注：「十一征而服天下。一説，言當作再字，再十一征而言湯再征十一國，再十一，凡征二十二國也。」爲又一説。

⑭討于鳴條：《書·湯誓》：「伊尹相湯伐桀，升自陑，遂與桀戰于鳴條之野。」孔傳：「地在安邑之西。」

⑮竄于南巢：《淮南子·本經訓》：「于是湯乃以革車三百乘伐桀于南巢，放之夏臺。」高誘注：「南巢，今廬江巢縣是也。」《帝王世紀》：「湯來伐桀，以乙卯日戰于鳴條之野，桀未戰而敗績，湯追至大涉，遂禽桀于焦，放之歷山，乃與妹喜及諸嬖妾同舟浮海，奔于南巢之山而死。」（《太平御覽》卷八二）

高宗①，亦曰武丁，中宗②，殷宗③。狀云：中興④。

【考釋】

①高宗：殷第二十二代王，盤庚弟小乙之子，爲殷之中興之主。《書·説命》：「高宗夢得説。」孔傳：「盤庚弟，小乙子，名武丁，德高可尊，故號高宗。」《史記·殷本紀》：「武丁崩，子帝祖庚立。祖己嘉武丁之以祥雉爲德，立其廟爲高宗。」《禮記·喪服四制》：「高宗者，武丁。武丁者，殷之賢王也，繼世即位，而慈良于喪。當此之時，殷衰而復興，禮廢而復起，故善之。善之，故載之《書》中而高之，故謂之高宗。」

②中宗：《書·無逸》：「昔在殷王中宗。」孔傳：「大戊也，殷家中世尊其德，故稱宗。」《史記·殷本紀》：「帝太戊立……殷復興，諸侯歸之，故稱中宗。」是知中宗爲太戊，太戊爲殷湯第九代王。

③殷宗：指盤庚。《漢書·宣帝紀贊》：「功光祖宗，業垂後嗣，可謂中興，侔德殷宗、周宣矣。」漢班固《東都賦》：「遷都改邑，有殷宗中興。」（《文選》卷一）

④中興：《史記·殷本紀》：「武丁修政行德，天下咸驩，殷道復興。」

周文王〔一〕①，亦曰文昌。武王②，亦曰武發。並云有周③，蒼精④。文王邑於澧〔二〕⑤，受命於岐山〔三〕⑥。武王都於鎬⑦。狀云：命唯新⑧，耆定武功⑨，虞代革命〔四〕，伐罪〔五〕⑩。

【校記】

〔一〕「周」，右肩三寶本有朱點。

〔二〕「澧」，《校注》：「『澧』，當作『豐』。」

〔三〕「於」，三寶、天海本作「終」。

〔四〕「虞代」，《校注》、《譯注》並云疑「虞代」有誤。

〔五〕「伐」，原作「代」，高乙本同，據三寶、高甲本改。

【考釋】

①周文王：《史記·周本紀》：「公季卒，子昌立，是爲西伯。西伯曰文王。」「謚爲文王。」張守節正義：「謚法：『經緯天地曰文。』」《春秋元命苞》：「伐殷者爲姬昌。」（《太平御覽》卷八四）注：「姬昌之言基始也，昌，兩日重見，言明象。」

②武王：《史記·周本紀》：「明年，西伯崩，太子發立，是爲武王。」張守節正義：「謚法：『克定禍亂曰武。』」

③有周：《書·泰誓》：「惟我有周，誕受多方。」孔傳：「言文王德大，故受衆方之國。三分天下，而有其二。」《詩·大雅·文王》：「有周不顯，帝命不時，文王陟降，在帝左右。」《詩·周頌·時邁》：「實右序有周。」

④蒼精：《春秋元命苞》：「姬昌，蒼帝之精，位在房心。」「殷時五星聚于房，房者蒼神之精，周據以興。」（《初學記》卷九）《春秋感精符》：「孔子案録書，含觀五常英人，知姬昌爲蒼帝精。」（《太平御覽》卷八四）

⑤文王邑於灃：《詩·大雅·文王有聲》：「文王受命，有此武功，既伐于崇，作邑于豐。」《史記·周本紀》：「（文王）明年，伐崇侯虎，而作豐邑。」裴駰集解：「徐廣曰：『豐在京兆鄠縣東。』」

⑥受命於岐山：《書·無逸》：「文王受命惟中身。」《詩·大雅·文王序》：「《文王》，文王受命作周也。」毛傳：「受命，受天命而王天下。」《墨子·非攻下》：「赤鳥銜珪，降周之岐社，曰：『天命周文王伐殷

有國。』」《春秋元命苞》：「伐殷者爲姬昌，生於岐，立於豐。」（《太平御覽》卷八四）注：「岐，雍州之山最大者也。」《史記・周本紀》「止於岐下」裴駰集解：「徐廣曰：『山在扶風美陽西北，其南有周原。』」

⑦武王都於鎬：《詩・大雅・文王有聲》：「鎬京辟廱。」「考卜維王，宅是鎬京，維龜正之，武王成之。」毛傳：「武王作邑於鎬京。」

⑧命唯新：《詩・大雅・文王》：「周雖舊邦，其命維新。」毛傳：「乃新在文王也。」

⑨耆定武功：《詩・周頌・武》：「嗣武受之，勝殷遏劉，耆定爾功。」鄭玄箋：「耆，老也。嗣子武王受文王之業，舉兵伐殷而勝之，以止天下之暴虐而殺人者，年老乃定女之此功，言不汲汲於誅紂，須暇五年。」又一説，《左傳》宣公十二年：「又作《武》，其卒章曰：『耆定爾功。』」杜預注：「耆，致也。言武王誅紂，致定其功。」

⑩伐罪：《史記・周本紀》：「於是武王徧告諸侯曰：『殷有重罪，不可以不畢伐。』」

漢〔一〕，曰天漢①，炎漢②，卯金刀③。高祖曰劉邦④，感玉英始生〔二〕⑤，酆澤夢素靈哭⑥，芒山見紫雲〔三〕⑦，灞壘浮奇氣〔四〕⑧。狀云：肇戴天禄⑨，提劍⑩。

右並是古帝王名狀，至諸文歷叙先代處，可於此斟酌改用之。或可引軒、唐、虞、夏、商、周、秦、漢等國號，即以曆運、命祚、基業、道德等配之〔五〕，隨其盛衰而叙。

【校記】

〔一〕「漢」，右肩三寳本有朱點。

〔二〕「始」，義演本作「如」。

〔三〕「山」，義演本作「小」。「山」下松本、江户刊本、維寳箋本有一「小」字。

〔四〕「壘」，義演本作「壘壘」。

〔五〕「基」，原作「其」，各本同，據《校注》改。「之」上三寳本有一「隨」字，又抹消之。

【考釋】

①天漢：《漢書·蕭何傳》載：劉邦被立爲漢王，蕭何曰：「語曰『天漢』，其稱甚美。」顔師古注引孟康曰：「言地之有漢，若天之有河漢，名號休美。」漢李陵《答蘇武書》：「出天漢之外，入强胡之域。」（《文選》卷四一）

②炎漢：漢班固《高祖泗水亭碑》：「皇皇炎漢，兆自沛豐。……炎火之德，彌光以明。」（《藝文類聚》卷一二）梁蕭統《文選序》：「自炎漢中葉，厥塗漸異。」李周翰注：「漢火德，故稱炎。」

③卯金刀：《春秋演孔圖》：「其人日角龍顔，姓卯金，含仁義。」（《藝文類聚》卷一二）《漢書·王莽傳》：「夫『劉』之爲字，『卯、金、刀』也。」

④高祖：《史記·高祖本紀》「高祖」裴駰集解：「《漢書音義》曰：『諱邦』。張晏曰：『禮謚法無

「高」，以爲功最高而爲漢帝之太祖，故特起名焉。』」

⑤感玉英始生：《帝王世紀》：「太上皇之妃曰媪，是爲昭靈后，名含始。遊於洛池，有玉鷄銜赤珠出，刻曰：玉英，吞此者王。含始吞之，生邦字季。」（《太平御覽》卷八七）

⑥酆澤夢素靈哭：《史記・高祖本紀》：高祖拔劍斬蛇，「後人來至蛇所，有一老嫗夜哭，人問何哭，嫗曰：『人殺吾子，故哭之。』人曰：『嫗子何爲見殺？』嫗曰：『吾子，白帝子也，化爲蛇，當道，今爲赤帝子斬之，故哭』」。晉陸機《漢高祖功臣頌》：「彤雲晝聚，素靈夜哭。」（《文選》卷四七）

⑦芒山見紫雲：《史記・高祖本紀》：「秦始皇常曰『東南有天子氣』，於是因東遊以厭之。高祖即自疑，亡匿，隱於芒、碭山澤巖石之間。吕后與人俱求，常得之。高祖怪問之，吕后曰：『季所居上常有雲氣，故從往常得季。』高祖心喜。」

⑧灞壘浮奇氣：《楚漢春秋》：「項王在鴻門，而亞父諫曰：『吾使人望沛公，其氣衝天，五彩相糺，或似雲，或似龍，或似人，此非人臣之氣也，不若殺之。』」（《太平御覽》卷八七）

⑨肇戴天禄：天禄：天賜的福禄。《書・大禹謨》：「四海困窮，天禄永終。」晉陸機《漢高祖功臣頌》：「赫矣高祖，肇載天禄。」（《文選》卷四七）

⑩提劍：《史記・高祖本紀》：「高祖擊布時，爲流矢所中，行道病，病甚。吕后迎良醫，醫入見，高祖問醫，醫曰：『病可治。』於是高祖嫚罵之曰：『吾以布衣提三尺劍取天下，此非天命乎？命乃在天，雖扁鵲何益！』遂不使治病。」

若敘盛，云：光啓①，云始②，唯新③，方熾，玄盛〔一〕，逾隆，尅明〔二〕④，云永，逾遠，方弘，方茂，云恭〔三〕。

若敘衰〔四〕，云：造地〔五〕⑤、陵遲〔六〕⑥、將季⑦、云喪、將盡、云替〔七〕、已缺、將亡、告終等語。

受命⑧，受終〔八〕⑨，定業⑩，開基⑪，啓祚⑫，承天⑬，乘時⑭。

【校記】

〔一〕「玄」，《校勘記》：「『玄』疑『茲』之訛。」

〔二〕「尅」，松本、江户刊本、維寶箋本作「兢」。

〔三〕「云恭」，《校注》：「『云恭』下當有闕文，竊疑下文『受命受終定業開基啓祚承天乘時』一行十四字當承此下，今此一行十四字誤植於『叙衰』之後，『生狀』之前，則不倫不類矣。」

〔四〕「若」，右肩三寶本標有朱點。

〔五〕「造地」，《校注》：「（造地）二字疑，或是『未造』之誤。」

〔六〕「陵」，六寺、醍丙、仁乙本作「凌」，三寶本作「陵」，眉注「凌」。

〔七〕「云」，醍丙、仁乙本無。

〔八〕「受命受終」，《考文篇》：「受命受終，此上疑有脱文。」

【考釋】

①光啓：晉陸機《漢高祖功臣頌》：「收吴引淮，光啓于東。」（《文選》卷四七）北齊朱瑒《與徐陵請王琳首書》：「王業光啓，鼎祚有歸。」（《北齊書·王琳傳》）

②云始：北周庾信《周大將軍司馬裔神道碑》：「玉鏡云始，金行乃構。」（《庾子山集》卷一三）陳沈炯《歸魂賦》：「資玄聖而云始。」（《藝文類聚》卷七九）

③唯新：《書·胤征》：「咸與惟新。」《詩·大雅·文王》：「周雖舊邦，其命維新。」《後漢書·楊彪傳》：「耄年被病，豈可贊惟新之朝。」

④克明：《書·堯典》：「克明俊德，以親九族。」孔傳：「能明俊德之士任用之。」《書·伊訓》：「居上克明，爲下克忠。」《詩·大雅·皇矣》：「貊其德音，其德克明。」鄭玄箋：「照臨四方曰明。」

⑤造地：漢班固《東都賦》：「顧曜後嗣之末造。」（《文選》卷一）

⑥陵遲：《詩·王風·大車序》：「禮義陵遲，男女淫奔。」孔穎達正義：「陵遲，猶陂阤，言禮義廢壞之意也。」《史記·張釋之馮唐列傳》：「以故不聞其過，陵遲而至於二世，天下土崩。」

⑦將季：《左傳》昭公三年：「晏子曰：『此季世也。……』叔向曰：『然。雖吾公室，今亦季世也。』」《國語·晉語一》：「郭偃曰：『夫三季王之亡也宜。』」韋昭曰：「季，末也。」

⑧受命：《書·召誥》：「惟王受命，無疆惟休。」《史記·日者列傳》：「自古受命而王，王者之興何嘗不以卜筮決于天命哉！」《晉書·樂志》載《洪業篇》：「聖皇應靈符，受命君四海。」

⑨受終：《書·舜典》：「正月上日，受終于文祖。」孔穎達正義：「受終者，堯爲天子，於此事終，而授與舜，故知終謂堯終帝位之事，終言堯終舜始也。」《隋書·地理志》：「高祖受終，惟新朝政，開皇三年，遂廢諸郡。」

⑩定業：梁任昉《王文憲集序》：「時聖武定業，肇基王命。」（《文選》卷四六）

⑪開基：《漢書·魏相丙吉傳贊》：「近觀漢相，高祖開基，蕭、曹爲冠。」梁江淹《知己賦》：「談天理之開基，辯人道之始終。」（《江文通集彙注》卷二）

⑫啓祚：帝后誕育。晉張華《元皇后哀策文》：「河岳降靈，啓祚華陽。」（《晉書·武元楊皇后傳》）《晉書·樂志》：「天命降監，啓祚明哲。」

⑬承天：《易·坤卦·彖傳》：「至哉坤元，萬物資生，乃順承天。」孔穎達正義：「乃順承天者，乾是剛健，能統領於天，坤是陰柔，以和順承平於天。」《後漢書·朗顗傳》：「夫求賢者，上以承天，下以爲人。」

⑭乘時：梁沈約《齊故安陸昭王碑》：「魏氏乘時於前，皇齊握符於後。」（《文選》卷五九）

生狀〔一〕，云：誕靈①，降神②，誕聖③，發祉〔二〕，效靈④，啓聖⑤，流祉⑥。亦云：載誕，降生。

臨狀〔三〕，云：登樞⑦，踐極⑧，馭宇〔四〕⑨，建國⑩，乘時，踐位⑪，君臨⑫，乘乾⑬，出震〔五〕⑭。右若叙先代，並得通用。

叙述帝德，體制甚多，配用諸文，動成混亂，今略辨之如右〔六〕。

【校記】

〔一〕「生」，右肩三寶本標有朱點。

〔二〕「祉」，三寶本作「心」，眉注「祉イ」。

〔三〕「臨」，右肩三寶本標有朱點。

〔四〕「宇」，松本、江户刊本、維寶箋本作「字」。

〔五〕「震」上六寺本衍「靈」字。

〔六〕「辨」，原作「弁」，各本同，從《考文篇》本作「辨」。「右」，高乙本作「左」，豹軒藏本鈴木虎雄注：「『右』疑當作『左』。」

【考釋】

①誕靈：隋薛道衡《老氏碑》：「皇帝誕靈縱叡，接統膺期。」（《薛道衡集》）

②降神：《詩·大雅·崧高》：「崧高維嶽，駿極于天，維嶽降神，生甫及申。」

③ 誕聖：劉宋王韶之《殿前登歌》：「烝哉我皇，實靈誕聖。」（《樂府詩集》卷一四）

④ 效靈：顯靈。劉宋顏延年《三月三日曲水詩序》：「晷緯昭應，山瀆效靈。」（《文選》卷四六）李善注：「山出器車，瀆出圖書之類。」

⑤ 啓聖：梁任昉《齊禪梁詔》：「五德更始，三正迭興，馭物資賢，登庸啓聖。」（《梁書・武帝紀》）《北史・周文帝紀論》：「時屬與能，運膺啓聖。」

⑥ 流祉：漢蔡邕《王子喬碑》：「匡流祉，熙帝庭，祐邦國，相黔民。」（《全上古三代秦漢三國六朝文・全後漢文》卷七五）

⑦ 登樞：唐長孫無忌《進律疏議表》：「體國經野，御辨登樞。」（《全唐文》卷一三六）唐陳子昂《勸封禪表》：「陛下膺天受命，握紀登樞。」（《全唐文》卷二一〇）

⑧ 踐極：劉宋鮑照《河清頌序》：「聖上天飛踐極，迄兹二十四載，道化周流，元澤汪濊。」（《鮑參軍集注》卷二）唐陳子昂《爲將軍程處弼謝放流表》：「自陛下踐極，謬荷恩私，冒寵叨榮，超絶時輩。」（《全唐文》卷二一〇）

⑨ 馭宇：《魏書・源子恭傳》：「竊惟皇魏居震統極，總宙馭宇，革制土中，垂式無外。」隋牛弘《請開獻書之路表》：「及秦皇馭宇，吞滅諸侯，任用威力，事不師古。」（《隋書・牛弘傳》）

⑩ 建國：《左傳》桓公二年：「故天子建國，諸侯立家。」《禮記・祭法》：「天下有王，分地建國。」《周禮・天官・冢宰》：「惟王建國。」

⑪踐位：《管子·小問》：「桓公踐位，令釁社塞禱。」《宋書·謝莊傳》：「陛下踐位，親臨聽訟。」《禮記·中庸》：「踐其位。」

⑫君臨：《左傳》襄公十三年：「赫赫楚國，而君臨之。」梁沈約《大壯舞歌》：「君臨萬國，遂撫八寅。」（《樂府詩集》卷五二）陳徐陵《梁禪陳策文》：「金根玉輅，示表君臨。」（《陳書·高祖紀》）

⑬乘乾：本喻人臣權勢在人君之上。《左傳》昭公三十二年：「在《易》卦，雷乘《乾》曰《大壯》☳，天之道也。」亦指帝王登極爲帝。唐駱賓王《爲齊州父老請陪封禪書》：「觀陛下乘乾握紀，纂三統之重光。」（《全唐文》卷一九七）《漢書·王莽傳》：「五威將乘乾文車，駕坤六馬。」

⑭出震：典出《易·説卦傳》，參前文考釋。

本條登樞——踐極，馭宇——建國，乘乾——出震，均爲對偶。

或先叙感受符受命〔一〕、形狀握運等二句於上，後以德從、臨馭、功業等承之〔二〕。若云盛降〔三〕：炎上①、赤帝②、赤熛〔四〕③、熛怒④、朱鳥〔五〕⑤、翼軫〔六〕⑥、瑶光〔七〕⑦、白虹⑧、星虹⑨、樞電⑩、赤龍⑪、玉英等⑫。精靈⑬：祉氣〔八〕，正氣⑭。握受膺⑮：黄河⑯、滎河⑰、河洛⑱、翠淵⑲、玄扈⑳、龍馬㉑、龜鳳㉒、龜龍㉓、黄龍㉔、玄龜㉕、玄精㉖、朱文、緑錯〔九〕㉗、玄匣、玉匣㉘、玉檢等圖録㉙。文命㉚、赤雀㉛、玉匱書〔一〇〕㉜、黄魚〔一一〕㉝、金鈎〔一二〕㉞、丹書等命降〔一三〕㉟。玄珪㊱、錫受、昭華等贈應〔一四〕㊲。叶千年㊳、千載〔一五〕㊴、五期㊵、五運等期運㊶。數咨㊷，三靈卜㊸，戴玉理石耳形表〔一六〕㊹。蒼牙㊺、珠衡等狀配㊻。居踐、紫微㊼、北辰〔一七〕㊽、宸極等位居〔一八〕㊾。大寶㊿、九五(51)、黄屋等位尊(52)。並量其類以取對(53)。

【校記】

〔一〕「受命」，周校：「『受』字疑衍。」

〔二〕「業等」，六寺、醍丙、仁乙本作「等業」。

〔三〕「盛」，天海本作「感」，三寶本眉注「感イ」。

〔四〕「標」，三寶本右旁注「煙イ」，高甲、六寺、天海本作「煙」。

〔五〕「朱」，三寶本作「米」，朱筆右旁注「朱イ」。

〔六〕「軫」下原有「翼」字，三寶、高甲本同，三寶本右旁注「イ無」，據六寺、義演、醍丙、仁乙本改。

〔七〕「瑶」，高乙本作「翼」。

〔八〕「祉」，松本、江户刊本、維寶箋本作「祀」。

〔九〕「録」，原作「録」，各本同，從《考文篇》改。

〔一〇〕「匱」，原作「遺」，高乙本同，據三寶、高甲、六寺本改。

〔一一〕「魚」，醍丙、仁乙本作「貞」。

〔一二〕「鈎」，原作「釣」，三寶、松本、江户刊本、維寶箋本同，據高甲、六寺本改。

〔一三〕「書」，六寺、醍丙、松本、江户刊本、維寶箋本作「晝」，三寶本眉注「晝」。

〔一四〕「昭」，原作「照」，六寺、醍丙、仁乙、義演本同，原右旁注「昭」，從三寶、高甲、江户刊本、維寶箋本作「昭」。

〔一五〕「載」，三寶本作「戴」。

〔一六〕「玉理」，原作「玉々」，右旁注「理石」，據六寺、醍丙、仁乙、江户刊本、維寶箋本改。「理石」，三寶、高甲、高乙本作「理々石」，義演本作「理々」，三寶本右旁注「亻無」。「耳」，原無，各本同，據上文「神農」條補。《校注》「石耳」下再補一「等」字，謂：「『等』字，據本條上下例補。」

〔一七〕「北辰」下三寶、松本、江户刊本、維寶箋本有一「靈」字，三寶本「靈」字有抹消符號。

〔一八〕「宸」，原作「震」，三寶、六寺、醍丙本同，高甲、松本、江户刊本、維寶箋本作「宸」，原右旁注「辰亻」，據義演本改。《校勘記》：「『北辰宸極』，《高甲》作『北辰靈宸極』，原文可能是把『靈極震極』合作『靈震極』。」

【考釋】

①炎上：《書·洪範》：「火曰炎上。」《五行大義》：「赤帝望之，火煌煌然，視之炎上。」漢班固《典引》：「蓄炎上之烈精，蘊孔佐之弘陳。」（《文選》卷四八）

②赤帝：即炎帝神農氏。《春秋繁露·三代改制質文》：「以神農爲赤帝。」又，南方之火神祝融亦稱赤帝，但此處叙感受符命，當指炎帝。又，漢高祖劉邦稱赤帝子，亦簡稱爲赤帝。《漢書·王莽傳》：「赤帝漢氏高皇帝之靈，承天命，傳國金策之書，予甚祗畏。」

③赤熛：五帝之一，南方之神，司夏天，即赤帝。《周禮·春官·小宗伯》：「兆五帝於四郊。」鄭玄

注：「五帝……赤曰赤熛怒，炎帝食焉。」又《大宗伯》：「以禋祀祀昊天上帝。」賈公彦疏引《春秋緯文耀鉤》：「夏起赤受制，其名赤熛怒。」

④熛怒：南方赤帝，司夏。隋薛道衡《高祖文皇帝頌》：「若乃降精熛怒，飛名帝籙，開運握圖，創業垂統，聖德也。」（《隋書·薛道衡傳》）

⑤朱鳥：二十八宿中南方七宿，南方之神。《史記·天官書》司馬貞索隱引《春秋文耀鉤》：「南宫赤帝，其精爲朱鳥。」《河圖》：「南方赤帝，神名赤熛怒，精爲朱鳥。」（《太平御覽》卷八八一）漢王延壽《魯靈光殿賦》：「朱鳥舒翼以峙衡。」（《文選》卷一一）李周翰注：「朱鳥，朱雀，南方神也。」

⑥翼軫：二十八宿中翼宿和軫宿，古爲楚之分野。《史記·天官書》：「翼軫，荆州。」晉左思《吴都賦》：「婺女寄其曜，翼軫寓其精。」（《文選》卷五）吕向注：「翼軫，星楚分。」隋李德林《天命論》：「立殊勳於魏室，建茂績於周朝，啓翼軫之國，肇炎精之紀。」（《文苑英華》卷七五一）

⑦瑶光：北斗第七星，古以爲象徵祥瑞。《淮南子·本經訓》：「瑶光者，資糧萬物者也。」高誘注：「瑶光，謂北斗杓第七星也。……一説，瑶光，和氣之見者也。」漢張衡《西京賦》：「上飛闥而遠眺，正覩瑶光與玉繩。」（《文選》卷二）

⑧白虹：日月周圍之白色暈圈。《禮記·聘禮》：「氣如白虹，天也。」《後漢書·郎顗傳》：「凡日傍氣色白而純者名爲虹。」《史記·魯仲連鄒陽列傳》：「白虹貫日。」裴駰集解引應劭曰：「精誠感天，白虹爲之貫日也。」

⑨星虹：星如虹霓。梁劉峻《辯命論》：「星虹樞電，昭聖德之符。」（《文選》卷五四）李善注引《春秋元命苞》：「大星如虹，下流華渚，女節夢意，感生朱宣。」

⑩樞電：天樞星之光芒。梁沈約《光宅寺刹下銘》：「壽丘靉靆，電繞樞光。」（《廣弘明集》卷一六）《河圖握拒起》：「大電繞樞星，炤郊野，感符寶而生黄帝。」（《藝文類聚》卷二）

⑪赤龍：以火德王者之祥瑞。《左傳》昭公十七年「大皞氏以龍紀故爲龍師而龍名」孔穎達正義引服虔曰：「夏官爲赤龍氏。」

⑫玉英：玉之精英。《尸子》卷下：「清水有黄金，龍淵有玉英。」《史記·孝文本紀》：「欲出周鼎，當有玉英見。」又有漢高祖感玉英而生之説，參前文考釋。

本條盛降——炎上，赤帝——赤熛，瑶光——白虹，星虹——樞電，均爲屬對。

⑬精靈：精靈之氣。《易·繫辭上》：「精氣爲物，遊魂爲變。」孔穎達正義：「陰陽精靈之氣，氤氳積聚而爲萬物也。」

⑭正氣：《春秋演孔圖》：「正氣爲帝，閒氣爲臣，秀氣爲人。」（《藝文類聚》卷一一）《易緯通卦驗》：「震，東方也，主春分，日出青氣，出直震，此正氣出也。」（同上卷三）《易通卦驗》：「離，南方也，主夏，日中赤氣出，直離，此正氣。」（同上）

⑮握受膺：握符受籙膺河圖，接受所謂天賜符命之書，應運而興。漢張衡《東京賦》：「高祖膺籙受圖。」（《文選》卷三）劉宋顔延之《赭白馬賦》：「后唐膺籙，赤文候日。」（《文選》卷一）陳徐陵《勸進梁元帝

表》：「握圖執鉞，將在御天。」（《梁書·元帝紀》）

⑯黄河：魏李康《運命論》：「黄河清而聖人生。」（《文選》卷五三）然此處或亦指河出圖之事。詳下。

⑰滎河：《尚書中候》：「帝堯即政，滎光出河，休氣四塞。」（《藝文類聚》卷一一）《文心雕龍·正緯》：「滎河温雒，是孕圖緯。」梁簡文帝《大法頌》：「滎河耻其祥潤，汾陰陋其暉影。」（《廣弘明集》卷二〇）

⑱河洛：河圖洛書之簡稱。《易·繫辭上》：「河出圖，洛出書，聖人則之。」孔穎達正義：「《春秋緯》云：河以通乾出天苞，洛以流坤吐地符，河龍圖發，洛龜書感。河圖有九篇，洛書有六篇。孔安國以爲，河圖則八卦是也，洛書則九疇是也。」魏曹丕《册孫權太子登爲東中郎封侯文》：「蓋河洛寫天意，符讖述聖心。」（《藝文類聚》卷五一）

⑲翠淵：即翠嬀之淵。《河圖挺佐輔》：「黄帝修德立義，天下大治，乃召天老而問焉：『余夢見兩龍挺白圖，以授余於河之都。』天老曰：『河出龍圖，雒出龜書……天其授帝圖乎！』黄帝乃祓齊七日，至於翠嬀之淵，大鱸魚折溜而至，乃與天老迎之，五色畢具，魚汎白圖，蘭葉朱文，以授黄帝，名曰録圖。」（《藝文類聚》卷一一）《龍魚河圖》：「堯時與群臣賢智到翠嬀之川，大龜負圖來投堯。」（同上卷九九）則是帝堯之事。

⑳玄扈：山名，黄帝於此山拜受鳳鳥銜來之圖。《春秋合誠圖》：「黄帝遊玄扈雒水上，與大司馬容

光等臨觀，鳳皇銜圖置帝前，帝再拜受圖。」（《藝文類聚》卷九九）注：「玄扈，石室。」《水經注·洛水》：「《河圖玉版》曰：倉頡爲帝，南巡狩，登陽虛之山，臨於玄扈洛汭之水，靈龜負圖，丹甲青文以授之。」玄扈爲水名，受書者爲倉頡。又，《山海經·中山經》：「自鹿蹄之山至于玄扈之山。」則玄扈又爲山名。《北齊明堂樂歌·皇夏樂》：「瑞鳥飛玄扈，潛鱗躍翠漣。」（《樂府詩集》卷三）

㉑ 龍馬：《禮記·禮運》：「河出馬圖。」鄭玄注：「馬圖，龍馬負圖而出也。」孔穎達正義：「《中候握河紀》：堯時受河圖，龍銜赤文緑色。注云：龍而形象馬，故云馬圖。是龍馬負圖而出。又云：伏羲氏有天下，龍馬負圖出於河，遂法之畫八卦。」

㉒ 龜鳳：《禮記·禮運》：「何謂四靈，麟鳳龜龍，謂之四靈。」《後漢書·蔡邕傳》：「龜鳳山翳，霧露不除。踴躍草萊，祇見其愚。」李賢注：「龜鳳喻賢人；霧露喻昏闇也。」

㉓ 龜龍：《五行大義》：「《禮含文嘉》云：堯廣被四表，致於龜龍。」南齊王融《三月三日曲水詩序》：「至江海呈象，龜龍載文。」（《文選》卷四六）李善注引《禮斗威儀》：「其君乘水而王，江海著其象，龜龍被其文而見。」

㉔ 黄龍：《吕氏春秋·知分》：「禹南省，方濟乎江，黄龍負舟。」《孝經援神契》：「德至水泉，則黄龍見者，君之象也。」（《藝文類聚》卷九八）《雒書靈準聽》：「舜受終，鳳皇儀，黄龍感，朱草生，蓂莢孳。」（《太平御覽》卷八一）

㉕ 玄龜：《黄帝出軍決》：「黄帝俱到盛水之側，立壇祭以大牢，有玄龜銜符，從水中出，置壇中而

去。黄帝再拜稽首，受符視之，乃所夢得符也。」（《藝文類聚》卷九九）《尚書中候》：「堯沉璧於雒，玄龜負書出，背甲赤文成字，止壇。」（同上）

㉖玄精：北方黑帝之神。《尚書中候》：「赤勒文曰：『元精天乙受神福，伐桀克。』」（《古微書》）梁沈約《朝丹徒故宫頌》：「玄精翼日，丹羽巢阿。」（《沈隱侯集》）北周庾信《燕射歌辭・宫調曲》：「玄精實委御，蒼正乃皆平。」（《庾子山集注》卷六）倪璠注：「玄精，黑精也，謂黑帝之神協光紀也。」

㉗朱文、緑錯：《尚書中候》：「黄龍負卷舒圖，出水壇畔，赤文緑錯。」（《太平御覽》卷八一）注：「錯，分也，文而以緑色分其間。」

㉘玉匣：《魏氏春秋》：「有玉匣，開蓋於前，上有玉字……有字曰『大討曹金但取之』，此司馬氏革運之徵。」（《藝文類聚》卷一〇）《南史・齊高帝紀》：「開玉匣而總地維。」

㉙玉檢：玉牒書之封篋。《春秋運斗樞》：舜即位爲天子，東巡狩，至於中月，「黄龍五彩負圖出，置舜前。圖以黄玉爲匣如櫃，長三尺，廣八寸，厚一寸，四合而連有户，白玉檢，黄金繩，芝爲泥封兩端」（《太平御覽》卷八一）。《漢書・武帝紀》顔師古注引三國魏孟康曰：「王者功成治定，告成功於天。……刻石紀號，有金策石函，金泥玉檢之封焉。」圖録：圖讖符命之書，亦作「圖籙」。《後漢書・方術傳》：「故王梁、孫咸名應圖籙，越登槐鼎之任。」漢蔡邕《太尉李咸碑》：「奕世載德，名昭圖録。」（《藝文類聚》卷四六）

本條黄河——滎河，翠淵——玄扈，龍馬——龜鳳，黄龍——玄龜，朱文——緑錯，可成屬對。

㉚ 文命：《書・大禹謨》：「文命敷於四海，祇承于帝。」孔傳：「言其外布文德教命，内則敬承堯舜。」又，《史記・夏本紀》：「夏禹，名曰文命。」

㉛ 赤雀：《孫氏瑞應圖》：「赤雀者，王者動作應天時，則銜書來。」(《藝文類聚》卷九九)《尚書中候》：「赤雀銜丹書入豐，止於昌前。」(同上)北周庾信《周祀五帝歌・赤帝雲門舞》：「赤雀丹書飛送迎。」(《樂府詩集》卷四)

㉜ 玉匱書：參前文考釋。

㉝ 黄魚：《尚書中候》：「天乙在亳，諸鄰國襁負歸德，東觀乎雒，降三分璧，黄魚雙躍，出濟于壇。化爲黑玉，赤勒曰，玄精天乙，受神福伐桀克。」(《藝文類聚》卷一二)

㉞ 金鈎：參前文考釋。

㉟ 丹書：《史記・周本紀》「生昌有聖瑞」張守節正義引《尚書帝命驗》：「季秋之月甲子，赤爵銜丹書入于酆，止於昌户，其書云：『敬勝怠者吉，怠勝敬者滅。義勝欲者從，欲勝義者凶，凡事不强則不枉，不敬則不正。枉者廢滅，敬者萬世，以仁得之，以仁守之，其量百世；以不仁得之，以仁守之，其量十世；以不仁得之，不仁守之，不及其世。』」

本條赤雀——黄魚，金鈎——丹書等，可成屬對。

㊱ 玄珪：《書・禹貢》：「禹錫玄圭，告厥成功。」孔傳：「玄，天色。禹功盡加於四海，故堯賜玄圭以彰顯之。言天功成。」蔡沈集傳：「水色黑，故圭以玄云。」陳徐陵《勸進元帝表》：「玄珪既賜，蒼玉無陳。」

（《梁書·元帝紀》）

㊲昭華：《尚書大傳》卷一：「堯致舜天下，贈以昭華之玉。」梁陸倕《石闕銘》：「受昭華之玉，納龍叙之圖。」（《文選》卷五六）

㊳叶千年：晉王嘉《拾遺記》卷一：「黄河千年一清，至聖之君，以爲大瑞。」（《漢魏六朝筆記小説大觀》）北周庾信《周祀圜丘歌·皇夏》：「治斯百禮，福以千年。」（《樂府詩集》卷四）

㊴千載：《後漢書·竇融傳》：「王者迭興，千載一會。」晉劉琨《勸進表》：「紹千載之運。」（《文選》卷三七）李善注：「桓子《新論》曰：『夫聖人乃千載一出，賢人君子所想思而不可得見也。』」

㊵五期：五行易代之期。《易緯通卦驗》：「孔子曰：太皇之先與耀合，元精五帝，期以序七神。天地成位，君臣道生，君五期，輔三名，以建德，通萬靈。」（《叢書集成初編》）鄭玄注：「君之用事，五行代王亦有期。」

㊶五運：古代據五行生克説推算出的王朝更替之氣運。《東觀漢記·光武紀》：「自帝即位，按圖讖，推五運，漢爲火德，周蒼漢赤，木生火，赤代蒼。」隋薛道衡《高祖文皇帝頌》：「五運叶期，千年肇旦。」（《隋書·薛道衡傳》）《北齊五郊樂歌·黄帝高明樂》：「居中匝五運，乘衡畢四時。」（《樂府詩集》卷三）期運：漢蔡邕《陳寔碑》：「含元精之和，膺期運之數。」（《全上古三代秦漢三國六朝文·全後漢文》卷七八）晉左思《魏都賦》：「應期運而光赫。」（《文選》卷六）李善注：「《春秋説題辭》：《尚書》者，所以推期運，明命授之際。」

㊷數啓：未詳。

㊸三靈卜：三靈：天、地、人。漢班固《典引》：「答三靈之蕃祉，展放唐之明文。」（《文選》卷四八）李善注：「三靈，天地人也。」《魏書・孫紹傳》：「事恢三靈，仁洽九服。」晉陸機《漢高祖功臣頌》：「九服徘徊，三靈改卜。」（《文選》卷四七）李善注：「《春秋元命苞》曰：『造起天地，鑄演人君，通三靈之貺，交錯同瑞。』」

㊹戴玉理石耳：參前文考釋。

㊺蒼牙：即伏羲，參前文考釋。

㊻珠衡：謂人眉間骨隆起如連珠，認爲有帝王聖賢之相。《五行大義》引《孝經鈎命決》：「伏羲日角珠衡戴勝。」隋薛道衡《高祖文皇帝頌》：「龍顔日角之奇，玉理珠衡之異，著在圖籙，彰乎儀表。」（《隋書・薛道衡傳》）另參前文考釋。

㊼紫微：天上北斗北之十五星。《晉書・天文志》：「紫宮垣十五星，其西蕃七，東蕃八，在北斗北。一曰紫微，大帝之坐也，天子之常居也，主命主度也。」借指帝王之宫殿。漢王延壽《魯靈光殿賦》：「乃立靈光之秘殿，配紫微而爲輔。」（《文選》卷一一）張載注：「紫微，至尊宫，斥京師也。」唐陳子昂《爲赤縣父老勸封禪表》：「陛下垂統，紫微大昌。」（《全唐文》卷二一〇）

㊽北辰：《論語・爲政》：「譬如北辰居其所而衆星共之。」《爾雅・釋天》：「北極謂之北辰。」

㊾宸極：即北極星。《晉書・律曆志》：「昔者聖人擬宸極以運璇璣，揆天行而序星曜。」借指帝王、

喻指帝位。晉劉琨《勸進表》：「宸極失御，登遐醜裔。」（《文選》卷三七）李善注：「宸極，喻帝位。」隋薛道衡《弔延法師亡書》：「屈宸極之重，伸師資之義。」（《廣弘明集》卷二四）

㊿ 大寶：《易・繫辭下》：「聖人之大寶曰位。」後人因以指帝位。北魏楊衒之《洛陽伽藍記・永寧寺》：「正以糠粃萬乘，錙銖大寶，非貪皇帝之尊，豈圖六合之富。」

(51) 九五：《易・乾卦》九五爻辭：「九五，飛龍在天，利見大人。」孔穎達正義：「猶若聖人有龍德，飛騰而居天位。」後因以指帝位，亦指帝王。梁沈約《辨聖論》：「若不登九五之位，則其道不行。」（《藝文類聚》卷二〇）

(52) 黄屋：古代帝王專用之黄繒車蓋。《史記・項羽本紀》：「紀信乘黄屋車，傅左纛。」張守節正義：「李斐云：『天子車以黄繒爲蓋裏。』」亦指帝王所居宫室，指帝王之位。《太平御覽》卷四三一引《風俗通義》：「殷湯寐寢黄屋。」《北史・魏諸宗室傳論》：「至如神武之不事黄屋，高揖萬乘。」

以上千年—千載，五期—五運，蒼牙—珠衡等，可成屬對。

(53) 並量其類以取對：以上諸例均多可成屬對，故言量其類取對，此言正與北卷大題「論對屬」相對應。

亦可云〔一〕**：標怒**〔二〕**，朱鳥，翼軫，瑶光，樞電，星虹，及雷澤①、壽丘②、華渚③、華陽④、石紐等⑤，降精⑥、降靈⑦、降神、發祉、流祉、誕聖**〔三〕**、啓聖、榮河、河洛、黄龍、玄龜、龍馬、玄扈、**

玉檢等，授圖〔四〕⑧，薦籙⑨，呈瑞⑩。玄珪降錫〔五〕，珠衡表狀。

【校記】

〔一〕「云」，原無，各本同，「亦可」下義演本空一字位置。周校：「『亦可』下疑奪一『云』字。」今據補。

〔二〕「熛」，六寺本作「煙」。

〔三〕「祉誕」，三寶本作「誕祉」，「誕」字朱筆左旁注「イ無」。

〔四〕「授」，三寶、高甲本作「援」，松本、江户刊本、維寶箋本作「檢」。

〔五〕「降」，三寶本作「隆」，左旁注「降イ」。

【考釋】

①雷澤：伏犧誕生地，參前文考釋。

②壽丘：黄帝誕生地，參前文考釋。

③華渚：少昊誕生地，參前文考釋。

④華陽：神農誕生地，參前文考釋。

⑤石紐：禹誕生地，參前文考釋。

⑥降精：《譯注》引唐呂太一《土賦》：「帝軒感氣於星斗，虞舜降精於雷電。」（《全唐文》卷二九五）

⑦降靈：隋薛道衡《高祖文皇帝頌》：「粤高祖文皇帝，誕聖降靈則赤光照室。」（《隋書・薛道衡傳》）

⑧授圖：《譯注》引《晉書・王導傳論》：「軒轅，聖人也，杖師臣而授圖。」

⑨薦籙：唐陳子昂《爲赤縣父老勸封禪表》：「温洛所以升圖，榮河由其薦籙。」（《全唐文》卷二一〇）

⑩呈瑞：《晉書・樂志》載《白鳩篇》：「白雀呈瑞，素羽明鮮。」

亦可云：握天鏡、金鏡、玉鏡、神珠①，懷玉斗〔一〕，秉石榷〔二〕，擊玉鼓②，馭三龍③，定九鼎等云云〔三〕④，而以踐極，踐位，馭世⑤，乘時，臨民⑥，承天⑦，察璇璣、玉衡，齊七政⑧，秉玉燭以調時⑨。

【校記】

〔一〕「斗」，義演本作「計」。

〔二〕「秉」，三寶本作「東」，天海本作「康」。

〔三〕「鼎」，原作「鼾」，六寺、醍丙本同，據三寶、高甲本改。

【考釋】

①握天鏡：天鏡，喻指監察天下之權力。《南史・齊高帝紀》：「披金繩而握天鏡，開玉匣而總地維。」陳徐陵《皇太子臨辟雍頌序》：「握天鏡而授河圖，執玉衡而運乾象。」（《藝文類聚》卷三八）金鏡：《尚書考靈曜》：「秦失金鏡，魚目入珠。」（《太平御覽》卷七一七）注：「金鏡，喻明道也。」梁劉孝標《廣絶交論》：「聖人握金鏡，闡風烈。」（《文選》卷五五）玉鏡：《尚書帝命期》：「桀失其玉鏡，用之噬虎。」（《太平御覽》卷七一七）鄭玄注：「鏡，喻清明之道。」梁簡文帝《奉請上開講啓》：「玉鏡宸居，金輪馭世。」（《廣弘明集》卷一九）

②擊玉鼓：《春秋演孔圖》：「有人金豐，擊玉鼓，駕六龍。」（《太平御覽》卷五八二）注：「鼓，喻所行清嚴，人服其威勢也。」

③馭三龍：《焦氏易林》卷四：「三龍北行，道逢六狼。」喻三位傑出人物。

④定九鼎：《史記・封禪書》：「禹收九牧之金，鑄九鼎。皆嘗亨鬺上帝鬼神。遭聖則興。」《左傳》桓公二年：「武王克商，遷九鼎于雒邑。」借指國柄。劉宋謝瞻《張子房》：「力政吞九鼎，苛慝暴三殤。」（《文選》卷二一）

⑤馭世：梁簡文帝《奉請上開講啓》：「玉鏡宸居，金輪馭世。」（《廣弘明集》卷一九）

⑥臨民：《國語・楚語下》：「夫神以精明臨民者也。」《後漢書・崔寔傳》：「初，寔在五原，常訓以臨民之政，寔之善績，母有其助焉。」

⑦ 承天：《韓詩外傳》卷八：「黄帝即位，施惠承天。」

⑧ 「察璇」二句：《書・舜典》：「在璇璣玉衡，以齊七政。」孔傳：「在，察也。璇，美玉。璣衡，王者正天文之器，可運轉者。七政，日月五星各異政。舜察天文，齊七政，以審己當天心與否。」《史記・天官書》司馬貞索隱引《尚書大傳》：「七政者，謂春、秋、冬、夏、天文、地理、人道。所以爲政也。」引馬融注《尚書》：「七政者，北斗七星，各有所主……故曰七政也。」《晉書・樂志》載《歌元帝》：「仰齊七政，俯平禍亂。」又《大晉承運期》：「繼天正玉衡，化行象神明。」

⑨ 秉玉燭以調時：謂四時之氣和暢，形容太平盛世。《尸子・仁意》：「四時和，正光照，此之謂玉燭。」《爾雅・釋天》：「春爲青陽，夏爲朱明，秋爲白藏，冬爲玄英，四時和謂之玉燭。」郭璞注：「道光照。」邢昺疏：「道，言也。言四時和氣，温潤明照，故曰玉燭。」《抱朴子・明本》：「玉燭表昇平之徵。」

興膳宏謂：此段提示一種範例。「握天鏡」的「握」和下面的「金鏡」、「玉鏡」、「神珠」都可組合成句，而「以踐極」與下面的「踐位」、「馭世」、「乘時」、「臨民」、「承天」也都可組合成句。用類似的方法，上下各組組合起來，就可以組成諸如「握天鏡而踐極」、「握神珠而馭世」、「懷玉斗而臨民」、「察璇璣以調時」、「齊七政以調時」等六字句。這當中比如「握天鏡而踐極」一句中，「天鏡」可以換成「金鏡」、「玉鏡」、「神珠」等其他詞彙，「踐極」可以换作「踐位」、「馭世」、「乘世」等等。由此生出許多像「握天鏡而踐極，察璇璣以調時」等駢文體的句子（據《譯注》與興膳宏《〈帝德録〉以及駢文創作理論管窺》）。

亦可云：天庭日角，兑上豐下〔一〕①，龍顔虎鼻②，八彩重瞳③，珠衡玉理④，握褒履己，握戊懷己⑤。

亦可云：挺著表資體，聖敬⑥、神武⑦、聖武⑧、欽明⑨、濬哲⑩、文明⑪、侚齊等姿德⑫。

【校記】

〔一〕「兑」，六寺、醍丙、仁乙、義演本作「允」，三寶本作「兑」，右旁注「允亻」，松本、江户刊本、維寶箋本作「夗」，注「夗亻」。《校勘記》：「『兑』爲『鋭』之假借。」盛江案：「兑」爲卦名。

【考釋】

① 兑上豐下：《春秋合誠圖》：「有赤龍負圖出，慶都讀之：『赤受天運。』下有圖，人衣赤，光面八彩，鬚鬢長七尺二寸，兑上豐下，足履翼，翼署曰：『赤帝起誠天下寶。』」（《太平御覽》卷八〇）《譯注》：「『兑』爲《易》卦，䷹。『豐』同樣是卦名，䷶。把『兑』的上卦☱和『豐』的下卦☲組合起來，就成爲革卦䷰。這是意味革命即據天命而更换朝代的隱語。」

② 龍顔：謂眉骨圓起，借指帝王之相。《帝王世紀》：「黄帝有熊氏……龍顔有聖德。」（《藝文類聚》卷一一）《孝經援神契》：「舜龍顔重瞳大口。」（同上）《春秋元命苞》：「黄帝龍顔，得天庭陽，上法中宿，取象文昌，戴天履陰，秉數制剛。」（《太平御覽》卷七九）注：「顔有龍像似軒轅也。」《史記·高祖本紀》：「高

祖爲人，隆準而龍顔。」虎鼻：《帝王世紀》：「伯禹夏后氏，姒姓也。生於石坳，虎鼻大口，兩耳參漏。」（《藝文類聚》卷一一）

③重瞳：參前文考釋。又《史記·項羽本紀》：「吾聞之周生曰『舜目蓋重瞳子』，又聞項羽亦重瞳子。」裴駰集解引《尸子》：「舜兩眸子，是謂重瞳。」

④珠衡：參前文考釋。又，陳徐陵《勸進元帝表》：「握圖執鉞，將在御天，玉縢珠衡，先彰元后。」（《梁書·元帝紀》）隋薛道衡《老氏碑》：「珠衡日角，天表冠於百王。」（《薛道衡集》）玉理：參前文考釋。又，隋薛道衡《高祖文皇帝頌》：「龍顔日角之奇，玉理珠衡之異，著在圖籙，彰乎儀表。」（《隋書·薛道衡傳》）

⑤「握褒」二句：《孝經援神契》：「舜龍顔重瞳，大口，手握褒。」注：「握褒，手中有褒字，喻從勞苦起，受褒飾，致大位也。」（《藝文類聚》卷一一）履己：《帝王世紀》：「伯禹夏后氏……胸有玉斗，足文履己，故名文命，字高密。」（《藝文類聚》卷一一）《雒書靈準聽》：「有人大口，兩耳參漏，足文履己。」（《太平御覽》卷八二）注：「戊己，土之日，故當平水土，故以爲名也。」《禮記·月令》：「中央土，其日戊己。」

⑥聖敬：《詩·商頌·長發》：「聖敬日躋。」鄭玄箋：「湯之下士尊賢甚疾，其聖敬之德日進。」

⑦神武：《易·繫辭上》：「古之聰明叡知神武而不殺者夫。」孔穎達正義：「《易》道深遠，以吉凶禍福威服萬物，故古之聰明叡知神武之君，謂伏犧等用此《易》道，能威服天下，而不用刑殺而畏服之也。」用以稱頌帝王英明威武。《漢書·叙傳》：「皇矣漢祖，纂堯之緒，實天生德，聰明神武。」晉傅玄《晉宗廟

歌・文皇帝登歌》：「聰明叡智，聖敬神武。」（《樂府詩集》卷八）

⑧聖武：《書・伊訓》：「惟我商王，布昭聖武。」指聖明而英武之君主。漢揚雄《長楊賦》：「於是聖武勃怒，爰整其旅，乃命驃衛。」（《文選》卷九）張銑注：「聖武，武帝也。」

⑨欽明：參前文考釋。又，漢揚雄《劇秦美新》：「伏惟陛下以至聖之德，龍興登庸，欽明尚古，作民父母。」（《文選》卷四八）

⑩濬哲：參前文考釋。又《詩・商頌・長發》：「濬哲維商，長發其祥。」梁沈約《王亮王瑩加授詔》：「尚書左僕射亮，濬哲淵深，道風清邈。」（《文苑英華》卷三八〇）

⑪文明：參前文考釋。又，《易・乾卦・文言》：「見龍在田，天下文明。」孔穎達正義：「天下文明者，陽氣在田，始生萬物，故天下有文章而光明也。」《禮記・樂記》：「是故情深而文明，氣盛而化神，和順積中而英華發外，唯樂不可以爲僞。」

⑫徇齊：參前文考釋。又，唐陳子昂《諫靈駕入京書》：「陛下以徇齊之聖，承宗廟之重。」（《全唐文》卷二一二）

及云〔一〕：神武天挺〔二〕①，聖敬日濟〔三〕②。欽明文思，允龔克讓③。聰明神武④，含弘光大⑤。及云：龍飛虎變、出震乘乾等語作一句⑥。次可云：得一通三⑦，居高望遠⑧。就日望雲⑨，則天法地⑩。握戊懷己〔四〕，出震齊巽⑪。雲行雨施⑫，日照月臨〔五〕⑬。握矩齊衡⑭，懷珠秉石〔六〕。前疑後丞〔七〕⑮，左規右矩〔八〕⑯。執契持衡⑰，觀象察法〔九〕⑱。及云：盡聖窮神⑲，合元體極〔一〇〕⑳。誕靈縱聖㉑，疎通知遠㉒。立禮興仁㉓，杖賢翼義㉔。疏山填川㉕，紀星量月㉖。射日繳風㉗，補維立柱㉘。

【校記】

〔一〕「及」，高乙本作「乃」。

〔二〕「挺」，原作「庭」，各本同。《校注》改作「挺」，謂：「挺，《晉書·宣帝紀論》：『宣皇以天挺之資，應期受命。』當即此文所本。」今據改。

〔三〕「濟」，松本、江户刊本、維寶箋本作「齊」，右旁注「濟イ」。維寶箋本加地哲定注：「當作『躋』。」周校：「《詩經》作『躋』。」《校注》：「二説未通。此用《禮記》《孔子閒居》，彼文引《商頌》作『聖敬日齊』。」

〔四〕「戊」，三寶本作「代」，注「戊イ」。

〔五〕「照」，原作「臨」，各本同。《校注》：「『日臨月臨』，疑當作『日照月臨』，涉下文而誤。」今據改。

〔六〕「懷珠」，三寶本作「懷々珠」。

〔七〕「後丞」，三寶、高甲、義演、江户刊本作「後烝」，三寶本眉注「後承イ」，六寺、醍丙、仁乙本作「後承」。

〔八〕「左規」，義演本作「九煙」。

〔九〕「象」，原作「像」，各本同，從維寶箋本及周校、《校注》作「象」。

〔一〇〕「元」，原作「无」，高乙本同，據三寶、高甲本改。

【考釋】

①天挺：謂天生卓異超人。《後漢書・黄瓊傳》：「光武以聖武天挺，繼統興業。」

②聖敬日濟：《詩・商頌・長發》：「聖敬日躋。」鄭玄箋：「湯之下士尊賢甚疾，其聖敬之德日進。」若從《禮記・孔子閒居》，則作「聖敬日齊」，鄭玄注：「齊，莊也。……其聖敬日莊嚴。」

③「欽明」二句：均《書・堯典》中語，參前文考釋。又，南齊王融《永明九年策秀才文》：「朕聞神靈文思之君，聰明聖德之后。」（《文選》卷三六）

④聰明神武：已見前文考釋。又，晉潘岳《西征賦》：「觀夫漢高之興也，非徒聰明神武，豁達大度而已也。」（《文選》卷一〇）

⑤含弘光大：《易・坤卦・彖傳》：「含弘光大，品物咸亨。」孔穎達正義：「包含以厚，光著盛大，故品類之物，皆得亨通。」

⑥龍飛：《易・乾卦》九五爻辭：「飛龍在天，利見大人。」孔穎達正義：「若聖人有龍德，飛騰而居天位。」漢張衡《東京賦》：「我世祖忿之，乃龍飛白水，鳳翔參墟。」（《文選》卷三）薛綜注：「龍飛鳳翔，以喻聖人之興也。」《魏書・張袞傳》：「陛下龍飛九五，仍參顧問。」虎變：《易・革卦》：「九五，大人虎變，未占有孚。《象》曰：『大人虎變，其文炳也。』」孔穎達正義：「損益前王，創制立法，有文章之美，焕然可觀，有似虎變，其文彪炳。」《魏書・律曆志》：「伏惟陛下，當璧膺符，大横協兆，乘機虎變，撫運龍飛。」

⑦得一通三：《老子》三十九章：「昔之得一者，天得一以清，地得一以寧，神得一以靈，谷得一以

盈，萬物得一以生，侯王得一以爲天下貞。」通三：《譯注》引《説文解字》卷一：「王，天下所歸往也，董仲舒曰：『古之造文者，三畫而連其中謂之王。三者，天地人也，而參通之者，王也。』孔子曰：『一貫三爲王。』」《舊唐書·音樂志》：「得一流玄澤，通三御紫宸。」

⑧居高望遠：南齊王融《永明九年策秀才文》：「審聽高居，載懷祗懼。」（《文選》卷三六）李善注：「《六韜》曰：王者之道如龍之首，高居而遠望，徐視而審聽。」

⑨就日望雲：參前文考釋。梁王靖《答神滅論》：「自非聰明狥齊之君，就日望雲之主，豈有剖判冥寂，明章雅論。」（《弘明集》卷十）

⑩則天：語出《論語·泰伯》，已見前文考釋。又，《抱朴子·博喻》：「是以元凱分職，而則天之勳就。」法地：《老子》二十五章：「人法地，地法天，天法道，道法自然。」

⑪齊巽：《易·説卦傳》：「帝出乎震，齊乎巽。……齊乎巽，巽，東南也，齊也者，言萬物之絜齊也。」

⑫雲行雨施：《易·乾卦·彖傳》：「雲行雨施，品物流形。」《文言》：「雲行雨施，天下平也。」《北齊文武舞歌》：「雲行雨洽，天臨地持。」（《樂府詩集》卷五二）

⑬日照月臨：《詩·邶風·日月》：「日居月諸，照臨下土。」《書·泰誓》：「若日月之照臨，光于四方，顯于西土。」

⑭握矩齊衡：矩：法度。齊衡：猶平衡。《周禮·考工記·梓人》「鄉衡而實不盡」鄭玄注引《曲

禮》：「執君器齊衡。」梁沈約《齊司空柳世隆行狀》：「固可以齊衡八凱，方駕五臣。」（《藝文類聚》卷四七）

⑮前疑後丞：疑、丞：供天子咨詢之大臣。《禮記・文王世子》：「虞、夏、商、周，有師保，有疑丞，設四輔，及三公。」孔穎達正義：「其四輔者，案《尚書大傳》云：古者，天子必有四鄰：前曰疑，後曰丞，左曰輔，右曰弼。天子有問無以對責之疑，可志而不志責之丞，可正而不正責之輔，可揚而不揚責之弼。」《魏書・刑罰志》：「臣職忝疑承，司是獻替。」

⑯左規右矩：《史記・夏本紀》：「（禹）左準繩，右規矩，載四時，以開九州。」

⑰執契持衡：手持憑證，以相驗對。《老子》七十九章：「是以聖人執左契，而不責於人，有德司契，無德司徹。」《禮記・曲禮》：「獻粟者執右契。」《文心雕龍・書記》：「契者，結也，上古純質，結繩執契。」持衡：執掌權柄。《北齊書・文宣帝紀》：「昔放勳馭世，沈璧屬子，重華握曆，持衡擁璇。」梁沈約《梁明堂登歌・歌赤帝》：「執禮昭訓，持衡受則。」（《樂府詩集》卷三）

⑱觀象察法：《易・繫辭下》：「古者包犧氏之王天下也，仰則觀象於天，俯則觀法於地。」

⑲盡聖窮神：《易・繫辭下》：「窮神知化，德之盛也。」

⑳合元體極：《春秋運斗樞》：「宓犧、女媧、神農，是謂三皇也。皇者，合元履中，開陰布綱，指天畫地，神化潛通。」（《太平御覽》卷七六）

㉑縱聖：《論語・子罕》：「固天縱之將聖。」何晏集解：「孔曰：『言天固縱大聖之德。』」

㉒疎通知遠：《禮記・經解》：「疏通知遠，《書》教也。」孔穎達正義：「《書》録帝王言誥，舉其大綱，

事非繁密，是疏通；上知帝皇之世，是知遠也。」《史記·五帝本紀》：「帝顓頊高陽者……静淵以有謀，疏通而知事。」

㉓ 立禮興仁：《禮記·禮器》：「先王之立禮也，有本有文。」《禮記·大學》：「一家仁，一國興仁，一家讓，一國興讓。」《論語·泰伯》：「君子篤於親，則民興於仁。」

㉔ 杖賢翼義：漢陸賈《新語·輔政》：「杖聖者帝，杖賢者王。」翼義：維護義，猶翼教。魏阮籍《通易論》：「君子者何也，佐聖扶命，翼教明法。」（《阮籍集校注》）

㉕ 疏山填川：《符子》：「（禹）鑿山川，通河漢。」（《藝文類聚》卷一一）又《淮南子·修務訓》：「禹沐浴霪雨，櫛扶風，決江疏河，鑿龍門，闢伊闕，修彭蠡之防，乘四載，隨山刊木，平治水土，定千八百國。」梁庾肩吾《侍宴九日》：「疏山開輦道，閒樹出離宫。」

㉖ 紀星量月：《禮記·禮運》：「故聖人作則，必以天地爲本，以陰陽爲端，以四時爲柄，以日星爲紀，月以爲量。」孔穎達正義：「以日星爲紀者，紀，綱紀也。日行有次度，星有四方，列宿分部昏明，敬授民時，是法日星爲綱紀也。月以爲量者，量猶分限也。天之運行，每三十日爲一月；而聖人制教，亦隨人之才分，是法月爲教之限量也。」

㉗ 射日繳風：《淮南子·本經訓》：「逮至堯之時，十日並出，焦禾稼，殺草木，而民無所食。猰貐、鑿齒、九嬰、大風、封豨、脩蛇，皆爲民害。堯乃使羿誅鑿齒於疇華之野，殺九嬰於凶水之上，繳大風於青丘之澤，上射十日而下殺猰貐，斷脩蛇於洞庭，禽封豨於桑林。萬民皆喜，置堯以爲天子。」高誘注：「大

風，風伯也，能壞人屋舍。」「羿于青丘之澤繳遮，使不爲害也。一曰：以繳繫矢射殺之。青丘，東方之澤名也。」「十日並出，羿射去九。」

㉘補維立柱：《淮南子·覽冥訓》：「往古之時，四極廢，九州裂，天不兼覆，地不周載，火爁炎而不滅，水浩洋而不息，猛獸食顓民，鷙鳥攫老弱。於是女媧煉五色石以補蒼天，斷鼇足以立四極，殺黑龍以濟冀州，積蘆灰以止淫水。蒼天補，四極正，淫水涸，冀州平，狡蟲死，顓民生。」

亦可云〔一〕：含吐陰陽①，經緯天地②。疏填山川③，照臨日月。感會風雲④，鼓動雷電⑤。合德乾坤⑥，齊明日月⑦。重紐地維⑧，更闢天象⑨。陶鑄生靈⑩，彈壓山川⑪，織成宇宙⑫。萬神協贊⑬，萬物歸往⑭。

【校記】

〔一〕「亦」字右肩三寶本標有朱點。

【考釋】

①含吐陰陽：吞吐天地。《淮南子·本經訓》：「帝者體太一……秉太一者，牢籠天地，彈壓山川，含吐陰陽，伸曳四時。」

②經緯天地：經營天下，治理國政。《國語·周語下》：「經之以天，緯之以地，經緯不爽，文之象也。」《荀子·解蔽》：「經緯天地而材官萬物，制割大理，而宇宙理矣。」漢匡衡《郊廟歌辭·惟泰元》：「經緯天地，作成四時。」（《漢書·禮樂志》，《樂府詩集》卷一）

③疏塡山川：當指大禹治水事，參前文考釋。

④感會風雲：《易·乾卦·文言》：「同聲相應，同氣相求，水流濕，火就燥，雲從龍，風從虎，聖人作而萬物覩。」《後漢書·朱景王杜馬劉傅堅馬傳論》曰：「中興二十八將，前世以爲上應二十八宿，未之詳也。然咸能感會風雲，奮其智勇。」

⑤鼓動雷電：《易·繫辭上》：「鼓天下之動者存乎辭。」「鼓之以雷霆，潤之以風雨。」梁劉孝標《辯命論》：「鼓動陶鑄而不爲功，庶類混成而非其力。」（《文選》卷五四）

⑥合德乾坤：《易·乾卦·文言》：「大人者，與天地合其德，與日月合其明，與四時合其序，與鬼神合其吉凶。」晉潘岳《西征賦》：「遭千載之嘉會，皇合德於乾坤。」（《文選》卷一〇）《論衡·譴告》：「天人同道，大人與天合德。」

⑦齊明日月：劉宋王韶之《宋四廂樂歌·肆夏樂歌》：「於鑠我皇，體仁包元。齊明日月，比量乾坤。」（《樂府詩集》卷一四）

⑧重紐地維：劉宋謝莊《宋明堂歌·迎神歌》：「地紐謐，乾樞回。」（《樂府詩集》卷二）隋薛道衡《高祖文皇帝頌》：「天柱傾而還正，地維絶而更紐。」（《隋書·薛道衡傳》）

⑨ 更闢天象：《易·繫辭上》：「在天成象，在地成形，變化見矣。」

⑩ 陶鑄生靈：《莊子·逍遥遊》：「是其塵垢粃糠，將猶陶鑄堯舜者也。」《易·繫辭下》：「天地絪緼，萬物化醇，男女構精，萬物化生。」

⑪ 彈壓山川：《淮南子·本經訓》：「帝者體太一……秉太一者，牢籠天地，彈壓山川。」高誘注：「彈山川令出雲雨，復能壓止之也。」

⑫ 織成宇宙：《淮南子·原道訓》：「横四維而含陰陽，紘宇宙而章三光。」梁沈約《遊沈道士館》：「秦皇御宇宙，漢帝恢武功。」（《文選》卷二二）漢徐幹《中論·爵禄》：「聖人蹈機握杼，織成天地之化，使萬物順焉，人倫正焉。」（上海古籍出版社一九九〇年）

⑬ 萬神協贊：《易·説卦傳》：「昔者聖人之作《易》也，幽贊於神明而生蓍。」

⑭ 萬物歸往：《春秋穀梁傳》莊公三年：「其曰王者，民之所歸往也。」漢班彪《王命論》：「帝王之祚，必有明聖顯懿之德，豐功厚利積累之業，然後精誠通于神明，流澤加於生民，故能爲鬼神所福饗，天下所歸往。」（《文選》卷五二）《隋書·經籍志》：「萬物之所歸往，神明之所福饗。」

亦可云〔一〕：牢籠①、囊括、苞舉②、控引③、彌綸④、匣牘⑤、彈壓、廓清⑥、光被⑦、朝宗⑧、明臨、亭毒等⑨。云：天地〔二〕、乾坤〔三〕⑩、二儀⑪、四海⑫、八荒⑬、八埏⑭、八極⑮、九域⑯、九土⑰、六幽⑱、九縣⑲、萬國⑳、天下㉑、海外㉒、宇宙㉓、遐邇㉔、幽明㉕、動植㉖、萬物等㉗。

【校記】

〔一〕「亦」，右肩三寶本標有朱點。

〔二〕「天地」以下各本另行，「云」接上一行「等」字後。

〔三〕「坤」，三寶、義演本作「巛」，三寶本眉注「坤」，原右旁注「巛正本作之」。

【考釋】

① 牢籠：見前文「彈壓山川」句考釋。又，晉左思《魏都賦》：「牢籠百王。」（《文選》卷六）

② 囊括、苞舉：《易·坤卦》六四爻辭：「括囊，无咎无譽。」漢賈誼《過秦論》：「有席卷天下，苞舉宇內，囊括四海之意，并吞八荒之心。」（《文選》卷五一）《貞觀政要·納諫》：「陛下智周萬物，囊括四海，令之所行，何往不應？」

③ 控引：晉左思《魏都賦》：「同賑大內，控引世資。」（《文選》卷六）《西京雜記》卷二：「司馬相如爲《上林》、《子虛》賦……控引天地，錯綜古今。」

④ 彌綸：統攝，籠蓋。《易·繫辭上》：「《易》與天地準，故能彌綸天地之道。」孔穎達正義：「彌謂彌縫補合，綸謂經綸牽引，能補合牽引天地之道。」

⑤ 匣牘：用神授玉匣玉牒書事，參前文考釋。

⑥ 廓清：澄清，肅清。漢荀悅《漢紀·高帝紀四》：「征亂伐暴，廓清帝宇，八載之間，海內克定。」

⑦光被：《書·堯典》：「光被四表，格于上下。」又，漢班固《典引》：「神靈日照，光被六幽。」（《文選》卷四八）

⑧朝宗：古代諸侯春夏朝見天子。《周禮·春官·大宗伯》：「春見曰朝，夏見曰宗。」借指百川入海。《書·禹貢》：「江漢朝宗于海。」孔傳：「二水經此州而入海，有似於朝。百川以海爲宗，宗，尊也。」《詩·小雅·沔水》：「沔彼流水，朝宗于海。」鄭玄箋：「興者，水流而入海，小就大也。喻諸侯朝天子亦猶是也。諸侯春見天子曰朝，夏見曰宗。」

⑨亭毒：《老子》五十一章：「長之育之，亭之毒之，養之覆之。」王弼注：「亭謂品其形，毒謂成其質。」（《王弼集校釋》，中華書局一九八〇年）引申爲養育。梁劉峻《辯命論》：「生之無亭毒之心，死之豈虔劉之志。」（《文選》卷五四）隋薛道衡《老氏碑》：「固以財成庶類，亭毒群品。」（《薛道衡集》）

⑩乾坤：《易·繫辭上》：「天尊地卑，乾坤定矣。卑高以陳，貴賤位矣。」

⑪二儀：《易·繫辭上》：「是故易有太極，是生兩儀。」魏曹植《惟漢行》：「太極定二儀，清濁始以形。」（《樂府詩集》卷二七）

⑫四海：《書·大禹謨》：「文命敷於四海，祗承于帝。」《爾雅·釋地》：「九夷、八狄、七戎、六蠻，謂之四海。」《史記·高祖本紀》：「且夫天子以四海爲家。」

⑬八荒：《漢書·項籍傳》：「并吞八荒之心。」顔師古注：「八方荒忽極遠之地也。」

⑭八埏：漢司馬相如《封禪文》：「上暢九垓，下泝八埏。」（《漢書·司馬相如傳》）顔師古注引孟康

曰：「埏，地之八際也。言德上達於九重之天，下流於地之八際。」《齊南郊樂歌·武德宣烈樂》：「風移九域，禮飾八埏。」（《樂府詩集》卷二）

⑮八極：《莊子·田子方》：「夫至人者，上闚青天，下潛黄泉，揮斥八極，神氣不變。」《淮南子·墬形訓》：「八紘之外，乃有八極。」《淮南子·原道訓》高誘注：「八極，八方之極也，言其遠。」

⑯九域：漢潘勖《册魏公九錫文》：「綏爰九域。」（《文選》卷三五）李善注：「薛君曰：『九域，九州也。』」晉陶淵明《贈羊長史》：「九域甫已一，逝將理舟輿。」（《陶淵明集》卷二）《晉書·樂志》載《歌孝武帝》：「神鉦一震，九域來同。」

⑰九土：《國語·魯語上》：「共工氏之伯九有也，其子曰后土，能平九土。」韋昭注：「九土，九州之土也。」晉潘岳《藉田賦》：「夫九土之宜弗任，四人之務不壹。」（《文選》卷七）晉荀勖《晉四廂樂歌·正旦大會行禮歌四首》：「世德作求，奄有九土。」（《樂府詩集》卷一三）

⑱六幽：漢班固《典引》：「神靈日照，光被六幽。」（《文選》卷四八）蔡邕注：「六幽，謂上下四方也。」

⑲九縣：《後漢書·光武帝紀贊》：「九縣飆回。」李賢注：「九縣，九州也。」《隋方丘歌·昭夏》：「洞四極，匝九縣。」（《樂府詩集》卷四）

⑳萬國：《易·乾卦·彖傳》：「首出庶物，萬國咸寧。」《晉書·樂志》載《靈之祥》：「萬國安，四海寧。」

㉑天下：《書·大禹謨》：「奄有四海，爲天下君。」《易·乾卦·文言》：「乾元用九，天下治也。」

㉒海外：《詩・商頌・長發》：「相土烈烈，海外有截。」鄭玄箋：「四海之外率服。」

㉓宇宙：參前文考釋。又《隋書・煬帝紀》：「方今宇宙平一，文軌攸同。」晉成公綏《晉四廂樂歌・正旦大會行禮歌》：「宇宙清且泰，黎庶咸雍熙。」（《樂府詩集》卷一三）

㉔遐邇：漢桓寬《鹽鐵論・備胡》：「故人主得其道，則遐邇潛行而歸之，文王是也。」《漢書・韋玄成傳》：「天子穆穆，是宗是師，四方遐邇，觀國之輝。」

㉕幽明：《易・繫辭上》：「仰以觀於天文，俯以察於地理，是故知幽明之故。」韓康伯注：「幽明者，有形無形之象。」

㉖動植：劉宋謝莊《宋孝武帝哀策文》：「禎被動植，信洎翔泳。」（《藝文類聚》卷一三）隋薛道衡《高祖文皇帝頌》：「道洽幽顯，仁霑動植。」（《隋書・薛道衡傳》）

㉗萬物：《易・乾卦・彖傳》：「大哉乾元，萬物資始，乃統天。」

亦可云：利見大人①，光臨寶位②，下臨赤縣③，上膺玄象④，秉玉登樞⑤，懷珠馭極⑥，就日積明，則天爲大等語。

【考釋】

①利見大人：《易・乾卦》九二爻辭：「見龍在田，利見大人。」

②光臨寶位：《易・繫辭下》：「聖人之大寶曰位。」隋薛道衡《高祖文皇帝頌》：「方從四海之請，光臨寶祚，展禮郊丘。」（《隋書・薛道衡傳》）

③下臨赤縣：《史記・孟子荀卿列傳》：「中國名曰赤縣神州。赤縣神州内自有九州，禹之序九州是也，不得爲州數。中國外如赤縣神州者九，乃所謂九州也。」《梁書・元帝紀》太寶三年三月王僧辯等表章：「斯蓋九州之赤縣，六合之樞機。」

④玄象：即天象。《説苑・辨物》：「懸象著明，莫大於日月。」《周書・武帝紀》：「二儀創闢，玄象著明。」

⑤秉玉：即秉石椎，參前文考釋。

⑥懷珠馭極：懷珠：即懷神珠，參前文考釋。極：帝位。劉宋鮑照《河清頌序》：「聖上天飛踐極。」（《鮑參軍集注》卷二）

亦可云〔一〕：練五石以補天，正八柱以承天〔二〕①，乘四載以敷土〔三〕②，落九日而正攝③，穆通八風而調律呂④，乘六龍以御天⑤，落九烏而拯物〔四〕⑥。正絶柱而卷氣移於天地、二儀⑦，息横流、群飛、波瀾於四海、江海⑧，揚光華於日月⑨。舞干鏚而定四夷〔五〕⑩，運機衡以齊七政。降寶命於岐山〔六〕⑪，受靈圖於宛委⑫。懸明鏡以高臨⑬，振長策而遠馭〔七〕⑭。運七政以機衡，通八風於律呂。

【校記】

〔一〕「亦」，義演本作「云」，右旁注「亦」。

〔二〕「正」，醍丙本無。「承」，高乙、松本、江户刊本、維寶箋本作「乘」，三寶本眉注「乘」。

〔三〕「載」，三寶本作「戴」，眉注「載」。

〔四〕「拯」，原作「極」，各本同，從林田校本改。

〔五〕「鋮」，原作「鉽」，高乙本同，義演本作「戚」，據三寶、高甲、六寺本改。

〔六〕「命」，原作「令」，高乙本同，據三寶、高甲、六寺本改。

〔七〕「策」，六寺、醍丙本作「榮」，六寺本眉注「策」。

【考釋】

① 正八柱以承天：《楚辭·天問》：「八柱何當？東南何虧？」王逸注：「言天有八山爲柱。」隋薛道衡《老氏碑》：「四夷紀地，八柱承天。」（《薛道衡集》）

② 乘四載以敷土：《書·益稷》：「予乘四載。」孔傳：「所載者四：謂水乘舟，陸乘車，泥乘輴，山乘樏。」《書·禹貢》：「禹敷土，隨山刊木，奠高山大川。」孔傳：「洪水泛溢，禹布治九州之土。」

③ 落九日而正攝：用羿射日事，出《淮南子·本經訓》。參前文考釋。

④ 穆通八風而調律吕：顓頊高陽氏效八風之音，事見《帝王世紀》、《吕氏春秋·古樂》。參前文考釋。

⑤乘六龍以御天：六龍：《易・乾卦・彖傳》：「時乘六龍以御天。」孔穎達正義：「六龍即六位之龍也。以所居上下言之，謂之六位也。」又參前文考釋。

⑥落九烏而拯物：《淮南子・俶真訓》「雖有羿之知而無所用之」高誘注：「堯時羿善射，能一日落九烏。」羿射九日以拯物，參前文考釋。

⑦「正絶」句：此句當有訛亂，大意當爲共工怒觸不周之山，天柱折，地維絶，天地傾移，而女媧補天，使天柱地維正之事。事見《淮南子》之《覽冥訓》、《天文訓》。參前文考釋。然「卷氣」二字不知所云。

⑧「息横」句：《孟子・滕文公上》：「當堯之時，天下猶未平，洪水横流，氾濫於天下。」漢揚雄《劇秦美新》：「（秦之世）神歇靈繹，海水群飛。」（《文選》卷四八）李善注：「海水喻萬民，群飛言亂。」此句意爲息横流（可换爲「息群飛」或「息波瀾」）於四海（或「於江海」）。横流與群飛、波瀾，四海與江海之間，均可互爲替换。

⑨揚光華於日月：帝舜《卿雲歌》：「卿雲爛兮，禮縵縵兮，日月光華，旦復旦兮。」（《尚書大傳》卷一）

⑩「舞干」句：《書・大禹謨》：「帝乃誕敷文德，舞干羽于兩階，七旬，有苗格。」孔穎達正義：「《明堂位》云：『朱干玉戚，以舞《大武》。』戚，斧也，是武舞執斧執楯。《詩》云：『左手執籥，右手秉翟。』是文舞執籥，故干羽皆舞者所執。修闡文教，不復征伐，故舞文德之舞於賓主階間，言帝抑武事也。」《書・畢命》「四夷左衽」孔傳：「言東夷、西戎、南蠻、北狄。」

⑪降寶命於岐山：周文王受命於岐山，已見前文「周文王」條考釋。寶命：即天命。《書·金縢》：「無墜天之降寶命，我先王亦永有依歸。」蔡沈集傳：「寶命，即帝庭之命也。謂之寶者，重其事也。」

⑫受靈圖於宛委：宛委：即宛委山。《史記·太史公自序》「探禹穴」張守節正義引《括地志》：「石簣山一名玉笥山，又名宛委山，即會稽山一峰也。在會稽縣東南十八里。」《黄帝中經歷》：「在於九山，東南天柱，號曰宛委。」「（禹）登宛委山，發金簡之書，案金簡玉字，得通水之理。」（《吴越春秋·越王無余外傳》引）

⑬懸明鏡以高臨：明鏡：即金鏡、玉鏡，參前文考釋。《淮南子·俶真訓》：「莫窺形於生鐵而窺於明鏡者，以覩其易也。」

⑭振長策而遠馭：漢賈誼《過秦論》：「振長策而御宇内，吞二周而亡諸侯。」（《文選》卷五一）李善注：「以馬喻也。《説文》曰：『振，舉也。』」

亦可云：以至德光天下①，神功截海外等〔一〕②。同類軒轅之徇齊，顓頊之静淵③，唐堯之欽明，虞舜之文明。大知一周文聖敬④，大度志漢祖神武〔二〕⑤。感二儀之至休〔三〕，應千祀之嘉會⑥。或可以感受符命等參對之〔四〕。

【校記】

〔一〕「功」下松本、江户刊本、維寶箋本有一「以」字。

〔二〕「大度」，原在「神武」之後，從《校注》據上例乙正。

〔三〕「儀」，原作「義」，各本同。周校：「『義』疑當作『儀』。」今從改之。「休」，原作「体」，六寺、醍丙、義演本同，松本、江户刊本、維寶箋本作「体」，據高甲本改。

〔四〕維寶箋本箋文後有尾題「文鏡秘府論箋卷第十七終／元文元年丙辰秋八月二十五日殺青訖　沙門　維寶」。元文元年爲公元一七三六年。

【考釋】

①以至德光天下：《易·繫辭上》：「陰陽之義配日月，易簡之善配至德。」《禮記·樂記》：「奮至德之光，動四氣之和，以著萬物之理。」

②神功截海外：梁任昉《到大司馬記室箋》：「神功無紀，作物何稱。」（《文選》卷四〇）《詩·商頌·長發》：「海外有截。」鄭玄箋：「截，整齊也。……四海之外率服，截爾整齊。」

③顓頊之静淵：《史記·五帝本紀》：「帝顓頊高陽者……静淵以有謀，疏通而知事。」静淵：深沉穩重。

④大知一周文聖敬：《禮記·中庸》：「舜其大知也與。」孔穎達正義：「既能包於大道，又能察於近

言，即是大知也。」周文：參前文考釋。聖敬：參前文考釋。

⑤ 大度志漢祖神武：《史記・高祖本紀》：「常有大度，不事家人生産作業。」晉潘岳《西征賦》：「觀夫漢高之興也，非徒聰明神武，豁達大度而已也。」（《文選》卷一〇）

⑥ 應千祀之嘉會：晉潘岳《西征賦》：「遭千載之嘉會。」（《文選》卷一〇）隋薛道衡《高祖文皇帝頌》：「天平地成，千載之嘉會，登封降禪，百王之盛典。」（《隋書・薛道衡傳》）《易・乾卦・文言》：「亨者，嘉之會也。」「嘉會足以合禮。」

若云：虹電流彩〔一〕，虹流華渚，虹下蜺貫〔二〕①，爰乃降感精靈、英靈，虹流、電繞、瑶光下降等，云應誕聖〔三〕、啓聖之期〔四〕。河洛龍躍，滎河龜浮，翠淵龍躍、龜浮，玉檢來浮等，爰、應受寶命、圖録〔五〕，告表興王之運②，標受命之始③。

【校記】

〔一〕「若云虹電流彩」上維寶箋本有卷首「文鏡秘府論箋卷第十八／金剛峰寺密禪比丘　維寶　編輯」。

〔二〕「虹下」，三寶本作「虹下々」，「々」旁注「イ無」。

〔三〕「應」以下原另行，「云」接上行，各本同。

〔四〕「啓聖」，原作小字注在行間，據三寶、六寺本正之。

〔五〕「應」，《校注》：「『應』疑當作『膺』。」

【考釋】

①「虹電」三句：關於少昊誕生之符應，參前文考釋。

②告表興王之運：梁劉峻《辯命論》：「星虹樞電，昭聖德之符，夜哭聚雲，鬱興王之瑞。」（《文選》卷五四）

③標受命之始：《晉書·樂志》載《宣受命》：「宣受命，應天機。」

亦可云：感赤熛〔一〕、瑶光、翼軫等氣祉〔二〕①，允叶、允應、爰應等千齡、五期、三靈、二儀〔三〕。受緑錯、玉檢、龜龍等文圖〔四〕，光臨、載臨、撫臨等〔五〕，云四海、八極、萬國、萬物〔六〕②，握玄武、蒼水、玉匱、金簡之符命③。疎通、尅平九土、九域〔七〕④。

【校記】

〔一〕「熛」，六寺、醍丙、仁乙本作「煙」。

〔二〕「氣祉」，林田校本據上文改作「祉氣」。

〔三〕「爰」上義演本有一「受」字。「齡」，松本、江户刊本、維寶箋本作「靈」，原右旁注「靈イ」。

〔四〕「緑」，原作「録」，各本同，從《考文篇》改。

〔五〕「載臨」，原作「載濫」，高乙、六寺本作「載監」，據江户刊本、維寶箋本改。

〔六〕「八極」下醍丙本有「萬極」二字。

〔七〕「九域」，醍丙、仁乙、義演本作「九城」。

【考釋】

①「感赤熛」句：參前文考釋。氣祉：當作「祉氣」。

②「光臨」二句：與四海等對應而用，即光臨（或載臨、或撫臨）四海（或八極、或萬國）。光臨：參前文考釋。撫臨：《史記・文帝本紀》：「以不敏不明而久撫臨天下，朕甚自愧。」參前文考釋。

③玄武：北方之神，此處當與玄龜同義，參前文考釋。蒼水：《吴越春秋・越王無余外傳》：禹東巡，「乃登山，仰天而嘯，因夢見赤繡衣男子，自稱玄夷蒼水使者……東顧謂禹曰：『欲得我山神書者，齋於黄帝巖嶽之下，三月庚子，登山發石，金簡之書存矣。』禹退又齋，三月庚子，登宛委山，發金簡之書，案金簡玉字，得通水之理」。

④疎通：大禹治水事，參前文考釋。

興膳宏《〈帝德録〉以及騈文創作理論管窺》謂：這一段也可以組成如「感赤熛允叶千靈」（或「感瑶光允應五期」等）、「受緑錯光臨四海」（或「受玉檢載臨八極」等）、「握玄武疎通九土」（或「握蒼水尅平九域」）等幾類，而成駢文句子。

亦可云：天庭、日角、珠衡、玉理等載表神儀①。玉檢、金繩、龜字、龍圖等受膺寶命〔一〕②。

亦可云：玄龜出洛〔二〕，應啓聖之期〔三〕；赤雀入酆，表維新之命。

【校記】

〔一〕「受」，六寺、醍丙、松本、江户刊本、維寶箋本作「爰」，三寶本眉注「爰」，原左旁注「爰イ」。

〔二〕「出洛」，維寶箋：「『出洛』之下，恐脱『示』之字歟，對下之『表』故。」

〔三〕「啓」，原無，各本同。祖風會本注：「『啓』字原無，今私補。」今據補。

【考釋】

① 天庭、日角、珠衡、玉理：參前文考釋。

② 「玉檢」以下：均參前文考釋。

敘功業

若云：補維立柱〔一〕，斷鰲練石①，功德被於乾坤、天地、二儀〔二〕②；射日繳風，戮豕斷蛇③，拯溺救焚④，功業施於四海、萬物、群生、動植、遐邇〔三〕⑤。斷鰲練石，二儀更安；刊木隨山〔四〕⑥，九土還定。上射九日、上齊七政〔五〕、考星叶日等〔六〕⑦，云：玄象、乾象更明⑧。下導百川、疎山奠水等⑨，蒼生、坤儀以定⑩。璇璣、玉衡、機衡等運而七政齊⑪，銀編、金簡等推而九土、百川定⑫。正天文〔七〕，通地理⑬，干鏚舞，四夷服⑭。俊乂在官〔八〕⑮，自覩四門穆穆⑯；遐荒奉職⑰，無勞兩階之舞⑱。弘文教，天下雍熙⑲；定武功，海外有截⑳。朱干玉鏚，海外率賓㉑；黄斧黻衣，天下咸服㉒。八紘大定〔九〕，偃甲銷戈〔一〇〕㉓；九有宅心㉔，同文共軌〔一一〕㉕。允恭克讓〔一二〕，四表以和㉖；保合大和㉗，萬方咸謐㉘。除凶定難，行仁義之兵㉙；扶危履傾〔一三〕，崇聖賢之杖㉚。一尉一候〔一四〕㉛，遐邇承風㉜；禮云樂云㉝，幽明同化。此是並隔句相對〔一五〕㉞。

【校記】

〔一〕「立」，天海本作「三」。

〔二〕「坤」，三寶、高甲、義演本作「巛」，原左旁注「巛」。

〔三〕本卷《論對屬》「然文無定勢」至此「功業施於四海」，新町本無。

〔四〕「刊」，原作「伇」，各本同，爲「刊」之異體。

〔五〕「七政」，原眉注「七政七翟也」。

〔六〕「考」，原作「孝」，三寶、高甲、高乙、義演本同，據六寺、江户刊本、維寶箋本改。

〔七〕「正天文」，原在上文「七政齊」之後，「銀編」之前，各本同，從《譯注》正之。

〔八〕「乂」，原作「叉」，高甲、高乙、六寺本同，三寶、新町、義演、醍丙本作「人」，三寶本注「乂」，據江户刊本、維寶箋本改。

〔九〕「紘」，原作「宏」，各本同，從《校注》改。

〔一〇〕「銷戈」，仁乙本作「戈銷」。

〔一一〕「同」，三寶、六寺、醍丙、義演、松本、江户刊本、維寶箋本作「周」。

〔一二〕「恭」，三寶、高甲等本作「龔」，通「恭」。

〔一三〕「扶」，三寶、義演本作「狀」，三寶本眉注「扶」。

〔一四〕「尉」，三寶本作「慰」。

〔一五〕「此是並」，疑爲「此並是」誤訛。

【考釋】

①「補維」二句：女媧練石補天事，見《淮南子·覽冥訓》。參前文考釋。《譯注》：「這二句事實上同義，不論用哪一句都可以和下句組合。這一段主要是編入由四句爲單位構成的例句。駢文以四句構成一組，西卷所引的《文筆式》有『筆以四句爲科』。以上段落，都具有例文集的性質。」

②乾坤、天地、二儀：《譯注》：「乾坤、天地、二儀同義，表示不論用哪一個均可之意。」

③「射日」二句：羿射日等事，見《淮南子·本經訓》。參前文考釋。
④拯溺救焚：《淮南子·説林訓》：「予拯溺者，金玉不若尋常之纏索。」《論衡·自紀》：「救火拯溺，義不得好。」《晉書·儒林傳序》：「漢祖勃興，救焚拯溺。」
⑤群生：《國語·周語下》：「儀之於民，而度之於群生。」《漢書·宣帝紀》：「獄者，萬民之命，所以禁暴止邪，養育群生也。」
《譯注》：「近似的例子，有《史記·殷本紀》：『契興於唐、虞、大禹之際，功業著於百姓。』假如選用上面的語句作一句子，則如下：『補維立柱，功德被於乾坤；射日繳風，功業施於四海。』」
⑥刊木隨山：《書·益稷》：「予乘四載，隨山刊木。」孔傳：「隨行九州之山林，刊槎其木，開通道路，以治水也。」又《禹貢》：「禹敷土，隨山刊木。」孔傳：「隨行山林，斬木通道。」
⑦考星叶日：《周禮·冬官·考工記》：「匠人建國……晝參諸日中之景，夜考之極星，以正朝夕。」鄭玄注：「極星，謂北辰。」晉左思《魏都賦》：「揆日晷，考星曜，建社稷，作清廟。」（《文選》卷六）
⑧玄象、乾象：均指天象。《易·繫辭上》：「成象之謂乾。」《後漢書·和熹鄧皇后紀》：「仰觀乾象，參之人譽。」
⑨「下導」句：大禹治水之事，參前文考釋。奠水：《書·禹貢》：「禹敷土，隨山刊木，奠高山大川。」孔傳：「奠，定也。」孔穎達正義：「言禹治其山川，使復常也。」。
⑩坤儀：大地。晉劉琨《答盧諶》：「乾象棟傾，坤儀舟覆。」（《文選》卷二五）《舊唐書·音樂志》：

「大矣坤儀，至哉神縣。」

⑪ 機衡：王者正天文之器。《潛夫論》：「是以天地交泰，陰陽和平，民無奸慝，機衡不傾，德氣流布而頌聲作也。」

⑫「銀編」句：禹於宛委山受金簡之書而得治水之理之事，見《吴越春秋·越王無余外傳》。參前文考釋。銀編：隋煬帝《遺陳尚書江總敕》：「金匱珠韜，銀編玉策，莫不膽於舌杪，散在筆端。」（《全上古三代秦漢三國六朝文·全隋文》卷六）此處當指大禹於宛委山所受金簡玉字之書。

⑬「正天」二句：《易·繫辭上》：「仰以觀於天文，俯以察於地理。」《漢書·郊祀志》：「祀天則天文從，祭墬則墬理從。三光，天文也。山川，地理也。」

⑭「干鉞」二句：語出《書·大禹謨》。參前文考釋。

⑮ 俊乂在官：《書·皋陶謨》：「九德咸事，俊乂在官。」孔傳：「俊德治能之士並在官。」

⑯ 四門穆穆：《書·舜典》：「賓于四門，四門穆穆。」孔傳：「穆穆，美也。四門，四方之門。舜流四凶族，四方諸侯來朝者，舜賓迎之，皆有美德，無凶人。」

⑰ 遐荒：邊遠荒僻之地。漢韋孟《諷諫》：「彤弓斯征，撫寧遐荒。」（《文選》卷一九）奉職：《東觀漢記·周榮傳》：「（榮）盡心奉職，夙夜不怠。」「奉職」與上句之「在官」成屬對。

⑱ 兩階之舞：禹於兩階之間舞干羽以服夷狄。《書·大禹謨》：「舞干羽于兩階。」

⑲「弘文」二句：文教：《書·禹貢》：「五百里綏服，三百里揆文教。」孔穎達正義：「此服諸侯揆度

王者政教而行之。」雍熙：漢張衡《東京賦》：「百姓同於饒衍，上下共其雍熙。」（《文選》卷三）薛綜注：「言富饒是同，上下咸悦，故能雍和而廣也。」

⑳「定武」二句：《詩・大雅・文王有聲》：「文王受命，有此武功。」《詩・商頌・長發》：「相土烈烈，海外有截。」鄭玄箋：「四海之外率服。」

㉑「朱干」二句：《禮記・明堂位》：「朱干玉戚，冕而舞大武。」鄭玄注：「朱干，赤大盾也。戚，斧也。」

㉒「黄斧」二句：《書・牧誓》：「王左杖黄鉞，右秉白旄以麾。」孔傳：「鉞，以黄金飾斧。左手杖鉞，示無事於誅。右手把旄，示有事於教。」《大戴禮記・五帝德》：「帝堯……黄黼黻衣。」《書・舜典》：「流共工于幽州，放驩兜于崇山，竄三苗于三危，殛鯀于羽山，四罪而天下咸服。」

㉓「八紘」二句：《淮南子・墬形訓》：「八殥之外，而有八紘。」高誘注：「紘，維也，維落天地而爲之表，故曰紘也。」《禮記・樂記》：「車甲衅而藏之府庫，而弗復用，倒載干戈，包之以虎皮，將帥之士，使爲諸侯，名之曰建櫜，然後天下知武王之不復用兵也。」隋薛道衡《高祖文皇帝頌》：「偃伯戢戈，正禮裁樂。」（《隋書・薛道衡傳》）

㉔九有：《詩・商頌・玄鳥》：「方命厥后，奄有九有。」毛傳：「九有，九州也。」孔穎達正義：「言九有，九有是同有天下之辭，言分天下以爲九分，皆爲己有，故知九有九州也。」《齊明堂樂歌・赤帝歌》：「庶物盛長咸殷阜，恩澤四溟被九有。」（《樂府詩集》卷二）宅心：《書・康誥》：「汝丕遠惟商耇成人，宅心

知訓。」孔傳：「常以居心，則知訓民。」

㉕同文共軌：《禮記·中庸》：「今天下車同軌，書同文，行同倫。」隋薛道衡《高祖文皇帝頌》：「六合八紘，同文共軌。」（《隋書·薛道衡傳》）

㉖「允恭」二句：《書·堯典》：「允恭克讓，光被四表。」孔穎達正義：「聖德美名，充滿被溢於四方之外。」

㉗保合大和：保持協和天地陰陽沖和之氣。《易·乾卦·彖傳》：「保合大和，乃利貞。」

㉘萬方：萬邦，各方諸侯。《書·湯誥》：「誕告萬方。」引申指天下各地。《晉書·樂志》載《文皇統百揆》：「文皇統百揆，繼天理萬方。」

㉙行仁義之兵：《荀子·議兵》：「四帝兩王，皆以仁義之兵行於天下也。」

㉚「扶危」二句：漢陸賈《新語·輔政》：「是以聖人居高處上，則以仁義爲巢，乘危履傾，則以賢聖爲杖。故高而不墜，危而不仆者。」

㉛一尉一候：漢揚雄《解嘲》：「東南一尉，西北一候。」（《文選》卷四五）吕向注：「如淳曰：（東南一尉）《地理志》云在會稽。」李善注：「（西北一候）《地理志》曰：龍勒玉門陽關有候也。」

㉜遐邇承風：遠近承聖政之風。《孔子家語·好生》：「舜之爲君也，其政好生而惡殺……是以四海承風。」

㉝禮云樂云：《論語·陽貨》：「子曰：『禮云禮云，玉帛云乎哉？樂云樂云，鍾鼓云乎哉？』」

㉞此是並隔句相對：本書東卷《二十九種對》第二爲隔句對，此言「隔句相對」，正與北卷大題「論對屬」相應。

亦可云：偃干鉞以懷遠，運機衡以齊政。斷修蛇，戮封豕。落九日，通八風①。正傾維，安絶柱。平九黎之亂，竄三苗之罪②。正高天之絶柱③，息滄海之横波。更穆四門，重安八柱。練石補天，積灰止水。偃甲銷戈〔一〕，休牛放馬〔二〕④。放馬於華山陽〔三〕，牧牛於桃林塞〔四〕⑤。及云：開闢辰象⑥，織成宇宙。

【校記】

〔一〕「偃甲銷戈」，原作「偃伯脩戈」，各本同。周校：「『偃伯修戈』，當從前文作『偃甲銷戈』。」今從周校正之。

〔二〕「牛」，松本、江户刊本、維寶箋本作「干」。

〔三〕「放馬」，與上二字原不重，各本同，三寶院本作「放」。《校注》：「『放馬』二字原不重，當是原於重文作小二，而誤奪之，下文亦以『偃甲韜戈，休牛放馬』作對，今據補正。」今從之。「山」，原無，各本同，據江户刊本、維寶箋本補。

〔四〕「於」，原無，各本同，據江户刊本、維寶箋本補。「桃」，原作小字記在行間，據三寶、高甲本正之。「塞」，六寺、醍丙本作「寒」。

【考釋】

①通八風：顓頊高陽氏效八風之音，參前文考釋。

②「平九」二句：《國語·楚語下》：「及少皞之衰也，九黎亂德，民神雜糅，不可方物。……其後三苗復九黎之德。」韋昭注：「九黎，黎氏九人，蚩尤之徒也。」《書·舜典》：「流共工于幽洲，放驩兜于崇山，竄三苗于三危，殛鯀于羽山，四罪而天下咸服。」孔傳：「三苗，國名，縉雲氏之後。」北周庾信《三月三日華林園馬射賦》：「我大周之創業也，南正司天，北正司地，平九黎之亂，定三危之罪。」（《庾子山集注》卷一）

③正高天之絶柱：此下數句參前文考釋。

④休牛放馬：隋薛道衡《高祖文皇帝頌》：「休牛散馬，偃武修文。」（《隋書·薛道衡傳》）

⑤「放馬」二句：《書·武成》：「乃偃武修文，歸馬于華山之陽，放牛于桃林之野，示天下弗服。」孔傳：「山南曰陽。桃林在華山東，皆非長養牛馬之地，欲使自生自死，示天下不復乘用。」

⑥開闢辰象：《尚書中候》：「天地開辟。」（《太平御覽》卷一）辰象：天象。辰：日月星。

叙禮樂法

若云：改正朔，殊徽號①。定憲章②，同律度③。定禮樂④，諧律吕。修五禮⑤，正六樂⑥。諧六樂，定八音⑦。及云：平分四氣⑧，推列三元⑨。齊七政，陳五紀⑩，定四時⑪，通八風⑫，分九土。慎徽五典⑬，弘宣八政⑭，叙以九疇⑮，敷以五教⑯，風通地理⑰。叙人倫⑱，授民時⑲。

亦云：命后夔合樂⑳，伯夷典禮〔一〕㉑，容成定曆〔二〕㉒，伶倫叶律㉓，皐陶典刑〔三〕㉔。

【校記】

〔一〕「典」，六寺、醍丙、仁乙本作「曲」。

〔二〕「容」，原作「客」，高乙本同，據三寶、高甲、六寺本改。

〔三〕「皐」，原作「皋」，高甲、高乙、新町、六寺、醍丙本同，原左旁注「皐」，眉注「陶大刀反又作陶又音摇」，據三寶、江戸刊本、維寶箋本改。「典」，六寺、醍丙本作「曲」。

【考釋】

①「改正」二句：《禮記·大傳》：「聖人南面而治天下，必自人道始矣。立權度量，考文章，改正朔，易服色，殊徽號，異器械，別衣服。」孔穎達正義：「正謂年始，朔謂月初。言王者得政，示從我始改故用新，隨寅丑子所損也。周子，殷丑，夏寅，是改正也。周夜半，殷鷄鳴，夏平旦，是易朔也。」「殊，別也。徽號，旌旗也。周大赤，殷大白，夏大麾，各有別也。」

②定憲章：漢班固《東都賦》：「憲章稽古，封岱勒成。」（《文選》卷一）《顔氏家訓·文章》：「朝廷憲

章，軍旅誓誥。」

③同律度：《左傳》文公六年：「著之話言，爲之律度。」《書·舜典》：「協時月正日，同律度量衡。」

④定禮樂：《禮記·樂記》：「王者功成作樂，治定制禮。」《漢書·禮樂志》：「故象天地而制禮樂，所以通神明，立人倫，正情性，節萬事者也。」

⑤修五禮：《書·舜典》：「修五禮五玉。」孔傳：「修吉凶賓軍嘉之禮。」

⑥六樂：《周禮·地官·保氏》：「保氏掌諫王惡，而養國子以道，乃教之六藝：一曰五禮，二曰六樂。」鄭玄注：「六樂：《雲門》、《大咸》、《大韶》、《大夏》、《大濩》、《大武》也。」

⑦八音：《史記·五帝本紀》：「八音能諧，毋相奪倫，神人以和。」張守節正義：「八音，金、石、絲、竹、匏、土、革、木也。孔安國云：『倫，理也。八音能諧，理不錯奪，則神人咸和。』」

⑧平分四氣：平分四時之氣以協和萬物。《禮記·樂記》：「奮至德之光，動四氣之和，以著萬物之理。」孔穎達正義：「謂感動四時之氣。」《尸子》卷上：「四氣和，正光照，此之謂玉燭。」《楚辭·九辯》：「皇天平分四時兮，竊獨悲此廩秋。」

⑨三元：農曆正月初一，爲年、月、日之始，是謂三元。南齊王儉《諒闇親奉烝嘗議》：「三元告始，則朝會萬國。」（《南齊書·禮志》）梁宗懍《荆楚歲時記》：「正月一日是三元之日也。」（《漢魏六朝筆記小説大觀》）

⑩陳五紀：《書·洪範》：「（洪範九疇）次四曰協用五紀……一曰歲，二曰月，三曰日，四曰星辰，五

曰曆數。」孔傳：「歲，所以紀四時；月，所以紀一月；日，紀一日；星辰，二十八宿迭見，以叙氣節；十二辰，以紀日月所會；曆數，節氣之度以爲曆，敬授民時。」

⑪定四時：《書・堯典》：「期，三百有六旬有六日，以閏月定四時成歲。」孔傳：「匝四時曰期，一歲十二月，月三十日，正三百六十日，除小月六爲六日，是爲一歲有餘十二日，未盈三歲，足得一月，則置閏焉，以定四時之氣節，成一歲之曆象。」

⑫八風：八卦之風，參前文考釋。

⑬慎徽五典：《書・舜典》：「慎徽五典，五典克從。」孔傳：「徽，美也。五典，五常之教：父義，母慈，兄友，弟恭，子孝。」

⑭八政：《書・洪範》：「(洪範九疇)次三曰農用八政……一曰食，二曰貨，三曰祀，四曰司空，五曰司徒，六曰司寇，七曰賓，八曰師。」孔傳：「食，勸農業。貨，寶用物。祀，敬鬼神以成教。司空，主空土以居民。司徒，主徒衆，教以禮義。司寇，主姦盜，使無縱。賓，禮賓客，無不敬。師，簡師所任必良，士卒必練。」

⑮九疇：《書・洪範》：「天乃錫禹《洪範》九疇，彝倫攸叙。」九疇指五行、五事、八政、五紀、皇極、三德、稽疑、庶徵、五福等九類治理天下之大法。南齊謝朓《齊雩祭樂歌・歌世祖武皇帝》：「七德攸宣，九疇咸叙。」(《樂府詩集》卷三)

⑯五教：《書・舜典》：「敬敷五教在寬。」孔傳：「布五常之教務在寬。」孔穎達正義：「即父母兄弟

子是也，教之義慈友恭孝，此事可常行，乃爲五常耳。」

⑰地理：《水經注・濟水》：「人物咸淪，地理昭著。」

⑱叙人倫：《孟子・滕文公上》：「契爲司徒，教以人倫，父子有親，君臣有義，夫婦有別，長幼有叙，朋友有信。」《毛詩序》：「成孝敬，厚人倫。」

⑲授民時：《書・堯典》：「乃命羲和，欽若昊天，曆象日月星辰，敬授人時。」孔傳：「敬記天時，以授人也。」

⑳命后夔合樂：《書・舜典》：「帝曰：『夔，命汝典樂，教胄子。』」

㉑伯夷典禮：《書・舜典》：「帝曰：『咨四岳，有能典朕三禮。』僉曰：『伯夷。』」孔傳：「三禮，天地人之禮。伯夷，臣名，姜姓。」

㉒容成定曆：《呂氏春秋・勿躬》：「容成作曆，羲和作占日。」

㉓伶倫叶律：《呂氏春秋・古樂》：「昔黄帝令伶倫作爲律。」

㉔臯陶典刑：《書・舜典》：「帝曰：『臯陶，蠻夷、猾夏，寇賊姦宄，汝作士，五刑有服。』」孔傳：「士，理官也。五刑，墨、劓、剕、宫、大辟。服，從也。言得輕重之中正。」

亦可論：置立郊廟①、社稷②、明堂③，以宗祀天地神明之靈④，及朝宗萬國，群后⑤，百辟⑥。懸象魏以頒政〔一〕⑦，降衢室以問道⑧，昇明堂以議政。開闡大學⑨、公宫⑩、東序、西膠⑪、庠序等⑫，而以垂訓〔二〕⑬，施化⑭，問道⑮，貴德，尚齒⑯。起置麟閣⑰、天禄⑱、虎觀等〔三〕⑲，以崇儒弘文⑳。採五帝之英華㉑，去三代之糟粕㉒。定八刑糾民〔四〕㉓，考八風，定八音，任九土作賦㉔。發以聲明，紀以文物㉕，布之典刑㉖，納之軌物㉗。

【校記】

〔一〕「頒」，醍丙本作「預」。

〔二〕「垂」，新町本作「乘」，朱筆旁注「垂」。

〔三〕「觀」，原作「視」，三寶、高甲、高乙、新町、義演本同，三寶本注「觀」，據六寺、江户刊本、維寶箋本改。

〔四〕「糾」，原作「糺」，高乙本作「紀」，其餘各本作「糺」，據《周禮》當作「糾」，今據改。

【考釋】

①郊廟：帝王祭天地之郊宫與祭祖先之宗廟。魏陳琳《爲袁紹檄豫州》：「使繕修郊廟，翊衛幼主。」（《文選》卷四四）

②社稷：土神與穀神。《書·太甲》：「社稷宗廟罔不祗肅。」《禮記·王制》：「天子祭天地，諸侯祭社稷。」

③明堂：帝王宣明政教之所。《孟子·梁惠王下》：「夫明堂者，王者之堂也。」《孝經·聖治》：「昔

者，周公郊祀后稷以配天，宗祀文王於明堂，以配上帝。」邢昺注：「明堂，天子布政之宫也。」漢班固《東都賦》：「覲明堂，臨辟雍，揚緝熙，宣皇風。」（《文選》卷一）

④ 宗祀：對祖宗的祭祀。

⑤ 群后：《書·舜典》：「班瑞于群后。」孔傳：「后，君也。」

⑥ 百辟：《書·周官》：「六服群辟。」孔傳：「六服諸侯。」《詩·周頌·烈文》：「百辟其刑之。」「烈文辟公」鄭玄箋：「百辟，卿士及天下諸侯者。」以上萬國、群后、百辟，均指各方諸侯。

⑦ 懸象魏以頒政：《周禮·天官·大宰》：「正月之吉，始和，布治于邦國都鄙，乃縣治象之灋於象魏，使萬民觀治象，挾日而斂之。」賈公彦疏：「鄭司農云象魏闕也者，周公謂之象魏，雉門之外，兩觀闕高魏魏然，孔子謂之觀。」

⑧ 衢室：《管子·桓公問》：「黄帝立明臺之議者，上觀於賢也，堯有衢室之問者，下聽於人也。」傳爲唐堯徵詢民意之所，後泛指帝王聽政之所。

⑨ 大學：《禮記·王制》：「天子命之教，然後爲學。小學在公宫南之左，大學在郊。」《漢書·禮樂志》：「古之王者莫不以教化爲大務，立大學以教於國，設庠序以化於邑。」

⑩ 公宫：《禮記·昏義》：「婦人先嫁三月，祖廟未毁，教于公宫。」鄭玄注：「公，君也。」孔穎達正義：「公宫，謂公之宫也，若天子公邑，官家之宫爾，非謂諸侯公宫也。」

⑪ 東庠、西膠：《禮記·王制》：「有虞氏養國老於上庠，養庶老於下庠；夏后氏養國老於東序，養庶

老於西序；殷人養國老於右學，養庶老於左學；周人養國老於東膠，養庶老於虞庠，虞庠在國之西郊。」鄭玄注：「皆學名也。……上庠右學，大學也，在西郊。下庠左學，小學也，在國中王宮之東。東序東膠，亦大學，在國中王宮之東。西序虞庠，亦小學也，西序在西郊，周立小學於西郊。」《晉書·儒林傳序》：「東序西膠未聞於弦誦。」

⑫庠序：《禮記·學記》：「古之教者，家有塾，黨有庠，術有序，國有學。」孔穎達正義：「庠，學名也，於黨中立學教閭中所升者也。……遂有序，亦學名，於遂中立學，教黨學所升者也。」《孟子·梁惠王上》：「謹庠序之教。」趙岐注：「庠序者，教化之宮也。殷曰序，周曰庠。」

⑬垂訓：魏嵇康《答釋難宅無吉凶攝生論》：「夫先王垂訓，開端中人。」（《嵇康集校注》卷九）

⑭施化：《史記·三王世家》：「扶德施化。」《北史·孔紹傳》：「建國有計，雖危必安；施化能和，雖寡必盛。」

⑮問道：《漢書·賈誼傳》：「帝入太學，承師問道。」《晏子春秋·問上》：「臣聞問道者更正，聞道者更容。」

⑯貴德、尚齒：《莊子·天道》：「宗廟尚親，朝廷尚尊，鄉黨尚齒。」《禮記·祭義》：「昔者，有虞氏貴德而尚齒。」「是故朝廷同爵則尚齒。」鄭玄注：「同爵尚齒，老者在上也。」

⑰麟閣：麒麟閣。《三輔黄圖·閣》：「麒麟閣，蕭何造，以藏秘書，處賢才也。」《漢書·蘇武傳》：「甘露三年，單于始入朝，上思股肱之美，乃圖畫其人於麒麟閣。」

⑱天禄：天禄閣。漢班固《西都賦》：「又有天禄、石渠，典籍之府。」（《文選》卷一）李善注：「《三輔故事》曰：『天禄閣在大殿以北，以閣秘書。』」

⑲虎觀：白虎觀，在未央宫中。《後漢書·章帝紀》：「於是下太常，將、大夫、博士、議郎、郎官及諸生、諸儒會白虎觀，講議《五經》同異……帝親稱制臨決，如孝宣甘露石渠故事，作《白虎議奏》。」《文心雕龍·時序》：「（明帝）肄禮璧堂，講文虎觀。」

⑳以上可組成對屬之句，如「開闡大學以垂訓施化，起置麟閣以崇儒弘文」等。

㉑五帝：各家所説不一，據《史記·五帝本紀》，爲黄帝、顓頊、帝嚳、堯、舜。

㉒三代：夏、商、周。

㉓定八刑糾民：《周禮·地官·大司徒》：「以鄉八刑糾萬民：一曰不孝之刑，二曰不睦之刑，三曰不婣之刑，四曰不弟之刑，五曰不任之刑，六曰不恤之刑，七曰造言之刑，八曰亂民之刑。」

㉔九土：九州。《書·禹貢》：「禹别九州，隨山濬川，任土作貢。」

㉕「發以」二句：《左傳》桓公二年：「夫德，儉而有度，登降有數，文物以紀之，聲明以發之，以臨照百官。」

㉖布之典刑：《書·舜典》：「象以典刑。」孔傳：「象，法也。法用常刑，用不越法。」

㉗納之軌物：《左傳》隱公五年：「君，將納民於軌物者也。故講事以度軌量謂之軌，取材以章物采謂之物。不軌不物，謂之亂政。」

或可云：制定五禮、禮儀①、玉帛②、罇俎之制等〔一〕③，以和邦國④，叙人倫⑤，與天地同節⑥，安上治民〔二〕⑦。定諧奏六樂、八音，金石絲竹音⑧，羽籥干戚容〔三〕⑨，以同和天地⑩，合鬼神⑪，移風易俗⑫。載定六律、律吕，以測寒暑〔四〕，叶天地。東膠西庠，爰崇節義；麟閣虎觀，乃集墳典⑬。律吕云定，以合陰陽；禮樂聿脩，仍同天地。璇璣、玉衡等運，而七政斯齊；金科、玉條陳施〔五〕⑭，而四民、百姓無犯⑮。南正揆地司天⑯，東膠弘風訓俗〔六〕。敬敷五教，庶績惟熙〔七〕⑰；《鴻範》九疇，彝倫攸叙〔八〕⑱。侯甸荒要〔九〕⑲，合先王之德刑⑳；火龍黼黻〔一〇〕㉑，得古人之象辨㉒。正位〔一一〕㉓，更立周官㉔；同律齊衡㉕，仍追《舜典》〔一二〕。九成六變，更定樂章㉖；五宅三居，仍定典刑〔一三〕㉗。道德仁義㉘，高視百王㉙；文物聲明，聿追三代。

【校記】

〔一〕「罇」，三寶、醍丙、仁乙、江户刊本作「蹲」。「俎」，松本、江户刊本、維寶箋本作「爼」。

〔二〕「安上」，《校勘記》：「『上』疑爲『土』之訛，《易·繫辭上》：『安土敦乎仁，故能愛。』」

〔三〕「籥」，原作「蕍」，三寶、高甲、高乙、新町、義演本同，六寺、醍丙、仁乙、江户刊本、維寶箋本作「龠」，六寺本眉注

「薾亻」，當爲「籥」之形訛。

〔四〕「寒」，義演本作「塞」。從《校注》改。

〔五〕「玉」，原作「王」，三寶本同，據高甲、六寺本改。

〔六〕「東膠」下原有「西膠」二字，三寶、高甲、高乙、新町、義演本同。《考文篇》：「以對屬論之，宫内廳本『西膠』二字恐非原文，據醍丙等删。」據六寺、醍丙、維寶箋本删。「弘」，原作「和」，三寶、高甲、高乙、新町本同，據六寺、義演、醍丙、江户刊本、維寶箋本改。

〔七〕「熙」，原作「凝」，三寶、高乙、新町、義演本同，據六寺、江户刊本、維寶箋本改。

〔八〕「倫」，左旁六寺本標有記號，眉注「綸」，義演、醍丙本作「綸」。

〔九〕「侯」，六寺、醍丙、仁乙本作「喉」。

〔一〇〕「火」，原作「大」，三寶、高甲、高乙本同，三寶本注「火」，據六寺、江户刊本、維寶箋本改。

〔一一〕「正位」，周校：「『正位』下疑有脱誤。」《譯注》作「正位□□」，謂：「因爲以下各句都是四句一組。」

〔一二〕「典」，原作「曲」，高乙本同，據三寶、高甲、六寺本改。

〔一三〕「典」，原作「曲」，高乙本同，據三寶、高甲、六寺本改。

【考釋】

①禮儀：《禮記·中庸》：「禮儀三百，威儀三千。」

②玉帛：圭璋與束帛，古代祭祀、會盟、朝聘等用之。《左傳》莊公二十四年：「男贄，大者玉帛。」杜

預注：「公侯伯子男執玉，諸侯世子、附庸孤卿執帛。」

③ 罇俎：古代盛酒食之器皿，罇以盛酒，俎以置肉。《禮記·樂記》：「鋪筵席，陳尊俎。」

④ 和邦國：《周禮·地官·大司徒》：「大司徒之職，掌建邦之土地之圖，與其人民之數，以佐王安擾邦國。」

⑤ 叙人倫：《漢書·禮樂志》：「故象天地而制禮樂，所以通神明，立人倫，正情性，節萬事者也。」

⑥ 與天地同節：《禮記·樂記》：「樂者，天地之和也。禮者，天地之序也。」

⑦ 安上治民：《禮記·經解》：「安上治民，莫善於禮。」

⑧ 金石絲竹音：《禮記·樂記》：「樂者，德之華也，金石絲竹，樂之器也。」

⑨ 羽籥干戚容：《禮記·樂記》：「故鐘鼓管磬，羽籥干戚，樂之器也。」

⑩ 同和天地：《禮記·樂記》：「大樂與天地同和，大禮與天地同節。」

⑪ 合鬼神：《禮記·樂記》：「及夫禮之極乎天而蟠乎地，行乎陰陽而通乎鬼神。」《易·乾卦·文言》：「夫大人者，與天地合其德，與日月合其明，與四時合其序，與鬼神合其吉凶。」《管子·牧民》：「順民之經，在明鬼神。」

⑫ 移風易俗：《荀子·樂論》：「樂者，聖人之所樂也，而可以善民心，其感人深，其移風易俗，故先王導之禮樂而和民睦。」《禮記·樂記》：「故樂行而倫清，耳目聰明，血氣和平，移風易俗，天下皆寧。」

⑬ 墳典：三墳五典。《書·序》：「討論墳典。」漢張衡《東京賦》(《文選》卷三)薛綜注：「三墳，三皇

之書也。五典，五帝之書也。」

⑭金科、玉條：漢揚雄《劇秦美新》：「懿律嘉量，金科玉條。」（《文選》卷四八）李善注：「金科玉條，謂法令也。言金玉，貴之也。」

⑮四民：士農工商。此泛指百姓。

⑯南正撲地司天：南正：古官名，主司天。撲地：古官名，即火正。《國語·楚語下》：「顓頊受之，乃命南正重司天以屬神，命火正黎司地以屬民。」韋昭注：「南，陽位。正，長也。司，主也。屬，會也。所以會群神，使各有分序，不相干亂也。」

⑰庶績惟熙：《書·堯典》：「庶績咸熙。」孔傳：「績，功也。言衆功皆廣。」

⑱「《鴻範》」二句：《書·洪範》：「天乃錫禹《洪範》九疇，彝倫攸叙。」「鴻」即「洪」。

⑲侯甸荒要：《書·禹貢》：「五百里甸服」孔傳：「規方千里之内謂之甸服，爲天子服治田，去王城面五百里。」甸服外之五百里爲侯服，侯服外之五百里爲要服，要服外之五百里爲荒服。

⑳德刑：恩澤與刑罰。《左傳》宣公十二年：「叛而伐之，服而舍之，德、刑成矣。伐叛，刑也。柔服，德也。二者立矣。」

㉑火龍黼黻：帝王服飾之圖案。《左傳》桓公二年：「火龍黼黻，昭其文也。」杜預注：「火，畫火也。龍，畫龍也。白與黑謂之黼，形若斧。黑與青謂之黻，兩己相戾。」

㉒得古人之象辨：梁簡文帝《答張纘謝示集書》：「火龍黼黻，尚且著於玄象。」（《藝文類聚》卷五

八）

㉓正位：正中之位。《隋圜丘歌・文舞》：「正位履端，秋霜春雨。」（《樂府詩集》卷四）

㉔周官：《書》有《周官》篇，言：「成王既黜殷命，滅淮夷，還歸在豐，作周官。」孔傳：「言周家設官分職用人之法。」

㉕同律齊衡：《書・舜典》：「協時月正日，同律度量衡。」

㉖「九成」二句：《書・益稷》：「簫韶九成，鳳皇來儀。」六變：樂章改變六次，古代祭百神，樂章變六次祭典始成。《周禮・春官・大司樂》：「凡六樂者：一變而致羽物，及川澤之示；……六變而致象物，及天神。」鄭玄注：「變猶更也，樂成則更奏也。此謂大蜡索鬼神而致百物，六奏樂而禮畢。」《北齊南郊樂歌・高明樂》：「士備八能，樂合六變。」（《樂府詩集》卷三）

㉗「五宅」二句：《書・舜典》：「五刑有服，五服三就，五流有宅，五宅三居。」孔傳：「五刑之流，各有所居。五居之差，有三等之居：大罪四裔，次九州之外，次千里之外。」

㉘道德仁義：《禮記・曲禮上》：「道德仁義，非禮不成。」

㉙百王：《荀子・不苟》：「百王之道，後王是也。」

叙政化恩德

若云：握斗機以運行〔一〕①，動巽風而號令②。順春夏而生長，隨秋冬而煞罰③。開日月以照臨，降雲雨以灑潤。均天地以載臨④，同陰陽以變化⑤。察天象以定時，觀人文以成化⑥。則天地以行道⑦，依鬼神以制義⑧。履時以象天，養財以任地。治四氣以教民，通八音以宣六氣⑨。律文而訓俗。聲爲律，身爲度⑩。左准繩，右規矩⑪。保合大和，尅明俊德〔二〕。謨九德〔三〕⑫，叙九疇⑬，張四維⑭，陳二柄⑮。興於仁〔四〕，立於《禮》，成於《樂》⑯。導之以德，齊之以禮⑰。聖賢爲杖，仁義爲翼〔五〕⑱，道德爲城，禮樂爲囿，道德爲場〔六〕⑲。禮義爲干櫓，誠信爲甲胄〔七〕⑳。修文德，止武功㉑。先德教，後刑罰〔八〕㉒。以德不以威〔九〕，以寬不以猛。不令而行，不言而化㉓。開三面垂仁〔一〇〕㉔，揮五絃解愠㉕。日臨月臨，雲行雨施〔一一〕㉖。鼓之以雷電，潤之以雲雨㉗。油然作雲，霈然下雨㉘。煦和氣以臨民〔一二〕㉙，扇薰風而養物㉚。灑玄澤以周流㉛，降陽光以照普。大道潛運㉜，至德弘宣㉝。榮光、陽光等輝映、昭晰、普燭〔一三〕㉞，湛恩、鴻恩等汪濊〔一四〕㉟，陽光充溢、洋溢、漫衍、浸洽〔一五〕㊱，和氣、霈澤等周流〔一六〕㊲。

【校記】

〔一〕「斗」，義演本作「計」。

〔二〕「尅」，《考文篇》：「克，各本作『尅』，並非，《堯典》云：『克明俊德，以親九族。』」《校勘記》：「『尅』爲『克』之假借。」「俊」，原作「後」，三寶、高乙、六寺本同，三寶本眉注「俊」，據高甲、醍丙、江户刊本、維寶箋本改。

〔三〕「謨九德」下原有「叙九德」三字，據三寶、高甲、六寺、醍丙等本刪。

〔四〕「仁」，《校注》：「『仁』疑當作『詩』。」

〔五〕「翼」，《校注》：「『翼』當爲『巢』之誤。」

〔六〕「爲場」，原作「道德爲櫓楯也場」，「櫓楯也」三字有朱點抹消符號，眉注「櫓楯也」。《考文篇》：「『爲』下宫内府本初衍『櫓楯也』三字，後銷之，稱於欄眉。按此誤以下『櫓』字注爲本文，則知『櫓』字注，宫内府本底本既有之。」據三寶、高甲、六寺、醍丙等本正之。《譯注》：「『道德爲場』四字爲衍。」

〔七〕「誠信」，《校注》：「『誠信』，《儒行》作『忠信』，此避隋諱改也。」

〔八〕「後」，三寶本無，眉注「後亻」。

〔九〕「以威」，三寶本無，右旁注「以威亻」。

〔一〇〕「言而化開三面」至後「彈琴而歌」二百八十三字，醍丙本無。《考文篇》：「醍醐寺本闕二百八十三字，恐爲十七行。」

〔一一〕「月臨雲行」，三寶本作「雲月臨行」，天海本作「月雲臨行」。

〔一二〕「煦」，原脚注「呼句反烝也恩也赤也温也潤也熱也」。

〔一三〕「榮光」，原作「熒光」，三寶、江户刊本同，六寺本眉注「熒」，據高甲、六寺等本改。「昭」，原作「照」，三寶、高甲、高乙、六寺、仁乙本同，從江户刊本、維寶箋本作「昭」。「普」，原作「晉」，三寶、高甲、高乙、新町、六寺、義演、仁乙本同，三寶本眉注「普亻」，據江户刊本、維寶箋本改。

〔一四〕「湛」，原右旁注「直斬反直林反」。

〔一五〕「充」，三寶本作「宛」。

〔一六〕「周」，原作「同」，三寶、六寺、江户刊本、維寶箋本同，三寶本眉注「周」，據醍丙、仁乙本改。

【考釋】

① 斗機：王者正天文之器，可運轉。

② 巽風：八卦主八風，巽風爲東南風，以喻皇帝之詔令，如風行之速，又如東南風之滋惠萬物。《易·巽卦·象傳》：「隨風，巽。君子以申命行事。」孔穎達正義：「隨風巽者，兩風相隨，故曰隨風。風既相隨，物無不順，故曰隨風巽。君子以申命行事者，風之隨至，非是令初，故君子訓之，以申命行事也。」《論語·顔淵》：「君子之德風。」

③ 「順春」二句：《管子·形勢解》：「故春夏生長，秋冬收藏，四時之節也。賞賜刑罰，主之節也。四時未嘗不生殺也，主未嘗不賞罰也。」四時各行其令，《禮記·月令》有詳細闡述。

④ 均天地以載臨：《莊子·大宗師》：「天無私覆，地無私載。」《禮記·中庸》：「天之所覆，地之所載。」

⑤ 同陰陽以變化：《易·繫辭上》：「陰陽不測之謂神。」韓康伯注：「神也者，變化之極。」

⑥ 「察天」二句：《易·賁卦·彖傳》：「觀乎天文，以察時變；觀乎人文，以化成天下。」《易·繫辭上》：「在天成象，在地成形，變化見矣。」

⑦ 則天地以行道：參前文考釋。

⑧ 依鬼神以制義：《史記·五帝本紀》：「養材以任地，載時以象天，依鬼神以制義，治氣以教化。」治氣謂理四時五行之氣。《晉書·樂志》載《洪業篇》：「象天則地，化雲布。」

⑨ 六氣：《左傳》昭公元年：「天有六氣，降生五味。……六氣曰陰、陽、風、雨、晦、明也。」

⑩ 「聲爲」二句：《史記·夏本紀》：「聲爲律，身爲度。」司馬貞索隱：「言禹聲音應鍾律。」裴駰集解：「王肅曰：『以身爲法度。』」

⑪ 「左準」二句：《史記·夏本紀》：「左準繩，右規矩，載四時，以開九州，通九道，陂九澤，度九山。」司馬貞索隱：「左所運用堪爲人之準繩，右所舉動必應規矩也。」

⑫ 謨九德：《書·皋陶謨》：「皋陶曰：『都，亦行有九德……』曰：『寬而栗，柔而立，愿而恭，亂而敬，擾而毅，直而温，簡而廉，剛而塞，彊而義。』」《晉書·樂志》載《大晉篇》：「九德克明，文既顯，武又彰。」

⑬ 九疇：指《洪範》九疇。

⑭ 四維：《管子·牧民》：「守國之度，在飾四維……何謂四維？一曰禮，二曰義，三曰廉，四曰恥。」

⑮ 二柄：《韓非子·二柄》：「明主之所導制其臣者，二柄而已矣。二柄者，刑德也。何謂刑德？曰：殺戮之謂刑，慶賞之謂德。」北齊劉晝《新論·兵術》：「練人謀者，抱五德之美，握二柄之要。」（四庫全書本）

⑯「興於」三句：《論語・泰伯》：「子曰：『興於《詩》，立於禮，成於樂。』」《禮記・大學》：「一家仁，一國興仁。」

⑰「導之」二句：《論語・爲政》：「道之以德，齊之以禮，有恥且格。」

⑱「聖賢」二句：語出漢陸賈《新語・輔政》。

⑲「道德」三句：《莊子・大宗師》：「以刑爲體，以禮爲翼，以知爲時，以德爲循。」漢桓寬《鹽鐵論・險固》：「誠以仁義爲阻，道德爲塞，賢人爲兵，聖人爲守，則莫能入。」漢揚雄《劇秦美新》：「遥集乎文雅之囿，翱翔乎禮樂之場。」（《文選》卷四八）李善注：「言以文雅爲園囿，以禮樂爲場圃。」北周庾信《燕射歌辭・徵調曲》：「開信義以爲苑圃，立道德以爲城池。」（《庾子山集注》卷六）

⑳「禮義」二句：《禮記・儒行》：「儒有忠信以爲甲胄，禮義以爲干櫓。」

㉑「修文」二句：《易・小畜卦・象傳》：「君子以懿文德。」《論語・季氏》：「故遠人不服，則脩文德以來之。」《詩・大雅・文王有聲》：「文王受命，有此武功。」

㉒「先德」二句：《吕氏春秋・先己》：「三王先教而後殺，故事莫功焉。」

㉓「不令」二句。《論語・子路》：「其身正，不令而行；其身不正，雖令不從。」《易・繫辭上》：「默而成之，不言而信，存乎德行。」梁任昉《齊竟陵文宣王行狀》：「不言之化，若門到户説矣。」（《文選》卷六〇）

㉔開三面垂仁：網開三面，參前文考釋。

㉕ 揮五絃解愠：《韓非子·外儲説左上》：「昔者舜鼓五絃，歌《南風》之詩而天下治。」《孔子家語·辯樂解》：「昔者舜彈五絃之琴，造《南風》之詩，其詩曰：『南風之薫兮，可以解吾民之愠。南風之時兮，可以阜吾民之財兮。』」

㉖ 「日臨」二句：《晉書·樂志》載《宣輔政》：「功濟萬世，定二儀，定二儀，雲行雨施，海外風馳。」

㉗ 「鼓之」二句：《易·繫辭上》：「鼓之以雷霆，潤之以風雨。」《禮記·樂記》：「鼓之以雷霆，奮之以風雨。」

㉘ 「油然」二句：《孟子·梁惠王上》：「王知夫苗乎？七八月之間旱，則苗槁矣。天油然作雲，沛然下雨，則苗浡然興之矣。」

㉙ 煦和氣以臨民：《考文篇》：「宮内府本『煦』字注，與宋本《玉篇》合。」《考文篇》北卷《論對屬》「阮隃」條：「宮内府本此注疑據宋本《玉篇》，若然，則此注可追溯到後一條天皇的御代。」可參看。和氣：魏曹植《魏德論謳·穀》：「和氣致祥，時雨灑沃。」（《曹植集校注》卷二）

㉚ 扇薫風而養物：《晉書·武帝紀》：「方今陽春養物，東作始興。」隋薛道衡《高祖文皇帝頌》：「和氣薫風，充溢於宇宙。」（《隋書·薛道衡傳》）

㉛ 灑玄澤以周流：晉應貞《晉武帝華林園集》：「玄澤滂流，仁風潛扇。」（《文選》卷二〇）李善注：「玄澤，聖恩也。」梁沈約《郊居賦》：「鼓玄澤於大荒，播仁風於遐俗。」（《梁書·沈約傳》）

㉜ 大道潛運：《禮記·禮運》：「大道之行也，天下爲公，選賢與能，講信修睦。」

㉝至德弘宣：隋薛道衡《高祖文皇帝頌》：「深誠至德，感達於穹壤。」（《隋書·薛道衡傳》）《隋書·牛弘傳》：「聖人所以弘宣教導，博通古今。」

㉞榮光：《尚書中候》：「舜至于下稷，榮光休至。」（《太平御覽》卷八一）《符瑞圖》：「榮光者，瑞光也，其光五彩焉，出於水上。」（同上卷八七二）

㉟湛恩、鴻恩：多指皇恩。《漢書·匈奴傳》：「大化神明，鴻恩溥洽。」漢司馬相如《難蜀父老》：「漢興七十有八載，德茂存乎六世，威武紛紜，湛恩汪濊，群生霑濡，洋溢乎方外。」（《文選》卷四四）李善注引張揖曰：「汪濊，深貌也。」漢司馬相如《封禪文》：「故軌迹夷易，易遵也，湛恩厖鴻，易豐也。」（《文選》卷四八）

㊱洋溢、漫衍、浸洽：漢揚雄《長楊賦》：「英華沈浮，洋溢八區。」（《文選》卷九）漢王褒《洞簫賦》：「或漫衍而駱驛兮，沛焉競溢。」（《文選》卷一七）《淮南子·兵略訓》：「道之浸洽，滒淖纖微，無所不在。」

㊲霈澤：唐李嘉祐《江湖秋思》：「共望漢朝多霈澤，蒼蠅早晚得先知。」（《全唐詩》卷二〇七）

亦論：道、仁、澤、化等，被、格、著、及、覃、通、流、施、霑〔一〕，加。云：二儀、四海、九縣、八紘〔二〕、四表、九域、九垓①、八際②，天下③，海外，及淵泉④、草木⑤、昆蟲⑥、行葦等語〔三〕⑦。

【校記】

〔一〕「霑」，原作「沾」，三寶、六寺本同，據維寶箋本改。

〔二〕「紘」，原作「宏」，各本同，從《校注》改。
〔三〕「葦」，三寶本眉注「華亻」，六寺、仁乙本作「草」，六寺本眉注「葦亻華亻」。

【考釋】

① 九垓：亦作「九畡」、「九陔」，中央至八極之地。《國語・鄭語》：「王者居九畡之田，收經入以食兆民。」韋昭注：「九畡，九州之極數。」《抱朴子・審舉》：「今普天一統，九垓同風。」又指九重天。《抱朴子・廣譬》：「日未移晷，周章九陔。」

② 八際：八埏。

③ 天下：《書・大禹謨》：「奄有四海，爲天下君。」

④ 淵泉：《白虎通・封禪》：「德至淵泉，則黄龍見，醴泉湧。」

⑤ 草木：《白虎通・封禪》：「德至草木，則朱草生，木連理。」

⑥ 昆蟲：《禮記・王制》：「昆蟲未蟄，不以火田。」鄭玄注：「取物必順時候也。」

⑦ 行葦：路邊之蘆葦。《詩・大雅・行葦》：「敦彼行葦，牛羊勿踐履。」《行葦序》以爲泛言周王朝先世之忠厚。後多用於稱頌朝廷之仁慈。《瑞應圖》：「白虎者，仁而不害，王者不暴虐，恩及行葦則見。」（《藝文類聚》卷九九）漢班彪《北征賦》：「慕公劉之遺德，及行葦之不傷。」（《文選》卷九）興膳宏《〈帝德録〉以及駢文創作理論管窺》：「開頭的道、仁、澤、化四字屬於第一類，都是名詞。其

次的被、格、著、及、覃、通、流、施、霑、加的十字屬於第二類，都是動詞。最後的從二儀、四海、九縣、八紘到淵泉、草木、昆蟲、行葦的以二字構成的十四個名詞屬於第三類。第三類中的頭十個名詞都指向巨大的空間，而其下的草木、昆蟲等四個名詞卻相反地指向微小的東西。」這三類詞組合成四字句，就成爲比如「道被二儀」、「仁及草木」、「澤著九域」、「化流四表」等，「第一類的四個名詞中，仁一字屬於平聲，其他的道、澤、化都屬於仄聲。第二類的十個動詞中，覃、通、流、施、霑、加六字屬於平聲，被、格、著、及四字屬於仄聲；第三類二字詞的下一個字中，儀、紘、垓、泉、蟲五字屬於平聲，海、縣、表、域、際、下、外、木、葦九字屬於仄聲。本書作者明顯的把平仄兩聲在四十二字中適當分配，以便讀者考慮平仄對應時，可以從這些詞彙中容易選擇合乎條件的文字」。

平章百姓〔一〕，協和萬邦〔二〕，光被四表①。或云：敷兹五典、陳兹八政等，庶績咸熙〔三〕，載叙人倫〔四〕。布以九疇，張以四維。彝倫攸叙②，允諧邦政③。韜戈偃甲〔五〕，爕定武功〔六〕④；作樂制禮，載和文德⑤。五絃云奏，更起舜哥；三面已開，還興湯咒〔七〕。五絃解愠，德被生民；三面開羅，仁霑庶物〔八〕⑥。自南自北，德被華夷〔九〕⑦；欲左欲右，仁霑鳥獸⑧。秉鉞而舞，見遠夷、殊俗來賓；揮絃彈琴而哥〔一〇〕，知吾民解愠⑨。興仁立禮，俗以唯清〔一一〕；明法察令，民斯無犯。悠悠萬物〔一二〕，並被仁心⑩；芒芒九州〔一三〕，俱陶王化⑪。亦可以上大道〔一四〕、至德、榮光、湛恩、玄澤、和氣等被加於四海、八紘等語爲對〔一五〕。

【校記】

〔一〕「章」，義演本無。

〔二〕「邦」，三寶本作「郡」，注「邦」。

〔三〕「績」，原作「續」，三寶、高甲、高乙本同，據六寺、江户刊本、維寶箋本改。

〔四〕「人」，原作「仁」，各本同。《校注》：「『仁倫』不詞，上文有『叙人倫』語，今據改。」今從之改。

〔五〕「甲」，原作「伯」，各本同。周校：「『甲』，原作『伯』，據前文改。」今從之改。

〔六〕「變」，原作「孌」，三寶、高甲、高乙、六寺、仁乙、松本、江户刊本、維寶箋本同，原眉注「變イ」，據義演本改。

〔七〕「咒」，《考文篇》作「祝」。

〔八〕「霑」，原作「沾」，三寶、六寺本同，據高甲本改。

〔九〕「華」，原作「花」，據三寶、高甲、六寺本改。

〔一〇〕「絃彈琴」，三寶本作「絃琴」，天海本作「絃瑟」。上文「言而化開三面垂仁」至此「彈琴而哥」，醍丙本無。

〔一一〕「唯」，《考文篇》：「推文義，『唯』當爲『惟』。」

〔一二〕「物」，原作「惣」，三寶、高甲、高乙本同，三寶本注「物」，據六寺、江户刊本、維寶箋本改。

〔一三〕「州」，松本、江户刊本、維寶箋本作「洲」。

〔一四〕「上大道」，《校注》：「此處疑有訛脱。」

〔一五〕「紘」，原作「宏」，各本同，從《校注》改。

【考釋】

①「平章」三句：均出《書·堯典》，參前文考釋。又《晉書·樂志》載《景龍飛》：「普被四海，萬邦望風，莫不來綏。」

②彝倫攸叙：語出《書·洪範》。

③允諧邦政：《書·益稷》：「庶尹允諧。」

④「韜戈」二句：漢司馬相如《難蜀父老》：「以偃甲兵於此，而息討伐於彼。」（《文選》卷四四）

⑤「作樂」二句：《禮記·樂記》：「王者功成作樂，治定制禮。」《禮記·明堂位》：「朝諸侯於明堂，制禮作樂，頒度量而天下大服。」《書·大禹謨》：「帝乃誕敷文德。」

⑥「五紘云奏」八句：參前文考釋。

⑦「自南」二句：《詩·大雅·文王有聲》：「自西自東，自南自北，無思不服。」

⑧「欲左」二句：參前文考釋。

⑨「揮紘」二句：參前文考釋。

⑩「悠悠」二句：晉傅玄《兩儀》：「日月西流景東征，悠悠萬物殊品名。」（《先秦漢魏晉南北朝詩·晉詩》卷一）

⑪「芒芒」二句：《左傳》襄公四年：「芒芒禹迹，畫爲九州。」杜預注：「芒芒，遠貌。」《毛詩序》：「《周南》、《召南》，正始之道，王化之基。」

叙天下安平〔一〕

若云：二儀、天地、乾坤等交泰〔二〕①、交暢②。日月光華③，人神允協④。遐邇太康⑤，幽平叶贊〔三〕⑥，内外穆福〔四〕。萬國咸寧⑦，萬邦協和，百姓昭明〔五〕⑧，黎民於變時邕〔六〕⑨。庶績咸熙〔七〕，品物咸亨⑩。柔遠能邇⑪，内外平成⑫。天平地成〔八〕⑬，遠邇至⑭，下通上漏〔九〕⑮。四海無波⑯，璇曜階平⑰。河清海宴⑱，海鏡河湛〔一〇〕⑲，河溓海夷〔一一〕⑳，年和氣叶㉑，雨節風隨㉒。尉候無虞㉓，烽遂不警㉔。脱劍明堂〔一二〕㉕，焚甲宣室〔一三〕㉖。載戢干戈〔一四〕，載櫜弓矢〔一五〕㉗。放馬華山之陽，放牛桃林之塞。偃甲韜戈〔一六〕，休牛放馬。榮光溢二儀〔一七〕，和氣行萬里，玄澤浸六幽〔一八〕。百姓食於膏火〔一九〕，飲於醴泉，照於玉燭㉘。司禄益富而國實㉙，司命益年而民壽㉚。

【校記】

〔一〕「叙天下安平」，原緊接上段末另行，「叙」字右肩三寶本標有記點。

〔二〕「坤」，原作「巛」，醍丙、義演本同，醍丙本左旁注「坤」，據三寶、高甲本改。「泰」，六寺本作「秦」，左旁注「泰」。

〔三〕「平」，《譯注》：「平，疑爲『明』之訛。」

〔四〕「穆」，原右旁注「槓亻」。

〔五〕「昭」，高乙、六寺、醍丙、仁乙本作「照」。

〔六〕「邕」，原作「邕」，三寶、高乙、六寺、醍丙、仁乙本同，據江户刊本、維寶箋本改。

〔七〕「績」，原作「續」，三寶、高甲、高乙、六寺、醍丙、仁乙本同，原眉注「績功也」，據江户刊本、維寶箋本改。

〔八〕「天平地成」，《校注》：「疑當作『地平天成』。」

〔九〕「漏」，原作「淚」，三寶、高乙本同，高甲本作「戾」，原眉注「漏亻」，三寶本同。《考文篇》：「漏，或本作『淚』，並理不通，疑應作『渥』。」《校勘記》：「當作『漏』，《淮南子·原道訓》：『揉桑爲樞，上漏下溼。』」《校注》：「『下通上漏』疑當作『上通下漏』，謂上通天，下漏泉也。梁簡文帝《菩提樹頌序》：『上照天，下漏泉，天既成矣，地既平矣。』」據宫本、三寶本眉注改。

〔一〇〕「海鏡」，原作「河鏡」，各本同。《校注》：「『河鏡河湛』，疑當作『海鏡河湛』。」從《校注》作「海鏡」。

〔一一〕「河湛河溓海夷」，三寶本作「河溓海湛河夷」。

〔一二〕「明堂」，原作「明黨」，高甲、高乙本同，原注「堂」，據三寶、六寺本改。

〔一三〕「焚」，松本、江户刊本、維寶箋本作「熒」。

〔一四〕「戢」，三寶本作「胥」，原眉注「胥」。

〔一五〕「橐」，原作「藁」，高乙、新町本同，原左旁朱筆注「橐」，據三寶、高甲、六寺本改。

〔一六〕「甲」，原作「伯」，各本同。周校：「據前文改。」今從之改。

〔一七〕「榮」，原作「熒」，高乙、新町、醍丙、仁乙、義演、松本、江户刊本、維寶箋本同，六寺本眉注「熒」，據六寺本改。

〔一八〕「玄」，原作「去」，三寶、高甲、高乙、新町、義演、松本、江户刊本、維寶箋本同，三寶本眉注「云」，六寺、醍丙本作「云」。周校：「『去』，謂疑當作『王』。」《考文篇》：「『玄』，諸本訛『去』或『云』。上言『灑玄澤以周流』，今改（作『玄』）。」《校注》：「上文言『灑玄澤以周流』，又言『玄澤』，俱作『玄澤』，今據改正。」今從之改。

〔一九〕「火」，原作「大」，三寶、高甲、高乙本同，三寶本注「火」，據六寺、江户刊本、維寶箋本改。

【考釋】

①交泰：《易・泰卦・象傳》：「天地交泰。」《潛夫論》：「是以天地交泰，陰陽和平。」

②交暢：《三國志・蜀書・後主傳》：「上下交暢，然後萬物協和，庶類獲乂。」

③日月光華：《尚書大傳》卷一：「日月光華，旦復旦兮。」

④人神允協：漢班固《東都賦》：「人神之和允洽，群臣之序既肅。」（《文選》卷一）

⑤遐邇太康：《詩・唐風・蟋蟀》：「無已太康，職司其外。」

⑥幽平叶贊：《易・説卦傳》：「昔者聖人之作《易》也，幽贊於神明而生蓍。」

⑦萬國咸寧：《易・乾卦・彖傳》：「首出庶物，萬國咸寧。」

⑧「萬邦」二句：《書・堯典》：「百姓昭明，協和萬邦。」

⑨黎民於變時邕：《書・堯典》：「黎民於變時雍。」「邕」通「雍」。

⑩品物咸亨：《易·坤卦·彖傳》：「含弘光大，品物咸亨。」孔穎達正義：「品類之物，皆得亨通。」

⑪柔遠能邇：《詩·大雅·民勞》：「柔遠能邇，以定我王。」《書·舜典》：「柔遠能邇。」孔傳：「柔，安，邇，近。……言當安遠，乃能安近。」

⑫内外平成：《左傳》文公十八年：「内平，外成。」杜預注：「内諸夏，外夷狄。」

⑬天平地成：《書·大禹謨》：「地平天成。」孔傳：「水土治曰平，五行叙曰成。」《左傳》文公十八年：「舜臣堯，舉八愷，使主后土，以揆百事，莫不時序，地平天成。」

⑭遠邇至：《荀子·議兵》：「以仁義之兵行於天下也。故近者親其善，遠方慕其德，兵不血刃，遠邇來服。」

⑮下通上漏：未詳。《淮南子·原道訓》：「揉桑爲樞，上漏下溼。」

⑯四海無波：陳徐陵《爲梁貞陽侯與王太尉僧辨書》：「三光有乂，四海無波。」（《文苑英華》卷六七七）

⑰璇曜階平：璇曜：北斗星與日月金木水火土七星，泛指天道。階平：即三階平。《漢書·東方朔傳》「願陳《泰階六符》」顔師古注引《黄帝泰階六符經》：「泰階者，天之三階也。上階爲天子，中階爲諸侯，公卿、大夫，下階爲士庶人。……三階平則陰陽和，風雨時，社稷神祇咸獲其宜，天下大安，是爲太平。」

⑱河清海宴：漢張衡《歸田賦》：「徒臨川以羨魚，俟河清乎未期。」（《文選》卷一五）吕延濟注：「河

清喻明時。」唐顧況《八月五日歌》：「率土普天無不樂，河清海晏窮寥廓。」（《全唐詩》卷二六五）「宴」通「晏」。唐薛逢《九日曲江流眺》：「正當海晏河清日，便是修文偃武時。」（《全唐詩》卷五四八）

⑲海鏡河湛：劉宋顔延之《應詔宴曲水作》：「天臨海鏡。」（《文選》卷二〇）李善注引孫綽《望海賦》：「因湛亮以静鏡，俯遊目於淵庭。」

⑳河溓海夷：《宋書・禮志》：「故精緯上靈，動殖下瑞，諸侯軌道，河溓海夷。」梁陸倕《新刻漏銘》：「河海夷晏，風雲律吕。」（《文選》卷五六）李善注引《禮斗威儀》：「君乘土而王，其政太平，則河溓海夷。」

㉑年和氣叶：《魏書・李崇傳》：「今四表晏寧，年和歲稔。」

㉒雨節風隨：《尸子》：「神農氏治天下，欲雨則雨，五日爲行雨，旬爲穀雨，旬五日爲時雨，正四時之制。」（《藝文類聚》卷二）

㉓尉候無虞：尉候，古代守邊的都尉和伺敵的斥候。漢揚雄《解嘲》：「今大漢左東海，右渠搜，前番禺，後椒塗，東南一尉，西北一候。」（《文選》卷四五）《北史・隋紀》：「七德既敷，九歌已洽，尉候無警，遐邇肅清。」南齊王融《三月三日曲水詩序》：「一尉候於西東，合車書於南北。」（《文選》卷四六）《書・畢命》：「四方無虞，予一人以寧。」

㉔烽遂：古代邊防報警的信號。《墨子・號令》：「與城上烽燧相望。」「遂」通「燧」。漢桓寬《鹽鐵論・本議》：「修障塞，飭烽燧，屯戍以備之邊。」

㉕脱劍：《禮記・樂記》：「裨冕搢笏而虎賁之士説劍也。」「説」通「脱」。

㉖宣室：殷代宫名。漢代未央宫中之宣室殿亦名宣室，又泛指帝王所居之正室。

㉗「載戢」二句：《詩·周頌·時邁》：「載戢干戈，載櫜弓矢。」毛傳：「戢，聚。櫜，韜也。」鄭玄箋：「載之言則也，王巡守而天下咸服，兵不復用，此又著震疊之效也。」

㉘「百姓」三句：《尸子》：「舜南面而治天下，天下太平，燭於玉燭，息於永風，食於膏火，飲於醴泉。」（《太平御覽》卷八一）《爾雅·釋天》：「四氣和謂之玉燭。……甘雨時降，萬物以嘉，謂之醴泉。」

㉙司禄益富而國實：《周禮·地官·序官》「司禄」鄭玄注：「主班禄。」孫詒讓正義引江永云：「司禄職雖闕，觀其序於廪人、倉人、舍人之後，司稼之前，皆爲穀米之類，其爲頒穀禄於群臣可知矣。」（《周禮正義》）《宋史·天文志》：「司禄二星，在司命北，主增年延德，又主掌功賞、食料、官爵。」

㉚司命益年而民壽：《史記·天官書》：「斗魁戴匡六星曰文昌宫……四曰司命。」司馬貞索隱引《春秋元命苞》：「司命主老幼。」《晉書·天文志》：「三台……上台爲司命，主壽。」《莊子·至樂》：「吾使司命復生子形，爲子骨肉肌膚。」

亦可云〔一〕：容成氏世，結繩而用，鄰國鷄犬相聞①。東户季子世〔二〕，路有雁行，道不拾遺〔三〕，耒耜餘糧宿於畝首〔四〕②。華胥氏世〔五〕，民有含哺而熙，鼓腹而遊③。太古之時，烏鵲之巢，可俯而窺，虺蛇可蹠④。大道之行，天下爲公，不獨親其親，不獨子其子⑤。唐堯之時〔六〕，八十老人擊壤於路云：「鑿井而飲，耕田而食〔七〕，日出而作，日入而息，帝有何力於我哉⑥。」堯舜之時，比屋可封〔八〕⑦，百姓皆以堯舜之心爲心⑧。黄帝夢遊華胥之國，三年而治臻焉⑨。可量參對之⑩。

右並帝德功業，其在諸文須叙述者，可於此參用之。若文大者，陳事宜多，若《太平頌》⑪、巡狩、《賢臣頌》⑫、檄文、《封禪表》之類體⑬，須多；若雜表等體，須少。皆斟酌意義，須叙之。句數長短〔九〕，皆在本注。

【校記】

〔一〕「云」，三寶、新町、義演本作「弘」，三寶本注「云」。

〔二〕「季」，六寺、松本、江户刊本、維寶箋本作「李」，六寺本眉注「季亻」。

〔三〕「拾」，仁乙本作「捨」。

〔四〕「未」，原作「來」，各本同，今以意改。

〔五〕「胥」，仁乙本作「骨」。「氏世」，六寺本作「世氏」。

〔六〕「之」，原無，三寶、六寺本同，據醍丙、仁乙、江户刊本、維寶箋本補。

〔七〕「耕」，三寶本無，眉注「耕」。

〔八〕「封」下原衍「封」字，高乙本同。據高甲、醍甲、六寺、江户刊本等删。

〔九〕「短」，原右旁注「短亻」。

【考釋】

①「容成」三句：《莊子・胠篋》：「昔者，容成氏、大庭氏……神農氏，當是時也，民結繩而用之，甘其食，美其服，樂其俗，安其居。鄰國相望，鷄狗之音相聞，民至老死而不相往來。」

②「東户」四句：《淮南子・謬稱訓》：「昔東户季子之世，道路不拾遺，耒耜餘糧宿諸晦首。」《淮南子・本經訓》：「昔容成氏之時，道路雁行列處。」高誘注：「雁行，長幼有差也。」

③「華胥」三句：《莊子・馬蹄》：「夫赫胥氏之時，民居不知所爲，行不知所之，含哺而熙，鼓腹而遊。」

④「太古」四句：《荀子・哀公》：「烏鵲之巢，可俯而窺也。」《淮南子・本經訓》：「容成氏之時……虎豹可尾，虺蛇可蹍，而不知其所由然。」

⑤「大道」四句：《禮記・禮運》：「大道之行也，天下爲公，選賢與能，講信脩睦；故人不獨親其親，不獨子其子。」

⑥「唐堯」七句：事見《帝王世紀》。參本書南卷《論文意》考釋。

⑦「堯舜」二句：漢陸賈《新語・無爲》：「堯舜之民可比屋而封，桀紂之民可比屋而誅者，教化使然也。」

⑧「百姓」句：漢劉向《説苑・君道》：「禹曰：『堯舜之人，皆以堯舜之心爲心，今寡人之爲君也，百姓各自以其心爲心。是以痛之也。』」

⑨「黄帝」二句：《列子・黄帝》：「（黄帝）晝寢而夢，遊於華胥氏之國。華胥氏之國，在弇州之西，台州之北，不知斯齊國幾千萬里，蓋非舟車足力之所及，神遊而已。其國無帥長，自然而已。其民無嗜欲，自然而已。……黄帝既寤，怡然自得……又二十有八年，天下大治，幾若華胥氏之國，而帝登假。」

⑩可量參對之：此又歸結爲屬對，知本卷大題「論對屬」之下編入《帝德録》，蓋因其本亦爲屬對而作。

⑪《太平頌》：隋陸知命有《太平頌》，見《隋書》本傳。

⑫《賢臣頌》：漢王褒有《聖主得賢臣頌》，見《漢書》本傳及《文選》卷四六。

⑬《封禪表》：漢司馬相如有《封禪文》，見《文選》卷四八。

敘遠方歸向〔一〕

東方有青丘〔二〕①、扶木〔三〕②、扶桑、蟠木③、少陽④、日域〔四〕⑤、出日⑥。

南方有丹穴山⑦、丹徼〔五〕⑧、炎洲〔六〕⑨、風穴⑩、戴日〔七〕、火鼠〔八〕⑪、北户⑫〔九〕、反户⑬。

西方有白水〔一〇〕⑭、西王⑮、⿰山皆陵〔一一〕⑯、積石⑰、流沙⑱、玄圃⑲、弱水⑳、麟州〔一二〕㉑、囿隴〔一三〕㉒。

北方有玄漠㉓、幽陵㉔、紫塞㉕、孤竹〔一四〕㉖、崆峒〔一五〕㉗、玄闕㉘、龍庭㉙、金微㉚、瀚海㉛、天山〔一六〕㉜、龍燭等㉝。

【校記】

〔一〕「叙遠方歸向」，原未另行而緊接上行尾，據六寺、義演、醍丙、仁乙、江户刊本、維寶箋本作另行。「叙」，右肩三寶本標有記點。

〔二〕「有」，原作「在」，三寶、高甲、高乙、醍丙、仁乙、江户刊本、維寶箋本同，據六寺本改。

〔三〕「扶木」，原作「林木」，各本同，從《校注》改。

〔四〕「域」，原作「城」，據三寶、高甲、六寺本改。

〔五〕「徼」，原作「激」，各本同。《考文篇》謂「徼」（原作「激」）字下當有脱字，「山丹」二字疑倒，引阮籍《詠懷詩》「朝餐琅玕實，夕宿丹山際」，謂「山丹」當爲「丹山」。《校勘記》引《爾雅・釋地》「岠齊州以南，戴日爲丹穴」、《水經注》「丹水南有丹崖丹山」，謂「南方有丹穴山丹激」之「山」之上脱一「丹」字，原文當作「丹穴丹山丹激」。《校注》引沈約《齊武帝謚議》「丹徼青丘之野」、謝朓《侍宴曲水詩》「丹徼南極」、《古今注》卷上「南方徼色赤，故謂之丹徼」，謂各本「丹激」當作「丹徼」。今從《校注》。

〔六〕「洲」，高乙、新町、六寺、醍丙、仁乙、義演本作「州」。

〔七〕「戴」，原作「載」，各本同。《校注》引《爾雅・釋地》「岠齊州以南，戴日爲丹穴」，謂「載日」爲「戴日」。今從之。

〔八〕「火」，原作「大」，三寶、高甲、高乙本同，三寶本眉注「火」，據六寺、醍丙、江户刊本、維寶箋本改。

〔九〕「北」，六寺、醍丙、仁乙、松本、江户刊本、維寶箋本作「比」，三寶本脚注「比」。《校勘記》引《爾雅・釋地》「觚竹北户西王母日下謂之四荒」，謂各本作「比户」爲訛，當作「北户」。

〔一〇〕「白水」，原作「泉」，三寶、高甲、高乙本同，「泉」字三寶本標抹消符號，眉注「白水」，據六寺、醍丙、江户刊本、維寶箋本改。

〔一一〕「嵴陵」，《校勘記》引《西王母傳》「王母之國在西荒，九聖七真，凡得道授書者於崐陵之闕焉」，謂各本作「嵴陵」爲訛，當作「崐陵」。

〔一二〕「州」，原作「洲」，標抹消符號，注「州」，據三寶、高甲本改。

〔一三〕「隴」，原作「瀧」，三寶、高乙本同，三寶本脚注「隴亻」，據高甲、六寺、醍丙、仁乙本改。

〔一四〕「孤竹」，《考文篇》引《爾雅·釋地》「觚竹、北户、西王母、日下，謂之四荒」、郭璞注「觚竹在北，北户在南」，謂「孤竹」當作「觚竹」。

〔一五〕「崆峒」，《考文篇》引《爾雅·釋地》「北戴斗極爲空桐」，謂此「崆峒」各本俱訛，當爲「空桐」。

〔一六〕「山」，原作「仙」，三寶、高乙本同，原注「山」，三寶本同，據高甲、六寺、江户刊本、維寶箋本改。

【考釋】

① 青丘：傳説中海外國名。《吕氏春秋·求人》：「禹東至榑木之地，日出、九津、青羌之野……鳥谷、青丘之鄉，黑齒之國。」《山海經·海外東經》：「朝陽之谷……青丘國在其北，其狐四足九尾。」又見《大荒東經》。晉陶淵明《讀〈山海經〉》詩之十二：「青丘有奇鳥，自言獨見爾。」（《陶淵明集》卷四）

② 扶木：即扶桑，神話中樹名。《淮南子·墬形訓》：「扶木在陽州，日之所曊。」高誘注：「扶木，扶

桑也，在湯谷之南。……陽州，東方也。」《山海經·海外東經》：「湯谷上有扶桑，十日所浴，在黑齒北。」郭璞注：「扶桑，木也。」又指日出處。漢劉楨《大暑賦》：「羲和總駕發扶木，太陽爲輿達炎燭。」（《藝文類聚》卷五）《楚辭·九歌·東君》：「暾將出兮東方，照吾檻兮扶桑。」又爲東方國名。《吕氏春秋·爲欲》：「北至大夏，南至北户，西至三危，東至扶木，不敢亂矣。」《南齊書·東南夷傳贊》：「東夷海外，碣石、扶桑。」

③ 蟠木：《大戴禮記·五帝德》：「（顓頊）北至于幽陵，南至于交趾，西濟于流沙，東至于蟠木。」清王聘珍解詁引《史記集解》：「《海外經》曰：東海中有山焉，名曰度索，上有大桃樹，屈蟠三千里。」

④ 少陽：《山海經·北山經》：「又西二百五十里曰少陽之山，其上多玉，其下多赤銀，酸水出焉，而東流注于汾水，其中多美赭。」《博物志》卷一：「東方少陽，日月所出。」

⑤ 日域：《漢書·揚雄傳》：「西厭月䖿，東震日域。」顔師古注：「日域，日初出之處也。」

⑥ 出日：日出之處。《書·君奭》：「我咸成文王功于不怠，丕冒海隅出日，罔不率俾。」

⑦ 丹穴山：《爾雅·釋地》：「岠齊州以南，戴日爲丹穴。」《淮南子·氾論訓》「丹穴」高誘注：「丹穴，南方當日下之地。」

⑧ 丹徼：晋崔豹《古今注》卷上：「南方徼色赤，故稱丹徼，爲南方之極也。」《周書·異域上》：「限以丹徼紫塞，隔以滄海交河，此之謂荒裔。」

⑨ 炎洲：《十洲記》：「炎洲在南海中，地方二千里，去北岸九萬里。」

⑩ 風穴：《淮南子·覽冥訓》：「羽翼弱水，暮宿風穴。」高誘注：「風穴，北方寒風從地出也。」

⑪ 火鼠：《吴録》：「日南比景縣有火鼠。」（《太平御覽》卷八二〇）唐張説《喜雨賦》：「南窮火鼠之澤，北盡燭龍之會。」（《全唐文》卷二二一）

⑫ 北户：《爾雅·釋地》：「觚竹、北户、西王母、日下，謂之四荒。」邢昺疏：「北户者，即日南郡是也，顏師古曰：言其在日之南，所謂北户以向日者。」秦李斯《琅邪臺刻石》：「六合之内，皇帝之土，西涉流沙，南盡北户，東有東海，北過大夏。」（《史記·秦始皇本紀》）

⑬ 反户：《淮南子·墬形訓》：「南方曰都廣，曰反户。」高誘注：「言其在鄉日之南，皆爲北鄉户，故反其户也。」

⑭ 白水：《楚辭·離騷》：「朝吾將濟於白水兮，登閬風而緤馬。」王逸注引《淮南子》：「白水出崑崙之山，飲之不死。」

⑮ 西王：即西王母。《爾雅·釋地》：「觚竹、北户、西王母、日下，謂之四荒。」郭璞注：「西王母在西，日下在東，皆四方昏荒之國。」又，《淮南子·墬形訓》：「西王母在流沙之瀕。」

⑯ 峭陵：當爲「峴崚」，即崑崙。《十洲記》：「崑崙，號曰峴崚，在西海之戌地，北海之亥地，去岸十三萬里。」

⑰ 積石：山名，在今青海東南部，延伸至甘肅南部。《書·禹貢》：「導河積石，至于龍門。」「浮于積石。」孔傳：「積石山在金城西南，河所經也。」

⑱流沙：本指沙漠，借指西域地區。《書·禹貢》：「導弱水至于合黎，餘波入于流沙。」《孔子家語·五帝德》：「西抵流沙，東極蟠木。」

⑲玄圃：漢張衡《東京賦》：「左瞰陽谷，右睨玄圃。」（《文選》卷三）薛綜注：「玄圃，在崑崙山上。」《十洲記》：「（崑崙山）三角……其一角正西，名曰玄圃堂。」

⑳弱水：《書·禹貢》：「黑水西河惟雍州，弱水既西。」其上源指今甘肅山丹河。《山海經·大荒西經》：「崑崙之丘……其下有弱水之淵環之。」《史記·大宛列傳》：「安息長老傳聞條支有弱水、西王母。」又指西方遠處。《漢書·地理志》「金城郡……臨羌」顔師古注：「西有須抵池，有弱水、昆侖山祠。」

㉑麟州：即鳳麟洲。《十洲記》：「鳳麟洲在西海之中央，地方一千五百里。洲四面有弱水繞之，鴻毛不浮，不可越也。」北周庾信《道士步虚詞》：「麟洲一海闊，玄圃半天高。」（《庾子山集注》卷五）

㉒囿隴：未詳。

㉓玄漠：漠北，指北方邊疆。唐裴漼《奉和御製平胡》：「玄漠聖恩通，由來書軌同。」（《全唐詩》卷一〇八）

㉔幽陵：即幽州。《史記·五帝本紀》：「帝顓頊高陽……絜誠以祭祀，北至于幽陵。」張守節正義：「幽州也。」

㉕紫塞：晉崔豹《古今注》卷上：「秦築長城，上色皆紫，漢塞亦然，故稱紫塞也。」劉宋鮑照《蕪城賦》：「南馳蒼梧漲海，北走紫塞雁門。」（《鮑參軍集注》卷一）

㉖孤竹：商周時國名。《國語·齊語》：「遂北伐山戎，刜令支，斬孤竹而南歸。」韋昭注：「令支，今爲縣，屬遼西，孤竹之城存焉。」《史記·周本紀》：「伯夷、叔齊在孤竹。」裴駰集解引應劭曰：「在遼西令支。」

㉗崆峒：崆峒山。《山海經·海内東經》：「温水出崆峒山，在臨汾南。」則在今山西臨汾南。又《史記·五帝本紀》：「西至於空桐。」張守節正義引《括地志》：「空桐山在肅州福禄縣東南六十里。」則在今甘肅平涼西。《莊子·在宥》：「黄帝立爲天子十九年，令行天下，聞廣成子在空同之上，故往見之。」即此處也。

㉘玄闕：《淮南子·道應訓》：「盧敖游乎北海，經乎太陰，入乎玄闕，至於蒙穀之上。」高誘注：「玄闕，北方之山也。」《史記·司馬相如列傳》：「遺屯騎於玄闕兮，軼先驅於寒門。」

㉙龍庭：《後漢書·竇憲傳》：「躡冒頓之區落，焚老上之龍庭。」李賢注：「匈奴五月大會龍庭，祭其先、天地、鬼神。」

㉚金微：即今阿爾泰山。《後漢書·耿夔傳》：「以夔爲大將軍左校尉，將精騎八百，出居延塞，直奔北單于廷，於金微山斬閼氏、名王以下五千餘級。」

㉛瀚海：或曰指今呼倫湖、貝爾湖，或曰即今貝加爾湖，或曰杭愛山之音譯。《史記·衛將軍驃騎列傳》：「封狼居胥山，禪於姑衍，登臨瀚海。」「瀚」同「瀚」。

㉜天山：《漢書·武帝紀》：「貳師將軍三萬騎出酒泉，與右賢王戰于天山，斬首虜萬餘級。」顏師古

注：「在西域，近蒲類國，去長安八千餘里。」「即祁連山也。」

㉝龍燭：即燭龍。《山海經・大荒北經》：「西北海之外，赤水之北，有章尾山，有神，人面蛇身而赤，直目正乘，其瞑乃晦，其視乃明，不食不寢不息，風雨是謁，是燭九陰，是謂燭龍。」《楚辭・天問》：「日安不到，燭龍何耀？」王逸注：「言天之西北有幽冥無日之國，有龍銜燭而照之也。」

並得云：地域鄉俗〔一〕，人表外所。亦云：夏禹所不記①，竪亥、大章所不步遊②，周穆王、若士、盧敖所不至遊窺③，禹跡所不及〔二〕④，穆轍所不遊⑤，方老所不遊〔三〕⑥，方志所未傳〔四〕⑦，《山經》所不載⑧。

亦云：日月光景等所不照臨⑨，霜露所不霑被〔五〕，舟車所不通，冠帶所不及⑩，轍跡所不至〔六〕。

【校記】

〔一〕「鄉」，原作「卿」，高甲、高乙、六寺、醍丙、仁乙本同，據義演、維寶箋本改。

〔二〕「禹跡」，原作「蟲疏」，三寶、高甲、高乙本同，新町、義演本作「蟲跡」，三寶本注「禹跡」，據六寺、江户刊本、維寶箋本改。

〔三〕「方老」至「不載」，六寺、醍丙、仁乙本作雙行小字注。《校注》引《列子・黄帝》「召天老、力牧、太山稽告之曰」，謂此處「方老」當作「天老」。《校勘記》引晉孫綽《游天台山賦》「追羲農之絶軌，躡二老之玄蹤」，謂此處「方老」當作「二老」。

〔四〕「方志所未」，新町本無，天海本作「方士所未」，三寶本作「志所未」，眉注「方」，「志」旁注「士カ」。

〔五〕「霑」，醍丙、仁乙本作「活」，六寺本作「沽」。

〔六〕「跡」，原作「疏」，三寶、高甲、高乙本同，三寶本脚注「跡イ」，據六寺、江户刊本、維寶箋本改。

【考釋】

①夏禹所不記：夏禹巡遊九州之事，記在《書·禹貢》。

②竪亥、大章：《淮南子·墬形訓》：「禹乃使太章步自東極，至于西極，二億三萬三千五百里七十五步。使竪亥步自北極，至于南極，二億三萬三千五百里七十五步。」高誘注：「太章、竪亥，善行人，皆禹臣也。」

③周穆王：《穆天子傳》載周穆王乘八駿西行見西王母。《南史·王弘傳》：「周穆馬跡遍於天下。」若士、盧敖：《淮南子·道應訓》：「盧敖游乎北海，經乎太陰，入乎玄闕，至於蒙穀之上。見一士焉……盧敖與之語曰：『……敖幼而好游，至長不渝，周行四極，唯北陰之未闚。今卒覩夫子於是，子殆可與敖爲友乎？』若士者齤然而笑曰：『……若我南游乎罔㝗之野，北息乎沈墨之鄉，西窮窈冥之黨，東開鴻濛之光……』若士舉臂而竦身，遂入雲中。」

④禹跡：大禹治水遍於九州之足跡。《左傳》襄公四年：「芒芒禹迹，畫爲九州。」

⑤穆轍：周穆王周行天下之車轍。《左傳》昭公十二年：「昔穆王欲肆其心，周行天下，將皆必有車轍馬跡焉。」

⑥方老：未詳，疑當作「五老」。《竹書紀年》卷上：「（堯）率舜等升首山，遵河渚，有五老游焉，蓋五星之精也。」梁任昉《齊宣德皇后令》：「五老游河，飛星入昴。」（《文選》卷三六）

⑦方志：地方志。《周禮·地官·誦訓》：「掌道方志，以詔觀事。」鄭玄注：「說四方所識久遠之事以告王。」晉左思《三都賦序》：「其鳥獸草木，則驗之方志。」（《文選》卷四）

⑧《山經》：即《山海經》，《漢書·張騫李廣利傳贊》：「故言九州山川，《尚書》近之矣。至《禹本紀》、《山經》所有，放哉！」

⑨日月光景：以下數句，語本《禮記·中庸》：「是以聲名洋溢乎中國，施及蠻貊，舟車所至，人力所通，天之所覆，地之所載，日月所照，霜露所隊，凡有血氣者，莫不尊親。」

⑩冠帶：本指服制，引申爲禮儀、教化。《韓非子·有度》：「兵四布於天下，威行於冠帶之國。」

異俗名有：反風①、厭火②、三首③、一目④、雕齒〔一〕⑤、黑齒〔二〕⑥、儋耳⑦、穿胸〔三〕⑧、頭飛⑨、鼻飲⑩、金鱗⑪、鐵面等國俗人鄉⑫。及云：七戎、六蠻、九夷、八狄⑬、赤狄⑭、青羌⑮、鳥夷⑯、犬戎⑰、旄頭〔四〕⑱、皮服⑲、編髮⑳、左衽等類群首長渠衆等㉑。

【校記】

〔一〕「雕齒」，《校注》引《山海經・海外南經》等，以爲「雕齒」疑即「鑿齒」，《譯注》引《山海經・海内南經》，疑「雕齒」即「雕題」。

〔二〕「齒」，六寺、醍丙、仁乙、松本、江户刊本、維寶箋本作「齡」，江户刊本、維寶箋本右旁注「齒イ」。

〔三〕「穿」，原作「窄」，三寶、高乙本同，據高甲、六寺本改。

〔四〕「旄」，江户刊本、維寶箋本右旁注「羌イ」。

【考釋】

① 反風：《道書》：「反風之國香逆風聞千里也。」（《太平御覽》卷七九〇）《校注》：「反風，未詳，疑是『反踵』或『反舌』之誤。」引《山海經・海内南經》：「梟陽國在北朐之西，其爲人，人面長脣，黑身有毛，反踵。」又引《海内經》：「南方有贛巨人，人面長臂，黑身有毛，反踵。」又引陸佐公《石闕銘》：「西羈反舌。」（《文選》卷五六）李善注：「《吕氏春秋》：『善爲君者，蠻、夷，反舌，皆服德厚也。』高誘曰：『夷狄語言，與中國相反，因謂反舌。』一説：南方有反舌國，舌本在前，末倒向喉，故曰反舌也。」盛江案：「反風」疑「防風」音近而訛。《國語・魯語下》：「丘聞之，昔禹致群神於會稽之山，防風氏後至，禹殺而戮之。」韋昭注：「防風，汪芒氏之君名。」

② 厭火：《山海經・海外南經》：「厭火國在其國南，獸身黑色，生火出其口中。」

③ 三首：《山海經·海外南經》：「三首國在其東，其爲人一身三首。」

④ 一目：《山海經·海外北經》：「一目國在其東，一目中其面而居。一曰有手足。」《淮南子·墜形訓》記海外三十六國有「一目民」，高誘注：「一目民，目在面中央。」

⑤ 雕齒：《校注》：「『雕齒』疑即『鑿齒』。」引《山海經·海外南經》：「羿與鑿齒戰於壽華之野，羿射殺之，在昆侖虛東。羿持弓矢，鑿齒持盾。」郭璞注：「鑿齒亦人也，齒如鑿，長五六尺，因以名云。」《淮南子·墜形訓》記海外三十六國有「鑿齒民」，高誘注：「鑿齒民，吐一齒出口下，長三尺也。」《譯注》引《山海經·海内南經》，以爲「雕齒」疑即「雕題」。又引《楚辭·招魂》：「南方不可以止些，雕題黑齒，得人肉以祀。」

⑥ 黑齒：《山海經·海外東經》：「黑齒國在其北，爲人黑齒，食稻啖蛇。」郭璞注引《東夷傳》：「倭國東四千餘里有裸國。裸國東南有黑齒國。」《淮南子·墜形訓》記海外三十六國有「黑齒民」，高誘注：「其人黑齒，食稻啖蛇，在湯谷上。」

⑦ 儋耳：《山海經·大荒北經》有「儋耳之國」。晉左思《吴都賦》：「儋耳、黑齒之酋。」（《文選》卷五）劉逵注：「儋耳人鏤其耳匡。」又《淮南子·墜形訓》：「夸父、耽耳在其北方。」高誘注：「耽耳，耳垂在肩上。」疑「耽耳」即「儋耳」。

⑧ 穿胸：《淮南子·墜形訓》記海外三十六國有「穿胸民」，高誘注：「穿胸，胸前穿孔達背。」《山海經·海外南經》：「貫匈國在其東，其爲人匈有竅。」

⑨ 頭飛：《博物志》：「南方有落頭民，其頭能飛。」（《太平御覽》卷七九〇）晉王嘉《拾遺記》卷九：「因墀國……東方有解形之民，使頭飛於南海。」（《漢魏六朝筆記小説大觀》）又見晉干寶《搜神記》卷一二。

⑩ 鼻飲：以鼻飲水。《漢書·賈捐之傳》：「駱越之人父子同川而浴，相習以鼻飲。」梁簡文帝《南郊頌》：「紫舌黄支，頭飛鼻飲。」（《藝文類聚》卷三八）

⑪ 金鱗：亦作「金鄰」，南方少數民族名。晉左思《吴都賦》：「儋耳黑齒之酋，金鄰象郡之渠。」（《文選》卷五）劉逵注：「南之外，有金鄰國，去夫南可二千餘里，土地出銀，人衆多。」

⑫ 鐵面：南方少數民族名。梁簡文帝《大法頌序》：「金鱗鐵面，貢碧砮之琛；航海梯山，奉白環之使。」（《廣弘明集》卷二〇）又維寶箋引《龍魚河圖》：「天中有太平之都，都有甲食鬼，鐵面兵。」

⑬ 七戎、六蠻、九夷、八狄：《爾雅·釋地》：「九夷，八狄，七戎，六蠻。」郭璞注：「九夷在東。八狄在北。七戎在西。六蠻在南。」邢昺疏：「依《東夷傳》，夷有九種，曰：畎夷，干夷，方夷，黄夷，白夷，赤夷，玄夷，風夷，陽夷。又，一曰玄菟，二曰樂浪，三曰高驪，四曰滿飾，五曰鳧更，六曰索家，七曰東屠，八曰倭人，九曰天鄙。」引李巡云八蠻：「一曰天竺，二曰咳首，三曰僬僥，四曰跛踵，五曰穿胸，六曰儋耳，七曰狗軹，八曰旁春。」引李巡云戎者其類有六：「一曰僥夷，二曰戎夫，三曰老白，四曰耆羌，五曰鼻息，六曰天剛。」引李巡云狄類有五：「一曰月支，二曰穢貊，三曰匈奴，四曰單于，五曰白屋。」《墨子·節葬下》：「舜西教乎七戎。」

⑭ 赤狄：《左傳》宣公三年：「赤狄侵齊。」亦作「赤翟」。《史記·匈奴列傳》：「晉文公攘戎翟，居於河内圁洛之間，號曰赤翟、白翟。」司馬貞索隱：「案：《左氏傳》云：晉師滅赤狄潞氏。」陳徐陵《勸進梁元帝表》：「青羌、赤狄，同畀狼豺。」（《梁書·元帝紀》）

⑮ 青羌：西南地區羌之一支。晉常璩《華陽國志·南中志》：「移南中勁卒青羌萬餘家於蜀，爲五部。」（《華陽國志校注》，巴蜀書社一九八四年）又指東方。《吕氏春秋·求人》：「禹東至榑木之地，日出九津、青羌之野。」高誘注：「青羌，東方之野也。」

⑯ 鳥夷：《史記·五帝本紀》：「南撫交趾、北發、西戎、析枝……東長、鳥夷，四海之内，咸戴帝舜之功。」《漢書·地理志》：「鳥夷皮服。」顔師古注：「此東北之夷，搏取鳥獸，食其肉而衣其皮。一説，居在海曲，被服容止皆象鳥也。」又：「鳥夷卉服。」顔師古注：「東南之夷，善捕鳥者也。」《書·禹貢》作「島夷皮服」，孔傳：「居島之夷，還服其皮。」

⑰ 犬戎：《左傳》閔公二年：「虢公敗犬戎于渭汭。」杜預注：「犬戎，西戎别在中國者。」《山海經·海内北經》：「犬封國曰犬戎國，狀如犬。」

⑱ 旄頭：《史記·天官書》：「昴曰髦頭，胡星也。」

⑲ 皮服：參前文考釋。

⑳ 編髮：編髮爲辮，借指蠻夷。《尚書大傳》卷二：「武丁内反諸己，以思先王之道，三年辮髮重譯至者六國。」《史記·西南夷列傳》：「北至楪榆，名爲嶲、昆明，皆編髮，隨畜遷徙。」

㉑左衽：《論語·憲問》：「微管仲，吾其被髮左衽矣。」《書·畢命》：「四夷左衽，罔不咸賴。」

慕恩狀云：並欽慕〔一〕①、承被、沐浴等②，皇風③，帝德④，王化⑤，皇恩⑥，王澤⑦，深仁，至化⑧，玄功⑨，至道⑩，大德⑪。亦直云〔二〕：慕義〔三〕⑫，向化⑬，沐德，浴恩，仰德，歸仁⑭，承風⑮，慕道〔四〕。

【校記】

〔一〕「慕」，右肩三寶本標有記點。

〔二〕「直」，義演本作「宜」。

〔三〕「慕」，三寶本作「暮」。

〔四〕「慕」，醍丙本作「暮」。「慕道」，義演本作小字記在行間。

【考釋】

①欽慕：《後漢書·馬援傳》：「欽慕聖義。」

②沐浴：《史記·樂書》：「沐浴膏澤而歌詠勤苦，非大德誰能如斯。」

③皇風：漢班固《東都賦》：「揚緝熙，宣皇風。」（《文選》卷一）

④帝德：《吕氏春秋·古樂》：「帝舜乃令質修《九招》、《六列》、《六英》，以明帝德。」

⑤王化：《後漢書·張酺傳》：「吾爲三公，既不能宣揚王化，令吏人從制，豈可不務節約乎？」

⑥皇恩：漢張衡《西京賦》：「皇恩溥，洪德施。」（《文選》卷二）

⑦王澤：《春秋繁露·盟會要》：「賞善誅惡而王澤洽。」

⑧至化：《晉書·阮种傳》：「旁求俊乂，以輔至化，此誠堯舜之用心也。」

⑨玄功：《南齊書·明帝紀》：「玄功潛被，至德彌闡。」

⑩至道：《禮記·表記》：「至道以王，義道以霸。」

⑪大德：晉陸機《弔魏武帝文》：「丕大德以宏覆，援日月而齊暉。」（《文選》卷六〇）以上可各自組成詞組，如欽慕皇風、承被王澤、沐浴大德等等。

⑫慕義：漢賈誼《新書·數寧》：「苟人跡之所能及，皆鄉風慕義，樂爲臣子耳。」

⑬向化：《後漢書·寇恂傳》：「今始至上谷而先墮大信，沮向化之心。」

⑭歸仁：《論語·顏淵》：「一日克己復禮，天下歸仁焉。」晉張華《勵志》：「復禮終朝，天下歸仁。」（《文選》卷一九）

⑮承風：《楚辭·遠游》：「聞赤松之清塵兮，願承風乎遺則。」

來狀云：扣塞梯山〔一〕①，架水泛海②，款關重譯〔二〕③，候雨占風④，及稽首屈膝〔三〕⑤，跡角接踵〔四〕⑥，來王朝宗〔五〕⑦，獻款入謁〔六〕⑧，來賓奉貢⑨。

貢獻狀云〔七〕：獻琛〔八〕⑩，奉賮〔九〕⑪，薦寶。亦可云：委質藁街⑫，納賮夷邸〔一〇〕⑬，映邦天庭〔一一〕⑭，來朝帝闕⑮。

【校記】

〔一〕「扣」，三寶、天海本作「和」。

〔二〕「款」，三寶、天海本作「疑」。「譯」，原右旁注「餘石反傳言也」。

〔三〕「膝」下原有「稽首」二字，三寶、六寺、醍丙、義演本同，蓋涉上而衍，據高甲、江户刊本、維寶箋本删。

〔四〕「跡角」，《校注》：「『跡角』，疑當作『厥角』，音近之誤也。」《譯注》：「『跡』爲『厥』音訛。」

〔五〕「來王」，三寶本作「來々王」。

〔六〕「款」，六寺、醍丙、仁乙本作「疑」。

〔七〕「貢」，右肩三寶本標有記點。

〔八〕「琛」，原旁注「敕今切寶也」，三寶本同。

〔九〕「奉賮」，原旁注「賮才刃反財貨也」，三寶、高乙、六寺本同。

〔一〇〕「賮」，三寶本作「責」，眉注「賮」。「邸」，原作「邛」，高乙本同，三寶本作「邦」，六寺、松本、江户刊本、維寶箋本作「𨚫」。林田校據《神龕手鑒》「邸」的俗字有「𨚫」，以爲：「『𨚫』爲『邸』之誤。」今從之改。

〔一一〕「邦」，醍丙本無。《校注》：「『邦』字疑。」

【考釋】

① 扣塞梯山：《後漢書·西域傳》：「西域内附日久，區區東望扣關者數矣。」扣塞：即扣關。《史記·太史公自序》：「海外殊俗，重譯款塞，請來獻見者，不可勝道。」款塞，即扣塞。晉陸機《晉平西將軍孝侯周處碑》：「（民）莫不梯山架壑，襁負來歸。」（《陸機集》卷一〇）

② 架水泛海：唐太宗《幸武功慶善宮》詩：「梯山咸入款，駕海亦來思。」（《全唐詩》卷一）《宋書·明帝紀》：「日月所照，梯山航海。」

③ 款關重譯：《南齊書·高帝紀》：「遐方款關而慕義，荒服重譯而來庭。」

④ 候雨占風：陳徐陵《陳文帝哀策文》：「帝載維遠，王靈維大，候雨占風，荒中海外。」（《藝文類聚》卷一四）

⑤ 稽首屈膝：《孟子·萬章下》：「北面稽首再拜而不受。」漢司馬相如《喻巴蜀檄》：「交臂受事，屈膝請和。」（《文選》卷四四）

⑥ 跡角接踵：《孟子·盡心下》：「若崩厥角稽首。」趙岐注：「額角犀蹶地。」《戰國策·秦策四》：「韓魏父子兄弟接踵而死於秦者百世矣。」《譯注》：「『厥角』字面義爲獸角，後用於叩頭敬禮之意。《書·泰誓》：『百姓懔懔，若崩厥角。』」

⑦ 來王朝宗：《書·大禹謨》：「四夷來王。」孔傳：「四夷歸往之。」《詩·小雅·沔水》「朝宗于海」鄭玄箋：「諸侯春見天子曰朝，夏見曰宗。」

⑧獻款入謁：魏曹植《文帝誄》：「條支絶域，獻款内賓。」（《曹植集校注》卷二）《史記・酈生陸賈列傳》：「沛公至高陽傳舍，使人召酈生，酈生至，入謁。」《南史・梁武帝紀》：「殊俗百蠻，重譯獻款。」

⑨來賓奉貢：來賓：前來賓服。《管子・宙合》：「王施而無私，則海内來賓矣。」漢班固《東都賦》：「自孝武之所不征，孝宣之所未臣，莫不陸讋水慄，奔走而來賓。」（《文選》卷一）《後漢書・東夷・夫餘傳》：「二十五年，夫餘王遣使奉貢，光武厚答報之。」

⑩獻琛：進獻寶物，表示臣服。《詩・魯頌・泮水》：「憬彼淮夷，來獻其琛。」《宋書・武帝紀》：「是以絶域獻琛，遐夷納貢。」

⑪奉贐：唐張九齡《獅子贊序》：「蓋蠻夷君長，歲時貢獻，或珠琛絶贐，實於内府。」（《全唐文》卷二九〇）唐許敬宗《和春日望海》：「韓夷僭奉贐，馮險亂天常。」（《全唐詩》卷三五）

⑫委質藁街：委質：恭敬獻禮，引申爲臣服歸附。晉陸雲《盛德頌》：「越裳委贄，肅慎來王。」（《陸雲集》）藁街：漢時街名，在長安城南門内，爲屬國使節館舍所在地。晉陸機《飲馬長城窟行》：「振旅勞歸士，受爵藁街傳。」（《文選》卷二八）

⑬納贐夷邸：劉宋顔延之《赭白馬賦》：「或踰遠而納贐。」（《文選》卷一四）《漢書・元帝紀》：「冬，斬其首，傳詣京師，縣蠻夷邸門。」顔師古注：「蠻夷邸，若今鴻臚客館。」

⑭映邦天庭：晉左思《蜀都賦》：「幽思絢道德，摛藻掞天庭。」（《文選》卷四）

⑮來朝帝闕：《左傳》僖公十四年：「夏，遇于防，而使來朝。」梁沈約《爲柳兗州世隆上舊宮表》：「命

帝闕於霄路。」（《藝文類聚》卷六二）

或可引：南方越常國〔一〕①，候無別風淮雨〔二〕②，江海不揚鴻波，重九譯來獻白雉及黑貂裘③。西方大月氏國，候東風入律〔三〕，百旬不休〔四〕，青雲千呂〔五〕，連月不散，乘毛車，度弱水〔六〕，貢神香猛狩④。東方肅慎國〔七〕，獻楛弓矢弩⑤。西王母遣使〔八〕，乘白鹿，獻玉環〔九〕⑥。西旅獻大獒〔一〇〕⑦。

【校記】

〔一〕「常」，《考文篇》引《陸清河集·盛德頌》「越裳委贄，肅慎來王」，謂當作「裳」。

〔二〕「淮」，三寶本作「維」。

〔三〕「候」，原作小字記在行間，據三寶等本正之。

〔四〕「休」，原作「体」，醍丙、義演本同，據三寶、高甲、六寺本改。

〔五〕「千」，醍丙、江户刊本、維寶箋本作「于」。《校勘記》：「『于』、『干』並『千』之訛，唐陳子昂《禡牙文》：『青雲千呂，白環入貢。』」

〔六〕「弱」，原作「溺」，三寶、高甲、高乙、新町、六寺、醍丙、仁乙、義演本同，據江户刊本、維寶箋本改。

〔七〕「國」，新町本無，朱筆旁注「國」。

〔八〕「毋」，江户刊本作「丹」。
〔九〕「環」，新町本無，朱筆旁注「環」。
〔一〇〕「獥」，高乙本作「猿」。

【考釋】

① 越常國：漢張衡《東京賦》：「北爕丁令，南諧越裳。」（《文選》卷三）《論衡・恢國》：「成王之時，越常獻雉。」

② 候無別風淮雨：《文心雕龍・練字》：「《尚書大傳》有別風淮雨，《帝王世紀》云列風淫雨，別列、淮淫，字似潛移。淫列義當而不奇，淮別理乖而新異。」范文瀾注引盧文昭《鍾山札記》引《尚書大傳》：「越裳以三象重九譯而獻白雉，其使請曰：『吾受命吾國之黃耇曰：久矣天之無別風淮雨，意者中國有聖人乎。』」引鄭玄注：「淮，暴雨之名也。」引《蔡中郎集・太尉楊賜碑》：「烈風淮雨，不易其趣。」

③「江海」二句：《韓詩外傳》卷五：「比期三年，果有越裳氏重九譯而至，獻白雉於周公。」《禮斗威儀》：「江海不揚波，東海輸之蒼烏。」（《藝文類聚》卷九九）

④「西方」八句：大月氏：古族名，月氏之一支。漢文帝初年，一部分遊牧於敦煌、祁連之月氏人，遷至今伊犁河上游流域，稱爲大月氏。《漢書・西域傳》：「安息東則大月氏。大月氏國，治監氏城，去長安萬一千六百里。」梁陸倕《新刻漏銘》「風雲律吕」（《文選》卷五六）李善注引《十洲記》：「天漢三年，

西國王使獻靈膠四兩，吉光毛裘，受以付庫。使者曰：『常占東風入律，十旬不休，青雲干呂，連月不散，意者閻浮有好道之君，我王故搜奇而貢神香，步天材而請猛獸，乘毛車以濟弱水，于今十三年矣。』」梁簡文帝《大法頌序》：「青雲干呂，黄氣出翼。」（《廣弘明集》卷一七）

⑤「東方」二句：肅慎：古族名，居於我國東北地區。《左傳》昭公九年：「肅慎、燕、亳，吾北土也。」《山海經·大荒北經》：「大荒之中，有山名曰不咸，有肅慎氏之國。」《國語·魯語下》：「昔武王克商，通道于九夷、百蠻，使各以其方賄來貢，使無忘職業。於是肅慎氏貢楛矢石砮，其長尺有咫。」

⑥「西王」三句：《瑞應圖》：「黄帝時，西王母使乘白鹿來獻白環。」（《太平御覽》卷八七二）

⑦西旅獻大獒：《書·旅獒》：「惟克商，遂通道于九夷八蠻，西旅底貢厥獒，太保乃作《旅獒》，用訓于王。」

敘瑞物感致〔一〕

若云：天不愛道種秘寶〔二〕，地不潛珍必呈祥①。天監孔明〔三〕②，神聽無爽③。明神④、明靈⑤、上玄等迴睠〔四〕⑥、元監、叶贊⑦。明命⑧、寶命⑨、休祉⑩、靈瑞⑪、珍符〔五〕⑫、靈應等允歸⑬、薦臻、薦至⑭、昞著⑮、照見、斯表等。

【校記】

〔一〕「叙瑞物感致」，原未另行而緊接上行末，「叙」字右肩三寶本標有記點。

〔二〕「愛」，醍丙本作「受」。「種」，義演本無。

〔三〕「天」，原作「文」，高乙本同，原脚注「天イ」，據三寶、高甲、六寺本改。

〔四〕「玄」，六寺、醍丙、仁乙、松本、江户刊本、維寶箋本作「云」，三寶本眉注「云」。

〔五〕「珍」，《考文篇》作「寶」。「符」，原作「荷」，各本同，從《考文篇》改。

【考釋】

①「天不」二句：《禮記·禮運》：「天不愛其道，地不愛其寶，人不愛其情。」

②天監孔明：《詩·大雅·大明》：「天監在下，有命既集。」漢張衡《思玄賦》：「彼天監之孔明兮，用棐忱而祐仁。」（《文選》卷一五）

③神聽無爽：《詩·小雅·伐木》：「神之聽之，終和且平。」魏曹植《求通親親表》：「冀陛下儻發天聰而垂神聽也。」（《文選》卷三七）

④明神：《左傳》莊公三十二年：「明神降之，監其德也。」

⑤明靈：漢揚雄《趙充國頌》：「明靈惟宣，戎有先零。」（《文選》卷四七）

⑥上玄：漢揚雄《甘泉賦》：「惟漢十世，將郊上玄。」（《文選》卷七）李善注：「上玄，天也。」迴睠：即

迴眷。劉宋謝靈運《還舊園作見顔范二中書》：「聖靈昔迴眷，微尚不及宣。」（《文選》卷二五）唐李白《江夏寄漢陽輔録事》：「報國有壯心，龍顔不迴眷。」（《李白集校注》卷一四）

⑦叶贊：即協贊。《宋書·武帝紀》：「皆社稷輔弼，協讚所寄。」

⑧明命：《禮記·太學》：「《太甲》曰：『顧諟天之明命。』《帝典》曰：『克明峻德。』皆自明也。」

⑨寶命：梁沈約《賀齊明帝登祚啓》：「運堯心以臨億兆，敷舜烈以膺寶命。」（《藝文類聚》卷一四）

⑩休祉：梁武帝《即位告天文》：「告類上帝，克播休祉，以弘盛烈，式傳厥後。」（《梁書·武帝紀》）

⑪靈瑞：《漢書·叙傳》：「若乃靈瑞符應，又可略聞矣。」《晉書·樂志》：「靈瑞告符，休徵響震。」

⑫珍符：《史記·司馬相如列傳》：「或謂且天爲質闇，珍符固不可辭。」

⑬靈應：《後漢書·光武帝紀》：「地祇靈應而朱草萌生。」

⑭薦臻、薦至：屢次降臨。《詩·大雅·雲漢》：「饑饉薦臻。」《史記·曆書》：「少皞氏之衰也……禍菑薦至，莫盡其氣。」

⑮昞著：《宋書·禮志》：「自黄帝以前，古傳昧略，唐、虞以來，典謨炳著。」「炳」同「昞」。

瑞物若云〔一〕：日月揚光①，光華煙雲，紛郁爛彩②，山川效靈，星雲動色〔二〕③，河洛薦祉④，銀玉揚光，草木革形，魚鳥變色⑤。甘露流掌⑥，醴泉出地⑦。墜露凝甘⑧，飛泉泄醴⑨。榮光出河⑩，景星出翼⑪。兩曜合璧〔三〕，五緯連珠⑫。卿雲五彩⑬，休氣四塞〔四〕。四氣休通⑭，五光垂曜⑮。八風脩通〔五〕⑯，五雲紛郁⑰。

【校記】

〔一〕「瑞」，右肩三寶本標有記點。

〔二〕「色」，松本、江户刊本、維寶箋本作「光」。

〔三〕「兩」，原作「雨」，高乙、仁乙本同，據三寶、高甲、六寺本改。

〔四〕「塞」，醍丙本作「寒」。

〔五〕「脩通」，三寶本作「脩道」，眉注「通」，醍丙、仁乙本作「循通」。

【考釋】

①日月揚光：《淮南子·本經訓》：「日月淑清而揚光，五星循軌而不失其行。」《瑞應圖》：「日月揚光者，人君象也，君不假臣下之權，則日月揚光。」（《藝文類聚》卷一）

②「光華」二句：《尚書大傳》卷一：「於時卿雲聚，俊乂集，百工相和而歌《卿雲》……帝乃倡之曰：卿雲爛兮，糺縵縵兮，日月光華，旦復旦兮。」《梁書·元帝紀》：「即日五星夜聚，八風通吹，雲煙紛郁，日月光華。」

③「山川」二句：劉宋顔延之《三月三日曲水詩序》：「晷緯昭應，山瀆效靈。」（《文選》卷四六）隋盧

思道《在齊爲百官賀甘露表》：「夜宿朝雲，星光動色。」（《初學記》卷二）

④河洛薦祉：河洛：即河圖洛書。魏曹丕《册孫權太子登爲東中郎封侯文》：「蓋河洛寫天意，符讖述聖心。」（《藝文類聚》卷五一）隋薛道衡《高祖文皇帝頌》：「二儀降福，百靈薦祉。」（《隋書・薛道衡傳》）

⑤「草木」二句：隋盧思道《在齊爲百官賀甘露表》：「其間微禽弱草，改狀移形。」（《初學記》卷二）

⑥甘露流掌：《漢書・郊祀志》：「其後又作柏梁、銅柱、承露仙人掌之屬矣。」漢班固《西都賦》：「抗仙掌以承露，擢雙立之金莖。」（《文選》卷一）

⑦醴泉出地：《禮記・禮運》：「故天降膏露，地出醴泉。」《禮含文嘉》：「神農作田道，就耒耜，天應以嘉禾，地出以醴泉。」（《五行大義》引）

⑧墜露凝甘：《楚辭・離騷》：「朝飲木蘭之墜露兮。」

⑨飛泉泄醴：《楚辭・遠游》：「吸飛泉之微液兮，懷琬琰之華英。」《楚辭・九懷》：「北飲兮飛泉，南采兮芝英。」晉左思《魏都賦》：「醴泉湧流而浩浩。」（《文選》卷六）

⑩榮光出河：《尚書中候》：「帝堯即政，榮光出河，休氣四塞。」（《藝文類聚》卷一一）

⑪景星出翼：景星：大星、德星、瑞星。《尚書中候》：「帝堯即政七十載，景星出翼。」（《太平御覽》卷八七二）注：「翼，朱鳥宿也。」《晉書・樂志》載《於穆我皇》：「三光克從，於顯天，垂景星。」《漢書・禮樂志》載《景星》：「景星顯見，信星彪列。」

⑫「兩曜」二句：謂日月及金木水火土五星會集。《漢書·律曆志》：「日月如合璧，五星如連珠。」

⑬卿雲五彩：卿雲：即慶雲，參前文考釋。《史記·項羽本紀》：「吾令人望其氣，皆爲龍虎，成五采，此天子氣也。」

⑭四氣休通：《爾雅》：「四氣和爲通正。」（《藝文類聚》卷一）《禮記·樂記》：「奮至德之光，動四氣之和，以著萬物之理。」孔穎達正義：「謂感動四時之氣，序之和平，使陰陽順序也。」

⑮五光垂曜：《説苑·辨物》：「延頸奮翼，五光備舉，光興八風，氣降時雨，此謂鳳像。」《南齊書·高帝紀》：「是以五光來儀於軒庭，九穗含芳於郊牧。」

⑯八風脩通：《尚書大傳》卷一：「舜將禪禹，八風脩通。」八風：八種季候風。《易通卦驗》：「八節之風謂之八風。立春條風至，春分明庶風至，立夏清明風至，夏至景風至，立秋涼風至，秋分閶闔風至，立冬不周風至，冬至廣莫風至。」（《古微書》）

⑰五雲紛郁：五雲：指青、白、赤、黑、黄五種雲色。《周禮·春官·保章氏》：「以五雲之物，辨吉凶，水旱降豐荒之祲象。」此指五色瑞雲。北周庾信《周祀圓丘歌·雍夏》：「五雲飛，三步上。」（《庾子山集注》卷六）《南齊書·樂志》：「聖祖降，五雲集。」

亦云：鳳皇巢阿閣上庭〔一〕，麒麟在囿〔二〕①。黄龍負圖出河〔三〕②，玄龜呈字出洛③，白狼銜鈎入朝④。黄魚化玉，白虎銜珠⑤，黄龍負玉〔四〕⑥，赤烏銜珪⑦。黄魚白鱗〔五〕⑧，朱雁作舞〔六〕⑨，青鸞自舞⑩。白雉南至，天馬西來⑪，蒼烏東至⑫。鳳皇蔽日⑬，騶虞嘯風⑭。

【校記】

〔一〕「阿」，原作「河」，三寶、高甲、高乙本同，三寶本注「阿」，據六寺、醍丙、江户刊本、維寶箋本改。

〔二〕「麒麟」，原作「騏驎」，各本同，從《校注》改。「在」，三寶、松本、江户刊本、維寶箋本作「有」。

〔三〕「負」，原作「屓」，三寶、高甲、高乙、六寺、醍丙本同，據江户刊本、維寶箋本改。

〔四〕「負」，原作「屓」，三寶、高甲、高乙、六寺、醍丙本同，據江户刊本、維寶箋本改。

〔五〕「麟」，原作「驎」，三寶、六寺、醍丙本同，松本、江户刊本、維寶箋本作「鱗」，義演本作「麟」。《校注》：「『鱗』，疑當作『麟』。」據義演本改。

〔六〕「朱雁作舞」，《校注》引《漢書·武帝紀》「（太始三年二月）行幸東海，獲赤雁，作《朱雁之歌》」，謂此處「舞」疑當作「歌」。

【考釋】

①「鳳皇」二句：《尚書中候》：「堯即政七十，鳳皇止庭，巢阿閣讙樹。」（《藝文類聚》卷九九）《尚書中候》：「帝軒提像配永修機，麒麟在囿，鸞鳳來儀。」（同上卷九八）

②黃龍負圖出河：《龍魚河圖》：「天授元始，建帝號，黃龍負圖，從河中出，付黃帝，帝令侍臣寫以

示天下。」(《藝文類聚》卷九八)

③玄龜呈字出洛:《尚書中候》:「堯沉璧於雒,玄龜負書出,背甲赤文成字,止壇。」(《藝文類聚》卷九九)

④白狼銜鈎入朝:《尚書璇璣鈐》:「湯受金符,白狼銜鈎入殷朝。」(《太平御覽》卷八三)

⑤白虎銜珠:《孝經援神契》:「德至鳥獸,白虎見。」(《藝文類聚》卷九九)《瑞應圖》:「白虎者,仁而不害,王者不暴,恩及行葦則見。」(同上)《魏略》:「文帝欲受禪,郡國上言,白虎二十七見。」(同上)銜珠:未詳。

⑥黄龍負玉:《河圖》:「舜以太尉即位,與三公臨觀,黄龍五采,負圖出舜前,以黄玉爲柙,玉檢黄金繩,芝爲泥,章曰:天黄帝符璽。」(《藝文類聚》卷九八,又見《太平御覽》卷九二九引《春秋運斗樞》)

⑦赤烏銜珪:《墨子·非攻下》:「赤烏銜珪,降周之岐社,曰:命周文王伐殷有國。」

⑧黄魚白麟:黄魚:參前文考釋。白麟:《漢書·武帝紀》:「元狩元年冬十月,行幸雍,祠五時。獲白麟,作《白麟之歌》。」《論衡·講瑞》:「武帝之時,西巡狩,得白麟,一角而五趾。」又,晉王隱《晉書》:「泰始元年,白麟見,群獸皆從,改年曰麟嘉。」(《藝文類聚》卷九八)

⑨朱雁作舞:《漢書·武帝紀》:「(太始三年二月)行幸東海,獲赤雁,作《朱雁之歌》。」《漢書·禮樂志》:「象載瑜,白集西,食甘露,飲榮泉。赤雁集,六紛員,殊翁雜,五采文。」

⑩青鸞自舞:《孝經援神契》:「德至鳥獸,則鸞鳥舞。」(《藝文類聚》卷九九)

⑪ 天馬西來：《漢書・武帝紀》：「（太初）四年春，貳師將軍廣利斬大宛王首，獲汗血馬來。作《西極天馬之歌》。」魏阮籍《詠懷詩》之五：「天馬出西北，由來從東道。」（《文選》卷二三）

⑫ 蒼烏東至：《禮斗威儀》：「江海不揚波，則東海輸之蒼烏。」（《藝文類聚》卷九九）

⑬ 鳳皇蔽日：《白虎通・封禪》：「黄帝之時，鳳凰蔽日而至。」《韓詩外傳》卷八：「黄帝即位，施聖恩，承大明，一道修德，唯仁是行，宇内和平，未見鳳皇，乃召天老而問之，曰：『鳳象何如？』天老對曰……於是黄帝乃服黄衣，帶黄紳，戴黄冠，齋于殿中，鳳乃蔽日而至。」

⑭ 騶虞嘯風：《詩・召南・騶虞》：「于嗟乎騶虞！」《中興徵祥説》：「天下太平，則騶虞見。騶虞者，仁獸也，狀如白虎。」又曰：「王者仁而不害，則白虎見，白虎狀如虎而白色，嘯則風興。」（《藝文類聚》卷九九）

亦云：河薦金繩，山開玉匱〔一〕。黄金耀山〔二〕①，玄珪出地。山出靈車，澤薦神馬②。金勝自出〔三〕③，銀甕斯滿④。

亦云：三苗合穎〔四〕⑤，九芝齊秀〔五〕⑥。蓂莢抽莖〔六〕⑦，芝英吐秀〔七〕⑧。嘉禾合穎〔八〕⑨，奇木連理⑩。地出嘉禾〔九〕，廟生福草⑪。朱草生郊〔一〇〕⑫，蓮莆生廚〔一一〕⑬，蓂莢抽砌。

【校記】

〔一〕「匱」，原作「遺」，醍乙、義演本同，據三寶本改。

〔二〕「金」，原無，三寶、高甲、高乙、義演本同，三寶本右旁注「金亻」，據六寺、江户刊本、維寶箋本補。「耀」，原作「鑃」，各本同。維寶箋：「『鑃』同『銚』，燒器也，恐『耀』歟。」今從之改。

〔三〕「勝」，原作「騰」，各本同，《考文篇》作「滕」。《校注》：「『勝』，原作『騰』，今改。」今從之改。

〔四〕「合」，原作「金」，各本同。維寶箋：「『金』恐『合』歟。」周校：「『金』，疑當作『全』。」今從維寶箋改。

〔五〕「芝」，醍丙本無。

〔六〕「莢」，醍丙、仁乙本作「英」。

〔七〕「英」，三寶本作「芙」。

〔八〕「禾」，三寶本作「示」，右旁注「科」，天海本作「科」。「合」，三寶、六寺、松本、江户刊本、維寶箋本作「含」，三寶本眉注「合亻」。《校勘記》：「『含穎』當作『合穎』。」

〔九〕「禾」，三寶、天海本作「科」。

〔一〇〕「郊」，原作「効」，三寶、高甲、高乙、江户刊本、維寶箋本同，據六寺本改。

〔一一〕「蓮」，原作「薕」，各本同，據義演本改。

【考釋】

① 黄金耀山：《孫氏瑞應圖》：「王者不藏金玉，則黄金見深山。」（《藝文類聚》卷八三）

② 「山出」二句：《禮記·禮運》：「天降膏露，地出醴泉。山出器車，河出馬圖。」鄭玄注：「器，謂若

銀甕丹甑也。」孔穎達正義：「按《禮斗威儀》云：『其政大平，山車垂鉤。』注云：『山車，自然之車。』」《白虎通·封禪》：「德至山陵，則景雲出，芝實茂，陵出黑丹，阜出蓮莆，山出器車，澤出神鼎。」劉宋顔延之《三月三日曲水詩序》「山瀆效靈」（《文選》卷四六）李善注：「效靈，山出器車，瀆出圖書之類。」南齊王融《三月三日曲水詩序》：「天瑞降，地符升，澤馬來，器車出。」（《文選》卷四六）《孝經援神契》：「德至山陵，則澤出神馬。」（《藝文類聚》卷九三）

③金勝自出：金勝：形狀似花之天然金首飾。《宋書·符瑞志》：「金勝，國平盜賊，四夷賓服則出。晉穆帝永和元年二月，春穀民得金勝一枚，長五寸，狀如織勝。」

④銀甕斯滿：《孝經援神契》：「銀甕也，不汲自隨，不盛自盈。」（《太平御覽》卷七五八）

⑤三苗合穎：《白虎通·封禪》：「嘉禾者，大禾也。成王之時，有三苗異畝而生，同爲一穟，大幾盈車，長幾充箱。民有得而上之者，成王召周公問之，周公曰：『三苗爲一穗，天下當和爲一乎？』後果有越裳氏重九譯而來矣。」

⑥九芝齊秀：《漢書·武帝紀》：「（元封二年）六月，詔曰：『甘泉宫内中産芝，九莖連葉。』」顔師古注引如淳曰：「《瑞應圖》王者敬事耆老，不失舊故，則芝草生。」又《宣帝紀》：「（神爵元年春三月）詔曰：『……金芝九莖産於函德殿銅池中。』」

⑦蓂莢抽莖：《白虎通·封禪》：「日曆得其分度，則蓂莢生於階間。蓂莢者，樹名也，月一日一莢生，十五日畢，至十六日一莢去，故夾階而生，以明日月也。」

⑧芝英吐秀：《宋書·符瑞志》：「芝英者，王者親近耆老，養有道，則生。」

⑨嘉禾合穎：《書·微子之命》：「唐叔得禾，異畝同穎，獻諸天子。王命唐叔，歸周公于東，作《歸禾》。周公既得命禾，旅天子之命，作《嘉禾》。」孔穎達正義：「後世同穎之禾，遂名爲嘉禾，由此也。」《論衡·講瑞》：「嘉禾生於禾中，與禾中異穗，謂之嘉禾。」陳陰鏗《閑居對雨》：「嘉禾方合穎。」（《藝文類聚》卷二）

⑩奇木連理：《漢書·終軍傳》：「時又得奇木，其枝旁出，輒復合於木上。」《瑞應圖》：「木連理，王者德化洽，八言合爲一家，則木連理。」（《藝文類聚》卷九八）《孝經援神契》：「德至於草木，則木連理。」（同上）

⑪廟生福草：《孫氏瑞應圖》：「王者宗廟至敬，則福草生於廟。」（《太平御覽》卷八七三）《禮斗威儀》：「君乘木而王，其政昇平，則福草生廟中。」（同上）

⑫朱草生郊：《尚書中候》：「堯德清平，比隆伏羲，故朱草生郊。」（《太平御覽》卷八七三）

⑬萐莆生廚：《白虎通·封禪》：「孝道至，則萐莆生庖廚。萐莆者，樹名也，其葉大於門扇，不摇自扇，於飲食清涼，助供養也。」注引《説文·草部》：「萐莆者，瑞草也，堯時生於庖廚，扇暑而涼。」

或云：慶雲五彩，浮自帝庭；休氣四塞，映于河渚。卿雲晨映〔一〕，彩爛非煙〔二〕；景星晝照〔三〕，光浮助月①。紛紛郁郁〔四〕，雲彩映庭；青方赤方②，星光出翼〔五〕。祥風下至③，乍應璇璣；黄雲上浮〔六〕④，仍通寶鼎⑤。五老上入，乍覩流星〔七〕⑥；八伯進歌，仍瞻嘉氣⑦。汾水寶鼎，乍映黄雲〔八〕⑧；河渚靈圖〔九〕，仍浮休氣⑨。

【校記】

〔一〕「卿」，新町、義演、松本、江户刊本、維寶箋本作「鄉」。

〔二〕「爛」，原作「蘭」，各本同。維寶箋：「『蘭』當作『爛』。」今從之。

〔三〕「晝」，三寶本作「書」。

〔四〕「郁郁」，原作「都都」，三寶、高甲、高乙、六寺、醍丙、仁乙本同，三寶本眉注「郁」，據江户刊本、維寶箋本改。

〔五〕「星」，三寶本作「黑」，注「星」。

〔六〕「上」，六寺本作「山」，眉注「上イ」，三寶本眉注「山」。

〔七〕「覩流星」至「寶鼎乍」，醍丙本無。

〔八〕「乍」，義演本作「昨」。

〔九〕「靈」，義演、醍丙本作「雲」。

【考釋】

①「景星」二句：《史記・天官書》：「天精而見景星，景星者，德星也。其狀無常，常出於有道之

國。」張守節正義：「景星狀如半月，生於晦朔，助月爲明。見則人君有德，明聖之慶也。」

②青方赤方：《宋書·符瑞志》：「（黃帝）有景雲之瑞，有赤方氣與青方氣相連，赤方中有兩星，青方中有一星，凡三星，皆黃色，以天清明時，見於攝提，名曰景星。」

③祥風下至：《白虎通·封禪》：「德至八方則祥風至，佳氣時喜，鍾律調，音度施，四夷化，越裳貢。」

④黃雲上浮：《春秋演孔圖》：「黃帝之將興，黃雲升於堂。」（《藝文類聚》卷九八）

⑤仍通寶鼎：《史記·封禪書》：「黃帝作寶鼎三，象天地人。……寶鼎出而與神通。」《漢書·吾丘壽王傳》：「天祚有德而寶鼎自出。」

⑥「五老」二句：《論語讖》：「仲尼曰：『吾聞堯率舜等，遊首山，觀河渚，有五老飛爲流星，上入昴。』」（《藝文類聚》卷一）《竹書紀年》卷上：「率舜等升首山，遵河渚，有五老游焉，蓋五星之精也。」

⑦「八伯」二句：《尚書大傳》卷一：「維元祀巡守四嶽八伯，壇四奧，沈四海，封十有二山，兆十有二州，樂正定樂名。……故聖王巡十有二州，觀其風俗，習其性情，因論十有二俗，定以六律五聲八音七始，著其素，簇以爲八：此八伯之事也。」

⑧「汾水」二句：《漢書·武帝紀》：「元鼎元年夏五月，赦天下，大酺五日，得鼎汾水上。」顔師古注引應劭曰：「得寶鼎故，因是改元。」

⑨「河渚」二句：河出圖事，參見前文考釋。

亦云：鳳皇已鳴，爰調律吕①；龍馬云耀，載負圖書〔一〕。鳳皇巢閣，響著雄雌。及五彩呈文〔二〕②，麒麟在郊，行中規矩③。及一角示武，五蹄見質④。

【校記】

〔一〕「負」，原作「貟」，三寶、高甲、高乙、義演、醍丙本同，據江户刊本、維寶箋本改。

〔二〕「呈」，高乙、醍丙、仁乙本作「吴」，原右旁注「吴亻」。

【考釋】

①「鳳皇」二句：《吕氏春秋·古樂》：「昔黄帝令伶倫作爲律。……聽鳳皇之鳴，以别十二律。其雄鳴爲六，雌鳴亦六，以比黄鍾之宫。」

②五彩呈文：《山海經》：「丹穴之山，有鳥焉，狀如鶴，五色而文。」（《藝文類聚》卷九九）

③「麒麟」二句：《禮記·禮運》：「河出馬圖，鳳皇麒麟皆在郊。」《禮斗威儀》：「君乘金而王，其政平，麒麟在郊。」（《藝文類聚》卷九八）《説苑·辨物》：「麒麟，麕身牛尾，圓頂一角，含仁懷義，音中律吕，行步中規，折旋中矩。」

④「一角」二句：《漢書·終軍傳》：「從上幸雍，祠五時，獲白麟，一角而五蹄。」顔師古注：「每一足

有五蹄也。」唐李嶠《賀麟跡表》：「五蹄顯五方之會，一角彰一統之符。」（《全唐文》卷二四三）

亦云：蛇頸燕頷〔一〕①，九苞六象②，嬰聖抱信③，棲梧食竹等之鳥禽④，飛自紫庭⑤，鳴自阮隃〔二〕⑥，響合簫韶〔三〕⑦，來巢阿閣。麕身牛尾⑧，狼題員頂〔四〕⑨，一角五蹄⑩，含仁懷義〔五〕⑪，歸和遊聖等之狩〔六〕⑫，遊於雍畤〔七〕，聲中鍾呂。麟遊雍畤〔八〕，白質黑蹄；龍躍河壇，朱文緑錯〔九〕。龍躍河渚，薦卷舒之圖〔一〇〕；鳳鳴阮隃〔一一〕，協雄雌之管。黄龍載躍，吐甲臨壇〔一二〕⑬；赤雀于飛，銜書入户⑭。丹書入户，更自酆都；玄甲登壇，還從河渚〔一三〕⑮。黄龍出水，玉檢斯呈；白狼入朝，金鈎以薦〔一四〕。烏從赤日，三足云章〔一五〕⑯；狐自青丘，九尾斯見⑰。馬從西域，赭汗斯流〔一六〕⑱；雉自南荒，素章仍表。河壇西嚮〔一七〕，龍馬呈休〔一八〕；河渚東覩〔一九〕，烏魚薦祉〔二〇〕⑲。蛇頸燕頷，鳴自阮隃〔二一〕；龍翼馬身，浮於河渚⑳。縞身朱鬣〔二二〕，馬自殊方㉑；黄輝彩鱗，龍浮水渚㉒。青龍玄甲，赤文緑色㉓，出表帝壇；白虎黑文，及白質黑蹄，來遊君囿㉔。

【校記】

〔一〕「頷」，原作「鴿」，三寶、新町、義演本同，原朱筆旁注「頷」，據高甲、六寺本改。

之改。

〔二〕「阮」，原作「院」，三寶、高甲、高乙本同，據六寺、江户刊本、維寶箋本改。

〔三〕「簫」，原作「蕭」，各本同，今從《校注》改。「韶」，三寶、天海本右注「韻イ」。

〔四〕「題」，原作「蹄」，各本同。周校：「『蹄』，疑作『額』。」《校注》：「『題』，原作『蹄』，涉下文音近而誤，今改。」今從之改。

〔五〕「懷」，六寺、醍丙、仁乙本作「壞」。

〔六〕「歸和」，三寶、天海本作「歸蹄和」，「蹄」字有抹消符號。

〔七〕「雍」，原作「鷄」，三寶、六寺本同，松本、江户刊本、維寶箋本作「雞」。「時」，醍丙本作「時」。《校勘記》引《文選》卷四八漢司馬相如《封禪文》「濯濯之麟，遊彼靈時」、《後漢書·郊祀志》注「祭五帝於雍時」，謂此處「鷄時」當作「雍時」。周校亦云：「『雞』，疑當作『雍』。」今從之改。

〔八〕「雍」，原作「雞」，各本同，從周校、《譯注》改。

〔九〕「緑」，原作「録」，從《考文篇》改。

〔一〇〕「圖」下原衍「之圖」二字，據三寶、高甲等本删。

〔一一〕「鳳」，原左旁注「風」。「阮」，原作「院」，三寶、高甲、高乙本同，據六寺、醍丙、江户刊本、維寶箋本改。

〔一二〕「吐甲」，《考文篇》：「吐甲，『吐』字無理，各本俱然，無可取正，應作『玄』也。」盛江案：以下句「銜書入户」相對，作「吐甲」不誤。

〔一三〕「河」，仁乙本作「阿」。

〔一四〕「鈎」，醍丙、仁乙本作「釣」，六寺本眉注「釣イ」。

〔一五〕「足」，醍丙本作「定」。

〔一六〕「赭」，松本、江户刊本、維寶箋本作「赫」。

〔一七〕「西」，三寶本作「四」，抹消，眉注「西」。「嚮」，《考文篇》：「以對偶推之，作『西嚮』爲是。」《校注》：「『響』疑當作『饗』。」

〔一八〕「休」，松本、江户刊本、維寶箋本作「体」。

〔一九〕「河」，原無，三寶、義演本同，三寶本右旁注「河イ本」，據高甲、六寺、醍丙本補。

〔二〇〕「烏」，原作「鳥」，維寶箋本同，據三寶、高甲、六寺本改。「祉」，原作「社」，據三寶、高甲本改。

〔二一〕「阮」，原作「阬」，高甲、高乙本同，原注「阮」，三寶本朱筆右旁注「阮イ」，據三寶、六寺本改。

〔二二〕「鷊」，原作「鷊」，《校注》改作「鷊」，謂：「『鷊』即『鬣』之俗字，見《龍龕手鑒》。」林田校本以意改作「鬣」，今從《校注》改。

【考釋】

①蛇頸燕頷：《宋書·符瑞志》：「鳳凰者，仁鳥也……蛇頭燕頷，龜背鱉腹，鶴頸鷄喙。」

②九苞六象：《論語摘襄聖》：「鳳有六像九苞。一曰頭像天，二曰目像日，三曰背像月，四曰翼像風，五曰足像地，六曰尾像緯。九苞：一曰頭符命，二曰眼合度，三曰耳聰達，四曰舌詘伸，五曰色彩光，六曰冠短周，七曰距鋭鉤，八曰音激揚，九曰腹文户。」（《太平御覽》卷九一五）

③嬰聖抱信：《莊子》佚文：「鳳鳥之文，戴聖嬰仁，右智左賢。」（《太平御覽》卷九一五）《宋書·符瑞志》：「鳳凰者……首戴德而背負仁，項荷義而膺抱信。」

④「棲梧」句：《韓詩外傳》卷八：「鳳乃止帝東國，集帝梧樹，食帝竹實，没身不去。」

⑤飛自紫庭：漢蔡邕《琴操》：「周成王時，天下大治，鳳皇來舞於庭。成王乃援琴而歌曰：鳳皇翔兮於紫庭，余何德兮以感靈。」（《藝文類聚》卷九九）《晉書·樂志》載《歌武帝》：「應期登禪，龍飛紫庭。」

⑥鳴自阮隃：參前文考釋。

⑦響合簫韶：《書·益稷》：「簫韶九成，鳳皇來儀。」孔傳：「韶，舜樂名，言簫見細器之備。」孔穎達正義：「簫是樂器之小者……謂作樂之時，小大之器皆備也。」

⑧麕身牛尾：《爾雅·釋獸》：「麐，麕身牛尾一角。」

⑨狼題員頂：《左傳》哀公十四年孔穎達正義引漢京房《易傳》：「麟，麕身牛尾，狼額馬蹄。」

⑩一角五蹄：《漢書·終軍傳》：「從上幸雍祠五時，獲白麟，一角而五蹄。」

⑪含仁懷義：《説苑·辨物》：「麒麟，麕身牛尾，圓頂一角，含仁懷義。」

⑫歸和遊聖：劉宋何法盛《徵祥記》：「麒麟者，毛蟲之長，仁獸也。牡曰騏，牝曰麟。牡鳴曰遊聖，牝鳴曰歸和。」（《太平御覽》卷八八九）

⑬「黄龍」二句：《宋書·符瑞志》：「乃有龍馬銜甲，赤文緑色，臨壇而止，吐甲圖而去。」

⑭「赤雀」二句：《晉書·樂志》載《伯益》：「赤烏銜書至，天命瑞周文。神雀今來遊，爲我受命君。」

⑮「玄甲」二句：參前文考釋。

⑯「烏從」二句：《春秋運斗樞》：「維星得則日月光，烏三足，禮儀修，物類合。」（《藝文類聚》卷九

九）《論衡・説日》：「儒者曰：『日中有三足烏，月中有兔、蟾蜍。』」《宋書・符瑞志》：「三足烏，王者慈孝天地則至。」隋薛道衡《老氏碑》：「三足神烏，感陽精而表質。」（《薛道衡集》）

⑰「狐自」二句：《山海經・海外東經》：「朝陽之谷……青丘國在其北，其狐四足九尾。」《瑞應圖》：「九尾狐者，六合一同則見。文王時東夷歸之。」（《藝文類聚》卷九九）

⑱「馬從」二句：《漢書・禮樂志》載《天馬歌》：「太一況，天馬下，霑赤汗，沫流赭。」

⑲「河渚」二句：《史記・周本紀》：「武王渡河，中流，白魚躍入王舟中，武王俯取以祭。既渡，有火自上復於下，至于王屋，流爲烏，其色赤，其聲魄云。」

⑳「龍翼」二句：《瑞應圖》：「龍馬者，仁馬，河水之精也……骼上有翼，旁垂毛。」（《藝文類聚》卷九九）

㉑「縞身」二句：《山海經・海内北經》：「犬封國曰犬戎國……有文馬，縞身朱鬣，目若黄金，名曰吉量，乘之壽千歲。」

㉒「黄輝」二句：漢班固《典引》：「擾緇文皓質於郊，升黄輝采鱗於沼。」（《文選》卷四八）蔡邕注：「聽德知正，則黄龍見。《禮記》曰：龜龍在宫沼。」

㉓「青龍」二句：《禮斗威儀》：「青龍臨壇，吐元甲之圖。」（《黄氏逸書考》）

㉔「白虎」三句：《詩・召南・騶虞》毛傳：「騶虞，義獸也，白虎黑文，不食生物，有至信之德則應之。」

亦云：王母之使，來獻玉環；玄武之神〔一〕，仍呈金簡。河精下躋〔二〕，爰掘地界〔三〕①；海若東遊，是俟天命〔四〕②。玄綈之録③，更薦榮河；赤繡之圖，仍呈宛委。蒼水使者，更候衡山④；白面長人，仍呈河渚。神芝吐秀，來自銅池⑤；甘露凝華〔五〕，垂於金掌⑥。珪剋延嘉〔六〕⑦，玄珪出地，載表成功⑧；草茂華平〔七〕⑨，朱草生郊，爰應至德。萐莆作扇，下起清風；芝英似冠，仍浮黄氣〔八〕。芝泥出水，載表河圖；蓂莢生庭〔九〕，還成帝曆。銀編金簡，開自重山⑩；蘭葉芝泥，浮於河渚⑪。白環入貢，更自西王〔一〇〕；玄珪告錫，還從東海⑫。

【校記】

〔一〕「玄武之神」上原有「亦云」二字，各本同。《校注》：「『亦云』二字涉上文而衍，『玄武之神，仍呈金簡』與『王母之使，來獻玉環』爲對文。」今從删。

〔二〕「躋」，原作「帶」，各本同，從《譯注》以意改。《校注》：「『帶』疑當作『滯』。《淮南子·原道》篇：『天運地滯。』高誘注：『滯，止也。』下滯，即下止也。」

〔三〕「掘」，六寺本作「拙」，左旁注「掘」。「界」，三寶、天海本作「東」，三寶本右旁注「界イ」。

〔四〕「俟」，原作「俣」，三寶、高甲、高乙本同，松本、江户刊本、維寶箋本作「傒」，據六寺本改。

〔五〕「凝」，三寶本作「疑」。

〔六〕「珪」，《校注》以爲，「珪剋」之「珪」涉下文而誤，謂《太平御覽》卷八七三列延嘉於休徵草類，因改爲「草」。

〔七〕「華」，醍丙本無。

〔八〕「浮」，原作「浮々」，三寶、義演本同，據高甲、六寺本改。

〔九〕「莢」，原作「英」，三寶、高甲、高乙、六寺、醍丙、仁乙本同，據江户刊本、維寶箋本改。

〔一〇〕「王」，原作「生」，各本同，從《考文篇》改。

【考釋】

①「河精」二句：《尚書中候》：「伯禹曰：『臣觀河伯，面長人首魚身，出曰：吾河精也。授臣河圖，帶足入淵。』」（《太平御覽》卷八二）原注：「帶足，去也。」《宋書·符瑞志》：「河精者，人頭魚身，師曠時所受讖也。」

②「海若」二句：《楚辭·遠遊》：「使湘靈鼓瑟兮，令海若舞馮夷。」王逸注：「海若，海神名也。」漢張衡《西京賦》：「海若游於玄渚，鯨魚失流而蹉跎。」（《文選》卷二）《書·武成》：「陳于商郊，俟天休命。」

③玄綈之録：即河出圖之圖録。

④「赤繡」四句：《吴越春秋·越王無余外傳》：「禹乃東巡，登衡嶽，血白馬以祭，不幸所求。禹乃登山，仰天而嘯，因夢見赤繡衣男子，自稱玄夷蒼水使者，聞帝使文命於斯，故來候之。……禹退又齋，三月庚子，登宛委山，發金簡之書，案金簡玉字，得通水之理，復返歸嶽，乘四載以行川，始於霍山，徊集

五嶽。」

⑤「神芝」二句：《漢書·宣帝紀》：「（神爵元年）三月，行幸河東，祠后土。詔曰：『……金芝九莖，産于函德殿銅池中。』」

⑥「甘露」二句：《漢武故事》：「承甘露盤，仙人掌擎玉杯，爲取雲表之露。」（《藝文類聚》卷九八）

⑦珪剋延嘉：延嘉：瑞草。《孫氏瑞應圖》：「延嘉，王者有德則見。又曰：王孝道行，則延嘉生。」（《太平御覽》卷八七三）《孝經援神契》：「天子至德，屬于四海，則延嘉生。」（同上）

⑧載表成功：載表：即載表河圖。成功：《漢書·武帝紀》顔師古注引孟康曰：「王者功成治定，告成功於天。」

⑨草茂華平：漢張衡《東京賦》：「植華平於春圃，豐朱草於中唐。」（《文選》卷三）薛綜注：「華平，瑞木也。」《宋書·符瑞志》：「華平，其枝正平，王者有德則生。德剛則仰，德弱則低。漢章帝元和中，華平生郡國。」

⑩「銀編」二句：《吴越春秋·越王無余外傳》引《黄帝中經歷》：「在於九山，東南天柱，號曰宛委。赤帝在闕，其巖之巔，承以文玉，覆以盤石，其書金簡，青玉爲字，編以白銀，皆瑑其文。」

⑪「蘭葉」二句：《禮斗威儀》：「君乘金而王，其政和平，則蘭常生。」（《太平御覽》卷八七三）芝泥：參前文考釋。

⑫「玄珪」二句：《書·禹貢》：「東漸于海，西被于流沙，朔南暨聲教，訖于四海，禹錫玄圭，告厥

成功。」

或云：景風①、蒼氣〔一〕、榮光、昌光〔二〕②、嘉氣③、祥風等④，輝映、晻映于帝庭〔三〕⑤、宮闕、城闕〔四〕；甘露⑥、醴泉⑦、液醴、流甘等⑧，滂流、洋溢于林野〔五〕。玄珪、白環⑨、紫玉⑩、金鈎、玉環、璜玉⑪、金勝〔六〕、銀甕、金車⑫、玉馬⑬、明珠、大貝〔七〕⑭，及玉檢〔八〕、金繩、銀編〔九〕、金簡等，云彪晒⑮、焕爛〔一〇〕⑯、照章、照耀、磊砢等〔一一〕⑰，相輝並映暉。丹烏⑱、皓兔⑲、白狐〔一二〕⑳、玄豹㉑、白雉㉒、朱雁、黄魚、丹烏〔一三〕㉓、白虎、玄狐㉔、素鱗㉕、丹羽等㉖，照彰，彪晒，紛綸以至、以見，集於林苑、原野。黄銀、紫玉等，晒見、輝映于山川、深山〔一四〕。玄豹、白豹騰驤㉗，馴遊苑囿〔一五〕。白麟、朱雁、芝房〔一六〕、寶鼎等㉘，並入詠哥，咸歌樂府，並著樂章，即引餘瑞對之，咸著圖牃〔一七〕、俱垂史策等㉙。

【校記】

〔一〕「蒼」，原作「養」，三寶、高甲本同，三寶本作「養」又抹消之，眉注「蒼」，原右旁注「蒼イ」，據六寺、江户刊本、維寶箋本改。

〔二〕「昌光」，新町、義演本無，朱筆旁注「昌光」。

〔三〕「輝」，天海本作「耀」。

〔四〕「城闕」，原無，高乙本同，據三寶、高甲、六寺本補。
〔五〕「甘等滂流」，醍丙、仁乙本無。
〔六〕「勝」，原作「騰」，三寶、高甲、高乙、新町、六寺、醍丙、仁乙、義演本同，江户刊本、維寶箋本作「滕」，從《譯注》作「勝」。
〔七〕「大貝」，新町、六寺、醍丙、仁乙、義演本作「貝具」，高甲本作「貝大具」，松本、江户刊本、維寶箋本作「具貝」，三寶本脚注「具亻」。
〔八〕「玉」，三寶本作「王」。「檢」，三寶本左旁注「旅亻」。
〔九〕「金繩銀編」，仁乙本無。
〔一〇〕「焕」，松本、江户刊本、維寶箋本作「煖」。
〔一一〕「砢」，江户刊本作「河」，原注「力可反衆小石貌」。
〔一二〕「狐」，醍丙、仁乙本無。
〔一三〕「烏」，三寶、六寺、江户刊本作「鳥」。
〔一四〕「等眪見」，原作「眪見等」，各本同，從《譯注》本正之。「輝映于」，原作「耀映等」，三寶、高乙、義演本同，三寶本「等」字抹消之，眉注「于」，據三寶本眉注及六寺本改。
〔一五〕「苑囿」，高乙本作「囿苑」。
〔一六〕「房」，原作「茅」，各本同，三寶本「茅」字抹消之，左旁注「房草本茅字也」，朱筆眉注「房亻」，據三寶本注改。
〔一七〕「鼎」，原作「鼒」，六寺、醍丙、義演、江户刊本等同。從《考文篇》改。
〔一八〕「牒」，左旁六寺本標有修改符號，眉注「偓」。

【考釋】

①景風：《爾雅·釋天》：「四時和爲通正，謂之景風。」《尸子》卷上：「祥風，瑞風也，一名景風，一名惠風。」

②昌光：《晉書·天文志》：「瑞氣，一曰慶雲……三曰昌光，赤，如龍狀，聖人起，帝受終，則見。」

③嘉氣：《漢書·郊祀志》：「朕亲飭躬齋戒，親奉祀，爲百姓蒙嘉氣，獲豐年焉。」

④祥風：《白虎通·封禪》：「德至八方，則祥風至，佳氣時喜。」《尚書大傳》卷五：「王者德及皇天，則祥風起。」

⑤帝庭：《書·金縢》：「乃命于帝庭，敷佑四方。」漢班昭《大雀賦》：「翔萬里而來游，集帝庭而止息。」（《藝文類聚》卷九二）

⑥甘露：《孫氏瑞應圖》：「甘露者，神露之精也。其味甘，王者和氣茂，則甘露降於草木。」（《藝文類聚》卷九八）

⑦醴泉：《爾雅·釋天》：「甘雨時降，萬物以嘉，謂之醴泉。」

⑧流甘：北齊邢邵《甘露頌》：「休徵屢動，感極迴天，流甘委素，玉潤冰鮮。」（《藝文類聚》卷九八）

⑨白環：西王母獻白環玉塊事，參前文考釋。

⑩紫玉：《宋書·符瑞志》：「王者不藏金玉，則黄銀紫玉光見深山。」

⑪璜玉：即玉璜。《山海經·海外西經》：「（夏后啓）左手操翳，右手操環，佩玉璜。」郭璞注：「半璧

曰璜。」《尚書大傳》卷二：「周文王至磻溪，見呂望，文王拜之。尚父曰：『望釣得玉璜，刻曰：周受命，呂佐檢，德合於今昌來提。』」後以玉璜指呂尚佐文王事。

⑫ 金車：《孝經援神契》：「上德至山陵，則山出木根車，應載萬物。金車，王者志行德則出。」（《太平御覽》卷七七三）《宋書·符瑞志》：「金車，王者至孝則出。」

⑬ 玉馬：《論語比考讖》：「殷惑女妲己，玉馬走。」（《黄氏逸書考》）宋均注：「玉馬，喻賢臣。」《宋書·符瑞志》：「玉馬，王者精明，尊賢者則出。」

⑭ 明珠、大貝：《白虎通·封禪》：「德至淵泉……江出大貝，海出明珠。」《宋書·符瑞志》：「大貝，王者不貪財寶則出。」

⑮ 彪昞：劉宋鮑照《學劉公幹體》之四：「彪炳此金塘，藻耀君玉池。」（《鮑參軍集注》卷六）「昞」同「炳」。

⑯ 焕爛：晉郭璞《鹽池賦》：「揚赤波之焕爛，光旰旰以晃晃。」（《藝文類聚》卷九）

⑰ 磊砢：漢司馬相如《上林賦》：「蜀石黄碝，水玉磊砢。」（《文選》卷九）呂向注：「相委積貌。」漢王延壽《魯靈光殿賦》：「萬楹叢倚，磊砢相扶。」（《文選》卷一一）李善注：「磊砢，壯大之貌。」

⑱ 丹烏：漢揚雄《劇秦美新》：「白鳩丹烏，素魚斷蛇。」（《文選》卷四八）李善注引《尚書帝命驗》：「太子發渡河，中流，火流爲烏，其色赤。」《舊唐書·李德裕傳》：「朝歌未滅，而國流丹烏。」

⑲ 皓兔：《宋書·符瑞志》：「白兔，王者敬耆老則見。」

⑳白狐：《河圖》：「白帝生，先致白狐。」（《藝文類聚》卷九九）《潛潭巴》：「白狐至，國民利；不至，下驕恣。」（同上）
㉑玄豹：《韓非子·喻老》：「翟人有獻豐狐、玄豹之皮於晉文公。」漢司馬相如《子虛賦》：「其下則有白虎玄豹，蟃蜒貙豻。」（《文選》卷七）
㉒白雉：《春秋感精符》：「王者旁流四表則白雉見。」（《藝文類聚》卷九九）
㉓丹鳥：鳳之别稱。《三國志·魏書·管輅傳》「來殺我婿」裴松之注引《輅别傳》：「文王受命，丹鳥銜書。」陳徐陵《丹陽上庸路碑》：「天降丹鳥，既序《孝經》，河出應龍，乃弘《周易》。」（《藝文類聚》卷六四）
㉔玄狐：陳徐陵《勸進梁元帝表》：「家冤將報，天賜黄鳥之旗；國害宜誅，神奉玄狐之籙。」（《梁書·元帝紀》）
㉕素鱗：即白魚。《史記·周本紀》：「武王渡河，中流，白魚躍入王舟中。武王俯取以祭。」
㉖丹羽：即丹鳥。
㉗白豹：《爾雅·釋獸》：「貘，白豹。」三國吴陸璣《毛詩草木鳥獸蟲魚疏·羔裘豹飾》：「毛白而文黑，謂之白豹。」（《叢書集成初編》）騰驤：漢張衡《西京賦》：「負筍業而餘怒，乃奮翅而騰驤。」（《文選》卷二）
㉘白麟、朱雁、芝房、寶鼎：《漢書·武帝紀》：「元狩元年冬十月，行幸雍，祠五畤。獲白麟，作《白麟之歌》。」「（太始三年二月）行幸東海，獲赤雁，作《朱雁之歌》。」「（元封二年六月）詔曰：『甘泉宫内中

産芝，九莖連葉，上帝博臨，不異下房，賜朕弘休……』作《芝房之歌》。」「（元鼎四年六月）得寶鼎后土祠旁。秋，馬生渥洼水中。作《寶鼎》、《天馬之歌》。」漢班固《兩都賦序》：「《白麟》、《赤雁》、《芝房》、《寶鼎》之歌，薦於郊廟。」（《文選》卷一）

㉙「並入」五句：意爲以上可各自組成對偶，如玄珪彪昞、白環焕爛，丹鳥照彰於林苑，玄豹見集於原野，黄銀昞見於山川，紫玉輝映於深山，白鱗朱雁，並入詠歌，芝房寶鼎，咸歌樂府，並著樂章等等。

山車①、澤馬、神馬、騶虞、獬豸〔一〕②、一角③、三足④、五蹄⑤、雙觝等⑥，雜沓〔二〕⑦，陸離來遊〔三〕⑧，競至於郊野、苑囿。華平、屈軼〔四〕⑨、芝英、萱莢〔五〕、神芝⑩、福草⑪、紫草⑫、朱賓連〔六〕⑬、萐莆、嘉卉⑭、奇木、三苗〔七〕、九芝、連枝、合穎等〔八〕，云昭彰〔九〕、紛敷⑮、葳蕤⑯、著吐秀於階庭、原野〔一〇〕。此等並得云之符瑞，休祉、貺珍、異祥〔一一〕。咸委，賁輸〔一二〕，不絶，俱薦，云帝庭、天庭〔一三〕、王府〔一四〕、天闕⑰、王闕⑱。不絶史書，並著圖牒。史不絶書，府無虚月⑲。

【校記】

〔一〕「獬」，原作「解」，三寶、高甲、高乙、新町、義演、江户刊本、維寶箋本同，原眉注「獬豸」，據六寺、醍丙本改。「豸」，三寶本作「象」。

〔二〕「觝」，三寶本作「獬豸」，天海本作「獬」，新町、義演、醍丙、仁乙、松本、江户刊本、維寶箋本作「觝」，三寶、天海本脚注「觝」。

〔三〕「來」，天海本作「東」，三寶本右旁注「東一本來字」。

〔四〕「軼」，原作「轍」，各本同，三寶本眉注「軼」，據三寶本眉注改。

〔五〕「莢」，原作「英」，三寶、高乙、六寺、義演、醍丙、仁乙本同，據江户刊本、維寶箋本改。

〔六〕「朱賓連」，《考文篇》：「『朱』下疑有脱字。」《校注》「朱賓連」作「木賓連」。《譯注》：「『朱』字下疑脱『草』字。」

〔七〕「苗」，原作「畝」，各本同，從《校注》改。

〔八〕「合」，六寺、江户刊本、維寶箋本作「含」，三寶本眉注「含」。

〔九〕「云」，《譯注》删。

〔一〇〕「著」，《譯注》作「云著」，謂：「『云』字各本均在『昭彰』上，今以意改之。」

〔一一〕「符」，原作「苻」，義演本同，六寺、醍丙、仁乙、江户刊本、維寶箋本作「府」，三寶本作「符」，眉注「府」。今據三寶本改。

〔一二〕「賮」，原作「贐」，各本同。維寶箋本加地哲定注：「（賮）當作『盡』。」《校注》作「盡」。「輸」，三寶本作「輪」，注「輸イ」。

〔一三〕「天庭」，六寺本無，眉注「天庭」。

〔一四〕「王」，醍丙、仁乙、松本、江户刊本、維寶箋本作「玉」。下一「王」同。

【考釋】

①山車：《宋書·符瑞志》：「山車者，山藏之精也。不藏金玉，山澤以時，通山海之饒，以給天下，則山成其車。」

②獬豸：漢司馬相如《上林賦》：「椎蜚廉，弄獬豸。」郭璞注引張揖曰：「獬豸，似鹿而一角，人君刑罰得中，則生於朝廷，主觸不直者。」《宋書·符瑞志》：「獬豸知曲直，獄訟平則至。」

③一角：即獬豸。又指白麟，參前文考釋。

④三足：即三足烏，參前文考釋。

⑤五蹄：即白麟，參前文考釋。

⑥雙觝：漢司馬相如《封禪文》：「犧雙觡共抵之獸。」（《文選》卷四八）李善注引服虔曰：「武帝獲白麟，兩角共一本，因以爲牲也。」

⑦雜沓：漢揚雄《甘泉賦》：「駢羅列布，鱗以雜沓兮。」（《文選》卷七）

⑧陸離：晉左思《蜀都賦》：「毛群陸離，羽族紛泊。」（《文選》卷四）劉逵注：「陸離，分散也。」

⑨屈軼：《論衡·是應》：「屈軼，草也，安能知佞？」《博物志》卷三：「堯時有屈佚草，生於庭，佞人入朝，則屈而指之。」

⑩神芝：《漢書·王莽傳》：「甘露降，神芝生。」《博物志》卷一：「名山生神芝不死之草，上芝爲車馬之形，中芝爲人形，下芝爲六畜之形。」

⑪福草：即朱草。《禮斗威儀》：「君乘木而王，其政升平，則福草生廟中。」（《太平御覽》卷八七三）《宋書・符瑞志》：「福草者，宗廟肅則生宗廟之中。」

⑫紫草：《譯注》引《宋書・符瑞志》「紫達，王者仁義行則見」，謂「紫草」即「紫達」。盛江案：由《宋書・符瑞志》之記述順序觀之，「紫達」當爲獸名，非爲草名。紫草當即紫芝。《論衡・驗符》：「建初三年，零陵泉陵女子傅寧宅，土中忽生芝草五本，長者尺四五寸，短者七八寸，莖葉紫色，蓋紫芝也。」

⑬朱賓連：當作「朱草賓連」。朱草：參前文考釋。賓連：《宋書・符瑞志》：「賓連闊達，生於房室，王者御后妃有節則生。」《白虎通・封禪》：「繼嗣平則賓連生於房户。賓連者，木名也，其狀連累相承。」

⑭嘉卉：《詩・小雅・四月》：「山有嘉卉，侯栗侯梅。」漢張衡《西京賦》：「嘉卉灌叢，蔚若鄧林。」（《文選》卷二）

⑮紛敷：《楚辭・九思》：「桂樹列兮紛敷，吐紫華兮布條。」晉潘岳《西征賦》：「華實紛敷，桑麻條暢。」（《文選》卷一〇）

⑯葳蕤：漢東方朔《七諫》：「便娟之修竹兮，寄生乎江潭，上葳蕤而防露兮，下泠泠而來風。」（《楚辭補注》）

⑰天闕：天子之宮闕。《宋書・桂陽王休範傳》：「便當投命有司，謝罪天闕。」

⑱王闕：此當指朝廷。

⑲「不絶」四句：《左傳》襄公二十九年：「魯之於晉也，職貢不乏，玩好時至，公卿大夫相繼於朝，史

不絶書，府無虚月。如是可矣。」杜預注：「（府無虚月）無月不受魯貢。」

亦可總云：日月、星辰、風雨〔一〕、山川、草木、羽毛①、鱗介②、山宗③、海若、毛群、羽族④、風雲、氣露、禽魚卉等瑞祥〔二〕，祉貺，云雜沓、紛綸⑤、焕爛〔三〕、彪昞等，照彰〔四〕、競至、而臻、相輝〔五〕、允集⑥、呈形⑦、表質等。

亦可在後總云：靈符〔六〕⑧、嘉瑞⑨、瑞珍、休符〔七〕⑩、寶命等照普〔八〕，羅生，並見，薦臻〔九〕，允歸，及雜沓、紛綸等〔一〇〕。

或可叙前瑞物二句，即委輸王府庫⑪，縑緗著於史策〔一一〕⑫，及云紛綸、雜沓以臻、至，不可勝紀，難以殫記〔一二〕，難得覼覶⑬，不可勝數。

【校記】

〔一〕「雨」，原作「雲」，三寶、義演本同。《考文篇》：「星辰風雲，『羽族』下也有『風雲』，不知孰衍，『星辰』下醍醐寺本、仁和寺本改作『風雨』，恐係臆改，未必是也，當闕所疑，今姑俱存。」盛江案：六寺本亦作「雨」，作「雨」是，據六寺本改。

〔二〕「禽魚卉等」，《考文篇》：「卉等，此上疑有脱字。」《校勘記》：「『卉』前可能脱『花』字。」

〔三〕「焕」，松本、江户刊本、維寶箋本作「煖」。「爛」，原作「蘭」，據三寶、高甲、六寺本改。

〔四〕「照」，原右旁注「昭」。

〔五〕「相」，原作「桐」，各本同。《校注》：「『相輝』，原誤作『桐輝』，今改，上文云：『磊砢等相輝。』《文選》四《蜀都賦》：『玉題相暉。』」從《校注》改。

〔六〕「符」，醍丙、仁乙本作「府」，義演本作「苻」。

〔七〕「嘉瑞瑞珍休符」，六寺本作「嘉瑞珍休々苻」，「瑞珍」右旁注「々イ」。「休符」，義演、醍丙本作「休々苻」。

〔八〕「等」下醍丙本有「亦可在後」四字。

〔九〕「薦」，原作「荐」，高乙、義演本同，三寶本作「符」又抹消之，眉注「薦」，據高甲、六寺本改。

〔一〇〕「等」下原有「論」字，各本同，祖風會本注：「『論』恐『語』誤。」從《譯注》刪。

〔一一〕「縑緗著於史策」，《譯注》：「此句意不順，或『縑緗』前有脱文。」

〔一二〕「殫」，三寶、六寺、醍丙、仁乙、義演、松本、江户刊本、維寶箋本作「彈」。

【考釋】

①羽毛：總稱鳥獸。漢禰衡《鸚鵡賦》：「雖同族於羽毛，固殊智而異心。」（《文選》卷一三）

②鱗介：總稱魚類。漢蔡邕《郭有道碑序》：「猶百川之歸巨海，鱗介之宗龜龍也。」（《文選》卷五八）

③山宗：《書・舜典》：「至于岱宗。」孔傳：「岱宗，泰山，爲四岳所宗。」

④毛群、羽族：總稱獸類、禽類。晉左思《蜀都賦》：「毛群陸離，羽族紛泊。」（《文選》卷四）劉逵注：「毛群，獸也。羽族，鳥也。」《吴都賦》：「羽族以嘴距爲刀鈹，毛群以齒角爲矛鋏。」（《文選》卷五）吕向

注：「羽族，鳥也。毛群，獸也。」

⑤紛綸：漢司馬相如《封禪文》「紛綸威蕤」（《文選》卷四八）李善注：「張揖曰：『紛綸，亂貌。』」

⑥允集：聚集，會合。《後漢書·孝順孝沖孝質帝紀贊》：「孝順初立，時髦允集。」

⑦呈形：呈現形貌。北齊魏收《爲侯景叛移梁朝文》：「夫化成萬物，分界九道，紀之以山河，照之以日月，方足圓首，含氣呈形。」（《文苑英華》卷六五〇）

⑧靈符：《晉書·樂志》載《洪業篇》：「聖皇應靈符，受命君四海。」

⑨嘉瑞：《晉書·樂志》載《金靈運》：「神祇應，嘉瑞章。」

⑩休符：《東觀漢記·丁鴻傳》：「柴祭之日，白氣上升，與燎煙合，黄鵠群翔，所謂神人以和答響之休符也。」

⑪委輸：積集，轉運。《淮南子·氾論訓》：「故地勢有無，得相委輸。」又彙聚，注聚。晉木華《海賦》：「於廓靈海，長爲委輸。」（《文選》卷一二）王府庫：《孟子·梁惠王下》：「君之倉廩實，府庫充。」《禮記·月令》：「（季春之月）開府庫，出幣帛。」又《曲禮下》：「在府言府，在庫言庫。」鄭玄注：「府謂寶藏貨賄之處也，庫謂車馬兵甲之處也。」

⑫縑緗：供書寫用之淺黄色細絹，又指書册。史策：史册，史書。《抱朴子·時難》：「陷冰之徒，委積乎史策。」

⑬覼覶：詳述。北魏元萇《振興温泉頌》：「斯蓋有道存焉，固非人事之所覼覶。」（《全上古三代秦

漢三國六朝文·全後魏文》卷一五)

右並瑞應。諸文須開處①,可於此叙之〔一〕。文大者,可作三對、四對②,若太平、巡狩③,及瑞頌、封禪、書表等④,可準前狀,或連句、隔句對,並總叙等語參用之。小者,或一句,若瑞表等,可用瑞物之善者,一句内並陳二事而對之,論其衆多之意〔二〕⑤。

【校記】

〔一〕「可」,松本、江户刊本、維寶箋本無,六寺本左旁注「イ無」,三寶本左旁標抹消符號。

〔二〕「論其衆多之意」,此行之次行,三寶本記有「對屬法第一(陳)」,用朱筆抹消,朱筆記「草本以朱如此正之」,天海本記有「對屬法第一(陳)草本以朱如此」,新町、義演本記有「對屬法」三字。

卷尾原有「文鏡秘府論北」六字,三寶、高乙、六寺、醍丙、仁乙、松本、天海本同。高甲本有「文鏡秘府論」五字,江户刊本有「文鏡秘府論卷六大尾」,新町本無尾題。「文鏡秘府論北」六字之左旁三寶本朱筆注「御草本無此内題也」。「對屬法」之次行義演本小字題記「天正廿歲朱明中旬　此一卷以　大師御筆奉書寫了　(花押)(義演)記之」。天正二十年爲公元一五九二年。醍丙本卷尾遊紙題記「文禄五年七月中旬書」,次行别筆題記「堯圓」,又次行别筆抹消一行數字。文禄五年爲公元一五九六年。義演本卷尾遊紙裏小字書「秘府論　北此終了」。維寶箋本尾題記「文鏡秘府論卷六大尾/文鏡秘府論箋卷第十八大尾/元文元年丙辰秋八月二十七日殺青訖其顛末博洽事實委難記其未詳者且闕而俟後輩之考覈是草稿不暇清書他日得禪餘校讎耳沙門維寶援毫於蓮金教院北窗之下訖」。元文元年爲公元一七三六年。祖風會本尾題記「文鏡秘府論卷六大尾／編者曰右文鏡秘府論六卷依版本出於此第一第二兩卷以高野山正智院所藏古寫本校合第三卷以拇尾高山寺所藏古寫本校合餘無類本故不能校合舊點多誤今改之尚難解者往往有焉一待後賢訂正耳」。豹軒藏本末藍筆批「大正十年辛酉三月八日夜半用高山寺無年號大字本藍筆校過　豹軒主人」。大正十年爲公元一九二一年。

【考釋】

①諸文須開處：開，陳説，表達。《史記·呂不韋列傳》：「不以繁華時樹本，即色衰愛弛後，雖欲開一言，尚可得乎？」漢鄒陽《獄中上書自明》：「雖竭精神，欲開忠信，輔人主之治，則人主必襲按劍相眄之跡矣。」（《文選》卷三九）

②三對、四對：此又可證《帝德録》之所以編入本卷大題「論對屬」之下，蓋因其有對屬内容之故。

③巡狩：亦作「巡守」，天子出行，視察邦國州郡。《書·舜典》：「歲二月，東巡守，至于岱宗，柴。」孔傳：「諸侯爲天子守土，故稱守，巡，行之。」《孟子·梁惠王下》：「天子適諸侯曰巡狩。巡狩者，巡所守也。」

④封禪：《史記·封禪書》：「自古受命帝王，曷嘗不封禪。」此所述種種當指文體，意爲作此文體時，可參用以上瑞應詞語以作對屬。

⑤《考文篇》：「『對屬法第一』，此即初稿本文，推敲時删焉。」

文筆眼心抄①

金剛峰寺禪念沙門遍照金剛　撰②

序③

余乘禪觀餘暇，勘諸家諸格式等④，撰《文鏡秘府論》六卷⑤，雖要而又玄⑥，而披誦稍難記。今更抄其要，含口上者，爲一軸拴鏡⑦，可謂文之眼，筆之心，即以「文筆眼心」爲名。文約義廣，功省藴深，可畏後生，寫之誦之，豈唯立身成名乎？誠乃人傑國寶⑧，不異拾芥。于時弘仁十一年中夏之節也⑨。

【校注】

①「文筆眼心抄」，《釋文》作「文筆眼心杪」。冠注：「私案，『眼心』是抄義，明了房信範《悉曇抄》所引無『抄』字似是。」盛江案：《釋文》和《冠注》所據均爲《眼心抄》古抄本。《眼心抄》古抄本傳空海筆，原書今已難找見，僅《釋文》卷首摹

本二頁、神田喜一郎編《書道全集》（平凡社一九三一年）與《研究篇》上卷首保存少數幾頁摹本或書影。從殘存原書摹本與書影看，《眼心抄》古抄本多有蠹蝕，凡蠹蝕之處，《釋文》均作方框，多以意補以字。《冠注》雖未標以方框，然此類之字亦當是以意所補。爲保留《眼心抄》古抄本之原貌，凡《釋文》標方框之處，均一一注明。

《文筆眼心抄釋文》序、例言如下：

《文筆眼心抄釋文》序：

弘法大師曾著《文鏡秘府論》，又摘其要，更著《文筆眼心抄》，倶並行焉。然而世惟知有《秘府論》，而不知有《眼心抄》也。試取二書參觀之，雖彼此互有詳略，此特爲篇簡體該，誠文海慈舟矣。此編原本囊出於東寺，遂歸余手，蓋爲一大長卷子，書法超妙，紙墨倶古。人皆以爲珍品，但其字交行草草，書十之九有古字，有異體字。是以讀者如箝在口。頃者，長夏無事，曬書及此，於是反覆考覈，遂得通讀，因釋以恒，用楷書印諸活字，釘爲册子，以廣其傳。夫大師以佛學顯，而其文辭莊嚴宏麗，入於作者之域。如此編所言，大極詞家精蘊，可謂偉矣。或人曰：大師入唐也，在貞元元和之際，而此編所論，專爲四六駢儷，其文不及杜少陵、韓昌黎，何邪？蓋雖少陵變詩格，昌黎唱古文，久而後行，當時言之者少，故殷璠編《河岳英靈集》，選有唐名家詩，而不收少陵。韋縠著《才調集》，自序稱閱李杜集，而不録杜詩，時好之所在，亦可知焉。大師入唐，氣運未開，故其言不及杜韓耳。

明治四十年七月三十一日

永年居士山田鈍識

例言：

一、《眼心抄》之爲書，今日天下一本，絶無傳本之可對校矣，故斷闕剥蝕，無字可尋者，施格眼爲空白，或半存文字而失偏傍冠脚者，或草體疑似不可決者，或有魯魚之疑者，倶姑書所推測於格眼中，他日設有善本之出，則當訂正焉。

一、雖既釋者係於原書草體者，尚不保無漆桶掃帚之誤，讀者幸正之。

一、編中所引古人詩句，間有與今本本集不同者，然不以今議古，且此舉固止於釋文，故其文字一從原本。

鈍再識

《札記》：「《文筆眼心》這一書名大師御作諸書目（全集聚録）所載不一樣，有『文章肝心』、『文章眼心』、『文筆眼心抄』、『文筆眼心』等各種各樣的記載，《釋教諸師製作目録》所載的記者未詳的《御作目録》中，有《文筆眼心抄》、《文章肝心抄》一卷，如兩書所記固有誤。如果考慮《眼心》『自序』有即以『文筆眼心』爲名云云的話，似當以『文筆眼心』爲此書的書名。全集本《文筆眼心抄》頭注有『私案眼心是抄義，明了房信範《悉曇抄》所引無抄字似是』。」

《研究篇》上：「弘法大師撰有《眼心抄》，很早就有明確記載。傳濟暹作《弘法大師御作書目録》、聖賢撰《御作目録》、心覺撰《大師御作目録》等，都有『文筆肝心抄一卷』的記載。這大概就是《眼心抄》。高演作《弘法大師正傳》和覺鑁《高祖御製作書目録》作『文章肝心抄』，可能把『筆』的草體誤作『章』。與此不同，保延三年正覺撰《大遍照金剛御作書目録》、山田長左衛門氏藏嘉禄三年書寫《大師御作書目録》、政祝撰《真言宗事相目録》等，均作『文筆眼心抄』。又，值得注意的是，教王常住院本《御作目録》，有『文筆眼心一部二卷』，無『抄』（或者是『鈔』）字，合於下述《信範抄》所引本，作二卷，和前述《高祖御制作書目録》注『本末』相應。因此，可以認爲，平安後期存在二卷本的系統。後來的《釋教諸師制作目録》和《諸師制作目録》並録爲《文章肝心抄》和《文章眼心抄》，但這當然是援引時未見實物而産生的錯誤，謙順的《諸宗章疏録》作《文章肝心章》，大概也是因爲這樣。」

「《文筆眼心抄》的流傳情況雖然不太清楚，但是，《悉曇抄》（外題「信範抄」）（東寺觀智院藏，内題「明了房抄又成喜院抄」，似可認爲爲心覺所作，不認爲是信範所作。卷子本，三軸，中卷裏書有「正和五年二月廿日書寫 一交了」，下卷裏書有「御本云：文永十一年甲戌十一月七日書寫一校了，沙門信範」「正和五年三月十二日書寫了一交了」。文永的裏書從年代來看，可能爲信範，但這是書寫識語，並不表示撰述的事情）和《悉曇字記創學抄》（《創學抄》寫成於康曆二年四月。傳本並不少，今以高野山三寶院藏本爲主，參照東大寺圖書館藏本，前者爲江户中期寫本，後者爲把嘉吉二年寫本寫作寬文九年）曾經引用過，從這點來看，鐮倉末期似還有傳本。前者作爲『文筆眼心云』，引用過《調四聲譜》的大部分和《二十九種病》的小部分；後者作爲『文筆眼心章云』，引用過《調四聲譜》的大部分（較《信範抄》少），但都和現存本有幾處不同。室町時代以後，《眼心抄》杳無音迹。明治末年，從東寺觀智院的金剛藏中發現了一千餘年前的古抄本，這確實是學術界值得慶賀的事。這一本子經西村兼文之手，歸於京都山田永年所藏，山田氏於明治四十一年六月，將原本的草體改成楷書，題爲《文筆眼心抄釋文》刊行。這是呈現唐草紋模樣的丹表紙的册子本，用木活字，卷首刊有模刻原本的九行。明治四十三年六月，《冠注文筆眼心抄》由現在的京都專門學校刊行，由長谷寶秀老師校訂，是一個假綴的小册子。這個本子以山田氏的翻刻本作底本，加以訓點，欄眉載有校勘記和略注。校勘資料主要是《秘府論》，但是值得注意的是，也據前述的《信範抄》補過闕字。後來，《文筆眼心抄》被收入《弘法大師全集》，但原原本本使用的是上面的《冠注》本。」

「前述的本子是《眼心抄》唯一的傳本，現爲山田長左衛門（壽房）氏所秘藏（收藏於金漆楷書「皆山樓藏」的漆塗的函中，這個函書爲故和田智滿大僧正的手筆。皆山樓爲壽房氏的先考永年氏的雅號，同函收有前述的《大師御作目録》，黏葉裝一葉。裏書「嘉禄三年七月十四日於大原鄉實相院書寫了」，有「東寺之印」的方形朱印。《眼心抄》於昭和九年一月三十日被指定爲國寶。緞子裝的卷子本，扉頁置有總金箔，配有刻有正倉院樣子金具的水晶軸。全長六丈七尺八寸，高九寸五分五厘，寬約一尺九寸的白麻牋三十七葉。首尾二葉之外，各葉三十二行，偶而三十三行。每行二十至二十三字，書寫於寬約五分五厘的墨界中。卷首内題部分闕失，衹存『文筆』二字。其下有『永年珍藏』的方形朱印，各葉的繼目也有『永年』的印記。序文六行，接着是目録，第二葉開始是正文，目録自『四十四凡例』至『句端』，録有十九目，各目之上朱筆標有一至十九的數字。本文如目録那樣完結，加有朱筆或墨筆，目録『八種韻』中『疊連韻』的『連』字是正確的草體，而在其右墨書『連亻』，從這點大概可以推測，朱書可以認作是和本文的書寫同時或同時代，墨書大約在平安中期以後，大概是不習慣寫草書者所寫。從這點也可以知道，當時另外還有異本存在。這也和據撰書目録推定異本存在這一情況相符，不過有注記的地方並不多。」

「本文全爲墨書，卷首到目録終了爲行書，第二葉以下轉爲草體，書風爲没有和風的純草，毫無疑問，這是平安時代初期的實物。永年氏所謂『書法超妙紙墨俱古』是確實的。奈良時代到平安初的墨迹大體就是這樣，多存有王羲之的書風。行體爲神龍半印本和張金界奴本等諸模系『蘭亭叙』，草書旨趣近於『十七帖』。東晉草書有些是篆書的變形，有很多用後世草書難以規範的奇古字體，《眼心抄》的草書如永年氏所説『有古字有異體字』，但這好像從王羲之和王獻之的字體可以訓釋。例如，『四十四例』中『古人云采於正始』的『采』字，和『十七帖』『可得果當卿』的『果』同字，若從《眼心抄》的本文不能訓『采』，永年氏的釋文訓『采』，《秘府論》諸本均作『采』。從文意看，永年氏的訓釋是正確的，但《眼心抄》確實作『果』字。其次，『皆須任思自起意先』的『先』字，《秘府論》作『欲』字，但《眼心抄》是『先』（或訓「免」），決不是『欲』。這一處，『十七帖』『要欲及卿在彼』『欲摸取當可得不』等處的『欲』字和『先』字極易混淆，由此推測，當如《秘府論》作『欲』字。又，『上句達下句憐下對也』的『達』，《秘府論》作『愛』。而『十七帖』『足下保愛爲上』的『愛』字和同帖的『答其書可令必達』的『達』字近似。因此，這也當是把《秘府論》的『愛』字寫作了『達』字。又，『有以見賢人之志號』的『號』字，《秘府論》作『矣』。『十七帖』『心以馳於彼矣』的『矣』字，容易和『號』字混淆，因此，這也當是『矣』字。在確認《眼心抄》本文性質方面，這都是重要的基礎。」

《眼心抄》的題名自古以來就有各種各樣的提法，自序有『文筆眼心』四字是不可懷疑的。但是原本是否有『抄』字卻是個問題。山田本卷首有毀損，僅保存『文筆』二字，這一點雖然不能肯定，但是，自序有：……既然大師自己有『以文筆眼心爲名』的話，我想本來稱爲『文筆眼心』是正確的。長谷老師看出這一點，《冠注》說：『私案，「眼心」是「抄」義，明了房信範《悉曇抄》所引無「抄」字似是。』但是，『文筆眼心抄』這個名稱已經普遍化了（國寶即以此名指定），因此暫從此名。」

「其成立，如自序所說，在弘仁十一年五月，當在高野山金堂落慶後的餘暇撰述。《秘府論》集衆多文獻而成，多少有些繁雜，因此，將其要點抄出，讓人容易披誦，便是《眼心抄》的旨趣。大師認爲《秘府論》的哪些地方是其要點，這是很有意義的問題，若和《眼心抄》比較，這一點很容易明了。……《秘府論》有而《眼心抄》無的有《用聲法式》、《四聲論》、《九意》、《集論》、《論對屬》、《帝德録》六項。《論病》是如相對於《文二十八種病》、《文筆十病得失》的小序性質的東西，因此其有無用不着特意作爲問題。《論對》也一樣。比較兩者，值得注意的是，《眼心抄》明顯作了整理，更加條理化了。例如，《秘府論》的《論文意》是各項目雜然彙集在一起，而《眼心抄》則作爲實際創作的參考，在其中抽出四十四條，提出來作爲卷首的凡例，和別的項目有關的則和別的項目合併。《二十七種體》也很明顯，前十體取自《秘府論》地卷，第十一以下則歸納《論文意》所見之體而設立項目。又，《文筆六體》、《定位四術》，《秘府論》都寫作普通的文章，而《眼心抄》則定爲條目，要點清楚地加以歸納。更能看出整理技巧的大概還是《筆十病》。總之，《眼心抄》作了很多整理工作。有人認爲比《秘府論》還要出色，但從資料性（散佚資料的保存程度）來看，則未必能這樣說。」

《補正》：「『文筆』，《秘府論》西卷：『《文筆式》云：製作之道，唯筆與文。文者，詩、賦、銘、頌、箴、讚、弔、誄等是也；筆者，詔、策、移、檄、章、奏、書、啓等是也。即而言之，韻者爲文，非韻者爲筆。』即成爲其注解。《冠注》有『眼心是抄義』，但自序有『文之眼，筆之心，即以文筆眼心爲名』，因此『眼心』與『肝心』、『肝要』當爲同義語，當解作『重要的東西』、『要點的東西』。我國古書稱爲某抄的很多。這些『抄』，通常當解作『摘録之書』、『注釋書』的意思，但是，不少情況譯作『記有己見的東西」、『紀要』更爲恰當。『文筆眼心抄』如果是原題，則『抄』也當解作這樣的意思。」

②「金」，《釋文》作「金」。「剛撰」，《釋文》作「剛□」。

③「序」，原無，爲校考者據《文鏡秘府論》體例及文意擬。

④「余乘禪觀餘暇勘諸家諸格式等」，《釋文》作「余宗□□□□□□諸格式等」。冠注：「『乘』一作『宗』，『禪觀』等七字一欠，今私補。」《補正》：「《冠注》本所補的山田本所闕的各字，可以想知出自《秘府論》序。」盛江案：《補正》所言之「山田本」，即《釋文》，下同。

⑤「撰文鏡秘府論六卷」，《釋文》作「撰文鏡秘府論六卷」。

⑥「玄」，《釋文》作「玄」。

⑦「拴」，《釋文》作「握」。《補正》：「（握）可能是『拴』字的草訛。『拴』爲『銓』之假，梁王筠《爲第六叔讓重除吏部尚書表》：『可以銓鏡流品，平均衡石。』」（盛江案：《全上古三代秦漢三國六朝文·全梁文》卷六五）

⑧「誠」，《釋文》作「成」。冠注：「『誠』，一作『成』，恐誤。」

⑨以上爲序。

又，陳翀《辨僞存真：〈文筆眼心抄〉古抄卷獻疑》以爲，《文筆眼心抄》書前「凡例」「乃明清文人編書格式，空海是入唐之人，斷無可能去遵循後世編書體例於書前特設一『凡例』」。與日本弘法大師墨蹟聚集刊行會於一九九九年出版《弘法大師墨蹟聚集書：書の曼荼羅世界》影印收入之古抄卷《文筆眼心抄》細作流覽後，「發現其筆暫行無勁，文字呆滯，感覺到其定非出自空海之手」。其又進一步搜求明治時期相關書志史料，對其原卷發現之經緯予以鈎沉，「悟出此卷當是明治初期古書畫僞作大家西村兼文所製之古抄贗本精品群中的一卷」。盛江案：此事關係重大。筆者無力對日本明治時期書志史料作更細之考察，無法對《文筆眼心抄》原卷是否由西村兼文作僞一事作出判斷。書前「凡例」之編書格式是否至明清時期始有，尚待考察。僅就現傳《文筆眼心抄》之内容而論，確多與《文鏡秘府論》相合，尤其《文鏡秘府論》西卷《論病》所言之「十病」，其中觸絶、傷音、爽切三病見載於《文筆眼心抄》，此已爲小西甚一《研究篇》所指出，並爲學界所接受。此類互爲補充之内容非止一處，此作僞説難以説明。即使作僞，亦當有據。又，小西甚一《研究篇》上稱見過《文筆眼心抄》抄本，以爲《文筆眼心抄》之筆跡有似正倉院御藏僧綱狀之真濟書風。若然，則更説明此書有據。故而未有進一步證據之前，本《彙校彙考》仍維持原説。近又蒙陳翀先生惠寄新作《空海〈文筆肝心抄〉之編纂意圖及佚文考》，謂「空海所撰《文筆肝心抄》，現僅知平安末鎌倉初時書名就已被訛爲《文筆眼心（抄）》，此後原書更散佚無蹤」，陳翀從鎌倉時期花園天皇（一二九七—一三四八）的日記《花園天皇宸記》中，鈎沉得兩則有關此書的貴重紀録，一謂「弘法大師文筆眼心，專爲兼之哥義，所依憑也」，一謂「弘法大師文筆眼心並詩人玉屑，能述奥義」，陳翀謂：「如果天皇家所傳無誤的話，那麼，《文筆肝心抄》就非過去學界所推測的所謂的《文鏡秘府論》之節要本，更有可能是兩書相輔相成、各有側重：《文鏡秘府論》重在論述漢詩寫作方法，而《文筆肝心抄》在論述漢詩作法的同時，還具體論述和歌寫作理論一面。」又據平安末期真言宗高僧心覺（一一一七—一一八一）所著《悉曇要抄》引有《文筆眼心》中的一段文字，「這也是至今爲止我們唯一可以確認到的《文筆眼心》引文」，這段文字，①自「文筆眼心之調聲譜平上去入配四方」至「乃一天字而得雙聲疊韻，略舉一隅而示，餘皆效此」，「除個別文字外，以上這段文字與山田家本大致相符」，此後還有一大段不見山田家本《調四聲譜》文字，即②「或云奇琴精酒……見君接子如此之類名雙聲對〔文〕」，③「又云徘徊窈窕……思惟須臾如此之類名曰疊韻〔文〕」，④「秘府論云元氏曰聲有五聲……羽爲去聲角爲入聲〔文〕」，「第①、②、③段文字，當是心覺所見《文筆眼心》同一章節中的一整大段本文。然而，山田家本此處卻祇見録有第①段，而將本當銜接於後的第②、③段文字按《文鏡秘府論》之編次，抄入在遠離《調四聲譜》的《二十九種對》一節小注之中」（其文自「八雙聲秋露香佳菊」至「思惟須臾如此之類名曰疊韻」)。這證明,「空海在編寫《文筆肝心抄》時,雖然使用了與《文鏡秘府論》中相同的文章,卻在編次順序上做了大幅度的變動,原有可能在書中略去了《文鏡秘府論》中所録的大量漢詩句,而是祇提供了和歌寫作所需要的詩語,並且濾去了和歌創作所不需要的對仗法,將所必須的『雙聲』『疊韻』兩種調整到《調四聲譜》節中」。又據東寺觀智院金剛藏本紙抄録《文筆眼心》的另一大段佚文,其文云:「①文筆眼心云:正紐〔凡四聲爲正紐〕 傍紐〔雙聲是也〕②或(書)云略音有三種,一者以反音略之,謂反略,鉢羅之波等也。二者以空點略之,謂如云乀字也。三者以炎點略之,謂之薩傳等也。③或(書)云:秘府論云:一切文字音聲,無窮迴轉,惟是五音三内四聲轉之。④又云:取上字音始,與下字聲終一聲,謂之反音云云。依四聲反音云紐聲反,依五音反音云雙聲反,依三内反音云傍紐反云云。 腋〔羊益〕 年〔努賢〕 僞〔胡彼反〕 謂之兩音反,或聯口傳云云。 羅〔曷力遐反〕三聲入也 適〔長□反〕 永〔謂正反〕 □〔□與反〕⑤又云:若有上下字音不合者,以五音中韻合音改易,上下同韻合之。當如爲依四聲轉音,謂之紐聲反。如有平聲字,有上聲反音也。如依五音轉聲,謂之雙聲反音。如吕、□、乎、家音也。若依三内轉聲,謂之傍紐反音。如有曩字,魯訖反音也。若一聲分二聲,吕之與上下,合之反音,謂之兩音反音。如有僞字,古彼反者。若三字合之爲一字音,謂之三聲反音。如有羅字,曷力遐三字,合之吕羅也。 以上或人傳書,可尋決之。」(□,爲無法辨讀處)陳翀謂「考第①段『正紐〔凡四聲爲正紐〕傍紐〔雙聲是也〕』一節,山田家本現按《文鏡秘府論》之順序編在《文二十八種病》中,排列順序相反(盛江:「七傍紐」在前,「八正紐」在後),釋文則完全不同」,「這可看出,山田家本仍是按《文鏡秘府論》的論漢詩作法將『正紐』『傍紐』歸入『詩病』之中。而金剛藏本引文則完全未以之爲『病』。究其緣由,蓋是空海撰寫《文筆肝心抄》,本是爲和歌創作所提供指南。而和歌與漢詩不同,本祇有一韻,因此也就遵循當時見解,不以之爲病。而《文鏡秘府論》中所論『正紐』『傍紐』各種病狀,對於和歌寫作來説,完全没有參考的價值,也就無須贅録了」。盛江再案:陳翀於資料清理及分析極爲細緻,創爲新見,殊爲難得。然問題甚爲複雜,有諸多疑問:一,既然空海《文筆肝心抄》平安末鎌倉初時書名即已被訛爲

《文筆眼心（抄）》，同爲《文筆眼心》之名，何以花園天皇及心覺《悉曇要決》、東寺觀智院金剛藏本所引便爲真，而山田本則爲僞？二，東寺觀智院金剛藏本所引之第②、③、④、⑤段，未必爲《文筆眼心》之文，恐難作爲根據。三，心覺《悉曇要決》之第②、③段，亦未必是作爲《文筆眼心》之文而引，此二段，加之明確説明引自《秘府論》之第④段，不爲山田家本所引，自是常事，無須疑怪。四，心覺《悉曇要決》、東寺觀智院金剛藏本所引本爲片斷，本非完整抄録，山田家本順序與之有異，亦不常否，無須怪異。

目録

五　六義

一曰風　二曰賦　三曰比
四曰興　五曰雅　六曰頌

六　十七勢

一　直把入作勢⑩　二　都商量勢⑪　三　直樹一句勢
四　直樹兩句勢⑫　五　直樹三句勢　六　比興入作勢
七　謎比勢⑬　八　下句拂上句勢⑭　九　感興勢
十　含思落句勢　十一　相分明勢　十二　一句中分勢
十三　一句直比勢　十四　生殺迴薄勢　十五　理入景勢
十六　景入理勢　十七　心期落句勢

七　十四例

一　重疊用事之例　二　上句用事下句以事成之例
三　立興以意成之例　四　雙立興以意成例
五　上句古下句以即事偶例　六　上句意下句以意成例
七　上句體物下句以狀成例　八　上體時下以狀成之例

五　返酬階　六　讚毀階　七　援寡階　八　和詩階

十　六志

一　直言⑯　二　比附　三　寄懷　四　起賦　五　貶毀　六　讚譽

十一　廿九種對

一　的名　二　隔句　三　雙擬　四　聯綿
五　互成　六　異類⑰　七　賦體　八　雙聲
九　疊韻　十　迴文　十一　意對　十二　平對
十三　奇對　十四　同對　十五　字對⑱　十六　聲對
十七　側對⑲　十八　鄰近　十九　交絡　廿　當句
廿一　含境　廿二　背體　廿三　偏對　廿四　雙虛實
廿五　假對　廿六　切側　廿七　雙聲側　廿八　疊韻側
廿九　總不對對⑳

十二　文廿八種病

一　平頭（或一六之犯名水渾，二七之犯名火滅）　二　上尾（或土崩）　三　蜂腰

四　鶴膝　五　大韻（或名觸絶）　六　小韻（或名傷音）
七　傍紐（或名爽切㉑）　八　正紐（或名爽切）　九　木枯
十　金缺　十一　闕偶　十二　繁説（或名疣贅）
十三　齟齬（或名不調）　十四　叢聚　十五　忌諱
十六　形跡　十七　傍突　十八　翻語
十九　長擷腰（或名束）　廿　長解鐙㉒（又名散）　廿一　支離
廿二　相濫　廿三　落節　廿四　雜亂
廿五　文贅（或名涉俗）　廿六　相反㉓　廿七　相重
廿八　駢拇㉔

十三　筆十病㉕

一　平頭　二　上尾　三　蜂腰　四　鶴膝
五　大韻　六　小韻　七　正紐　八　傍紐
九　隔句上尾　十　踏發聲

十四　筆二種勢

一　靡麗勢　二　宏壯勢

十五　文筆六體

一　博雅　二　清切　三　綺艷㉖　四　宏壯　五　要約　六　切至㉗

十六　文筆六失

一　緩　二　輕　三　淫　四　誕　五　闌　六　直

十七　定位四術㉘

一　分理務周　二　敘事以次　三　義須相接　四　勢必相依

十八　定位四失

一　繁約互舛　二　先後成亂　三　文體中絶　四　諷讀爲阻

十九　句端㉙

【校注】

①「四十四凡例」，正文作「凡例」。目録各項原無「一」、「二」之類編碼，直至「十九句端」之「十九」，《釋文》同。《眼心抄》古鈔本各項開頭均以朱筆注明數碼，今據補。

②「四聲譜」，正文作「聲韻調四聲譜」，「譜」下《眼心抄》古抄本朱筆小字注「二種反音法在此中」。

③「十二種調聲」下《眼心抄》古抄本朱筆小字注「聲調之術□□略出十二種」。《研究篇》下：「（十二種調聲）這是王昌齡說和元兢說的混合。」

④「平頭」，《眼心抄》古抄本作草體，左旁注「平敷頭」。

⑤「側」，《眼心抄》古抄本作「俱」。

⑥「平頭」，《眼心抄》古抄本作草體，左旁注「平敷」。

⑦「側」，《眼心抄》古抄本作「俱」。「齊」，《眼心抄》古抄本均作似「高」字之草體。

⑧「十字側平調」，《研究篇》下：「第十二『十字側平調』，《秘府論》無，《眼心抄》始加入，不知何人之說。」

⑨「連」，《眼心抄》古抄本作草體，左旁注「連亻」。

⑩「直」，《眼心抄》古抄本均作似「宜」字之草體。

⑪「商」，《釋文》作「商」。

⑫「句」，《眼心抄》古抄本作「向」。

⑬「謎」，冠注：「謎，《秘府論》第二作『譴』。」

⑭二「句」字，《眼心抄》古抄本作「向」。

⑮「當」，《眼心抄》古抄本作「常」。

⑯「直言」下原有「志」字，據前後體例及《釋文》刪。

⑰「類」，原作「顃」，據《釋文》改。

⑱「對」，原作「體」，冠注：「『字體』、『背體』應作『字對』、『背對』歟。」《釋文》作「對」。據《釋文》改。

⑲「側」，《眼心抄》古抄本作「俱」。

⑳正文此下有「七種言句例」。

㉑「爽切」，冠注：「爽切，《論》第五作『爽絶』。」

㉒「鐙」，《釋文》作「鐙」。

㉓「反」，原作「及」，《釋文》同。冠注：「『相及』恐『相反』歟。」今據改。

㉔「拇」，《釋文》作「拇」。

㉕「十三筆十病」下《眼心抄》古抄本朱筆小字注「十病之中唯四爲重謂二種上尾鶴膝踏發聲是所以或唯立四病」。

㉖「綺」，《釋文》作「倚」。

㉗「切」，《釋文》作「功」。

㉘正文此節之上有《論》之《論體》一節文字，本《文筆眼心抄》校注據《論》補加標題。

㉙以上除「目録」、「四十四凡例」、「四聲譜」、「十二種調聲」、「八種韻」、「六義」、「十七勢」、「十四例」、「二十七種體」、「八階」、「六志」、「廿九種對」、「文廿八種病」、「筆十病」、「筆二種勢」、「文筆六體」、「文筆六失」、「定位四術」、「定位四失」、「句端」外，《釋文》均作雙行小字注。以上目録與下面正文有不合之處。

凡例①

凡作詩之體②，意是格，聲是律，意高則格高，聲辨則律清③，格律全，然後始有調。用意於古人之上④，則天地之境，洞焉可觀⑤。古文格高，一句見意。一句見意體是也。

凡詩本志也⑥，在心爲志，發言爲詩，情動於中，而形於言，然後書之於紙也。

凡高手作勢⑦，一句更別起意，其次兩句起意。意如湧煙，從地昇天，而後漸高漸高⑧，不可階上也。

凡下手⑨，下句弱於上句，不看向背，不立意宗⑩，皆不堪也。

【校注】

① 冠注：「《凡例》四十四箇條，皆在《論》第四。」盛江案：本文原作四十五例，《釋文》作四十七例，《譯注》附《文筆眼心抄》作四十六例。

② 此例見《論》南卷《論文意》引《詩格》，然《詩格》無「一句見意體是也」七字。參《二十七種體》第十一。

③ 「辨」，《釋文》作「𨐨」。

④「古」，《釋文》作「古」。

⑤「可」，《釋文》作「可」。

⑥「凡」，《論》無。此例見《論》南卷《論文意》引《詩格》。

⑦「凡」，《論》無。此例見《論》南卷《論文意》引《詩格》。

⑧「而」，《論》作「向」。《補正》：「『向』爲『而』之誤。」「漸高漸高」，原作「漸漸高高」，《釋文》作「漸二高二」，此爲日本抄本疊詞抄寫之習慣，今據意改。下同。

⑨「凡」，《論》無。此例見《論》南卷《論文意》引《詩格》。

⑩「宗」，《釋文》作「□」。

凡作文章①，但多立意②，令左穿右穴，苦心竭智，必須忘身，不可拘束。思若不來，即須放情卻寬之，令境生。然後以境照之，思則便來，來即作文。如其境思不來，不可作也。

凡置意作詩③，即須凝心，目擊其物，便以心擊之，深穿其境。如登高山絕頂，下臨萬象，如在掌中。以此見象，心中了見。當此即用。如無有不似，仍以律調之定，然後書之於紙④。會其題目，山林、日月、風景爲真，以歌詠之。是猶如水中見日月⑤，文章是景，物色是本，照之須了見其象也。

凡文章興作①，先動氣，氣生乎心，心發乎言，聞於耳②，見於目，録於紙。意須出萬人之境，望古人於格下③，攢天海於方寸。詩人用心，當於此也。

凡詩④，入頭即論其意，意盡則肚寬，肚寬則詩得容預⑤。物色亂下，至尾則卻收前意，節節仍須有分付。

凡詩⑥，一句即須見其地居處，如「孟夏草木長，繞屋樹扶疎⑦。衆鳥欣有託⑧，吾亦愛吾廬」。若空言物色，則雖好而無味，必須安立其身。

凡詩頭皆須造意⑨，意須緊⑩，然後縱橫變轉⑪。如「相逢楚水寒」，送人必言其所矣。

【校注】

①「凡」，《論》作「夫」。此例見《論》南卷《論文意》引《詩格》。

②「立」，《釋文》無。冠注：「『立』字一無，恐脱。」《補正》：「這個『多』是『衹』（適）之意，不是『多』的意思，當訓作『確實』。」

③「凡」，《論》作「夫」。此例見《論》南卷《論文意》引《詩格》。

④「於」，《釋文》無。冠注：「『於』字一無，恐脱。」

⑤「是」，《論》無。

【校注】

①「凡」，《論》作「夫」。此例見《論》南卷《論文意》引《詩格》。

②「聞」，《釋文》作「聞」。

③「人」，《釋文》作「人」。《考文篇》：「『格下』爲『脚下』之假借。『格』爲『脚』之音訛。」

④「凡」，《論》作「夫」。此例見《論》南卷《論文意》引《詩格》。

⑤「預」，原作「顔」，《釋文》作「顔」，據《論》改。

⑥「凡」，《論》作「夫」。此例見《論》南卷《論文意》引《詩格》。

⑦「扶」，《釋文》作「扶」。

⑧「鳥」，《釋文》作「鳥」。

⑨「凡」，《論》無。

⑩「緊」，《論》作「竪」。

⑪「變」，《釋文》作「變」。

凡屬文之人①，常須作意，凝心天海之外，用思元氣之前。巧運言詞，精練意魄，所作詞句，莫用古語及今爛字舊意。改他舊語，移頭換尾，如此之人，終不長進②。爲無自性，不能專心苦思，致見不成。

凡詩人③，夜間牀頭明置一盞燈，若睡來任睡，睡覺即起。興發意生，精神清爽，了了明白，皆須身在意中。若詩中無身④，即詩從何有？若不書身心，何以爲詩？是故詩者，書身心之行李⑤，序當時之憤氣⑥。氣來不適，心事不達⑦，或以刺上，或以化下，或以申心，或以序事，皆爲中心不決，衆不我知。由是言之，方識古人之本也。

【校注】

① 此例見《論》南卷《論文意》引《詩格》。

② 「進」，《釋文》作「進」。

③ 此例見《論》南卷《論文意》引《詩格》。

④ 「無」，《釋文》作「無」。

⑤ 「李」，《補正》：「李，疑爲『事』之形訛。」

⑥ 「序」，《釋文》作「序」。

⑦ 「心事」下《論》有「或」字。

凡作詩之人①，皆自抄古今詩語精妙之處②，名爲隨身卷子③，以防苦思。作文興若不來，即須看隨身卷子，以發興也。

凡詩有飽肚狹腹④，語急言生⑤，至極言終始，未一向耳。若謝康樂語⑥，飽肚意多，皆得停泊，任意縱横。鮑照言語逼迫⑦，無有縱逸，故名狹腹之語。以此言之，則鮑公不如謝也。

凡詩有無頭尾體⑧。凡詩頭，或以物色爲頭，或以身爲頭，或以身心爲頭⑨，百般無定。任意以興來安穩，即任爲詩頭也。

【校注】

① 此例見《論》南卷《論文意》引《詩格》。

② 「今」，《論》江户刊本、維寶箋本作「人」。

③ 「名」，冠注：「『名』字《論》無。」《補正》：「名，疑爲『各』字之訛。」

④ 「凡」，《論》無。此例見《論》南卷《論文意》引《詩格》。

⑤ 「急」，《釋文》作「[急]」。

⑥ 「謝康樂」，冠注：「謝靈運，陳郡陽嘉人，襲父祖爵，封康樂侯，文章之美，冠於江左。」

⑦ 「照」，原作「昭」，通「照」。據《釋文》改。冠注：「鮑昭，字明遠，東海人，文辭富贍。」

⑧ 「凡」，《論》無。「體」上《論》有「之」字。此例見《論》南卷《論文意》引《詩格》。

⑨ 「心」，《論》作「意」。

凡詩①，兩句即須團卻意；句句必須有底蓋相承，翻覆而用；四句之中，皆須團意上道。必須斷其小大，使人事不錯。

凡詩有天然物色②，以五綵比之而不及。由是言之，假物不如真象，假色不如天然。如此之例，皆爲高手。如「池塘生春草，園柳變鳴禽」，如此之例，即是也③。中手倚傍者，如「餘霞散成綺，澄江淨如練」，此皆假物色比象，力弱不堪也。

凡詩有意好言真④，光今絶古，即須書之於紙。不論對與不對，但用意方便，言語安穩⑤，即用之。若語勢有對⑥，言復安穩，益當爲善。

【校注】

① 此例見《論》南卷《論文意》引《詩格》。

② 「凡」，《論》無。此例見《論》南卷《論文意》引《詩格》。

③ 「如池塘生春草」至「即是也」，《論》無。「池」，《釋文》作「[池]」。

④ 「凡」，《論》無。此例見《論》南卷《論文意》引《詩格》。

⑤ 「安」，《釋文》無。冠注：「『安』字一無，依《論》補。」《補正》：「上句『用意方便』，與此相對，『言語安穩』爲是。」

⑥ 「語勢」下《論》有「者」字。《補正》：「『者』字疑衍，『語勢有對』與『言復安穩』相對。」

凡詩有覽古者①，經古人之成敗詠之是也。

凡詠史者②，讀史見古人成敗，感而作之。

凡雜詩者③，古人所作，元有題目，撰入《文選》，《文選》失其題目，古人不詳，名曰雜詩。

凡樂府者④，選其清調合律唱⑤，入管絃，所奏即入之樂府聚至⑥。如《塘上行》、《怨詩行》、《長歌行》、《短歌行》之類是也⑦。

凡詠懷者⑧，有詠其懷抱之事爲興是也。

凡古意者⑨，若非其古意⑩，當何有今意？言其效古人意，斯蓋未當擬古。

寓言者，偶然寄言是也。

【校注】

① 「凡」，《論》無。本節七例見《論》南卷《論文意》引《詩格》。

② 「凡」，《論》無。

③ 「凡」，《論》無。

④ 「凡」，《論》無。

⑤ 「唱」，《補正》：「『合律唱入管絃所奏』意思不明，也許『唱』爲『吕』之訛，當訓作『選清調，合律吕，入管絃所奏』。」

⑥ 「聚至」後疑有闕文（如「詩官」之類）。

⑦「詩」，冠注：「『詩』恐『歌』誤。」
⑧「凡」，《論》無。
⑨「凡」，《論》無。
⑩「若非其」，各本均作「非若其」，據《校注》改。

凡爲筆①，不可故不對，得還須對②。夫語對者，不可以虛無而對實象。若用草與色爲對，即虛無之類是也③。

凡詩格律④，須如金石之聲。《諫獵書》甚簡小直置⑤，似不用事，而句句皆有事，甚善甚善⑥。《海賦》大能⑦。《鵩鳥賦》等⑧，皆直把無頭尾。《天台山賦》能律聲⑨，有金石聲。孫公云「擲地金聲」，此之謂也。《蕪城賦》，大才子有不足處，一歇哀傷便已，無有自寬知道之意。

【校注】

①「凡」，《論》作「諸」。本節二例見《論》南卷《論文意》引《詩格》。
②「須對」，《釋文》無，《冠注》據《論》補，今從之。
③「即虛無之類是也」，《補正》：「『即虛無之類是也』與前文不合，或者原文爲『若用草與色爲對是也』，作爲『色』的

注，記有『即虚無之類』。」盛江案：或「即虚無之類是也」之前闕一「色」字。

④「凡」，《論》作「夫」。

⑤「諫獵書」，冠注：「《諫獵書》，司馬相如作，在《文選》九。」

⑥「甚善甚善」，《釋文》作「甚ニ善ニ」。

⑦「海賦」，冠注：「《海賦》，木華作，在《文選》三。」

⑧「鵬」，原作「鵩」，《釋文》據《文選》改，今從之。冠注：「《鵩鳥賦》，賈誼作，在《文選》二。鵩，《文選》作『鵬』爲是。」

⑨「天台山賦」，冠注：「《天台山賦》，孫綽作，《蕪城賦》，鮑照作，共在《文選》三。」

凡作文①，必須看古人及當時高手用意處，有新奇調學之。

凡詩貴銷題目中意盡②，然看當所見景物與意愜者相兼道③。若一向言意④，詩中不妙及無味。景語若多，與意相兼不緊，雖理通亦無味⑤。昏旦景色⑥，四時氣象，皆以意排之，令有次序，令兼意説之爲妙。旦日出初，河山林嶂涯壁間，宿霧及氣靄，皆隨日色照著處便開。觸物皆發光色者，因霧氣濕著處，被日照水光發。至日午，氣靄雖盡，陽氣正甚，萬物蒙蔽，卻不堪用。至曉間，氣靄未起，陽氣稍歇，萬物澄淨，遥目此乃堪用。至於一物，皆成光色，此時乃堪用思。所説景物必須好似四時者，春夏秋冬氣色，隨時生意。取用之意，用之時，必須安神淨慮。目覩其物，即入於心；心通其物，物通即言；言其狀，須似其景。語須天海之內，皆納於方寸。至清曉，所覽遠近景物及幽所奇勝概⑦，皆須任思自起。意欲作文⑧，乘興便作，若似煩即止，無令心倦。常如此運之，即興無休歇，神終不疲。

【校注】

① 本節二例見《論》南卷《論文意》引《詩格》。

② 「凡」，《論》無。

③ 「看」，原作「舊」，《釋文》同。冠注：「『舊』《論》作『看』。」據《論》改。「看當」，疑爲「當看」倒訛。《補正》：「『舊』、『看』爲『應』之訛，『應當』爲連言。」此句興膳宏《譯注》作「然看所見景物與意愜者當相兼道」。

④ 「向」，《釋文》作「向」。

⑤ 「通」，各本作「道」，從《校勘記》改。

⑥ 「旦」，《釋文》作「且」，下同。

⑦ 「所」，疑衍。

⑧ 「欲」，《釋文》作「先」。冠注：「『欲』一作『先』。」

凡神不安①，令人不暢無興，無興即任睡②，睡大養神。常須夜停燈任自覺，不須强起，强起即惛迷③，所覽無益。紙筆墨常須隨身，興來即録。若無紙筆，羇旅之間，意多草草。舟行之後，即須安眠，眠足之後，固多清景。江山滿懷，合而生興，須屏絶事務④，專任情興，因此，若有製作，皆奇逸。看興稍歇，且如詩未成，待後有興成，卻必不得强傷神。學古文章，不得隨他舊意，終不長進⑤。皆須百般縱横，變轉數出⑥，其頭段段皆令意上道⑦，卻後還收初意。「相逢楚水寒」詩是也。

凡詩立意，皆傑起險作，傍若無人，不須怖懼。古詩云「古墓犂爲田，松柏摧爲薪」，及「不信沙場苦，君看刀箭瘢」是也。

【校注】

① 本節二例見《論》南卷《論文意》引《詩格》。

② 「無興無興」，《釋文》作「無二興二」。

③ 「强起强起」，《釋文》作「强二起二」。

④ 「務」，《釋文》作「務」。

⑤ 「進」，《釋文》無。冠注：「『長』下《論》有『進』字爲是。」今據補。

⑥ 「出」，《釋文》作「出」。

⑦ 「上」，原無，《釋文》同。冠注：「『道』上《論》有『上』字爲是。」據《論》補。《補正》：「『意上』爲是。而且，前有『皆須團意上道』，因此疑爲『須令團意上道』之訛。」

凡詩不得一向把①，須縱横而作。不得轉韻，轉韻即無力②。落句須含思③，常如未盡始好。如陳子昂詩落句云「蜀門自兹始，雲山方浩然」是也④。

凡文章之體⑤，五言最難，聲勢沉浮，讀之不美。句多精巧，理合陰陽；包天地而羅萬物，籠日月而掩蒼生。其中四時調於遞代，八節正於輪環；五音五行，和於生滅；六律六吕，通於寒暑。

凡文章不得不對。上句若安重字、雙聲、疊韻，下句亦然。若上句偏安，下句不安，即名爲離支⑥。若上句用事，下句不用事，名爲缺偶。故梁朝湘東王《詩評》云：「作詩不對，本是吼文，不名爲詩。」

【校注】

①「凡」，《論》無。本節三例見《論》南卷《論文意》引《詩格》。

②「轉韻轉韻」，《釋文》作「轉二韻二」。

③「含」，各本作「令」。《補正》：「『令』爲『含』之訛。《十七勢》有『十含思落句勢』和『每至落句，常須含思』。」今據改。

④「陳子昂」，冠注：「陳子昂，字伯玉，梓州射洪人。」

⑤「凡」，《論》作「夫」。

⑥「離支」，《補正》：「離支，疑爲『支離』誤倒。《文二十八種病》有『支離』一目。」

凡作詩用字之法①，各有數般。一敵體用字，二同體用字，三釋訓用字，四直用字。但解作詩，一切文章，皆如此法。若相聞書題②、碑文、墓誌、赦書、露布、牋、章、表、奏、啓、策、檄、銘、誄、詔、誥、辭、牒、判③，一同此法。今世間之人，或識清而不知濁，或識濁而不知清④。若以清爲韻，餘盡須用清；若以濁爲韻，餘盡須濁；若清濁相和，名爲落韻。凡文章體例⑤，不解清濁規矩，造次不得製作。製作不依此法⑥，縱令合理，所作千篇，不堪施用。但比來潘郎⑦，縱解文章，復不閑清濁；縱解清濁，又不解文章。若解此法，即是文章之士。若爲不用此法⑧，聲名難得。故《論語》曰「學而時習之」，此謂也。若「思而不學，則危殆」也。又云：「思之者，德之深也。」

【校注】

①「凡」，《論》作「夫」。本節二例見《論》南卷《論文意》引《詩格》。

②「相聞」，《補正》：「相聞，『音信』之意。」

③冠注：「『赦書』謂大赦令。『露布』謂宣告文或討賊時或凱旋時用之告衆。『牋章』謂書啓奉上官者。『牒判』謂

判辭。」

④「識」，原作「知」，據《釋文》改。

⑤以下原緊接上段，今從《釋文》獨立成一段。

⑥「制作制作」，《釋文》作「制二作二」。

⑦「比」，原作「此」，《釋文》同，據《論》改。「潘郎」，冠注：「潘郎，謂潘岳，字安仁，中牟人。」

⑧「若爲」，《論》作「爲若」。《補正》：「《經傳釋詞》卷二：『爲，猶如，假設之詞。』」

凡詩有三四五六七言之別①，今可略而叙之。三言始於《虞典》「元首」之歌②。四言本出《南風》，流於夏世，傳至韋孟，其文始具。六言散在《騷》、《雅》。七言萌於漢。五言之作，《召南·行露》，已有濫觴，漢武帝時，屢見全什，非本李少卿③。以上略同古人④。

【校注】

①「凡」，《論》作「夫」。本例見《論》南卷《論文意》引皎然《詩議》。

②「典」，各本作「興」，據吟窗本皎然《詩議》改。

③冠注：「『元首』之歌，在《書經》，《南風》，謂《周南》、《召南》之《國風》，在《詩經》。韋孟，彭城人，爲楚元王傅。騷謂《離騷》，在《文選》，《雅》謂《大雅》、《小雅》，在《詩經》。《召南·行露》，《詩經》篇名。李陵字少卿，漢武帝時爲

侍中,拜騎都尉,征匈奴不克而降,《與蘇武》五言詩三首,在《文選》七。」《補正》:「冠注非,《南風》指舜《南風歌》,《禮·樂記》:『昔者舜作五絃之琴以歌南風。』」

④「以上略同古人」,《釋文》無。冠注:「『已上』等夾注一脱。」《補正》:「這不是山田本誤脱。可能當看作大師有意省略。」

少卿以傷别爲宗①,文體未備,意悲調切,若偶中音響,《十九首》之流也。建安三祖、七子,五言始盛,風裁爽朗,莫之與京,然終傷用氣使才,違於天真,雖忌松容②,而露造跡。正始中,何晏、嵇、阮之儔也,嵇興高邈,阮旨閑曠,亦難爲等夷,論其代,則漸浮侈矣。晉世尤尚綺靡。古人云:「采縟於正始③,力柔於建安。」宋初文格,與晉相沿,更憔悴矣。論人,則康樂公秉獨善之資④,振頽靡之俗。沈建昌評:「自靈均已來,一人而已。」此後,江寧侯温而朗。鮑參軍麗而氣多,《雜體》、《從軍》,殆凌前古,恨其縱捨盤薄,體貌猶少。宣城公情致蕭散,詞澤義精,至於雅句殊章,往往驚絶。何水部雖謂格柔,而多清勁,或常態未剪,有逸對可嘉⑤,風範波瀾,去謝遠矣。柳惲、王融、江總三子,江則理而清⑥,王則清而麗⑦,柳則雅而高。予知柳吴興名屈於何,格居何上。中間諸子,時有片言隻句,縱敵於古人,而體不足齒。

或云：今人所以不及古者，病於儷詞。予曰：不然。先正時人，兼非劉氏⑧。六經時有儷詞，楊、馬、張、蔡之徒始盛⑨。「雲從龍，風從虎」，非儷耶？但古人後於語⑩，先於意，因意成語⑪，語不使意，偶對則對，偶散則散⑫。若力爲之，則見斤斧之跡。故有對不失渾成，縱散不關造作，此古手也。

又云：詩不要苦思，苦思則喪於天真⑬。此甚不然⑭。固須繹慮於險中⑮，採奇於象外，狀飛動之句，寫冥奥之思⑯。夫希世之珠⑰，必出驪龍之頷，況通幽含變之文哉⑱。但貴成章以後，有其易貌⑲，若不思而得也。「行行重行行，與君生別離」，此似易而難到之例也。

【校注】

①「別」，《釋文》作「[别]」。本例見《論》南卷《論文意》引皎然《詩議》。興膳宏《譯注》：「這一段的歸納有些勉强。」

②「松」，《釋文》作「[松]」。冠注：「忌，《論》作『忘』，『忌松容』難解。」《補正》：「『忌』爲是，『松容』可能爲『妝容』之假借。」

③「縟」，《釋文》作「[縟]」。

④「秉」，各本作「康」。冠注：「下『康』恐『秉』誤。」從吟窗本《詩議》作「秉」。

⑤「有」，原無，《釋文》同，據《論》補。

⑥「清」，原作「情」，《釋文》同，據《論》改。
⑦「清」，原作「情」，《釋文》同，據《論》改。
⑧「先正時人兼非劉氏」，《釋文》無。《補正》：「這八字可能不是山田本脱落，而是大師有意省略。」
⑨「楊」，《論》作「揚」。
⑩「古」，各本無，據吟窗本《詩議》補。
⑪「意」，原無，《釋文》同，據《考文篇》補。
⑫「偶」，《補正》：「『偶』爲『遇』之假借。」
⑬「苦思苦思」，《釋文》作「苦二思二」。
⑭「甚」，《釋文》作「知」。
⑮「固須」，吟窗本《詩議》作「固當」。
⑯「冥奥」，吟窗本《詩議》作「真奥」。
⑰「珠」，吟窗本《詩議》作「珍」。
⑱「含」，原作「合」，《釋文》同，吟窗本《詩議》作「名」，據《論》改。《補正》：「『含』爲『合』之訛。」「文」，各本無，據吟窗本《詩議》補。
⑲「易貌」，《補正》：「『易貌』似爲『氣貌』或『風貌』之訛。」

凡詩有二種①，一曰古詩，亦名格詩。二曰律詩。格詩三等：謂正、偏、俗。古詩以諷興爲宗，直而不俗，麗而不朽②，格高而詞温，語近而意遠③，情浮於語④，偶象則發，不以力製，故皆合於語，而生自然。頃作古詩者，不達其旨⑤，效得庸音，競壯其詞，俾令虛大。或有所至，已在古人之後，意熟語舊，但見詩皮，淡而無味。予實不誣，唯知音者知耳⑥。

【校注】

① 本例見《論》南卷《論文意》引皎然《詩議》，然文字有改動。

② 「朽」，原作「朽」，《釋文》同，據《論》改。《補正》：「『朽』爲『煩』之意。」

③ 「古詩」五句，興膳宏《譯注》：「《詩議》所謂『古詩』指漢代作者不明的一組五言詩。這一段論述在詩型上和律詩相對的古體詩，因此把這五句插入此處不太恰當。」

④ 「情」，原作「清」，據《釋文》改。

⑤ 「達」，《釋文》作「遠」。冠注：「『達』一作『遠』，恐誤。」據《論》改。

⑥ 「唯」，《釋文》作「咋」。冠注：「『唯』一作『咋』，恐誤。」《補正》：「『咋』爲『唯』之壞字。」

律詩亦有三等①：古、正、俗。律家之流，拘而多忌②，失於自然，吾常所病也。必不得已，則削其俗巧，與其一體③。一體者，由不明詩體④，未諧大道⑤。若《國風》、《雅》、《頌》之中，非一手作，或有暗同，不在此也。其詩曰：「終朝采菉，不盈一掬。」又曰：「采采卷耳，不盈傾筐。」興雖別而勢同。若《頌》中，不名一體⑥。夫累體成章⑦，高手有互變之勢⑧，列篇相望⑨，殊狀更多。若句句同區，篇篇共轍，名爲貫魚之手⑩，非變之才也⑪。俗巧者，由不辨正氣，習俗師弱弊之過也⑫。其詩云：「樹陰逢歇馬，魚潭見洗船。」又詩曰：「隔華遥勸酒，就水更移牀⑬。」至如渡頭、浦口，水面、波心，是俗對也。上句青，下句緑；上句愛⑭，下句憐，下對也。若「青山滿蜀道⑮，緑水向荊州」，語麗而掩瑕也。句中多著映帶、傍佯等語⑯，熟字也。製錦、一同、仙尉、黄綬⑰，熟名也。溪溠、水隈、山脊、山肋，俗名也。若個、占剩，俗字也。俗有二種：一，鄙俚俗，取例可知⑱；二，古今相傳俗，詩云「小婦無所作，挾瑟上高堂」之類是也。又如送別詩，山字之中，必有離顔；溪字之中，必有解攜；送字之中，必有渡頭字；來字之中，必有悠哉。如游寺詩，鷲嶺鶴岑⑲，東林彼岸。語居士以謝公爲首，稱高僧以支公爲先。又柔其詞⑳，輕其調，以小字飾之，華字粧之，漫字潤之，點字采之，乃云「小磎花懸㉑，漫水點山」㉒，若體裁已成，唯少此字㉓，假以圓文，則何不可。然取捨之際，有斲輪之妙哉，知音之徒，固當心證。調笑叉語㉔，似謔似讖，滑稽皆爲詩贅，偏入嘲詠，時或有之，豈足爲文章乎？刮宋玉俗辯之能㉕，廢東方不雅之説，始可議其文也。

【校注】

① 本例見《論》南卷《論文意》引皎然《詩議》。

② 「忌」，《釋文》作「忘」。

③ 「巧與」，《釋文》作「即」。冠注：「『巧與』二字作『即』字，恐誤。」

④ 「由」，吟窗本《詩議》無。「體」，原作「對」，各本同。吟窗本《詩議》作「體對」。《補正》：「『對』、『體』可能其中一個是校字而誤入正文。『詩對』爲『詩體』之訛。」今據改。

⑤ 「諧」，各本作「皆」，吟窗本《詩議》作「階」，「階」當爲「諧」之訛，從《校勘記》改。「道」，各本作「通」，據吟窗本《詩議》改。

⑥ 《補正》：「可能原典舉有《頌》中類似的句子作爲例子，這些歸於『不名一體』，是大師省略。」

⑦ 「體」，各本作「對」。《補正》：「下文『列篇相望』，與彼相對，這裏作『累體』爲是。」今從之改。

⑧ 「變」，《釋文》作「字」。冠注：「『變』一作『字』，恐誤。」據《論》改。

⑨ 「望」，《釋文》作「□」。

⑩ 「魚」，《釋文》作「兼」。

⑪ 「變」，《釋文》作「變」。

⑫ 「弱」，《釋文》作「約」。冠注：「『弱』一作『約』，恐誤。」

⑬ 「樹陰逢歇馬」至「就水更移牀」，《論》作大字正文。

⑭ 「愛」，《釋文》作「達」。冠注：「『愛』一作『達』，恐誤。」

⑮「若」，《論》無。

⑯「佯」，原作「伴」，據《釋文》及《論》改。

⑰「綬」，《釋文》作「緩」。冠注：「『綬』一作『緩』，恐誤。」

⑱「可」，《釋文》作「[可]」。

⑲「鶴」，《論》作「鷄」。

⑳「柔」，《釋文》作「采」。冠注：「『柔』一作『采』，恐誤。」

㉑「懸」，《釋文》作「[點]」。冠注：「『花懸』疑『花縣』（縣治的美稱）之訛。」

㉒「點」，《釋文》作「[懸]」。冠注：「『懸』、『點』一錯置，恐誤。」

㉓「少」，《釋文》作「□」。

㉔「叉」，《補正》：「『叉』爲『差』之假借，『差』爲『怪』、『異』之意。」

㉕「刮」，《論》作「剖」。「辯」，《釋文》作「□」。

凡詩者，惟以敵古爲上①，不以寫古爲能。立意於衆人之先，放詞於群才之表，獨創雖在②，使耳目不接，終患倚傍之手。或引全章，或插一句，以古人相黏二字、三字爲力，厠麗玉於瓦石③，殖芳芷於敗蘭，縱善，亦他人之眉目，非己之功也，況乎不善乎④？

凡時人賦孤竹則云「冉冉」⑤，詠楊柳則云「依依」，此語未有之前，何人曾道。謝詩曰：「江爽亦依依。」故知不必以「冉冉」繫竹，「依依」在楊。常手旁之，以爲有味，此亦强作幽想耳。且引靈均爲證，文謫氣貞，本於六經而製體創詞，自我獨致，故歷代作者師之⑥。此所謂勢不同，而無模擬之能⑦。

【校注】

①「惟」，《論》作「雖」。本節二例見《論》南卷《論文意》引皎然《詩議》。

②「在」，《論》作「取」。《補正》：「『在』爲『取』訛，『雖』爲『難』之訛。」

③「瓦」，《釋文》作「兀」。冠注：「『瓦』一作『兀』，恐誤。」

④前「乎」字，《論》無。

⑤「凡」，《論》無。

⑥「師」，《釋文》作「殘」。冠注：「『師』一作『殘』，恐誤。」

⑦「能」下《論》有「也」字。《補正》：「『能』爲『態』之訛。」

凡文章關其本性①，識高才劣者②，理周而文窒；才多識微者，句佳而味少③。是知溺情廢語，則語樸情暗；事語輕情，則情闕語淡。巧拙清濁，有以見賢人之志矣④。抵而論⑤，屬於至解⑥，其猶空門證性，有中道乎。何者？或雖有態而語嫩，雖有力而意薄⑦，雖正而質，雖直而鄙，可以神會，不可言得，此所謂詩家之中道。

凡古今詩人⑧，多稱麗句，開意爲上，反此爲下。如「盈盈一水間，脈脈不得語」，「臨河濯長纓，念別悵悠阻」，此情句也。如「白雲抱幽石，緑篠媚清漣」⑨，「露濕寒塘草，月映清淮流」，此物色帶情句也。

【校注】

① 「凡」，《論》作「且」。本節二例見《論》南卷《論文意》引皎然《詩議》。

② 「劣」，《釋文》作「苗」。冠注：「『劣』一作『苗』，恐誤。」

③ 「而」，《釋文》作「文」。冠注：「『而』一作『文』，恐誤。」

④ 「矣」，《釋文》作「號」。冠注：「『矣』一作『號』，恐誤。」

⑤ 「抵」，原作「扺」，《釋文》作「□」。《補正》：「『扺』爲『抵』之或體。」「《廣雅·釋詁》三：『抵，推也。』」據《論》作「抵」。

⑥ 「至解」，《釋文》作「至解」。

⑦ 「有」，《釋文》無。冠注：「『力』上『有』字一無，恐脱。」

⑧ 「凡」，《論》作「又」。

⑨ 「篠」，《釋文》作「篠」，《論》作「藤」。

凡詩工創心①，以情爲地，以興爲經，然後清音韻其風律，麗句增其文彩。如楊林積翠之下，翹楚幽華，時時間發。乃知斯文，味益深矣。

凡寒松白雲②，天全之質也；散木臃腫，亦天全之質也。比之於詩③，雖正而不秀，其臃腫之林④。《易》曰：「文明健。」豈非兼文美哉？古人云：「具體唯子建、仲宣，偏善則太沖、公幹。平子得其雅⑤，叔夜含其潤，茂先凝其清，景陽振其麗，鮮能兼通。」況當齊、梁之後，正聲寢微，人不逮古⑥，振頽波者，或賢於今論矣⑦。

【校注】

①「凡」，《論》作「夫」。本節二例見《論》南卷《論文意》引皎然《詩議》。

②「凡」，《論》作「夫」。

③「之」，《釋文》無。

④「林」，冠注：「『林』恐『材』誤。」

⑤「平」，《釋文》作「□」。

⑥「逮」，原作「逯」，《釋文》同，據《論》改。

⑦「賢」，《釋文》作「□」。

聲韻　調四聲譜①

平上去入配四方：

東方平聲　平伻病別②　南方上聲　常上尚杓
西方去聲　祛麩去刻　北方入聲　壬衽任入

凡四字一紐。或六字總歸一入③：

皇晃潢④　鑊　禾禍和　傍旁徬　薄　婆潑紴
光廣珖　郭　戈果過⑤　荒恍侊　霍　和火貨

上三字，下三字，紐屬中央一字，是故名爲總歸一入。

四聲紐字⑥，配爲雙聲疊韻如後：

郎朗浪落　黎禮麗捩
剛㟋鋼各　笄併計結
羊養恙藥　夷以異逸

鄉嚮向謔　奚篡咥纈⑦

良兩亮略　離邐詈栗⑧

張長悵著　知倁智窒

凡四聲，竪讀爲紐，横讀爲韻。亦當行下四字配上四字，即爲雙聲。若解此法，即解反音法。反音法有二種，一紐聲反音，二雙聲反音，一切反音有此法也。

【校注】

① 「聲韻」，「目録」無，當爲空海所加，可能欲作爲大題，概括《調四聲譜》、《調聲》乃至《八種韻》等各項内容。「調四聲譜」，「目録」作「四聲譜」。本節見《論》天卷《調四聲譜》。《論》之此前有「諸家調四聲譜具列如左」十字。冠注：「《論》《四聲譜》在《論》第一，明了房信範《悉曇抄》第一引《調四聲譜》全文。」

② 《論》「東方平聲」云云作大字，四聲名稱作小字，與《眼心抄》相反。

③ 「入」，各本作「紐」，從《考文篇》等作「入」。

④ 「潢」，《論》作「璜」。冠注：「潢，《抄》所引作『横』。」

⑤ 「戈果過」，冠注：「『禾禍和』『戈果過』，《論》易地。」

⑥ 「字」，《釋文》無。冠注：「『字』字一無，恐脱。」

⑦ 「咥」，原作「啞」，興膳宏《譯注》：「『啞』爲和『徑』同音的陽聲字，加入陰聲紐不合適。」據《論》改。

⑧「邐」，冠注：「邐，《論》作『麗』，恐非。」

綺琴　良首　書林①
欽伎　柳觴　深廬
釋曰：竪讀二字互相反也，傍讀轉氣爲雙聲，結角讀之爲疊韻。曰綺琴，云欽伎，互相反也。綺欽、琴伎兩雙聲，欽琴、綺伎二疊韻。上諧則氣類均調，下正則宮商韻切。持綱舉目，庶類同然。

風小②　月膾　奇今　精西
表豐　外厥　琴羈　酒盈
　　土煙　紐聲③
天④
　　天隖　雙聲⑤

右已前四字，縱讀爲反語，横讀是雙聲，錯讀爲疊韻⑥。何者，土煙、天隖是反語，天土、煙隖是雙聲，天煙、土隖是疊韻，乃一天字而得雙聲疊韻。略舉一隅而示，餘皆效此⑦。

【校注】

①「綺琴良首書林」至「餘皆效此」，見《論》天卷《調四聲譜》。

②「風小」，《論》此前有「崔氏曰傍紐者」六字。

③「土煙」，《論》前有「紐聲雙聲者」五字。「紐聲」，《論》無。

④「天」，《論》無。

⑤「雙聲」，《論》無。

⑥「爲」，原無，《釋文》同，據《論》補。

⑦心覺《悉曇要抄》全文引《調四聲譜》：「《文筆眼心》云：調四聲譜，平上去入配四方……餘皆效此。」

調聲①

凡四十字詩，十字一管，即生其意。頭邊二十字②，一管亦得。六十、七十、百字詩，二十字一管，即生其意。語不用合帖③，須直道天真，宛媚爲上。且須識一切題目義，最要立文，多用其意。須令左穿右穴，不可拘檢。作語不得辛苦，須整理其道④，格，格，意也。意高爲之格高，意下爲之下格。律調其言，言無相妨⑤。以字輕重清濁間之須穩。至如有輕重者，有輕中重，重中輕，當韻之即見⑥。且莊字全輕，霜字輕中重，瘡字重中輕，床字全重。如清字全輕，青字全濁。詩上句第二字重中輕⑦，不與下句第二字同聲爲一管。上去入聲一管⑧。上句平聲，下句側⑨。上句側，下句平⑩。以次平⑪，以次又側。次側，次平⑫。如此輪迴用之，直至於尾⑬。兩頭管⑭，上去入相近，是詩律也。

【校注】

① 本節「目録」作「十二種調聲」。本節見《論》天卷《調聲》。冠注：「《調聲》在《論》第一。」

② 「二十」，《釋文》作「廿」。

③ 「帖」，《釋文》作「怗」。

④ 「道」，《補正》：「『道』疑爲『通』之訛。」

⑤ 二「言」字，《補正》：「這兩個『言』字疑都是『音』之訛。」

⑥ 「之」，冠注：「『之』字恐衍。」《補正》：「不論有無『之』字，句意都不明。」

⑦ 「重中輕」，《補正》：「『重中輕』三字疑涉前行『重中輕』誤衍。祇取於『重中輕』纔忌避上下句第二字同聲，這是不合理的。」

⑧ 「上去入聲一管」，《補正》：「『上句第二字平聲，下句第二字上去入，一管』之意。」

⑨ 「側」，《論》作「上去入」。以下本段之「側」字，《論》均作「上去入」。興膳宏《譯注》：「這可能爲編者改動。」冠注：「側，《論》作『上去入』，三處皆然。『側』與『仄』義同。」《補正》：「《眼心抄》『側』又作『他』。（蜂腰注：「用他，多在第四。」）」

⑩ 「平」下《論》有「聲」字。

⑪「平」下《論》有「聲」字。

⑫「次側」二句，《論》作「以次又上去入，以次又平聲」。

⑬「直」，《論》作「宜」。

⑭「頭」，《論》作「紘」。冠注：「兩頭管，即『兩頭一管』之意。」

五言平頭正律勢尖頭①。皇甫冉詩曰：「中司龍節貴，上客虎符新。地控吴襟帶，才光漢搢紳。泛舟應度臘②，入境便行春。何處歌來暮③，長江建鄴人。」又錢起《獻歲歸山》詩曰：「欲知禺谷好，久別與春還。鶯暖初歸樹，雲晴卻戀山。石田耕種少，野客性情閑。求仲時應見，殘陽且掩關。」又陳閏《罷官後卻歸舊居》詩曰④：「不歸江畔久，舊業已彫殘⑤。露草蟲絲濕，湖泥鳥跡乾。買山開客舍，選竹作魚竿。何必勞州縣，驅馳效一官。」又五言絶句詩曰：「胡風迎馬首⑥，漢月送娥眉。久戍人將老，長征馬不肥。」

【校注】

① 本節見《論》天卷《調聲》。

② 「臘」，原作「獵」，《釋文》同，據《論》改。

③ 「歌」，原作「預」，《釋文》同，據《論》改。

④「陳閏」，據《全唐詩》，當即「陳潤」。「閏」通「潤」。《論》將此詩置於本條最後。

⑤「彫」，《論》作「凋」。二字通。

⑥「胡」，《釋文》作「胡」。

五言側頭正律勢尖頭①。又崔曙《試得明堂火珠》詩曰：「正位開重屋，凌空出火珠。夜來雙月滿，曙後一星孤。天浄光難滅，雲生望欲無。終期聖明代，國寶在名都②。」

齊梁調聲③。張謂《題故人别業》詩曰：「平子歸田處，園林接汝濆。落華開户入，啼鳥隔窗聞。池浄流春水，山明斂霽雲。晝遊仍不厭，乘月夜尋君。」

七言尖頭律④。皇甫冉詩曰⑤：「閑看秋水心無染，高卧寒林手自栽。廬阜高僧留偈别，茅山道士寄書來。燕知社日辭巢去，菊爲重陽冒雨開。淺薄何時稱獻納⑥，臨歧終日自遲迴。」又曰⑦：「自哂鄙夫多野性，貧居數畝半臨湍。溪雲帶雨來茅屋⑧，山鵲將雛上藥欄。仙籙滿牀閑不厭⑨，陰符在篋老羞看⑩。更憐童子宜春服，華裏尋師到杏壇。」

【校注】

①《論》無此一目。《補正》：「《論》没有這一目明顯是缺落，這一目當與『五言平頭正律勢尖頭』相對。」

②「正位」八句，此詩爲《論》天卷《調聲》「五言平頭正律勢尖頭」例詩第四首。

③《論》天卷《調聲》作「齊梁調詩」。然《論》於張謂詩之後，尚列有何遜詩三首。《眼心抄》「目録」列有「平頭齊梁調聲」與「側頭齊梁調聲」，張謂詩當屬「側頭齊梁調聲」，則當另有「平頭齊梁調聲」之例詩。《補正》：「《論》在張謂詩之外還舉了三首例詩，其中一首爲平頭，其他二首爲側頭，内容反而符合《眼心抄》『目録』。」

④見《論》天卷《調聲》，然《眼心抄》「目録」分爲「七言平頭尖頭律」、「七言側頭尖頭律」。

⑤此詩當爲「七言尖頭律」中平頭詩。

⑥「淺」，各本俱作「殘」，據《全唐詩》改。

⑦此詩當爲「七言尖頭律」中側頭詩。

⑧「屋」，《論》作「洞」。

⑨「籙」，原作「簶」，《釋文》同，據《全唐詩》改。

⑩「陰」，原作「音」，《釋文》同，據《論》改。《補正》：「『陰符』爲兵書名。」

換頭調聲①。元兢《於蓬州野望》詩曰：「飄颻宕渠域，曠望蜀門隈②。水共三巴遠，山隨八陣開。橋形疑漢接，石勢似煙迴。欲下他鄉淚，猿聲幾處催。」此篇第一句頭兩個字平③，次句頭兩字側④。次句頭兩字側，次句頭兩字平。次句頭兩字又平，次句頭兩字側。次句頭兩字又側，次句頭兩字又平。如此輪轉，自初以終篇，名爲雙換頭，是最善也。若不可得如此，即如篇首第二字是平，下句第二字是側⑤；次句第二字又用側，次句第二字又用平。如此輪轉終篇，唯換第二字，其第一字與下句第一字用平不妨⑥。此亦名爲換頭，然不及雙換。又不得句頭第一字是去上入，次句頭用去上入，則聲不調也。可不慎歟！此換頭⑦，或名拈二。拈二者，謂平聲爲一字⑧，上去入爲一字⑨，安第一句第二字，若上去入聲⑩，與第二第三句第二字⑪，皆須平聲，第四第五句第二字還須上去入聲，第六第七句第二字安平聲⑫，以次避之。如庾信詩云：「今日小園中，桃華數樹紅。欣君一壺酒，細酌對春風⑬。」「日」與「酌」同入聲⑭。只如此體，詞合宫商，又復流美⑮，此爲佳妙。

【校注】

①「目録」作「五言雙换頭」、「單换頭」。以下爲元兢「調聲之術」之一，見《論》天卷《調聲》。

②「限」，各本作「隅」，《補正》：「『隅』爲『限』之訛（隅爲虞韻，與灰韻的開、迴、催不協韻）。」據《補正》改。

③「此篇第一句頭兩個字平」至「可不慎歟」，《論》宫内廳本、三寶、高甲等本作大字正文，高乙、寶壽、六寺本作雙行小字注。

④「側」，《論》作「去上入」。本段「側」字，《論》均作「去上入」。

⑤「是」，《論》作「是用」。

⑥「其第一字」，《釋文》作「其一字」。冠注：「『其』下『第』字一無，恐脱。」

⑦「此换頭」至末尾「此爲佳妙」，《論》無。

⑧「爲」，原作「反」，《釋文》同。《補正》：「『反』爲『爲』訛。」今據改。

⑨「字」，原作「□」，《釋文》同。《補正》：「『一□』當爲『一字』。」今據補。平山久雄《『上去入』與『去上入』——仄聲排列的兩種次序》謂：《天卷·調四聲譜》所引《詩髓腦》文中，「去上入」凡十二見，而此處作「上去入」，「這一段大約並非出自元氏，『上去入』的次序可作一證」（《中日學者中國學論文集》，復旦大學出版社二〇〇六年）。盛江

案：平山久雄關於仄聲「上去入」與「去上入」兩種排列次序之分析甚有所見，然僅據一「上去入」之次序則以爲此處非元兢所作，則過於苛究。

⑩「安第一句」二句，興膳宏《譯注》作「第一句第二字，若安上去入聲」。其下句，《校注》引任注以意作「若是上去入聲」。

⑪「與」，興膳宏《譯注》以爲衍字而删去。

⑫「句第二」，原無，《釋文》同，從興膳宏《譯注》以意補。《校注》引任注：「此與五言側頭正律勢尖頭全同，此處當增『第八句安上去入』七字，在『以次』之上。」

⑬「今日」四句：此北周庾信《荅王司空餉酒詩》（《庾子山集注》卷四）前半四句。本集「欣」作「開」。後半四句爲：「未能扶畢卓，猶足舞王戎。仙人一捧露，判不及杯中。」《校注》引任注：「上句入聲也。第二句第二字平聲也。第三句第二字平聲也。第四句第二字入聲也。」

⑭「日」前原有「與」字，《釋文》同，當爲衍字，今從興膳宏《譯注》删。

⑮「美」下原有「爲」字，《釋文》同。冠注：「『美』下『爲』字恐衍。」今删。《校注》引任注：「（爲）當係『惟』之誤。」

護腰①。護腰者，腰謂五字之中第三字也②。護者，上句之腰不宜與下句之腰同聲。然同去上入則不可，用平聲無妨也。庾信詩云：「誰言氣蓋代，晨起帳中歌。」「氣」「帳」是也③。

向上相承④。謝康樂詩曰：「溪林壑斂暝色⑤，雲霞收夕霏。」又王維詩云：「積水不可極，安知滄海東⑥。」

向下相承⑦。王中書詩云：「待君竟不至，秋雁雙雙飛。」

【校注】

①「護腰」至「秋雁雙雙飛」，見《論》天卷《調聲》，以下仍爲元兢「調聲之術」。

②「護腰者」至「平聲無妨也」，《論》作大字正文。

③「氣帳是也」，爲《論》「氣是第三字，上句之腰也，帳亦第三字，是下句之腰，此爲不調。宜護其腰，慎勿如此也」數句意之概括，《論》作大字正文。

④「向上相承」，《論》作「三平向上承者」。

⑤「林」，當爲校字，《論》無。「瞑」，原作「瞑」，《釋文》同，據《論》改。

⑥「積水」二句，此爲王維《送秘書晁監還日本國》詩（《全唐詩》卷一二七）之首二句。《論》無此二句詩。此二句中上句全爲仄聲，下句除「海」字外，全爲平聲，故稱「向上相承」。又，《研究篇》下：「《眼心抄》向上相承例舉王維『積水不可極，安知滄海東』，時代不同，元兢《詩髓腦》中應該沒有。恐怕是大師後來任意追加的。」盛江案：王維此詩作於玄宗天寶十二載（七五三）送阿倍仲麻呂（晁衡）回日本國之時，然謂此詩爲空海任意追加則無據，疑元兢之後中土人所加。《補正》：「這可能相當於『目録』『十二十字側平調』的例句。」「十字側平調」不知何所指，若指此二句，則意是指十字中上句全側下句全平，故曰「側平調」。

⑦「向下相承」，《論》作「三平向下承者」。

夫用字有數般①。有輕，有重，有重中輕②，有輕中重，有雖重濁可用者③，有輕清不可用者，事須細律之。若用重字，即以輕字拂之便快也。

夫文章，第一字與第五字須輕清，聲即穩也④，其中三字縱重濁，亦無妨。如「高臺多悲風，朝日照北林」。若五字並輕，則脱略無所止泊處；若五字並重，則文章暗濁。事須輕重相間，仍須以聲律之。如「明月照積雪」，則「月」、「雪」相撥，及「羅衣何飄颻」，則「羅」、「何」相撥。亦不可不覺也。

或曰⑤：夫能文者，非謂四聲盡要流美，八病咸須避之，縱不拈二⑥，未爲深缺。即「羅衣何飄颻，長裾隨風還」⑦。此詩十字俱平⑧，雅調猶在，況其他句乎⑨？

【校注】

① 「夫用字有數般」至「亦不可不覺也」，見《論》南卷《論文意》引王昌齡《詩格》。興膳宏《譯注》：「這一段相當於目録的『十字側平調』。」盛江案：下引例詩「羅衣何飄颻，長裾隨風還」十字俱平，若指此二句，則「十字側平調」之「側」字不知何所指，亦未見十字俱側之例。

② 「有輕」三句，《釋文》作「有輕有二重二中輕」。

③「雖」，原作「輕」，《釋文》同。冠注：「有輕重濁，《論》作『有雖重濁』。」據《論》改。

④「聲」，原無，《釋文》同，據《論》補。

⑤「或曰」至「況其他句乎」，見《論》南卷《集論》引殷璠《河岳英靈集》。

⑥「拈」，原作「招」，《釋文》同，據《論》改。

⑦「裾」，《釋文》作「袂」。

⑧「此詩十字俱平」，《論》無。

⑨「他」，原脱，《釋文》同，據《論》補。此注《論》作大字正文。

八種韻①

一 連韻　二 疊韻　三 轉韻　四 疊連韻　五 擲韻　六 重字韻　七 同音韻　八 交鏁韻②

一，連韻。謂第五字與第十字同音，故曰連韻。湘東王詩曰：「嶰谷管新抽，淇園竹復修。作龍還葛水，爲馬向并州。」是爲佳也③。

二，疊韻。詩云：「看河水漠瀝，望野草蒼黄。露停君子樹，霜宿女姓薑④。」是爲美矣⑤。

三，轉韻。詩云：「蘭生不當門⑥，別是閑田草。夙被霜露欺⑦，紅榮已先老。謬接瑶華枝，結根君王池。顧無馨香美，叨沐清風吹⑧。餘芳若可佩，卒歲長相隨。」

四，疊連韻。詩云：「羈客意盤桓，流淚下闌干。雖對琴觴樂，煩情仍未歡。」此爲麗也。

五，擲韻。詩云：「不知羞，不敢留。但好去，莫相慮。孤客驚，百愁生。飯蔬簞食⑨，樂道忘饑，陋巷不疲。」又：「不知羞，不肯留。集麗城，夜啼聲。出長安，過上蘭。指楊都，越江湖。念邯鄲，忘朝飡。但好去，莫相慮。」

六，重字韻。詩云：「望野草青青，臨河水活活。斜峰纜行舟，曲浦浮積沫⑩。」此爲善也。

七，同音韻。謂同音而字別也。詩云：「今朝是何夕，良人誰難覿。中心實憐愛，夜寐不安席。」此無妨也。

八，交鏁韻。王昌齡《秋興》詩云：「日暮此西堂，涼風洗脩木⑪。著書在南窗，門館常肅肅。苔草彌古亭，視聽轉幽獨⑫。或問予所營，刈黍就空谷⑬。」

【校注】

① 本節見《論》天卷《七種韻》，然《論》無「八交鏁韻」。《補正》：「《論》的總序目次有《八種韻》，可能當初預定抄出《八種韻》的全目，但《論》的本文把它删去（「三轉韻」詩例李白《贈友人》詩包含「交鏁韻」，也許因此認爲即使不加「交鏁韻」也可以）。」

② 以上注《論》作大字正文，無「一」、「二」類數碼。本節注文《論》均作大字正文。

③ 「是」，《論》作「此」。

④ 「姓」，疑爲「娃」之訛。《補正》：「『女姓薑』可能爲『女貞橿』之訛。『女貞』一名『冬青』。橿，《廣韻》：『一名「橿」，

萬年木。』」興膳宏《譯注》以爲當作「生」。參《論》此節校記。

⑤「是」，《論》作「此」。

⑥「門」，《李白集校注》作「户」。

⑦「夙」，原作「風」，《釋文》同，據《李白集校注》改。

⑧「沐」，原作「沬」，《釋文》同，據《李白集校注》改。

⑨「簞食」下《釋文》有「朝飡」二字，冠注：「『簞食』下一有『朝飡』二字，衍。」

⑩「積」，《釋文》作「積」。

⑪「洗」，《釋文》作「洗」。

⑫「聽」，《釋文》作「聽」。

⑬「黍」，原作「黎」，《釋文》同，據《全唐詩》改。

六義①

一風　二賦　三比　四興　五雅　六頌②

一，風。風者③，一國之教謂之風④。《關雎》、《麟趾》之化，王者之風也。《鵲巢》、《騶虞》之德，諸侯之風也⑤。或云⑥：「天地之號令曰風。上之化下，猶風之靡草，行春令則和風生⑦，行秋令則寒風殺，言君臣不可輕其風也⑧。」

二，賦。賦者⑨，布也。匠事布文⑩，以寫情也。或云⑪：「賦者，錯雜萬物，謂之賦也。」

三，比。比者⑫，直取外象以興之⑬，「西北有浮雲」之類是也⑭。或云⑮：「比者，直比其身，謂之比假⑯，如『關關雎鳩』之類是也。」

四，興。興者⑰，立象於前，後以人事論之，《關雎》之類是也。或云⑱：「興者，指物及比其身説之爲興⑲，蓋託諭謂之興也。」

五，雅。雅者⑳，正四方之風謂雅。正有小大，故有大小雅焉。或云㉑：「雅者，正也。言其雅言典切，爲之雅也。」

六，頌。頌者㉒，讚也。讚歎其功，謂之頌也。或云㉓：「頌者，容也。美盛德之形容，以其成功告於神明也。」古人云：「頌者，敷陳似賦，而不華侈，恭慎如銘，而異規誡。」以六義爲本，散乎情性，有君臣諷刺之道焉，有父子兄弟朋友規正之義焉㉔。降及遊覽答贈之例，各於一道，全其雅正。

【校注】

① 本節見《論》地卷《六義》。

② 以上注《論》作大字正文。

③ 「風者」，《論》無。

④「一」上《論》有「體」字。

⑤「侯」下《釋文》有「之德侯」三字，當爲衍字。

⑥「或」，《論》作「王」。

⑦「則」，《釋文》作「則」。

⑧「臣不」，《釋文》作「臣不」。

⑨「賦」上《論》有「皎曰」二字。

⑩「匠」，《補正》：「匠事，疑爲『象事』之訛。」當從《詩中密旨》作「象」。

⑪「或」，《論》作「王」。

⑫「比」上《論》有「皎云」二字。

⑬「直」，《論》作「全」。

⑭「之」，《論》無。

⑮「或」，《論》作「王」。

⑯「假」，《釋文》作「假」。

⑰「興」上《論》有「皎曰」二字。

⑱「或」，《論》作「王」。

⑲「及」，原作「反」，《釋文》同，據《論》改。

⑳「雅」上《論》有「皎曰」二字。

㉑「或」，《論》作「王」。

㉒「頌」上《論》有「王云」二字。

㉓「或」，《論》作「皎」。

㉔「子」，《釋文》作「予」。冠注：「『子』一作『予』，恐誤。」

十七勢①

一，直把入作勢②。謂依所題目，入頭便直把是也③。寄人詩云：「與君遠相知，不道雲海深④。」又《送別》詩云：「春江愁送君，蕙草生氛氳。」又⑤：「通經彼上人，無跡任勤苦。」又⑥：「鄭公應棲遑，五十頭盡白⑦。」又⑧：「河口餞南客，進帆清江水。」又⑨：「顧侯體明德，清風肅已邁。」

二，都商量入作勢⑩。謂以入頭兩句平商量其道理，第三第四第五句入作是也⑪。「大賢本孤立⑫，有時起經綸⑬。伯父自天稟，元功載生人。」是第三句入作。又⑭：「天人俟明略，益稷分堯心。利器必先舉，非賢安可任。吾兄執嚴憲，時佐能鈎深。」此第五句入作⑮。

三，直樹一句，第二句入作勢⑯。謂題目外直樹一句景物當時者，第二句始言題目意是也⑰。《登城懷古》詩云⑱：「林藪空蒼茫⑲，登城遂懷古。」又⑳：「黄葉亂秋雨㉑，空齋愁暮心㉒。」又㉓：「楓橘延海岸㉔，客帆歸富春。」又㉕：「寒江映村林，亭上納高潔。」

【校注】

① 此題以下至「十七心期落句勢」「此心復何已新月清江長李湛」，見《論》地卷《十七勢》。

② 「入作」，原無，《釋文》同，據「目録」及《論》補。

③ 此注《論》作大字正文。

④ 「與君」二句，此王昌齡《寄驩州》詩。以下《論》之例詩尚有其《見譴至伊水》：「得罪由己招，本性易然諾。」

⑤ 「又」，《論》作「又題上人房詩」。

⑥ 「又」，《論》作「又如高適云」。

⑦ 「公」，《論》作「侯」。「盡」，《論》作「垂」。

⑧ 「又」，《論》作「又如送別詩云」。

⑨ 「又」，《論》作「又如陸士衡云」。

⑩ 「入作」，原無，《釋文》同，據《論》補。

⑪ 此注《論》作大字正文。

⑫ 「大」上《論》有「昌齡上同州使君伯詩言」。「本」，《釋文》作「本」。

⑬ 「經」，《論》作「絲」。

⑭ 「又」，《論》作「又上侍御七兄詩云」。

⑮「此第五句入作」，《論》作「此是第五句入作勢也」。

⑯「二」下原無「句」字，「作」下原無「勢」字，《釋文》同，據《論》補。

⑰此注《論》作大字正文，「謂」字無。「謂題」，《釋文》作「謂題」。

⑱「詩」下《論》有「入頭便」三字。

⑲「空」，《釋文》作「空」，《論》作「寒」。

⑳「又」，《論》作「又客舍秋霖呈席姨夫詩云」。

㉑「葉」，《釋文》作「葉」。

㉒此例詩下《論》尚有例詩「孤煙曳長林，春水聊一望」。

㉓「又」，《論》作「又送鄢賁覲省江東詩云」。

㉔「橘延」，《釋文》作「橘延」。

㉕「又」，《論》作「宴南亭詩云」。

四，直樹兩句，第三句入作①。題目外直樹兩句景物，第三句始入題目意是②。《留別》詩云③：「桑林映陂水，雨過宛城西。留醉楚山別，陰雲暮淒淒。」

五，直樹三句，第四句入作④。謂之題目外直樹三句景物⑤，第四句始入作題目意是也⑥。詩云⑦：「殺氣凝不流，風悲日彩寒。

浮埃起四遠，遊子彌不歡⑧。」又云⑨：「春煙桑柘林，落日隱荒墅。泱漭平原夕，清吟久延佇。故人家於此⑩，招我漁樵所。」此第五句入作，恐爛不佳⑪。

六，比興入作⑫。遇物如本立文之意，便直樹兩三句，然以本意入作比興是也⑬。詩云⑭：「青冥孤雲去，終當暮歸山。志士杖苦節，何時見龍顏。」又云：「眇默客子魂，倏鑠川上暉。還雲慘知暮，九月仍未歸。」又：「遷客又相送，風悲蟬更號。」又崔曙詩云：「夜臺一閉無時盡，逝水東流何處還。」又鮑照詩云⑮：「鹿鳴思深草，蟬鳴隱高枝。心自有所懷⑯，傍人那得知。」

【校注】

①「作」下《論》有「勢」字。

②此注《論》作大字正文，「入」下有「作」字。

③「留」上《論》有「昌齡」二字。

④「作」下《論》有「勢」字。

⑤「謂之」，《論》作「亦有」。「之」，《釋文》作「之」，當爲衍字。「三句景物」，《論》作「景物三句」。「三句」，原作「兩句」，《釋文》同，從《論》作「三句」。

⑥「四句」，原作「三句」，《釋文》同，從《論》作「四句」。此句乃概括《論》引《十七勢》之意而成，非《十七勢》之原句，

詳參《論》此句。此注《論》作大字正文。

⑦「詩云」，《論》作「昌齡代扶風主人答云」。

⑧「歡」下《論》有「此是第四句入作勢」。

⑨「又云」，《論》作「又旅次盩厔過韓七別業詩云」。

⑩「此」，《論》作「茲」。

⑪「此第五句入作恐爛不佳」，《論》作「此是第五句入作勢」。「恐爛不佳」，《論》在第一首例詩之前。「爛」，原作「紐」，《釋文》作「紐」，據《論》改。此注《論》作大字正文。

⑫「作」下《論》有「勢」字。

⑬此注《論》作大字正文，「句」下有「物」字，「然」下有「後」字。

⑭「詩云」，《論》作「昌齡贈李侍御詩云」。

⑮「照」，各本作「昭」，「昭」通「照」。「詩」，原無，《釋文》同，據《論》補。

⑯「懷」，《論》作「疑」。冠注：「懷，《論》作『疑』，恐誤。」

七，謎比勢①。

今詞人不悟有作者意，依古勢有例②。《送李邕之秦》詩云③：「別怨秦楚深，江中秋雲起。言別怨與秦、楚之深遠也。別怨起自楚地，既別之後，恐長不見，或偶然而會，以此不定，如雲起上騰於青冥，從風飄蕩，不可復歸其起處，或偶然而歸爾。天長夢無隔，月映在寒水。」天雖長④，其夢不隔。夜中夢見，疑由相會，有如別，忽覺，乃各一方，不相見⑤，如月影在水，至曙，水月亦了不見矣。

八，下句拂上句⑥。上句説意不快，以下句勢拂之，令意通⑦。詩云⑧：「夜聞木葉落，疑是洞庭秋。」又云⑨：「微雨隨雲收，濛濛傍山去。」又：「曠野饒悲風，颼颼黄蒿草⑩。」又⑪：「海鶴時獨飛，永然滄洲意。」

九，感興勢。人心至感，必有應説，物色萬象，爽然有如感會。亦有其例⑫。詩云：「泠泠七絃遍，萬木澄幽音。能使江月白，又令江水深。」又王維《哭殷四》詩云：「泱漭寒郊外，蕭條聞哭聲。愁雲爲蒼茫，飛鳥不能鳴。」

【校注】

①「謎」，各本作「譴」。冠注：「『譴』恐『謎』歟。」據「目録」改。

②此注《論》作大字正文。

③「詩云」，《釋文》作「□□」。

④「天雖長」，《論》作「雖天長」。

⑤「不相見」，《論》作「互不相見」。

⑥「上句」下《論》有「勢」字。

⑦此注《論》作大字正文。

⑧「詩云」，《論》作「古詩云」。

⑨「又云」，《論》作「昌齡云」。

⑩「曠野」二句，《論》無。此爲王昌齡《長歌行》（《全唐詩》卷一四〇）前二句。「颼颼」，《全唐詩》作「颼颼」。

⑪「又」，《論》作「又云」。

⑫此注《論》作大字正文。

十，含思落句勢。每至落句，常須含思，不得令語盡意窮，云云①。《送別》詩云②：「醉後不能語，鄉山雨雰雰。」又落句云③：「日夕辨靈藥，空山松桂香④。」

十一，相分明勢。若上句説事未出，以下一句助之，令分明出其意也⑤。詩云⑥：「雲歸石壁盡，月照霜林清。」李湛⑦。又云⑧：「田家收已盡，蒼蒼唯白茅。」崔曙⑨。

十二，一句中分勢。「海清月色真。」

十三，一句直比勢。「相思河水流。」

十四，生殺迴薄⑩。前説意悲涼，後以推命破之，前説世路矜驕榮寵，後以至空之理破之是⑪。

【校注】

①此注《論》作大字正文，「意」作「思」。

②「送」上《論》有「昌齡」二字。

③「又落句云」，原作雙行小字注，《釋文》同，據體例改。

④「日夕」二句下《論》尚有「墟落有懷縣」二句例詩。又，《論》此節「此心復何已，新月清江長」二句例詩被移至「心期落句勢」。

⑤此注《論》作大字正文。

⑥「詩云」，《論》作「李湛詩云」。

⑦「李湛」，《論》在例詩前。

⑧「又云」，《論》作「崔曙詩云」。

⑨「崔曙」，《論》在例詩前。

⑩「薄」下《論》有「勢」字。

⑪此注《論》作大字正文，「破之是」作「破之入道是也」。

十五，理入景勢。理欲入景勢，皆須引理語，入地及居處，所在便論之，其景與理不相愜，理通無味①。詩云②：「時與醉林壑，因之惰農桑③。槐煙稍含夜④，樓月深蒼茫。」

十六，景入理勢。凡景語入理語，皆須相愜，當收意緊，不可正言。景語勢收之便論理語，無相管攝。方今人皆不作意，慎之⑤。詩云：「桑葉下墟落，鵾鷄鳴渚田。物情遽衰索⑥，吾道方淵然。」

十七，心期落句勢。謂心有所期是也⑦。詩云⑧：「青桂華未吐，江中獨鳴琴。」言青桂華吐之時，期得相見。華既未吐，未相見⑨，所以江中獨鳴琴。又云⑩：「還舟望炎海，楚葉下秋水。」言秋至方始還⑪，此《送友人之安南》也。又：「此心復何已，新月清江長⑫。」李湛。

【校注】

① 此注《論》作大字正文。冠注：「『地』上《論》有『一』字。」

② 「詩云」，《論》作「昌齡詩云」。

③ 「惰」，《論》作「墮」。

④ 「夜」，《釋文》無。

⑤ 此注《論》作大字正文。

⑥ 「遽」，《論》作「每」。「索」，《論》作「極」。

⑦ 此注《論》作大字正文，「謂」無。

⑧ 「詩云」，《論》作「昌齡詩云」。

⑨ 「未相見」，《論》作「即未相見」。

⑩「又云」，《論》作「又詩云」。

⑪「秋至」，《論》作「至秋」。

⑫此二句例詩引自《論》「第十含思落句勢」。

十四例①

一，重疊用事之例。「浄宫鄰博望，香刹對承華。」

二，上句用事，下句以事成之例②。「子玉之敗，屢增惟塵③。」

三，立興以意成之例④。「營營青蠅，止于樊⑤。愷悌君子，無信讒言。」又：「明月照高樓，流光正徘徊。上有愁思婦，悲歎有餘哀。」

四，雙立興以意成之例⑥。「鼓鐘鏘鏘，淮水蕩蕩，憂心且傷。」又：「青青陵上柏，磊磊澗中石。人生天地間，忽如遠行客。」

五，上句古⑦，下句以即事偶之例。「昔聞汾水遊，今見塵外鑣⑧。」

六，上句意，下句以意成之例⑨。「假樂君子，顯顯令德。宜民宜人，受禄于天。」

七，上句體物，下句以狀成之例⑩。「朔風吹飛雨，蕭條江上來。」

【校注】

① 本節見《論》地卷《十四例》。
② 「之例」，原無，《釋文》同，據體例及《論》補。
③ 「增」，原作「憎」，《釋文》同，據《論》改。
④ 「之例」，原無，《釋文》同，據體例及《論》補。
⑤ 「樊」，《釋文》作「焚」。
⑥ 「之例」，原無，《釋文》同，據體例及《論》補。
⑦ 「古」，《釋文》作「左」。
⑧ 「鑣」，原作「鏕」，《釋文》同，據《文選》改。
⑨ 「之例」，原無，《釋文》同，據體例及《論》補。
⑩ 「之例」，原無，《釋文》同，據體例及《論》補。

八，上體時下以狀成之例①。「昏旦變氣候，山水含清暉。」

九，上事下意成之例②。「雖無玄豹姿，終隱南山霧。」

十，當句以物色成之例③。「明月照積雪，朔風勁且哀。」

十一，立比成之例④。「餘霞散成綺，澄江浄如練。」

十二，覆意之例⑤。「延州協心許，楚老惜蘭芳。解劍竟何及⑥，撫墳徒自傷。」

十三，疊語之例⑦。「故人心尚爾，故心人不見。」又：「既爲風所開，還爲風所落。」

十四，輕重錯謬之例⑧。陳王之誄武帝⑨，遂稱「尊靈永蟄」⑩。又孫楚之哀人臣，乃云「奄忽登遐」。

【校注】

①「上」，《論》作「上句」。「下」，《論》作「下句」。「之例」，原無，《釋文》同，據體例及《論》補。

②「上事」，《論》作「上句用事」。「下意」，《論》作「下句以意」。「成之例」，原無，《釋文》同，據體例及《論》補。

③「之例」，原無，《釋文》同，據體例及《論》補。

④「之例」，原無，《釋文》同，據體例及《論》補。

⑤「之」，原無，《釋文》同，據體例及《論》補。

⑥「竟」，《釋文》作「意」。冠注：「『竟』一作『意』，恐誤。」

⑦「之」，原無，《釋文》同，據體例及《論》補。

⑧「之例」，原無，《釋文》同，據體例及《論》補。

⑨「誄」，原作「誅」，《釋文》同，據《論》改。

⑩「稱」，《釋文》無。冠注：「『稱』字一無，恐脱。」

二十七體①

一，形似體②。謂貌其形而得其似，可以妙求，難以粗測者是③。詩云：「風華無定影，露竹有餘清。」又：「映浦樹疑浮，入雲峰似截④。」

二，質氣體。謂有質骨而作志氣者是⑤。「霧峰黯無色⑥，霜旗凍不翻。雪覆白登道，冰塞黄河源。」

三，情理體。謂抒情以入理者是⑦。「遊禽知暮返⑧，行人獨未歸。」又：「四鄰不相識，自然成掩扉。」

四，直置體。謂直書其事置之於句者是⑨。「馬銜苜蓿葉，劍瑩鸊鵜膏⑩。」又：「隱隱山分地，滄滄海接天。」

五，雕藻體。謂以凡事理而雕藻之，成於妍麗，如絲彩之錯綜，金鐵之砥練是⑪。「岸緑開河柳，池紅照海榴。」又：「華志怯馳年，韶顔慘驚節⑫。」

六，映帶體。謂以事意相愜，複而用之者是⑬。「露華如濯錦⑭，泉月似沈珠。」此言華似錦⑮，月似珠，自昔通規矣。然蜀有濯錦川，漢有明珠浦，故特以爲映帶。

又：「侵雲蹀征騎，帶月倚雕弓。」「雲」「騎」與「月」「弓」，此複用，此映帶之類也。又：「野桃臨遠騎⑯，垂柳映連營。」

七，飛動體。謂詞若飛騰而動是⑰。「流波將月去，湖水帶星來。」又：「月光隨浪動，山影逐波流⑱。」

八，婉轉體。謂屈曲其詞，婉轉成句是⑲。「歌前日照梁，舞處塵生襪。」又：「泛色松煙舉，凝華菊露滋。」

九，清切體。謂詞清而切者是⑳。「寒葭凝露色，落葉動秋聲。」又：「猿聲出峽斷，月彩落江寒。」

十，菁華體。謂得其精而忘其粗是㉑。「青田未矯翰㉒，丹穴欲乘風㉓。」又：「曲沼疎秋蓋，長林卷夏帷。」「曲沼」，池。又：「積翠徹深潭，舒丹明淺瀨。」「丹」即霞，「翠」即煙也。今祇言「丹」、「翠」，即可知煙、霞之義。

【校注】

① 《論》無此名稱。「目録」作「二十七種體」。各體分見於《論》地卷、南卷、北卷。冠注：「二十七體之中，初十體在《論》第二（地卷），後十七體在《論》第四（南卷）。」盛江案：後十七體中，第二十五「昇降體」及第二十六「單複體」，摘自《論》北卷《論對屬》。第二十七「問答體」爲新加之體。

② 「一形似體」至「十菁華體」，見《論》地卷《十體》。

③ 此注《論》作大字正文。

④ 「截」，《釋文》作「截」，《論》作「滅」。

⑤ 此注《論》作大字正文。

⑥ 「峰」，《釋文》作「峰」。

⑦ 此注《論》作大字正文。

⑧「知暮」，《論》作「暮知」。
⑨此注《論》作大字正文。
⑩「鴨」，《補正》：「『鷗』爲是。」
⑪此注《論》作大字正文。
⑫「韶顏」，各本作「脂顏」，據《鮑參軍集》改。
⑬此注《論》作大字正文。
⑭「如」，《論》作「疑」。
⑮「言」，《論》作「意」。
⑯「野」，《論》作「舒」。《校勘記》：「『野』爲『舒』之誤。」
⑰此注《論》作大字正文。
⑱「逐」，原作「遂」，《釋文》同，據《論》改。
⑲此注《論》作大字正文。
⑳此注《論》作大字正文。
㉑此注《論》作大字正文。
㉒「翰」，《論》作「幹」。
㉓「風」，原作「鳳」，《釋文》作「鳳」，據《論》三寶、六寺本改。

十一，一句見意體①。古詩云：「日出而作，日入而息。鑿井而飲，耕田而食。」又云：「元首明哉，股肱良哉，庶事康哉。」

十二，兩句見意體。「關關雎鳩，在河之洲。」

十三，四句見意體②。「青青陵上柏，磊磊澗中石。人生天地間，忽如遠行客。」又：「青青陵上松，飂飂谷中風③。風弦一何盛，松枝一何勁。」此詩從首至尾，唯論一事，以此不如古人也④。

十四，不難不辛苦體。「朝入譙郡界」，「左右望我軍」。

十五，上句意下句狀體。詩：「昏旦變氣候⑤，山水含清暉。」

十六，上句狀下句意體。詩：「蟬鳴空桑林，八月蕭關道⑥。」

十七，物色兼意體。詩：「竹聲先知秋。」又：「聽鷄知曉月，聞雁覺秋天⑦。」又：「見雨知心數，聞雷覺神通⑧。」

【校注】

①「十一一句見意體」至「二十四比興體」，内容摘自《論》南卷《論文意》引《詩格》，各體名目亦據《論》之内容自編而成。

②「體」，原無，據體例及「目録」補。

③「飂飂」，《論》作「颻颻」。

④此注《論》作大字正文。

⑤「旦」，《釋文》作「且」。

⑥「蕭」，原作「簫」，《釋文》同，據《論》醍甲、仁甲、義演本改。

⑦「聽鷄」二句，《論》無，詩題及作者未詳。

⑧「見雨」二句，《論》無，詩題及作者未詳。「數」，《釋文》作「數」。冠注：「心數無量，見雨知之；神通不測，聞雷覺之。」

十八，言物意不倚傍體。詩：「方塘涵清源，細柳夾道生①。」又：「方塘涵白水，中有鳧與雁。」又：「流水溢金塘。」「馬毛縮如蝟②。」又：「池塘生春草，園柳變鳴禽。」又：「青青河畔草。」「鬱鬱澗底松③。」是爲高手作④。

十九，言物意倚傍體。「餘霞散成綺，澄江浄如練。」如此之例，假物色比象，力弱不堪，此即中手之作也⑤。

二十，傑起險作，左穿右穴體。「古墓犁爲田，松柏摧爲薪。」「馬毛縮如蝟，角弓不可張。」「鑿井北陵隈，百丈不及泉。」又：「去時三十萬，獨自還長安。不信沙場苦⑥，君看刀箭瘢⑦。」

二十一，意闊心遠，以小納大之體。「振衣千仞岡，濯足萬里流。」古詩直言其事，不相映帶，此實高也⑧。

二十二，總道物色體⑨。「明月下山頭，天河横成樓。白雲千萬里，滄江朝夕流⑩。浦沙望如雪，松風聽似秋。不覺煙霞曙，華鳥亂芳洲。」並是物色，無安身處，不知何事如此。慎勿如此也⑪。

二十三，平意興成體⑫。「願子勵風規⑬，歸來振羽儀。嗟余今老病，此別恐長辭。」蓋無比興，一時之能也⑭。

二十四，比興體。「高臺多悲風，朝日照北林。」此曹子建之興也⑮。又：「中夜不能寐，謂時暗也。起坐彈鳴琴。憂來彈琴以自娱也。薄帷鑒明月，言小人在位，君子在野，蔽君猶如薄帷中映明月之光⑯。清風吹我襟。獨有其月以清懷也⑰。孤鴻號外野，翔鳥鳴北林。近小人也。」

【校注】

①「方塘」二句，《論》此二句顛倒，作「細柳夾道生，方塘涵清源」。

②「流水」二句，原以二句爲一聯，《釋文》同，而二句非出同一詩，參《論》考釋。《補正》：「這一條的例句均爲一聯，此二句可能前後各脱一句，而且上下間脱一『又』字。」「流」，《論》作「緑」。

③「青青」二句，原以二句爲一聯，《釋文》同，而二句非出同一詩，參《論》考釋。

④「是爲高手作」，《論》作「是其例也」，作大字正文。又，《論》南卷《論文意》引《詩格》有「如此之例，皆爲高手」。

⑤「如此之例」至「此即中手之作也」,《論》作「此皆假物色比象,力弱不堪也」,作大字正文。
⑥「苦」,《釋文》作「在」。
⑦「瘢」下《論》有「此爲例也」。
⑧此注《論》作大字正文。
⑨「體」,《釋文》作「詩」。
⑩「朝」,《釋文》作「約」。
⑪此注《論》作大字正文,「如此」下有「也」字,「慎勿如此也」無。「勿」,原作「□」,《釋文》同。《補正》:「『慎』下恐爲『勿』(無)字。」據《補正》及興膳宏《譯注》補。
⑫「平」,《校注》:「『平』,疑當作『憑』。」
⑬「願」,《釋文》作「顧」。
⑭此注《論》作大字正文。
⑮此注《論》作大字正文,「此」作「則」。
⑯「猶」,《釋文》作「□」。
⑰「月」,《論》作「日月」。

二十五,昇降體①。「寒雲山際起,悲風動林外。」「山際」在上句第三、第四言,是昇,「林外」在下句第四、第五字,是降。

二十六，單複體②。「日月揚光，慶雲爛色。」「日月」兩事，是複，「慶雲」一物，是單。

二十七，問答體③。詩云：「山中何所有，嶺上多白雲④。」又：「歸葬今何處，平陵起塚祠⑤。」又：「或問予所答，刈黎就空谷⑥。」又：「山僧無伴是何人，雲蓋葉帷瑩我神⑦。」

【校注】

① 此條摘自《論》北卷《論對屬》，名稱據文中「若其上昇下降」。

② 此條摘自《論》北卷《論對屬》，名稱據文中「前複後單」。

③ 此條《論》無，當爲編者自己所加。

④ 「山中」二句，此二句爲梁陶弘景《詔問山中何所有賦詩以答》（《陶隱居集》，《漢魏六朝百三名家集》，清光緒三年〔一八七七〕滇南唐氏壽考堂刊本）前二句。

⑤ 「歸葬」二句，詩題及撰者未詳。

⑥ 「或問」二句，出王昌齡《秋興》詩，已見《眼心抄》之《八種韻》中的「交鏁韻」。「黎」，原作「犂」，《釋文》同，據《眼心抄》之《八種韻》引文改。

⑦ 「山僧」二句，詩題及撰者未詳。

八　階①

一，詠物階。「雙眉學新綠，二瞼例輕紅②。」言摸出浪鳥③，字寫入華蟲。」又：「灑塵成細跡，點水作圓文。白銀華裹散，明珠葉上分。」

二，贈物階。「心貞如玉性，志潔若金爲④。託贈同心葉，因附合歡枝。」

三，述志階。「有鳥異孤鸞，無群飛獨漾⑤。鶴戲逐輕風，起響三台上⑥。」又：「丈夫懷慷慨，膽上湧波奔。祇將三尺劍，決構一朱門。」

四，寫心階。「命禮遺舟車，佇望談言志⑦。若值信來符，共子同琴瑟。」又：「插華華未歇，薰衣衣已香。望望遥心斷，悽悽愁切腸。」

五，返酬階。「盛夏盛光炎⑧，焦天焦氣烈。」又：「清階清溜瀉，涼户涼風入。」

六，讚毀階。「施朱桃惡彩，點黛柳慚色。」又：「皓雪已藏暉，凝霜方疊影。」

七，援寡階。「女蘿本細草，抽莖信不功。憑高出嶺上，假樹入雲中。」又：「愁臨玉臺鏡，淚垂金縷裙。」

八，和詩階。「華桃微散紅，萌蘭稍開紫⑨。客子情已多，春望復如此。」又：「風光摇隴麥，日華映林蕊。春情重以傷，歸念何由弭⑩。」

【校注】

① 本節見《論》地卷《八階》，然《論》原有説明均被删去，僅舉詩例。

② 「臉」，原作「瞼」，《釋文》同，從《校注》改。「輕」，《釋文》作「輊」。

③ 「言摸」，《釋文》作「□□」。冠注：「言摸，《論》作《言横》，恐誤。」《補正》：「『言摸』爲是。」

④ 「金」，《釋文》作「金」。

⑤ 「無群飛獨漾」，各本作「飛無群獨漾」，從維寶箋加地哲定注正之。

⑥ 「起響」，原作「聊起」，《釋文》同，據《論》改，參《論》考釋。《補正》：「可能《論》的原文爲『聊起響』，而一本將校字誤入本文寫作『起聊』，一本誤記作『聊起』，一本誤記爲『起響』。」

⑦ 「志」，《釋文》作「志」。

⑧ 「光炎」，《論》作「炎光」。

⑨ 「紫」，《釋文》作「蘂」。

⑩ 「念」，原作「命」，《釋文》同，據《論》改。

六 志①

直言 比附 寄懷 起賦 貶毀 讚譽

一。直言②。「緑葉霜中夏，紅華雪裏春。去馬不移跡，來車豈動輪。」《屏風》。

二。比附。「離情弦上急，别曲雁邊嘶。低雲百種鬱，垂露千行啼③。」《贈别》。

三。寄懷。「日月雖不照，馨香要自豐。有怨生幽地，無由逐遠風。」《幽蘭》。

四。起賦。「隱見通榮辱，行藏備卷舒。避席談曾子，趨庭誨伯魚。」《魯司寇》。

五。貶毀。「有意嫌千石，無心羨九卿④。且悦丘園好，何論冠蓋生。」《田家》。

六。讚譽。「宋臘何須説，虞姬未足談。頰態華翻愧，眉成月倒慚⑤。」《美人》。

【校注】

① 本節見《論》地卷《六志》，《論》原有説明，均全部删去，僅舉詩例。

② 《六志》各題《論》均作大字正文。

③ 「千行」，原作「幾千」，《釋文》同，據《論》江户刊本改。

④ 「卿」，《釋文》作「鄉」。

⑤ 「倒」，《論》作「例」。

二十九種對①

的名　隔句　雙擬　聯綿　互成　異類　賦體　雙聲　疊韻　迴文　意　平　奇　同字　聲　側　鄰近　交絡　當句　含境　背體　偏　雙虛實　假　切側　雙聲側　疊韻側　總不對對

一，的名對。「東圃青梅發，西園緑草開。砌下華徐去，階前絮緩來。」又云：「手披黄卷盡，目送白雲征。玉霜摧草色，金風斷雁聲。片雲愁近戍，半月隱遥城。」又：「雲光鬢裏薄，月影扇中新。年華與妝面②，共作一芳春。」落句雖無對，但結成上意而已，自餘皆放此最爲上③。又：「鮮光葉上動，艷彩華中出。疎桐映蘭閣，密柳蓋荷池。」又：「日月光天德，山河壯帝居。」有虚名實名，上對實名④。又：「恒斂千金笑，長垂雙玉啼。」又若堯年、舜日，如上用松桂，下用蓬蒿，此非正對⑤。

二，隔句對。「昨夜越溪難，含悲赴上蘭。今朝逾嶺易，抱笑入長安。」又：「相思復相憶，夜夜淚霑衣。空悲亦空歎，朝朝君未歸。」又：「月映茱萸錦，艷起桃華頰。風發蒲桃繡，香生雲母帖⑥。」又：「翠華翠叢外⑦，單蜂拾蕊歸。芳園芳樹裏⑧，雙燕歷華飛。」又：「始見西南樓，纖纖如玉鉤。末映東北墀⑨，娟娟似蛾眉。」

【校注】

① 本節見《論》東卷《二十九種對》，然《論》之説明多被删，基本上祇舉例詩。

② 「妝」，原作「壯」，《釋文》同，據《全唐詩》改。

③ 此注《論》作大字正文，「餘」作「餘詩」。

④ 此注《論》作大字正文，最後一「名」字下有「也」字。

⑤ 此注《論》作大字正文，「上」作「上句」，「下」作「下句」，「正對」作「正對也」。又，「如上用松桂」以下祇是《論》之節録。

⑥「帖」，原作「怗」，據《釋文》改。

⑦「華」，《論》作「苑」。冠注：「翠華，《論》作『翠苑』，似是。」

⑧「裏」，《釋文》作「動」。冠注：「『裏』一作『動』，恐誤。」《補正》：「『裏』爲是，『動』與『外』不成對偶。」

⑨「末」，原作「未」，《釋文》同，據《論》改。

三，雙擬對①。「夏暑夏不衰，秋陰秋未歸。炎至炎難卻，涼消涼易追。」又：「乍行乍理鬢②，或笑或看衣③。」又：「結萼結華初，飛嵐飛葉始。」又：「可聞不可見，能重復能輕。」又：「議月眉欺月，論華頰勝華。」或春樹春華④，秋池秋日；琴命清琴⑤，酒追佳酒；思君念君，千處萬處。如此之類，亦是也⑥。

四，聯綿對⑦。「看山山已峻，望水水仍清。聽蟬蟬響急，思卿卿別情。」又：「嫩荷荷似頰⑧，殘河河似帶。初月月如眉。」又：「煙離離萬代，雨絶絶千年⑨。」又：「望日日已晚，懷人人不歸。」又：「霏霏斂夕霧，赫赫吐晨曦。軒軒多秀氣，奕奕有光儀。」或朝朝、夜夜，灼灼、菁菁，堂堂、巍巍。如此之類，亦是也⑩。

【校注】

①「對」，原無，《釋文》同，據體例補。

②「鬢」，《論》作「髮」。冠注：「鬢，《論》作『髮』，似是。」

③「看衣」，維寶箋：「看衣，恐『着衣』歟。」

④「或」，《論》作「或曰」。

⑤「清琴」，《釋文》無。冠注：「琴命清琴（一作「命琴」），恐脱。」《補正》：「《冠注》本的本文爲是，『命琴酒，追佳酒』不是雙擬之例。」

⑥「亦是也」，《論》作「名曰雙擬對」。此注《論》作大字正文。

⑦「對」，原無，《釋文》同，據體例補。

⑧「嫩」，原作「嬾」，《釋文》同，據《論》寶壽、六寺本改。《補正》：「這一例句爲三句，和其他例句作二句不合。宮本『殘』之右注『淺歟』，又，『殘河』句之右注『一本以上五句注也』，可能起初抄出『嫩荷荷似頰，初月月如眉，釋曰云云』，但別書有『淺河河似帶，初月月如眉』的類似的句子，因此把它附録於『殘河』句右。（《論》的釋文未言及「淺河河似帶」句。又，推測和這一條同源的唐上官儀「八對」有「五曰聯綿對。殘河若帶，初月如眉，是也」（《詩人玉屑》卷七引）。）」

⑨「雨」，《釋文》作「隔」。

⑩此注《論》作大字正文，「或」作「或曰」，「亦是也」作「名聯綿對」，文字有諸多省略。

五，互成對①。「天地心間静，日月眼中明。麟鳳千年貴，金銀一代榮。」又：「玉釵丹翠纏，象榻金銀鏤。」「青昳丹碧度②，輕霧歷簷飛。」又：「歲時傷道路，親友念東西。」

六，異類對③。天、山，雲、微，鳥、華，風、樹，如此之類，即是也④。「天清白雲外，山峻紫微中。鳥飛隨去影，華落逐摇風。」上「天」下「山」，非敵體，「白雲」、「紫微」，「鳥」、「華」，「去影」、「摇風」，亦非敵體，此名異類⑤。又：「風織池間字，蟲穿葉上文。」又：「鯉躍排荷戲，燕舞拂泥飛。」「琴上丹花拂，酒側黄鸝度。」又：「離堂思琴瑟，别路繞山川。」又以「早朝」偶「故人」，非類是也。或「來禽」、「去獸」，「殘月」、「初霞」，如此之類，即是也⑥。

【校注】

① 「對」，原無，《釋文》同，據體例補。

② 「昳」，原作「□」，《釋文》同。冠注：「□，《論》作『映』。」盛江案：《論》宫内廳本等實作「昳」，據改。

③ 「對」，原無，《釋文》同，據體例補。

④ 此注爲《論》之説明之概括，《論》作大字正文。「天山雲微鳥華風樹」，《釋文》無「微」、「華」二字。冠注：「夾注『微』字『華』字一無，恐脱。」《補正》：「没有『微』、『華』字不是誤脱，此注《論》承『天清白雲外』四句，歸納爲『上句安天，下句安山；上句安雲，下句安微；上句安鳥，下句安華；上句安風，下句安樹』，但是，宫内府本、三寶院本没有『上句安雲，下句安微』二句，和山田本相同。（「上句安雲，下句安微」指例句「天清白雲外，山峻紫微中」，這裏「白雲」「紫微」成對，但「雲」「微」不成對。）一本没有這二句，是因爲草本把這二句删去了。」

⑤ 此注《論》作大字正文，前一「敵」字《釋文》作「的」。

⑥「或來禽」以下，概括元兢對「異對」之說明，《論》作大字正文。

七，賦體對①。或首重字，或首疊韻，或腹疊韻，或首雙聲，或腹雙聲，如此之類，即是也②。

首重字：「裛裛樹驚風，麗麗雲蔽月。」「皎皎夜蟬鳴，朧朧曉光發。」腹重：「漢月朝朝暗，胡風夜夜寒。」尾重：「月蔽雲曬曬，風驚樹裛裛。」

首疊韻：「徘徊四顧望，悵悢獨心愁③。」腹疊：「君赴燕然戍，妾坐逍遥樓。」尾疊④：「疎雲雨滴瀝，薄霧樹朦朧。」

首雙：「留連千里賓，獨待一年春。」腹雙：「我陟崎嶇嶺，君行嶢崅山。」尾雙：「妾意逐行雲，君身入暮門。」上字若重字，雙聲、疊韻，下句亦然。上句偏安，下句不安，即爲犯病⑤。

又：「團團月掛嶺，納納露霑衣。」頭。「華承滴滴露，風垂裛裛衣。」腹。「山風晚習習，水浪夕淫淫。」尾。

八，雙聲對⑥。「秋露香佳菊，春風馥麗蘭。」又：「颼飀歳陰曉，皎潔寒流清。」結交一顧重，然諾百金輕。」又：「五章紛冉弱，三冬粲陸離。」「悵望一途阻，參差百慮違。」「颼飀」、「皎潔」，即是雙聲，得對疊韻。「冉弱」、「陸離」，即是知雙聲，自得成對⑦。又：「洲渚遞縈映，樹石相因依。」或云：奇琴、精酒，妍月、好花，素雪、丹燈，翻蜂、度蝶，黃槐、綠柳，意憶、心思，對德、會賢，見君、接子，如此之類，名雙聲對⑧。

【校注】

① 「對」，原無，《釋文》同，據體例補。

② 此注《論》作大字正文，各「或」字下有「句」字。

③ 「悢」，原作「恨」，據《釋文》改。

④ 「疊」，《釋文》作「[疊]」。

⑤ 此注《論》作大字正文，「若」作「若有」，「病」下有「也」字。「疊」，《釋文》作「[疊]」。

⑥ 「對」，原無，《釋文》同，據體例補。

⑦ 此注《論》作大字正文，「知」無。

⑧ 此注《論》作大字正文，「或云」作「或曰」。冠注：「『或云』以下至『名雙聲對』，信範《悉曇》第一引之。」

九，疊韻對①。「放暢千般意，逍遥一箇心。漱流還枕石②，步月復彈琴。」又：「徘徊夜月滿，肅穆曉風清。此時一罇酒，無君徒自盈。」又：「鬱律構丹巘，稜層起青嶂。」或云③：徘徊、窈窕、眷戀、彷徨、放暢、心襟、逍遥、意氣、優遊、陵勝、放曠、虛無、矱酌、思惟、須臾④，如此之類，名曰疊韻⑤。

十，迴文對⑥。「情親由得意，得意遂情親⑦。新情終會故，會故亦經新⑧。」

十一，意對。「歲暮臨空房⑨，涼風起坐隅。寢興日已寒，白露生庭蕪。」又：「上堂拜嘉慶，入室問何之。日暮行採歸，物色桑榆時。」

十二，平對。青山、緑水。此平常之對，故曰平對⑩。

十三，奇對。馬頰河、熊耳山。如此之類，是也⑪。漆沮、四塞。「漆」與「四」是數，又兩字各是雙聲⑫。又如古人名，上句用曾參，下句用陳軫，「參」與「軫」者，同是二十八宿名⑬。

十四，同對。大谷、廣陵，薄雲、輕霧。如此之類，即是也⑭。

【校注】

① 「對」，原無，《釋文》同，據體例補。

② 「漱」，原作「嗽」，《釋文》同，據《論》改。

③ 「或云」，《論》作「筆札云」。冠注：「『或云』以下至『名曰疊韻』，信範《悉曇》第一引之。」

④ 「矱」，《釋文》作「□」。冠注：「『矱』字一無，依信範《抄》補。」《補正》：「矱酌，未見，可能是和『矍鑠』『矍踢』同義

疊韻連語。」

⑤「疊韻」，《論》作「疊韻對」。此注《論》作大字正文。

⑥「對」，原無，《釋文》同，據體例補。

⑦「得意得意」，《釋文》作「得ニ意ニ」。

⑧「會故會故」，《釋文》作「會ニ故ニ」。《補正》：「《論》的釋文作『顯頭新尾故』，『標上下之故新』，據此，此處當作『新情終會故，故會亦經新』。」

⑨「臨」，原作「望」，《釋文》作「望臨」，據《論》改。「空」，《釋文》作「空」。

⑩此注《論》作大字正文，「平對」作「平對也」。

⑪此注《論》無。

⑫「與四」，原作「即四」，《釋文》同，據《論》改。「雙聲」，《論》作「雙聲對」。

⑬此注《論》作大字正文。

⑭此注《論》無。

十五，字對。桂楫、荷戈。如此之類，即是也。或云：字對者，謂義別字對是①。又：「山椒架寒霧②，池篠韻涼飈。」「山椒」即山頂也。「池篠」，傍池竹也。此義別字對③。又：「何用金扉敞④，終醉石崇家⑤。」「金扉」、「石家」即是⑥。又：「原風振平楚，野雪被長菅。」即「菅」與「楚」爲字對。

十六，聲對。曉路、秋霜。「路」是道路，與「霜」非對，以其與「露」同聲故。或曰：聲對者，謂字義俱別，聲作對是⑦。詩云：「彤騶初驚路，白簡未含霜。」「路」是途路，聲與天「露」同⑧，故將以對「霜」。又：「初蟬韻高柳，密蔦掛深松。」「蔦」，草屬，聲與天「飛鳥」同，故以對「蟬」⑨。

十七，側對。亦名字側對⑩。謂字義俱別，形體半同是⑪。馮翊、地名，在右輔⑫。龍首。山名，在西京⑬。又：泉流、赤峰。如此之類，是也⑭。詩云：「忘懷接英彥，申勸引桂酒。」「英彥」與「桂酒」，即字義全別，然形體半同是⑮。又：「玉雞清五洛，瑞雉映三秦。」「玉」、「瑞」是也⑯。又：「桓山分羽翼，荊樹折枝條。」「桓」、「荊」是也⑰。

十八，鄰近對。「死生今忽異，歡娛竟不同。」又：「寒雲輕重色，秋水去來波。」上是義，下是正名也。此對大體似的名，的名窄，鄰近寬⑱。

十九，交絡對⑲。「出入三代，五百餘載⑳。」

二十，當句對㉑。「薰歇燼滅，光沉響絕。」

【校注】

① 此注概括《論》之説明而成，《論》作大字正文。

② 「椒」，原作「枻」，《釋文》同，據《論》改。

③此注《論》作大字正文。「椒」，原作「栤」，《釋文》同，據《論》改。
④「敞」，原作「敝」，《釋文》同，據《論》改。
⑤「石崇家」，《補正》：「從『金扉敞』相對來看，作『石家崇』爲是。注也作『金扉石家即是』。」
⑥此注《論》作大字正文，「家」作「崇」。
⑦「或曰」至「作對是」，《論》作大字正文。
⑧「與」，《論》作「即與」。「天」，《論》無。
⑨此注《論》作大字正文，「與」作「即與」，「天」無。《校勘記》：「『天』字涉上『天露』衍。」
⑩「亦」，《論》作「崔」。
⑪「謂字義」至「半同是」，《論》作大字正文。
⑫「右輔」，《論》作「右輔也」。
⑬「西京」，《論》作「西京也」。
⑭「如此之類是也」，《論》無。
⑮此注《論》作大字正文。
⑯此注《論》作大字正文，作「玉鷄與瑞雉是」。
⑰此注《論》作大字正文，作「桓山與荆樹是」。
⑱此注《論》作大字正文。「正名也此對」，各本作「正名此也對」。《補正》：「這是『上是義，下是正名也。此對大體似的名』之訛。」從《校勘記》等乙正。
⑲「對」，原無，《釋文》同，據體例補。

⑳「百」，原作「有」，《釋文》同，據《文選》改。

㉑「對」，原無，《釋文》同，據體例補。

二十一，含境對①。「悠遠長懷，寂寥無聲。」

二十二，背體對②。「進德智所拙，退耕力不任。」

二十三，偏對。「蕭蕭馬鳴，悠悠旆旌。」謂非極對也。又：「古墓犁爲田，松柏摧爲薪。」又：「亭皋木葉下，隴首秋雲飛。」全其文彩，不求至切，得非作者變通之意乎！若謂今人不然，沈給事詩有其例③。「春豫過靈沼，雲旗出鳳城。」此例多矣。但天然語，今雖虛亦對實，如古人以「芙蓉」偶「楊柳」，亦名聲類對④。

二十四，雙虛實對⑤。「故人雲雨散，空山來往疎。」此對當句義了，不同互成。

二十五，假對。「不獻胸中策，空歸海上山。」或有人以「推薦」偶「拂衣」之類是也⑥。

二十六，切側對⑦。謂精異粗同是⑧。「浮鐘宵響徹，飛鏡曉光斜。」「浮鐘」是鐘，「飛鏡」是月，謂理別文同是⑨。

二十七，雙聲側對⑩。謂字義別，雙聲來對是⑪。「華明金谷樹，葉映首山薇。」「金谷」、「首山」字義別，同雙聲對⑫。又：「翠微分雉堞⑬，丹氣隱簷楹。」「雉堞」對「簷楹」，亦雙聲側對。

【校注】

①「對」，原無，《釋文》同，據體例補。
②「對」，原無，《釋文》同，據體例補。
③此注《論》作大字正文。
④此注《論》作大字正文。「今」，《釋文》作「全」。
⑤「對」，原無，《釋文》同，據體例補。
⑥此注《論》作大字正文。
⑦「對」，原無，《釋文》同，據體例補。
⑧此注《論》作大字正文。
⑨此注《論》作大字正文。
⑩「對」，原無，《釋文》同，據體例補。
⑪此注《論》作大字正文。
⑫此注《論》作大字正文，「金谷首山」作「金谷與首山」。「聲」下原有「側」字，冠注：「『雙聲』下『側』字一無，恐脱。」《補正》：「『雙聲對』爲是，『雙聲側對』之『側』爲版本妄加。」據《釋文》删。
⑬「堞」，原作「蝶」，《釋文》同，據《論》改。

二十八，疊韻側對①。謂字義別，聲各疊韻對是②。「平生披黼帳，窈窕步華庭。」「平生」、「窈窕」是也③。又：「自得優遊趣，寧知聖政隆。」「優遊」與「聖政」，義非正對，字聲勢疊韻④。

或曰：夫爲文章詩賦，皆須屬對，不得令有跛眇者。跛者，謂前句雙聲，後句直語，或復空談。如此之例，名爲跛。眇者，謂前句物色，後句人名，或前句風空⑤，後句山水。如此之例，名眇。何者？風與空則無形而不見，山水則有蹤而可尋，以有形對無色。如此之例，名爲眇。今江東文人作詩，頭尾多有不對。詩云⑥：「俠客倦艱辛，夜出小平津⑦。馬色迷關吏，鷄鳴起戍人。露鮮華劍影，月照寶刀新。問我將何去？北海就孫賓。」此即首尾不對之詩，其有故不對者若之⑧。二十九，總不對對⑨。「平生少年日⑩，分手易前期。及爾同衰暮，非復别離時。勿言一樽酒，明日難共持。夢中不識路，何以慰相思？」此總不對之詩，如此作者，最爲佳妙。夫屬對法，非直風華竹木用事而已，若雙聲即雙聲對，疊韻即疊韻對⑪。

【校注】

① 「對」，原無，《釋文》同，據體例補。

② 此注《論》作大字正文。「聲」下原有「同」字，冠注：「『同』字一無，恐脱。」盛江案：「同」字當爲冠注以意校補，而實無據。今據《釋文》删。「各」，原作「名」，《釋文》同，當爲「各」之訛，今改。

③ 「也」，《論》無。

④ 此注《論》作大字正文。

⑤「句」下《論》有「語」字。
⑥「詩云」，《論》作「如」。
⑦「小」，原作「少」，《釋文》同，據《論》及《文苑英華》改。
⑧此注《論》作大字正文。
⑨「總不對對」，《論》作「總不對」。
⑩「平」上《論》有「如」字。
⑪此注《論》作大字正文。「直」，原作「真」，《釋文》同，從《校勘記》改。

七種言句例①

一言句者②：天，地。陰，陽。江，河。日，月。是也。
二言句者：天高，地卑③。露結，雲收。是。
三言句④：斟清酒，拍青琴。尋往信，訪來音。是。
四言句：朝燃獸炭，夜秉魚燈。宋臘已歌⑤，秦姬欲笑。是也。
五言句：霧開山有媚，雲閉日無光。燥塵籠野白，寒樹染村黄。是也。
六言句：訝桃華之似頰，笑柳葉之如眉。拔笙簧而數暖，促箏柱而劬移。
七言句⑥：素琴奏乎五三拍，緑酒傾乎一兩卮。忘言則貴於得趣，不樂則更待何爲⑦。

【校注】

①「七種言句例」，「目録」無。本節《論》作「筆札七種言句例」，見東卷。

②「者」，《論》作「例」，下同。

③「卑」，《論》作「下」。

④「句」下《論》有「例」字，下同。

⑤「臘」，原作「獵」，《釋文》同，當爲「臘」之訛，今改。

⑥「句」，《釋文》無。

⑦此下《論》尚有「八言句例」至「十一言句例」。

文二十八種病①

一，平頭。「芳時淑氣清，提壺臺上傾。」又：「山方翻類矩，波圓更若規。樹表看猿掛，林側望熊馳。」又：「朝雲晦初景，丹池晚飛雪。飄枝聚還散，吹楊凝且滅②。」又：「秋月照緑波，白雲隱星漢。」此即於理無嫌③。又：「榮曜秋菊，華茂春松。」賦、頌、銘、誄之病，一同此④。

二，上尾。或名土崩病。「西北有高樓，上與浮雲齊。」又：「可憐雙飛鳧，俱來下建章。一箇今依是，拂翮獨先翔。」又：「蕩子別倡樓，秋庭夜月華。桂葉侵雲長，輕光逐漢斜。」若以「家」代「樓」，此則無妨。又：「衰草蔓長河，寒木入雲煙。」又：「青青河畔草，綿綿思遠道。」此名連韻，非病也⑤。又：「四座且莫喧，願聽歌一言。」此其常，不爲病累⑥。又：「潛靈根於玄泉，擢英耀於清波。」銘、誄等亦同此⑦。又：「青雀西飛，《別鶴》東翔。《飲馬長城》，楚曲《明光》。」

土崩⑧。謂以平居五而不疊韻者，此與上尾同。「追涼遊竹林，對酒如調箏⑨。」「箏」字言「琴」即好⑩。又：「避熱暫追涼，攜琴入水宮⑪。」「宮」云「堂」乃妙⑫。

【校注】

① 「文二十八種病」以下至「二十八駢拇」，見《論》西卷《文二十八種病》。此處僅選擇性保留其例詩，簡要概括《論》之説明。又，《論》實際有三十種病，此處删去水渾、火滅二病。

② 「凝」，《釋文》作「疑」。

③ 此注《論》作大字正文，「嫌」作「嫌也」。

④ 此注《論》作大字正文，「此」作「此式」。

⑤ 此注《論》在「青青河畔草」例詩之前，作大字正文，作「唯連韻者，非病也」。

⑥ 此注《論》作大字正文，「常」作「常也」。

⑦ 此注《論》作大字正文，在「楚曲《明光》」句後。

⑧「土崩」，此條《論》無。
⑨「追涼」二句，詩題及撰者未詳。
⑩以「琴」代替「箏」字，則「琴」、「林」押韻，可避免上尾病。
⑪「避熱」二句，詩題及撰者未詳。
⑫以「堂」代替「宫」字，則「堂」、「涼」押韻，可避免上尾病。

三，蜂腰。二五相犯是也①。「青軒明月時，紫殿秋風日。曈曨引夕照，晻曖映容質②。」又：「聞君愛我甘，竊獨自雕飾。」或曰，平聲非病③。又：「常恐秋節至，涼風奪炎熱。」此其常④。又：「連城高且長。」用一他，多在第四⑤。又：「九州不足步。」用一平居二，其要⑥。又：「迢迢牽牛星。」又：「脈脈不得語。」此則不相廢⑦。又：「羅衣何飄颻，長裾隨風還⑧。」又：「冬節南食稻，春日復北翔。」此二四之犯，雖無的目，而甚於蜂腰⑨。

四，鶴膝。謂第五與第十五同聲，是⑩。「撥棹金陵渚⑪，遵流背城闕。浪蹙飛船影，山掛垂輪月。」上之犯⑫。又：「陟野看陽春，登樓望初節。緑池始霑裳，弱蘭未央結。」平之犯。王斌五字制鶴膝，十五字制蜂腰，並隨執用⑬。又：「新裂齊紈素，皎潔如霜雪。裁爲合歡扇，團團似明月。」去之犯⑭。又：「客從遠方來，遺我一書札。上言長相思，下言久離別。」亦平之犯。皆須次第相避，不得以四句爲斷⑮。又：「隴頭流水急，水急行難渡。」

半入隗囂營，傍侵酒泉路。心交贈寶刀，少婦裁紈袴。欲知别家久，戎衣今已故。」徐陵⑯。

【校注】

①此注爲《論》「蜂腰」條首段説明之概括，《論》作大字正文。

②「畯」，原作「畦」，《釋文》同，據《論》改。

③此注《論》作大字正文，「病」下有「也」字，爲元兢説。

④此注《論》作大字正文，「常」下有「也」字。

⑤此注《論》作「若四，平聲無居第四」。

⑥此注乃《論》説明之概括，《論》作大字正文，上詩例「九州不足步」在説明語中。

⑦此注《論》作大字正文，「廢」下有「也」字。

⑧「羅衣」二句，《論》無。

⑨此注爲《論》説明之概括，《論》作大字正文。「雖無」，《釋文》作「無顯」，《論》作「雖世無」。

⑩此注爲《論》「鶴膝」條首段説明之概括，《論》作大字正文。

⑪「撥」，《釋文》作「撥」。

⑫此注爲《論》説明之概括，指「影」字與「渚」字同上聲之犯，《論》作大字正文。

⑬此注《論》作大字正文，「平之犯」（指例詩「裳」、「春」同平聲之犯）無。

⑭此注爲《論》説明之概括，指「扇」字與「素」字同去聲之犯，《論》作大字正文。

⑮ 此注《論》作大字正文，「亦平之犯」、「須」無。

⑯ 此注《論》無。

五，大韻。謂本韻之外九字内用同韻字，是。或名觸絶病①。「紫翮拂華樹，黄鸝閑緑枝②。思君一歎息，啼淚應言垂。」又：「遊魚牽細藻，鳴禽哢好音。誰知遲暮節，悲吟傷寸心。」又：「涇渭揚濁清。」一句内犯者③。又：「良無盤石固，虚名復何益。」十字内犯④。或曰⑤：此病不足累文，如能避者彌佳，若立字要切，於文調暢，不可移者，不須避之。又除非故作疊韻⑥。觸絶⑦。謂趣有餘文觸絶正韻⑧，是。此即大韻同。「英桂浮香氣，通照碎簾光⑨。」「香」、「光」是⑩。又：「簾密明翻碎，雲趍轍倒行⑪。」「明」、「行」是⑫。

【校注】

① 此注爲《論》「蜂腰」條首段説明之概括，《論》作大字正文。下一「字」字，《釋文》作「□」。「触絶病」，《論》宫内廳本作「觸地病絶」，三寶院本等作「觸地病」。《補正》：「疑『觸地病』爲『觸絶病』之别名，也可能『地』爲『絶』之訛。」

② 「閑」，原作「開」，《釋文》同，據《論》改。

③ 此注《論》在例詩之前，作「若一句内犯者」，作大字正文。

④「十字内犯」,《論》在例詩之前,作「若十字内犯者」。

⑤「或曰」,《論》作「元氏曰」。

⑥此注編録《論》三處論述而成,《論》皆作大字正文。《論》此下尚有「此即不論」四字,《補正》:「《眼心抄》没有這四字可能是缺落。」

⑦此條《論》無。當爲「十規」即「十病」之一,疑出《筆札華梁》。

⑧「趣」,《釋文》作「趣」。「絶」,《釋文》作「□」。《補正》:「《冠注》『觸』下没有填空格,『觸絶』的名目,當據《淮南子·天文訓》『共工與顓頊争爲帝,怒而觸不周之山,天柱折,地維絶』。此病和大韻内容相同,本韻爲『天柱、地維』,除本韻外,九字中和本韻同韻的字看作共工,因而『觸』下是『絶』字,當訓作『餘文觸絶,正韻是』。『餘文』指除本韻之外的九字,『趣』爲衍字。」與膳宏《譯注》:「九字難讀。」

⑨「英桂」二句,詩題及撰者未詳。

⑩「香」爲陽韻,「光」爲唐韻,兩韻通用,故犯大韻。

⑪「簾密」二句,詩題及撰者未詳。

⑫「明」、「行」均爲庚韻,故犯大韻。

六、小韻。謂除韻以外,而有迭相犯者,是①。此病輕於大韻。近代不以爲累文②。或名傷音病③。「搴簾出户望,霜花朝瀁日。晨鶯傍杼飛,早燕挑軒出④。」又:「夜中無與語⑤,獨寤撫躬歎。唯慚一片月,流彩照南端。」又:「皇佐揚天惠。」此五字內犯者⑥。又：「嘉樹生朝陽，凝霜封其條⑦。」若故爲疊韻，兩字一處，於理得通。如「飄颻」、「徘徊」等，不是病。若相隔越，即不得耳⑧。

傷音⑨。謂不當是目中間自犯，是⑩。此即小韻同。「四鳥□憎見，三荆不用□⑪。」「□」、「荆」⑫。又：「弦心一往過，泉□萬行流⑬。」「弦」、「泉」⑭。

【校注】

①此注《論》作大字正文，在「小韻」首段開頭。

②「此病」二句爲元兢說，《論》作大字正文，在第二段。「此病」上《論》有「元氏曰」。

③「或名傷音病」，《論》在「第六小韻」標目之下。

④「挑」，興膳宏《譯注》附《眼心抄》作「排」。《補正》：「『排』爲是。」

⑤「語」，《釋文》作「語」，《論》作「悟」。

⑥此注《論》作大字正文，在例詩之前。

⑦「封」，《釋文》作「封」。

⑧此注《論》作大字正文，「飄颻」下有「窈窕」，「徘徊」下有「周流」，「病」作「病限」。

⑨此條《論》無。

⑩「謂不當是目中間自犯是」，《補正》：「這十字意思不明，恐有訛誤。這一病和『小韻』內容相同，因此可能和《論》『小韻』條『小韻者，五言詩十字中，除本韻以外，自相犯者』意思相同。所謂『是目』指『傷音病』，所謂『中間』指

『除本韻以外』的九字。也可能『是目』爲衍字，當作『謂不當中間自犯是』。」

⑪「四鳥」二句，詩題及撰者不詳。四鳥：《孔子家語·顔回篇》：孔子在衛，聞哭者之聲甚哀，問顔回，回答曰：此哭聲不僅爲死者，而且爲生離別者。孔子問其故，對曰：「回聞桓山之鳥，生四子焉，羽翼既成，將分於四海，其母悲鳴送之，哀聲有似於此，謂其往而不返也。回竊以音類而知之。」後因以「四鳥」喻離別之人。三荆：一株三枝的荆樹。周景式《孝子傳》：「古有兄弟，忽欲分異，出門見三荆同株，接葉連陰，歎曰：『木猶欣聚，況我而殊乎！』還爲雍和。」（《藝文類聚》卷八九）後以三荆喻同胞兄弟。晉陸機《豫章行》：「三荆歡同株，四鳥悲異林。」（《文選》卷二八）

⑫「□荆」，《補正》：「空格内未填字，可能這一例句表示五字内之犯，因此，『用』字下的『□』祇能是和『荆』同韻的字，假如填字，可能是『情』字吧。（「用」爲「同」之訛。）如果作『三荆不同情』，意思大體可通。」興膳宏《譯注》：「『荆』爲庚韻，上句空格中當也是庚韻字，或庚韻同用的耕、清韻的字。」

⑬「弦心」二句，詩題及撰者未詳。

⑭「弦」爲先韻，「泉」爲仙韻，二韻通用，故犯傷音病。《補正》：「句末有『弦泉』，因此可以推想這一例句表示十字内之犯。」

七，傍紐。亦名大紐。謂雙聲之犯，是。五字中犯最急，十字中犯稍寬①。或名爽切病②。正紐亦同此名③。「魚遊見風月，獸走畏傷蹄。」此五字中犯④。又：「雲生遮麗月，波動亂遊魚。涼風便入體，寒氣漸鑽膚。」又：「丈人且安坐⑤，梁塵將欲飛。」又：「壯哉帝王居，佳麗殊百城。」又：「俯觀陋室，宇宙六合，譬如四壁。」又：「元生愛皓月，或云：一韻之内，有隔字雙聲，是傍紐也。此病更輕於小韻，文人無以爲意者。又若不隔字而是雙聲，非病。如「阮氏願清風。取樂情無已，賞翫未能同⑥。」清切、從就、風表、月外、奇琴、精酒是⑦。

【校注】

①「謂雙聲之犯」至「十字中犯稍寬」，概括《論》之説明而成，《論》作大字正文。

②「或名爽切病」，《論》緊接在「亦名大紐」四字之下。

③「正紐亦同此名」，當據《論》「劉滔以雙聲爲正紐」句概括而成，《論》作大字正文。

④此注當根據《論》「釋曰」「五字中論大紐」句概括而成，《論》作大字正文。

⑤「丈」，《論》作「大」。

⑥「元生」四句，《論》在「雲生遮麗月」之上。

⑦此注係根據《論》引元兢説及劉善經引沈約説概括而成，《論》作大字正文。

八，正紐。亦名小紐。「壬」、「衽」、「任」、「入」爲一紐，一句之中，已有「壬」字，更不得安「衽」、「任」、「入」等字。或名爽切病①。「撫琴起和曲，疊管汎鳴驅。停軒未忍去，白日小踟蹰。」此十字中犯。又「踟蹰」兩字，雙聲犯也②。又：「曠野莽茫茫。」此五字之犯③。又：「心中肝如割，腸裏氣便燋。逢風迴無信，早雁轉成遥。」此五字中犯④。又：「我本漢家子，來嫁單于庭。」「家」、「嫁」是一紐之内，名雙聲⑤，名犯正紐者也。又：「貽我青銅鏡，結我羅裙裾。」「結」、「裾」是雙聲之傍，名犯傍紐。或云：正紐者，一韻之內，有一字四聲分爲兩處是。詩云：「輕霞落暮錦，流火散秋金。」「金」、「錦」、「禁」、「急」，是一字之四聲，今分爲兩處，是犯正紐也。此病輕重，與傍紐相類。近代咸不以爲累，但知之而已⑥。

爽切⑦。謂從平至入，同氣轉聲爲一紐，是。此即正紐。傍紐同⑧。「矚目轉鍾興，風月最關情⑨。」「鍾」、「矚」。又：「光音同宴席，歌嘯動梁塵⑩。」「同」、「動」。又：「望懷申一遇，敦交訪二難⑪。」「望」、「訪」。又：「交情猶勞到，得意乃歡顏⑫。」「勞」、「到」，「歡」、「顏」。又：「未告班荊倦，寧辭倒屣勞⑬。」「倒」、「勞」。

【校注】

① 此注，「亦名小紐」與「或名爽切病」《論》作題下小字注，此外《論》均作大字正文，「爲一紐」《論》作「四字爲一紐」。「壬」，《釋文》均作「壬」。「已」，原作「以」，《釋文》同，據《論》改。

② 此注《論》無，係空海據《論》之內容所補加。中澤希男《札記續記》：「（西卷「第八正紐」「釋曰」條的）『今就五字論』相當於《眼心抄》的『此十字中犯』。（「第八正紐」前述的詩例）表示五字中十字中的病例，因此，《眼心抄》的『此十字中犯』大約也和（「釋曰」條的）『今就五字論』一樣是誤解。還有，《眼心抄》的『踟蹰兩字雙聲犯也』明顯是誤解。『踟蹰』是雙聲連言，這不是病，這在（「第八正紐」「釋曰」條「除非故作雙聲，下句復雙聲對，方得免小紐之病也」）已經有明確說明。」（詳參西卷《文二十八種病》「第八正紐」考釋）

③「此五字之犯」，《論》無。

④「此五字中犯」，《論》無。

⑤「名雙聲」，《論》作「名正雙聲」。

⑥此注《論》作大字正文。「或云」至「知之而已」，爲《論》引元兢説。「或云」，《論》作「元氏云」。「兩處是詩云」，《論》作「兩處是也如梁簡文帝詩云」。「此病」上《論》有「元兢曰」三字。

⑦此條《論》無。

⑧「傍紐同」，「傍紐」同「爽切」之名之意，或謂下例（勞、到，倒、勞）異紐同韻四聲各字相犯均屬同氣轉聲。

⑨「矚目」二句，詩題及撰者未詳。「轉」，原作「傳」，《釋文》同。冠注：「『傳』恐『轉』歟。」今從之改。「矚」、「鍾」，據《韻鏡》，屬内轉第二開合齒音清第三等「鍾腫種燭」之紐，犯正紐病。

⑩「光音」二句，詩題及撰者未詳。「梁」，原作「粱」，據《釋文》改。「同」、「動」，據《韻鏡》，屬内轉第一開舌音濁第一等「同動洞獨」之紐，犯正紐病。

⑪「望懷」二句，詩題及撰者未詳。「一遇」，梁任昉《答陸倕感知己賦》：「惟忘年之陸子，定一遇於班荆。」（《梁書·陸倕傳》）「二難」，指兄弟皆佳，難分高低。《世説新語·德行》：「（陳群與陳忠）各論其父功德，争之不能決，咨於太丘。太丘曰：『元方難爲兄，季方難爲弟。』」唐王勃《滕王閣序》：「四美具，二難併。」（《全唐文》卷一八二）「訪」在《韻鏡》屬内轉第三十一開脣音次清第三等「芳髣訪霮」之紐，「望」屬同清濁第三等「亡罔妄〇」之紐。

⑫「交情」二句，詩題及撰者未詳。「勞」屬外轉第二十五開半舌音清濁第一等「勞老嫪〇」之紐，「到」屬同舌音清第一等「刀倒到〇」之紐。「勞」爲豪韻，「到」爲號韻，爲異紐同韻四聲各字相犯，即所謂「字從連韻而紐聲相參」，爲傍紐。「歡」屬外轉第二十四合喉音清第一等「歡濺喚豁」之紐，「顔」屬外轉第二十三開牙音清濁第二等「顔齗雁

○」之紐。「歡」爲桓韻，「顔」爲删韻，屬疊韻。興膳宏《譯注》：「但是，『勞到』、『歡顔』屬疊韻之語，把它看作病可能是異論。」又：「『勞到』疑爲『潦到』。」盛江案：此處以異紐同韻四聲各字相犯，即「字從連韻而紐聲相參」爲傍紐，爲爽切，當爲劉滔之説。以「丈」、「梁」，「金」、「飲」爲傍紐，即是一例。參《論》西卷考釋。

⑬「未告」二句，詩題及撰者未詳。班荆：《左傳》襄公二十六年：「伍舉奔鄭，將遂奔晉，聲子將如晉，遇之於鄭郊，班荆相與食，而言復故。」杜預注：「班，布也，布荆坐地，共議歸楚，事朋友世親。」倒屣：《三國志・魏書・王粲傳》：「（蔡）邕才學顯著……聞粲在門，倒屣迎之……曰：此王公孫也，有異才，吾不如也。」「倒」原作「到」，《釋文》同。冠注：「『到』恐『倒』歟。」今從之改。「倒勞」爲異紐同韻四聲各字相犯。

九，木枯。謂三八之犯是也①。「金風晨泛菊，玉露宵霑蘭。」「宵」字言「夜」已精②。又：「玉輪夜進轍③，金車晝滅途。」「夜」字論「宵」乃妙④。

十，金缺。謂四九之犯也⑤。「獸炭陵晨送，魚燈徹宵燃。」「宵」字言「夜」便佳⑥。又：「狐裘朝除冷，褻褥夜排寒。」「除」字云「卻」爲妙⑦。

十一，闕偶。或名缺偶⑧。謂八對皆無，言靡配屬是⑨。或云：凡詩上引事，下須引事以對，若上缺對者即是⑩。「鳴琴四五弄，桂酒復盈盃。」「四五」無「兩三」之對⑪。

又：「夜夜憐琴酒，優遊足暢情。」「夜夜」闕「朝朝」之偶⑫。又：「蘇秦時刺股，勤學我便耽。」犯詩。「蘇秦」、「勤學」是⑬。

又：「刺股君稱麗⑭，懸頭我不能⑮。」不犯詩⑯。

【校注】

①此注概括《論》之説明而成，《論》作大字正文。

②此注概括《論》之説明而成，《論》作大字正文。

③「轍」，原作「徹」，《釋文》同，據《論》改。

④此注概括《論》之説明而成，《論》作大字正文。「論」，冠注：「『論』恐『言』歟。」《補正》：「『論』爲『須』之訛。」

⑤此注概括《論》之説明而成，《論》作大字正文。

⑥此注概括《論》之説明而成，《論》作大字正文。

⑦此注概括《論》之説明而成，《論》作大字正文。「字」，《釋文》作「□」。

⑧「或名缺偶」，《論》無。

⑨「是」，《論》無。

⑩「或云」至「即是」，《論》作大字正文，「或云」作「或曰」，「以對」作「以對之」，「即是」作「是名缺偶」。

⑪此注概括《論》之説明而成，《論》作大字正文。「對」，冠注：「『之』字下『對』字《論》作『句』。」盛江案：此注爲《論》之説明之概括，作「對」自可。

⑫此注概括《論》之説明而成，《論》作大字正文。

⑬此注概括《論》之説明而成，《論》作大字正文。

⑭「剌股」，《釋文》作「剌股」。

⑮「不」，《論》作「未」。

⑯此注概括《論》之説明而成，《論》作大字正文。

十二，繁説。謂一文再論，繁詞寡義，詩體相類，即此同。或名疣贅①。「清觴酒恒滿，緑酒會盈杯。」「清觴」、「緑酒」靡別②。又：「滿酌余當進，彌甌我自傾。」「滿酌」、「彌甌」即同，「余」、「我」無別③。又：「遠岫開翠霧，遥山卷青靄。」此兩句，字別理不殊，如此是其病④。又：「從風似飛絮，照日類繁英。拂巖如寫鏡，封林若曜瓊⑤。」此四句相次，一體不異，「似」、「類」、「如」、「若」是其病⑥。

十三，齟齬。或名不調，謂一句中，除第一第五字，其中三字，有二字相連上去入，是⑦。「公子敬愛客。」「敬」、「愛」是，平非病⑧。又：「晨風驚疊樹，曉月落危峰。」「月」、「落」是⑨。又：「霧生極野碧，日下遠山紅。」「下」、「遠」是⑩。又：「定惑關門吏，終悲塞上翁。」「塞」、「上」同去聲⑪。

【校注】

① 此注《論》作大字正文，「詩體相類即此同」作「或名相類」。

② 此注《論》作大字正文，「靡別」作「本自靡殊」。

③ 此注《論》作大字正文。「彌甌」，原作「盈杯」，《釋文》同，據《論》改。「即同」，《論》作「何能有別」。「余我無別」，《論》作「余之與我，同號己身」。

④ 此注《論》作大字正文，「如此是其病」作「是病」。

⑤ 「曜」，《論》作「耀」。

⑥ 此注《論》作大字正文。

⑦ 此注概括《論》之説明而成，《論》作大字正文。

⑧ 此注《論》作大字正文，「敬愛是」作「敬與愛是」，「平非病」爲元兢説「平聲不成病」之簡括。西澤道寬《「文二十八種病」解説》：「《眼心抄》：『公子敬愛客』下注『敬愛是平，非病』，蓋誤寫。敬（敬韻）、愛（隊韻）並去聲。」盛江案：《眼心抄》本不誤，蓋西澤道寬標點有誤，當標點作「敬愛是，平非病」，意謂敬愛是病，若二字爲平聲則非病。

⑨ 「月落是」，《論》作「月次落同入聲」。

⑩ 「下遠是」，《論》作「下次遠同上聲」。

⑪ 此注《論》作大字正文，作「塞次上同去聲」。

十四，叢聚。或名叢木①。「落日下遥林，浮雲靄曾闕。玉宇來清風，羅帳迎秋月②。」「日」、「雲」、「風」、「月」是③。

又：「庭稍桂林樹④，簷度蒼梧雲。棹唱喧難辨，樵歌近易聞。」「桂」、「梧」、「棹」、「樵」是⑤。

十五，忌諱。謂意義有涉於家國之忌，是。或名避忌之例⑥。「山崩溟海竭，魚鳥將何依⑦。」「山崩」、「海竭」，是。又雨詩稱「亂聲」，泝水詩云「逆流」如此皆是⑧。

又：「何況雙飛龍，羽翼縱當乖。」又：「吾兄既鳳翔，王子亦龍飛⑨。」

十六，形跡。謂於其義相形嫌疑而成，是⑩。「壯哉帝王居，佳麗殊百城。」得云「麗城」、「佳麗城」，若單云「佳城」，爲形跡。又「佳山」、「侵天」、「干天」，如此之類，皆不可犯⑪。

【校注】

① 此注《論》作大字正文，「或名叢木」作「崔名叢木病」，在例詩「庭梢桂林樹」之前。

② 「迎」，《釋文》作「延」。

③ 此注《論》作大字正文，「是」作「相次四句是叢聚」。

④ 「梢」，《釋文》作「稍」。

⑤ 此注《論》作大字正文，「是」作「俱是木是其病」。

⑥ 此注《論》作大字正文，「謂」無，「意義」作「其中意義」，「是」下有「也」字，「或名避忌之例」作「皎公名曰避忌之例」在例詩「何況雙飛龍」之前。

⑦ 「將何依」，原作「依將何」，《釋文》同，從《世説新語》作「將何依」。

⑧ 「山崩」至「皆是」，概括《論》之内容而成。

⑨ 此注《論》作大字正文。

⑩ 此注《論》作大字正文，「謂」、「是」無。

⑪ 此注概括《論》之内容而成，《論》作大字正文。「得」，原作「若」，《釋文》同，據《論》改。「若」，《釋文》作「□」。

十七，傍突。謂句中意旨，傍有所突觸，是①。「二畝不足情，三冬俄已畢②。」「二畝」涉其親，寧可云「不足情」。此即忌諱同③。

十八，翻語。謂正言是佳詞，反語則深累，是④。「鷄鳴關吏起，伐鼓早通晨。」「伐鼓」，反語「腐骨」，是其病⑤。

十九，長擷腰。每句第三字擷上下二字，故以名之。若無解鐙相間，則是病也⑥。或名束⑦。「曙色隨行漏⑧，早吹入繁笳。旗文縈桂葉，騎影拂桃華。碧潭寫春照，青山籠雪華。」「隨」、「入」、「縈」、「拂」、「寫」、「籠」皆單字，於中無解鐙故⑨。

【校注】

① 此注《論》作大字正文，「謂」、「是」無。

② 「俄」，原作「誐」。「畢」，原作「異」，《釋文》同。均據《論》改。

③ 此注《論》作大字正文，「情」作「情也」，「即」作「與」，「此」上有「元兢曰」。「親」，原作「視」，《釋文》同，據《論》改。

④ 此注《論》作大字正文，「謂」無，「是」作「是也」。

⑤ 此注概括《論》之内容而成，「伐鼓」上《論》有「崔氏云」三字。

⑥ 以上注文概括《論》之説明而成，《論》作大字正文，「故以名之」作「故名擷腰」，「則是病也」作「則是長擷腰病也」。

⑦ 「或名束」，《論》作「此病或名束」，作大字正文，在「長擷腰病」一節之末尾。

⑧ 「漏」，《釋文》作「淺」。

⑨ 此注概括《論》之内容而成，《論》作大字正文。

二十，長解鐙。一、二字意相連，三、四意相連，第五單一成其意，是。或名散①。「池牖風月清，閑居遊客情。蘭泛樽中色，松吟絃上聲。」「清」一字成四字意，以下三句，皆無有擷腰相間，故爲病②。

二十一，支離。「春人對春酒，新樹間新華。」不犯詩③。又：「人人皆偃息，唯我獨從戎。」犯詩④。

二十二，相濫。或名繁說⑤。「玉繩耿長漢，金波麗碧空。星光暗雲裏⑥，月影碎簾中。」犯詩⑦。「玉繩」星名，「金波」月號。上既論訖，下復陳之，是爲相濫⑧。或云⑨：相濫者，謂形體、途道、溝渟、渟泥、巷陌、樹木、枝條、山河、水石、冠帽、襴衣，如此之等，名曰相濫。上句用「山」，下句用「河」，上句有「形」，下句安「體」，上句有「木」⑩，下句安「條」，如此參差，乃爲善焉。若兩字一處，自是犯焉，非關詩處⑪。兩目一處是⑫。

【校注】

① 此注概括《論》之説明而成，「一二字」至「意是」，《論》作大字正文。「一二」，《釋文》作「三」。「或名散」，《論》作「此病亦名散」，置於「長解鐙病」一節末尾。

② 此注概括《論》之説明而成，《論》作大字正文。

③此注《論》作大字正文，在例詩之前。

④此注《論》作大字正文，在例詩之前。

⑤此注《論》作大字正文。

⑥「暗」，《釋文》作「□」。

⑦「犯詩」，《論》在例詩之前，作「犯詩曰」。

⑧「是」，《論》作「甚」。

⑨「或云」，《論》作「崔氏云」。

⑩「有」，原無，《釋文》同，據《論》補。

⑪「非關詩處」，《補正》：「此四字難解，恐有訛誤。宮本『關』之右注『正』，『開關』的『關』是『開』的校字誤入本文，『關』之右有『正』字，可能是表示『開』是『關』之誤。又，『處』字可能涉『兩目一處』之『處』而誤衍。『非關詩處』可能是『非關詩意』之訛。（可能是這是兩字一處的情況，不是和詩意有關的地方之意。）」

⑫「兩目」上《論》有「或云」二字。此注《論》作大字正文。

二十三，落節。「玉鈎千丈掛，金波萬里遥。蚌虧輪影滅，蓂落桂陰銷①。入風華氣馥，出樹鳥聲嬌。獨使高樓婦，空度可憐宵。」此詩本意詠月，中間論華述鳥，乍讀風華似好，細勘月意有殊。如此之輩，名落節②。又：「何處覓消愁，春園可暫遊。菊黄堪泛酒，梅紅可插頭。」《詠春詩》③。菊黄泛酒，宜在九月，不合春日陳之；或在清朝，翻言朗夜，並是落節④。

二十四，雜亂。凡詩發首誠難，落句不易，或有製者，應作詩頭，勒爲詩尾，應可施後，翻使居前，故曰雜亂⑤。「思君不可見，徒令年鬢秋⑥。獨鶩積寒暑，迢遰阻風牛⑦。粤余慕樵隱，蕭然重一丘。」「粤余」一對，合在句端，「思君」一對，合居篇末。然則篇章之内，義別爲科，先後無差，文理俱暢，混而不別，故名雜亂⑧。

【校注】

①「落」，《釋文》作「莢」。

②此注《論》作大字正文，「名」作「名曰」。

③「詠春詩」，《論》在例詩之前，作「又詠春詩曰」。

④此注《論》作大字正文。

⑤此注《論》作大字正文。「易」，《釋文》作「易」。

⑥「徒」，《釋文》作「徒」。

⑦「牛」，《釋文》作「午」。

⑧此注《論》作大字正文。

二十五，文贅。或名涉俗病。「熠熠庭中度，蟋蟀傍窗吟。條間垂白露，菊上帶黄金。」此詩據理，大體得通。然「庭中」、

「傍窗」，流俗已甚；「黄金」、「白露」，語質無佳。凡此之流，名曰文贅①。又：「熠燿流寒火，蟋蟀動秋音。凝露如懸玉，攢菊似披金。」此則無贅②。

又：「渭濱迎宰相。」「宰相」即是涉俗流之語，是其病也③。

二十六，相反④。謂詞理别舉，是。「晴雲開極野，積霧掩長洲。」上句既叙「晴雲」，下句不宜「霧掩」，理不順耳⑤。

二十七，相重。謂意義重疊是⑥。或名枝指⑦。「驅馬清渭濱，飛鑣犯夕塵。川波張遠蓋，山日下遥輪。柳葉眉行盡⑧，桃華騎轉新。」已上有「驅馬」、「飛鑣」，下又「桃華騎」，是相重病也⑨。又：「遊雁比翼翔，歸鴻知接翮。」張華⑩。

二十八，駢拇。謂兩句中道物無差，是⑪。「兩戍俱臨水，雙城共夾河。」

【校注】

① 此注《論》作大字正文。

② 「贅」，《論》作「贅也」。

③ 此注《論》作大字正文，「宰相」作「官之宰相」，「也」無。「宰」，《釋文》作「寄」。

④ 「反」，原作「及」，《釋文》同，當爲「反」，今改。

⑤ 此注《論》作大字正文。「理不順耳」，原作「順不理耳」，《釋文》同，從《校勘記》改。

⑥ 「是」，《論》作「是也」。

⑦「枝指」,《論》作「枝指也」。

⑧「行盡」,《補正》:「盡,當作『晝』。行,疑爲『自』之訛。」

⑨此注《論》作大字正文。「又」,《釋文》作「又」。「是相重」,原作「相重是」,《釋文》同,據《論》改。

⑩「張華」,《論》無。

⑪此注《論》作大字正文,「謂」作「所謂」,「是」作「名曰駢拇」。

筆十病得失①

一,平頭②。得者:「開金繩之寶曆,鈎玉鏡之珍符。」失者:「嵩巖與華房迭遊,靈漿與醇醪俱別。」然五言頗爲不便,文筆未足爲尤。但是疥癬微疾,非是巨害③。

二,上尾。第一句末字,第二句末字,不得同聲④。得:「玄英戒律,繁陰結序⑤。地卷朔風,天飛隴雪。」失:「同源派流,人易世疎。越在異域,情愛分隔。」

三,蜂腰。第一句中第二字、第五字不得同聲⑥。得:「惆悵崔亭伯。」五言⑦。失:「聞君愛我甘。」五言。是詩也,筆亦同此⑧。得:「刺是佳人⑨。」四言。失:「楊雄《甘泉》。」四言。得:「雲漢自可登臨。」六言。「摩赤霄而理翰。」六言。失:「美化行乎江漢。」六言。「襲元凱之軌高。」六言。得:「高巘萬仞排虚空。」七言。「盛軌與三代俱芳。」七言。「猶聚鵠之有神鷂。」七言。失：「三仁殊途而同歸。」七言。「偃息乎珠玉之室。」七言。得：「雷擊電鞭者之謂天。」八言。失：「潤草霑蘭者之謂雨。」八言。或云：平聲賒緩，在用最多，參彼三聲，殆爲太半⑩。

【校注】

① 本節見《論》西卷《文筆十病得失》，此處僅選用其中「筆」之例句，亦有取自《文二十八種病》之用例。冠注：「《筆十病得失》在《論》第五，但《論》通明文筆得失，今唯舉筆得失，略文得失。」

② 《補正》：「這一目的解說脱。」

③ 此注《論》作大字正文。

④ 此注《論》作大字正文。「得同」，《釋文》作「同」。冠注：「『得』字一無，恐脱。」

⑤ 「序」，《釋文》作「疾」。

⑥ 此注《論》作大字正文。

⑦ 「五言」，《論》無。

⑧ 此注《論》無。

⑨ 「剌」，原作「判」，《釋文》同，據《論》改。

⑩ 此注《論》作大字正文。「在」，當作「有」。「最多」，原作「甚多」，《釋文》無，據《論》改。

四，鶴膝。第一句末字，第三句末字，不得同聲①。得：「定州跨躡夷阻，領袖蕃維。峙神岳以鎮地，疏名川以連海。」「原隰龍鱗，班頌何其陋；桑麻條暢，潘賦不足言。」失：「璇玉致美，不爲池隍之用；桂椒信好，而非園林之飾。」「西郊不雨，彌迴天眷；東作未理，即動皇情。」如是皆次第避之，不得以四句爲斷，若手筆，得故犯，但四聲中安平聲者，益辭體有力。如云：「能短能長，既成章於雲表；明吉明凶，亦引氣於蓮上②。」賦：「陸摛紫房③，水掛赬鯉。或宴于林，或禊于汜④。」潘。序：「少挺神姿，幼標令望。顯譽羊車，稱奇虎檻。」溫。表：「定律令於遊麟，候宣夜於鳴鳥。醴泉代伯益之功，甘露當屏翳之力。」邢。表：「寒灰可煙，枯株復蔚。鎩翮奮飛，奔蹄且驟。」任昉。啓：「蒲柳先秋，光陰不待。貪及明時，展悉愚效。」王融。表：「邀幸自天，休慶不已。假鳴鳳之條，躡應龍之跡。」

【校注】

① 此注《論》作大字正文。

② 此注《論》作大字正文。

③ 「摛」，《論》作「攄」。以下用例，引自《論》《文二十八種病》「第四鶴膝」引劉善經説中關於筆之用例。

④「汜」，原作「汜」，《釋文》同，據《論》改。

五，大韻。一韻以上，不得同於韻字。如以「新」字爲韻，勿復用「鄰」、「親」等字①。得：「播盡善之英聲，起則天之雄響。百代欽其美德②，萬紀懷其至仁。」失：「傾家敗德，莫不由於憍奢；興宗榮族，必也藉於高名。」凡手筆之式，不須同韻，或有時同韻者，皆是筆之逸氣，如云：「握河沈璧，封山紀石。邁三五而不追，踐八九之遥跡③。」

六，小韻。二句内除本韻，若已有「梅」字，不得復用「開」、「來」字。若故疊韻，兩字一處，於理得通④。得：「西辭酆邑，南據江都。」失：「西辭酆邑，東居洛都。」若故疊韻，理通亦爾，故徐陵《殊物詔》云：「五雲曖曃，鱗宗所以效靈；六氣氛氲，柔和所以高氣⑤。」

【校注】

①此注《論》作大字正文。

②「代」，《釋文》作「代」。

③此注《論》作大字正文。「有時」，原作「有時時」，《釋文》同，據《論》改。「握」，原作「掘」，《釋文》同，據《論》改。

④此注《論》作大字正文，「二句内」至「開來字」爲題下説明，「若故」至「得通」在例詩之下。

⑤此注《論》作大字正文。「柔」，原作「乘」，《釋文》同，據《論》改。「氣」，《釋文》無。《補正》：「（《論》）版本有『可尋』

二字，校者爲和『所以效靈』相對，而『所以高』失對，暫且加上『氣』字，俟後再考的意思，而這裏則誤入正文，『高氣』和前面的『六氣』重復，因此可能有誤。」

七，正紐。凡四聲爲一紐①，如「壬」、「荏」、「衽」、「入」，詩二句内，已有「壬」字，則不得復有「荏」、「衽」、「入」等字。諸手筆②，亦須避之。若犯此聲，則齟齬不可讀③。得：「藉甚岐嶷，播揚英譽。」失：「永嘉播越，世道波瀾。」

八，傍紐。雙聲是也。如詩二句内有「風」一字，則不得復有此等字④。手筆亦同⑤。得：「六郡豪家，從來習馬；五陵貴族，作性便弓。」失：「曆數已應，而《虞書》不以北面爲陋；有命既彰，而周籍猶以服事爲賢⑥。」若故雙聲者，亦得有如此。如云：「鑒觀上代，則天禄斯歸；逖聽前王，則曆數攸在⑦。」如是次第避之⑧，不得以二句爲斷。或云：若五字内已有「阿」字，不得復用「可」字。此於詩章，不爲過病⑨，但言語不浄潔，讀時有妨也。今言犯者，唯論異字。如其同字，此不言，言同字者⑩，如云「文物以紀之⑪，聲明以發之」、「大東小東」、「自南自北」等，是⑫。

【校注】

① 「二」，各本作「正」。《論》西卷《文二十八種病》「第八正紐」引劉氏曰：「正紐者，凡四聲一紐。」今據改。

② 「諸」，《論》作「凡諸」。

③ 此注《論》作大字正文。

④「有」，《釋文》無。以上注文《論》作大字正文。

⑤「手筆亦同」，《論》無。

⑥「而」，《釋文》無。冠注：「『彰』下『而』字一無，恐脱。」「籍」，《釋文》作「藉」。

⑦「攸」，《論》作「彼」。《補正》：「和『天禄斯歸』相對，當是『歷數攸□』。」「在」，原作「□」，《釋文》同，據《論》改。

⑧「是」下《論》衍「此」字。

⑨「不爲過病」，《論》作「不過爲病」。

⑩「字」，《論》作「聲」。

⑪「之」，各本無，據《左傳》（桓公二年）補。

⑫「是」，《論》作「是也」。此注《論》作大字正文。

九，隔句上尾①。第二句末字，第四句末字，不得同聲②。得③：「設醴未同，興言爲歎④。深加相保，行李遲書。」失⑤：「同乘共載，北遊後園。輿輪徐動，賓從無聲。清風夜起，悲笳微吟⑥。」六句之末，不宜相犯⑦。「善談天者，必徵象於人；工言古者，必考績於今⑧。」「人」與「今」同聲是也。但筆之四句，比文之二句。故雖隔句，猶稱上尾。亦以次避，第四句不得與第六句同聲，第六句不得與第八句同聲⑨。

十，踏發聲⑩。第四句末字，第八句末字，不得同聲⑪。得：「夢中占夢，生死大空。得無所得，菩提純淨。教其本有，無比涅槃。示以無爲⑫，性空般若。」失：「聚斂積寶⑬，非惠公所務；記惡遺善，非文子所談⑭；陰虬陽馬，非原室所構；土山漸臺，非顏家所營。」又：「昔鍾儀戀楚，樂操南音；東平思漢⑮，松柏西靡。仲尼去魯，命曰遲遲；季後過豐，潸焉出涕⑯。」「涕」與「靡」同聲是也。若其間際有語隔者⑰，犯亦無損。謂上四句末，下四句初，有「既而」、「於是」、「斯皆」、「所以」、「是故」等語也。或曰：諸手筆⑱，第二句末與第三句末同⑲，雖是常式，然止可同聲，不應同韻⑳。

【校注】

① 此條綜合《論》西卷《文二十八種病》「第二上尾」引劉善經說、《文筆十病得失》前半「上尾」和後半「隔句上尾」條而成。

② 此注《論》作大字正文。

③ 「得」，《論》作「得者」。

④ 「歎」，原作「難」，《釋文》同，據《論》改。

⑤ 「失」，《論》作「失者」。

⑥ 「同乘」六句，引自《論》《文二十八種病》「第二上尾」引劉善經說。

⑦ 此注《論》作大字正文，「六句」上有「第二第四第六此」。

⑧ 「績」，《論》作「續」。以上四例句，見《論》西卷《文筆十病得失》後半。

⑨ 此注《論》作大字正文，後一「同聲」作「同聲也」。

⑩ 此條綜合《論》《文筆十病得失》前半「上尾」和後半「隔句上尾」條而成。
⑪ 此注《論》作大字正文。「得」，《釋文》無。
⑫ 「示」，《釋文》作「□」。
⑬ 「斂」，《釋文》作「殺」。
⑭ 「子」，原作「字」，《釋文》同。冠注：「『字』恐『子』誤。」據《論》改。
⑮ 「東」，《釋文》作「陳」。
⑯ 「潸」，《釋文》作「潸」。
⑰ 「隔」，《論》作「隔之」。
⑱ 「諸」，《論》作「又諸」。
⑲ 「同」，《論》作「同聲」。
⑳ 此注《論》作大字正文，「等語也」以上見《文筆十病得失》後半，「或曰」以下見《文筆十病得失》前半。

筆二種勢①（一 靡麗　二 宏壯）

一，靡麗勢②。表云：「鴻都寫狀，皆旌烈士之風；麟閣圖形，咸紀誠臣之節。莫不輕死重氣，效命酬恩。棄草莽者如歸，膏平原者相襲。」徐陵。上對第二句末「風」、第三句末「形」，下對第二句末「恩」、第三句末「歸」，皆是平聲。

二，宏壯勢③。序云：「蒼精父天，銓與象立；黄神母地，輔政機修。靈圖之跡鱗襲，天啓之期翼布。乃有道之公器，爲至人之大寶。」魏收。上對第二句末「立」、第三句末「地」④，下對第二句末「布」、第三句末「器」，皆非平聲，是。

【校注】

① 本節據《論》西卷《文筆十病得失》後半《文筆式》舉例綜合而成。

② 此條取自《文筆式》所引徐陵之文，名稱取自「徐以靡麗標名」一語。

③ 此條取自《文筆式》所引魏收之文，名稱取自「魏以宏壯流稱」一語。

④ 二「句」字，原無，《釋文》同，據《論》補。

文筆六體①

一曰博雅。稱博雅，則頌、論爲其標。頌明功業，論陳名理，體貴於弘，故事宜博，理歸於正，故言必雅也②。

二曰清典。語清典，則銘、讚居其極。銘題器物，讚述功德③，皆限於四言，分有定準，言不沈遁，故聲必清，體不詭雜，故辭必典也。

三曰綺艷。陳綺艷，則詩、賦表其華。詩兼聲色，賦叙形容④，故言資綺靡，而文極華艷。

四曰宏壯。叙宏壯，則詔、檄振其響。詔陳王命，檄叙軍容，宏則可以及遠，壯則可以威物。

五曰要約。論要約，則表、啓標其能⑤。表以陳事，啓以述心，皆施於尊重⑥，須加肅敬，故言在於要，而理歸於約。

六曰切至。言切至，則箴、誄得其實。箴陳戒約，誄述哀情，故義資感動，言重切至也。

【校注】

①本節根據《論》南卷《論體》部分内容綜合而成。《論》云：「凡斯六事，文章之通義也。」「文筆六體」之名稱當據此爲空海自擬。

②此注開頭二句《論》作大字正文，第三句以下《論》亦作注。本節各條均如此。各本「必雅」字下有「之」字，興膳宏《譯注》謂爲衍字，今從之删。

③「德」，原作「能」，《釋文》同，據《論》改。

④「形容」，《論》作「物象」。

⑤「標」，《論》作「擅」。

⑥「於」，《論》作「之」。

文筆六失①

一曰緩。謂博雅之失也。體大義疎，辭引聲滯，緩之至焉。解云：文體既大，而義不周密，故云疎。辭雖引長，而聲不通利，故云滯②。

二曰輕。謂清典之失也。理入於浮，言失於淺，輕之起焉。解云：叙事爲文，須得其理，理不甚會，則覺其浮。言須典正，涉於流俗，則覺其淺。

三曰淫。謂綺艷之失也。體貌違方，逞欲過度，淫以興焉。解云：文雖綺艷③，猶須準其事類相當，比擬叙述，不得體物之貌，而違於道，逞己之心，而過於制也。

四曰誕。謂宏壯之失也。制傷迂闊，辭多詭異，誕則成焉。解云：宏壯者，亦須準量事類，可得施言，不可漫爲迂闊，虚陳詭異也。

五曰闌。謂要約之失也。情不申明，事有遺漏④，闌因見焉。解云：謂論心意，不能盡申⑤，叙事理，又有所闕焉也。

六曰直。謂切至之失也。體尚專直，文好指斥，直乃行焉。解云：謂文體不經營，專爲直置⑥，言無比附，好相指斥也。

【校注】

① 本節根據《論》南卷《論體》部分内容綜合而成。《文筆六失》實際衹到「好相指斥也」。「或云製作之士」以下至「抑由體制之未該也」屬南卷《論體》另一部分内容，然空海未標題目。

② 此注前四句《論》作大字正文，第五句以下《論》亦作注。本節各條均如此。「謂博雅之失也」據《論》「博雅之失也緩」而成。「焉」，原作「也」，《釋文》同，據《論》改。「解云」，《論》無，下同。「滯」，《論》作「滯也」。

③ 「文」，原作「文之」，《釋文》同，據《論》删「之」字。

④ 「有遺漏」，原作「有遺漏有遺漏」，《釋文》作「有二遺二涉」。冠注：「『漏』一作『涉』，寫誤。」盛江案：「有遺漏」三字重出，疑衍，今删。

⑤ 「申」，原無，《釋文》同，據《論》補。

⑥ 「置」，《論》作「詈」。

或云①：製作之士②，祖述多門，人心不同③，文體各異。較而言之，有博雅焉，有清典焉，有綺艶焉，有宏壯焉，有要約焉，有切至焉④。夫模範經誥⑤，褒述功業，淵乎不測，洋哉有閑⑥，博雅之裁也。敷演情志，宣照德音，植義必明，結言唯正，清典之致也。體其淑姿，因其壯觀，文章交映，光彩傍發，綺艶之則也。魁張奇偉⑦，闡揚威靈⑧，縱氣凌人，揚聲駭物，宏壯之道也。指事述心，斷辭趣理，微而能顯，少而斯洽，要約之旨也。舒陳哀憤，獻納約戒，言唯折中，情必曲盡，切至之功也。

又云⑨：故詞人之作也，先看文之大體，隨而用心。謂上所陳文章六種，是其大體也⑩。遵其所宜⑪，防其所失，博雅、清典、綺艶、宏壯、要約、切至等，是其所宜⑫。緩、輕、淫、闌、誕、直等，是其所失⑬。故能辭成鍊覈，動合規矩。而近代作者，好尚互舛，苟見一塗，守而不易，至令摛章綴翰，罕有兼善。豈才思之不足，抑由體制之未該也。

【校注】

① 本節據《論》南卷《論體》部分內容而成。「或云」，《論》無。

② 「製作」，《論》作「凡製作」。

③ 「不」，《釋文》無。

④「切」,《釋文》作「功」。
⑤「模」,原作「摸」,《釋文》同,據《論》改。
⑥「有閑」,《釋文》作「有二□」。冠注:「『有』下一更有『有』字,恐衍。」
⑦「偉」,原作「緯」,《釋文》同,據《譯注》改。
⑧「揚」,《論》作「耀」。
⑨「又云」,《論》無。
⑩「大」,《論》作「本」。
⑪「遵」上原有「動」字,《釋文》同,據《論》删。
⑫「其」,原無,《釋文》同,據《論》補。
⑬「其」,《論》無。

定位四術①

一曰分理務周②。謂分配其理,科别須相準望,皆使周足得所,不得令有偏多偏少者③。

二曰叙事以次。謂叙事理,須依次第,不得應在前而入後,應入後而出前,及以理不相干,而言有雜亂者。

三曰義須相接。謂科别相連,其上科末義,必須與下科首義連接也。

四曰勢必相依。謂上科末與下科末，句字多少及聲勢高下，讀之使快，即是相依也。其犯避等狀，已具聲病條内。然文縱有非犯而聲不便者，讀之是悟，即須改之，不可委載也。

【校注】

①本節據《論》南卷《定位》部分内容寫成。

②「曰」，《論》作「者」，下同。

③「有」，《論》作「或有」。

定位四失①

一，繁約互舛。謂理失周，則繁約互舛②。解云③：多則義繁，少則義約，不得分理均等④，故云舛⑤。

二，先後成亂。謂事非次，則先後成亂。解云：理相參錯，故失先後之次⑥。

三，文體中絶。謂義不相接，則文體中絶。解云：兩科際會，義不相接，故尋之若文體中斷絶也。

四，諷讀爲阻。謂勢不相依，則諷讀爲阻。解云：兩科聲勢，自相乖舛，故讀之以致阻難也。

【校注】

①本節據《論》南卷《定位》部分内容寫成。

②「則」，《釋文》作「到」。

③「解云」，《論》無，下同。

④「分理」，《論》無。

⑤此注前二句《論》作大字正文，第三句「解云」以下《論》亦作注。本節各條均如此。「故」上原有「事」字，《釋文》同，當爲衍字，今删。「舛」，《論》作「舛也」。

⑥「次」，《論》作「次也」。

句端①

屬事比辭，皆有次第，每事至科分之别，必立言以間之，然後義勢可得相承，文體因而倫貫也。新進之徒，或有未悟，聊復商略，以類别之云爾。

觀夫，惟夫，原夫，若夫，竊以②，竊聞，聞夫，惟昔，昔者，蓋夫，自昔，惟。

右並發端置辭泛叙事物也。謂若陳造化物象、上古風跡及開廓大綱、叙況事理③，隨所作狀，量取用之④。大凡觀夫、惟夫、原夫、若夫、蓋聞、聞夫、竊惟等語，可施於大文，餘則通用。其表、啓等，亦宜以「臣聞」及稱名爲首⑤，各見本法。

至如，至乃，至其，於是，及有，是則，斯則，此乃，誠乃。

右並承上事勢申明其理也。謂上已叙事狀，次復重論之⑥，以明其理。

【校注】

① 此以下爲《論》北卷《句端》全文。
② 「竊以」，《釋文》無。
③ 「事」，《釋文》無。
④ 「取」，《釋文》作「取二」。
⑤ 「及」，《釋文》作「乃」。
⑥ 「復」，原作「復申」，《釋文》同，據《論》删「申」字。

洎於，逮於，至於，及於，既而，亦既，俄而，洎，逮，及，自，屬。

右並因事變易多限之異也。謂若述世道革易，人事推移，用之而爲異也①。

乃知，方知，方驗，將知，固知，斯乃，斯誠，此固，此實，誠知，是知，何則，所以②，是故，遂使，遂令，故能，故使，可謂。

右並取下言證成於上也。謂上所叙義，必待此後語，始得證成也。或多析名理③，或比況物類，不可委説者。

況乃，況則，矧夫，矧唯，何況，豈若，未若，豈有，豈至。

右並追叙上義不及於下也。謂若已叙功業事狀於上，以其輕小④，後更云「況乃」、「豈若」其事其狀云云也⑤。

【校注】

①「爲異也」，《釋文》無。

②「所以」，《釋文》作「可以」。

③「析」，原作「折」，《釋文》同，據《論》改。

④「小」，《論》作「少」。

⑤「乃」，原作「及」，《釋文》同，據《文筆要决》改。

豈獨，豈唯，豈止①，寧獨，寧止，何獨，何止，豈直。

右並引取彼物爲此類。謂若已叙此事②，又引彼與此相類者③，云「豈唯」彼如然也。

假令，假使，假復，假有，縱令，縱使，縱有，就令，就使，就如，雖令，雖使，雖復，設令④，設有，設復⑤。

右並大言彼事不越此也。謂若已叙前事，「假令」深遠高大則如此，此終不越。雖然，然而，但以，正以，直以，只爲。

右並將取後義反於前也。謂若叙前事已訖，云「雖然」乃有如此理也。

豈令，豈使，何容，豈容，豈至，豈其⑥，何有，豈可，寧可，未容，未應，不容，詎可，詎令，詎使⑦，而乃，而使，豈在，安在。

右並叙事狀所求不宜然也。謂若揆其事狀所不合然，云「豈令」其至於此也。

【校注】

①「豈止」下《論》有「寧唯」。

②「此」，各本作「比」，據《文筆要決》改。

③「此」，《釋文》無。

④「設令」下《論》有「設使」。

⑤「設復」下《論》有「向使」。

⑥「豈其」，《釋文》作「其」。

⑦「詎使」，《釋文》作「使」。

豈類，詎似，豈如，未若。

右並論此物勝於彼也。謂叙此物已訖，陳「豈若」彼物微小之狀也。

若乃，爾乃，爾其①，爾則，夫其，若其，然其。

右並覆叙前事體其狀也②。若前已叙事，次更云「若乃」等，體寫其狀理也。

儻使，儻若，如其，如使，若其，若也，若使，脱若，脱使，脱復，必其③，必若④，或若，或可，或當。

右並踰分測量或當爾也。譬如論其事異理⑤，云「儻」如此如此。

唯應，唯當，唯可，只應，只可，只當，乍可，必能，必應，必當，必使，會當。

右並看世斟酌終歸狀也⑥。若云看上事形勢，「唯應」如此如此。

【校注】

①「爾其」，《釋文》作「其」。

②「也」，原無，《釋文》同，據《文筆要決》補。

③「必其」，《釋文》無。

④「必若」，原作「若必」，據《釋文》改。

⑤「其事」，原作「其某事」，《釋文》同。「某」當爲衍字，今删。「異理」，《文筆要決》作「使異理」。

⑥「狀」，原作「然」，《釋文》同，據《論》改。

方當，方使，方冀，方令，庶使，庶當，庶以，冀當，冀使①，將使，使夫，令夫，所冀，所望，方欲，便欲，便當，行欲，足令，足使。

右並勢有可然期於終也②。謂若叙其事形勢③，方「終當」如此。

豈謂，豈知，豈其，誰知，誰言，何期，何謂，安知，寧謂，寧知，不謂，不悟，不期，豈悟，豈慮④。

右並事有變常異於始也。謂若其事應令如彼，今忽如此如此。

加以，加復，況復，兼以，兼復，又以，又復，重以，且復，仍復，尚且⑤，猶復，猶欲⑥，而尚，尚或，尚能，尚欲，猶，仍，且，尚。

右並更論後事以足前理也。謂若叙前事已訖，云「加以」又如此又如此也。

莫不，罔不，罔弗，無不，咸欲，咸將，並欲，皆欲，盡，皆，並，咸。

右並總論物狀也。

【校注】

①「當冀使」，《釋文》無。

②「終」，《釋文》作「□」。
③「其」，原作「某」，《釋文》同，據《論》改。
④「慮」，《釋文》作「慮」。
⑤「仍復尚」，《釋文》無。
⑥「猶」，《釋文》無。

自非，若非，非夫，若不，如不，苟非。

右並引大其狀令至甚也。若叙其事至甚者①，云「自非」如此云云②。

何以，何能，何可，豈能，豈使，詎能，詎使，詎可，儔能，奚可③，奚能。

右並因緣前狀論所致也④。若云自非行如彼，「何以」如此也。

方慮，方恐，所恐⑤，將恐，或恐，或慮，只恐，唯恐。

右並預思來事異於今也。若云今事已然，「方慮」於後或如此也。

敢欲，輒欲，輕欲，輕用⑥，輒以，敢以，每欲，常欲，恒願，恒望。

右並論志所欲行也。

【校注】

①「事」，原無，《釋文》同，據《論》及《文筆要決》補。

②「云云」，原作「云也」，《釋文》同，據《文筆要決》改。

③「奚」，《釋文》無，下一「奚」字同。

④「也」，原無，《釋文》同，據《文筆要決》補。

⑤「所恐」，《文筆要決》作「行恐」。

⑥「輕用」，《論》此下有「輕以，輒用」。

每至，每有，每見，每曾，時復，數復，或復，每，時，或。

右並事非常然有時而見也。謂若「每至」其時節①，「每見」其事理也。

則必，則皆，則當②，何嘗不③，未嘗不，未有，不則。

右並有所逢見便然也。若逢見其事④，「則必」如此也。

可謂，所謂，誠是，信是，允所謂，乃云⑤，此猶，何異，奚異，亦猶，猶夫，則猶，則是。

右並要會所歸總上義也。謂設其事，「可謂」如此，「可比」如此也。

誠願，誠當可，唯願，若令，若當，若使，必使⑥。

右並勸勵前事所當行也。謂若謂其事，云「誠願」行如此也。

自可，自然，自應，自當，此則，斯則，則必，然則。

右並預論後事必應爾也。謂若行如彼，「自可」致如此⑦。

【校注】

①「其」，原作「某」，《釋文》同，據《論》改。

②「當」，《論》作「常」。

③「嘗」，原作「當」，《釋文》同，據《文筆要決》改。

④「其」，原作「某」，《釋文》同，據《論》改。

⑤「乃」，《釋文》作「及」。

⑥「必使」，《釋文》作「必□」。

⑦祖風宣揚會編纂《弘法大師全集》第三輯載《文筆眼心抄》全文末附言：「編者曰：右《文筆眼心抄》一卷，依真言宗古義各宗派聯合京都大學版行《冠注文筆眼心抄》出之。彼本訂誤字補脱文，且施略注於冠頭，今全用之。京都山田鈍氏曾刊行《文筆眼心抄釋文》一卷，自曰依其所藏大師真蹟本出之，然誤脱頗多，而其所謂大師真蹟者，亦未可決其真僞也。」

參考文獻

【一】

文鏡秘府論宫内廳本　全六卷，藏日本東京宫内廳書陵部，抄於平安末保延四年（一一三八）或稍前，有日本東方文化學院一九二七年影印本公開發行

文鏡秘府論成簣堂本　又稱觀智院本，殘地卷，藏日本東京御茶水圖書館（お茶の水圖書館）成簣堂文庫，抄於平安末期，有日本古典保存會一九三五年影印本公開發行

文鏡秘府論三寶院本　全六卷，藏日本和歌山縣高野山三寶院，抄於平安末期

文鏡秘府論高山寺甲本　亦稱長寬寫本，全六卷，藏日本京都拇尾高山寺，抄於平安末長寬三年（一一六五）

文鏡秘府論高山寺乙本　亦稱無點本，殘天地東西北五卷，南卷僅存封面，被用作後來補抄之丙本南卷封面，藏日本京都拇尾高山寺，抄於平安末鐮倉初

文鏡秘府論高山寺丙本　殘南卷，藏日本京都拇尾高山寺，抄於平安末鐮倉初（盛江案：高山寺乙本與

丙本在高山寺作爲一本收藏，丙本南卷封面實爲原乙本封面，然丙本南卷正文爲稍後補抄，故分稱作兩種）

文鏡秘府論醍醐寺甲本　殘天東西南四卷，藏日本京都醍醐寺，抄於平安末鐮倉初期

文鏡秘府論仁和寺甲本　殘天東西南四卷，藏日本京都仁和寺，抄於鐮倉初期

文鏡秘府論寶壽院本　殘天東二卷，藏日本和歌山縣高野山寶壽院，抄於鐮倉中期

文鏡秘府論楊守敬攜回古抄本　殘東西二卷，原日本狩谷望之掖齋藏本，曾藏北京故宫大高殿圖書館，現藏臺灣臺北外雙溪故宫博物院，抄於鐮倉時期

文鏡秘府論正智院甲本　殘天卷，藏日本和歌山縣高野山正智院，抄於鐮倉中期

文鏡秘府論新町三井高遂氏藏本　殘北卷，抄於鐮倉中期

文鏡秘府論寶龜院本　殘天地東三卷，藏日本和歌山縣高野山寶龜院，抄於嘉元元年（一三〇三）

文鏡秘府論正智院丙本　殘地卷，藏日本和歌山縣高野山正智院，抄於鐮倉後期

文鏡秘府論六地藏寺本　全六卷，藏日本茨城縣水户市六地藏寺，抄於室町永正十六年（一五一九）之前不久，有日本汲古書院六地藏寺藏善本叢刊本一九八四年影印公開發行

文鏡秘府論正智院乙本　殘天卷，藏日本和歌山縣高野山正智院，當抄於室町末期

文鏡秘府論義演鈔本　殘天東西南北五卷，藏日本京都醍醐寺，抄於天正二十年（一五九二）

文鏡秘府論醍醐寺丙本　殘北卷，藏日本京都醍醐寺，抄於文禄五年（一五九六）

文鏡秘府論松本文庫本　全六卷，藏日本京都大學人文科學研究所東洋學圖書室，抄於江户初之前

文鏡秘府論醍醐寺乙本　殘地卷，藏日本京都醍醐寺，據醍醐寺整理，抄於室町後期，弘治三年（一五五七）

文鏡秘府論仁和寺乙本　殘北卷，藏日本京都仁和寺，抄於江户初期

文鏡秘府論江户刊本　江户寬文、貞享間（一六六一——一六八八）刊

文鏡秘府論箋　維寶箋　作於一七三六年，日本高野山持明院藏古抄本，現藏日本高野山大學圖書館；真言宗全書第四十一卷版刻本，日本真言宗全書刊行會，一九三六年

文鏡秘府論天海藏本　全六卷，藏日本京都延曆寺叡山文庫，抄於江户末期

文鏡秘府論楊守敬攜回明治復刊本　藏北京圖書館

文鏡秘府論　日本祖風宣揚會弘法大師全集重刊本，日本吉川弘文館，大正十二年（一九二三）

文鏡秘府論　池田蘆洲編日本詩話叢書刊本，日本東京文會堂書店，大正十年（一九二一）

文鏡秘府論豹軒藏本　鈴木虎雄注　全六卷，藏日本京都大學文學部圖書室，抄於昭和年間

文鏡秘府論考·考文篇　小西甚一撰　日本東京：株式會社大日本雄辯會講談社，一九五三年

文鏡秘府論　周維德校點　人民文學出版社，一九七五年

文鏡秘府論校注　任學良校注　原稿本，轉引自王利器文鏡秘府論校注

文鏡秘府論校注　王利器校注　中國社會科學出版社，一九八三年

文鏡秘府論譯注（文鏡祕府論訳注）　興膳宏譯注　弘法大師空海全集第五卷，日本築摩書房，一九八六年
文鏡秘府論　林田慎之助、田寺則彦校勘　定本弘法大師全集第六卷，日本高野山大學密教文化研究所，一九九七年
文筆眼心抄釋文　弘仁十一年（八二〇）撰，日本京都東寺觀智院原藏古抄本，京都山田永年氏明治四十一年（一九〇八）刊行
冠注文筆眼心抄　長谷寶秀校注　日本祖風宣揚會弘法大師全集第三輯，大正十二年（一九二三）
冠注文筆眼心抄補正　中澤希男補正　日本群馬大學紀要第二十一卷，一九七一年
文筆眼心抄古抄本　據小西甚一文鏡秘府論考（研究篇上）
文筆眼心抄　興膳宏譯注　文鏡秘府論譯注附，弘法大師空海全集第五卷，日本築摩書房，一九八六年
文筆眼心抄　林田慎之助、田寺則彦校勘本文鏡秘府論附，定本弘法大師全集第六卷，日本高野山大學密教文化研究所，一九九七年

【二】

文學上的弘法大師（文學上に於ける弘法大師）　幸田露伴著　一九〇九年作，露伴全集第十五卷，日本巖波書店，一九七八年

弘法大師的文藝（弘法大師の文藝）　内藤湖南著　一九一二年作，日本文化史研究，一九二四年，又，内藤湖南全集第九卷，日本築摩書房，一九六九年

文鏡秘府論校勘（文鏡秘府論を校勘して）　鈴木虎雄著　支那學第三卷第四號，大正十二年（一九二三）

關於文鏡秘府論的引用書（文鏡祕府論の引用書に就いて）　加地哲定著　密教研究第二十四號，一九二七年

文鏡秘府論箋的發現及其作者（文鏡秘府箋の發見と其の著者）　松永有見著　密教研究第二十五號，一九二七年

關於文鏡秘府論箋（文鏡秘府論箋に就いて）　内藤湖南著　高野山時報第四五二、四五三號，一九二七年

文鏡秘府論概説（一、二）　加地哲定著　密教研究第二十六號，一九二七年；第二十八號，一九二八年

文二十八種病　儲皖峰撰　中國述學社，一九三〇年

從國語學上看東方文化叢書本文鏡秘府論（國語學上より見た東方文化叢書本文鏡秘府論）　星加宗一著　國語與國文學（國語と國文學）第十卷第七、八號，一九三三年

文鏡秘府論札記（文鏡祕府論札記）（一、二、三、四）　中澤希男著　斯文第十六編第七、八、十號，第十七編第二號，一九三四——一九三五年

文筆式甄微　羅根澤著　中山大學文史學研究所月刊第三卷第三期，一九三五年
永明聲病説　郭紹虞著　天津益世報文學副刊，一九三五年；照隅室古典文學論集（上），上海古籍出版社，一九八三年
德富本文鏡秘府論解題　山田孝雄著　日本古典保存會影印文鏡秘府論附，一九三五年
空海的文章定位論（空海の文章定位論）　大場俊助著　國語教室第一卷第八、九號，一九三五年
關於文鏡秘府論的典據（文鏡祕府論の典據に就いて）　西澤道寬著　大正大學學報第二十八輯，一九三八年
文鏡秘府論「文二十八種病」解説　西澤道寬著　大正大學學報第三十、三十一輯合，一九四〇年
關於文鏡秘府論卷第一《四聲論》（文鏡秘府論卷第一「四聲論」について）　吉田幸一著　書志學第十七卷第二、三號，一九四一年
文鏡秘府論《九意》和平安朝歌集部類的成立（文鏡祕府論の「九意」と平安朝歌集の部類立）　吉田幸一著　書志學第十七卷第五、六號合，一九四一年
文鏡秘府論《九意》和《朗詠集》部類成立的關係（文鏡祕府論の「九意」と朗詠集部類立との關係）　吉田幸一著　歌與評論（歌と評論）第十四卷第一號，一九四二年
王昌齡詩格考證　羅根澤著　文史雜誌第二卷第二期，一九四二年
文鏡秘府論「文二十八種病」考（文鏡祕府論「文二十八種病」考）　吉田幸一著　日本文學史上的文學

論(日本文學史における文學論)，日本東洋大學出版部，一九四三年

文鏡秘府論的詩病論和歌論(文鏡秘府論の詩病論と歌論)　吉田幸一著　日本文學史上的文學論(日本文學史における文學論)，日本東洋大學出版部，一九四三年

作爲文學論的文鏡秘府論(文學論としての文鏡祕府論)　間島悠紀雄著　日本文學史上的文學論(日本文學史における文學論)，日本東洋大學出版部，一九四三年

文鏡秘府論考・研究篇上　小西甚一著　日本京都：大八洲出版株式會社，一九四八年

文鏡秘府論考・研究篇下　小西甚一著　日本東京：株式會社大日本雄辯會講談社，一九五一年

文鏡秘府論研究發凡　潘重規著　中日文化論集，臺北中華文化出版事業委員會，一九五五年

文鏡秘府論札記續記(一、二、三)　中澤希男著　群馬大學紀要人文科學篇第四、五、六卷，一九五五—一九五七年

隋劉善經四聲指歸定本箋(簡稱《四聲指歸定本箋》)　潘重規著　新亞書院學術年刊第四期，一九六二年

再論永明聲病説　郭紹虞著　照隅室古典文學論集(下)，上海古籍出版社，一九八三年

文鏡秘府論校勘記(一、二、三)　中澤希男著　群馬大學紀要人文社會科學篇第十三、十四、十五卷，一九六四—一九六六年

文鏡秘府論的句端説(文鏡秘府論の句端の説)　三迫初男著　中國中世文學研究第四號，一九六五年

空海文鏡秘府論之研究　鄭阿財著　臺北中國文化學院中國文學研究所碩士論文，一九七六年
王昌齡詩格考　中澤希男著　二松學舍大學論集（創立百年紀念），一九七七年
早期中世紀中國的詩學與韻律學——空海《文鏡秘府論》的研究與翻譯（Poetics and Prosody in Early Medlaeval CHINA：A Study and Translation of KūKai's Bunkyō Hifuron）　理查德·懷恩賴特·鮑德曼著　美國康奈爾大學（Cornell University）東方文學哲學博士學位論文，一九七八年
沈約和四聲八病説（沈約と四聲八病説）　鳥羽田重直著　文學和哲學之間——中國文學的世界（文学と哲学のあいだ——中国文学の世界），中國古典文學研究會編，日本東京笠間書院，一九七八年
蜂腰鶴膝解　郭紹虞著　照隅室古典文學論集（下），上海古籍出版社，一九八三年
文鏡秘府論探源　王晉光著　香港天地圖書有限公司，一九八〇年
文鏡秘府論和文心雕龍有關問題小考——聲律・體性・詩的句型爲中心（文鏡秘府論と文心雕龍との相関小考——聲律・体性・詩の句型の中心として）　范月嬌著　密教文化第一百三十五號，一九八一年
永明聲病説的再認識　馮春田著　語言研究一九八二年第一期
《文鏡秘府論》小考——關於卷的配列（「文鏡秘府論」小考——卷の配列について）　木下良範著　印度學佛教學研究（東京大學）第三十二卷第二號，一九八四年
六地藏寺本解題　月本雅幸著　六地藏寺藏善本叢刊第七卷，日本汲古書院，一九八四年

關於「八病」説——受容・傳承爲中心（「八病」説について——受容・伝承を中心に）　金子真也著　中國語學第二百三十一期，一九八四年
「的名對」與「總不對對」——對偶論筆記（「的名對」と「總不對對」——對偶論ノート）　松浦友久著　中國文學研究（早稻田大學中國文學會）第十一期，一九八五年
蜂腰鶴膝旁紐正紐辨　楊明著　文史第二十八輯，中華書局，一九八七年
沈約聲律論考——探討平頭、上尾、蜂腰、鶴膝　清水凱夫著　學林第六期，一九八五年；六朝文學論文集，重慶出版社，一九八九年
沈約「八病」真僞考　清水凱夫著　學林第七期，一九八六年；六朝文學論文集，重慶出版社，一九八九年
沈約韻紐四病考——考察大韻、小韻、傍紐、正紐　清水凱夫著　學林第八期，一九八六年；六朝文學論文集，重慶出版社，一九八九年
聲律説和空海（聲律説と空海）　金子真也著　中國語學第二百三十三期，一九八六年
文鏡秘府論・導讀：中國詩法的入門指南　簡恩定著　臺北金楓出版公司，一九八七年
關於《文鏡秘府論》的《九意》——四季意識種種（「文鏡祕府論」の「九意」について——四季意識の諸相）　波戸岡　旭著　上代漢詩文與中國文學（上代漢詩文と中國文學），日本東京笠間書院，一九八九年

《文鏡秘府論》六朝聲律説佚書佚文考　劉渼著　國文學報第二十期，臺灣師範大學文學系，一九九一年
從四聲八病説到四聲二元化　興膳宏著　中華文史論叢第四十七輯，上海古籍出版社，一九九一年
《帝德録》以及駢文創作理論管窺　興膳宏著　中國文哲研究通訊，臺灣中國文哲研究所，一九九三年
永明體到近體　何偉棠著　廣東高等教育出版社，一九九四年
空海與漢文學　興膳宏著　南開學報一九九五年第三期
《文鏡秘府論》所見的四聲律和平仄律（《文鏡秘府論》にみる四聲律と平仄律）　古川末喜著　佐賀大學教養部研究紀要第二十七卷，一九九五年
四聲八病二題　劉躍進著　門閥士族與永明文學，三聯書店，一九九六年
從永明體到沈宋體——五言律體形成過程之考察　杜曉勤著　唐研究第二卷，北京大學出版社，一九九六年
《文鏡秘府論》對屬論與日本漢詩學　盧盛江著　江西師範大學學報一九九七年第四期
日本人編撰的中國詩文論著作——《文鏡秘府論》　盧盛江著　古典文學知識一九九七年第六期
從《文鏡秘府論》看《文心雕龍》對隋代文論的影響　王景禔著　文心雕龍研究第三輯，北京大學出版社，一九九八年
《文鏡秘府論》日本傳本隨記　盧盛江著　南開學報一九九八年第一期

日本研究《文鏡秘府論》概述　盧盛江著　古代文學與思想文化論稿，天津人民出版社，一九九八年
《文鏡秘府論》校勘考　林田慎之助著　日本高野山大學，一九九八年
關於《文鏡秘府論》「九意」的作者　盧盛江著　中國詩學第六輯，江蘇古籍出版社，一九九九年
關於《文鏡秘府論》的傳本系統　盧盛江著　立命館文學（日本京都立命館大學）五百六十三號，二〇〇〇年
關於《文鏡秘府論》以及《文筆眼心抄》的編纂意識（《文鏡秘府論》及び《文筆眼心抄》の編纂意識について）　濱田寬著　早稻田大學教育學部學術研究國語國文學編第四十八號，二〇〇〇年
《文鏡秘府論》與日本歌學風體論　盧盛江著　日本研究論集第五輯，南開大學出版社，二〇〇一年
讀《文鏡秘府論校注》附録《本朝文粹・省試詩論》　楊明著　天府新論二〇〇一年第四期
《文鏡秘府論》「證本」考　盧盛江著　國學研究第八卷，北京大學出版社，二〇〇一年
《文鏡秘府論》對屬論札記　盧盛江著　新國學第三卷，巴蜀書社，二〇〇一年
從《文鏡秘府論》看日本詩學的繼承和創新　盧盛江著　學術研究二〇〇二年第三期
《文筆式》年代考　盧盛江著　文史第六十二輯，中華書局，二〇〇三年
空海入唐與《文鏡秘府論》的編撰　盧盛江著　江西師範大學學報二〇〇四年第三期
《文鏡秘府論》編撰意識的形成　盧盛江著　學術研究二〇〇四年第九期
《文鏡秘府論》作年考　盧盛江著　天津師範大學學報二〇〇四年第五期

永明體與音樂關係研究　吴相洲著　北京大學出版社，二〇〇六年
殷璠聲律説釋疑　盧盛江著　江西師範大學學報二〇〇六第一期
「雅體、野體、鄙體、俗體」新釋　盧盛江著　江西師範大學學報二〇〇六年第四期
殷璠「神來、氣來、情來」論　盧盛江著　東方論壇二〇〇六年第五期
初唐兩篇未被人注意的文論——古今詩人秀句序和疑芳林要覽序　盧盛江著　創作評譚二〇〇六年十一
十二月號
文鏡秘府論「草本」考　盧盛江著　國學研究第二十卷，北京大學出版社二〇〇七年
語言學視野下的《文鏡秘府論》「二十九種對」　文映霞著　中國語言及文學課程哲學博士論文，香港中
文大學，二〇〇八年
王昌齡詩格考　盧盛江著　江西師範大學學報二〇〇八年第二期
文鏡秘府論卷次考　盧盛江著　文史二〇〇八年第三輯
空海的思想意識與文鏡秘府論　盧盛江著　文學評論二〇〇九年第一期
齊梁詩歌向盛唐詩歌的嬗變　杜曉勤著　北京大學出版社，二〇〇九年
《調四聲譜》研究　盧盛江著　羅宗强先生八十壽辰紀念文集，中華書局，二〇〇九年
四聲發現與吠陀三聲的二點思考　盧盛江著　人文中國學報第十五期，上海古籍出版社，二〇〇九年
皎然《詩議》考　盧盛江著　南開學報二〇〇九年

齊梁聲律論幾個問題新探　盧盛江著　江西師範大學學報二〇一〇年第五期

《文鏡秘府論》的二處原典考證　盧盛江著　山西大學學報二〇一一年第一期

《四聲指歸》與唐前聲病説　盧盛江著　北京大學學報二〇一一年第二期

蜂腰論　盧盛江著　文學遺産二〇一一年第三期

殷璠詩學幾個問題新析　盧盛江著　吉林師範大學學報二〇一一年第六期

論北朝詩歌聲律的發展　盧盛江、葉秀清著　吉林大學學報二〇一一年第六期

皎然對屬論研究　盧盛江著　中文學術前沿第三輯，浙江大學出版社，二〇一一年

詩歌史背景下的「八種韻」研究　盧盛江、王穎著　上海大學學報二〇一二年第四期

《文筆式》——初唐一部重要的聲病説著作　盧盛江著　文學遺産二〇一二年第四期

辨僞存真：《文筆眼心抄》古抄卷獻疑　陳翀著　域外漢籍研究集刊第八輯，中華書局，二〇一二年

元兢調聲説研究　盧盛江著　傅璇琮先生八十壽慶論文集，中華書局二〇一二年

文鏡秘府論研究　盧盛江著　人民文學出版社，二〇一三年

《文鏡秘府論》古抄六卷本補證　陳翀著　國際漢學研究通訊第八期，北京大學出版社二〇一四年

空海《文筆肝心抄》之編纂意圖及佚文考　陳翀著　域外漢籍研究集刊第十輯，中華書局二〇一四年

【三】

五聲説　王國維著　王國維文集第四卷，中國文史出版社，一九九七年

六朝人韻書分部説　王國維著　觀堂集林第八卷，中華書局，一九五九年
韻鏡考　大矢透著　大正十三年（一九二四）刊
支那詩論史　鈴木虎雄著　日本東京弘文堂書房，一九二八年
沈休文年譜　鈴木虎雄著　狩野教授還曆紀念支那學論叢，日本東京弘文堂書房，一九二八年，收入同年刊叢問録
《文章流別論》與《翰林論》　郭紹虞著　燕京大學月刊，一九二九年十二月；照隅室古典文學論集（上），上海古籍出版社，一九八三年
陸法言切韻以前的幾種韻書　魏建功著　國學季刊三卷二號，一九三二年
玉篇研究（玉篇の研究）　岡井慎吾著　東洋文庫論叢第十九輯，東洋文庫，一九三三年
四聲三問　陳寅恪著　清華學報第九卷第二期，一九三四年；金明館叢稿初編，上海古籍出版社，一九八〇年
中國文學批評史（第一版）　郭紹虞著　商務印書館，一九三四年；百花文藝出版社，一九九九年
中國文學批評史　羅根澤著　上海書店出版社，二〇〇三年
論切韻系的韻書——十韻彙編序　魏建功著　國學季刊第五卷第二號，一九三六年
南北朝詩人用韻考　王力著　清華學報第十一卷第三期，一九三六年；龍蟲並雕齋文集第一册，中華書局，一九八〇年

中國音韻學史 張世禄著 商務印書館，一九三八年
四聲繹説 夏承燾著 月輪山詞論集，中華書局，一九七九年
四聲考 逯欽立著 漢魏六朝文學論集，陝西人民出版社，一九八四年
河嶽英靈集攷 中澤希男著 群馬大學紀要（人文科學）第一卷，一九五〇年
四聲實驗録 劉復著 中華書局，一九五一年
沈約的詩論及其詩（沈約の詩論とその詩） 大矢根文次郎著 早稻田大學學術研究第一號，一九五二年
六朝律詩的形成（六朝における律詩の形成） 高木正一著 日本中國學會報第四輯，一九五二年
漢語音韻學導論 羅常培著 中華書局，一九五六年
顔氏家訓音辭篇注補 周祖謨撰 漢語音韻論文集，商務印書館，一九五七年
陸機文賦理論與音樂之關係 饒宗頤著 中國文學報（日本京都大學）第十四册，一九六一年
文心雕龍札記 黄侃著 中華書局，一九六二年
漢語詩律學 王力著 上海教育出版社，一九六二年
四聲五音及其在漢魏六朝文學中之應用 詹鍈著 中華文史論叢第三輯，中華書局上海編輯所，一九六二年
六朝文論摭佚——劉勰以前及其同時之文論佚書考 饒宗頤著 大陸雜志（臺北）第二十五卷第三期，

一九六二年
《通志·七音略》研究　羅常培著　羅常培語言學論文選集，中華書局，一九六三年
日本韻學史研究（日本韻学史の研究）　馬淵和夫著　日本學術振興會，一九六三年
唐元兢著作考　中澤希男著　東洋文化復刊第十一號，一九六五年
皎然與詩式　陳曉薔著　東海大學學報第八卷第一期，一九六七年
日華漢語音韻論考　真武直著　日本櫻楓社，一九六九年
唐人選唐詩考　中澤希男著　群馬大學教育學部紀要第二十二卷，一九七二年
摯虞文章流别志論考　興膳宏著　入矢·小川教授退休紀念中國語學文學論集，日本築摩書房，一九七四年
聲律説考辨　郭紹虞著　照隅室古典文學論集（下），上海古籍出版社，一九八三年
詩文聲律論稿　啓功著　中華書局，一九七七年
初唐詩學著述考　王夢鷗著　臺灣商務印書館，一九七七年
《文心雕龍·聲律》篇詮解　朱星著　天津師範學院學報一九七九年第一期
中國歷代文論選　郭紹虞主編　上海古籍出版社，一九七九——一九八〇年
關於齊梁格·齊梁體（斉梁格·斉梁体について）　鈴木修次著　加賀博士退官紀念中國文史哲學論集，日本大日本講談社，一九七九年

古典詩律史　徐青著　青海人民出版社，一九八〇年
聲律説的發生和發展及其在中國文學史上的影響　管雄著　古代文學理論研究叢刊第三輯，上海古籍出版社，一九八一年
中國文學的對句藝術（中国文学に於ける対句と対句論）　古田敬一著　日本風間書房，一九八二年；李淼漢譯本，吉林文史出版社，一九八九年
漢語等韻學　李新魁著　中華書局，一九八三年
中國古典詩的種種對偶——以唐詩爲中心（中國古典詩に於ける対偶の諸相——唐詩を中心に）　松浦友久著　中國詩文論叢第二集，一九八三年
談《文心雕龍·聲律篇》與齊梁時代的聲律論　向長清著　文心雕龍學刊第一輯，齊魯書社，一九八三年
《宋書·謝靈運傳論》綜説　興膳宏著　中國文藝思想史論叢第一輯，北京大學出版社，一九八四年
六朝文學評論史上聲律論的形成——兼論沈約四聲應用説（六朝文学評論史上における聲律論の形成——沈約の四聲応用説に至るまで）　古川末喜著　中國文學論集（九州大學）第十三集，一九八四年
古典文學論新探　王夢鷗著　臺北正中書局，一九八四年
後漢三國梵漢對音譜　俞敏著　俞敏語言學論文集，商務印書館，一九九九年

《文心雕龍・聲律篇》與鳩摩羅什《通韻》　饒宗頤著　中華文史論叢第三十五輯，上海古籍出版社，一九八五年

隋唐五代文學思想史　羅宗强著　上海古籍出版社，一九八六年

文心雕龍釋義　馮春田著　山東教育出版社，一九八六年

弘法大師文章的句端説（弘法大師の文章における句端説）　静慈圓著　密教學研究第十八號，一九八六年

弘法大師文章的句端説（資料篇）（弘法大師の文章における句端説〔資料篇〕）　静慈圓著　高野山大學論叢第二十一卷，一九八六年

印度爾尼仙之圍陀三聲論略——四聲外來説平議　饒宗頤著　梵學集，上海古籍出版社，一九九三年

中國文學理論史　蔡鍾翔等著　北京出版社，一九八七年

王昌齡的創作論（王昌齡の創作論）　興膳宏著　中國的文學理論（中國の文學理論），日本築摩書房，一九八八年

談王昌齡的《詩格》——一部有爭議的書　傅璇琮、李珍華著　文學遺産一九八八年第六期

王昌齡文藝思想研究　趙晶晶著　博士論文（復旦大學），油印本，一九九〇年

梵語對近體詩形成之影響（The Sanskrit Origins of Recent Style Prosody）　梅維恒（VICTOR H. MAIR）、梅祖麟（TSU-LIN MEI）著　哈佛亞洲研究月刊（美國）（Harvard Journal of Asiatic

Studies）第五十一卷第二號，一九九一年
中華古文論選注　李壯鷹主編　百花文藝出版社，一九九一年
文心雕龍講疏　王元化著　上海古籍出版社，一九九二年
河岳英靈集研究　李珍華、傅璇琮著　中華書局，一九九二年
王昌齡生平及其詩論　王夢鷗著　唐代研究論集第三輯，臺北新文豐出版公司，一九九二年
關於五言律詩的平仄式及拗句（五言律詩の平仄式及ぶ拗句について）　古川末喜著　中國文學論集（九州大學）第二十一號，一九九二年
梵讚與四聲論　平田昌司著　第二屆國際暨第十屆全國聲韻學學術研討會論文集，一九九二年
中國讚佛詩的起源　平田昌司著　日本中國學會第四十五屆年會論文，一九九三年
唐以前十四音遺説考　饒宗頤著　梵學集，上海古籍出版社，一九九三年
皎然《詩式》論用事初探　齊益壽著　王叔岷先生八十壽慶論文集，臺北大安出版社，一九九三年
皎然《詩式》版本新議　張少康著　國學研究第二卷，北京大學出版社，一九九四年
王昌齡研究　李珍華著　太白文藝出版社，一九九四年
詩賦與律調　鄺健行著　中華書局，一九九四年
中國五言詩・七言詩和八音節奏（中国の五言詩・七言詩と八音リズム）　古川末喜著　佐賀大學教養部研究紀要第二十六卷，一九九四年

「和韻」新論　朱宏達、吴潔敏著　中國社會科學一九九四年第四期
中國文學理論批評發展史　張少康著　北京大學出版社，一九九五年
皎然詩式的構造和理論（皎然詩式の構造と理論）　興膳宏著　中國文學報（日本京都大學）第五十册，一九九五年
魏晉南北朝文學批評史　王運熙、楊明著　上海古籍出版社，一九九六年
魏晉南北朝文學思想史　羅宗强著　中華書局，一九九六年
隋唐五代文學批評史　王運熙、楊明著　上海古籍出版社，一九九六年
門閥士族與永明文學　劉躍進著　三聯書店，一九九六年
讀陳寅恪《四聲三問》　平田昌司著　學人第十輯，江蘇文藝出版社，一九九六年
梵學的傳入與漢語音韻學的發展　李新魁著　李新魁音韻學論集，汕頭大學出版社，一九九七年
唐詩學探索　蔡瑜著　臺灣里仁書局，一九九八年
中古五言詩研究　吴小平著　江蘇古籍出版社，一九九八年
隋唐五代文學思想史　羅宗强著　中華書局，一九九九年
《文賦》義疏　羅宗强著　羅宗强古代文學思想論集，汕頭大學出版社，一九九九年
登科以前的王昌齡（下之一）　岡田充博著　横濱國立大學人文紀要第四十二號，一九九五年
登科前後的王昌齡（中）——王昌齡評傳（六）　岡田充博著　横濱國立大學教育人間科學部紀要卷二

（人文科學），一九九九年
對偶辭格 朱承平著 岳麓書社，二〇〇三年

【四】

弘法大師全集 日本祖風宣揚會編 日本吉川弘文館，大正十二年（一九二三）
定本弘法大師全集 日本高野山大學密教文化研究所，一九九二——一九九七年
性靈集 弘法大師空海全集第六卷，日本筑摩書房，一九八四年
弘法大師傳全集 日本祖風宣揚會長谷寶秀編 日本六大新報社，一九三五年
弘法大師諸弟子全集 日本祖風宣揚會長谷寶秀編 日本六大新報社，一九四二年
弘法大師年譜 真言宗全書第三十八卷，日本真言宗全書刊行會，一九三三年
弘法大師年譜 弘法大師空海全集第八卷，日本筑摩書房，一九八五年
文化史上的弘法大師傳（文化史上より見たる弘法大師傳） 守山聖真等撰 日本株式會社國書刊行會，一九九〇年
悉曇藏 安然撰 大正新修大藏經第八十四卷，日本大正一切經刊行會，一九三一年；馬淵和夫編撰影印注解悉曇學書選集第一卷，日本勤勉社，一九八五年
悉曇要訣 明覺撰 大正新修大藏經第八十四卷，日本大正一切經刊行會，一九三一年

九弄十紐圖私釋（上、下）　信範撰　日本京都大學文學部哲學科閲覽室藏抄本；大日本佛學全書第三十卷，大正十一年（一九二二年）
悉曇輪略圖抄　了尊撰　大正新修大藏經第八十四卷，日本大正一切經刊行會，一九三一年；馬淵和夫編撰影印注解悉曇學書選集第四卷，日本勤勉社，一九八九年
悉曇要抄　心覺撰　馬淵和夫編撰影印注解悉曇學書選集第二卷，日本勤勉社，一九八八年
悉曇字記創學抄　杲寶撰　馬淵和夫編撰影印注解悉曇學書選集第五卷，日本勤勉社，一九九一年
大正新修大藏經（簡稱《大正藏》）　日本大正一切經刊行會，一九三一年
真言宗全書　日本真言宗全書刊行會，一九三三年
日本國見在書目　古逸叢書本；續群書類從第八百八十四卷，日本東京續群書類從完成會，一九五九年
作文大體　菅江兩流撰　新校群書類從第一百三十七卷，日本内外書籍株式會社，一九三八年；日本觀智院本
作文大體箋　中澤希男箋　群馬大學紀要第十六卷，一九六六年
文筆問答抄　印融撰　作於室町時代，延寶九年（一六八一）刊本
詩格集成　東都樗園長山貫春撰　日本詩話叢書第三卷，日本東京文會堂書店，大正九年（一九二〇）
詩律　赤澤一太乙撰　日本詩話叢書第四卷，日本東京文會堂書店，大正九年（一九二〇）

詩轍　三浦晉撰　日本詩話叢書第六、七卷，日本東京文會堂書店，大正九年（一九二〇）

本朝文粹（本朝文粋）　新日本古典文學大系，日本巖波書店，一九九二年

日本歌學大系　日本風間書房，一九五七年

【五】

周易正義　魏王弼、韓康伯注，唐孔穎達正義　十三經注疏，中華書局，一九八〇年

尚書正義　漢孔安國傳，唐孔穎達正義　十三經注疏，中華書局，一九八〇年

毛詩正義　漢毛亨傳，漢鄭玄箋，唐孔穎達正義　十三經注疏，中華書局，一九八〇年

周禮注疏　漢鄭玄注，唐賈公彦疏　十三經注疏，中華書局，一九八〇年

儀禮注疏　漢鄭玄注，唐賈公彦疏　十三經注疏，中華書局，一九八〇年

禮記正義　漢鄭玄注，唐孔穎達正義　十三經注疏，中華書局，一九八〇年

春秋左傳正義　晉杜預注，唐孔穎達正義　十三經注疏，中華書局，一九八〇年

春秋公羊傳注疏　漢何休注，唐徐彦疏　十三經注疏，中華書局，一九八〇年

春秋穀梁傳注疏　晉范甯注，唐楊士勳疏　十三經注疏，中華書局，一九八〇年

論語注疏　魏何晏集解，宋邢昺疏　十三經注疏，中華書局，一九八〇年

孝經注疏　唐玄宗注，宋邢昺疏　十三經注疏，中華書局，一九八〇年

爾雅注疏　晉郭璞注，宋邢昺疏　十三經注疏，中華書局，一九八〇年
孟子注疏　漢趙岐注，宋孫奭疏　十三經注疏，中華書局，一九八〇年
尚書大傳　漢伏勝撰　四部叢刊初編，上海書店，一九八九年
周禮正義　清孫詒讓撰　中華書局，一九八七年
大戴禮記解詁　清王聘珍撰　中華書局，一九八三年
論語正義　清劉寶楠撰　中華書局，一九九〇年
古微書　叢書集成初編，中華書局，一九八五年
韓詩外傳箋疏　漢韓嬰撰，屈守元箋疏　巴蜀書社，一九九六年
説文解字　漢許慎撰　中華書局，一九六三年
通韻　一説後秦鳩摩羅什作，一作論鳩摩羅什法師通韻　原物在倫敦，斯一三四四V(二)即背面，英藏敦煌文獻第二册，四川人民出版社，一九九〇年；又：英藏敦煌社會歷史文獻釋録第五卷，社會科學文獻出版社，二〇〇六年
玉篇　梁顧野王撰　景印摛藻堂四庫全書薈要第八十四册，世界書局，一九八五年
原本玉篇殘卷　梁顧野王編撰　中華書局，一九八五年
玉篇校釋　胡吉宣撰　上海古籍出版社，一九八九年
刊謬補闕切韻　王仁昫撰　臺北廣文書局，一九六四年

四聲五音九弄反紐圖　唐神珙撰　玉篇末附；玉函山房輯佚書本；維寶文鏡秘府論箋附
廣韻校本　周祖謨著　中華書局，二〇〇四年
宋本切韻指掌圖　宋司馬光撰　中華書局，一九六二年
韻鏡校證　李新魁校證　中華書局，一九八二年
音學五書　清顧炎武著　中華書局，一九八二年
書玉篇卷末聲論反紐圖後　清戴震著　戴震集，上海古籍出版社，一九八〇年
書劉鑑切韻指南後　清戴震著　戴震集，上海古籍出版社，一九八〇年
沈氏四聲考　清紀昀著　叢書集成初編，中華書局，一九八五年
六書音韻表　清段玉裁著　中華書局，一九八三年
五韻論　清鄒漢勛著　新化鄒氏斆藝齋遺書
切韻考　清陳澧著　中國書店，一九八四年
書紀文達沈氏公四聲考後　清陳澧著　東塾集第二卷
小學韻補考　清謝啓昆撰　叢書集成初編韻補正附，中華書局，一九八五年
史記　漢司馬遷撰　中華書局，一九五九年
漢書　漢班固撰　中華書局，一九六二年
後漢書　劉宋范曄撰　中華書局，一九六五年

三國志　晉陳壽撰　中華書局，一九五九年
晉書　唐房玄齡等撰　中華書局，一九七四年
宋書　梁沈約撰　中華書局，一九七四年
南齊書　梁蕭子顯撰　中華書局，一九七二年
梁書　唐姚思廉撰　中華書局，一九七三年
陳書　唐姚思廉撰　中華書局，一九七二年
魏書　北齊魏收撰　中華書局，一九七四年
北齊書　唐李百藥撰　中華書局，一九七二年
周書　唐令狐德棻等撰　中華書局，一九七一年
隋書　唐魏徵等撰　中華書局，一九七三年
南史　唐李延壽撰　中華書局，一九七五年
北史　唐李延壽撰　中華書局，一九七四年
舊唐書　後晉劉昫等撰　中華書局，一九七五年
新唐書　宋歐陽修、宋祁撰　中華書局，一九七五年
國語　上海古籍出版社，一九八八年
戰國策箋注　張清常、王延棟箋注　南開大學出版社，一九九三年

竹書紀年　梁沈約注　四部叢刊初編，上海書店，一九八九年
吴越春秋　漢趙曄撰　四部叢刊初編，上海書店，一九八九年
東觀漢記　漢班固等撰　叢書集成初編，中華書局，一九八五年
漢紀　漢荀悦撰　景印文淵閣四庫全書，臺灣商務印書館，一九八六年
後漢紀　晉袁宏撰　景印文淵閣四庫全書，臺灣商務印書館，一九八六年
三輔黄圖　六朝佚名撰　叢書集成初編，中華書局，一九八五年
洛陽伽藍記　北魏楊衒之撰　上海古籍出版社，一九七八年
高僧傳　梁慧皎撰　中華書局，一九九二年
續高僧傳　唐道宣撰　高僧傳合集，上海古籍出版社，一九九一年
水經注　北魏酈道元注　巴蜀書社，一九八五年
史通通釋　唐劉知幾撰，清浦起龍釋　上海古籍出版社，一九七八年
通典　唐杜佑撰　中華書局，一九八八年
貞觀政要　唐吴兢撰　四部叢刊續編，上海書店，一九八四年
通志　宋鄭樵撰　中華書局，一九八七年
通志略　宋鄭樵撰　上海古籍出版社，一九九〇年
五燈會元　宋普濟著　中華書局，一九八四年

崇文總目　宋王堯臣等撰　叢書集成初編，中華書局，一九八五年
郡齋讀書志校證　宋晁公武撰，孫猛校證　上海古籍出版社，一九九〇年
直齋書録解題　宋陳振孫撰　上海古籍出版社，一九八七年
唐才子傳校箋　元辛文房撰，傅璇琮等校箋　中華書局，一九八七—一九九五年
澹生堂藏書目　明祁承㸁著　紹興先正遺書第三集
宋秘書省續編到四庫闕書目　清光緒葉氏觀古堂書目叢刊
四庫全書總目　清永瑢等撰　中華書局，一九六五年
老子道德經　魏王弼注　諸子集成，上海書店，一九八六年
荀子集解　清王先謙著　諸子集成，上海書店，一九八六年
莊子集釋　清郭慶藩撰　中華書局，一九六一年
列子　晉張湛注　諸子集成，上海書店，一九八六年
墨子閒詁　清孫詒讓著　諸子集成，上海書店，一九八六年
晏子春秋校注　張純一著　諸子集成，上海書店，一九八六年
管子校正　戴望著　諸子集成，上海書店，一九八六年
韓非子集解　清王先慎集解　諸子集成，上海書店，一九八六年
吕氏春秋　漢高誘注　諸子集成，上海書店，一九八六年

淮南子　漢劉安著，漢高誘注　諸子集成，上海書店，一九八六年
新語　漢陸賈撰　諸子集成，上海書店，一九八六年
法言　漢揚雄著，晉李軌注　諸子集成，上海書店，一九八六年
論衡　漢王充著　諸子集成，上海書店，一九八六年
鹽鐵論　漢桓寬撰　諸子集成，上海書店，一九八六年
潛夫論　漢王符著，清汪繼培箋　諸子集成，上海書店，一九八六年
抱朴子　晉葛洪著　諸子集成，上海書店，一九八六年
孔子家語　魏王肅注　四部叢刊初編，上海書店，一九八九年
孔叢子　漢孔鮒撰　四部叢刊初編，上海書店，一九八九年
新書　漢賈誼撰　四部叢刊初編，上海書店，一九八九年
説苑　漢劉向撰　諸子百家叢書，上海古籍出版社，一九九〇年
尸子　孫星衍輯　叢書集成初編，中華書局，一九八五年
焦氏易林　漢焦贛撰　叢書集成初編，中華書局，一九八五年
十洲記　漢東方朔撰　諸子百家叢書，上海古籍出版社，一九九〇年
春秋繁露　漢董仲舒著　諸子百家叢書，上海古籍出版社，一九八九年
白虎通疏證　清陳立撰　中華書局，一九九四年

風俗通義　漢應劭撰　四部叢刊初編，上海書店，一九八九年
博物志　晉張華撰　諸子百家叢書，上海古籍出版社，一九九〇年
山海經　晉郭璞注　諸子百家叢書，上海古籍出版社，一九八九年
古今注　晉崔豹撰　四部叢刊三編，上海書店，一九八五年
搜神記　晉干寶撰　中華書局，一九七九年
西京雜記　晉葛洪撰　四部叢刊初編，上海書店，一九八九年
世説新語箋疏　劉宋劉義慶撰，梁劉孝標注，余嘉錫箋疏　上海古籍出版社，一九九三年
金樓子　梁元帝撰　景印文淵閣四庫全書，臺灣商務印書館，一九八六年
弘明集　梁僧祐撰　上海古籍出版社，一九九一年
齊民要術　北魏賈思勰撰　四部叢刊初編，上海書店，一九八九年
顔氏家訓集解　北齊顔之推撰，王利器集解　上海古籍出版社，一九八〇年
中説　隋王通撰　四部叢刊初編，上海書店，一九八九年
五行大義　隋蕭吉撰　穗久邇文庫藏本，日本古典研究會叢書第七卷，一九九〇年
藝文類聚　唐歐陽詢撰　上海古籍出版社，一九九九年
北堂書鈔　唐虞世南撰　中國書店，一九八九年
初學記　唐徐堅等著　中華書局，一九六二年

壇經校釋　唐慧能著，郭朋校釋　中華書局，一九八三年
唐國史補　唐李肇撰　景印文淵閣四庫全書，臺灣商務印書館，一九八六年
封氏聞見記　唐封演撰　中華書局，一九五八年
廣弘明集　唐道宣撰　上海古籍出版社，一九九一年
資暇集　唐李匡乂撰　叢書集成初編，中華書局，一九八五年
太平御覽　宋李昉等撰　中華書局，一九六〇年
夢溪筆談校證　宋沈括著，胡道静校證　上海古籍出版社，一九八七年
困學紀聞　宋王應麟撰　遼寧教育出版社，一九九八年
玉海　宋王應麟撰　景印文淵閣四庫全書，臺灣商務印書館，一九八六年
紺珠集　題宋朱勝非撰　景印文淵閣四庫全書，臺灣商務印書館，一九八六年
漢魏六朝筆記小説大觀　上海古籍出版社，一九九九年
唐五代筆記小説大觀　上海古籍出版社，二〇〇〇年
道藏　文物出版社、上海書店、天津古籍出版社，一九八八年
乾隆大藏經　臺北寶印佛經流通處等，一九九七年
中華大藏經　中華書局，一九八五年
敦煌寶藏　黄永武主編　臺北新文豐出版公司，一九八一——一九八六年

義門讀書記　清何焯著　上海古籍出版社，一九九二年
陔餘叢考　清趙翼著　乾隆五十五年（一七九〇）刊本
十駕齋養新録　清錢大昕撰　上海書店，一九八三年
潛研堂集　清錢大昕撰　上海古籍出版社，一九八九年
楚辭集注　宋朱熹集注　上海古籍出版社，一九七九年
楚辭補注　宋洪興祖撰　中華書局，一九八三年
賈誼集校注　漢賈誼著，王洲明、徐超校注　人民文學出版社，一九九六年
司馬相如集　漢司馬相如著　漢魏六朝百三名家集，清光緒三年（一八七七）滇南唐氏壽考堂刊本
蔡中郎集　漢蔡邕著　漢魏六朝百三名家集，清光緒三年滇南唐氏壽考堂刊本
曹植集校注　魏曹植著，趙幼文校注　人民文學出版社，一九八四年
嵇康集校注　魏嵇康著，戴明揚校注　人民文學出版社，一九六二年
阮籍集校注　魏阮籍撰，陳伯君校注　中華書局，一九八七年
傅玄集　晉傅玄著　漢魏六朝百三名家集，清光緒三年滇南唐氏壽考堂刊本
陸機集　晉陸機撰　中華書局，一九八二年
陸雲集　晉陸雲撰　中華書局，一九八八年
陶淵明集　晉陶淵明撰　中華書局，一九七九年

謝靈運集校注　劉宋謝靈運著，顧紹柏校注　中州古籍出版社，一九八七年
鮑參軍集　劉宋鮑照著　漢魏六朝百三名家集，清光緒三年滇南唐氏壽考堂刊本
鮑參軍集注　劉宋鮑照著，錢仲聯增補集説校　上海古籍出版社，一九八〇年
謝宣城詩集　南齊謝朓撰　四部叢刊初編，上海書店，一九八九年
謝宣城集校注　南齊謝朓著，曹融南校注集説　上海古籍出版社，一九九一年
謝宣城集　南齊謝朓著　漢魏六朝百三名家集，清光緒三年滇南唐氏壽考堂刊本
張長史集　南齊張融著　漢魏六朝百三名家集，清光緒三年滇南唐氏壽考堂刊本
梁武帝集　梁蕭衍著　漢魏六朝百三名家集，清光緒三年滇南唐氏壽考堂刊本
沈隱侯集　梁沈約著　漢魏六朝百三名家集，清光緒三年滇南唐氏壽考堂刊本
江文通集彙注　梁江淹撰，明胡之驥注　中華書局，一九八四年
何記室集　梁何遜著　漢魏六朝百三名家集，清光緒三年滇南唐氏壽考堂刊本
何遜集校注　梁何遜著，李伯齊校注　齊魯書社，一九八八年
劉庶子集　梁劉孝威著　漢魏六朝百三名家集，清光緒三年滇南唐氏壽考堂刊本
劉秘書集　梁劉孝綽著　漢魏六朝百三名家集，清光緒三年滇南唐氏壽考堂刊本
庾肩吾集　梁庾肩吾著　漢魏六朝百三名家集，清光緒三年滇南唐氏壽考堂刊本
張散騎集　陳張正見著　漢魏六朝百三名家集，清光緒三年滇南唐氏壽考堂刊本

温侍讀集　北魏温子昇著　漢魏六朝百三名家集，清光緒三年滇南唐氏壽考堂刊本
魏特進集　北齊魏收著　漢魏六朝百三名家集，清光緒三年滇南唐氏壽考堂刊本
邢特進集　北齊邢卲著　漢魏六朝百三名家集，清光緒三年滇南唐氏壽考堂刊本
庾子山集　北周庾信撰　四部叢刊初編，上海書店，一九八九年
庾子山集注　北周庾信著，清倪璠注　中華書局，一九八〇年
文選　梁蕭統編　中華書局，一九七七年
六臣注文選　梁蕭統編，唐李善、呂延濟、劉良、張銑、呂向、李周翰注　中華書局，一九八七年
玉臺新詠箋注　陳徐陵編，清吴兆宜注　中華書局，一九八五年
樂府詩集　宋郭茂倩編　中華書局，一九七九年
先秦漢魏晉南北朝詩　逯欽立輯校　中華書局，一九八三年
全上古三代秦漢三國六朝文　清嚴可均校輯　中華書局，一九五八年
薛道衡集　隋薛道衡著　漢魏六朝百三名家集，清光緒三年滇南唐氏壽考堂刊本
楊盈川集　唐楊炯著　四部叢刊初編，上海書店，一九八九年
李白集校注　唐李白著，瞿蜕園、朱金城校注　上海古籍出版社，一九八〇年
杜詩詳注　唐杜甫著，清仇兆鰲注　中華書局，一九七九年
唐皇甫冉詩集　唐皇甫冉撰　四部叢刊三編，上海書店，一九八五年

玉溪生詩集箋注　唐李商隱著，清馮浩箋注　上海古籍出版社，一九九八年
河岳英靈集　唐殷璠編　唐人選唐詩新編，陝西人民教育出版社，一九九六年
國秀集　芮挺章編　唐人選唐詩新編，陝西人民教育出版社，一九九六年
中興間氣集　唐高仲武編　唐人選唐詩新編，陝西人民教育出版社，一九九六年
全唐詩　清彭定求等編　中華書局，一九六〇年
全唐文　清董浩等編　中華書局，一九八三年
文苑英華　宋李昉等編　中華書局，一九六六年
文賦集釋　晉陸機著，張少康集釋　人民文學出版社，二〇〇二年
紀曉嵐評注文心雕龍　江蘇廣陵古籍刊行社，一九九七年
文心雕龍注　梁劉勰著，范文瀾注　人民文學出版社，一九五八年
文心雕龍校釋　梁劉勰著，劉永濟校釋　中華書局上海編輯所，一九六二年
文心雕龍注訂　梁劉勰著，張立齋注訂　臺北正中書局，一九六七年
文心雕龍今譯　周振甫著　中華書局，一九八六年
文心雕龍義證　梁劉勰著，詹鍈義證　上海古籍出版社，一九八九年
增訂文心雕龍校注　梁劉勰著，楊明照校注　中華書局，二〇〇〇年
詩品集注　梁鍾嶸著，曹旭集注　上海古籍出版社，一九九四年

文筆要決　隋唐間杜正倫撰　日本五島慶太氏藏平安末抄本，一九四三年影印刊行
賦譜　疑作於晚唐，日本五島慶太氏藏本，一九四三年影印刊行；中澤希男賦譜校箋本，群馬大學紀要第十七卷，一九六七年
魏文帝詩格　傳魏文帝撰　吟窗雜録，明嘉靖四十年（一五六一）刊，日本内閣文庫藏本
評詩格　傳唐李嶠撰　吟窗雜録，明嘉靖四十年刊，日本内閣文庫藏本
詩格　唐王昌齡撰　吟窗雜録，明嘉靖四十年刊，日本内閣文庫藏本
詩中密旨　唐王昌齡撰　吟窗雜録，明嘉靖四十年刊，日本内閣文庫藏本
詩議　唐皎然撰　吟窗雜録，明嘉靖四十年刊，日本内閣文庫藏本
詩式　唐皎然撰　吟窗雜録，明嘉靖四十年刊，日本内閣文庫藏本
詩式校注　唐皎然著，李壯鷹校注　齊魯書社，一九八六年
皎然詩式輯校新編　許清雲著　臺北文史哲出版社，一九八四年
金針詩格　傳唐白居易撰　吟窗雜録，明嘉靖四十年刊，日本内閣文庫藏本
全唐五代詩格校考　張伯偉編撰　陝西人民教育出版社，一九九六年
全唐五代詩格彙考　張伯偉撰　江蘇古籍出版社，二〇〇二年
詩苑類格　宋李淑撰　類説第五十一卷，景印文淵閣四庫全書，臺灣商務印書館，一九八六年
續金針詩格　傳宋梅堯臣撰　吟窗雜録，明嘉靖四十年刊，日本内閣文庫藏本

滄浪詩話校釋　宋嚴羽著，郭紹虞校釋　人民文學出版社，一九八三年
詩人玉屑　宋魏慶之編　上海古籍出版社，一九七八年
唐詩紀事　宋計有功撰　中華書局，一九六五年
珊瑚鉤詩話　宋張表臣撰　歷代詩話，中華書局，一九八一年
詩家全體　日本内閣文庫藏明刊本
冰川詩式　明梁橋著　四庫全書存目叢書，齊魯書社，一九九七年
四溟詩話　明謝榛撰　人民文學出版社，一九六一年
談龍録　清趙執信著　人民文學出版社，一九八一年
歷代詩話　清何文焕輯　中華書局，一九八一年
歷代詩話續編　丁福保輯　中華書局，一九八三年

後記

這篇後記會寫得比較長。有些東西我必須寫下來，存在心裏好些年了。寫什麽呢？我要寫碧藍浩瀚的大海，寫翠緑雄峙的高山，寫激蕩的波瀾，寫騰翻的松濤。

我深深地感謝羅師宗强先生和傅璇琮先生。

羅宗强先生，我的恩師，我的博士生導師。什麽時候開始我被吸引進來？什麽時候開始觸摸那神聖之門，從此展開一條不停走下去的大路？是二十多年前先生那全部家當僅有一個雙層架子牀一張書桌的半間陋室，是寫下一部又一部著作的那半間陋室中的青燈？是東林寺前那叮咚的泉水，是那回蕩在山谷的幽寺鐘聲？是那鴻雁傳書，心在飛翔？是揭陽古鎮那根深葉茂的榕樹，清澈見底的小溪？開山納春之際，千萬人中獨選我一人。我深知這份沉甸甸。請看那藍天白雲在，廬山松竹在，小鎮古榕在，幽寺清泉在，二十多年一個一個脚印在。

從先生的李杜、隋唐、魏晉南北朝，從文學思想到士人心態，看到了什麽呢？我看到了開闊壯麗的新的天地，看到了無比的美的世界，看到了傾注着無限深情的世界，當然也看到了青燈書卷中體味無限樂趣的人生境界。每次從先生窗下走過，看那書房的燈光總是通明，七十多歲高齡還埋頭書海，耕耘不息，我想到什麽呢？先生的境界是很難企及的。我所能做到的一點，就是不敢怠懈，不敢松散。也正因爲此，纔有了現在這本書。

十多年前，先生領着我們做《中華文藝理論大成》的隋唐五代卷，先生後來因故不任主編，但我卻因參加做那部書，負責隋及初唐部分，正好涉及到《文鏡秘府論》，感到很多問題没有弄清，萌發想法，有了現在這部書。帶着這個題目，我兩次訪學日本。困難迷惑的時候，先生不論在國内還是在國外講學，總是一次又一次來信，給我精神上的鼓勵和學術上的指導。先生説，用若干年時間，把這一成果整理出來，讓這一成果在數十年内他人要超過須下更大力氣，除了要把已有之他人成果按其得失幾無遺漏地吸收過來之外，還要有自己的獨得見解，而且後一點更爲重要，故須處處小心爲好。先生還説，此項目宜用力，既要材料周全，又須簡潔，眉目清楚，盡力在校注中顯出自己的識力。我第一次去日本，是先生支持我延期，並且爲我在日本聯繫經濟擔保，使我得以在日本堅持下來，把這個題目做完。這部書的推薦立項出版，先生也給予了有力的支持。

傅璇琮先生，我最崇敬的一位學者。我崇敬他的學術，嚴謹，深厚，大家氣度，傅先生以其卓越成就成爲一代學術旗幟，早爲世所公認。我崇敬他的爲人，寬厚待人，提攜後進，以學術爲公器，人品之高尚更爲學人所景仰。

可以説，我一直是在傅先生的關心提攜下一步一步走過來的。十多年前，傅先生不顧危險，毅然赴津主持我的博士論文答辯。做《文鏡秘府論》，傅先生更是自始至終傾注着心血，給我强有力的幫助提攜。我還在日本，這個題目剛剛展開，是傅先生及時來信，鼓勵、指點我。後來傅先生不論在北京還是在臺灣講學，都一次又一次給我來信。先生的來信，使我方向更明確，也更有信心。回國後，又是傅先生在百忙中抽出時間，找我談，爲我規劃格局。傅先生說，一定要整理出一部高水平的書，要寫成一個總結性、長編性的東西，讓日本人以後研究《文鏡秘府論》，也要到中國來看這部書。傅先生還說，要吸收日本人治學的長處，但不要陷於繁瑣，要結合我們的長處，善於概括、總結，寫出中國學者的特色來。傅先生說，作考證，要從微觀到宏觀，努力使繁雜的材料考證有一個系統的叙述。傅先生說，材料搜集要齊備，寫入時宜有所選擇。對王利器本，既充分肯定，又如實指出其不足，一定要超過。做書之前，不妨先寫一些文章。他建議我做一個整理稿，一個研究稿，供《文鏡秘府論》的研究者用，同時做一個供一般研究者用的本子。傅先生是醞釀此書的最早倡議者，又是宏觀格局的總體設計者，而我衹不過做了一些具體工作。可以説，沒有傅先生，這個項目，這部書，可能是另一種面貌，可能會淺得多，小得多。此書尚未完成，先生又已爲我力薦到中華書局出版，並且推薦列入國家古籍整理出版「十五」重點圖書。爲查找資料，傅先生爲我介紹北京故宫的先生，臺灣的先生。「證本」考證的文章，傅先生先是推薦到《中國古籍研究》，後又推薦到《國學研究》發表。大致成書之後，又是傅先生建議我在《古籍整理出版情況簡報》上先發文章，介紹這部書。書將出版，又蒙傅先生欣然惠允，揮毫題簽。

所以，這部書的醞釀誕生，和羅先生、傅先生始終聯繫在一起。可以説，沒有羅先生和傅先生，這部書可能會是另一種結果，它的誕生可能不會這麽順利。我一直擔心，這部書是否達到了羅先生、傅先生的要求。我深知，從赤道海濱的椰子林，從日月雙潭的碧波水，從海河八里臺京門太平橋，到富士山麓的櫻花樹，那路途有多遠，又有多近。我深知遠涉重洋，鴻雁傳書，一字一句份量有多重。這些信我一份一份都珍存着，寫這篇後記的時候，我一字一字又讀了一遍。我深知，把一個嬰兒托舉到陽光下，那份情有多深。

我還不能忘記我的另兩位恩師，我的碩士生導師胡守仁教授、陶今雁教授。感謝他們多年的辛勤培養，我要以扎實的工作來報答他們。正當本書出版之際，兩位先生不幸先後溘然仙逝，胡守仁先生享年九十八歲。兩位先生寬厚仁慈，仁者多壽，信矣。謹以此書，祭奠我的恩師。

京都，那山水清麗、典雅秀樸的古都，大文字，嵐山，鴨川，櫻花。立命館，坐落在龍安寺下、等持院旁這所日本著名的大學。我永遠忘不了筧文生教授，我在京都立命館大學訪學時的導師，學識德行令人欽佩而又慈祥温和。他那樣無私地幫助、支持我。空海的高野山地偏路遠，筧先生擔心我迷路，便組織一些人，以六十歲長輩學者的身份，親自帶着，陪我這樣一個普通的晚輩上山查找資料。第二次上高野山，他又安排人陪伴我。家傳的珍貴刻本，他無私地提供給我。我考證地卷《九意》，筧先生先提供「土馬」的綫索，後又爲我借來大量考古資料。有一個古抄本非常重要，我聯繫彩色拍印，計算下來，需要二十五萬日元，當時我已没有經費來源，無法付出這麼多錢。筧先生爲我到處聯繫，竟然説動了日本一所最著名的大學，使他們願意爲我出資把這個本子拍印下來，供我使用。

有兩件事需要多説幾句。筧先生幫助我見到了小西甚一先生。小西甚一先生是日本研究《文鏡秘府論》的權威學者，他的《文鏡秘府論考》，是這一領域里程碑式的巨著。我做這個題目到一定程度，就非常想見小西先生。因爲我要掌握資料綫索，要請教很多問題，否則可能要走很多彎路，於是我四處打聽小西先生。小西先生那樣高的學術成就，自然無人不曉，但奇怪的是，問遍周圍的人，竟没有一個人知道他現在在哪裏。他的著作出版於四十五年前，現在算來起碼有八九十歲了，因此小西先生是否還健在，也是一個謎。不同的領域和地域，使這位極有聲望的先生，就像蓬萊瓊閣的仙人一樣縹緲神秘。但是我必須找到他，見到他！然而從何處查找，卻漫無頭緒。我不清楚筧先生是什麽時候開始爲我查找的，衹記得有一天，他突然告訴我，查到了小西先生的住址和電話！筧先生用這個號碼通完電話後又告訴我，小西先生還健在！電話就是小西先生接的，聽聲音，還很健康！小西先生願意見我！筧先生又爲我找來熟悉路途的學生專程陪我，一切安排妥當。於是我有了東京之行，有了和小西先生近四個小時的深談，後來的研究也有了順利進展。

更爲令人難忘的，是我第一次訪學延期的時候。我的訪問期限原定是半年。但這半年，我剛剛把路子摸清，研究工作剛剛展開。資料都在日本，回國没法做事，課題很可能半途而廢。因此我請求延期。國内同意了，但無法再提供經費。這意味着我斷了生活經費來源。我的計劃，用原來半年的經費堅持，同時向日本財團申請經費，把最要緊的幾個本子看到，實在堅持不了就走路。後來，申請經費告吹，幾個最要緊的本子費盡周折剛剛聯繫上，衹要假以時日，就可以看到，卻似乎衹有眼睜睜的前功盡棄。就在這時，筧先生把我找去了。記得那是一個晴朗的日子，一縷金輝照耀着筧先生的研究室，一個信封輕輕放在我面前。筧先生説，這是三十萬日元，先拿去用。又説，這不是給你個人的，是給你搞學術的，把題目做下來，比什麽都好。又説，這並不是給你，衹是借給你，當然我知道你没有能力償還，但償還有各種各樣的形式，比如，我以後到天津去，你請我吃狗不理包子，也就算還了；比如，你的書以後出版了，送我一部，也就算還了。我完全明白筧先生的意思。薄薄的信封，是那樣沉甸甸！我最終没敢接受，但筧先生那慈祥中帶着企盼的眼光，我永遠忘不了。後來，還是筧先生爲我在立命館大學争取到一筆研究助成金。錢雖不多，但我已可以堅持下來，把日本的事做完。

要説到筧先生的夫人久美子教授。筧先生及其夫人都是中國學界久所熟知的研究中國文學的專家，在筧文生先生對我的無私幫助裏，也有久美子先生的一份。

立命館的清水凱夫教授，他的豪爽熱情，他對我的幫助，同樣令人難忘。他多次爲我提供資料。我印象最深的一次，是我到資料室找一份資料，没有找着。京都雨是很多的，那天下午，就下着傾盆大雨。我正在研究室，突然有人敲門。打開門，是清水先生！雨衣上全是水，從雨衣裏取出的皮包卻干干净净，一點水也没霑，裏面正是我要找的那份資料！我知道，清水先生那天没有課，學校也没有别的事。他是從資料室那裏知道我需要這份資料，專程從家裏給我送來的！他請我去過他家裏，他家離學校，坐車轉車再坐車再轉車，需要整整兩個小時！

墻籬之内，庭院深深，曲徑通幽，緑草茸茸如茵，翠柏青松修剪得整整齊齊，這是小西甚一先生的宅第。美國國會圖書館七名常任學術審議員中，他是亞洲唯一的一名。這位日本著名的築波大學原副學長即副校長，退休後依然著述不綴。他年輕時立志，要著學術著作等肚臍，届時取號「等臍書子」。年僅三十多歲即出版了他的奠基力作，三卷本的《文鏡秘府論考》。爾後又著有六卷本的《日本文學史》、六卷本的《日本文藝史》，每一卷都厚厚一本。還有其他專著。他的著作被譯成好幾國文字。那一年元旦，小西先生惠寄賀年卡，自歎一生著書雖二十多部，尚未等臍，衹及其半多一點。那年是一九九六年，他八十一歲，「八十一」相拼恰好是一個「半」字，於是爲自己取號爲「半翁」。我對小西甚一先生懷有深深的敬意，感謝他接受我的拜訪。我擔心他年紀大，原想衹打擾他一個小時，請教幾個最主要的問題。但他竟和我談了近四個小時，中間連休息也没有，思維之敏捷，思路之清晰，見解之深刻，令人歎服。承蒙他指教我很多問題，使我少走了很多彎路。兩年後，一九九八年，我赴日再次拜訪他，帶上我新發表的關於《文鏡秘府論》的研究論文，他對我的觀點絶口贊成。從善如流，關愛後進，寬厚仁慈，欽敬之情再次從我心底油然而生。遥望東瀛，海深山高，我衷心祝他老人家長壽再長壽。

寺院林立，香火興旺，金剛峰寺金碧輝煌，巍峨壯觀。這是高野山，真言宗的聖地，一千多年前，空海就在這裏創立了他的基業。我第二次上高野山，時值隆冬，乘高山索道上山，正半山腰，下起了大雪，山腰以上齊刷刷一片潔白，山腰以下則齊刷刷一片青翠，一片雪花也没有，正山腰分明一條筆直的青翠和潔白的界綫。我暗想，莫不是弘法大師神靈顯現，造就這奇觀壯景？

我要感謝田寺則彦先生，這位以空海密教爲教學内容的高野山大學的高僧兼教授。要感謝林田慎之助博士，這位神户女子大學教授，六朝批評史研究專家。我不會忘記，兩位先生，一位家居遠在九州，一位遠在高野山，林田先生年已六十，而專程到京都附近的神户，和我約談《文鏡秘府論》的傳本調查和研究問題。林田先生無保留地談了他的許多獨到見解。有他們的熱情幫助，我的傳本調查纔得以非常順利。二位先生合著的《文鏡秘府論》新校勘本，還是手稿的時候，就有幸承賜先覩爲快，出版之後，他們又馬上惠寄給我，使我得以利用最新的成果。

天未破曉，萬籟俱寂，清冷清冷，古寺鐘聲更顯得山深林静。曲廊通幽處，經堂内衆僧早已誦經之聲朗朗。土生川正道先生身披袈裟，高聲領誦。高野山無量光院的這位長老，清瘦而矍鑠，那誦經聲音抑揚頓挫，那神采飛揚奕奕。我是住寺俗家，衹能隔檻盤坐。誦經之後，我拜會長老。寺外林間，雪花紛紛，會客室内，清茶飄香。長老興致勃勃，侃侃而談，談空海，談高野山，談他訪問羅馬，會見羅馬教皇。我起身告辭，準備去查資料，長老卻説，請稍候。不一會兒，一輛小轎車停在跟前。盧先生，請上車吧！我連忙推辭，已經給寺院添麻煩了，這怎麼敢當。長老卻説，下雪路滑，坐車去吧。於是每天都是派轎車送，每天小和尚把精美的飯菜送到住間。寺院住客是收費的，每天一萬多日元。我上山的目的，是查資料，特别是要看一個非常重要的古抄本。當時已没有經濟來源，經費相當緊張，但我下定決心，不管多大代價，也要看到這些資料特别是這個重要本子。五天之後，工作完成，我去付賬，準備下山。主管卻説，長老吩咐過了，先生不必付錢。我再次拜見長老面謝。身邊已無可送之物，於是取出名片，簽了姓名，又取出一支筆，鄭重地雙手捧上，説，這筆，是從中國帶來的，這名片，有我的親筆簽名，作爲我對先生的敬意。告别的時候，我覺得那古寺松柏更青了，那滿山銀裝更白了。下山以後，我又託人從國内帶來清茶，送呈長老品嘗。記得是我第一次訪日準備回國時，一切已經收拾停當，第二天就要走了。我静静回想着一年多的日本生活。這時，一個快件送上來，我一看，正是長老寄來的。彩色的絲花結繫着一個精美的禮封，禮封裏三萬日元，一封信。那秀勁的字體，我仿佛再一次聽到老人親切的聲音。他説，帶上這點錢，路上用，好好研究。長老知道我在困境中研究不易。這是怎樣的關懷和希望！這一夜，我久久没有入睡。第二天，船離岸了，海上碧波蕩漾，岸上群峰漸漸遠去，高野山就在這群峰的遠處。我矚目東望，心裏在説，長老，您放心吧，長老，您保重吧！

京都醍醐寺，那縱深十幾里的山宇，那平展深邃的寶殿，那高聳雲天的佛塔，那鐵幹蒼勁而枝條婀娜的古櫻，是那樣清晰地一次又一次浮現在我眼前。那裏藏有《文鏡秘府論》的四種古抄本。我申請看時，不巧已過了他們規定的開放經藏時間，而下一次開放，我已將離開日本。我衹好請求他們破例，特許我在回國前看一下。一封一封申請書寄過去，終於得到特許，但衹能看五個小時，規定某日的上午十時到下午三時。我早早地去了。先出來一位小和尚，我説明我的情況，請求説，一、讓我再看一天；二、允許我拍一張照片。他説，我不能做主。於是進去，再出來一位年長的管事的僧人。他説他也不能做主。於是又進去，再出來，説，我們長老請你談一談。隨着進到寺院深處，方丈室内幽静古雅，端坐着一位慈眉善目的長者，正是長老仲田順和先生。我向他説研究空海、研究《文鏡秘府論》的意義，我已經四處奔走，遍訪寺院，貴寺的資料非常珍貴，對於研究非常重要。長老認真聽着，微微含笑，點頭贊許，問我，複印的可不可以？我説，可以。長老又問，你要多少？我説，對於研究來説，資料越全越好。長老説，那好，全部給你。後來我又拜訪過長老幾次，我們互贈了著作，長老送給我的是厚厚的兩大部。一個多月之後，一個精緻的盒子放在了我的面前，裏面正是我所需要的古抄本的複印本，裝訂得整整齊齊。我曾申請彩色拍印另一個本子，需二十五萬日元，就算是黑白的，算來也要近十萬日元。那祇是一個本子，而這是四種本子，雖然有兩種是殘本。但不管要多少錢，我也要付，資料是最珍貴的。於是小心地問，我付一些錢吧？長老卻微笑着摇摇頭，輕聲説，帶回國好好研究吧！記得我眼眶頓時潤出一抹濕濕的東西，鼻子有點酸酸的，心頭直有一種熱熱的東西翻上來，嘴裏卻什麼話也説不上來。

我不能忘記東京的早稻田，我第二次訪學的另一所著名大學，新宿一片繁華環境中那濃烈的學術氛圍。松浦友久教授，著名的中國文學研究專家，我有幸在他門下從事研究。三年前，在京都時，我的研究就承蒙松浦先生的關心，現在就在身邊，更時時得以聆聽指教。或品茗細談，或筆作交流，一個接一個問題，從版本，到理論，從唐人詩歌，到日本和歌。本書出版時，松浦友久先生不幸病逝。請允許我用這本書，告慰先生的在天之靈吧。

感謝興膳宏、蔣凡、川合康三諸位教授。京都大學的興膳宏先生是我久所欽佩的一位先生。他的《文鏡秘府論譯注》，是一部功力深厚的大著，他對六朝文學有許多真知灼見。京都時節，有幸時時當面承教，受益匪淺。復旦大學的蔣凡先生參加編寫的復旦本批評史，是近年這一研究領域最重要的成果之一。我有幸和正在京都講學的蔣凡先生一起度過那段難忘的歲月。川合康三先生是唐代文學研究專家。和蔣凡、川合康三兩位先生幾度相聚，數番暢談，論《文鏡》，説「土馬」，指點古今，激揚思緒，何等快意！

三上高野山，五入醍醐寺。還有高山寺，那竹影飛崖，流瀑伴着松濤。神護寺，那空山晚鐘。比叡山，雄峙於琵琶湖邊。仁和寺，禪室空蕩，獨坐案前，一杯清茶，數卷古本。還有三寶院、寶壽院。成簣堂，在那鬧市高樓之上，居然也有古本。東京現今皇居，偌大個宫苑，衹見有一位警衛，守衛那平展的唐風的建築，而我進入宫苑，去翻看那也是唐風的古本。數不清的圖書館、資料室、博物館。林田慎之助先生説，一千年前，空海入唐求經，歷盡艱難，一千年後，你爲研究空海，飄洋過海，四處奔波。有時確是很難。異國他鄉，白手起家，要把路子摸清探開。一月五萬（日元，下同）的經費，三萬房租，伙食衹剩二萬，而日本吃飯一個月一般需三至四萬，我還得每月省下三千，要坐車，複印資料。私家藏本最難找。有的寺院看資料須送禮，送五千是少的。僅本書發表的書影，發表權或拍照權一項，少者一千多，多者五千餘。還須複印其他大量資料。有的實在付不起，攝影料三萬，揭載料二萬，特别利用料二千，還有的我看不太懂，基本料金、捆包費、送料費、消費税，一個長長的計算式子，全部加起來不知道多少。申請書寄出多少次，千條理由萬條理由地陳述，自己申請之外，還請有關權威人士推薦，最終衹得到幾個字的答復：重要文化財，不能看。於是衹有另想辦法，去尋找特殊關係特殊途徑。一輛舊自行車，一介半老書生，和年輕人那風馳電掣般的摩托車並行在路邊狹窄的小道上，想像那情景，也頗爲有趣。京都市内不管多遠，都是這樣。錢必須省下來複印資料。跑自己的資料，還跑别人的資料，國内要點日本資料不容易。記得一天下午，計劃把三個點跑下來。京都是個盆地，四周是山。最後一個點在盆地邊緣的山上，自行車騎不上去，恰又下起不大不小的雨，眼看快到閉館時間，而第二天以後還有別的事，再往後，就要回國，没有辦法，衹有推着車在雨中往山上拚命跑了二十多分鐘，終於在閉館前五分鐘趕到。那時我已不敢在外面吃東西，省一點錢就可以多複印一份資料。那天我回到家，天早已大黑，飢腸轆轆，於是動手做飯。

現今風氣下，我這樣做確乎很不合時宜。獨自在漫漫沙漠跋涉似的，十多年下來，從那故紙堆裏猛一抬頭，方知世間早已桃紅柳緑，絢麗一片，想來確乎有些傻。但我没有别的選擇。人要對得起人，這是做人最起碼的。《文鏡秘府論》是中國的詩文論，整理研究它，做出高水平的東西，是中國研究者的責任。

要感謝幫助我尋找楊守敬本的人們。一百多年前，楊守敬從日本帶回一個古鈔本。我查資料知道，一九三〇年有人在一個叫北京大高殿的圖書館看過這個本子。時在北京大學圖書館，我問管理人員，後又到北京圖書館，到北圖旁的中國圖書館協會，問大高殿在什麽地方，都説不知道。後來蒙北圖特藏部的李曉明女士爲我打聽到，大高殿在故宫，確收有楊守敬的書，這批書一部分轉到松波圖書館，解放後由北圖接管。但經查，北圖未見此書。我不願就此罷休。蒙傅璇琮先生介紹八十多歲高齡的老故宫王世襄先生，王老先生又介紹故宫博物院研究員朱家溍先生。蒙朱家溍先生惠告，楊守敬藏書在抗戰前確全部在故宫。朱家溍先生於一九七八年至一九八〇年參與編纂全國善本總目，具體主持編纂故宫善本現存書目，得以遍覽館藏群書，但未見到《文鏡秘府論》一書。朱先生告我，一九四九年以後，除南遷的以外，故宫現存善本或移交北圖，或支援地方。提到南遷，我想起從電視裏看到，抗戰時故宫文物的南遷，是怎樣的顛沛流離。没想到這事和我的研究還有關係。於是往南打聽，毫無消息。我想，可能遷往臺灣去了。於是又託人查找。果然在臺灣故宫找到了。想當年，一千多年前，空海一葉木舟不辭數千里把中國典籍帶回日本，編成《文鏡秘府論》，三四百年後，由不知名者抄録，而後藏於狩谷望之掖齋，再五六百年後，由楊守敬飄洋過海從日本帶回北京，再五十多年後，這從日本帶回的本子竟在日本軍隊的炮火轟炸之下，不知輾轉幾千里幾萬里，跋山涉水，又渡一海，流落到另一海島。而今終於找到了它。這也可謂命運多蹇。文化傳播流傳史上，這樣的例子一定不會少，這是不是也預示着搞文化學術研究的注定要歷盡艱難呢？

要感謝臺灣清華大學朱曉海教授，是他爲我在臺灣故宫找到了這個本子，並想盡辦法讓我充分利用了這一本子。有這個本子，「證本」系統的一個環節銜接上了，更重要的是，《文鏡秘府論》傳本調查畫上了完滿的句號。此外，還要感謝朱曉海先生爲我查找其他資料。

筆者關於《文鏡秘府論》的理論研究，蒙批准爲國家社科基金資助項目，關於《文鏡秘府論》的整理，蒙批准爲全國高校古委會資助項目。我兩次赴日，都得到南開大學及中文系的支持。感謝服部千春博士，他在困難中給我以有力支持。長田豐臣、横山弘、岡田充博、丸山茂、神鷹德治、下定雅弘、古屋昭弘、月本雅幸、静慈圓、袁世碩、楊忠、周勛初、陳伯海、畢萬忱、王晉光、楊明、張少康、葛曉音、王邦維、陳尚君、劉躍進、蔣寅、張伯偉、孫昌武、陳洪、馮志白、曾曉渝、杜曉勤諸位教授，都或給我支持、關照，或對我有所指教，或提供資料或資料綫索。壽岳章子、加來大忍、周文海諸位先生，長谷部剛君，孫一萱、吴琦來、山口澄子諸位女士，都在我需要的時候，幫助關照過我。蒙王晉光教授邀請我訪問香港中文大學，就《文鏡秘府論》的研究作講學。在研究《文鏡秘府論》的過程中，筆者還得到中、日其他諸多先生的多方關心、鼓勵和指教。這裏面有很多動人的故事。把這些故事都詳細寫下來，可以成一本書。本書中使用的梅維恒、梅祖麟《梵語對近體詩形成之影響》一文數萬字原爲英文，由門人魏静君全部譯成中文。一併表示感謝。本人作爲北京大學東方文學研究中心的兼職研究員，有幸和那裏的先生們一起做項目，搞研究。本人又作爲南開大學日本研究中心兼職研究人員，在那裏感受到日本文化研究的氣氛。内人劉春林伴我走過風風雨雨，甘苦共嘗，感懷亦多。

蒙全國古籍整理出版規劃領導小組將此書列入國家古籍整理出版「十五」重點規劃圖書。本書承蒙許逸民先生諸多指教，他不但以他多年豐富深厚的學術素養和古籍整理經驗，爲書的體例多次提出寶貴意見，又爲我寄來各種相關的參考資料，甚至不厭其煩親自動筆爲我草擬樣稿。我所尊敬的前輩的殷切關懷，我當時時銘記在心。徐俊、顧青、張文强、俞國林、冷衛國、張荷諸先生都爲本書出版付出過辛勤的勞動，提出過很好的意見，使本書更臻完善。這都是要感謝的。這裏要特別感謝張文强先生。中華書局最後確定張文强先生爲本書的責任編輯。他爲本書傾注了極大的精力。不能忘記他接手以來那數不清的電話，數不清的商討，幾百個電子郵件，從津河之畔，到洪城之都，以至遠在異國的漢拿山下，我們的交流從未間斷。書比較龐大，體例上有其複雜特殊之處，如何清晰地加以規範，使體例更爲完善，真是反復斟酌。一條一條引文，一個一個用字，甚至一處一處標點地認真核對仔細推敲。他投入精力，也投入感情，不敢有半點疏忽。僅第二校，就整整半年，全撲在這部書上，終日矻矻，焚膏繼晷，不知費了多少心血，甚至連春節也没能很好休息。他是那樣的嚴謹細緻，又是那樣的謙和中肯。從他身上，我學到不少東西，特别是感到一種令人敬佩的高度責任心和真誠待人、淡泊明志的精神境界。在愉快合作的數年裏，我深切地感受到中華書局底藴深厚的傳統，一流的編輯水準和一流的學術水準。還有校對趙明先生，他極爲仔細的工作，使本書避免了不少文字上的疏誤，這也是我非常感謝的。

修訂後記

此次修訂，融入我近年的研究新得，同時吸收學界新成果。原典考證，一些問題、範疇及詞語的闡釋，考釋文字及引用典例，都有一些修訂，並且補作了關鍵詞索引。較之前稿，資料更豐富，考證、闡釋更準確，使用更方便。馬婧女士及校對非常仔細，提高了編校質量。二〇〇六年本書出版之後，作爲姊妹篇，側重理論研究與考證，我完成了另一部八十五萬字的《文鏡秘府論研究》，並由人民文學出版社出版。兩部書猶如雙溪並流，匯入了十七年來的點點滴滴，甘苦和人間摯情。我再一次想起京都，立命館，高野山。在渾濁一片的霧霾之中，當然也想念故鄉清新的空氣，明媚的陽光，和煦的春風，那清澈秀麗的章貢二水，還有更爲清澈秀麗的上猶江和沙溪水，想念那親情、友情、真情，感謝所有幫助過我的人們。

乙未春於津門雙溪閣

中華書局
初版責編 張文强

索　引

目　録

説　明

一、本索引收録本書前言、正文、校記、考釋、附録等處出現的人名、篇名、專業術語名。人名包括古代人名以及現當代重要研究者人名，人物合稱者（如屈宋）亦專列條目，北卷《帝德録》出現的古帝王名亦不專列條目。正文未出現的古代人名與古代篇名不專列條目。《文鏡秘府論》各古鈔本刊本不列入索引，但古今人整理校注本列入。

二、索引條之後用兩組數字，分别表示該關鍵詞在本書中的册數、頁數。全書共分三册，第一册爲第 1 頁至第 630 頁，第二册爲第 631 頁至第 1214 頁，第三册爲第 1215 頁至第 2019 頁。人名條，如

班固　一/144

即表示"班固"收録在本書第一册、第一四四頁。篇目條，如

八種韻　一/10

即表示"八種韻"收録在本書第一册、第十頁。專業術語條，如

八病　一/17

即表示"八病"收録在本書第一册、第一七頁。關鍵詞在本書中有異稱、簡稱者，在其後用方括號[]標出，該

異稱、簡稱仍單列條目,但其後注明"見[某某]"。如

M

孟堅 見[班固]。

名稱相同,而所指不同者,以及其他需要説明的情況,在關鍵字後用圓括號()注明。頁碼後括注"(前)",表示該條出現在前言中,如"一/2(前)"。頁碼後未加説明的,表示該條出現在正文中,如"一/2"。

三、各關鍵詞按音序排列。

人名索引

C

D

F

G

H

J

L

M

N

P

Q

R

S

T

X

Y

Z

篇目索引

D

E

F

G

H

M

W

X

Z

專業術語索引

B

C

D

F

G

H

N

P

R

S

X

Y

Z